KB239292

東文選 文藝新書
345

醉古堂劍掃

陸紹珩 著

醉古堂劍掃

醉古堂劍掃

《취고당검소(醉古堂劍掃)》의 뒤바뀐 운명과 작자 이야기
역자의 말을 대신하여

1. 청언소품이란?

본 《취고당검소(醉古堂劍掃)》는 문체 분류상 청언소품(淸言小品)에 속한다.

'청언'이란 글자 그대로 '깨끗한 말,' 즉 '탁한 것(濁: 속세·명리·물욕 등)'과 상대적인 내용을 담은 글이다. 그리고 '소품'은 짧은 분량 속에 재치와 운치가 있거나 길게 여운을 남기는 글이라고 해석할 수 있다.[1] 청언소품은 명말(明末＝만명(晚明))의 혼란한 사회 속에서 자신을 보전하며 번뇌를 끊는 등, 그 시대 지식인의 심리적인 균형을 유지할 수 있는 '청량제' 역할을 하였다. 《취고당검소(醉古堂劍掃)》는 오랜 세월에 걸친 수많은 사람들의 좋은 글들이 수록된 '잠언집' 같은 성격의 '글 모음집'이라 할 수 있겠다. 지금도 《채근담(菜根譚)》류의 청언소품은 이익에 따라 변하는 세상을 살아가는 수많은 일반인들이 인생을 깨닫고 처세하는 데 전범으로 삼는 동양의 고전으로서 많은 사랑을 받고 있다.

2. 육소형(陸紹珩)의 《취고당검소》와 진계유(陳繼儒)의 《소창유기(小窓幽記)》, 이늘의 뒤바뀐 운명!

《취고당검소》는 명말 육소형(陸紹珩)이란 인물에 의해서 편집·출판되

___

1) 소품의 명칭은 佛家의 용어로, '大品(전체 글)'과 상대적인 의미로서 小品(정채로운 것만 뽑은 글)이라 하는데, 내용적인 면에서도 거창한 의미(홍편대의(鴻篇大意))를 담기보다는 작자 신변을 중심으로 한 자잘한 소재를 주로 다룬 짧은 글을 말한다.

어 당시 큰 인기를 얻었고, 일본에서는 《채근담》을 능가하는 인기를 얻어 왔다. 그런데 현대의 중국 서점가에는 육소형의 《취고당검소》와 거의 같은 내용의 글이 대부분 진계유(陳繼儒)라는 편집자가 편선한 《소창유기(小窓幽記)》라는 제목으로 나와 있다. 하지만 주의할 만한 것은 진계유의 《소창유기》는 정작 책이 출판된 만명소품의 서목에는 포함되지 않는다는 사실이다. 즉 이 책에 담겨 있는 내용의 글이 처음 출판되었던 만명시기에는 《소창유기》(진계유)가 아니라 《취고당검소》(육소형)였던 것이다.

어째서 작자와 책 제목이 바뀌는 사건이 발생한 것일까?

만명시기의 청언소품 작가에 대해서는 상세한 기록이 거의 남아 있지 않다. 그 유명한 《채근담》의 작가 홍자성(洪自誠)에 대해서도 거의 알려진 바 없듯이, 《취고당검소》의 작가인 육소형 역시 별로 알려진 것이 없다. 그가 기록한 《취고당검소》의 자서(自序)에 따르면 시험에 떨어진 후 그동안 틈틈이 기록하거나 모아두었던 글들을 출판했던 모양이다. 《취고당검소》는 이미 명말 천계(天啓) 연간인 1624년에 출판되었다.

그런데 만명시대 청언의 집대성으로 불릴 만큼 근 150년간 인기를 얻으며 읽혀지던 《취고당검소》가 청대 들어와 다른 사람의 책으로 뒤바뀐다.

건륭(乾隆) 35년(1770년), 진본경(陳本敬)이라는 사람이 서문을 쓴 《소창유기(小窓幽記)》 때문이다. 이 판본의 서문에서 진본경은 "진미공(陳眉公=진계유(陳繼儒)) 선생의 명성은 한 시대를 풍미했지만, 고상함에 뜻을 두고 저술을 자신의 몸처럼 여기어 《소창유기》를 편집하고서 스스로 즐겼다"라고 언급한 이후로, 이 책은 진계유의 작품이라고 거의 확정되었다.

《소창유기》를 출판한 진계유는 누구인가?

진계유는 매우 유명한 인물이었다. 그 스스로는 속세를 벗어나 자연에 묻힌 은사 같은 존재였지만, 사회·정치에도 상당한 영향력을 미쳤다. 박학다식했으며 시와 글씨, 그림은 물론 골동품처럼 고상한 취미에도 조예가 깊었고, 좋은 글들을 모아 출판하여 엄청난 부를 축적하였다. 명예와 권력, 자유와 독립, 재력과 고상한 명성까지 지니며, 특무정치가 횡행했던 만명 혼란시기에 82세(1558-1639년)까지 장수하였다. 각박하고 초라한 현실 세계에서 목숨을 부지하기 위해 전전긍긍하면서도 머리로는 고상하고 자유로운 이상 세계를 갈구했던 당시 문사들에게 어쩌면 한 떨기 희망 같은 존재였을 것이다.

청대의 진본경(陳本敬)은 육소형의 《취고당검소》를 다시 출판하려 했다. 하지만 좋은 내용에 비해 원작자의 명성이 너무 미미했다. 그런데 진계유의 《소창유기》는 육소형의 《취고당검소》의 내용을 몇 구절(심지어는 몇 글자) 보태거나 빼거나 순서를 조금 바꾸어 출판했으므로 거의 동일한 내용을 담고 있었다. 바로 이런 점이 명성이 자자했던 진계유를 책의 원작자로, 그리고 책 제목을 진계유의 《소창유기》로 바꾸도록 출판업자를 유혹했을 것이다.

3. '붓으로 번뇌와 욕망 죽이기' 그리고 청량제 한 모금!

본 《취고당검소(醉古堂劍掃)》는 한국에서는 처음 출판되는 책이다.

만명시대 청언소품의 집대성이라 불릴 정도로 수많은 작품집에서 좋은 구절만 가려냈으므로,[2] 이 책을 통해 응축된 동양 고전의 정수를 맛볼 수 있을 것이다.

이 책은 궁핍과 불안에 시달리던 만명시기 문인들의 처세관과 심미안, 그리고 소박한 바람까지 담고 있다. 그러나 '칼로 번뇌와 욕망 죽이기(검소(劍掃))'라는 그들의 처세란 '초탈' '달관'과 좀더 가깝기에 그들의 세상 바라보기는 궁상스럽지가 않다.

---

2) 《취고당검소(醉古堂劍掃)》는 《산해경(山海經)》·《박물지(博物志)》 등의 사전류에서 《사기(史記)》·《한서(漢書)》 등의 역사책, 《태평광기(太平廣記)》 등의 이야기집, 《연명별전(淵明別傳)》·《동파외고(東坡外稿)》 등의 개인문집에 이르기까지 무려 50종에서 좋은 글귀를 채록하였다.

　부귀영화로부터 한걸음 벗어나 인생의 진정한 가치를 찾고자 했던, 화려한 외향보다는 소탈하고도 고즈넉한 내면의 질을 추구했던 그들의 인생관은 오늘날의 한 박자 쉬어가기, 느리게 살기 구호와 비슷한 모습을 보인다.

　"술을 마신 듯 몽롱한 상태로 앞으로만 내달리는 세상! 명성을 좇는 자, 이익을 좇는 자"에게 정신을 차릴 수 있는 '청량제'를 먹이고자 했던 작자의 바람은 그러기에 천년 가까운 시간적 거리, 중국과 한국이라는 시공의 격차를 훌쩍 뛰어넘어 절절하게 다가온다.

　방점조차 찍히지 않은 원문을 껴안고 2년 가까이 씨름하듯 번역을 했고, 또다시 우리말과 정서에 맞게 조물조물 다독거리는 데도 1년이라는 기나긴 시간이 걸렸다. 그 시간들에는 글귀와 그에 담긴 뜻을 읽어내는 두 번역자의 서로 다른 시선을 갈래잡이하는 갈등과 눈물도 물론 담겨 있다. 다만 독자께서는 맑고 향기로운 말씀 담긴 청량제만 드시길…… 한 모금, 한 모금씩!

　끝으로 만명시기 청언작가들과 거의 같은 눈으로 세상을 바라보며 고집스럽게 한 길을 걸어온 동문선 출판사의 지지가 큰 힘이 되었음을 밝힌다.

2007년 11월

옮기고 다듬은 강경범 · 천현경

《醉古堂劍掃》自序

　　昔人云．一願識盡世間好人，二願讀盡世間好書，三願看盡世間好山水．或曰，盡則安能，但身到處，莫放過耳．旨哉言乎．余性懶逢世一切火熱爭逐之場，了不關情，惟是高山流水，任意所如．遇翠叢紫莽，竹林芳徑，偕二三知己，抱膝長嘯悠然忘歸．可以名姝凝盼，素月入懷，輕謳緩板，遠韻孤簫靑山送黛，小鳥興歌，儕侶忘機．茗酒隨設，余心最歡，樂不可極，若乃閉關却掃．圖史雜陳，古人相對，百城往列几榻之餘．絶不聞戶外事，則又如桃源人，尙不識漢世，又安論魏晉哉．此其樂更未易一二爲俗人言也．第才非夢鳥，學慚半豹，而一往神來，興會勃不能已．遂如司馬公案頭常置數簿．每遇嘉言格論，麗詞醒語，不問古今，隨手輒記，卷以部分，趣緣旨合，用澆胸中傀儡，一掃世態俗情．致取自娛，積而成帙．

　　今秋落魄京邸，睹此寂寂，使鄧禹笑人，未免有情，亦復誰能遣此，因共友人，問雨花之址，尋朵石之巖，江山歷落，使我懷古之情更深，迺出所手錄．快讀一過，恍覺百年幻泡·世事棋枰，向來傀儡，一時俱化，雖斷蛟刳犀之利，亦不過是．友人鼓掌叫絶曰．此眞熱鬧場，一劑清凉散矣．夫鏌邪鈍兮鉛刀割，君有筆兮殺無血，可題劍掃，付之剞劂．予曰，一編自余率爾問世，得無爲腹笥武庫者嗤乎．予笥不能盡書，余目不能盡笥，余手不能盡目，安用此戔戔者．友曰不然，淸史澆腸符言洗胃，片語隻字，皆可會心，但莫放過，何以多爲．余唯唯搦管書之．以識余逢世之拙, 聊以斯編寄趣云.

　時甲子重陽陸珩題

【莫放過耳(막방과이)】흘러 지나가는 말을 놓치지 마라, 흘러 지나가게 내버려두지 마라.

【旨哉言乎(지재언호)】뜻이 있구나! 그 말에.

【逢世(봉세)】세상에 등용되어 立身함, 때를 만남. 혹은 세상을 맞이하는 것, 즉 세상살이(처세).

【了不關情(요불관정)】마음을 두지 않다, 관심을 갖지 않다.

【任意所如(임의소여)】마음대로 간 곳, 마음내키는 대로 다니다.

【名姝(명주)】미녀.

【凝眄(응혜)】응시하다, 차갑게 흘겨보다(眄: 흘겨보다), 빤히 쳐다보다 *여기서는 여자가 남자를 빤히 쳐다본다는 의미, 즉 추파를 던진다는 뜻.

【輕謳緩板(경구완판)】가볍게 읊조리고 느긋하게 박자를 맞추다. *謳(구): 읊조리다.

【圖史(도사)】서적.

【百城(백성)】즉 "좌옹백성(坐擁百城)"(대단히 많은 책을 소장하고 있다).

【夢鳥(몽조)】봉황처럼 기이한 새. 전하여 봉황처럼 남다른 뛰어난 능력을 지닌 사람. (혹은 그런 재능)《이아(爾雅)》〈석조(釋鳥)〉에 보면 "'광'이라는 새는 '몽'이다〔狂, 夢鳥〕"라고 했고,《대황서경(大荒西經)》에는 "다채로운 빛깔을 지닌 새로, 머리에는 모자를 쓴 것처럼 깃이 있는데 '광조(狂鳥)'라고 한다〔有五采之鳥, 有冠, 名曰狂鳥〕"고 적혀 있다. 즉 夢=狂=五采之鳥이다. '다섯 가지 빛깔(혹은 다채로운 빛깔)을 지닌 새〔五采之鳥〕'는《山海經》의 기록을 보면 봉황(鳳凰)의 모습이다.

【半豹(반표)】모자라는 사람, 머저리(=半彪). 진(晉)나라의 은중문(殷仲文)은 글을 잘 지었지만 책을 많이 읽지 않았다. 사령운(謝靈運)이 이를 보고 "만약 중문(仲文)이 원표(袁豹)의 절반만큼이라도 독서를 한다면 반고(班固)에 뒤지지 않는 문장가가 될 텐데……"라고 평한 데서 연유한 말.

【一往神來(일왕신래)】한번 마음을 쏟다.

【興會(흥회)】흥, 흥취.

【嘉言(가언)】유익한 말.

【格論(격론)】바른말〔正論〕.

【傀儡(괴뢰)】허수아비, 허깨비.

【落魄(낙백)】곤궁해지다, 실의에 빠지다.

【鄧禹(등우)】후한(後漢) 창업시기의 명신. 字가 중화(仲華)이다. 광무제(光武帝)를

도와서 천하를 평정하여 벼슬이 대사도(大司徒)에 이르렀다. 운대(雲臺: 후한 明帝 때 功臣을 추념하기 위해 28명의 초상을 걸어둔 곳)에서 첫번째 위치에 걸려 있다. * 여기서는 아마도 등우(鄧禹)로 분장한 희극인을 말하는 듯.

【誰能遣此(수능견차)】 누가 이것을 풀어 없앨 수 있을까? * 遣: 버리다, 원한 · 분노 같은 것을 풀어 없애다.

【歷落(역락)】 뒤섞인 모양, 소리가 끊이지 않는 모양.

【迺(내)】 이에, 금방.

【幻泡(환포)】 허깨비와 물거품(=夢幻泡影), 즉 잡을 수 없는 허깨비나 물거품, 그림 자처럼 덧없는 사물을 비유.

【俱化(구화)】 모두 없어지다. * (俱: 모두, 함께 化: 변하다, 죽다, 없어지다, 교화되다).

【斷蛟 剚犀之利(단교단서지리)】 교룡〔蛟〕을 베고〔斷〕 무소뿔〔犀〕을 자르는〔剚〕 날카 로운 무기(利).

【鬧場(요장)】 번잡하고 소란스러운 곳, 즉 속세. * 鬧(뇨,요,료): 시끄럽다, 소란스 럽다.

【鏌邪(막야)】 (=鏌鋣) 고대 오(吳)나라의 명검.

【鉛刀割(연도할)】 납〔鉛〕처럼 부드럽고 힘없는 칼로 베다, 무딘 칼로 벤다는 뜻으로 자신의 능력을 겸손하게 이르는 말. 또는 여리거나 무딘 칼로 힘을 다하여 한번 베 고 나면 다시 벨 수 없다는 뜻으로, 두 번 다시 바랄 수 없는 공을 (세우는 것을) 말함.

【劍掃(검소)】 칼로 찔러 죽여서 없앰. 여기서는 그 대상이 마음속의 고뇌와 울분, 적적함 등 정서적 · 정신적인 것이다.

【剞劂(기궐)】 조각하는 칼. 여기서는 조판에 새기는 것, 즉 인쇄한다는 뜻.

【率爾(솔이)】 갑작스러운 모양, 경솔한 모양.

【問世(문세)】 (저작물 등이) 세상에 나오다, 발표하다, 출판되다.

【腹笥(복사)】 뱃속의 책상자, 즉 학문이 가득 축적된 것을 말함. * 笥: 책상자.

【武庫(무고)】 무기를 넣어두는 창고. 박학다식한 사람을 비유.

【安(안)】 어찌, 어떻게.

【戔戔】 ① (진진): 얼마 되지 않은 모양, 가득 쌓인 모양, ② (산산): 해지나, 없애나, 죽이다; * 여기서는 "번뇌를 없앤다"는 ②의 뜻과 음으로 풀었다.

【片言隻字(편언척자)】 말 한마디와 글자 하나.

【淸史(청사)】 깨끗한 역사.

【符言(부언)】 신용 있는 말. * 符: 양쪽 조각을 맞춤으로써 증거로 삼는 부절(符節) 을 말한다. 여기에서 확실하다, 믿을 수 있다는 뜻으로 인신되었다.

【何以多爲(하이다위)】 왜 많아야 한다고 여기는가? 많을 필요가 없다.

【唯唯(유유)】 '네네' 하고 공손히 대답하는 소리, 남의 뜻을 거스르지 않는 모양.
【搦管(닉관)】 붓을 쥐다 *搦(닉): 쥐다, 잡다/管: 붓자루=筆.
【聊(료)】 ① 부족하나마; ② 힘입다, 즐기다, 편안하다, 두려워하다.

옛사람이 "첫번째 소원은 세상의 훌륭한 사람을 모두 아는 것이고, 두번째 소원은 세상의 좋은 책을 모두 다 읽는 것, 세번째는 세상의 좋은 산수경물을 다 보는 것"이라고 했다.

또 누군가는 "어떻게 모든 것을 다 경험할 수 있겠는가? 다만 어디에 있더라도, 또 무슨 말이든 그냥 흘려 버리지 마라!"고 했는데, 그 말에 깊은 뜻이 있었구나!

나는 천성이 출세나 치열한 경쟁 같은 속세의 모든 것이 싫어 관심을 두지 않았다.

오로지 높은 산과 흐르는 물만 마음내키는 대로 찾아다녔다. 푸른 숲, 자줏빛 안개서린 초원, 대나무숲, 향기로운 오솔길을 만나면 친구 두세 명과 무릎을 맞대고 시를 읊조리며 유유자적하느라 집으로 돌아가는 것도 잊곤 하였다.

아리따운 여인이 은근한 눈빛을 던지고, 하얀 달이 품속으로 들어올 때면 가볍게 노래하며 느긋하게 박자를 맞추었다. 심원한 운치로 외로이 퉁소를 불면 靑山이 푸르름을 보내주었으며, 작은 새가 흥에 겨워 지저귀면 우린 모든 세상사를 잊었다.

차와 술을 준비해 놓으면 마음이 마냥 즐거웠지만, 즐거움은 끝까지 누리지 말라 했으니, 이내 문을 닫아걸고 정리했다. 책들을 아무렇게 두고는 옛사람의 말씀과 만나다 보면 많은 책들이 책상과 의자 사이에 널려지곤 하였다.

문 밖의 세상일과 등 돌리고 듣지 않는다면 무릉도원에 사는 사람처럼 되리니, 한대(漢代)도 모르는데 위(魏)·진(晉)시대의 일은 말해 무엇하겠는가? 그러나 이러한 즐거움을 다시 속인들을 위해 말하지는 못했다.

내 재주가 비록 몽조(夢鳥)처럼 뛰어나지 못하고 학문은 모자라〔半豹〕 부끄럽지만, 한번 마음과 정신을 쏟으면 왕성하게 일어나는 열정이 쉽게 사그라지지 않는다.

　결국 사마공(司馬公)처럼 항상 책상 위에 책 몇 권을 쌓아놓고는 유익한 말이나 바른말, 아름다운 구절과 깨달음을 주는 말을 대할 때마다 옛날 말이나 요즘 말을 가리지 않고 손가는 대로 기록하였다. 1권을 部로 나누고, 운치와 의미에 맞춰서 가슴속의 허깨비를 씻어내고 세태와 세속에 찌든 마음을 없애곤 하였다. 이를 통해 나 혼자 즐기곤 했는데, 이런 작업이 모이다 보니 글의 분량이 한 질(帙)이나 되었다.

　올가을 京師에서 실의에 빠져 있을 때도 이 글들을 보며 적적해했다. 등우(鄧禹) 분장을 한 광대에게 웃기게 해봐도 적적한 마음을 면할 수 없으니, 또 누가 이 마음을 풀어줄 수 있겠는가?! 함께하는 친구들과 꽃비 내리는 곳과 채석바위를 찾아다니다 보니, 아름다운 자연이 옛날 생각을 더욱 깊게 만들기에 내 손으로 기록한 것들을 다시 꺼내게 되었다.

　얼른 한번 읽어보니 백년의 환상, 바둑판 같은 세상일, 여태까지의 꼭두각시 같은 의미 없는 일들이 단번에 다 사라져 버리는 것을 느꼈다. 이 무기를 베고 무소뿔을 자를 수 있는 날카로운 무기라도 이 책만큼은 못할 것이다.

　이 글을 읽어본 친구도 손뼉을 치고 경탄하며 말했다.

　"이것이야말로 복잡한 세상의 청량제일세! 막야(鏌鎁)라는 보검은 아무리 무뎌져도 큰 공을 세운다는데, 그대의 붓은 피 한 방울 흘리지 않고 잘못된 마음을 죽일 수 있으니 '칼로 번뇌를 죽이다〔劍掃〕'라는 제목으로 출판하면 되겠소!"

　그러나 나는 "이 책을 갑작스럽게 세상에 내놓으면 박학다식한 사람들의 비웃음거리가 되진 않을까? 내 책상자엔 세상의 모든 책을 넣을 수 없고, 내 눈은 책상자에 들어 있는 책을 모두 볼 수 없고, 내 손은 눈으로 본 것을 모두 다 적을 수 없었을 텐데, 어찌 이것으로 번뇌를 없앨 수 있겠소?"라고 하였다.

　그러자 친구는 "그렇지 않소! 깨끗한 역사〔淸史〕는 장(腸)을 씻어주고, 미더운 말은 위(胃)를 씻어준다네. 또한 한마디 말이나 글자 하나라도 모두 마음을 깨닫게 할 수 있는 법이오. 귀로 흘려 버리지만 않는다면 분량이 많을 필요가 있겠소?"라고 하였다. 그의 말에 따라 붓을 잡고 '검소(劍掃)'라는 그 제목을 적어넣었다.

이 책을 통해 내가 세상살이에 어수룩하다는 것이 알려지겠지만, 부족하나마 이 책에 운치를 덧붙여 몇 글자 말해 보노라!

갑자년(甲子年: 1624년) 중양절(重陽節)에 육소형(陸紹珩)이 쓰다.

卷一・醒

[1-0] 食中山之酒, 一醉千日. 今世昏昏逐逐, 無一日不醉, 無一人不. 趨名者醉於朝, 趨利者醉於野. 豪者醉於聲色車馬. 而天下竟爲昏迷不醒之天下矣, 安得一服淸涼散, 人人解醒. 集醒第一.

【醒(성)】 각성. 정신을 차림(=淸醒).
【中山之酒(중산지주)】《搜神記》에, 中山의 狄希라는 사람이 만든 千日酒로, 한 모금만 마셔도 천 일을 간다고 하여 '千日酒'라고도 함.
【昏昏(혼혼)】 정신이 아뜩하여 흐린 모양.
【逐逐(축축)】 빨리 달리는 모양, 서로 다투어 추구하는 모양.
【趨(추)】 좇다. 따르다. 추구하다.
【野(야)】 벼슬하지 않은 상태, 재야, 속된 일반 세상사.
【豪(호)】 호사스럽게 사치하는 사람.
【聲色車馬(성색거마)】 가무·여색·수레·말. 호족이나 권귀자의 호사스럽고 방종한 생활을 가리킴.
【解醒(해성)】 정신을 차림, 술을 깨다.

中山의 狄希가 만들었다는 千日酒는 한번 취하면 천 일을 간다. 지금 세상은 흐릿한 상태로 앞으로만 내달리니 술에 취하지 않은 날이 없고, 취하지 않은 사람이 없다. 명성을 좇는 자는 조정에 취하고, 이익을 좇는 자는 속된 세상사에 취하고, 豪奢하는 자는 호사스럽고 방종한 생활에 취힌다. 모두들 긱성하지 못한 이 세상에 어떤 청량세를 벅여야 사람들이 정신을 차릴 수 있을까?
　정신을 차리는 것에 관한 문장을 모아 제1권으로 삼았다.

[1-1] 倚高才而玩世, 背後須防射影之蟲; 飾厚貌以欺人, 面

前恐有照膽之鏡.

【玩世(완세)】세상을 업신여김, 모든 세상사를 경시함.
【射影之蟲(사영지충)】射影은 물속에 숨어 사람을 해친다는 괴물의 다른 이름인데, 여기서는 등뒤에서 사람을 모함하고 해치는 소인배를 말한다.
【照膽之鏡(조담지경)】속을 훤히 들여다보는 거울. 여기서는 면전에서 잘못을 지적하는 의로운 사람을 의미함.

　높은 재주에 의지하여 세상을 가벼이 여기는 자는 물속에 숨어 사람을 해치는 射影蟲 같은 등뒤의 소인배에 대비해야 하고, 후덕한 모습을 가장하여 사람을 속이는 자는 面前에서 잘못을 지적해 주는 의로운 사람을 어려워해야 한다.

　[1-2] 怪小人之顚倒豪傑, 不知慣顚倒方爲小人; 惜吾輩之受世折磨, 不知惟折磨乃見吾輩.

【怪(괴)】책망하다. 나무라다.
【顚倒(전도)】뒤바뀌다, 상반되다, 뒤섞여 어수선하다.
【我輩(아배)】우리들.
【折磨(절마)】고통스럽게 하다, 괴롭히다, 괴로움, 고통.

　小人과 豪傑이 뒤바뀐 것에 불만스러워하면서도 그 뒤바뀐 것에 익숙해져 깨닫지 못한다면 그 또한 소인이다.
　세파에 시달리는 것을 속상해하면서도 시련을 겪은 후에야 참모습을 드러낼 수 있다는 사실을 모르나니.

　[1-3] 花繁柳密處撥得開, 纔是手段; 風狂雨急時立得定, 方

見脚根.

【花繁柳密處(화번류밀처)】 울창하게 피어 있는 꽃들과 버드나무(피어 있는 곳). 즉 아름답고 놀기 좋은 곳. 여기서는 잘못된 길로 빠지게 하는 유혹을 의미.
【撥開(발개)】 밀어 헤치다.
【纔(재)】 그야말로, 비로소, 겨우.
【手段(수단)】 일을 꾸미거나 처리하는 솜씨와 꾀, 능력.
【風狂雨急時(풍광우급시)】 바람이 미친 듯 불고 비가 심하게 내릴 때. 여기서는 곤경과 위태로운 일이 닥칠 때를 의미.
【脚根(각근)】 자신을 지탱할 수 있는 단단한 토대.

　꽃이 무성하고 버드나무가 울창한 곳을 헤쳐 나갈 수 있어야 능력이 있는 것이요, 모진 비바람 속에서도 굳건히 서 있을 수 있어야 뿌리가 굳건함을 보여줄 수 있는 것이다.

　[1-4] 澹泊之守, 須從穠豔場中試來; 鎭定之操, 還向紛紜境上斟過.

【澹泊(담박)】 욕심이 없고 마음이 깨끗함.
【守(수)】 지조.
【穠艷(농염)】 부귀하고 호화스러운 것. 여기서는 유혹이 많은 장소를 말한다.
【紛紜(분운)】 복잡하고 어지러운 상황.
【還(환)】 역시, 또한.
【鎭定(진정)】 진압하여 평정함, 침착하다, 진정하다, 차분하다.
【勘過(감과)】 검증을 거치는 것.
【操(조)】 여기서는 守와 操가 모두 절조, 지조의 의미.

　깨끗한 마음을 지키려는 지조는 수많은 유혹 속에서 시험되고, 평정을 지키려는 마음 또한 복잡하고 어지러운 상황 속에서 검증된다.

[1-5] 市恩不如報德之爲厚, 要譽不如逃名之爲適, 矯情不如
直節之爲眞.

【市恩(시은)】 (득을 보자고) 은혜를 베풀다. 즉 물건을 사줌으로써 환심을 사는 것
등을 말함.
【A不如(불여)B】 A가 B만 못하다, A보다 B하는 것이 낫다.
【報德(보덕)】 은혜를 갚다, 보은하다.
【適(적)】 閑適이나 適意함으로 풀이할 수 있는데, 여기서는 閑適함으로 풀이하였다.
【矯情(교정)】 일부러 일반적인 도리를 어기면서 자신의 뛰어남을 드러냄. 경우에 맞
지 않게 행동하면서 우쭐댐. 여기서는 일부러 자신을 고상하게 꾸미는 것을 말한다.
【直節(직절)】 강직하고 절조 있음, 정직하고 절개 있음.

은혜를 베풀기보다는 은혜를 갚아 후덕하게 되는 것이 낫고, 명예를 추
구하는 것보다는 명성을 피하여 유유자적하는 것이 낫고, 고상한 척하는
것보다는 절조를 강직하게 하여 참된 것이 낫다!

[1-6] 使人有面前之譽, 不若使人無背後之毀; 使人有乍交之
歡, 不若使人無久處之厭.

【乍交(사교)】 처음 사귐, 잠시 사귐. * 乍: 처음, 잠깐.
【歡(환)】 기쁘게 하는 친절과 열의.
【久處(구처)】 오래도록 함께 지내다.

다른 이가 내 앞에서 칭찬하기보다 등뒤에서 험담하지 않도록 하는 것
이 낫고, 처음 사귈 때 일시적인 호감을 갖게 하기보다 오래도록 함께 지
내면서도 싫어하는 마음이 생기지 않도록 하는 것이 낫다.

[1-7] 攻人之惡毋太嚴, 要思其堪受; 敎人以善毋過高, 當原其可從.

【毋(무)】 하지 마라, …해서는 안 된다.
【嚴(엄)】 준엄하다, 호되다, 매섭다.
【其(기)】 여기서는 다른 사람 '人'을 의미함.
【過高(과고)】 너무 높다, 지나치게 높다.
【原(원)】 찾다, 추구하다, 근본을 캐다.

　다른 사람의 잘못을 공격할 때는 너무 호되게 하지 말고, 그 사람이 감당할 수 있는지를 고려해야 한다.
　다른 사람을 잘 가르치려면 수준을 너무 높게 잡지 말고, 그 사람이 따를 수 있도록 해야 한다.

[1-8] 不近人情, 擧世皆畏途; 不察物情, 一生俱夢境.

【擧世(거세)】 온 세상.
【畏途(외도)】 위험한 길, 무서운 길, 두려운 길.
【物情(물정)】 사물의 이치.
【夢境(몽경)】 꿈속같이 실질적이지 못한 환상.

　사람 사는 이치에 가깝지 않으면 온 세상이 두려운 여정이 될 것이요, 사물의 이치를 제대로 살피지 않으면 평생 헛된 환상 속을 헤매게 될 것이다.

[1-9] 遇沈沈不語之士, 切莫輸心; 見悻悻自好之徒, 應須防口.

【沈沈(침침)】 조용한 모양, 침착한 모양, 밤이 깊어 조용한 모양.
【不語(불어)】 말이 없다, 말이 적다.
【切莫(절막)】 결코 …하지 마라, 절대로 …하지 마라. ＊切: 제발, 결코.
【輸心(수심)】 성심을 다하다, 마음속을 털어놓다.
【悻悻(행행)】 발끈 화를 내는 모양.
【自好之徒(자호지도)】 스스로를 옳다고 여기는 무리.
【防口(방구)】 신중하게 말함.

　　과묵하게 말 없는 사람을 만났을 때는 절대 속마음을 털어놓지 말고,
발끈하며 자신만 옳다는 사람을 만났을 때는 말조심을 하라.

　　[1-10] 結纓整冠之態, 勿以施之焦頭爛額之時；繩趨尺步之
規, 勿以用之救死扶危之日.

【結纓整冠(결영정관)】 結纓은 갓끈을 바르게 하고 整冠은 모자를 단정히 한다는
의미, 즉 의관을 바르게 하고 행동거지를 점잖게 하는 것.
【焦頭爛額(초두란액)】 머리를 태우고 이마를 데는 매우 낭패하고 곤경한 상태.
【繩趨尺步(승추척보)】 행동거지가 법도에 맞다. ＊繩은 옛날 장인이 쓰던 먹줄, 尺
은 '자,' 곧 규율을 잘 지킨다는 의미.
【救死扶危(구사부위)】 죽음에 처한 사람을 구하고 위기에 처한 사람을 돌보다.

　　정말 급박한 상황에서는 의관을 바르게 정돈하는 등 점잔빼지 말고,
너무나 위급한 상황에서는 법도에 꼭 맞춘 조신한 행동을 하지 마라.

　　[1-11] 議事者身在事外, 宜悉利害之情；任事者身居事中, 當
忘利害之慮.

【議事者(의사자)】 일의 좋고 나쁨을 따지는 사람.

【宜(의)】 여기서는 當과 함께 '마땅히'의 의미로 쓰임.
【悉(실)】 알다.
【情(정)】 실상, 사실, 진상, 사정, 형편.

　일을 평가하는 사람은 자신을 그 일 밖에 두어야 이익과 손해에 대한 실상을 꿰뚫어 볼 수 있고, 일을 직접 행하는 사람은 자신을 그 일 속에 두어야 이익과 손해에 대한 갈등을 잊을 수 있다.

　　[1-12] 儉, 美德也. 過則爲慳吝, 爲鄙嗇, 反傷雅道; 讓, 懿行也. 過則爲足恭, 爲曲謙, 多出機心.

【慳吝(간린)】 인색함. 뒤에 오는 '鄙嗇(비색)'은 慳吝보다 비루하다는 의미가 조금 더 섞여 있다.
【雅道(아도)】 바른길, 正道.
【鄙嗇(비색)】 비루하고 인색함.
【反(반)】 도리어.
【足恭(족공)】 대단히 공손하다, 너무 공손한 것, 즉 恭敬. ＊足: 충분하다, 넉넉하다.
【懿行(의행)】 아름다운 행실, 좋은 품행.
【曲謙(곡겸)】 지나치게 겸손하다, 자신의 뜻을 굽혀서 남의 의견에 영합함을 이름. ＊曲: 바르지 않다. 공정하지 않다. 그릇되다.
【機心(기심)】 교묘하게 속이는 마음, 간교한 심보.

　검소함은 미덕이지만 지나치면 인색하게 되나니, 비루하고 인색하면 도리어 正道를 해치게 된다.
　겸손은 훌륭한 행위이지만 지나치면 비굴한 공경이 되니, 자기 뜻을 굽히면서까지 겸손하면 교활한 마음을 드러내기 쉽다.

　　[1-13] 藏巧於拙, 用晦而明; 寓淸於濁, 以屈爲伸.

【晦(회)】본뜻은 '어둡다'지만, 여기서는 밝음〔明〕과 상대되는 우매함으로 풀이함.
【寓(우)】잠시 깃드는 것.
【伸(신)】펼치는 것, 屈과 상대되는 의미.

어리숙함 속에 탁월함을 숨기는 것은 어수룩함으로써 오히려 밝게 빛을 발하는 것!
혼탁함 속에 자신의 깨끗함을 의탁하는 것은 자신을 굽힘으로써 오히려 뜻을 펼치는 것!

[1-14] 彼無望德, 此無示恩, 窮交所以能長; 望不勝奢, 欲不勝饜, 利交所以必忤.

【德(덕)】은혜, 은덕.
【所以(소이)】이유, 까닭.
【窮交(궁교)】청빈한 교제.
【望不勝奢(망불승사)】"바람은 과분한 요구를 감당할 수 없다," 즉 바람은 끝이 없어 과분하게 여기지 않는다는 의미.
【饜(염)】만족하다.
【利交(이교)】이익을 위해 사귐.
【忤(오)】위반하다. 거스르다.

저쪽에서 도움을 바라지 않고 내쪽에서 은혜를 베풀지 않아도 청빈한 교제는 오래 지속될 수 있다.
인간의 바람은 끝없고 욕망은 만족되지 않기에 이익으로 사귀는 교제는 반드시 어긋나는 법이다.

[1-15] 怨因德彰, 故使人德我, 不若德怨之兩忘; 仇因恩立,

故使人知恩, 不若恩仇俱泯.

【A…不若(불약)B】 A는 B만 못하다, A하기 보다 B하는 편이 낫다(=不如).
【泯(민)】 소멸하다. 상실하다. 없애다.
　*기실 아무런 관계도 없는 사이에서는 원망이나 감사함 같은 감정이 쌓일 리 없다. 누구에겐가 무언가를 베풀었을 때 받는 사람 입장에서 섭섭하기도, 혹은 원망스럽기도 한 것이다. 그러므로 남들이 내가 베푼 은혜나 은공을 기억하는 것보다는 차라리 그런 일 자체를 만들지 말라는 말이리라!

　원망은 은덕 때문에 드러나기에 다른 사람이 나에게 은덕을 베풀게 하기보다 차라리 은덕과 원망을 모두 잊어버리게 하는 것이 낫고, 원수는 은혜로부터 생겨나므로 다른 사람이 내가 베푼 은혜를 알도록 하기보다는 차라리 원망과 은혜 모두를 없애는 것이 낫다.

　[1-16] 天薄我福, 吾厚吾德以迓之; 天勞我形, 吾逸吾心以補之; 天阨我遇, 吾亨吾道以通之.

【薄(박)】 엷다. 여기서는 薄·厚·勞·厄·逸·亨 등의 글자들이 모두 사역으로 쓰였다.
【迓(아)】 마중하다. 나아가 미리 맞이하다.
【逸(일)】 안일하다, 편안하다. 느슨하다.
【阨(액)】 막히다, 고난.
【遇(우)】 기회, 즉 機遇.
【亨(형)】 형통하다. 순조롭다.
【通(통)】 달통하다. 막힘이 없이 통하다. 정통하다.

　하늘이 나의 복을 박하게 한다면 덕행을 두터이 쌓아서 미리 막고, 하늘이 나의 몸을 고생스럽게 한다면 마음을 편안하게 함으로써 보충하고, 하늘이 나의 기회를 막는다면 길을 순조롭게 함으로써 막힘이 없이 통하게 해야 한다.

[1-17] 澹泊之士, 必爲穠豔者所疑；檢飾之人, 必爲放肆者
所忌.

【澹泊(담박)】 마음이 깨끗하고 욕심이 없다.
【穠豔(농염)】 ‘濃艶’과 같이 쓰인다. 여기서는 호사스럽고 시끄럽게 즐기기를 좋아
하는 사람의 뜻으로 쓰였다.
【檢飾(검식)】 검사하고 정돈하다, 즉 신중하다. ‘근신하다’는 의미로 쓰임. 飾은 飭
과 통함.
【放肆(방사)】 제멋대로 하다, 방자하다, 난폭하다(=放恣).

욕심 없이 맑은 사람은 호사스러운 사람들의 의심을 받고, 신중한 사
람은 방자한 사람들의 시기를 받는 법!

[1-18] 事窮勢蹙之人, 當原其初心；功成行滿之士, 要觀其
末路.

【勢蹙(세축)】 형세가 긴박하다. 형세가 곤궁하다.
【原(원)】 찾다. 추구하다, 근본을 캐다.
【初心(초심)】 처음 먹은 마음.

지금 하는 일과 상황이 곤궁한 사람은 처음에 가진 마음이 어떠했는지
를 되새겨야 하고, 성공하여 만족스러운 사람은 자신의 末路가 어떻게 될
지를 살펴보아야 한다.

　[1-19] 好醜心太明, 則物不契; 賢愚心太明, 則人不親, 須是
內精明, 而外渾厚, 使好醜兩得其平, 賢愚共受其益, 纔是生成
的德量.

【契(계)】 맺다, 인연이나 관계를 맺다. 어울리다. 조화를 이루다.
【精明(정명)】 세밀하게 알다. 총명하다.
【渾厚(혼후)】 순박하고 너그럽다.
【平(평)】 고르다, 공평하다, 화친하다.
【德量(덕량)】 너그럽고 어진 度量.

　좋아하고 싫어하는 마음이 너무 분명하면 조화를 이루지 못하고, 현명함
과 어리석은 마음이 너무 분명하면 사람들과 가까이하지 못하는 법이다.
　속으로는 꼼꼼하고 총명하더라도 겉으로는 어수룩한 척 너그럽게 좋
고 싫은 사람 모두에게 공평하게 하고, 현명하고 우둔한 사람 모두 이익
을 얻도록 해주어야 너그럽고 어진 도량이 생기는 것이다.

　[1-20] 好辯以招尤, 不若認嘿以怡性; 廣交以延譽, 不若索居
以自全; 厚費以多營, 不若省事以守儉; 逞能以受妬, 不若韜精
以示拙.

【好辯(호변)】 변설로 남을 이기기를 좋아함.
【認(인)】 말을 더듬다. 과묵하여 함부로 말하지 아니하다.
【冶性(야성)】 성정을 도야하다.
【廣交(광교)】 광범한 교제, 널리 교제하다.
【延(연)】 펴다. 늘이다.
【索居(삭거)】 무리와 떨어져 홀로 지내다. 외로이 따로 살다.
【逞(령)】 뽐내다, 과시하다, 드러내다.
【韜(도)】 감추다.
【精(정)】 정통함, 총명함, 여기서는 재주로 풀이하였다.

논쟁을 잘하여 남을 이기기 좋아하면 허물을 부르니, 묵묵히 性情을 도야하는 편이 낫고, 두루 교제하면 명성을 펼칠 수는 있겠지만 홀로 지내며 자신을 보전하는 편이 낫다.

많은 돈을 써가며 일을 많이 경영하기보다는 일을 줄이고 근검절약하는 편이 낫고, 재능을 드러내면 비방을 받게 되니 재주를 감추고 우둔함을 드러내는 편이 낫다.

[1-21] 費千金而結納賢豪, 孰若傾半瓢之粟, 以濟飢餓, 構天楹而招徠賓客, 孰若葺數椽之茅, 以庇孤寒.

【結納(결납)】 결탁하다.
【半瓢之粟(반표지속)】 반 바가지의 양식, 즉 얼마 되지 않는 보잘것없는 음식.
【孰若(숙약)】 어찌 …와 같겠는가?
【賢豪(현호)】 재능을 갖춘 사람들, 즉 名流와 豪傑.
【千楹(천영)】 천개의 기둥을 세운 크고 화려한 집.
【數椽之茅(수연지모)】 띠풀로 얽어 만든 집, 겨우 비바람만 피할 수 있는 초라한 집.
【庇(비)】 덮다, 감싸다, 보호하다.

많은 돈을 들여 명사들과 패거리짓는 것이 곡식 반 바가지로 굶주림을 구하는 것과 같겠는가?

화려한 집을 지어 놓고 손님을 불러들이는 것이 초라한 집이라도 외롭고 가난한 사람을 보호해 주는 것과 같겠는가?!

[1-22] 恩不論多寡, 當厄的壺漿, 得死力之酬; 怨不在深淺, 傷心的杯羹, 召亡國之禍.

【當厄的壺漿(당액적호장)】 춘추시대, 晉國의 卿大夫 조쇠(趙衰)가 길에서 기아에

허덕이는 사람을 만나 죽 한 그릇을 주었다. 나중에 趙衰가 난을 당했을 때, 그 사람이 죽음을 무릅쓰고 그를 구해 주었고, 이를 '죽 한 사발의 보답(호장지수壺漿之酬)'이라 한다. *當: 막다. 대처하다; *厄: 재난, 역경, 액운; *漿: 걸죽한 죽.

【傷心的杯羹(상심적배갱)】마음을 상하게 한 탕 한 그릇. *戰國시대, 中山의 국왕이 연회를 열었을 때, 大夫 司馬子期에게 羊肉湯 반 잔을 적게 주었다. 이에 그는 앙심을 품고 楚나라로 도망가 楚王에게 전쟁을 부추겨, 中山國을 멸망하게 하였다. *羹: 국, 탕.

　은혜는 많고 적음을 논할 일이 아니다. 위급할 때 도와준 풀죽 한 항아리가 목숨 바치는 보답을 받게 된다.
　원한은 깊고 얕음에 있는 것이 아니다. 마음을 상하게 한 국 한 사발이 나라를 망하게 하는 화를 부르는 법이다.

[1-23] 仕途須赫奕, 常思林下的風味, 則權勢之念自輕; 世途須紛華, 常思泉下的光景, 則利欲之心自淡.

【仕途(사도)】 벼슬길, 官途.
【赫奕(혁혁)】 대단하고 성대한 것.
【林下(임하)】 田野, 벼슬을 그만두고 물러나서 지내는 곳.
【風味(풍미)】 맛, 분위기, 깊은 의미.
【世途(세도)】 살아나가는 길, 처세의 길.
【紛華(분화)】 번화하고 어수선한 것.
【泉下(천하)】 저승.
【光景(광경)】 경치, 풍경, 상황, 광경.

　벼슬길이 비록 성대한 것이지만, 항상 산골에 은거하는 맛을 생각한다면 권세에 대한 생각이 저절로 가벼워질 것이다.
　세상살이가 비록 번잡하지만 늘 저세상의 모습을 생각한다면 이익이나 욕심에 대한 생각이 저절로 엷어질 것이다.

[1-24] 居盈滿者, 如水之將溢未溢, 切忌再加一滴; 處危急
者, 如木之將折未折, 切忌再加一搦.

【將(장)】 장차.
【切忌(절기)】 절실하게 꺼린다, 힘써 피한다.
【搦(닉)】 잡다, 어루만지다, 누르다(=按).

　모든 것이 충만한 사람은 찰랑찰랑 곧 넘치려는 물과 같기에 물 한 방울이라도 더해질까 꺼리고, 위급한 상황에 처한 사람은 부러질 듯 말 듯한 나뭇가지 같기에 조금의 힘이라도 더해질까 저어한다.

[1-25] 了心自了事, 猶根拔而草不生; 逃世不逃名, 似羶存而
蚋還集.

【了心(요심)】 마음속으로 깨닫다, 마음을 끝내다.　* 了: 끝내다, 이해하다.
【了事(요사)】 사물의 이치를 훤히 알다, 일을 끝내다.
【撥(발)】 떼어내다.
【膻(전)】 누린내, 누린내가 나다(=羶).
【蚋(예)】 파리(=蠅).
【還(환)】 또, 여전히, 역시.

　마음을 닫아 버리면 일에 대한 생각도 끝나 버리니 뿌리를 뽑아 버리면 풀이 살지 못하는 것과 같은 이치이다.
　속세로부터 벗어나려 하면서도 명예로부터 자유롭지 못한 것은 아직 누린내가 남아서 파리들이 모여드는 것과 같은 일이다.

[1-26] 情最難久, 故多情人必至寡情; 性自有常, 故任性人終

不失性.

【寡情(과정)】정이 부족하다(=無情).
【常(상)】변하지 않는 규칙, 恒常.
【任性(임성)】본성에 내맡김, 세속의 굴레 얽매이지 않고 본성대로 행동함을 말함.

　감정이란 오래도록 변치 않기가 가장 어렵기 때문에 정이 많은 사람은
정이 부족한 지경에 이르게 되는 법이다.
　허나 本性이란 스스로 변하지 않는 규칙을 지니기 때문에 본성에 맡겨
서 생활하는 사람은 끝내 제 본질을 잃지 않는 법이다.

　[1-27] 才子安心草舍者, 足登玉堂; 佳人適意蓬門者, 堪貯
金屋.

【玉堂(옥당)】화려한 殿堂, 漢代에 文士가 出仕하던 곳, 唐宋 이후 翰林院의 별칭.
【適意(적의)】마음에 들다, 기분이 좋다.
【蓬門(봉문)】쑥대를 엮어 만든 문, 가난한 사람이나 隱者의 집.
【堪貯(감저)】쌓아놓았다고 할 만하다. ＊堪: …할 만하다.
【金屋(금옥)】즉 金屋藏嬌(훌륭한 집에 미인을 감추다). 漢 武帝가 阿嬌를 얻어 화
려한 집을 짓고 그곳에 살게 한 이야기.

　띠집에 살면서도 편안한 마음을 가지는 자는 높은 벼슬길에 오를 수 있
고, 쑥대로 만는 누주한 집에서도 기뻐할 수 있는 여인은 귀한 대접을 받
을 수 있다.

　[1-28] 喜傳語者, 不可與語; 好議事者, 不可圖事.

【傳語(전어)】 말을 전하다, 고자질하다(=傳言, 傳話).
【不可(불가)】 …할 수가 없다, 해서는 안 된다.

　말 퍼뜨리기를 좋아하는 사람과 대화해서는 안 되고, 비판하기 좋아하는 자와 일을 도모해서는 안 된다.

[1-29] 甘人之語, 多不論其是非; 激人之語, 多不顧其利害.

【顧(고)】 돌아보다, 생각하다, 고려하다.
【利害(이해)】 이익과 손해(=利害得失).

　듣기 달콤한 말은 대부분 옳고 그름을 논하지 않고 해주는 말이요, 거슬리는 말은 이해득실을 고려하지 않고 해주는 말이다.

[1-30] 眞廉無廉名, 立名者所以爲貪; 大巧無巧術, 用術者所以爲拙.

【立名(입명)】 즉 立身揚名(출세하여 이름을 드날림).
【大巧(대교)】 '지극히 정교한 재주'를 말하지만, '術'과 상대되는 의미로 쓰였기에 지극한 지혜로 풀이했다.
【術(술)】 술책, 계략, 術數.
【拙(졸)】 서툴다, 옹졸하다, 졸렬하다.

　진정 청렴하다면 청렴하다는 명성이 없으니, 청렴하다는 명성을 내세우는 것은 욕심을 내기 때문이다.
　지극한 지혜는 교묘한 술수가 없으니, 술수를 쓰는 것은 졸렬하기 때문이다.

[1-31] 爲惡而畏人知, 惡中猶有善念; 爲善而急人知, 善處即是惡根.

【爲(위)】 하다, 행하다.
【善念(선념)】 선한 생각.
【善處即是惡根(선처즉시악근)】 字意를 그대로 풀자면 "선이 있는 곳이 바로 악의 근원"이지만 앞 구절에 맞추어 풀이하였다 *即是: 곧 …이다. *惡根: 악의 뿌리, 악의 근원.

　악한 일을 하고서 남들이 알까 두려워하는 것은 악한 본성 속에 선한 마음이 있기 때문!
　선한 일을 하고서 남들이 알아 달라고 조급해하는 것은 선한 본성 속에 악한 뿌리가 있기 때문!

[1-32] 譚山林之樂者, 未必眞得山林之趣; 厭名利之譚者, 未必盡忘名利之情.

【譚(담)】 담론하다.
【未必(미필)】 반드시 …한 것은 아니다, 꼭 그렇다고 할 수 없다.
【眞得(진득)】 진정으로 얻은 것, 즉 진정으로 깨닫는 것을 말함.
【盡忘(진망)】 완전히 잊다, 모두(다) 잊다.

　산중 생활의 슬거움을 이야기하는 자는 산림의 운치를 진정으로 깨달았다고 할 수 없다.
　名利에 대해 말하기 싫어하는 사람이라고 해서 名利에 대한 생각을 완전히 잊었다고는 할 수 없다.

[1-33] 從冷視熱, 然後知熱處之奔馳無益; 從冗入閑, 然後覺閑中之滋味最長.

【冷(랭)】쇠락한 때, 쓸쓸한 때를 말한다.
【熱(열)】떠들썩한 때, 흥성할 때를 말한다.
【然後(연후)】그런 뒤.
【熱處(열처)】번성한 곳, 왁자지껄한 곳.
【奔馳(분치)】바쁘게 뛰어다니다, 열심히 일하다.
【冗(용)】쓸데없이 많다, 번잡하다, 성가시다, 바쁜 일.
【閑中之滋味(한중지자미)】한적하고 여유로운 가운데서 맛보는 운치.
【最長(최장)】가장 길다, 가장 우수하다. 여기서는 두 가지 의미 모두 새길 수 있다.

쇠락해진 후 바삐 잘나가던 시절을 되돌아보면 왁자지껄한 곳에서 바쁘게 뛰어다닌 것이 모두 무익한 것이었음을 알게 되리라.
번잡하고 바쁘다가 한가하게 된 후에야 여유자적하는 맛이 무궁하다는 것을 깨닫게 되리라.

[1-34] 貧士肯濟人, 纔是性天中惠澤; 鬧場能篤學, 方爲心地上工夫.

【肯(긍)】감히, 즐거이 나서서.
【濟(제)】구제하다, 돕다.
【性天(성천)】즉 天性. 性天中: 천성 속에서.
【惠澤(혜택)】혜택, 은혜.
【鬧場(요장)】시끄러운 장소, 떠들썩한 장소.
【心地(심지)】(佛敎) 마음자리, 마음의 본바탕. 불가에서는 마음을 '三界一心'이라고 여기는데, 마음은 만물이 자라는 대지여서, 인연에 따라 모든 諸法이 생긴다고 하여 心地라고 함.
【工夫(공부)】노력, 단련.

【篤學(독학)】독실하게 공부하다, 성실하게 공부하다, 열심히 공부하다.

　가난한 사람이 다른 사람을 기꺼이 돕는 것이야말로 천성에서 우러난 베풂이다.
　시끄러운 환경에서 학문을 돈독히 할 수 있는 것이야말로 마음의 본바탕이 수련되었다는 것이다.

[1-35] 伏久者, 飛必高; 開先者, 謝獨早.

【謝(사)】지다, 떨어지다. 시들다, 쇠락하다.
【早(조)】일찍, 먼저, 급히.

　오랫동안 엎드려 있던 새는 높이 날지만, 먼저 핀 꽃은 먼저 지는 법!

[1-36] 貪得者身富而心貧, 知足者身貧而心富; 居高者形逸而神勞, 處下者形勞而神逸.

【貪得(탐득)】탐내어 얻음.
【知足(지족)】족한 줄을 안다.
【逸(일)】편안하다.
【居高者(거고자)】높은 관직에 있는 사람.
【處下者(처하자)】아래 계층의 사람, 즉 일반 백성을 말함.

　얻으려 욕심내는 자는 몸은 부유하나 마음이 가난하고, 만족할 줄 아는 자는 몸은 가난하지만 마음이 부유하다.
　높은 관직에 있는 자는 외형적으로는 편안한 것 같지만 정신이 피곤하고, 일반 백성은 겉보기에 피곤한 것 같아도 정신은 편안하다.

[1-37] 局量寬大, 卽住三家村裏, 光景不拘; 智識卑微, 縱居
五都市中, 神情亦促.

【局量(국량)】 (사람의) 도량, 재량.
【三家村(삼가촌)】 사람이 거의 살지 않는 외진 산촌.
【不拘(불구)】 구속되지 않다, 구애되지 않다, 얽매이지 않다.
【智識(지식)】 지혜와 견식.
【卑微(비미)】 낮고 작다, 낮고 좁다.
【縱(종)】 설령 …하더라도, 가령.
【五都市(오도시)】 옛날 다섯 개의 대도시. 번화한 도시를 가리킨다.
【促(촉)】 절박하다, 재촉하다, 좁다, 협소하다.

　도량이 넓은 사람은 외진 산 속에 살아도 환경에 구속되지 않고, 지혜와
견식이 낮은 사람은 번화하고 넓은 도시에 살더라도 정신은 역시 좁다.

[1-38] 惜寸陰者, 乃有凌鑠千古之志; 憐微才者, 乃有馳驅豪
傑之心.

【寸陰(촌음)】 아주 짧은 시간.
【乃(내)】 이에, 곧, 즉.
【凌(능)】 능멸하다, 깔보다, 능가하다. ＊鑠: 녹이다, 여기서는 자기 속에 자유로이
용화시킴으로써 포용한다는 의미.
【千古(천고)】 먼 옛날, 태고, 영원, 영구.
【微才(미재)】 보잘것없는 재주, 작은 재능.
【馳驅(치구)】 제멋대로 활동하다, 분주히 돌아다니다.

　짧은 시간이라도 아끼는 사람이라야 千古를 뛰어넘는 포부를 지닐 수
있고, 작은 재주라도 아끼는 사람이라야 거리낌없이 행동하는 호걸의 마
음을 가질 수 있다.

[1-39] 感慨之極, 轉生嬉笑; 舞蹈之極, 轉生歔欷.

【感慨(감개)】 깊이 느끼어 탄식함, 마음속 깊이 사무치게 느낌.
【轉(전)】 변환하다, 바뀌다, 오히려.
【嬉笑(희소)】 조소함, 냉소함, 조롱하여 웃음, 즐거워하며 웃음.
【舞蹈(무도)】 기뻐하여 뛰며 춤추다.
【歔欷(허희)】 흑흑 느끼어 욺, 두려워하는 모양.

　사무침이 극에 달하면 오히려 웃음이 나오고, 기뻐 뛰어오를 듯한 마음이 극에 달하면 도리어 눈물이 나온다네!

[1-40] 天欲禍人, 必先以微福驕之, 要看他會受; 天欲福人, 必先以微禍儆之, 要看他會救.

【受(수)】 받아들이다, 감당하다.
【儆(경)】 경계하다.

　하늘이 사람에게 재앙을 내리려면 먼저 작은 복을 내려 그를 교만하게 만드나니, 그가 감당할 수 있는지를 보려는 것이다.
　하늘이 福을 내리려면 먼저 작은 재앙을 내려 그를 경계하나니, 그 스스로 헤쳐나갈 수 있는지를 보려는 것이다.

[1-41] 書畵受俗子品題, 三生大劫; 鼎彝與市人賞鑒, 千古異冤.

【書圖(서도)】 서화.
【品題(품제)】 논평하다, 품평하다.

【三生(삼생)】 과거·현재·미래, 세 번 태어나는 것.
【浩劫(호겁)】 큰 재난(=大劫).
【鼎彝(정이)】 옛날 제기. 여기에 공신들의 사적을 새겨 국가의 상징으로 여겼음. 인신하여 법, 규칙을 의미함. 여기서는 귀한 골동품으로 풀이함.
【千古異冤(천고이원)】 오랜 세월 속에서 아주 드문 억울함. *뛰어난 골동품은 작품의 가치를 알아주는 고상한 인품을 가진 자라야 가치를 인정받고 억울한 일을 당하지 않는다는 뜻.

古書畵가 속된 사람의 평가를 받는 것은 두고두고 당할 큰 재난이요, 귀한 골동품이 속된 상인의 평가를 받는 것도 길이길이 억울할 일이다.

[1-42] 脫穎之才, 處囊而後見; 絶塵之足, 歷塊以方知.

【脫穎之才(탈영지재)】 자루 속에 넣은 송곳날이 자루 밖으로 튀어나오듯 감출 수 없이 빼어난 재주(=囊中之錐).
【絶塵之足(절진지족)】 걸음이 하도 가볍거나 빨라서 먼지와 진흙이 묻지 않음. *세속적인 것에 얽히지 않음, 즉 초탈함, 고고함의 의미로 쓰인다.
【歷(력)】 지나다, 겪다.
【塊(괴)】 흙덩이, 진흙 같은 세속의 더러움을 말함.

감출 수 없을 만큼 뛰어난 재주는 자루 속에 넣어도 드러나게 되고, 세속의 티끌이 묻지 않는 발은 진흙덩이를 지나가 봐야 알 수 있다.

[1-43] 名高忌起, 寵極妬生.

명성이 높으면 시기심이 생기기 마련이요, 총애가 지극하면 질투가 생겨나는 법이다.

[1-44] 結想奢華, 則所見轉多冷淡; 冥心淸素, 則所涉都厭
塵氛.

【結想(결상)】 생각을 맺다, 생각을 하다. ＊結: 응어리지다, 맺다.
【奢華(사화)】 사치하여 화려함.
【冷淡(냉담)】 마음이 없다, 냉정하다, 일에 대해 열성이 없다.
【實心(실심)】 진실한 마음, 참된 마음, 진심. ＊實: 가득차다, 충실하다, 충만하다.
【淸素(청소)】 淸靜과 平淡. ＊素: 본래의, 바탕, 진실. 여기서는 '平淡' 으로 풀이했음.
【涉(섭)】 건너다, 겪다.
【塵氛(진분)】 세속적인 분위기.

사치스럽고 화려한 것만 생각하면 보이는 것이 모두 마음에 들지 않
고, 깨끗하고 소박한 마음을 먹으면 세속적인 모든 것이 싫어지더라!

[1-45] 多情者不可與定姸媸, 多誼者不可與定取與; 多氣者
不可與定雌雄, 多興者不可與定去住.

【與定(여정)】 더불어(함께) 판단함, 더불어 정함.
【姸媸(연치)】 아름다움과 추함. ＊媸:추하다, 보기 흉하다(=醜).
【誼(의)】 옳다, 의논하다, 情誼, 정분.
【取與(취여)】 받음과 줌(=取予).
【雌雄(자웅)】 승패, 우열.
【去住(거주)】 떠남과 머묾(=去留).

정이 많은 사람이라면 곱고 미움을 구별하지 말아야 하고, 우의가 돈
독한 사람이라면 주는 것과 받는 것을 가리지 않아야 하며, 흥이 많은 사
람이라면 떠나고 머무는 것을 구분짓지 않아야 한다.

[1-46] 世人破綻處, 多從周旋處見; 指摘處, 多從愛護處見; 艱難處, 多從貪戀處見.

【世人(세인)】 세상 사람, 일반 사람.
【破綻(파탄)】 옷 솔기의 터진 자리, 결점, 허점.
【周旋(주선)】 접대하다, 교제하다.
【見(현)】 보이다, 드러나다, 드러내다.
【指摘(지적)】 가리키어 들추어내다.
【愛護(애호)】 애호하다, 사랑하여 아끼다.
【艱難(간난)】 어려움, 고통.
【貪戀(탐련)】 탐욕과 애착.

인간의 결점은 대부분 교제 속에서 드러나고, 지적할 점은 사랑하고 아끼는 가운데 드러나며, 생활의 어려움은 욕심과 집착 속에서 드러난다.

[1-47] 凡情留不盡之意, 則味深; 凡興留不盡之意, 則趣多.

【不盡之意(부진지의)】 모두 드러내지 않는 마음(뜻). 끝까지 드러내지 않고 여운을 남긴다는 의미.

情이란 전부 드러내지 않고 남겨진 듯해야 그 맛이 깊고, 興은 모두 드러내지 않고 남겨진 듯해야 정취가 많은 것!

[1-48] 待富貴人, 不難有禮, 而難有體; 待貧賤人, 不難有恩, 而難有禮.

【有禮(유례)】 예의가 바르다.

【有體(유체)】체면을 유지하다〔得體〕.

　부귀한 자를 대할 때 예의를 갖추기는 어렵지 않으나 체면을 유지하기
가 어렵고, 빈천한 사람을 대할 때 은혜를 베풀기는 어렵지 않으나 예의
를 갖추기는 어렵다.

　　[1-49] 山棲是勝事, 稍一縈戀, 則亦市朝; 書畫賞鑒是雅事,
稍一貪癡, 則亦商賈; 詩酒是樂事, 稍一徇人, 則亦地獄; 好客
是豁達事, 稍一爲俗子所撓, 則亦苦海.

【山棲(산서)】산에 살다.
【勝事(승사)】좋은 일, 훌륭한 일.
【市朝(시조)】시장과 조정. 즉 사람이 많이 모이는 곳.
【稍一(초일)】조금.
【縈戀(영련)】그리움에 얽히다. 미련이 남다. ＊縈: 얽히다.
【癡(치)】정신없이 열중하다, 정상적인 판단력을 잃다, 매혹되다.
【商賈(상고)】장사꾼, 장수.
【徇人(순인)】여기서는 취기를 빌어 다른 사람을 굴복시킨다는 의미. ＊徇: 따르다,
쫓다, 부리다.
【撓(뇨)】어지럽다, 방해하다.

　산에 은거하는 것은 좋은 일이지만 세속에 대한 미련이 조금이라도 남
아 있다면 번잡하고 시끄러운 곳에서 사는 것과 같고, 서화를 감상하는
것은 고상한 일이지만 욕심내어 빠져들면 장사꾼과 같아진다.
　시를 쓰거나 술 마시는 일은 즐거운 일이지만 다른 사람을 힘들게 하
면 지옥처럼 되며, 손님을 좋아하는 것은 호탕한 일이지만 조금이라도 속
된 사람이 끼어 소란을 피우면 苦海와 같아진다!

[1-50] 多讀兩句書, 少說一句話; 讀得兩行書, 說得幾句話.

책은 두 구절이라도 더 읽고, 말은 한마디라도 적게 하라!
글을 단 몇 줄만 읽었다면 몇 마디만 말해라!

[1-51] 看中人, 在大處不走作; 看豪傑, 在小處不滲漏.

【中人(중인)】 중간 정도의 수준을 가진 사람, 보통 사람.
【在大處(재대처)】 본문의 '在小處'와 상대되는 말로, '큰 일에 있어서'라는 의미.
【走作(주작)】 본래의 규범에서 벗어나다. '不'가 붙어 여기서는 자신이 가진 능력을 넘어서기에 일을 처리하지 못한다는 의미로 쓰였다.
【滲漏(삼루)】 새다, 누설되다. 허점, 빈틈.

보통 사람은 큰 일을 맡았을 때 처리하지 못하지만, 뛰어난 사람들을 보면 작은 일도 빈틈없이 처리한다.

[1-52] 留七分正經以度生, 留三分癡呆以防死.

【分(분)】 分, 할, 10분의 1.
【正經(정경)】 성실하다.
【度生(도생)】 삶을 도모하다. *度: 헤아리다, 건너다.
【癡呆(치매)】 우둔하다, 어리숙하다.
  * '어수룩하게 죽음을 대비하라?' 본의는 '어수룩한 언행으로 죽음으로부터 자기 몸을 지켜라, 방어하라'는 것일 게다. 똑똑한 사람일수록 '나머지 3할'의 중요함을 절감할 터!

본성의 7할은 성실하게 삶을 도모하는 데 쓰고, 나머지 3할은 어수룩하게 죽음을 대비하는 데 쓰라!

[1-53] 輕財足以聚人, 律己足以服人, 量寬足以得人, 身先足
以率人.

【律己(율기)】 자신을 단속하다. *律: 제약하다, 규제하다, 단속하다.
【服人(복인)】 다른 사람을 설득시키다. *服: 설득하다, 설복하다.
【量(량)】 헤아리다.
【身先(신선)】 '身先士卒'의 의미로 '몸소 병사들 앞에 서다' '앞장서서 군중을 이
끌다' 는 뜻.

　재물을 가벼이 여기면 사람들을 끌어 모을 수 있고, 자신을 단속하면
다른 사람을 설득할 수 있으며, 관대하면 사람들의 마음을 얻을 수 있고,
솔선수범하면 다른 사람을 통솔할 수 있다.

[1-54] 從極迷處識迷, 則到處醒; 將難放懷一放, 則萬境寬.

【迷(미)】 迷惑.
【識(식)】 알다, 인식하다. 여기서는 '識破(꿰뚫어 보다, 간파하다)' 의 의미.
【到處(도처)】 곳곳, 이르는 곳마다.
【醒(성)】 깨닫다, 각성하다. '迷' 와 상대되는 말로 이 卷의 표제어이다.
【放(방)】 놓아주다, 풀어놓다, 쫓아내다. 내치다.
【萬境(만경)】 모든 장소, 모든 상황을 말함. *境: 장소, 지경, 상황.

　극히 혼돈스런 상황에서라도 그 혼돈을 꿰뚫어 볼 수 있으면 언제라도
깨어 있을 수 있고, 풀어놓기 어려운 마음이라도 한번 놓아 버리면 모든
상황에서 여유롭게 된다.

[1-55] 大事難事看擔當, 逆境順境看襟度; 臨喜臨怒看涵養,
群行群止看識見.

【擔當(담당)】 일을 맡아하다.
【襟度(금도)】 생각과 도량. 도량.
【涵養(함양)】 수양, 교양, 학식을 넓혀 심성을 닦다, 은덕을 베풀어 기르다.
【臨(임)】 부딪히다, 직면하다, 임하다.
【群行群止(군행군지)】 무리지어 행동하고 멈추다. 즉 무리지어 행동하다.
【識(식)】 식견, 견식.
【見(현)】 드러나다. 즉 무리 중에서 탁월한 식견이 드러남을 말함.

　큰 일과 어려운 일을 당했을 때 그 일을 담당할 수 있을지 알게 되고,
역경과 순경에 처했을 때 도량을 알 수 있으며, 즐겁거나 화나는 일에 직
면했을 때 수양됨을 알 수 있고, 사람들과 함께할 때 식견을 알 수 있는
법이다.

[1-56] 安詳是處事第一法, 謙退是保身第一法, 涵容是處人
第一法, 灑脫是養心第一法.

【安詳(안상)】 성질이 차분하고 자세하다.
【第一法(제일법)】 최고의 방법, 제일의 법칙.
【謙退(겸퇴)】 겸손하게 사양하다, '謙恭退讓'의 준말.
【涵容(함용)】 너그럽게 용서하다, 관용하다.
【灑脫(쇄탈)】 소탈하다, 거리낌이 없다, 대범하다.

　차분하고 상세한 것은 일을 처리하는 제일의 방법이요, 겸손하게 사양
하는 것은 몸을 보전하는 최고의 방법이며, 너그럽게 용서하는 것은 사
람을 대하는 제일의 방법이고, 유유자적 소탈한 것은 마음을 수양하는
최고의 비법!

[1-57] 處事最當熟思緩處. 熟思則得其情, 緩處則得其當.

【當(당)】 적합하다, 적당하다. 타당하다.
【熟思(숙사)】 심사숙고하다, 곰곰이 생각하다.
【緩處(완처)】 느리게 처리하다, 느긋하게 처리하다, 연기하여 처리하다.
【得其當(득기당)】 일이 한쪽으로 치우치지 않은 적당함과 타당함을 얻는다.

일을 처리할 때 심사숙고하고 느긋하게 처리하는 것이 가장 옳을 것이다. 곰곰이 생각하면 일의 상황을 파악할 수 있고, 느긋하면 타당하게 처리할 수 있다.

[1-58] 必能忍人不能忍之觸忤, 斯能爲人不能爲之事功.

【觸忤(촉오)】 감정을 거슬러 성을 벌컥 내다, 치밀어오르는 분노.
【斯(사)】 곧, 즉, 이에.
【事功(사공)】 성취, 사업과 공적.

다른 사람이 견디지 못하는 치밀어오르는 분노를 견딜 수 있어야 남들이 못하는 일을 이룰 수 있다.

[1-59] 輕與必濫取, 易信必易疑.

【與(여)】 주다.
【濫(람)】 지나치다. 마구하다, 함부로 하다.

다른 사람에게 쉽게 줘버리면 자신도 함부로 가지려 하게 되고, 다른 사람을 쉽게 믿다 보면 다른 사람을 쉽게 의심하게도 된다.

[1-60] 積丘山之善, 尙未爲君子; 貪絲毫之利, 便陷於小人.

【丘山(구산)】 언덕과 산. 즉 지극히 많음을 말함.
【尙(상)】 오히려, 아직, 또한.
【未爲(미위)】 아직 …라고 할 수 없다, 아직 …이지는 않다.
【絲毫(사호)】 극히 적은 수량.
【便(변)】 곧, 즉시, 바로.
【陷(함)】 빠지다, 빠뜨리다, 함정.

언덕이나 산처럼 커다란 善을 쌓더라도 아직 군자라 할 수 없는데, 아주 작은 利益이라도 욕심내 버리면 이내 小人이 돼버린단다!

[1-61] 智者不與命鬪, 不與法鬪, 不與理鬪, 不與勢鬪.

【智者(지자)】 지혜로운 자, 슬기 있는 자.
【與(여)】 …와.
【命(명)·法(법)·理(리)·勢(세)】 즉 命運·法律·公理(정당한 도리)·이치·권세.

지혜로운 자는 운명과 다투지 않고, 법과 다투지 않고, 公理와 다투지 않으며, 권세와 다투지 않는다.

[1-62] 良心在夜氣淸明之候, 眞情在簞食豆羹之間. 故以我索人, 不如使人自反; 以我攻人, 不如使人自露.

【在(재)】 …에 있다. 여기서는 '드러나다'로 새겼음.
【良心(양심)】 선량하고 정직한 마음.
【夜氣(야기)】 저녁 달빛.
【淸明(청명)】 맑고 밝다.

【簞食豆羹(단식두갱)】 대광주리의 밥과 콩국, 즉 변변하지 못한 조촐한 음식.
【索(색)】 찾다, 요구하다.
【自反(자반)】 스스로 반성하다.
【攻人(공인)】 다른 사람을 공격하다. 여기서는 다른 사람을 비평하고 질책함을 말함.
【自露(자로)】 스스로 자신의 잘못을 드러내다.

　良心은 맑고 밝은 밤기운 속에, 참다운 정은 조촐한 음식 속에 들어 있
는 법이다.
　내가 다른 사람에게 요구하는 것보다 다른 사람이 스스로 반성하도록
하는 것이 낫고, 내가 다른 사람을 비판하는 것보다 다른 사람이 스스로
잘못을 깨닫게 하는 것이 낫다.

　　[1-63] 俠之一字, 昔以之加義氣, 今以之加揮霍, 只在氣魄氣
骨之分.

【俠(협)】 협객, 의협심.
【之(지)】 그것. 여기서는 俠을 가리킴.
【義氣(의기)】 의기, 의협심.
【揮霍(휘곽)】 마음대로 휘두르다.
【只在(지재)】 다만 …만이 있다, 다만 …에만 있다.
【氣魄(기백)】 기백, 패기, 기세/氣骨: 氣品, 氣槪. *여기서 '기백'은 의로움을 중
시하는 영혼·정신적 측면으로, '기골'은 의로움을 중시하는 성질·혈기의 측면으
로 해석하였다.

　옛날에는 '俠'이라는 글자에 '의협심'이라는 뜻을 부여했고, 지금은
'마음대로 휘두른다'는 뜻을 부여한다. 의협적인 정신인 氣魄과 혈기를
누르지 못하는 성품인 氣骨의 차이가 있는 것이다.

[1-64] 不耕而食, 不織而衣, 搖脣鼓舌, 妄生是非, 故知無事人好生事.

【搖脣鼓舌(요순고설)】 궤변을 늘어놓다, 말솜씨를 자랑하며 유세하고 선동하다.
【妄生是非(망생시비)】 함부로 시비가 생기다, 마구 시비를 일으키다.
【無事(무사)】 아무 일이 없다, 탈없이 편안하다.

몸소 밭을 갈지 않으면서도 밥을 먹고, 베를 짜지 않으면서도 옷을 입으며, 궤변을 늘어놓고 함부로 시비를 일으키기도 한다.
즉 일하지 않는 사람이 문제를 일으키기 좋아한다는 것을 알 수 있으리라!

[1-65] 霑泥帶水之累, 病根在一戀字; 隨方逐圓之妙, 便宜在一耐字.

【霑泥帶水之累(점니대수지누)】 물을 긷다가 신발에 진흙을 묻히게 되는 허물(혹은 실수).
【病根(병근)】 병의 근원, 폐해의 근원.
【隨方逐圓(수방축원)】 모난 데는 모난 대로 둥근 데는 둥근 대로 대응하다. 즉 환경이나 상대(사람)에 맞춰 잘 적응하다.
【便宜(편의)】 편리하고 마땅함, 이롭게 하다. 이익과 도움.

물을 긷다가 신발에 진흙을 묻히는 실수를 저지르는데, 그 허물의 근원은 목적을 이루기 위해 연연해하는 '戀' 字에 있는 것!
모난 데는 모난 대로 둥근 데는 둥근 대로 잘 적응할 때, 그 이익은 모든 것을 참아내는 '耐' 자에서 비롯되는 것!

[1-66] 才人經世, 能人取世, 曉人逢世, 名人垂世, 高人出世, 達人玩世. 寧爲隨世之庸愚, 勿爲欺世之豪傑.

【才人(재인)】 재주 있는 사람.
【經世(경세)】 세상을 다스리다.
【能人(능인)】 능력 있는 사람.
【取世(취세)】 세상을 얻다. 여기서는 세상에서 원하는 것을 얻을 수 있다는 뜻.
【曉人(효인)】 사리에 밝은 사람.
【逢(봉)】 만나다. 영합하다.
【名人(명인)】 名士, 유명한 사람.
【垂世(수세)】 세상에 널리 전하다.
【高人(고인)】 능력이 아주 뛰어난 사람.
【玩世(완세)】 세상을 업신여기다.
【出世(출세)】 속세를 떠나다.
【達人(달인)】 세상의 사물과 이치를 완전히 깨달은 사람.
【寧(녕)…勿(물)】 차라리…할지언정 …하지 마라.
【隨(수)】 따르다, 순응하다.
【庸愚(용우)】 용렬하고 우둔하다.
【欺世(기세)】 세상을 속임.

　재주 있는 사람은 세상을 다스리고, 능력 있는 사람은 세상에 선택받아 쓰여지고, 사리판단이 밝은 사람은 시운에 영합하고, 유명한 사람은 세상에 명성을 드리우고, 탈속한 사람은 세상을 초월하고, 달통한 사람은 세상을 가볍게 여긴다.
　차라리 세상을 따르는 우둔한 바보가 될지언정, 세상을 속이는 잘난 사람은 되지 마시라!

[1-67] 天下無不好諛之人, 故諂之術不窮; 世間盡善毀之輩, 故讒之路難塞.

【諛(유)】 아첨하다, 기꺼이 따르다, 아첨.
【不窮(불궁)】 끝이 없다(=無窮).
【盡(진)】 모두, 다.
【毀(훼)】 헐다, 험담하다, 멸하다, 없애다.
【讒(참)】 중상모략하다, 해치다, 거짓말하다.

세상에는 아첨을 싫어하는 이가 없기에 아첨하는 기술이 무궁무진하고, 세상 모두가 헐뜯기 잘하는 무리이기에 중상모략의 길은 막기 어렵더라!

[1-68] 進善言, 受善言, 如兩來船, 則相接耳.

【善言(선언)】 좋은 말, 유익한 말, 듣기 좋은 말.
【兩來船(양래선)】 마주 오는 배 두 척. 여기서는 두 척의 배가 서로 접선하는 것을 말함.
【相接(상접)】 서로 한데 닿다, 어긋나지 않다, 맞아떨어지다.

남에게 좋은 말을 해주거나 좋은 말을 받아들일 때, 배 두 척을 연결하듯 한 치의 오차도 없이 하면 두 가지가 하나로 이어질 것이다.

[1-69] 淸福上帝所吝, 而習忙可以銷福; 淸名上帝所忌, 而得謗可以銷名.

【上帝(상제)】 상제, 천제, 하느님.
【吝(린)】 아끼다, 소중히 여기다, 인색하다.
【淸福(청복)】 유유자적하는 행복, 한가하고 안락한 생활.
【習忙(습망)】 바쁜 것에 습관되다. 바쁘게 행동하는 나쁜 습관이 있다.
【淸名(청명)】 깨끗한 명성, 고결한 명성.

【得謗(득방)】 비방을 받다.

유유자적하는 복〔清福〕은 하늘도 아끼는 것이니 바쁜 것에 익숙해져 버리면 그 복을 감소시킬 수 있고, 고결하다는 명성(清名)은 하늘도 시샘하는 것이라 비방을 받으면 그 명성이 감해질 수 있다.

[1-70] 造謗者甚忙, 受謗者甚閑.

비난거리를 만드는 사람은 몹시 바쁘고, 비난을 듣는 사람은 오히려 여유로운 법!

[1-71] 蒲柳之姿, 望秋而零; 松柏之質, 經霜彌茂.

【蒲柳(포류)】 갯버들, 부들과 버드나무. 여기서는 뒷문장의 松柏에 따라 蒲草(부들)와 柳(버드나무)로 각각 나누어 새겼다.
【望秋而零(망추이령)】 가을이 되면 곧 시든다. *零: 영락하다, 쇠락하다.
【彌(미)】 더욱더, 점점, 한층 더.

부들과 버드나무의 자태는 가을에 접어들면 쇠락해지지만, 소나무와 백양나무의 본질은 서리를 맞아야 더욱 울창해지는 법이라!

[1-72] 人之嗜名節, 嗜文章, 嗜遊俠, 如好酒然, 易動客氣, 當以德消之.

【名節(명절)】 명예와 절개, 명예와 절조.
【游俠(유협)】 의협심이 있는 사람, 혹은 의협심.

【客氣(객기)】 참다운 용기가 아니라 일시적인 감정에서 나오는 蠻勇.
【消(소)】 해소하다, 없애다, 제거하다.

  명예와 절개를 좋아하고 문학을 즐기며 의협적인 것을 좋아하는 성격
은 술 마시기 좋아하는 것처럼 만용을 부리기도 쉬우니 德으로써 만용을
없애야 한다.

  [1-73] 好譚閨閫及好譏諷者, 必爲鬼神所忌. 非有奇禍必有
奇窮.

【閨閫(규곤)】 여자가 거처하는 내실. 여기서는 여색에 관한 일.
【譏諷(기풍)】 풍자하다, 비난하다, 비꼬다.
【奇禍(기화)】 뜻밖의 재난.
【奇窮(기궁)】 몹시 곤궁함.

  여자에 대해 말하기 좋아하는 자, 다른 사람을 비난하기 좋아하는 자
는 귀신도 미워하는 법이니, 뜻밖의 재난을 당하지 않더라도 곤궁하게 되
리라!

  [1-74] 神人之言微, 聖人之言簡, 賢人之言明, 衆人之言多,
小人之言妄.

【神人(신인)】 신령한 사람, 득도한 사람.
【微(미)】 미묘하다, 심오하다.
【聖人(성인)】 지혜와 도량이 뛰어나고 사물의 이치에 정통하여 만세에 師表가 될
만한 사람.
【賢人(현인)】 어진 사람, 현명한 사람.

【明(명)】분명하다.
【衆人(중인)】여러 사람, 세상 사람, 보통 사람, 凡人.
【妄(망)】망령되다, 함부로 말하다.

득도한 사람의 말은 심오하고, 성인의 말은 간결하며, 賢人의 말은 분명하다.
일반 백성의 말은 많고, 소인의 말은 망령스럽고…….

[1-75] 士君子不能陶鎔人, 畢竟學問中工力未透.

【士君子(사군자)】교양과 인격이 높은 사람.
【陶鎔(도용)】교화시키다.
【畢竟(필경)】결국, 마침내.
【工力(공력)】기술과 힘, 시간과 노력(=工夫).

士君子로서 다른 사람을 교화시킬 수 없다면 결국 그의 공부가 아직 투철하지 못한 것이다.

[1-76] 有一言而傷天地之和, 一事而折終身之福者, 切須檢點.

【天地之和(천지지화)】천지음양의 조화.
【終身之福(종신지복)】일생의 행복. 즉 별탈없이 천수를 누린다는 의미.
【切(체)】모두, 전부, 철저히.
【檢點(검점)】점검하다, 신중히 하다.

한마디의 말이 천지의 조화를 손상시키고, 한 가지 일이 평생의 행복을 꺾어 버릴 수 있으니, 모든 일을 신중하고 또 신중하게 해야 한다.

[1-77] 能受善言, 如市人求利; 寸積銖累, 自成富翁.

【善言(선언)】 좋은 말, 훈계가 되는 말.
【市人(시인)】 상인.
【寸積銖累(촌적수루)】 조금씩 조금씩 축적하다. ＊寸: 길이의 단위로 극히 짧은 것,
＊銖: 무게의 단위로, 극히 가벼운 것.

　다른 사람의 좋은 말을 받아들이는 것은 상인이 이익을 보는 것과 같
다. 조금씩 조금씩 쌓이다 보면 절로 부자가 되는 것처럼 말이다.

[1-78] 金帛多, 只是博得垂老時, 子孫眼淚少, 不知其他, 知
有爭而已; 金帛少, 只是博得垂老時, 子孫眼淚多, 不知其他, 知
有哀而已.

【金帛(금백)】 금은재화.
【博得(박득)】 얻다.
【垂老(수로)】 노년, 여기서는 '늙어 세상을 떠날 때' 라는 의미를 담고 있다.

　재물이 많으면 늙어 세상을 떠날 때 자손들의 눈물(슬픔)이 적다. 다른
것은 몰라도 재산 다툼이 많을 거라는 건 알 수 있다.
　재산이 적으면 늙어 세상을 떠날 때 자손의 눈물이 많다. 다른 것은 몰
라도 슬픔이 많을 거라는 건 알 수 있다.

[1-79] 讀書須尋出書中眼目始得.

【眼目(안목)】 눈, 눈매, 主眼, 요점, 사물을 보아서 식별하는 眼識.

독서란 모름지기 책 속의 요점을 찾아내야 비로소 체득하는 것이다.

[1-80] 景不和, 無以破昏蒙之氣; 地不和, 無以壯光華之會.

【景(경)】 경물, 경치.
【無以(무이)】 …할 수가 없다, …할 도리가 없다.
【昏蒙之氣(혼몽지기)】 어두운 날씨, 암울한 분위기. *昏蒙: 정신이 흐릿하다, 어둡다, 밝지 않다.
【光華之會(광화지회)】 광채가 모이는 것, 광채의 모임. *光華: 광채, 햇빛.

　자연경물과 조화를 이루지 못하면 암울한 기운을 깨뜨릴 수 없고, 땅과 조화를 이루지 못하면 찬란한 기운을 장엄하게 펼칠 수 없다.

[1-81] 一念之善, 吉神隨之; 一念之惡, 厲鬼隨之, 知此可以役使鬼神.

【一念(일복)】 한순간의 생각, 짧은 시간, 한결같은 마음.
【吉神(길신)】 복을 내리는 길조의 神.
【厲鬼(여귀)】 악귀.
【隨(수)】 따르다, 함께 가다.
【役使(역사)】 부리다, 일을 시키다.

　착한 일에 대한 생각을 잠시만 품더라도 상서로운 神이 그를 따라주고, 나쁜 일에 대해 잠시 생각을 품더라도 악귀가 쫓아온다. 이러한 이치를 안다면 좋고 나쁜 神들을 조정할 수 있을 것이다.

[1-82] 出一箇喪元氣進士, 不若出一箇積陰德平民.

【出(출)】 드러내다, 만들어 내다. 여기서는 교육시키는 것을 말함.
【箇(개)】 (=個) …명, …개(사람이나 사물을 세는 단위).
【元氣(원기)】 精氣, 元氣.
【隱德(은덕)】 드러내지 않고 행하는 덕행.

원대한 뜻을 상실한 進士 한 명을 배출하는 것보다 은덕을 쌓는 평민 한 명을 양성하는 것이 낫다.

[1-83] 眉睫纏交, 夢裏便不能張主; 眼光落地, 泉下又安得分明.

【眉睫纏交(미첩재교)】 눈과 눈썹이 하나로 합쳐지다. 즉 두 눈을 감는 것을 말함.
＊眉睫: 눈썹과 속눈썹, 아주 가까운 거리.
【張主(장주)】 자신의 주장을 펼치다, 주장하다.
【眼光(안광)】 식견, 눈빛, 세상을 바로 보고 판단하는 안목.
【落地(낙지)】 땅에 떨어짐, 즉 상실함을 말함.
【泉下(천하)】 저승.
【安(안)】 어찌.
【分明(분명)】 분명히 판별(식별)하다.

두 눈을 감고서 회피해 버린다면 꿈속에서도 자신의 주장을 펼칠 수 없는 법!
세상을 바로 보는 안목을 상실해 버리면 저승에 갈 때까지도 어찌 잘잘못을 분명하게 알겠는가?!

[1-84] 佛只是箇了, 仙也是箇了, 聖人了了不知了. 不知了了

是了了, 若知了了, 便不了.

【箇了(개료)】箇는 사물을 세는 양사. 了는 여기서 명사로 쓰임. *了: 깨닫다, 명확히 알다.
【了了(요료)】깨달음을 깨닫다(→ 어떠한 진리를 깨우치다). 앞의 '了'는 동사, 뒤의 '了'는 명사로 쓰임.

　부처는 다만 하나를 깨달았을 뿐이요, 신선도 하나를 깨달았을 뿐이며, 聖人은 깨달았지만 그랬는 줄 모른다. 깨달음을 깨달았는지 모르는 것이 깨달은 것이요, 깨달았는지를 안다고 한다면 그건 깨닫지 못한 것이다.

　[1-85] 萬事不如杯在手, 一年幾見月當空.

【萬事(만사)】온갖 일, 여기서는 온갖 좋은 일로 풀이하는 것이 좋다.
【當空(당공)】하늘, 공중, 하늘에 걸려 있다.

　세상사 좋은 일들이라도 들고 있는 술잔만은 못하리니, 하늘에 걸려 있는 달을 일 년에 몇 번이나 보리오?

　[1-86] 憂疑杯底弓蛇, 雙眉且展; 得失夢中蕉鹿, 兩脚空忙.

【憂疑(우의)】의심하다.
【杯底弓蛇(배저궁사)】晉代, 樂廣이 손님을 초청하여 주연을 베풀었는데, 그 중 한 사람이 벽에 걸린 활그림자가 술잔에 비친 것을 뱀으로 잘못 알고 뱀을 잘못 삼켰다고 생각하여 병이 난 고사에서 유래한 말. 곧 공연한 의혹으로 고민한다는 의미.
【雙眉且展(쌍미차전)】양미간을 잠시 펴다, 잠시 웃음을 띠다. *且: 잠시, 잠깐, 다시금.

【蕉鹿(초록)】鄭나라 사람이 나무하러 갔다가 사슴 한 마리를 잡고는 다른 사람이 볼까봐 파초잎으로 사슴을 가려놓았다. 나중에 사슴을 숨긴 곳을 찾아 헤맸지만 결국 찾지 못했는데, 깨어 보니 꿈이었다(《列子·周穆王》). 나중에 '蕉鹿'이라는 고사는 '환상'의 의미로도 사용하게 되었다.
【得失(득실)】얻음과 잃음, 이익과 손해.
【空忙(공망)】공연히 바쁘다, 일없이 바쁘다.

술잔에 어린 활 그림자를 뱀이라 여겨 걱정했다가 그 사실을 깨달으면 미간을 펴고 웃게 되고, 꿈속에서 사슴을 잡아 파초잎으로 덮어두고서도 꿈이었다는 것을 모르면 두 다리만 공연히 바빠진다네!

[1-87] 名茶美酒, 自有眞味, 好事者投香物佐之, 反以爲佳, 此與高人韻士, 誤墮塵網中何異.

【眞味(진미)】진정한 맛, 참맛.
【好事者(호사자)】여러 가지 일에 대해 호기심을 가지고 좋아하는 자, 일 만들기 좋아하는 사람.
【香物(향물)】향기를 내는 물질, 즉 향료.
【反(반)】도리어.
【高人(고인)】인격이나 생각이 뛰어난 사람. 명인이나 인격자.
【韻士(운사)】운치를 추구하는 사람. 속세와 동떨어져 유유자적하는 은사를 주로 칭함.
【幽人(유인)】그윽한 이치를 추구하는 사람, 곧 스님, 隱者 등을 말함.
【誤墮塵網中(오타진망중)】陶淵明의 〈歸園田去〉 중 '잘못하여 속세에 떨어졌다〔誤落塵網中〕'는 말을 차용하여 속세에서 생활한다는 뜻.
【何異(하이)】무엇이 다른가? 무슨 차이가 있는가?

좋은 차와 좋은 술은 스스로 참맛을 지니지만, 괜히 뭔가를 하기 좋아하는 사람들은 향신료를 넣고서는 오히려 좋다고 여긴다. 高人·韻士가 속세로 떨어져 세속적으로 사는 것과 무엇이 다르리오?

[1-88] 花棚石磴, 小坐微醺. 歌欲獨, 尤欲細; 茗欲頻, 尤欲苦.

【花棚石磴(화붕석등)】 꽃으로 시렁을 삼고 바위로 등받이 없는 의자로 삼은 것.
【小(소)】 잠시.
【微醺(미훈)】 약간 취하다, 가만히 취한다.
【細(세)】 가냘프다, 섬세하다, 정밀하다.
【頻(빈)】 자주, 누차, 절박하다.

꽃으로 지붕삼고 바위로 의자삼아 가만히 앉아 분위기에 취해 본다. 노래는 혼자 부를수록 더욱 가냘퍼지고, 차는 마실수록 더욱 쌉쌀해지고…….

[1-89] 善嘿卽是能語, 用晦卽是處明; 混俗卽是藏身, 安心卽是適境.

【嘿(묵)】 침묵.
【卽是(즉시)】 즉 …이다, 곧 …이다.
【能語(능어)】 말주변이 좋은 것.
【晦(회)】 어둡다, 분명하지 않다, 명확하지 않다.
【處(처)】 처리하다, 처신하다.
【安心(안심)】 마음이 편안함, 마음을 편안하게 함.

침묵을 잘하는 것이 말을 잘하는 것, 모호하게 행동하는 것이 분명하게 처신하는 것, 세속에 섞이는 것이 몸을 숨기는 것, 마음을 편안히 하는 것이 상황에 적응하는 것!

[1-90] 雖無泉石膏肓, 烟霞痼疾, 要識山中宰相, 天際眞人.

【泉石膏肓(천석고황)】 산수자연을 너무나 좋아하는 버릇과 습관. 즉 자연지향적인 취향.
【煙霞痼疾(연하고질)】 산수를 무작정 좋아하는 버릇. *煙霞: 안개와 놀, 고요한 산수의 경치. *痼疾: 고치기 어려운 병.
【山中宰相(산중재상)】 南朝 시기에 梁人 陶弘景이 句容句曲山(지금의 山西省 茅山)에 은거하였다. 梁 武帝가 예를 갖추어 초청했지만 출사하지 않았는데, 국가의 大事가 있으면 항상 상담하였으므로 당시 사람은 그를 산속에 은거하고 있지만 국가 대사에 관여하는 재상과 같다고 하여 '산속에 사는 재상〔山中宰相〕'이라고 불렀다.
【天際眞人(천제진인)】 천제는 하늘가(하늘 끝), 진인은 도교의 깊은 진리를 깨달은 사람. 즉 하늘의 조화와 진리를 깨달은 초탈한 사람을 지칭한다.

비록 산수자연을 너무 좋아하는 취향이 아니더라도, 속세를 벗어난 山中 宰相이나 天際 眞人의 삶과 뜻은 이해해야 하리.

[1-91] 氣收自覺怒平, 神斂自覺言簡, 容人自覺味和, 守靜自覺天寧.

【收(수)】 거두어들이다, 억제하다, 그만두다.
【自(자)】 여기서는 자연히, 저절로의 의미임.
【斂(렴)】 거두어들이다, 단속하다.
【簡(간)】 간단하다, 적다는 의미임.
【容(용)】 받아들이다, 관용하다, 용서하다, 용인하다.
【味(미)】 맛, 기분, 느낌.
【守靜(수정)】 마음의 안정을 지키다. *靜: 조용하다, 고요하다. 즉 마음이 안정됨을 말함.

氣를 거두어들이면 화가 가라앉음을 저절로 느끼고, 정신을 가다듬으면 말이 적어짐을 저절로 느끼며, 다른 사람을 너그러이 용서하면 조화롭게 됨을 저절로 느끼고, 마음의 안정을 지키면 천하가 평온함을 저절로 느낄 수 있단다!

[1-92] 處事不可不斬截, 存心不可不寬舒, 持己不可不嚴明,
與人不可不和氣.

【不可不(불가불)】 …안해서는 안 된다, …해야 한다.
【斬截(참절)】 과감하게 끊고 자르다. 결단을 내리다.
【存心(존심)】 생각을 품다.
【寬舒(관서)】 넓고(크고) 여유 있다.
【持己(지기)】 자기 자신을 지키다, 자기 자신을 제어하다.
【嚴明(엄명)】 엄격하고 공정하다.
【與人(여인)】 다른 사람과 교제하다, 다른 사람과 어울리다.
【和氣(화기)】 태도가 온화하다, 화목하다.

　일을 처리할 때는 과감하게 결단을 내려야 하고, 생각을 품을 때는 넓
고 여유롭게 해야 하며, 자신을 조신하게 통제할 때는 엄격하고 공정해야
하며, 다른 사람과 어울릴 때는 화목해야 한다.

[1-93] 居不必無惡隣, 會不必無損友, 惟在自持者兩得之.

【會(회)】 모임, 社·會를 결성하는 것.
【自持(자지)】 스스로 억제하다, 자제하다.
【損友(손우)】 자신이나 모임에 손해를 입히는 친구.
【兩得之(양득지)】 兩은 곧 '惡隣'과 '損友'를 의미하고, '得之'는 이 두 가지를 모
두 얻는다, 혹은 이들의 영향을 받지 않는다는 의미로 해석할 수 있음.

　살다 보면 나쁜 이웃이 있게 마련이고, 모임에서는 손해를 입히는 친구
가 있게 마련이니, 오직 자신을 통제하는 사람만이 이 두 가지 영향을 받
지 않을 수 있다.

[1-94] 要知自家是君子小人, 只于五更頭點檢, 思想的是甚
麼便見得.

【自家(자가)】 자기 자신.
【只須(지수)】 단지 …하기만 하면.
【五更(오경)】 새벽 3시부터 5시 사이, 즉 이른 새벽.
【點檢(점검)】 점검하다, 단속하다, 신중히 하다.

자신이 군자인지 소인인지 알고 싶다면, 이른 새벽에 일어나 스스로
점검해 보면 자신의 사상이 어떠한지 이내 알 수 있을 것이다.

[1-95] 平地坦途, 車豈無蹶? 巨浪洪濤, 舟亦可渡. 料無事必
有事, 恐有事必無事.

【坦途(탄도)】 평탄한 길.
【巨浪洪濤(거랑홍도)】 거대한 파도.
【料(료)】 헤아리다, 짐작하다, 생각하다.
【無事(무사)】 아무 일이 없음, 탈없이 편안하다(=無故).
【有事(유사)】 일이 일어나다, 병고가 생기다, 사고가 나다.
【恐(공)】 두려워하다, 걱정하다.

평탄한 길이라고 수레가 넘어지지 않던가? 거친 파도 속이라도 배가
건널 수 있는 법이다. 별탈없을 거라 짐작하면 반드시 변고가 생길 것이
요, 변고가 생길까 걱정하여 대비하면 아무 탈 없을 것이다.

[1-96] 富貴之家, 常有窮親戚來往, 便是忠厚.

【便是(변시)】 곧 …이다, 바로 …이다.
【忠厚(충후)】 사람됨이 충실하고 온후하다, 사람됨이 진실하고 온후하다.

　부귀한 집에 항상 가난한 친척들이 왕래한다면, 그 사람이 진실하고 온후하다는 뜻이다.

[1-97] 朝市山林俱有事, 今人忙處古人閑.

【朝市(조시)】 조정이나 시장, 官界나 시장.

　朝廷이나 시장, 한적한 산속이든 그 어디라도 일은 있는 법이니, 요즘 사람에겐 바쁜 곳이라도, 옛날 사람에겐 한가한 곳이었을 수 있으리…….

[1-98] 人生有書可讀, 有暇得讀, 有資能讀, 又涵養之, 如不識字人, 是謂善讀書者. 享世間淸福, 未有過於此也.

【人生(인생)】 사람이 세상에서 사는 동안, 사람, 사람의 목숨.
【資(자)】 재화, 자질. ＊여기서는 책을 살 수 있는 경제력이나 책을 읽을 수 있는 자질, 모두 새길 수 있음. 다만 앞 구문에서 '책이 있어야' 라는 말이 나왔기에 '자질'로 새기는 것이 합당하며, 뒷구절과도 호응됨.
【淸福(청복)】 한가한 복, 유유자적하는 행복.
【謂(위)】 말하다, …라고 부르다.

　사는 동안 책이 있어야 읽을 수 있고, 틈이 있어야 읽을 수 있으며, 그만한 자질도 갖추어져야 읽을 수 있다. 이를 함양할 때는 글자를 전혀 모르는 사람처럼 해야 하나니, 이런 사람더러 독서를 잘한다고 하는 것이다. 이 세상에서 고상하고 맑은 복〔淸福〕은 독서하는 것이 최고!

[1-99] 世上人事無窮, 越幹越做不了. 我輩光陰有限, 越閒越
見淸高.

【人間事(인간사)】 인간사, 즉 세상사, 사람간의 일.
【無窮(무궁)】 끝이 없다, 무한하다, 무궁하다.
【越(월)…越(월)】 …하면 할수록 …하다.
【幹(간)】 (일을) 하다, 맡다.
【做不了(주불료)】 끝낼 수 없다, 다 할 수 없다.
【光陰(광음)】 시간, 세월.
【見(현)】 드러내다, 보이다.
【淸高(청고)】 고결하다, 고상하다, 청렴하다.

　인간사는 끝이 없어 해도해도 끝낼 수가 없지만, 우리네 세월은 유한
하여 한적하게 살수록 맑고 고상함이 드러난다.

[1-100] 兩刃相迎俱傷, 兩强相敵俱敗.

【兩刃(양인)】 두 개의 칼.
【相迎(상영)】 서로 향하다, 서로 마주하다.
【相敵(상적)】 서로 대항하다, 대적하다.

　두 개의 칼이 마주치면 둘 다 다치고, 두 개의 강한 힘이 대적하면 둘
다 패한다.

[1-101] 我不害人, 人不我害; 人之害我, 由我害人.

【人(인)】 타인, 남.
【由(유)】 …으로 말미암다, …으로 인해서, … 때문에.

내가 다른 사람을 해치지 않으면 다른 사람도 나를 해치지 않는다. 다른 사람이 나를 해치는 것은 내가 다른 사람을 해쳤기 때문이다.

[1-102] 商賈不可與言義, 彼溺於利; 農工不可與言學, 彼偏於業; 俗儒不可與言道, 彼謬於詞.

【偏(편)】 치우치다.
【俗儒(속유)】 속된 유생, 식견이 없는 유학자.
【謬(류)】 잘못하다, 틀리다, 어긋나다, 속이다.
【詞(사)】 말, 문구. 여기서는 유가경전에 적혀 있는 말, 경전의 본뜻.

상인과는 義에 대해 논할 수 없으니, 그들은 이익에 탐닉하기 때문이다.
농민·노동자와는 학문을 논할 수 없으니 자신의 본업에만 치우쳐 있기 때문이다.
속된 유생들과는 道를 논할 수 없으니, 경전의 본뜻에 어긋나기 때문이다.

[1-103] 博覽廣識見, 寡交少是非.

【博覽(박람)】 널리 책을 읽다, 널리 고금의 사물을 알다.
【寡交(과교)】 교제(사귐)가 적다.

두루 보면 식견이 넓어지고, 교제가 적으면 是非도 적게 일어난다.

[1-104] 明霞可愛, 瞬眼而輒空; 流水堪聽, 過耳而不戀. 人能以明霞視美色, 則業障自輕; 人能以流水聽絃歌, 則性靈何害.

【瞬眼(순안)】 눈 깜빡이는 사이에, 순식간에.
【空(공)】 텅 비다.
【堪(감)】 …할 수 있다, 감당하다.
【過耳(과이)】 귀를 지나가다, 귀에서 사라지다.
【美色(미색)】 아름다운 용모, 미인.
【業障(업장)】 正果를 수행하는 데 방해가 되는 죄업.
【弦歌(현가)】 현악기를 타면서 부르는 노래. 즉 음악.
【性靈(성령)】 성령, 내심세계, 지혜가 총명함.

　맑은 노을은 아름답지만 이내 사라져 버리고; 흐르는 물소리는 듣기 좋지만 귀를 스쳐 지나고 나면 미련 두지 않는다.

　사람이 맑은 노을을 보듯 그런 기준으로 미인을 볼 수 있다면 죄는 절로 가벼워질 것이고, 흐르는 물소리를 듣듯 음악을 즐긴다면 총명한 본성이 어찌 손상되리?

[1-105] 休怨我不如人, 不如我者常衆; 休誇我能勝人, 勝如我者更多.

【休(휴)】 …하지 마라.
【誇(과)】 칭찬하다, 과장하다, 허풍치다.
【勝如我(승여아)】 나에 필적하다, 나보다 뛰어나다. *如: 미치다, 필적하다.

　내가 다른 사람보다 못하다고 원망하지 마라, 나보다 못한 사람도 언제나 많이 있다; 다른 사람보다 우월하다고 자랑하지 마라, 나보다 뛰어난 자는 더욱 많다.

[1-106] 人心好勝, 我以勝應必敗; 人情好謙, 我以謙處反勝.

【應(응)】 응하다, 대응하다.
【處(처)】 처리하다, 처세하다.
【反(반)】 도리어.

　사람의 마음이란 이기기를 좋아하기에 이기려는 마음으로 대응하면
반드시 패한다. 사람의 감정이란 겸손을 좋아하기에 겸손한 마음으로 처
세하면 도리어 이길 수 있다.

　[1-107] 人言天不禁人富貴, 而禁人淸閒, 人自不閒耳. 若能
隨遇而安, 不圖將來, 不追旣往, 不蔽目前, 何不淸閒之有.

【淸閑(청한)】 한가하다, 조용하고 한적하다.
【隨遇而安(수우이안)】 처한 환경에 적응하고 안주하다, 현실에 만족하다.
【追(추)】 추구하다, 쫓다, 따르다.
【旣往(기왕)】 과거, 이미 지나간 시간.
【蔽(폐)】 가리다, 감추다.
【目前(목전)】 눈앞, 당장, 지금, 현재.
【何不(하불)】 어찌 …하지 않겠는가? 어찌 …하지 않느냐?

　하늘은 인간이 부귀해지는 것을 막지는 않지만, 인간이 고결하고 한적
하게 지내는 것은 못하게 한다더라! 그래서 인간이 한적하게 지낼 수 없
는 것이라고 말이다. 하지만 상황에 따라 편안하게 마음먹고 장래를 억
지로 도모하지 않고, 지난 과거에 집착하지 않으며, 현재의 일을 외면하
지만 않는다면 어찌 한적함을 누리지 못하겠는가?!

　[1-108] 暗室貞邪誰見, 忽而萬口喧傳; 自心善惡炯然, 凜於
四王考校.

【貞邪(정사)】 바름〔正〕과 사악함.

【誰(수)】 누구, 아무

【忽而(홀이)】 돌연, 갑자기.

【萬口(만구)】 수많은 입, 수많은 말.

【宣傳(선전)】 백성에게 명령을 널리 전하여 알림, 어떠한 주장 같은 것을 많은 사람에게 퍼뜨림.

【炯然(형연)】 밝은 모양, 환한 모양.

【凜(름)】 두려워하다, 경외하다.

【四王(사왕)】 佛敎에서 말하는 東方·西方·南方·北方의 四大天王을 가리킴. 이들은 형벌과 계율을 관장함.

【考校(고교)】 비교하여 조사함, 철저하게 검사함.

　어두운 방에서 올바름과 사악함을 볼 수 있으리? 순식간에 수많은 말들이 퍼지는 법이다. 그러므로 자기 마음속에 선악이 분명하더라도 준엄한 四大天王에게 심판받는 것을 두려워해야 한다.

　[1-109] 寒山詩云: “有人來罵我, 分明了了知. 雖然不應對, 却是得便宜.” 此言宜深玩味.

【寒山(한산)】 唐代 太宗 때의 고승으로 寒山子라고도 불린다. 詩와 偈를 잘 지었으며, 詩集《寒山子集》이 있다.

【分明(분명)】 명확하다, 분명하다, 확실하다.

【了了(요료)】 분명한 모양, 분명히 알다, 확실히 알다.

【雖然(수연)…却是(각시)】 비록 …일지라도, 설령 …일지라도.

【應對(응대)】 응대하다, 응수하다.

【宜(의)】 적당하다, 알맞다, 마땅하다, 옳다.

【便宜(편리)】 편리하고 마땅함, 이롭게 하다. 이익과 도움.

【玩味(완미)】 잘 생각해 보다, 깊이 새겨보다, 음미하다.

　“어떤 사람이 나를 비난하는데, 그 이유를 분명하고 확실히 안다면 비록 대꾸하지 않더라도 이익을 얻게 될 것"이라는 寒山詩의 구절은 참으로 깊이 음미할 만하다.

[1-110] 恩愛, 吾之仇也; 富貴, 身之累也.

【恩愛(은애)】 사랑, 은혜와 총애.
【累(누)】 폐, 걱정, 허물, 구속.

내게 주어지는 恩愛는 나의 적이요, 부귀는 육신의 걱정거리다.

[1-111] 馮驩之鋏, 彈老無魚; 荊軻之筑, 擊來有淚.

【馮驩之鋏(풍환지협)】 戰國시기 齊나라 사람으로 孟嘗君의 食客이었던 풍환의 이야기. 풍환은 칼을 치며 밥상에 생선이 없다고 노래했고, 생선이 밥상에 나오게 된 뒤에는 또 타고 다닐 수레가 없다고 탄식했다는 이야기. 욕심에는 한이 없음을 말한다(→ 車魚之歎).
【荊軻之筑(형가지축)】 형가는 戰國 末 齊나라 사람, 燕나라 태자 丹의 명령을 받들어 秦王을 죽이려 했다가 실패한 뒤에 죽음을 당한 협객이다. 荊軻와 高漸離는 절친한 친구 사이로 筑의 명수인 고점리의 연주에 따라 형가는 노래를 불렀다는 고사. "바람은 소소하게 불고, 역수는 차가워라. 장사 한번 떠나면 다시 돌아오지 못할 것을(風嘯嘯兮易水寒, 壯士一去兮不復還)!" 高漸離 역시 荊軻의 원수를 갚으려다 秦王에게 피살당함.

풍환(馮驩)은 장검을 오래 두드리며 노래해도 밥상에 맛있는 생선 한 마리 없었고, 형가(荊軻)의 筑은 두드리기만 해도 눈물 흐르게 하네!

[1-112] 以患難心居安樂, 以貧賤心居富貴, 則無往不泰矣;

以淵谷視康莊, 以疾病視强健, 則無往不安矣.

【患難(환난)】 고난, 갖은 고생.
【居(거)】 생활하다.
【無往不(무왕불)】 어디를 가나…하지 않음이 없다, 가는 곳마다 …하다.
【淵谷(연곡)】 깊은 못과 깊고 험한 골짜기.
【康莊(강장)】 큰길, 大路.

　고생할 때의 마음으로 안락함을 누리고, 빈천할 때의 마음으로 부귀를 누린다면 어디를 가더라도 태평하다.
　깊은 못과 험한 골짜기에서 평탄한 大路를 바라보고, 병든 몸이라 생각하며 건강함을 본다면 어디를 가더라도 편안할 것이다.

[1-113] 有譽於前, 不若無毁於後; 有樂於身, 不若無憂於心.

【有(유)…不若(불약)…無(무)】 …이 있는 것은 …이 없는 것만 못하다.
【毁(훼)】 헐뜯다, 비방하다.

　앞에서 칭찬하는 것보다 뒤에서 헐뜯지 않는 것이 낫고, 몸이 즐거운 것보다 마음에 근심이 없는 것이 낫다.

[1-114] 富時不儉貧時悔, 潛時不學用時悔, 醉後狂言醒時悔, 安不將息病時悔.

【潛時(잠시)】 잠복하고 있을 때, 아직 일을 당하지 않은 때, 사건이 발발하지 않은 때.
【狂言(광언)】 터무니없는 말, 쓸데없는 말.
【將息(장식)】 양생하다, 휴양하다, 휴식하다.

부유할 때 검소하지 않으면 가난할 때 후회하고, 평소에 배워두지 않으면 쓰임이 있을 때 후회하고, 취중에 터무니없는 말을 하면 깨었을 때 후회하고, 편안할 때 정양하지 않으면 병들었을 때 후회하는 법이다.

[1-115] 以理聽言, 則中有主; 以道窒欲, 則心自淸.

【以理聽言(이리청언)】 이성을 가지고 다른 사람의 말을 듣는다.
【窒(질)】 억제하다, 저지하여 막다, 막히다.

이성을 가지고 다른 사람의 말을 들으면 자신의 주관을 가지게 되고, 道로써 욕망을 억제하면 마음이 저절로 깨끗해진다.

[1-116] 先淡後濃, 先疎後親, 先遠後近, 交友道也.

【淡(담)】 엷다, 싱겁다, 냉담하다.
【濃(농)】 서로의 감정이 뜨거워짐을 말한다.
【疎(소)】 소원하다, 생소하다, 사이가 멀다.

처음엔 담담하다가 나중에 열렬하게, 처음엔 낯설다가 친하게, 처음엔 멀었다가 가까워지는 것, 이것이 친구를 사귀는 道理다.

[1-117] 苦惱世上, 意氣須溫; 嗜慾場中, 肝腸欲冷.

【苦惱(고뇌)】 몸과 마음이 괴로움, 고통과 번뇌.
【意氣(의기)】 의지와 기개, 뜻과 성격.
【嗜慾(기욕)】 기호와 욕망.

【肝腸(간장)】 肝腸, 가슴속, 마음.

　고통과 번뇌로 가득 찬 세상에서는 정신이 온화해야 하고, 욕망으로 가
득찬 곳에서는 마음이 차가워야 한다.

　　[1-118] 形骸非親, 何況形骸外之長物; 大地亦幻, 何況大地
內之微塵.

【形骸(형해)】 사람의 몸뚱아리, 육신.
【何況(하황)】 하물며.
【長物(장물)】 쓸데없는 물건, 남는 물건.
【微塵(미진)】 작은 티끌, 지극히 작은 것.

　내 몸뚱아리조차 친숙하지 않는데, 하물며 내 몸 밖의 사물들이야 어
떻겠나?
　땅덩어리조차 허상인데, 하물며 이 땅덩어리 안에 사는 미물이야 어떻
겠나?

　　[1-119] 人當溷擾, 則心中之境界何堪; 人遇淸寧, 則眼前之
氣象自別.

【當(당)】 당하다, 대하다, 마주하다.
【溷(혼)】 어지럽다, 혼탁하다, 더럽다.
【境界(경계)】 일이나 물건이 어떤 표준 아래 서로 맞닿은 자리, 경계, 경지.
【淸寧(청녕)】 깨끗함과 평온.
【氣象(기상)】 타고난 성정, 기질, 기개, 기색, 분위기, 주위의 상황, 사태.
【自別(자별)】 저절로 구별되다.

어지러운 번뇌와 맞닥뜨리면 마음속의 구분짓기를 어찌 감당해야 할
꼬? 깨끗하고 평온함을 만나면 눈앞의 상황은 저절로 구별되리니…….

[1-120] 寂而常惺, 寂寂之境不擾. 惺而常寂, 惺惺之念不馳.

【寂(적)】 조용하다, 고요하다, 적막하다.
【惺(성)】 깨닫다, 깨다.
【寂寂(적적)】 쓸쓸하고 고요한 모양.
【擾(요)】 어지럽다, 어지럽히다, 난잡하다, 소란하다.
【馳(치)】 빨리 달리다, 질주하다. 여기서는 벗어나다는 의미.

적막 속에 늘 깨어 있다면 고요한 경지가 어지러워지지 않는다.
깨어 있는 가운데 항상 고요하면 깨어 있는 생각이 달아나지 않는다.

[1-121] 童子智少, 愈少而愈完; 成人智多, 愈多而愈散.

【完(완)】 완전하다, 완벽하다, 완성하다.
【散(산)】 산만하다, 흩어지다.

아이의 지혜는 적지만 적을수록 완벽해지고, 어른의 지혜는 많지만 많
을수록 흩어진다.

[1-122] 無事便思有閑雜念頭否? 有事便思有麤浮意氣否?
得意便思有驕矜辭色否? 失意便思有怨望情懷否? 時時檢點得
到: 從多入少, 從有入無, 纔是學問的眞消息.

【思(사)】 생각하다, 여기서는 반성하라는 의미.

【閑雜(한잡)】 직접적인 관계가 없는, 쓸데없는 일.

【念頭(염두)】 생각의 시작, 생각, 마음.

【否(부)】 (앞 문장 전체를 받아) …인지 아닌지, … 하지 않는가?

【麤浮(조부)】 (마음이 급하여) 침착하지 못하고 소홀히 하는 것. ＊麤: 조잡하다, 거칠다, 소홀히 하다. ＊浮: 들뜨다, 침착하지 않다, 경솔하다.

【驕矜(교긍)】 교만하다. ＊驕: 교만하다, 거만하다. ＊矜: 자랑하다, 뽐내다, 자만하다.

【辭色(사색)】 말과 얼굴빛, 말투와 모습.

【怨望(원망)】 마음에 불평을 품고 미워함.

【情懷(정회)】 마음속에 품은 생각, 심정.

【時時(시시)】 항상, 시시각각, 때때로.

【得到(득도)】 얻다, 되다.

【消息(소식)】 없어짐과 생김, 변화, 소식.

　일이 없을 때는 쓸데없는 생각을 하지 않는지, 일이 있을 때는 침착하지 못한 건지 경솔하지 않은 건지 생각하라.

　뜻대로 잘될 때는 교만한 말과 모습이 아닌지 생각하고, 뜻대로 안 될 때는 원망하는 마음을 품지 않았는지 생각하라.

　언제나 점검할지니 "많을 때 적었던 시절을, 있을 때 없었던 시절로 생각해 들어가는 것," 그것이야말로 학문의 진정한 변화다.

[1-123] 人生順境難得, 獨思從顧之漢珠; 世間尤物易傾, 誰執擊人之如意.

【順境(순경)】 모든 일들이 뜻대로 순조로이 되어가는 경우, 상황.

【顧之漢珠(고지한주)】 되돌아보게 할 정도로 뛰어난 漢나라 구슬. 漢代의 진귀한 구슬을 감상하며 옛일을 회상하는 것. 즉 태평성대와 난세가 교체되는 일을 거울삼아 세상사의 순탄함과 역경을 되돌이켜 보라는 뜻.

【尤物(우물)】 훌륭한 사람이나 진귀한 물건. 아름다운 여인을 지칭하기도 함.

【執擊(집격)】 두려워하며 공격하다. *執: 잡다, 막다, 두려워하다. *擊: 치다, 부딪치다, 공격하다.
【如意(여의)】 일이 뜻과 같이 됨. 혹은 여의주, 道士가 갖는 器物, 菩薩이 갖는 器物.

　인생에서 순순히 풀리기란 어려운 법, 오로지 漢나라의 진귀한 구슬을 보며 반성할지어다!
　세상에서 특출난 것은 재앙을 일으키기 쉬운 법, 공격을 불러일으키는 구슬에 집착할 것인가?!

　　[1-124] 筆之用以月計, 墨之用以歲計, 硯之用以世計, 筆最銳, 墨次之, 硯鈍者也, 豈非鈍者壽而銳者夭耶? 筆最動, 墨次之, 硯靜者也, 豈非靜者壽而動者夭乎? 於是得養生焉. 以鈍爲體, 以靜爲用, 唯其然是以能永年.

【A之用以(지용이)B計(계)】 A의 쓰임은 B로 계산한다. 즉 A는 B(기간) 동안 쓰여진다. A의 수명은 B이다.
【用(용)】 사용, 쓰임. 여기서는 쓰이는 시간, 즉 수명을 말함.
【世(세)】 세대, 옛날엔 아버지로부터 아들에게 이어지는 것을 1세대로 봄.
【銳(예)】 예리하다, 예민하다; 민감하다.
【豈非(개비)】 어찌 …가 아니겠는가? 바로 …이다.
【壽(수)】 天壽를 누리는 것. 즉 장수하는 의미임.
【夭(요)】 요절, 일찍 죽은 것을 말함.
【焉(언)】 於之의 줄인말.
【唯(유)】 오직.
【其(기)】 장차 …이 되다.
【是以(시이)】 이 때문에, 이로써.
【永年(영년)】 장수, 오랜 시간.

　붓은 몇 달 사용하고, 먹은 몇 년을 쓰며, 벼루는 몇 세대를 사용한다.

붓이 가장 예민하고, 먹이 그 다음이고, 벼루는 무디다.

이는 바로 무딘 것은 장수하고, 예민한 것은 요절한다는 뜻이 아니겠는가?

붓이 가장 動的이고, 먹이 그 다음이고, 벼루는 靜的이다.

靜的인 것이 장수하고, 動的인 것이 요절한다는 것이 아니겠는가?

이것에서 養生法을 배울 수 있다.

무딘 것을 본체로 삼고 靜을 쓰임으로 삼는다면 오래도록 장수할 수 있다.

[1-125] 貧賤之人, 一無所有, 及臨命終時, 脫一厭字; 富貴之人, 無所不有, 及臨命終時, 帶一戀字. 脫一厭字, 如釋重負. 帶一戀字, 如擔枷鎖.

【釋(석)】 벗다, 풀다.
【重負(중부)】 무거운 짐, 무거운 부담.
【擔(담)】 짊어지다, 들다.
【枷鎖(가쇄)】 칼과 족쇄. ＊枷: 죄인의 목에 씌우는 칼. ＊鎖: 죄인을 묶는 쇠사슬.

빈천한 자는 가진 것이 하나도 없으므로 임종할 때 지겨움〔厭〕에서 벗어날 수 있다.

부귀한 자는 없는 것이 없으므로 임종할 때는 집착〔戀〕에 묶이게 된다.

지겨움에서 벗어나는 것은 무거운 짐을 벗는 것과 같고, 집착에 묶이는 것은 칼과 족쇄를 찬 것과 같다.

[1-126] 透得名利關, 方是小休歇; 透得生死關, 方是大休歇.

【透得(투득)】 간파하여 체득하다. ＊透: 통하다, 통과하다, 철저하다, 완벽하다.
【關(관)】 관건, 핵심.
【休歇(휴헐)】 정지, 마음의 안정, 정신적인 해탈.

　명예와 이익의 핵심을 꿰뚫어 체득하는 것이 바로 마음의 조그만 안정이고, 삶과 죽음의 핵심을 꿰뚫어 체득하는 것이 바로 마음의 커다란 안정이다.

[1-127] 人欲求道, 須於功名上鬧一鬧, 方心死. 此是眞實語.

【鬧(뇨)】 떠들썩하다, 시끄럽다, (열성적으로) 하다.
【心死(심사)】 단념하다, 절망하다. 곧 死心塌地(체념하여 마음이 진정되다)의 의미임.

　사람이 道를 추구하려면 功名에 요란스럽게 고생해야만 비로소 체념하고 마음을 진정하게 된단다. 맞는 말이로다!

[1-128] 病至, 然後知無病之快; 事來, 然後知無事之樂. 故禦病不如却病, 完事不如省事.

【至(도)】 이르다.
【快(쾌)】 유쾌하다, 즐겁다.
【禦(어)】 막다, 방어하다, 피하다.
【却(각)】 물리치다.
【完事(완사)】 일을 끝내다, 일을 완성하다.
【省事(생사)】 일을 줄이다, 일을 생략하다. ＊省: 줄이다, 생략하다.

　병에 걸린 후에야 병 없는 즐거움을 알고, 일이 닥친 후에야 아무 일 없

는 즐거움을 안다. 그러므로 병을 미리 막는 것이 병을 물리치는 것보다
낫고, 일을 끝마치는 것보다 아예 할 일을 줄이는 것이 낫다.

[1-129] 諱貧者死于貧, 勝心使之也；諱病者死於病, 畏心蔽
之也；諱愚者死於愚, 癡心覆之也.

【諱(휘)】 꺼리다, 기피하다.
【勝心(승심)】 경쟁에서 이기려는 마음, 승부욕.
【蔽(폐)】 가리다, 덮다.
【使(사)】 하게 하다, 재촉하다.
【癡心(치심)】 어리석은 마음.
【覆(부)】 덮다, 씌우다.

가난을 꺼리는 자는 가난 때문에 죽나니, 가난을 이기려는 마음이 재
촉한 결과이다.
병을 꺼리는 자는 병으로 죽나니, 두려움이 병의 진상을 가려 버리려
한 결과이다.
어리석음을 꺼리는 자는 어리석음으로 죽나니, 바보 같은 마음이 지혜
의 진실을 뒤덮으려 한 결과이다.

[1-130] 古之人, 如陳玉石于市肆, 瑕瑜不掩；今之人, 如貨
古玩於時賈, 眞僞難知.

【肆(사)】 가게, 점포.
【瑕瑜(하유)】 좋은 점과 결점. ＊瑕: 옥의 티. ＊瑜; 아름다운 옥.
【掩(엄)】 가리다.
【貨(화)】 팔다.

【古玩(고완)】 골동품.
【時(시)】 지금, 오늘날.
【賈(고)】 팔다, 사다, 장사, 장수(坐商).

옛사람들은 시장의 가게에 옥석을 진열하는 것처럼 좋은 것과 나쁜 것을 숨기지 않았다. 그러나 지금 사람들은 요즘 坐商들이 골동품을 파는 것처럼 속이려 하므로 眞僞를 알기 어렵다.

[1-131] 士大夫損德處, 多由立名心太急.

【由(유)】 말미암다.
【立名(입명)】 立身揚名의 준말.

사대부가 德을 손상하는 것은 대부분 출세하여 세상에 이름을 드날리려는 조급한 마음에서 비롯된다.

[1-132] 夫人身在局外, 未可輕議局內事.

【局外(국외)】 바둑에서 대국자가 아닌 방관자, 그 사건에 관계없는 지위. *局: 구획, 직무, 판(장기, 바둑 등의 판).
【局內事(국내사)】 바둑판에서 벌어지는 일, 어떤 사안 중의 사건.

바깥에 서 있는 방관자의 입장일 때는 그 내부의 일에 대해 가볍게 말해서는 안 된다.

[1-133] 多躁者, 必無沈毅之識; 多畏者, 必無卓越之見; 多

欲者, 必無慷慨之節; 多言者, 必無質實之心; 多勇者, 必無文
學之權.

【躁(조)】 경솔하다, 경박하다.
【沉潛(침잠)】 물속에 가라앉다, 성정이 가라앉아서 외모에 드러나지 않다, 마음을
진정하고 깊이 생각하다.
【識(식)】 지식, 식견, 견식. *卓越之見: 여기서는 '두려움'과 연결하여 어떤 보편
적 인식의 틀을 뛰어넘는 식견으로 본다.
【慷慨(강개)】 기개가 있다, 잘못된(나쁜) 일을 보고 의분에 북받치어 슬퍼하고 한탄
하다.
【篤實(독실)】 성실하고 극진하다, 충실하다, 견실하다.

　　경솔함이 많은 자는 차분하게 깊이 생각하는 식견이 없고, 두려움이
많은 자는 틀을 뛰어넘는 식견이 없고, 욕심이 많은 자는 비분강개하는
절개가 없고, 말만 많은 자는 진실한 마음이 없고, 용기가 많은 자는 예
술적인 고아한 풍격은 없더라!

[1-134] 剖去胸中荊棘, 以便人我往來, 是天下第一快活世界.

【剖(부)】 자르다, 가르다, 쪼개다.
【荊棘(형극)】 가시나무, 고난, 뒤얽힌 사태, 나쁜 마음.
【人我(인아)】 남과 자기.
【第一(제일)】 첫째, 으뜸.
【世界(세계)】 경지, 영역.

　　마음속의 가시를 잘라내고 다른 사람들과 편하게 교제하면 가장 편하
고 즐거운 세상이리!

[1-135] 古來大聖大賢, 寸鍼相對; 世上閒言閒語, 一筆勾銷.

【寸鍼相對(촌침상대)】 극히 작은 바늘끝이 마주 대하다, 첨예하게 대립하다, 날카롭게 맞서다.
【閑言閑語(한언한어)】 뒤에서 늘어놓는 불평, 뒷소리, 시비.
【一筆勾銷(일필구소)】 한꺼번에 말소하다, 취소하다. ＊一筆: 한번. ＊勾銷: 청산하다, 지우다.

예로부터 전해 오는 성인과 현자의 말씀에 대해서는 한치의 양보 없이 날카롭게 맞서야 하고, 세상의 뒷공론에 대해서는 아예 듣지 말고 없애 버려야 한다.

[1-136] 揮灑以怡情, 與其應酬, 何如兀坐; 書禮以達情, 與其工巧, 何若直陳; 棋局以適情, 與其競勝, 何若促膝; 笑譚以洽情, 與其謔浪, 何若狂歌.

【揮灑(휘쇄)】 뿌리다, 마음내키는 대로 글이나 그림을 그리다.
【洽情(흡정)】 마음에 화합함. ＊洽: 두루 미치다, 화합하다.
【與其(여기)A…何如(하여)(何若(하약))B】 A하는 것이 B하는 것과 같으리? 즉 A하기보다는 B하는 것이 낫다.
【應酬(응수)】 응수하다, 답하다. 여기서는 응하여 시나 그림을 짓는 것을 말함.
【兀坐(올좌)】 정좌하다, 똑바로 앉다, 꼼짝 않고 앉다.
【書禮(서례)】 여기서는 '知書知禮[학문을 알고 예절을 앎],' 즉 학식이 있고 예절에 밝다.
【達情(달정)】 마음을 전하다. ＊達: 전달하다, 표현하다, 表達하다.
【工巧(공교)】 교묘하게 다듬다. 교묘하게 수식하다.
【棋局(기국)】 바둑판, 바둑과 장기를 두다.
【適情(적정)】 마음에 합당하다, 마음이 일치하다.
【促膝(촉슬)】 무릎을 가까이 맞대다, 무릎을 가까이 맞대고 흉금을 터놓다.
【笑談(소담)】 담소하다.

【謔浪(학랑)】 마구 희롱하다, 농담하다, 조소하다.

글이나 그림을 그려 서로의 마음을 기쁘게 할 때는 상대에 맞춰 응수하기보다는 가만히 앉아 있는 것이 낫다.

책을 읽고 예절을 통해 정을 표현할 때는 매끄럽게 꾸미기보다는 솔직하게 펼치는 것이 낫다.

바둑을 두어 서로의 마음을 하나로 할 때는 승부를 겨루기보다는 무릎을 가까이 맞대고 흉금을 터놓는 것이 낫다.

담소하며 마음을 기쁘게 할 때는 우스갯소리를 하는 것보다는 마음껏 노래하는 것이 낫다.

[1-137] 拙之一字, 免了無千罪過; 閒之一字, 討了無萬便宜.

【拙(졸)】 우둔함, 어수룩함.
【無千(무천)】 매우 많다, 무수하다. *뒤에 나오는 無萬도 무수하다는 같은 의미지만 서로 구분하기 위해 無千은 '수천'으로, 無萬은 '수만'으로 풀이함.
【罪過(죄과)】 죄와 과실, 잘못.
【討(토)】 초래하다, 야기하다, 구하다, 얻다.
【便宜(편리)】 편리하고 마땅함, 편리, 편의.

'어수룩하다'는 '拙'字로써 수많은 죄와 잘못을 면할 수 있고, '유유자적하다'는 '閑'字로써 수많은 편함을 얻을 수 있다.

[1-138] 斑竹半簾, 惟我道心淸似水; 黃粱一夢, 任他世事冷如冰.

【斑竹(반죽)】 湘妃竹, 淚竹이라고도 하는데, 대나무 몸체에 보라색이나 회갈색의

반점이 있다. 전설에 舜임금이 남쪽으로 순행을 갔다가 돌아오지 못하고 蒼梧에
묻히자, 舜의 妃인 娥皇과 女英은 크나큰 슬픔에 젖었다. 그녀들의 눈물이 대나무
에 떨어지자 그 대나무에 눈물자국 같은 반점이 생겼다고 한다.
【斑竹半簾(반죽반렴)】 斑竹의 주렴으로 반쯤 가리다로 풀이할 수 있지만, 여기서는
뒷구절의 黃粱一夢과 호응하여, 斑竹의 전설에 얽힌 의미를 그대로 새겼다.
【道心(도심)】 본연의 양심, 佛道를 구하고자 하는 마음.
【黃粱一夢(황량일몽)】 허망한 꿈. 唐 傳奇《枕中記》에 가난한 盧生이 邯鄲의 주막에
서 도사 呂翁이 준 베개를 베고 잠이 들었는데, 꿈에 온갖 부귀영화를 누리다가 잠이
깨어 보니 주막의 주인이 짓던 기장밥이 아직도 익지 않았다는 고사에서 유래한 말.
【任(임)】 맡기다, 내버려두다, 내맡기다, 맡다, 담당하다.

　반쯤 내린 주렴 속에서 그리움에 아파하며 눈물지어 본 사람이라야 그
속마음이 깨끗한 물처럼 맑고, 세상이 '黃粱一夢'처럼 부질없음을 깨달
은 사람이라야 세상사에 얼음처럼 냉철할 수 있다.

　[1-139] 欲住世出世, 須知機息機.

【住世(주세)】 세상을 살아가다, 즉 入世나 處世.
【知機(지기)】 시기(기회)를 적확하게 아는 것을 말함.
【息機(식기)】 시기(기회)를 파악하여 그만두는 것을 말함. ＊息: 그만두다, 중지하다

　처세하거나 出世하려거든 모름지기 시운과 상황을 통찰하여 나아갈
때와 물러날 때를 알아야 한다.

　[1-140] 書畫爲柔翰, 故開卷張册, 貴於從容; 文酒爲歡場, 故
對酒論文, 忌於寂寞.

【柔翰(유한)】 붓. 여기서는 붓을 이용한 부드럽고 세심한 행위(서예, 그림 등)를 의

미함.
【從容(종용)】 태도가 조용하다, 침착하다.
【歡場(환장)】 즐거운(흥겨운) 상황, 즐거운 장소.

　글씨를 쓰거나 그림을 그리는 것은 부드럽고 세심한 일이기에 두루마
리나 책을 펼 때는 침착함이 중요하지만, 술 마시고 글을 짓는 것은 신나
고 흥겨운 일이기에 술을 마주하고 글을 논할 때는 차분하거나 조용한
건 꺼려야겠다.

[1-141] 榮利造化, 特以戲人; 一毫着意, 便屬桎梏.

【造化(조화)】 하늘, 대자연, 운, 운명, 여기서는 조물주로 풀이.
【一毫(일호)】 극히 작은 양.
【着意(착의)】 마음을 두다, 주의하다, 신경을 쓰다.
【屬(속)】 …에 속하다.
【桎梏(질곡)】 차꼬와 수갑, 구속, 굴레, 속박.

　부귀영화와 이익이란 조물주가 인간을 희롱하는 특별한 방법이니, 조
금이라도 마음을 두면 곧 굴레에 속박되어 버린다.

[1-142] 士人不當以世事分讀書, 當以讀書通世事.

【世事(세사)】 세상사, 자신이 살고 있는 세상에서 할 일.
【分(분)】 분별하다, 나누다. ＊여기서는 세태에 따라(출세 등을 위한) 공부하는 분야
나 내용을 구분짓는 것을 말한다.
【通(통)】 잘 알다, 통달하다, 능통하다, 정통하다.

　士人은 세상사를 통해 책읽기를 구분지어서는 안 되고, 독서를 통해

세상사를 두루 섭렵해야 한다.

[1-143] 天下之事, 利害常相半. 有全利而無小害者, 惟書.

【相半(상반)】 상대가 되다, 동반하다(=相伴).
【惟(유)】 오직, 다만.

　세상의 모든 일에는 이익과 피해가 언제나 따르는 법이다. 하지만 오로지 이익만 있고 피해는 조금도 없는 것은 오직 독서뿐이다!

[1-144] 意在筆先, 向庖羲細參易畫; 慧生牙後, 恍顏氏冷坐心齋.

【庖羲(포희)】 伏羲氏. 上古시대 三皇 중의 한 사람으로, 중국의 문자와 八卦를 만들었으며, 백성에게 漁獵, 農耕, 牧畜을 가르쳤다 함.
【細參(세참)】 자세히 연구하다.
【易畫(역화)】 周易의 爻卦.
【慧生牙後(혜생아후)】 지혜는 이가 난 뒤에 생긴다. 즉 다른 사람이 이미 이루어 놓은 말이나 글을 통해 학습함을 말함 ＊牙慧: 남이 한 말.
【恍(황)】 마치 …인 것 같다. 황홀하다.
【顏氏(안씨)】 顏之推. 南北朝의 문인으로 臨沂 사람. 字는 介. 박학하였으며 술을 좋아함. 《顏氏家訓》 20편이 전함.
【冷坐(냉좌)】 조용히 앉아 있다.
【心齋(심재)】 마음을 깨끗이 하다. ＊齋: 재계하다.

　생각은 붓을 대기 전에 형성되는 것이니, 이전에 伏羲氏가 爻卦를 자세히 연구할 때도 마찬가지였다.
　지혜는 타인의 말과 글을 통해 얻게 되는 것이니, 顏之推가 깨달은 후에 깨끗한 마음을 지닐 수 있었던 것도 마찬가지이다.

[1-145] 明識紅樓爲無塚之丘壟, 迷來認作舍身岩; 直知舞衣
爲暗動之兵戈, 快去暫同試劍石.

【明識(명식)】 분명히 앎, 식견이 높음.
【紅樓(홍루)】 妓樓.
【丘壟(구롱)】 언덕, 무덤, 묘. *壟: 두둑, 이랑, 분묘, 무덤.
【迷(미)】 미혹되다, 빠지다.
【舍身巖(사신암)】 몸을 던지는 바위, 목숨을 희생하는 바위, 곧 자살바위를 말함.
【兵戈(병과)】 병기, 무기.
【去(거)】 가다, 피하다.
【試劍石(시검석)】 검을 시험하는 돌. 즉 試金石(금과 은의 진짜와 가짜를 알아내기
위해 사용하는 빛이 검고 결이 치밀한 돌. 전하여 가치나 실력을 알아보는 기회나 사물)
의 의미를 운용하여 만든 글자.

　판단이 분명할 때는 妓樓가 '봉분 없는 무덤'이라는 것을 알지만, 미
혹되어 버리면 환락을 위해 몸을 던질 수 있는 곳으로 여기게 된다.
　팔랑거리는 기녀의 춤추는 옷자락이 '몰래 움직이는 무기'라는 것을
정확히 간파하면 재빨리 피하여 試劍石처럼 행동해야 한다.

[1-146] 調性之法, 須當似養花天; 居才之法, 切莫如妬花雨.
事忌脫空, 人怕落套.

【調(조)】 조절하다, 보호하다.
【養花天(양화천)】 꽃이 필요할 때 햇살과 비를 적당히 내려주는 시절(기후)을 말함.
【妬花雨(투화우)】 만개한 꽃을 질투하여 꽃가지를 훼손시키고, 꽃잎이 지게 하는
폭우를 말함.

【居才(거재)】 인재를 얻다. 居: 품다, 쌓다, 자처하다.
【切莫(절막)】 절대로 …하지 마라.
【事(사)】 일삼다, 뒤의 '人'과 더불어 동사로 쓰임.
【脫空(강공)】 허사가 되다, 헛되이 하다, 허탕치다.
【落套(낙투)】 세속의 구속에 떨어지다.

타고난 본성을 조절하는 법은 꽃을 키우는 시간들과 같다. 인재를 끌어들일 때는 절대로 꽃을 질투하는 비처럼 해서는 안 된다. 일은 허탕치는 것을 가장 삼가고, 사람은 세속의 구속으로 떨어지는 것을 가장 꺼려야 한다.

[1-147] 烟雲堆裏, 浪蕩子, 逐日稱仙; 歌舞叢中, 淫慾身, 幾時得度.

【煙雲(연운)】 연기와 구름, 구름처럼 뭉게뭉게 피어오르는 연기.
【堆(퇴)】 흙무더기, 쌓다.
【浪蕩子(낭탕자)】 방탕한 사람(=浪蕩公子), 한량.
【逐日(축일)】 매일, 날마다, 나날이.
【淫欲身(음욕신)】 방탕하게 행하는 육신. 정육에 눈먼 육신, 호색한, 음탕한 사람.
【幾時(기시)】 언제.
【得度(득도)】 불교를 믿어 부처의 濟度를 얻다, 중이 되다.

산 속 안개와 구름 속에서 살던 한량은 하루하루 신선에 가까워지는데, 歌舞 속 욕정에 물든 음탕한 사람은 언제 부처의 구원을 받을까나?!

[1-148] 山窮鳥道, 縱藏花谷少流鶯; 路曲羊腸, 雖覆柳陰難放馬.

【鳥道(조도)】 새가 아니면 통과할 수 없을 정도로 험하거나 좁은 길.
【縱(종)】 설령, 가령.
【羊腸(양장)】 양의 창자, 꼬불꼬불한 길.

　새 한 마리 겨우 헤치고 날아갈 수 있을 만큼 산이 깊디깊으면, 흐드러
진 꽃계곡을 품고 있더라도 들려오는 꾀꼬리 울음소리 뜸하고, 양 창자
처럼 구불구불 구비진 길이라면 비록 버드나무 그늘로 뒤덮였다 해도 말
을 방목하기 어렵다네!

　　[1-149] 能於熱地思冷, 則一世不受凄凉; 能於淡處求濃, 則
終身不落枯槁.

【能於(능어)】 …에 능하다, …에서 …을 할 수 있다.
【熱地(열지)】 요직, 권세 있는 지위. ＊熱: 바쁘다(바쁜 가운데 권세가 있음을 의미).
【冷(랭)】 쓸쓸하다. 여기서는 熱자와 대조되어 쇠락할 때를 의미.
【一世(일세)】 한세대, 한평생.
【枯槁(고고)】 초췌하다, 마르다, 영락하다.

　요직에 있을 때 영락한 시절을 생각할 수 있다면 평생 처량한 일을 당
하지 않을 수 있으리!
　소박하고 맑은 것에서도 진하고 깊은 맛을 얻을 수 있다면 평생 정신
이 초췌해지는 상황은 오지 않으리!

　　[1-150] 會心之語, 當以不解解之; 無稽之言, 是在不聽聽耳.

【會心(회심)】 깨닫다, 이해하다, 마음에 맞다.
【不解解之(불해해지)】 앞의 ‘解’는 인위적인 해석과 분석을 말한다. 뒤의 ‘解’는 깨

닫는 것.
【無稽之言(무계지언)】 근거 없는 말. ＊稽: 헤아리다. 고증하다, 조사하다.

　마음으로 깨닫는 말은 해석하지 않아도 이해되고, 황당무계한 말은 듣지 않으려 해도 들려오네!

[1-151] 佳思忽來, 書能下酒; 俠情一往, 雲可贈人.

【佳思(가사)】 훌륭한 생각, 뛰어난 생각.
【下酒(하주)】 술안주.
【俠情(협정)】 의협심, 호방한 마음.
【往(왕)】 가다. 여기서는 어떠한 생각이나 마음이 생겨나는 것을 말한다.

　문득 훌륭한 생각이 들면 책도 술안주로 삼을 수 있고, 일단 호방한 마음이 생기면 구름조차도 남에게 선물할 수 있나니!

[1-152] 藹然可親, 乃自溢之冲和, 粧不出溫柔緩款; 翹然難下, 乃生成之倨傲, 假不得遜順從容.

【藹然(애연)】 성정이 온화한 모양, 초목이 무성한 모양.
【可親(가친)】 정겹다, 다정하다.
【乃(내)】 이에, 이리하여.
【溢(일)】 가득차다, 넘쳐 흐르다, 지나치다.
【冲和(충화)】 성정이 온화하고 부드럽다, 원기, 정기.
【粧不出(장불출)】 꾸며내지 못하다.
【軟款(연관)】 얌전하다, 정숙하다, 단정하다.
【翹(교)】 (머리를) 들다, 발돋움하다, 치켜들다, 곧추세우다.
【倨傲(거오)】 오만불손하다, 건방지다.

【假不得(가부득)】 거짓으로 얻지 못하다, 가장하지 못하다, 거짓으로 꾸미지 못하다.
【遜順(손순)】 공손하다, 겸손하고 유순하다.
【從容(종용)】 조용하다, 침착하다, 여유가 있다, 넉넉하다.

상냥함과 다정함은 저절로 드러나는 온화함이기에 온유함과 은근함은
억지로 꾸며낼 수 있는 것이 아니다.
머리를 뻣뻣이 치켜들고 자신을 낮추기 힘들어하는 거만함은 타고난
오만함이니 공손함과 침착함은 거짓으로 꾸며낼 수 있는 것이 아니다.

[1-153] 風流得意, 則才鬼獨勝頑仙; 孽債爲煩, 則芳魂毒於
虐祟.

【才鬼(재귀)】 재주 있는 귀신(혼귀).
【獨(독)】 홀로, 단독으로.
【頑仙(완선)】 완고한 신선, 완고하여 사리에 어두운 신선.
【孽債(얼채)】 업장, 죄악, 전생부터 현세 내세까지 이어지는 업(번뇌).
【芳魂(방혼)】 꽃의 정령.
【虐祟(학수)】 잔혹한 殃禍. 잔혹한 재앙. * 祟: 귀신이 내리는 재앙.

내 뜻대로 풍류를 누릴 때는 재주 많은 귀신이 오히려 고지식한 신선
보다 낫고, 크나큰 번뇌에 시달릴 때는 아리따운 혼령(꽃의 정령)이라도
재앙귀신보다 고통스럽다.

[1-154] 極難處, 是書生落魄; 最可憐, 是浪子白頭.

【落魄(낙백)】 실의에 빠지다, 곤궁해지다.
【可憐(가련)】 불쌍하다, 가엾다, 가련하다.
【浪子(낭자)】 방탕자, 한량, 일정한 직업 없이 빈둥거리는 남자, 주색에 빠진 남자.

가장 안타까운 경우는 학문하는 書生이 뜻을 잃고 곤궁할 때요, 가장 불쌍한 경우는 호탕하게 놀던 한량의 머리칼이 어느덧 하얗게 새버리는 것이라!

[1-155] 世路如冥, 靑天障蚩尤之霧; 人情若夢, 白日蔽巫女之雲.

【世路(세로)】 세상을 살아나가는 길, 처세의 길.
【冥(명)】 어둡다, 밤, 저승, 황천.
【障(장)】 막다, 막히다, 가리다.
【蚩尤之霧(치우지무)】 蚩尤가 일으킨 안개. 蚩尤는 고대 제후의 이름으로 兵亂을 좋아하였기 때문에 黃帝에게 죽음을 당했다. '치우의 안개'란 병란이 빚어낸 손실이 가득함을 의미한다.
【巫女之雲(무녀지운)】 巫女가 만들어 낸 구름. 이 속에는 巫女의 雲雨之情까지 포함된다.
　＊巫山雲雨: 楚나라 襄王이 꿈에 巫山의 女神과 밀회하였는데, 다음날 무녀가 "저는 무산의 양지쪽 언덕에 사는데, 매일 아침이면 구름이 되고, 저녁에는 비가 된답니다"라고 말했다는 고사. 즉 남녀의 交情을 말함.

　세상을 살아가는 길은 蚩尤가 일으킨 안개가 푸른 하늘을 뒤덮은 듯 어두컴컴하고, 인간의 감정은 巫山의 巫女가 만들어 낸 구름에 밝은 해가 가리워진 듯 어렴풋한 꿈속 같다네!

[1-156] 密交定有夙緣, 非以雞犬盟也; 中斷知其緣盡, 寧關葌菲間之.

【密交(밀교)】 긴밀한 사귐, 친밀한 교제.
【夙緣(숙연)】 전생에 맺어진 인연(＝宿緣).

【鷄犬盟(계견맹)】닭과 개의 흉내를 내는 기능을 지닌 하찮은 사람들의 맹세.
【關(관)】꿰다, 관계하다, 굳게 닫히거나 연결된 단단한 상태.
【萋菲(처비)】문채(文彩)가 나는 모양, 무늬가 아름다운 모양(=?斐).
【間(간)】엿보다, 번갈아들다, 섞이다, 간여하다.
【之(지)】여기서는 둘 사이가 중단된 틈으로, 혹은 사귀던 두 사람으로 보았다.

　깊은 사귐은 분명 전생의 인연이 있는 것이니 하찮은 맹세와는 다른 것!
　사귐이 끊어지면 인연이 다한 것으로 알지만, 오히려 두 사람 사이에는
굳고도 아름다운 그 무엇이 섞여 있는 것!

　[1-157] 隄防不築, 尙難支移壑之虞; 操存不嚴, 豈能塞橫流
之性.

【隄防(제방)】제방, 둑.
【尙(상)】오히려.
【支(지)】지탱하다, 버티다.
【移壑之虞(이학지우)】골짜기를 옮겨 물이 범람하는 것을 예방하려는 마음, 골짜기
의 물길이 바뀌어 버릴까 걱정하는 근심.
【操存(조존)】절조를 지키다, 절조를 보존하다.
【橫流(횡류)】물이 넘치다, 물이 멋대로 흐르다.

　제방을 쌓지 않으면 골짜기를 옮겨서라도 수해를 막으려는 마음조차
유지하기 어려운 법.
　절조를 엄정하게 지키지 못하면 멋대로 흘러넘치는 욕망을 어찌 막을
수 있으리?!

　[1-158] 發端無緖, 歸結還自支離; 入門一差, 進步終成恍惚.

【發端(발단)】 발단, 처음, 시초.
【無緒(무서)】 실마리가 없다, 시초(발단)이 없다.
【歸結(귀결)】 귀결, 결말, 결과.
【支離(지리)】 지리멸렬하다, 사분오열하다, 산산이 흩어지다.
【一差(일차)】 조금 부족하다, 조금 늦다.
【進步(진보)】 발을 앞으로 나아가다, 차차 발달하여 나아가다.
【恍惚(황홀)】 흐릿하다, 희미하다. 여기서는 차이가 거의 없음을 말함.

　시작할 때 핵심적인 실마리가 없다면 결과 역시 지리멸렬하다.
　비록 시작이 조금 늦더라도 앞을 향해 꾸준히 나아가면 결국 차이는
거의 없게 된다.

　　[1-159] 打渾隨時之妙法, 休嫌終日昏昏; 精明當事之禍機,
却恨一生了了.

【打渾(타혼)】 멍청함을 가장하다, 어리숙한 체하다.
【隨時(수시)】 언제나, 수시로, 그때그때 상황에 따라, 시기(상황)에 맞추다.
【休(휴)】 …마라, 그만두다.
【終日(종일)】 하루 동안, 아침부터 저녁까지.
【昏昏(혼혼)】 어두운 모양, 정신이 혼탁한 모양.
【精明(정명)】 총명하다.
【當事(당사)】 일을 당하다, 일이 닥치다, 일을 맡다.
【禍機(화기)】 화근.
【了了(요료)】 영리하다, 현명하다, 확실히 알다.

　어리숙한 체하는 것은 상황에 맞춰 처세하는 탁월한 방법이니 하루 종
일 어리벙벙하다고 싫어하지 마라!
　총명함은 문제를 일으키는 화근이니 오히려 자신의 영리함을 평생 한
탄하라!

[1-160] 形同雋石, 致勝冷雲, 決非凡士. 語學嬌鶯, 態摹媚柳, 定是弄臣.

【致(치)】 풍취, 뜻, 의취.
【決非(결비)】 결코 …이 아니다.
【凡士(범사)】 평범한 선비.
【摹(모)】 본뜨다, 모방하다.
【弄臣(농신)】 임금의 심심풀이 상대가 되는 신하, 노리개로 삼아 사랑하는 신하.

 그의 모습은 장엄한 바위 같고, 그 뜻은 차가운 구름보다 뛰어나니 결코 예사스런 선비가 아니로고!
 허나 이자는 교태로운 앵무새처럼 아첨하는 말만 배우고, 하늘하늘 아양 떠는 버드나무를 닮은 모습이니 분명 임금의 노리개가 될 신하로다!

[1-161] 藏不得是拙, 露不得是醜.

【不得(부득)】 …하지 마라, …해서는 안 된다, …할 수 없다.

 감추지 말아야 할 것은 우둔함이요, 드러내지 말아야 할 것은 추악한 행동!

[1-162] 開口輒生雌黃月旦之言, 吾恐微言將絶; 捉筆便驚繽粉綺麗之飾, 當是妙處不傳.

【輒(첩)】 문득, 대수롭지 않게, 함부로, 번번이.
【雌黃(자황)】 (사실을 밝히지 않고) 함부로 말하다, 함부로 비평하다.
【月旦(월단)】 인물평(後漢의 許邵가 매월 초에 品題를 정하여 鄕黨의 인물을 품평했다는 고사에서 유래한 말).

【微言(미언)】 즉 微言大義(말은 간단하지만 심오한 大義를 말하다).
【捉筆(촉필)】 붓을 쥐다, 붓을 잡다, 붓을 들다.
【繽紛(빈분)】 많고 盛한 모양, 어지러운 모양, 꽃 같은 것이 떨어져 어지럽게 흩어지는 모양.
【綺麗(기려)】 화려함.
【妙處(묘처)】 妙趣가 있는 곳, 교묘한 점.

　입만 열면 타인을 함부로 평가하니, 微言大義가 끊어질까 겁난다!
　붓을 들었다 하면 놀랄 정도로 요란스럽고 화려하게 수식하지만 탁월한 묘미는 전달되지 않네!

[1-163] 風波肆險, 以虛舟震撼, 微言將絶; 矛盾相殘, 以柔指解分, 兵銷戈倒.

【肆(사)】 제멋대로 하다, 망동하다, 극에 달하다.
【虛舟(허주)】 빈 배.
【震撼(진감)】 진동하다, 뒤흔들다.
【浪靜風恬(낭정풍념)】 파도가 잠잠하고 바람이 자다.
【相殘(상잔)】 서로 죽이다, 서로 해치다.
【解分(해분)】 갈라놓다, 화해시키다.
【兵銷戈倒(병소과도)】 병기를 해제하고 창을 거꾸로 들다, 곧 전쟁을 멈춘다는 의미. ＊銷: 해제하다, 제거하다, 녹이다. ＊倒戈: 창을 거꾸로 들다, 배반하다. 여기서는 무장해제의 의미.

　날뛰던 험한 풍랑이라도 빈 배로 이리저리 흔들리고 나면 파도가 잠잠해지고 바람이 잦아든다.
　서로 죽이는 창과 방패라도 부드러운 손가락으로 갈라놓으면 무기를 풀어 내려놓게 된다.

[1-164] 豪傑向簡淡中求, 神仙從忠孝上起.

【簡淡(간담)】 소박하고 담박하다.
【向(향)】 향하다, 마음을 기울이다.
【求(구)】 구하다, 초래되다(하다).
【起(기)】 일어나다, 발생하다, 시작하다.

　(대범하고 거칠 것 없는) 호걸이라도 간략하고 소박한 생활에서부터 시작되고, (세속인연을 초탈한) 신선이라도 충효로부터 시작된다.

[1-165] 人不得道, 生死老病四字關, 誰能透過, 獨美人名將, 老病之狀, 尤爲可憐.

【得道(득도)】 바른 道를 얻음, 佛道를 깨달음, 깊은 뜻을 체득함.
【透過(투과)】 꿰뚫다, 통과하다, 통하다.
【關(관)】 관문, 관건, 중요한 대목.
【尤(우)】 더욱, 가장, 또, 허물.

　道를 깨닫지 못하면 그 누가 生·老·病·死 네 개의 관문을 뚫고 지날 수 있겠는가?
　사랑을 받던 美人이나 名將은 늙고 병들면 더욱 불쌍해지는 법!

[1-166] 明月如驚丸, 可謂浮生矣, 惟靜臥是小延年; 人事如飛塵, 可謂勞攘矣, 惟靜坐是小自在.

【日月(일월)】 세월.
【驚丸(경환)】 놀랄 만큼 빠른 탄환.
【可謂(가위)】 …라고 할 만하다, …라고 말할 수 있다.

【浮生(부생)】덧없는 인생.
【延年(연년)】목숨을 늘이다, 수명을 연장시키다.
【人事(인사)】사람의 하는 일, 세상일.
【飛塵(비진)】공중에 뜬 먼지.
【勞攘(노양)】고생스레 바쁘다, 고생스럽게 혼란스럽다.
【靜坐(정좌)】심신을 조용히 하고 단정히 앉음.
【自在(자재)】방자하다, 지장이 없다, 자유자재롭다.

　세월은 빠른 총알처럼 덧없는 인생이라 할 만하니, 조용히 누워 있는 것만이 조금이라도 수명을 연장하는 방법이다.
　人間事는 먼지를 날리듯 고생스럽고 바쁘다고 할 만하니, 靜坐하는 것만이 조금이라도 자유로울 수 있는 방법이다.

[1-167] 平生不作皺眉事, 天下應無切齒人.

【皺眉(추미)】눈살을 찌푸리다, 미간을 찌푸리다.
【切齒(절치)】이를 갈다, 매우 증오하다.

　평생 남의 눈살 찌푸릴 일을 하지 않으면 세상에 이를 갈며 증오하는 사람도 없을 것이다.

[1-168] 闇室之一燈, 苦海之三老, 截疑網之寶劍, 抉盲眼之金鎞.

【三老(삼로)】漢代에 한 고을의 長老로서 교화를 맡은 사람, 방향키를 잡고 인도해 주는 사람.
【苦海(고해)】괴로운 세계, 인간계.
【疑網(의망)】의혹의 그물, 의혹의 속박(굴레).

【抉(결)】 도려내다, 파내다.
【盲眼(맹안)】 장님의 눈, 어두운 눈.
【金鎞(금비)】 금으로 만든 창칼 * 鎞: 풀 같은 것을 칠하거나 껍질 같은 것을 벗기는
뭉뚝한 칼. 杜甫의 詩 〈謁文公上方〉에 "金鎞刮眼膜"이란 구절이 있다.

　어두운 방 안의 등불 하나는 苦海를 건너게 해주는 인도자이고, 의혹
의 굴레를 자르는 보검이며, 맹인의 눈을 열어주는 칼이다.

　[1-169] 攻取之情化, 魚鳥亦來相親; 悖戾之氣銷, 世途不見
可畏.

【攻取(공취)】 공격하여 빼앗다.
【情化(정화)】 정감화되다, 정감 있게 변화하다. * 化: 변하다, 변화하다, 녹다, 융화
되다.
【悖戾(패려)】 이치에 맞지 않다, 정도에 어긋나다.
【銷(소)】 녹이다, 용해하다, 제거하다, 지우다.
【世途(세도)】 세상을 살아가는 길, 처세의 길.
【不見可畏(불현불외)】 두려워할 만한 것이 보이지(나타나지) 않는다. 즉 두려워할
필요가 없다.

　남을 공격해서 빼앗으려는 마음을 바꾸면 물고기와 새도 친근하게 다
가오게 되고, 정도에 어긋난 기질을 없애면 세상을 살아가는 길에 두려
워할 것이 없다.

　[1-170] 吉人安祥, 卽夢寐神魂, 無非和氣; 凶人狠戾, 卽聲音
笑語, 渾是殺機.

【吉人(길인)】 착한 사람, 좋은 사람.

【安詳(안상)】 (말이나 행동이) 점잖다, 침착하다.
【卽(즉)】 만약, 설령(=卽使).
【和氣(화기)】 태도가 온화하다, 부드럽다.
【狼戾(낭려)】 사납고 흉포하다.
【渾(혼)】 온통, 전부.
【殺機(살기)】 殺意, 살기.

　착한 사람의 선량함은 꿈속에서 귀신을 보더라도 항상 온화하고, 사나운 사람의 흉포함은 웃는 말을 하더라도 온통 살기를 띤다.

　[1-171] 天下無難處之事, 只要兩個如之何; 天下無難處之人, 只要三個必自反.

【只要(지요)】 단지(다만) …가 필요하다.
【自反(자반)】 스스로 반성하다, 스스로 돌이켜 생각하다.

　천하에 어렵지 않은 일이라도 두 번 더 생각해 보고, 어려움이 없는 사람이라도 세 번 돌이켜 생각해 봐야 한다.

　[1-172] 能脫俗便是奇, 不合汚便是淸.

　세속에서 벗어날 수 있는 것은 바로 남들과는 다른 독특함이고, 더러움에 영합하지 않는 것은 그 자신만의 깨끗함이다.

　[1-173] 處巧若拙, 處明若晦, 處動若靜.

【處(처)】 머무르다, (어떤 상황에) 처하다, 처리하다.
【晦(회)】 어둡다, 분명하지 않다, 명확하지 않다.

어리숙한 듯 영리하게, 모호한 듯 분명하게, 조용한 듯 동적으로!

[1-174] 參玄借以見性, 談道借以修眞.

【參(참)】 헤아리다, 참구하다.
【玄(현)】 玄學, 老莊의 학문.
【借以(차이)】 …에 의해서, …함으로써.
【見性(견성)】 자기 본래의 본성(천성)을 깨닫다.
【眞(진)】 여기서는 眞心을 의미함.

老莊의 본뜻을 헤아림으로써 本性을 깨닫고, 道를 담론함으로써 참된 마음을 수양한다.

[1-175] 世人皆醒時作濁事, 安得睡時有淸身. 若欲睡時得淸身, 須於醒時有淸意.

【濁事(탁사)】 혼탁한 일, 좋지 못한 일, 옳지 못한 일.
【安(안)】 어찌, 어떻게.

세상 사람이 모두 깨어 있을 때 옳지 못한 일을 하면 어찌 깨끗한 몸으로 잠들 수 있으리오?
깨끗한 몸으로 잠들고 싶다면 깨어 있을 때 깨끗한 마음을 가져야 하느니!

[1-176] 好讀書非求身後之名, 但異見異聞, 心之所願. 是以
孜孜搜討, 欲罷不能, 豈爲聲名勞七尺也.

【身後(신후)】 사후, 죽은 후.
【是以(시이)】 이 때문에, 이러한 까닭에.
【孜孜(자자)】 부지런하다, 근면하다. *孜: 힘쓰다.
【搜討(수토)】 탐구하다, 자세히 연구하다.
【欲罷不能(욕파불능)】 그만두려 해도 그만둘 수 없다.
【七尺(칠척)】 몸, 신체.

　학문을 좋아하는 것은 죽은 후의 명예를 위한 것이 결코 아니다. 다만
책 속의 탁월한 見聞을 내 마음이 진정으로 원하기 때문이다. 때문에 부
지런히 탐구하다 보면 그만두려 해도 그만둘 수 없게 되는 것이다. 어찌
명성을 위해 자신을 수고롭게 하겠는가?

[1-177] 一間屋, 六尺地, 雖沒莊嚴, 却也精緻. 蒲作團, 衣作
被, 日裏可坐, 夜間可睡. 燈一盞, 香一炷, 石磬數聲, 木魚幾
擊. 龕常關, 門常閉, 好人放來, 惡人迴避. 髮不除, 葷不忌, 道
人心腸, 儒者服製. 不貪名, 不圖利, 了淸靜緣, 作解脫計. 無掛
礙, 無拘繫, 閒便入來, 忙便出去. 省閑非, 省閑氣, 也不遊方,
也不避世. 在家出家, 在世出世. 佛何人? 佛何處? 此卽上乘,
此卽三味. 日復日, 歲復歲, 畢我這生, 任他後裔.

【精致(정치)】 정교하다, 세밀하다.
【蒲團(포단)】 (스님이 좌선하거나 佛事할 때에 깔고 앉는) 부들방석.
【盞(잔)】 등을 세는 단위, 잔(술잔, 찻잔 따위).
【炷(주)】 향을 세는 단위, 향을 태우다.
【石磬(석경)】 돌로 만든 경쇠(악기).

【木魚(목어)】 불교에서 나무로 물고기 모양을 만든 악기. 이것을 두드려 물에 사는 모든 생물을 일깨운다고 한다.
【龕(감)】 龕室, 사당 안에 신주를 모시어 둔 장.
【關(관)】 잠그다.
【放(방)】 열다, 열어젖히다.
【除(제)】 손질하다, 다스리다.
【葷(훈)】 생선이나 육류로 만든 요리, 파·마늘 따위의 냄새나는 채소.
【了(료)】 알다, 깨닫다.
【淸淨(청정)】 깨끗하다, 거리낌이 없다.
【掛礙(괘애)】 근심, 걱정, 장애.
【拘繫(구번)】 구속되고 얽매임, 구속, 속박.
【閑非(한비)】 하찮은(사소한) 잘못한 일들.
【閑氣(한기)】 공연한 분노, 하찮은 일에 화를 내는 노기, 한가할 때 내는 짜증.
【上乘(상승)】 불교의 大乘, 심원한 교리.
【三昧(삼매)】 불교의 三昧, 즉 잡념을 없애 마음이 산란하지 않은 것.
【復(복)】 거듭하다, 반복하다, 또.
【任(임)】 되는 대로 맡겨두다, 내맡기다.

한 칸짜리 좁은 방, 여섯 尺짜리 좁은 땅은 비록 장엄하지 않더라도 자잘한 섬세함이 있는 것!

부들로 방석삼고 옷으로 이불삼으니, 낮에는 앉을 수 있고 밤에는 잘 수가 있네.

등잔불 하나, 향 한 촉, 石磬 소리 몇 번, 木魚 소리 두어 번.

龕室은 늘상 잠겨 있고, 대문은 항상 닫아 놓고서 좋은 사람은 들어오게 하고 나쁜 사람은 피해 가며 사네.

머리칼 자르지 않고, 불가에서 금지하는 노린내와 비린내나는 음식을 꺼리지 않으며, 道人의 마음을 가지고, 儒家의 의복을 입는다네.

명예를 탐하지 않고, 이익을 도모하지 않으며, 속세의 인연을 깨끗이 정리하고 해탈을 계획하노라!

근심 없고 구속 없으니 한가할 때면 집으로 들어오고, 바쁘면 일 보러 나가네.

자잘한 잘못이라도 반성하고, 공연히 짜증내는지도 돌이켜본다.

이리저리 유람을 다니지도 않고, 세상을 피하지도 않나니, 내 비록 집 안에 있어도 出家한 것이요, 세상 속에서 살아도 속세를 벗어난 것이라!

부처는 어떠한 사람인가? 부처는 어디에 있는가? 이것이 바로 오묘한 진리요, 번뇌와 잡념을 물리친 것이니…….

하루 또 하루, 한 해 또 한 해가 지나면 결국 내 삶은 끝나고 다른 후손 이 이어가겠지…….

[1-178] 草色花香, 遊人賞其眞趣; 桃開梅謝, 達士悟其無常.

【眞趣(진취)】 진정한 즐거움, 참된 멋, 진정한 정취.
【謝(사)】 지다, 떨어지다, 시들다.
【達士(달사)】 널리 事理에 통달한 사람.
【無常(무상)】 일정하지 않다, 인생이 덧없다.

초목의 제 빛깔과 만발한 꽃의 향기, 유람하는 사람들은 그 정취를 감 상한다.

복사꽃 피면 지는 매화, 세상사 달관한 선비는 그 무상함을 깨닫는다.

[1-179] 招客留賓, 爲歡可喜, 未斷塵世之扳援; 澆花種樹, 嗜好雖淸, 亦是道人之魔障.

【扳援(반원)】 불가의 攀緣, 즉 인연.
【爲歡可喜(위환가희)】 즐거움을 위해 기뻐할 만하다.
【魔障(마장)】 불가에서 말하는 佛道의 수행중에 악마가 설치한 장애.

손님을 초대하고 머무르게 하는 것은 즐겁고 기쁜 일이나 속세의 인연을 끊지 못하게 한다.

꽃에 물을 주고 나무를 심는 것은 맑은 취미지만, 이 역시 道를 추구하
는 사람에게는 장애물이 될 수 있다.

[1-180] 人常想病時, 則塵心便減; 人常想死時, 則道念自生.

【塵心(진심)】 속세의 마음.
【道念(도념)】 도를 추구하는 마음.

항상 병들었을 때를 생각하면 세속적인 마음이 이내 없어지고, 항상
죽을 때를 생각하면 道를 추구하고픈 마음이 저절로 생겨난다.

[1-181] 入道場而隨喜, 則修行之念勃興; 登邱墓而徘徊, 則
名利之心頓盡.

【道場(도량)】 부처를 공양하거나, 불교를 수어하는 곳. 곧 절.
【隨喜(수희)】 (불가) 남의 선행을 보고 기꺼이 참가하다, (사원을) 참배하다, 집단 활
동에 기꺼이 참여하다.
【勃興(발흥)】 갑자기 왕성하게 일어나다, 융성하게 일어나다.
【丘墓(구묘)】 무덤, 묘.
【徘徊(배회)】 천천히 이리저리 왔다갔다 함, 배회.
【頓盡(돈진)】 갑자기 사라진다, 갑자기 없어진다.

도량에 들어가 참배하면 수행하고픈 마음이 불끈 생겨나고, 무덤에 올
라 배회하다 보면 名利에 대한 생각이 갑자기 사라진다.

[1-182] 鑠金玷玉, 從來不乏乎讒人；洗垢索瘢, 尤好求多於
佳士. 止作秋風過耳, 何妨尺霧障天.

【鑠金 玷玉(삭금점옥)】 쇠도 녹일 만한 강한 힘을 지닌 여러 사람의 말은 사람을 해
친다. ＊鑠金: 쇠를 녹임, 衆言의 무서움을 비유 ＊玷: 더럽히다, 옥의 티, 약점.
【從來(종래)】 여태까지, 이제까지, 지금까지.
【不乏(불핍)】 적지않다, 드물지 않다, 매우 많다. ＊乏: 결핍하다, 부족하다, 모자라다.
【讒人(참인)】 남을 잘 비방하는 사람, 남을 헐뜯다.
【索瘢(색반)】 허물을 찾다. ＊瘢: 허물, 흉터. ＊洗垢求痕: 공연스레 남의 흠을 꼬치
꼬치 캐어 들춰냄. 본문에서는 자신의 허물은 털어 버리고〔洗垢〕, 남의 허물을 찾아
내려 한다〔垢痕〕는 뜻으로 풀 수 있겠다.
【好求(호구)】 잘 얻다, 잘 구하다.
【佳士(가사)】 품행이 단정한 사람.
【止(지)】 다만, 단지.
【秋風過耳(추풍과이)】 가을 바람이 귀를 스쳐 지나가다, 전혀 무관심하다(＝馬耳東
風).
【尺(척)】 1자(열치), 약간. ＊尺霧障天: 작은(엷은 尺) 안개로 하늘을 가리다〔障〕.
【何妨(하방)】 어찌 꺼리겠는가? 무방하다, 괜찮지 않은가?

　남의 허물을 찾아내는 많은 말들은 여태껏 비방꾼보다 많았고, 자신의
허물은 털어 버리고 남의 흉을 찾아내려는 사람도 좋은 사람보다 많았다.
비난이란 다만 귓가를 스쳐가는 가을 바람일 뿐, 한 조각 작은 안개로 하
늘을 가린다고 신경쓰리오?!

[1-183] 眞放肆, 不在飮酒高歌；假矜持, 偏於大庭賣弄. 看
明世事透, 自然不重功名. 認得當下眞, 是以常尋樂地.

【放肆(방사)】 제멋대로 하다, 방자하다, 호방하여 얽매임이 없다.
【矜持(긍지)】 자중하다, 스스로 억제하고 조심하다.
【偏(편)】 일부러, 기어코, 꼭.

【大庭(대정)】 大庭廣衆, 대중이 모인 공개적인 장소.
【賣弄(매농)】 뽐내다, 자랑하다, 과시하다.
【當下(당하)】 즉각, 즉시, (어느 상황에) 처해.
【是以(시이)】 이러한 까닭에, 이 때문에, 그래서, 그러므로.
【樂地(낙지)】 즐거운 장소.

　진정 호방하고 구속되지 않는다는 것은 술 마시고 소리 높여 노래 부르는 것이 아니다. 짐짓 조신한 척하면서 기어코 대중 앞에서 자신을 과시하는 사람도 있다. 세상사를 똑바로 꿰뚫어보면 저절로 功名을 중히 여기지 않게 되고, 눈앞의 진리를 인식할 수 있기에 항상 즐거움을 찾을 수 있다.

　[1-184] 富貴功名, 榮枯得喪, 人間驚見白頭; 風花雪月, 詩酒琴書, 世外喜逢靑眼.

【榮枯(영고)】 榮枯盛衰, 융성과 쇠퇴.
【得喪(득실)】 얻고 잃음(=得失).
【人間(인간)】 세상, 속세.
【風花雪月(풍화설월)】 바람 · 꽃 · 눈 · 달. 즉 자연 경물.
【靑眼(청안)】 따사로운 눈, 사랑이 어린 눈길, 호감, 총애. 魏晉시기 名士 阮籍은 거리낌없이 호방한 성격이었다. 그는 친구가 세속적이지 않으면 사랑어린 눈길〔靑眼〕로 바라보고, 그렇지 않으면 냉대하는 눈길〔白眼〕로 대하였다고 한다.

　부귀공명이나 영고성쇠, 得失 등은 속세 안에서 어느 순간 머리가 희끗해지는 것에 깜짝 놀라며 깨닫게 되는 것이요,
　자연 경물, 시 읊기, 술 마시기, 음악, 붓글씨 등은 속세 밖에서 즐기는 따사로운 눈길 속에 만나게 되는 것이다.

[1-185] 慾不除, 似蛾撲燈, 焚身乃止; 貪無了, 如猩嗜酒, 鞭
血方休.

【蛾(아)】 나방.
【了(료)】 청산하다, 없애다.
【猩(성)】 성성이, 오랑우탄.
【癮(은)】 중독, 인, 광적인 취미나 기호.

　욕망을 없애지 않으면 나방이 등불로 뛰어들듯 자신을 다 태워 버려야
멈추게 되리라!
　탐욕을 없애지 않으면 원숭이가 술을 좋아하듯 피가 나도록 채찍으로
맞아야 그만두게 되리라!

[1-186] 涉江湖者, 然後知波濤之洶湧; 登山嶽者, 然後知蹊
徑之崎嶇.

【洶湧(흉용)】 용솟음치다, 세차게 위로 치솟다.
【蹊徑(혜경)】 좁은 길, 오솔길, 방책, 방도.
【崎嶇(기구)】 험하다, 평탄하지 않다, 울퉁불퉁하다.

　강과 호수를 건넌 뒤에야 파도의 험난함을 알게 되고, 높은 산을 오른
뒤에야 그 길의 험난함을 알게 된다.

[1-187] 人生待足, 何時足; 未老得閒, 始是閒.

【待(대)】 기다리다.
【未老(미로)】 아직 늙지 않다, 젊었을 때.
【始(시)】 비로소.

인생에 있어 만족할 때를 기다린다면 어느 때에야 만족하겠는가?
아직 늙지 않았을 때 유유자적 한적하다면 바로 이것이 한적한 것이니!

[1-188] 談空反被空迷, 耽靜多爲靜縛.

【空(공)】 空寂의 道.
【迷(미)】 미혹되다.
【耽(탐)】 탐닉하다, 빠지다, 현혹되다.
【靜(정)】 고요한 경지.
【縛(박)】 속박하다, 묶다.

텅빔〔空寂〕에 대해 말하다 보면 오히려 그것에 미혹되어 버리고, 고요
한 경지에 탐닉하다 보면 대부분 그것에 속박당하게 된다.

[1-189] 舊無陶令酒巾, 新撇張顚書草. 何妨與世昏昏, 只問
吾心了了.

【陶令(도령)】 陶淵明. 陶淵明은 晉나라 때 彭澤縣의 슈을 역임했던 뛰어난 문장가.
【酒巾(주진)】 술을 거르던 수건. 술을 너무도 좋아하여 자신이 쓰고 있는 두건을 벗
어 술을 거르는 것을 의미한다.
【撇(별)】 던지다, 한자의 삐침, 즉 글자를 쓰다.
【張顚(장전)】 唐代 저명한 草書體 전문가인 張旭의 별칭이다. 張旭은 술에 취해 붓
글씨를 쓸 때면 소리소리 지르며 머리를 먹물 속에 처박곤 해서, 당시 사람들이 張
顚이라 불렀다고 한다. *'顚'은 미치광이, 넘어지다, 거꾸로 하다 등의 뜻이 있는
데 장욱의 그런 행동에 적합한 별명으로 여겨진다.
【何妨(하방)】 어찌 꺼리겠는가? 괜찮지 않은가? 즉 무방하다.
【昏昏(혼혼)】 어두운 모양, 흐리멍텅하다.
【了了(요료)】 확실히 알다, 분명히 알다.

옛날 술이 너무 좋아 두건으로 술을 걸렀던 도연명(陶淵明)의 흥취가 없었더라도, 술에 취해 머리카락으로 붓글씨를 썼던 장욱(張旭)이 초서의 새로운 서법을 열었을 것이다.

세상과 더불어 흐리멍텅 살아간들 어떠리? 다만 자신의 마음에 물어보아 이해되면 될 뿐…….

[1-190] 以書史爲園林, 以歌詠爲鼓吹, 以理義爲膏粱, 以著述爲文繡, 以誦讀爲菑畲, 以記問爲居積, 以前言往行爲師友, 以忠信篤敬爲修持, 以作善降祥爲因果, 以樂天知命爲西方.

【鼓吹(고취)】 북 치고 피리 부는 것. 즉 선비들이 듣고 즐기는 음악.
【膏粱(고량)】 기름진 고기와 차진 곡식, 즉 맛좋은 음식.
【文繡(문수)】 화려하게 수놓은 옷.
【誦讀(송독)】 소리내어 읽다.
【菑畲(치여)】 밭을 개간하는 것, 밭을 일구는 것.
【記問(기문)】 암기하여 물음에 답하다.
【居積(거적)】 축적하다.
【忠信篤敬(충신독경)】 충성·신의·돈독·정중.
【修持(수지)】 수양하여 자신을 지키다(확립하다).
【降祥(강상)】 복을 내리다.
【樂天知命(낙천지명)】 하늘의 뜻에 순응하여 자신의 처지를 만족하다(=樂知天命).
【西方(서방)】 西方淨土, 西方極樂.

역사서를 정원으로 삼고, 노래하고 시 읊는 것을 음악으로, 義理를 맛좋은 음식으로, 책들을 화려한 옷으로, 책 읽기를 농사짓는 것으로, 좋은 글을 외워 물음에 답하는 것을 재산으로, 이전 사람의 언행을 스승이나 친구로, 충성·신의·독신·정중을 수양으로, 착한 일을 행하여 복받는 것을 인과응보로, 하늘의 뜻에 순응하고 내 처지에 만족하는 것을 극락 세계로 여기노라!

[1-191] 雲烟影裏見眞身, 始悟形骸爲桎梏; 禽鳥聲中聞自性, 方知情識是戈矛.

【形骸(형해)】 사람의 몸뚱이, 육신.
【桎梏(질곡)】 속박, 굴레.
【自性(자성)】 본래부터 갖고 있는 佛性.
【情識(정식)】 정감과 식견.
【戈矛(과모)】 창, 무기.

대자연의 구름과 안개 속에서 진정한 자신을 볼 수 있어야 육신이 속박임을 깨닫게 될 것이다.

禽獸의 울음소리 속에서도 佛性을 들을 수 있다면 정감이나 식견이라는 것이 타인을 해치는 무기임을 알게 될 것이다.

[1-192] 事理因人言而悟者, 有悟還有迷, 總不如自悟之了了; 意興從外境而得者, 有得還有失, 總不如自得之休休.

【了了(요료)】 확실히 알다, 분명히 알다, 분명한 모양.
【意興(의흥)】 취향과 흥취, 흥미, 흥취.
【自得(자득)】 자기 스스로 깨달음, 마음에 만족함.
【休休(휴휴)】 편안하고 한가로운 모양, 마음이 너그러운 모양.

다른 사람의 말을 통해 사리를 깨닫는다면 명료하게 아는 것도, 애매한 것도 있으니 스스로 깨달아 분명히 아는 것만 못하다.

외부의 경물을 통해 흥취를 얻는다면 흥이 날 때도 없을 때도 있으니, 스스로 만족하여 유유자적하는 것만 못하다.

[1-193] 白日欺人, 難逃淸夜之愧赦; 紅顔失志, 空遺皓首之悲傷.

【白日(백일)】 백주대낮, 대낮, 태양.
【淸夜(청야)】 맑게 갠 밤, 조용한 밤.
【愧赦(괴사)】 양심의 가책을 느껴 용서를 구하다, 양심의 가책을 느껴 부끄러워하다.
【紅顔(홍안)】 붉은 두 볼, 소년소녀, 젊은 사람.
【空遺(공유)】 헛되이 남다(남기다). *空: 부질없이, 헛되이, 덧없이.
【皓首(호수)】 백발, 흰머리, 노인.
【悲傷(비상)】 슬퍼 마음이 아픔.

　백주대낮에 사람을 속이면 맑게 갠 깊은 밤에 수치심을 피하기 어렵고, 젊은이가 포부를 잃으면 노년이 되어 부질없는 후회와 슬픔만 남을 것이다.

[1-194] 定雲止水中, 有鳶飛魚躍的景象; 風狂雨驟處, 有波恬浪靜的風光.

【定雲止水(정운지수)】 멈춰 있는 구름이나 정지한 물.
【風狂雨驟(풍광우취)】 바람이 거세게 불고 비가 억수같이 내리는 것.
【波恬浪靜(파념랑정)】 파도가 일지 않고 잠잠하다.

　살 실 멈춘 구름이나 물속에도 소리개가 비상하거나 물고기가 튀어오르는 광경이 있고, 폭풍우 속에서도 파도나 물결의 잠잠한 모습이 있나니…….

[1-195] 寒灰內, 半星之活火; 濁流中, 一線之淸泉.

【寒灰(한회)】 식은 재, 불이 꺼진 재.
【半星(반성)】 조금, 약간, 근소.
【活火(활화)】 살아 있는 불씨.
【一線(일선)】 한줄기.
【淸泉(청천)】 깨끗한 샘물.

꺼져 버린 재 속에도 불씨가 남아 있고, 탁류 속에도 깨끗한 샘물이 있는 법!

[1-196] 攻玉於石, 石盡則玉出; 淘金於沙, 沙盡則金露.

【攻(공)】 캐다, 연구하다.
【淘(도)】 일다, 물에 씻어 가려내다.

돌에서 옥을 캘 때는 돌이 없어져야 옥이 나오고, 모래를 물에 헹구어 금을 가려낼 때는 모래가 없어져야 금이 드러나는 법!

[1-197] 乍交不可傾倒, 傾倒則交不終; 久與不可隱匿, 隱匿則心必嶮.

【乍(사)】 갓, 방금.
【傾倒(경도)】 남김없이 다 쏟아 버리다
【不終(불종)】 유종의 미를 거두지 못하다, 천수를 다하지 못하다.
【久與(구여)】 오래도록 함께하다, 오랜 사귐.
【隱匿(은닉)】 숨기고 비밀로 하다, 은닉하다, 몸을 숨기다.
【嶮(험)】 음험하다, 음흉하다, 교활하다.

사귄 지 얼마 안 될 때는 속에 있는 말을 다 쏟아내서는 안 되나니, 그런 교제는 오래 가지 못하기 마련이다.

　허나 오래된 사이라면 숨기는 게 있어서는 안 되나니, 감추는 것이 있다면 분명 그 마음이 음흉하기 마련이다.

　[1-198] 丹之所藏者赤, 墨之所藏者黑.

【丹(단)】丹, 丹砂.
【藏(장)】숨기다, 감추다, 저장하다.

　丹을 넣어두었던 곳은 붉고, 먹을 두었던 곳은 검다.

　[1-199] 懶可臥不可風, 靜可坐不可思, 悶可對不可獨, 勞可酒不可食, 醉可睡不可淫.

【懶(라)】나른하다, 노곤하다.
【風(바람)】바람, 풍(풍기).
【悶(민)】답답하다, 울적하다, 우울하다.
【勞(로)】피로하다.
【食(식)】배불리 먹다.
【淫(음)】방종하다, 과도하다, 음란하다.

　나른할 때 눕는 것은 괜찮지만 풍기가 들 정도로 바람을 쐬서는 안 되고, 조용할 때 정좌하는 것은 좋지만 잡념에 빠져서는 안 된다.

　울적할 때는 사람을 상대하는 것이 좋으니 고독하게 지내서는 안 되고, 피로할 때는 술을 마시는 것도 괜찮지만 배불리 마셔서는 안 되고, 취했을 때 잠자는 것은 괜찮지만 음란한 행동을 해서는 안 된다.

[1-200] 書生薄命原同妾, 丞相憐才不論官.

【薄命(박명)】 운명이 기구하다, 불운하다.
【憐才(연재)】 재능을 아끼다.
【不論(불론)】 논하지 않다, 문제삼지 않다.

書生은 부인네처럼 박복하고, 丞相은 관직에 관계없이 재능을 아낀다.

[1-201] 少年靈慧, 知抱夙根; 今生冥頑, 可卜來世.

【靈慧(영혜)】 총명하고 지혜롭다.
【夙根(숙근)】 宿根. 前世부터 이미 정해진 지혜의 근원(뿌리).
【寘懷(치회)】 마음속에 두다. * 寘: 두다, 일정한 곳에 두다, 받아들이다.
【冥頑(명완)】 우매하고 완고하다, 사리에 어둡고 완고하다.
【卜(복)】 점치다, 길흉을 알아내다, (미래를) 예측하다.

지혜롭고 영민하면 지혜의 근원을 껴안을 줄 알고, 비록 現生을 우둔
하게 살아가더라도 내세를 헤아릴 수 있다.

[1-202] 撥開世上塵氛, 胸中自無火炎冰兢; 消却心中鄙吝,
眼前時有月到風來.

【撥開(발개)】 갈라내다, 떼어내다.
【塵氛(진분)】 먼지, 티끌, 세속적인 것.
【胸中(흉중)】 가슴속, 심중.
【火炎(화염)】 불꽃. 여기서는 분노(화기)가 치밀어오르는 것을 말함.
【冰兢(빙긍)】 (감정이) 차갑게 얼어붙다.
【消却(소각)】 풀다, 해소시키다, 없애다, 제거하다.

【鄙吝(비린)】 속되고 천하다.
【時(시)】 때때로, 자주, 이따금.
【月到風來(월도풍래)】 달과 바람이 찾아오다(이르다).

  속세의 티끌을 털어내면 가슴속 분노도 냉정함도 자연히 사그라들고,
마음속의 천박함을 없애면 그 마음속엔 맑은 달, 삽상한 바람이 수시로
일어나리니…….

  [1-203] 塵緣割斷, 煩惱從何處安身; 世慮潛消, 清虛向此中
立脚.

【塵緣(진연)】 속세의 인연.
【割斷(할단)】 끊다, 자르다, 단절하다.
【何處(하처)】 어디, 어느 곳.
【安身(안신)】 몸을 편안히 하다, 몸을 의탁하다, 입신하다.
【世慮(세려)】 세상의 근심(걱정).
【潛(잠)】 몰래, 슬그머니, 점차.
【清虛(청허)】 깨끗하고 욕심 없는 마음.
【此中(차중)】 이 중에, 이 가운데.
【立脚(입각)】 서다, 발판으로 하다, 발판을 세우다.

  속세의 인연을 잘라낸다면 번뇌가 어디에 깃들 수 있겠는가? 세상의
근심은 점차 사라지고 깨끗하고 욕심 없는 마음이 그 자리에 발판을 세
우리라!

  [1-204] 市爭利, 朝爭名, 蓋棺日何物可殉蒿裏; 春賞花, 秋
賞月, 荷鋤時此身常醉蓬萊.

【蓋棺(개관)】관을 덮다.
【蒿裏(호리)】쑥 아래, 즉 무덤 속.
【荷鍤(하삽)】삽을 어깨에 메다, 일(노동)을 한다는 의미.
【蓬萊(봉래)】신선이 산다는 전설 속의 산.

    시장에서 이익을 다투고 조정에서 명예를 다툰다면 棺을 덮는 날 무덤 속에 무엇을 함께 넣을 수 있으리?
    봄에 꽃을 감상하고 가을에 달을 감상하며 밭에서 일할 때도 이 몸은 항상 신선이 산다는 蓬萊山에 빠져드네!

[1-205] 駟馬難追, 吾欲三緘其口; 隙駒易過, 人當寸惜乎陰.

【駟馬難追(사마난추)】말이 입 밖으로 나오면 너무 빨리 퍼져 사두마차도 따라잡지 못한다. *駟馬: 수레 한 채를 끄는 네 마리의 말, 또는 그 마차.
【三緘其口(삼함기구)】입을 다물고 말을 삼가다.
【隙駒(극구)】시간이 빨리 지나다(=白駒過隙).
【寸陰(촌음)】아주 짧은 시간.
【惜(석)】아끼다.

    입 밖으로 말이 나오면 너무 빨리 퍼져 사두마차도 따라잡기 어려우니 입을 다물고 말을 삼가야겠다!
    시간은 빨리 쉽게도 지나가니 짧은 시간이라도 아껴야겠다!

[1-206] 萬分廉潔, 止是小善; 一點貪汚, 便爲大惡.

【萬分(만분)】대단히, 극히, 대단히 많은.
【止(지)】다만.
【一點(일점)】조금.

【貪汚(탐오)】 욕심이 많아 더러움.

　아주 청렴하더라도 그것은 작은 선행일 뿐이고, 조그마한 탐욕과 부정
이라도 커다란 악행이다.

　[1-207] 玄奇之疾, 醫以平易; 英發之疾, 醫以深沈; 闊大之
疾, 醫以充實.

【玄奇(현기)】 독특함을 드러내다.　＊玄 : 여기서는 炫(자랑하다, 뽐내다)과 같은 뜻.
【疾(질)】 병, 병폐, 폐단.
【平易(평이)】 (성격이) 겸손하고 온화하다. (문장이) 평이하다.
【英發(영발)】 재기가 뛰어나다. 뛰어난 재기가 넘쳐흐르다.
【深沈(심침)】 깊이 있고 무겁다(과묵하다).　＊深沈不露 : 된사람은 기쁘거나 노여운
감정에 따라 낯빛이 달라지지 않는다.
【闊大(활대)】 넓고 크다. 여기서는 '외형은 넓고 크지만 실속이 없는 것' 을 의미한다.

　뽐내는 병은 겸손하고 평범함으로 치료하고, 재주가 넘쳐흐르는 폐단
은 깊이 있고 침착함으로 치료하고, 실속 없이 과장하는 병은 충실함으
로 치료한다.

　[1-208] 纔舒放卽當收歛, 纔言語便思簡默.

【纔(재)】 막, 겨우.
【舒放(서방)】 펼쳐놓다.
【當(당)】 마땅히, 당연히.
【收斂(수렴)】 (곡식, 조세 등을) 거두어들이다, 몸을 단속하다, 근신하다.
【言語(언어)】 말하다.
【思(사)】 생각하다, 유의하다.
【簡默(간묵)】 말이 적음, 과묵.

느슨하게 펼쳐놓기 시작하자마자 조신하게 거두어들여야 하나니, 말을
시작하자마자 과묵할 것을 생각하라!

[1-209] 貧不足羞, 可羞是貧而無志; 賤不足惡, 可惡是賤而
無能; 老不足嘆, 可嘆是老而虛生; 死不足悲, 可悲是死而無補.

【不足(부족)】 족히 …할 만한 것이 아니다, …할 가치가 없다.
【志(지)】 뜻, 의지, 심지.
【虛生(허생)】 생을 허비하다.
【無補(무보)】 도움이 안 되다, 무익하다, 쓸모없다.

　가난은 부끄러워할 일이 아니니, 정작 부끄러워해야 할 것은 가난하면
서 의지를 잃은 것이다.
　가난하고 지위 없음은 싫어할 것이 아니니, 싫어해야 할 것은 비천하
면서 무능한 것이다.
　늙음은 한탄할 것이 아니고, 오래 살면서 삶을 허비하는 것을 한탄해
야 한다.
　죽음은 슬퍼할 일이 아니니, 정말 슬퍼해야 할 것은 죽을 때까지도 남
에게 도움이 안 되는 것이다.

[1-210] 身要嚴重, 意要閑定; 色要溫雅, 氣要和平; 語要簡
徐, 心要光明; 量要闊大, 志要果毅; 機要縝密, 事要妥當.

【嚴重(엄중)】 엄격하고 무게가 있다.
【閑定(한정)】 한가롭고 안정되다. 여유롭고 편안하다.
【溫雅(온아)】 온화하고 우아하다.
【色(색)】 얼굴색, 안색, 얼굴 표정(=顔色).

【氣(기)】기질, 기풍, 태도.
【簡徐(간서)】간략하면서도 천천히 여유 있음.
【量(량)】도량, 그릇의 크기.
【光明(광명)】밝다, 공명정대하다.
【闊大(활대)】넓고 크다, 광대하다.
【果毅(과의)】과감하고 굳세다.
【機(기)】계기, 기회, 실마리. 여기서는 어떤 일을 시작하다, 처음을 계획하다.
【縝密(진밀)】치밀하다, 세밀하다, 주도면밀하다.
【事(사)】일삼다, 힘쓰다, 경영하다.
【妥當(타당)】타당하다, 알맞다, 온당하다.

　몸은 엄중하게, 마음은 여유롭게, 표정은 온화하게, 기질은 부드럽게
해야 한다. 말은 간략하고 여유 있게, 마음은 공명정대하게, 도량은 넓고
크게, 의지는 과감하고 굳게, 일을 계획할 때는 주도면밀하게, 그리고 일
을 할 때는 타당해야 한다.

　[1-211] 富貴家宜學寬, 聰明人宜學厚.

【宜(의)】마땅하다, 마땅히, 마땅히 …하여야 한다.
【寬(관)】관대하다, 너그럽다.
【厚(후)】너그럽다, 성실하다, 관대하다.

　부귀한 자는 너그러움을 배워야 하고, 영특한 사람은 관대함을 배워야
한다.

　[1-212] 休委罪於氣化, 一切責之人事; 休過望於世間, 一切
求之我身.

【休(휴)】…마라.
【委罪(위죄)】죄를 남에게 전가하다(돌리다)(=?罪).
【氣化(기화)】氣의 변화. 여기서는 '운명'의 의미로 쓰임.
【人事(인사)】인간사, 인간 관계.
【過望(망과)】지나치게 기대하다, 기대를 넘다.
【世間(세간)】세간, 세상.

운명에 죄를 전가하지 마라, 모든 책임은 사람에게 있나니!
세상에 너무 기대하지 마라, 모든 것은 자기 자신에게서 구할지니!

[1-213] 早知窮達有命, 恨不十年讀書.

【早(조)】새벽, 아침, 일찍이.
【窮達(궁달)】빈궁과 영달, 출세하지 못함과 현달함.
【有命(유명)】…할 운명이다, 천명으로 정해져 있다.

가난과 출세가 천명으로 정해져 있음을 깨달았다면 10년간의 독서를
한탄할 필요가 없다.

[1-214] 世人白晝寐語, 苟能寐中作白晝語, 可謂常惺惺矣.

【白晝(백주)】백주대낮, 대낮.
【寐語(매어)】잠꼬대.
【苟(구)】진실로, 단지.
【惺惺(성성)】깨어 있다. ＊惺: 영리하다, 총명하다.

세상 사람들은 대낮에도 잠꼬대를 하는데, 낮에 한 말을 꿈속에서도
할 수 있다면 항상 깨어 있다고 말할 수 있으리!

[1-215] 觀世態之極幻, 則浮雲轉有常情; 咀世味之皆空, 則流水翻多濃旨.

【極幻(극환)】 지극한 환상, 지극한 변화.
【世態(세태)】 세상의 상태나 형편, 세대.
【轉(전)】 달라지다, 바뀌다, 전환하다.
【浮雲(부운)】 뜬구름, 덧없는 것.
【常情(상정)】 사람에게 공통되는 인정, 인지상정, 보통 있는 일, 흔히 있는 일.
【咀(저)】 씹다, 씹어서 맛을 보다, 음미하다.
【世味(세미)】 세상의 (달고 쓴) 맛.
【昏空(혼공)】 흐릿하고 텅 비다.
【翻(번)】 뒤집히다, 번복되다.
【濃旨(농지)】 진하고 맛있다.

世態의 지극한 변화를 볼 수 있다면 뜬구름에서도 인간사를 느끼게 되고, 세상의 달고 쓴맛이 모두 공허하다는 것을 맛보았다면 흐르는 맹물에서도 진한 맛을 느끼게 된다.

[1-216] 大凡聰明之人, 極是誤事. 何以故? 惟聰明生意見, 意見一生, 便不忍捨割. 往往溺於愛河慾海者, 皆極聰明之人.

【大凡(대범)】 대개, 대체로.
【誤事(오사)】 일을 망치다, 일을 그르치다.
【惟(유)】 오직, 다만, … 때문에, …로 인해.
【不忍(불인)】 인내심이 없다, 참지 못하다.
【舍割(사할)】 버리다, 포기하다, 삭제하다.
【往往(왕왕)】 늘, 종종, 흔히, 이따금.
【溺(닉)】 빠지다, 탐닉하다.
【愛河(애하)】 愛慾의 강, 애욕이 사람을 그 속에 빠지게 함을 비유.
【欲海(욕해)】 욕망의 구렁.

대체로 총명한 사람은 끝에 가서는 일을 그르치곤 한다. 왜 그럴까? 총
명한 사람은 남보다 쉽게 자기 의견을 만들지만, 의견이 생기자마자 참
지 못하고 버리기 때문이다. 그래서 애욕과 욕망의 구렁에 빠지는 사람
들은 언제나 남달리 총명한 사람들이다.

[1-217] 是非不到釣魚處, 榮辱常隨騎馬人.

【是非(시비)】 옳고 그름, 是是非非.
【釣魚處(조어처)】 고기 낚는 곳. 세속의 名利와 동떨어진 곳을 말함.
【榮辱(영욕)】 영예와 치욕.
【騎馬(기마)】 말 탄 사람, 곧 권세 있는 사람.

　　是非는 세속과 동떨어진 낚시터로는 찾아오지 않고, 영욕은 항상 권세
있는 사람을 따라다닌다.

[1-218] 名心未化, 對妻孥亦自矜莊; 隱衷釋然, 卽夢寐皆成
清楚.

【名心(명심)】 명예를 추구하는 마음.
【化(화)】 변하다, 녹다, 풀리다, 삭이다, 없애다.
【妻孥(처노)】 처자식.
【矜莊(긍장)】 근엄하고 장중함.
【隱衷(은충)】 남에게 말 못한 고충.
【釋然(석연)】 (의문이나 의심이 풀려) 개운하다.
【夢寐(몽매)】 꿈속.
【清楚(청초)】 분명하다, 또렷하다, 명확하다, 깔끔하다, 깨끗하다, 맑다, 이해하다,
알다.

명예를 다투는 마음이 사라지지 않으면 처자식에게도 엄숙하게만 대하
게 된다. 말 못할 고충이 풀리면 꿈속에서라도 모든 것이 분명하게 된다.

[1-219] 觀蘇季子以貧窮得志, 則負郭二頃田, 誤人實多; 觀
蘇季子以功名殺身, 則武安六國印, 害人不淺.

【蘇季子(소계자)】 戰國시기의 蘇秦. 천하를 제패할 계책을 秦王에게 말했지만 받아
들여지지 못했다. 燕·趙·韓·魏·齊·楚나라와 合縱하여 秦나라에 대항할 것을
주장함으로써 合縱의 주재자가 되었다. 그러나 張儀 때문에 합종의 계책은 실패하
고, 蘇秦은 齊나라의 客卿이 되어 齊나라 大夫와 총애를 다투다가 죽음을 당했다.
【負郭二頃田(부곽이경전)】 성곽을 등진 두 이랑의 밭. 문전옥답. 蘇秦이 일찍이 "洛
陽에 두 이랑의 좋은 밭만 있었더라면 내가 어찌 六國相印의 인수끈을 허리에 찼
겠는가?〔且使我有洛陽負郭田二頃, 吾豈能佩六國相印乎?〕"라고 하였다.
【武安(무안)】 지금의 河北省에 속하는 戰國시대 趙나라 땅. 蘇秦은 武安君에 봉해
졌다.
【六國印(육국인)】 여섯 나라의 도장. 蘇秦의 합종책이 받아들여진 후, 합종국 여섯
나라의 주재자가 된 일을 말한다.
【殺身(살신)】 자신의 몸을 해침, 해를 당함.

가난했기에 자기 뜻을 펼치려 애썼던 蘇秦의 경우를 보면, 먹고 사는
일이 인간의 삶을 그르친 경우가 실제로 많다.
부귀공명 때문에 죽음을 당한 蘇秦의 경우를 보면, 그(武安君)가 지녔
던 6국의 책임자라는 공명이 인간을 해친 경우가 적지않다.

[1-220] 名利場中, 難容伶俐; 生死路上, 正要糊塗.

【伶俐(영리)】 영리하다, 총명하다.
【正(정)】 마침, 딱, 바로, 바야흐로.

【要(요)】 …해야만 하다.
【糊塗(호도)】 어리석다, 흐리멍텅하다, 얼떨떨하다.

명리를 다투는 곳에서는 총명함이 받아들여지기 힘드니, 생사의 갈림
길에서는 어리숙하게 행동해야 한다.

[1-221] 一杯酒留萬世名, 不如生前一杯酒, 身行樂耳, 遑恤
其他; 百年人做千年調, 至今誰是百年人, 一棺戢身, 萬事都已.

【萬歲(만세)】 오랜 세월, 끝없는 세월.
【遑(황)】 하물며, 어떻게.
【恤(휼)】 근심하다, 우려하다, 동정하다.
【百年(백년)】 백 년, 대단히 긴 시간, 사람의 일생.
【調(조)】 음조, 곡조, 조절하다.
【至今(지금)】 지금에 이르다, 지금까지.
【戢(즙)】 거두다, 그치다, 거두어 넣다.
【萬事(만사)】 만사, 모든 일.
【已(이)】 끝나다. 그치다.

죽은 후 내 위패 앞에 오래오래 술(祭酒)이 놓여지는 것이 살아서 마시
는 술 한잔만 못한 것이다. 자신의 즐거움을 행하면 그뿐, 어찌 다른 것을
걱정하리오?
백 년도 못 사는 인간들이 천 년을 살 것처럼 노래하는데, 지금까지 누
가 백 년을 살았던가? 일단 관 속에 몸을 넣게 되면 모든 일이 이미 끝인
것을……

[1-222] 郊野非葬人之處, 樓臺是爲邱墓. 邊塞非殺人之場,
歌舞是爲刀兵. 試觀羅綺紛紛, 何異旌旗密密? 聽管絃冗冗, 何

異松柏蕭蕭? 葬王侯之骨, 能消幾處樓臺? 落壯士之頭, 經得幾
番歌舞? 達者統爲一觀, 愚人指爲兩地.

【丘墓(구묘)】 무덤.
【邊塞(변색)】 국경의 요새, 국경의 성채, 변방.
【刀兵(도병)】 무기.
【羅綺(나기)】 곱고 아름다운 비단, 아름답고 화려한 의복.
【紛紛(분분)】 어지럽다, 어수선하다.
【密密(밀밀)】 아주 조밀한 모양.
【冗冗(용용)】 번거롭게 많다.
【蕭蕭(소소)】 (나무에 바람이 불거나 나뭇잎이 떨어지는 소리) 쏴쏴, 우수수.
【王侯(왕후)】 帝王과 諸侯. *왕후장상을 죽이는 데는 기생집이나 기생춤이 많을
필요없다. 즉 歡樂은 왕후장상이라도 쉽게 죽일 수 있다는 의미.

　교외가 사람을 장사 지내는 곳이 아니라 기생집〔樓臺〕이 바로 무덤이
고, 변방의 요새가 사람을 죽이는 곳이 아니라 기생춤〔歌舞〕이 바로 사람
을 해치는 무기이다.
　화려한 비단옷이 어지러이 나부끼는 것이 전장에서 빽빽한 깃발 나부
끼는 것과 무엇이 다른지 보라!
　누각의 피리 소리, 거문고 소리가 묘지의 소나무, 백양나무 쏴쏴 하는
소리와 무엇이 다른지 들어 보라!
　王侯將相의 뼈를 묻는 데 기생집〔樓臺〕 몇 개면 되겠는가?
　장수의 머리를 베는 데 기생춤 몇 번이면 되겠는가?
　세상 이치에 달통한 자는 이것이 하나임을 꿰뚫어보지만, 우둔한 자는
상관없는 일이라고 말하는구나!

[1-223] 節義傲靑雲, 文章高白雪. 若不以德性陶鎔之, 終爲
血氣之私, 技能之末.

【陶鎔(도용)】(질그릇을 만들고 쇠를 녹이듯이 성품을) 도야하다.
【血氣(혈기)】격동하기 쉬운 意氣, 피끓는 기상.
【末(말)】끝, 하위.
【技能(기능)】기술상의 재능.

　靑雲을 깔볼 만큼 절개가 굳고, 문장이 白雲보다 높다 할지라도, 德性
으로 도야하지 않는다면 결국 이 장점들은 개인적인 혈기와 말단의 기능
이 될 뿐이다.

　[1-224] 我有功於人, 不可念, 而過則不可不念; 人有恩於我,
不可忘, 而怨則不可不忘.

【功(공)】공로를 세운다.
【不可(불가)】옳지 아니하다, 안 된다.
【念(념)】생각하다, 마음에 두다.
【不可不(불가불)】아니해서는 안 되기에, 마땅히.
【過(과)】과실, 실수.

　내가 다른 사람에게 해준 게 있다면 마음에 두지 말고, 실수를 하였다
면 마음에 두어야 한다.
　다른 사람이 나에게 은혜를 베풀었다면 잊지 말아야 하고, 원망스럽게
했다면 잊어야 한다.

　[1-225] 徑路窄處, 留一步與人行; 滋味濃時, 減三分讓人嗜.
此是涉世一極安樂法.

【徑路(경로)】좁은 길.

【與(여)】 주다, 베풀다.
【滋味(자미)】 맛, 재미.
【濃(농)】 맛이나 농도가 진하다, (정도가) 깊다.
【三分(삼분)】 10분의 3, 혹은 100분의 3, 즉 극히 적은 양을 말함.
【涉世(섭세)】 세상물정을 겪다.
【安樂(안락)】 마음과 기운이 편안하고 즐거움, 극락정토의 다른 명칭.

좁은 길에선 한걸음 미루어 다른 사람이 먼저 지나가게 하라.
재미가 한창 무르익었을 때 조금만 줄여서 다른 사람도 맛보게 하라.
이것이 세상을 살아가는 안락한 비법이란다!

[1-226] 己情不可縱, 當用逆之法制之, 其道在一忍字; 人情
不可拂, 當用順之法制之, 其道在一恕字.

【縱(종)】 방종하다.
【逆之法(역지법)】 之는 앞 구문의 내용을 받음. 즉 앞에서 말한 것과 반대되는 방법.
【制(제)】 통제하다, 단속하다.
【道(도)】 도리, 이치, 방법.
【拂(불)】 거스르다, 거역하다.

자신의 감정은 멋대로 해서는 안 되는 것이기에 이와 반대되는 방법으
로 통제해야 하나니, 그 방법은 참아야 한다는 '忍' 자에 있다.
다른 사람의 감정은 거슬러서는 안 되는 것이기에 순응하는 방법으로
통제해야 하나니, 그 방법은 용서하라는 '恕' 자에 있다.

[1-227] 昨日之非不可留, 留之則根燼復萌, 而塵情終累乎理
趣; 今日之是不可執, 執之則渣滓未化, 而理趣反轉爲欲根.

【非(비)】 잘못, 실수.
【燼(신)】 깜부기불, 타다 남은 것.
【塵情(진정)】 속세에 대한 마음, 속세에 대한 미련.
【累(누)】 폐를 끼침, 폐, 걱정, 허물.
【理趣(이취)】 義理와 情趣.
【執(집)】 고집, 집착.
【渣滓(사재)】 찌꺼기, 침전물, 앙금.
【化(화)】 녹다, 풀리다, 융화되다, 삭이다, 없애다.
【欲根(욕근)】 욕망의 근원, 욕망의 뿌리.

　어제의 잘못을 남겨둬선 안 된다. 남겨두면 뿌리에 남은 불씨가 되살
아나니, 속세에 대한 미련이 결국 義理와 情趣에 해를 끼치게 된다.
　오늘의 옳음에 집착해서는 안 된다. 집착하면 그 찌꺼기가 융해되지 못
하니, 義理와 情趣는 거꾸로 욕망의 뿌리가 되는 법이다.

[1-228] 文章不療山水癖, 身心每被溪山縛.

【療(료)】 치료하다.
【身心(신심)】 몸과 마음, 심신.
【每(매)】 매번, 언제나, 항상, 늘.
【羈(기)】 구속되다.

　(산수자연을 묘사한) 훌륭한 글만으로는 산수자연을 너무도 좋아하는 내
병을 치료할 수 없어, 이 몸과 맘은 언제나 산골짜기에 묶여 있다네!

卷二・情

情장은 인간의 감정(情)에 관한 글들을 모아놓았다. 도입부에서도 알 수 있듯이 사랑이나 이별에 얽힌 많은 고사들이 등장한다. 특히 유가의 글에선 '艶情艶歌'라 하여 언급하기 꺼리는 〈玉臺新咏·序(옥대신영·서)〉의 글을 많이 담고 있는 점은 주의할 만하다. 이 점은 만명(晚明)시기 문인이 개성의 자유와 性靈說을 주장하고, 情을 긍정했던 면모를 엿볼 수 있게 한다. 자신의 本性과 情에 솔직하려 했던 것은 禮敎의 기치 아래 '獨善其身'이나 '兼濟天下'하는 기존의 유가적인 입장과 대치되고, 처세의 관점에서 보면 이 책의 다른 장과도 배치되는 점이라 하겠다.

[2-0] 語云: 當爲情死, 不當爲情怨. 明乎情者, 原可死而不可怨者也. 雖然旣云情矣, 此身已爲情有, 又何忍死耶? 然不死終不透徹耳. 韓翃之柳, 崔護之花, 漢宮之流葉, 蜀女之飄梧, 令後世有情之人咨嗟想慕. 托之語言, 寄之歌詠, 而奴無崑崙, 客無黃衫, 知己無押衙, 同志無虞侯, 則雖盟在海棠, 終是陌路蕭郎耳. 集情第二.

【韓翃之柳(한굉지류)】韓翃은 唐代 南陽人으로 字가 君平, '大曆十才子'의 한 사람이며, 관직이 中書舍人에 올랐다. 한굉은 아름다운 기생인 柳씨와 사랑에 빠져 결혼을 했다. 한굉은 '章台柳'란 詞를 지어 유씨에게 주었고, 유씨 역시 詞를 지어 화답하였다. 유씨는 뒤에 番將 沙吒利에게 납치되었지만 虞侯 許俊이란 협사가 꾀를 내어 유씨를 구해내 두 사람은 다시 만나게 되었다. 許堯佐의 傳奇《柳氏傳》에 나오는 실제 인물이다.
【崔護之花(최호지화)】崔護는 唐代 博陵人으로, 字가 殷功이다. 唐 貞元 연간에 급제하여 벼슬이 嶺南節度使에까지 올랐다. 최호가 淸明日에 성 남쪽으로 놀러 갔다가 복숭아꽃으로 둘러쳐진 집을 보고는 물을 좀 달라고 했다. 그러자 한 여인이 이름을 묻더니 물 한 잔을 떠다 주었다. 그 여자는 빼어난 미모를 지니고 있어서 최호의

마음에서 지워지지 않았다. 다음 해 또 청명일이 되자 최호는 다시 그 집을 찾아갔다. 하지만 대문이 닫혀 있어 왼쪽 문짝 위에 시를 써놓았다. "작년 오늘에 이 집에는 얼굴에 복사꽃 어리었지. 그 얼굴 어디 갔는지 보이지 않고, 복사꽃만 예전처럼 봄바람에 웃고 있네〔去年今日此門中, 人面桃花相映紅. 人面不知何處去, 桃花依舊笑春風〕." 며칠 뒤 최호가 다시 가보니 울음소리가 들렸다. 한 노인이 나오더니 "당신이 최호인가? 내 딸이 왼쪽 문에 적힌 시를 읽고는 식음을 전폐하다 죽었네!"라고 했다. 최호가 노인을 따라 방으로 들어가니 그 딸이 다시 숨을 쉬어 최호와 함께 돌아왔다. 후세 사람들은 이러한 이야기를 차용하여 '人面桃花'나 '崔護之花'라는 말로 해후한 남녀의 기쁨이나, 헤어져 옛일과 옛사람을 그리워하는 감정을 표현하였다.

【漢宮之流葉(한궁지류엽)】《太平廣記》의 기록에 의하면 唐 宣宗 연간에 盧渥이 京師로 와서 시험을 보았다. 황궁 바깥의 수로에 동동 떠 있는 붉은 잎사귀 위에 시가 쓰여 있었다. "흐르는 물은 어찌 그리도 빠른지, 허나 깊은 궁궐 안은 온종일 한가하네. 붉은 잎사귀 가만히 흘려보내니, 사람 있는 곳으로 잘 흘러가길〔流水何太急, 深宮盡日閑. 殷勤謝紅葉, 好去到人間〕."

【蜀女之飄梧(촉녀지표오)】촉녀는 蜀王의 궁녀이고, 飄梧는 물 위에 떠다니는 오동잎을 말한다. 孟棨의 〈本事詩〉에 의하면 다음과 같은 이야기가 전해진다. 顧況이 洛陽에 있을 때 친구들과 苑中에 놀러 갔다가 물에 떠 있는 오동 잎사귀를 주웠는데, 잎사귀에 시가 적혀 있었다. "깊은 궁궐에 한번 들어가니 해가 가도록 봄을 보지 못했네. 잎사귀 한 조각에 끄적끄적 시를 적어 정을 가진 사람에게 부치노라〔一入深宮裏, 年年不見春. 聊題一片葉, 寄與有情人〕." 고황은 다음날 다른 잎사귀에 시를 적어 물에 띄워보냈다. "꽃 지니 깊은 궁궐 속 앵무새도 슬프고, 上陽의 궁녀도 애간장이 끊어지네. 동쪽으로 흐르는 물길은 제왕의 성이라도 막지 못하리니 잎새에 적은 시 누구에게 부칠까나〔花落深宮鶯亦悲, 上陽宮女斷腸時. 帝城不禁東流水, 葉上題詩欲寄誰〕?" 10여 일이 지나 누군가 또 물에서 오동잎에 적힌 시를 주워 고황에게 보여주었다. "한 조각 잎새에 적힌 시구만 궁성을 벗어났네, 누군가 화답한 걸 보니 그는 정을 지닌 사람?! 물 위에 떠다니는 오동잎새만도 못한 이내 신세가 슬퍼라! 봄이 오면 다음 행선지로 넘실넘실 향하는 잎사귀만도〔一葉題詩出禁城, 誰人酬和獨含情? 自嗟不及波中葉, 蕩漾成春取次行〕!"라는 내용이었다.

【崑崙奴(곤륜노)】唐 裴鉶의 〈崑崙奴〉에 나오는 곤륜 출신의 노비인 磨勒. 주인의 사랑을 맺어주기 위해 주인을 등에 업고서 높은 담장을 뛰어넘어 권세가의 첩을 만나 사랑을 이루게 해주었다는 이야기.

【黃衫客(황삼객)】唐 蔣昉의 〈霍小玉傳〉에 나오는 의협적인 선비. 隴西 李益과 기녀 霍小玉이 함께 살다가, 이익이 관직을 얻자 사촌누이에게 장가들고 곽소옥을 버

렸다. 이 때문에 곽소옥이 죽으려고 하자 갑자기 黃衫客이 나타나서 이익을 겨드랑이에 끼고서 그녀에게 데리고 가서 곽소옥의 한을 풀어주었다고 한다. 그후 이익은 몇 번이나 결혼을 했지만 모두 寃鬼의 禍로 인해 해로하지 못하고 번번이 헤어졌다.

【古押衙(고압아)】唐 傳奇 〈無雙傳〉에 나오는 의협적인 인물. 古押衙는 王仙客과 劉無雙의 사랑에 관여하여, 죽게 된 王仙客을 茅山의 도술로써 되살려 둘을 맺게 해주었다.

【虞侯(우후)】앞의 '韓宏之柳'의 고사에 나오는 許俊을 말한다. 蕃將 沙叱利로부터 유씨를 빼앗아 韓翃에게 돌려준 俠士.

【蕭郎(소랑)】唐代 詩人 崔郊가 여자 종에게 "문을 살펴 한번 들어가니 바다같이 깊어, 이로부터 이 낭군은 당신과 낯선 이가 되려네〔候門一入深如海, 從此蕭郎是路人〕"라는 글을 주었는데, 나중에 '蕭郎'은 여자가 사랑하는 남자를 부르는 호칭으로 쓰였다.

속담에 "情을 위해 죽어야지 정 때문에 원한을 사서는 안 된다"고 했다. 정을 이해하는 사람이라면 정을 위해 죽을 수 있지만, 정 때문에 원한을 사지는 않는다. 이렇게 정에 대해 말했으니 이 몸은 이미 정을 가지고 있는 것, 정 때문에 죽지 않으면 되겠는가? 정을 위해 죽지 않으면 결국 그 정이 투철하지 못한 것일 테니……

韓翃의 기생 柳씨, 崔護의 복사꽃, 漢宮 수로에 떠내려온 잎사귀, 蜀女가 시를 적어보낸 오동나무 잎사귀 등에 얽힌 이야기들은 정을 가진 후세 사람들을 안타깝게, 또한 그 사랑을 그리워하게도 만든다.

그러나 사랑에 빠진 사람들이 정에 대한 마음을 글로 옮기고 노래에 실었더라도 崑崙奴 같은 노비, 黃衫客 같은 협객, 古押衙 같은 知己, 虞侯 許俊 같은 동지의 도움이 없었다면, 해당화 아래에서 맹세했더라도 결국은 인연 없는 낯선 사람이 되었을 것이다.

情에 관한 문장을 모아서 第2로 삼았다.

[2-1] 家勝陽臺, 爲歡非夢, 人慚蕭史, 相偶成仙. 輕扇初開, 忻看笑靨, 長眉始畫, 愁對離妝. 廣攝金屛, 莫令愁擁, 恒開錦

幔, 速望人歸. 鏡臺新去, 應餘落粉, 熏爐未徙, 定有餘烟. 淚滴
芳衾, 錦花長濕, 愁隨玉軫, 琴鶴恒驚. 錦水丹鱗, 素書稀遠, 玉
山靑鳥, 仙使難通. 綵筆試操, 香牋遽滿, 行雲可托, 夢想還勞.
九重千日, 詎想倡家, 單枕一宵, 便如浪子. 當令照影雙來, 一
鸞羞鏡, 勿使推窻獨坐, 姮娥笑人.

【陽臺(양대)】楚나라 襄王이 高唐에 놀러 갔다. 한낮까지 느긋하게 잠을 자는데,
꿈에 한 여인이 나타나 말했다. "저는 巫山의 딸이고 高唐의 객이옵니다. 왕께서 高
唐으로 놀러 오신다는 말을 듣고 寢席을 받들기를 바랐습니다〔妾巫山之女也, 爲高
唐之客, 聞君游高唐, 願薦枕席〕." 그러더니 그 여인은 돌아가면서 말했다. "저는 巫
山의 陽地와 高山의 돌산에 사는데, 아침에는 새벽 안개가 되었다가 저녁에는 비
가 되어, 아침저녁으로 陽臺 아래에 있습니다〔妾在巫山之陽, 高山之岨, 且爲朝雲,
暮爲行雨, 朝朝暮暮, 陽臺之下〕." 이 이야기에 근거하여 '陽臺'는 남녀가 만나 사
랑을 나누는 장소를 가리키게 되었다.
【夢境(몽경)】꿈속, 꿈결, 꿈속의 세계.
【蕭史(소사)】春秋시대 秦 穆公 때 사람. 그가 피리를 불면 학과 공작이 모여들 정
도로 훌륭한 솜씨를 지녔으므로 穆公은 딸 弄玉을 蕭史에게 시집보냈다. 蕭史가
弄玉에게 피리를 가르쳐 봉황의 울음소리를 내게 하자 수많은 봉황이 방 안으로 모
여 들었다. 穆公이 鳳臺를 만들어 살게 했는데, 몇 년 뒤 두 사람은 봉황을 따라 날
아가 버렸다고 한다.
【笑靨(소엽)】보조개, 웃는 얼굴.
【廣攝金屛(광섭금병)】《舊唐書 · 后妃傳上 · 高祖太穆皇后竇氏》의 기록에 보인다.
고태조 穆 황후 竇씨의 부친인 毅가 좋은 사위를 얻기 위해 병풍에 화살맞추기를 시
험했던 이야기. 딸의 재주와 용모가 빼어나자 그에 어울리는 신랑감을 얻기 위해 병
풍에 공작 두 마리를 그려놓고 두 개의 화살로 공작의 눈을 명중시키는 자에게 시집
보내기로 하였다. '金屛雀'은 '사위를 뽑는 규정'이라는 뜻으로 사용되었다.
【鏡臺(경대)】화장대.
【軫(진)】현악기에서 줄을 움직이도록 받치는 축. 여기서는 거문고 자체를 말한다.
【錦水丹鱗(금수단린)】봄날 꽃이 물에 떨어지거나 비춰 물결이 붉게 일렁이는 모습.
【素書(소서)】편지.
【玉山(옥산)】고대 전설 중의 仙山.
【靑鳥(청조)】전설 속에 西王母에게 심부름하던 신령스러운 새.

【彩筆(채필)】 채색에 쓰는 붓.

【牋(전)】 종이, 편지, 상소.

【九重(구중)】 하늘, 구천, 궁중.

【詎(거)】 어찌.

【倡家(창가)】 고대에 음악이나 가무에 종사하던 音樂人을 가리킴. 나중에는 이것으로 妓女를 대신하여 불렀음. 글쓴이의 입장을 보면 음악을 위해 궁중에 들어온 여자 음악인이나 궁녀인 듯하다.

【單枕(단침)】 홀로 베는 베개, 홀로 자는 잠자리.

【一霄(일소)】 하룻밤, 하루저녁.

【浪子(낭자)】 일정한 직업 없이 빈둥빈둥 노는 남자, 주색에 빠진 남자, 방탕아.

【當令(당령)】 제철에 맞다, 제때에 맞다.

【一鸞(일란)】 전설 속의 미녀.

【姮娥(항아)】 달, 미인의 전형.

집 안에서의 즐거움은 陽臺의 환락보다 뛰어난데, 그 즐거움은 꿈이 아니라 실제이기 때문이고, 고상한 기예를 지니지 못해 蕭史에게 부끄러운 사람도 그와 짝한다면 신선이 된다네.

가벼운 부채 치우고 고운 보조개를 어여삐 바라보고는, 긴 눈썹 그리려다 이별할 때 단장했던 모습을 대하네.

임과 맺어주는 병풍이여, 더 이상 근심을 품지 말게 하시라!

항상 비단 장막 열어 놓고 사랑하는 님 빨리 돌아오기를 기다리네.

화장대를 다시 치워도 분가루 떨어져 있고, 향로를 옮기지 않더라도 향기로운 연기 남아 있겠지.

향기로운 금침에 눈물 떨어지면 수놓은 비단꽃 눈물에 더욱 젖고, 근심으로 옥 장식 거문고를 연주하면 거문고에 새겨넣은 학이 놀란다네. 꽃잎 그림자 어린 비단 같은 물결 붉게 일렁이지만, 정성 담은 편지는 멀리 보내기 힘드니, 신선이 玉山의 青鳥에게 시키더라도 편지 전하기 어렵겠지.

고운 붓 들어 편지 쓰니 향기로운 종이에 恨 많은 사연만 가득. 흘러가는 구름에 부탁할까나? 꿈 같은 생각, 헛수고겠지. 궁궐에서 천일을 지

내다 보면 어찌 이 娼妓를 생각하실까? 홀로 지새우는 밤, 영락없이 돌아
갈 집 없는 나그네 같구나.

　시간되니 비치는 그림자 나를 따르나니, 거울 속 아리따운 여인 수줍어
하네. 창문 열고 홀로 앉지 말아야지, 달님이 비웃을라……

[2-2] 幾條楊柳, 沾來多少啼痕; 三疊陽關, 唱徹古今離恨.

【條(조)】 가늘고 긴 것, 항목 등을 셀 때 쓰이는 양사.
【楊柳(양류)】 楊은 갯버들, 柳는 수양버들. 옛사람들은 이별할 때 버들가지를 꺾으
며 슬퍼했는데, 버드나무[柳]는 머무른다[留]는 발음과 같기 때문이다. 여기서는 버
들가지를 꺾어 이별의 아쉬움을 노래한 〈楊柳枝〉나 〈楊柳歌〉를 말한다.
【啼痕(제흔)】 눈물자국, 운 흔적.
【三疊(삼첩)】 옛날 가곡에서 어느 구절을 반복하여 노래하는 것을 말함.
【陽關(양관)】 지금 甘肅省 서남쪽에 있는 관문으로, 옛날에는 서쪽으로 나가려면 반
드시 거쳐야 했다. 元二가 安西 지방의 사신으로 떠날 때 王維가 〈渭城曲〉이라는
시를 지어 전송했다. "그대에게 권하노니 한잔 더 마시구려, 서쪽으로 양관을 나서
면 아는 이도 없을지니[勸君更盡一杯酒, 西出陽關無故人]." 이에 '양관'은 '송별'
을 뜻하게 되었고, 이를 반복하여 노래하는 것을 '陽關三疊'이라고 한다.

　〈楊柳〉 노래들에는 얼마나 많은 눈물자국이 젖어 있을까? 〈陽關曲〉을
반복하여 읊으면 예나 지금이나 이별의 한을 속속들이 노래할 수 있겠네.

[2-3] 世無花月美人, 不願生此世界.

【花月(화월)】 꽃과 달, 꽃 위에 비치는 달. 여기서는 자연의 아름다움을 말함.
【生(생)】 태어나다.

　아름다운 자연이나 美人이 없다면 이 세상에 태어나고 싶지 않다!

[2-4] 荀令君至人家, 坐處常三日香.

【荀令君(순령군)】 즉 荀彧. 漢末 삼국시대 사람으로 字가 文若이다. 曹操의 막중에
서 奮武司馬를 지냈다. 荀彧은 기이한 향료를 얻어 옷을 지어 입었으므로 그가 머
물렀던 곳에는 사흘 동안 향기가 남았다고 한다. 때문에 '荀令君'은 아름다운 향기
를 비유한다.

荀令君이 남의 집을 방문하면 앉았던 자리에 남아 있는 향기가 사흘을
갔다더라!

[2-5] 罄南山之竹, 寫意無窮; 決東海之波, 流情不盡. 愁如
雲而長聚, 淚若水以難乾.

【罄(경)】 다, 모두, 빠짐없이.
【南山之竹(남산지죽)】 《漢書》에 "남산의 대나무도 나의 글을 다 받아 적을 수가 없
고, 석양의 나무로도 내가 쓰는 붓을 다 만들 순 없다네〔南山之竹不足受我辭, 斜陽
之木不足爲我械〕"라는 구절이 있다. 즉 적을 내용이나 감정이 너무 많아 다 적을
수 없다는 의미.
【寫意(사의)】 그림에서 내용이나 정신을 그림, 뜻을 베껴 씀, 심중을 표현하다.
【無窮(무궁)】 끝이 없다, 무궁무진하다.
【決(결)】 터지다(제방 같은 것이 무너져 물이 흘러나오는 것을 말한다).
【不盡(부진)】 다하지 못하다, 끝내지 못하다, 끝없다.

南山의 내나무를 모두 사용해노 써내려는 뜻이 끝없고, 東海의 불결
을 다 쏟아내도 흐르는 정은 끝이 없다네. 근심은 구름처럼 오랫동안 모
여 흩어지지 않고, 눈물은 강물처럼 쉬이 마르지 않는다네!

[2-6] 弄綠綺之琴, 焉得文君之聽; 濡彩毫之筆, 難描京兆之

眉. 瞻雲望月, 無非悽愴之聲; 弄柳拈花, 盡是銷魂之處.

【弄(농)】 악기를 연주하다, 희롱하다, 놀다.
【綠綺之琴(연기지금)】 푸른빛으로 채색한 거문고, 훌륭한 거문고를 말함.
【文君(문군)】 卓文君. 漢代 유명한 賦 作家 司馬相如가 청상과부가 된 卓文君을 거문고 연주로 유혹했다는 고사가 있다. 卓文君도 시문에 뛰어난 재능을 가졌다고 한다.
【濡(유)】 젖다, 적시다.
【彩毫(패호)】 그림 그리는 붓.
【京兆之眉(경조지미)】 漢代 京兆尹 張敞은 일찍이 자신의 부인을 위해 눈썹을 그렸는데, 長安城에서는 일시에 '京兆尹 張敞이 그린 눈썹이 아름답다〔張京兆眉嫵〕'라는 말이 떠돌았다. 부부간의 사랑을 뜻하는 말로 사용된다.
【無非(무비)】 틀림없이 …이다, 단지 …에 지나지 않다.
【悽愴(처창)】 슬픔, 슬퍼함, 쓸쓸함.
【盡是(진시)】 전부 …이다.
【銷魂(소혼)】 넋을 잃다, 혼을 뺏기다, 정신이 나가다.

훌륭한 거문고를 연주한들 卓文君이 들을 수 있으리? 화려한 붓을 먹에 적셔도 京兆尹 張敞이 부인을 위해 그린 눈썹처럼 곱게 그리기는 어렵다네. 구름과 달을 쳐다보면 귓가에 들리는 것은 처량한 소리뿐, 수양버들과 꽃을 따며 놀아도 슬픔에 넋나가게 하는 곳일 뿐!

[2-7] 悲火常燒心曲, 愁雲頻壓眉尖.

【悲火(비화)】 슬픔의 불꽃, 비통한 불길.
【心曲(심곡)】 마음, 마음속, 내심.
【愁雲(수운)】 먹구름, 참담한 구름, 슬픔을 느끼게 하는 정경.
【頻(빈)】 자주.
【眉尖(미첨)】 눈썹 끝, 미간.

　　슬픔의 불길은 항상 마음속에서 타오르고, 애수를 담은 구름은 연신 눈썹 끝을 내리누르네!

[2-8] 五更三四點, 點點生愁; 一日十二時, 時時寄恨.

【五更(오경)】 저녁 시간을 세는 단위. 저녁 7시부터 홀수로 두 시간 간격으로 새벽 5시까지를 계산함.
【三四点(삼사점)】 글자 그대로 풀이하면 새벽 3-4시를 말하고, 五更의 세번째나 네 번째를 의미한다면 자정이나 새벽 2시를 전후로 한 시각을 말함. 여기서는 후자의 의미로 풀이했음. *點: 저녁 물시계로 시간을 재는 단위. 하루 저녁은 五更으로 나누고, 1경은 5點으로 나눈다.
【點點(점점)】 점을 찍은 것처럼 여기저기 흩어진 모양, 물방울이 뚝뚝 떨어지는 모양.
【一日十二時】 하루를 12支로 계산한 시간.
【時時(시시)】 때때로, 항상, 늘.
【寄恨(기한)】 恨에 기탁하다, 한스럽다.

　　五更 중 자정이나 새벽녘에는 똑똑 떨어지듯 맺히는 근심, 하루 열두 시간 언제나 한스러워!

[2-9] 燕約鶯期, 變作鸞悲鳳泣; 蜂媒蝶使, 翻成綠慘紅愁.

【燕鶯(연앵)】 제비와 꾀꼬리. 소인을 비유.
【鸞鳳(난봉)】 난새와 봉황. 군자를 비유.
【蜂蝶(봉접)】 벌과 나비. 여기서는 남자를 의미.
【綠紅(녹홍)】 푸른 잎과 붉은 꽃. 여기서는 여자를 의미.
【翻(번)】 뒤집히다, 변하다, 도리어.

　　제비·꾀꼬리 같은 소인들과의 약속은 난새·봉황 같은 군자의 슬픔

이 되어 버리고, 벌과 나비 같은 남정네가 한 일은 꽃 같은 여인의 근심
이 되어 버렸네!

[2-10] 花柳深藏淑女居, 何殊三千弱水; 雨雲不入襄王夢, 空
憶巫山十二.

【花柳(화류)】 꽃과 버드나무, 화류계, 미인들이 모이는 곳을 의미한다.
【三千弱水(삼천약수)】 험악하여 건너기 어려운 강과 바다를 말함. *弱水: 전설에 신
선이 살고 있었던 물 이름인데, 부력이 약해 기러기 털처럼 아주 가벼운 물건도 가
라앉았다고 한다.
【雨雲(운우)】 비와 구름. 즉 남녀간의 雲雨之情을 말한다.
【襄王夢(양왕몽)】 楚 襄王이 巫山의 여신과 밀회하였다는 고사. 卷2 陽臺 注 참조.
【十二巫山(십이무산)】 구름과 안개가 늘 자욱한 巫山의 열두 봉우리.

　화류계에 깊이 감추어진 여인의 거처가 험난한 바다와 다르리?
　비구름 만나듯 사랑한 巫山의 그녀는 襄王의 꿈속으로 들어오지 않으
니, 구름 안개 자욱한 무산의 열두 봉우리만 덧없이 그리워할 뿐!

[2-11] 枕邊夢去心亦去, 醒後夢還心不還.

【枕邊(침변)】 베갯머리. 곧 잠자리.
【夢(몽)】 꿈, 수면중에 보이는 환상.
【去(거)】 떠나가다, 사라지다.

　베갯머리 꿈 따라 마음도 따라가네. 잠 깨어 꿈에선 돌아왔지만, 마음
은 돌아오질 않네!

[2-12] 萬里關河, 鴻雁來時悲信斷；滿腔愁緒, 子規啼處憶
人歸.

【關河(관하)】 변경. 국경이 되는 물길. 즉 변경의 관문을 말함.
【鴻雁(홍안)】 큰 기러기와 작은 기러기. 옛날에 기러기를 이용하여 편지를 전했는데,
이를 빌려 '소식' '편지'의 의미로 사용한다.
【滿腔(만강)】 가슴속에 가득 차다.
【愁緒(수서)】 근심, 걱정스런 마음.
【子規(자규)】 두견새. 蜀나라 望帝의 죽은 넋이 두견새로 변하여 '子歸, 子歸'라고
울었다고 한다. 다시는 돌아오지 못함을 상징하는 의미에서 "不如歸'라 부르기도
한다.

　만 리나 떨어진 아득한 변경에서는 기러기가 돌아올 때 고향 편지 끊어
질까 상심하고, 마음속 가득한 근심에 두견새가 우는 곳에선 이별한 사람
돌아올까 그리워하네.

　[2-13] 千疊雲山千疊愁, 一天明月一天恨.

【疊(첩)】 포개다, 겹치다.
【一天(일천)】 하루와 온 하늘의 의미를 가지는데, 본문에서는 하루의 의미로 해석
하였다.

　층층 쌓인 雲山에는 천 겹의 근심, 해 뜨고 달 뜨는 하루 종일 恨!

　[2-14] 荳蔻不消心上恨, 丁香空結雨中愁.

【荳蔻(두구)】 열대 지방에서 나는 다년생 상록 초목. 약으로 쓰기 위해 남방에서는
아직 피지 않은 꽃을 채취하였으므로 '含胎花'라고도 부름. 여기서 荳蔻와 丁香은

아직 어리지만 아름다운 소녀를 의미하는 듯함.
【丁香(정향)】 정향의 꽃봉오리를 말려서 약재나 음식의 향료로 씀.
【空(공)】 공연히.

　荳蔻 꽃은 마음의 恨을 풀지 못하고, 丁香의 꽃봉오리는 하릴없이 빗
속에서 근심을 맺는다네.

　　[2-15] 月色懸空, 皎皎明明, 偏自照人孤另; 蛩聲泣露, 啾啾
唧唧, 都來助我愁思.

【皎皎(교교)】 희고 깨끗한 모양, 달이 밝은 모양.
【明明(명명)】 매우 밝은 모양.
【偏(편)】 치우치다, 외곬으로, 오로지.
【孤寂(고적)】 고독과 적막.
【蛩聲(공성)】 귀뚜라미 소리.
【啾唧(추즉)】 찌르찌르륵 벌레 우는 소리. 의성어.

　텅 빈 하늘에 걸린 달은 밝고도 밝은데 유독 사람의 고독과 적막을 비
추고, 이슬에 우는 귀뚜라미 소리 ‘찌르찌르’‘치이 찌–’이내 근심을 돋
우네!

　　[2-16] 慈悲筏, 濟人出相思海; 恩愛梯, 接人下離恨天.

【筏(벌)】 뗏목.
【濟(제)】 건너다(=渡), 구하다.
【相思(상사)】 그리워하다, 그리움.
【接(접)】 잇다, 연결하다.
【離恨天(이한천)】 이별의 원한을 가진 하늘 ＊離恨: 이별의 한.

자비의 뗏목으로 그리움의 바다에서 사람을 구해 주시고, 恩愛의 사다리로 이별의 하늘에서 사람을 맞이해 주시길…….

[2-17] 費長房縮不盡相思地, 女媧氏補不完離恨天.

【費長房(비장방)】 後漢 汝南 사람. 費長房은 시장에서 약 파는 노인이 방에 병을 매달아 둔 것을 보았는데, 시장이 파하자 그 노인은 병 속으로 들어가는 것이었다. 費長房은 너무 놀라 노인에게 道를 배우고자 했고, 노인은 그에게 靑竹을 하나 건네주며 집 뒤에 걸어두라고 했다. 사람들이 매달린 대나무를 보니 費長房의 모습 그대로였으므로 그가 자살한 것이라 여기고 장사를 지냈다. 費長房은 노인과 깊은 산에 들어가 도를 배웠지만 득도하지는 못했다. 노인은 費長房에게 대나무 지팡이를 주면서 "이것을 타면 어디든지 마음대로 다닐 수 있다" 했고, 부적 하나를 그려주면서 "이 부적을 이용하면 귀신을 제어할 수가 있다"고 했다. 그는 대나무 지팡이를 타고 집으로 돌아와서 자기가 다녀온 지 겨우 10일이 지났다고 생각했지만, 사실은 이미 10여 년이 지난 후였다. 나중에 부적을 잃어버려 費長房은 귀신들에게 죽음을 당했다고 한다.
【縮不盡(축부진)】 완전하게 축소시키지 못하다.
【女媧氏(여와씨)】 신화 속의 여자 제왕. 옛날 하늘이 무너지고 땅이 갈라지려고 하자 女媧가 五色石을 불에 달궈 구멍난 하늘을 메웠다고 한다.
【補不完(보불완)】 완전히 보충하지 못하다.

費長房의 대지팡이라 해도 그리움의 거리를 좁히진 못하고, 女媧氏의 五色石으로도 이별의 한 서린 하늘을 메우진 못하리!

[2-18] 悲火燃心曲, 愁霜壓鬢根.

【悲火(비화)】 슬픔의 불길(불꽃).
【心曲(심곡)】 마음속, 심중.
【愁霜(수상)】 너무 근심하여 젊어서 희어진 머리털을 서리에 비유한 말.

슬픔의 불길은 가슴속을 태우고, 근심으로 귀밑머리는 하얗게 세어 버리고…….

[2-19] 孤燈夜雨, 空把靑年誤. 樓外靑山無數, 隔不斷新愁來路.

【空(공)】 공연히.
【誤(오)】 잘못하다, 도리에 어긋나다.
【隔不斷(격부단)】 막지 못하다, 단절시키지 못하다.

외로운 등불과 밤비는 공연히 젊은이를 실수하게 하고, 妓樓 밖 푸르른 산도 새로운 근심이 오는 길을 막아주진 못하네.

[2-20] 黃葉無風自落, 秋雲不雨長陰. 天若有情天亦老, 搖搖幽恨難禁. 惆悵舊人如夢, 覺來無處追尋.

【搖搖(요요)】 흔들리는 모양. 근심으로 마음이 안정되지 않는 모양.
【幽恨(유한)】 남모르는 근심.
【舊人(구인)】 옛사람〔古人〕.
【惆悵(추창)】 슬퍼하는 모양.
【覺來(각래)】 꿈에서 깨다.
【無處(무처)】 …할 곳이 없다.
【追尋(추심)】 뒤쫓아가서 찾다.

누런 잎새는 바람이 없어도 저절로 떨어지고, 가을 구름은 비가 오지 않아도 오래도록 어둡네. 하늘에 감정이 있다면 하늘도 늙으리니, 깊은 근심 막을 수 없네. 떠나간 옛 임, 슬픔은 꿈결 같은데, 깨고 나면 찾을 길 없어라!

[2-21] 忠臣孝子無非鍾情之至.

【鍾情(종정)】 사랑을 한쪽으로 모음, 지극히 사랑함.

忠臣과 孝子는 모두 지극한 사랑을 가진 사람!

[2-22] 蛾眉未贖, 謾勞桐葉寄相思; 潮信難通, 空向桃花尋往跡.

【蛾眉(아미)】 미인의 눈썹이 나방의 눈썹처럼 길고 치켜 올라간 것을 형용. 나중에는 미인을 가리키는 말이 됨.
【贖(속)】 저당잡힌 물건을 다시 찾다, 금품을 내고 죄를 면하다.
【謾(만)】 속이다, 게으르다, 넓다, 함부로.
【勞(로)】 수고하다, 애쓰다, 수고를 끼치다.
【潮信(조신)】 물결 위에 띄워 전하는 꽃잎 편지.
【空(공)】 공연히, 헛되이.
【往跡(왕적)】 지난 일, 옛일.

　아리따운 여인 자유로워질 수 없기에 끄적끄적 오동잎에 글자 적어 그리움을 실어 보고, 물결에 띄우는 꽃잎 편지 전해지기 어렵기에 공연히 복사꽃 꽃잎 따라 지난 흔적 찾는다네.

[2-23] 野花豔目, 不必牡丹; 村酒酣人, 何須綠蟻?

【豔目(염목)】 산뜻하고 눈부시다(=鮮艶奪目).
【何須(하수)】 왜 반드시 …해야만 하는가? 구태여 …할 필요가 있는가(=何必)?
【綠蟻(녹의)】 술이 숙성되었을 때 그 위에 뜨는 푸른 빛깔의 술지게미, 즉 좋은 술.

들꽃도 산뜻하고 눈부시거늘 구태여 牧丹만 감상해야 할까?
시골 농주도 기분 좋게 취하는데 꼭 좋은 술이 필요할까?

[2-24] 琴罷輒擧酒, 酒罷輒吟詩. 三友遞相引, 循環無已時.

【三友(삼우)】 세 친구. 여기서는 거문고·술·시를 가리킨다.
【遞(체)】 번갈아.
【相引(상인)】 끌어당김.
【循環(순환)】 순환, 반복.
【已(이)】 그치다.

  거문고 연주를 마치면 이내 술잔을 들고, 술을 다 마시고선 또 금세 詩
를 읊네. 거문고·술·詩 세 친구가 번갈아 날 잡아당기니 그만둘 때가
없다네!

[2-25] 阮籍隣家少婦, 有美色, 當壚沽酒. 籍常詣飮, 醉便臥
其側.

【阮籍(완적)】 魏晉시대 竹林七賢 중의 한 사람. 字가 嗣宗으로, 거문고 연주를 잘
하고, 老莊學을 좋아했으며, 거리낌없는 성격으로 인습에 구애받지 않았다. 詠懷
詩 84首가 전해진다.
【壚(로)】 주막, 술집.
【詣(예)】 방문하다, (찾아)가다.

  阮籍의 이웃에 사는 젊은 부인은 고운 자태에 술을 팔았다네. 완적은
늘상 찾아가 술을 마셨고, 취하면 이내 그녀 곁에 누워 잠들었다네!

[2-26] 隔簾聞墜釵聲而不動念者, 此人不癡則慧, 我幸在不
癡不慧中.

주렴 너머로 비녀 떨어지는 소리 들려도 마음이 동하지 않는다면, 그
남자는 바보 아니면 정말 현명한 사람이리라. 나는 다행히 바보도 현명하
지도 않은 사람!

[2-27] 與君一夕話勝讀十年書.

그대와 나눈 하루저녁의 이야기가 10년간 책 읽은 것보다 좋구나!

[2-28] 桃葉題情, 柳絲牽恨. 胡天胡帝, 登徒於焉怡目；爲雲
爲雨, 宋玉因而蕩心. 輕泉刀若土壤, 居然翠袖之朱家；重然諾
如邱山, 不忝紅粧之季布.

【牽(견)】 끌어당기다, 연결하다.
【胡天胡帝(호천호제)】 제멋대로 굴다, '숭고하고 존귀하다'는 의미도 있지만 대체
로 구애받지 않고 마음대로 행동하는 것을 의미함.
【登徒子(등도자)】 전국시대 宋玉의 賦 〈登徒子好色賦〉에 나옴. 登徒子는 여자만 보
면 좋아하는 好色漢이라 아내가 정말 못생겼어도 좋아했다고 한다. 후세에 색을 좋
아하여 미녀나 추녀를 가리지 않는 자를 '登徒子'라 부름. 登徒는 複姓(두 글자 姓).
【怡目(이목)】 눈을 즐겁게 하다.
【爲雲爲雨(위운위우)】 구름이 되고 비가 되다, 구름이 흘러가고 비가 내리다. 즉 일
상적인 자연 현상을 말함. 여기서는 구름과 비처럼 얽매임이 없이 사는 것을 말함.
【蕩心(탕심)】 마음을 흔들다, 마음이 동요하다.
【泉(천)】 샘처럼 유통되기 때문에 고대에는 金錢을 '泉'이라 불렀다.
【刀(도)】 칼 모양의 돈.
【居然(거연)】 편안한 모양.

【翠袖(취수)】 비취색의 옷소매, 여인의 옷차림, 혹은 여인.

【朱家(주가)】 秦末漢代 魯人. 집안이 부유하였고, 호방한 선비들과 사귀기를 좋아하였으며, 의협심이 강한 것으로 명성이 있었다.

【重然諾(중연낙)】 약속을 중히 여김.

【忝(첨)】 본뜻은 모욕이나 욕되게 하는 의미인데, 인신하여 '부끄러워하다' 로 쓰였다.

【紅粧(홍장)】 여성의 옷차림, 붉게 치장하다.

【季布(계포)】 漢初 楚人이다. 項羽의 부장으로 여러 차례 劉邦을 곤경에 빠뜨렸다. 나중에 항우가 패한 후 유방이 수차례 회유했지만 절대로 승낙하지 않았기에 "황금 백근을 얻어도 季布의 승낙 한마디를 얻는 것만 못하다〔得黃金百斤, 不如得季布一諾〕"는 말을 들었다.

　복사꽃 잎사귀에 정을 담아 시를 쓰고, 버드나무 가지로 이별의 恨을 엮는다.

　거리낌없던 호색한 登徒子는 여자로 눈을 즐겁게 했고, 구름과 비처럼 자유롭게 살던 宋玉도 여자 때문에 마음이 움직였다.

　재물을 흙처럼 가벼이 여긴 朱家도 여인의 품속에서 편안히 생활하였고, 약속을 山처럼 중히 여긴 季布도 여인이 화려하게 치장하는 것을 부끄러워하지 않았다.

[2-29] 蝴蝶長懸孤枕夢, 鳳凰不上斷絃鳴.

【蝴蝶(호접)】 나비. ＊蝴蝶夢: 莊子가 꿈에 나비가 되어 나비와 자신을 잊고 즐겁게 놀고 깨어나니, 꿈속의 나비가 자신으로 환생한 건지, 정말 자신인지 헷갈렸다는 이야기.

【長(장)】 항상, 늘.

【懸(현)】 걸다, 공중에 매달(리)다, 근거가 없다, 가공적이다.

【孤枕(고침)】 홀로 자는 외로운 잠자리.

【鳳凰(봉황)】 봉황은 상상 속의 길조. 聖人이 세상에 나오면 나타나며, 봉황이 울면 천하가 태평할 길조라고 함.

【斷絃(단현)】 현악기의 줄이 끊어짐, 혹은 아내의 죽음을 비유하기도 한다. 여기서는

사랑하는 여인과의 이별, 그 불길한 징조로 풀이했다.

　나비는 외로이 잠든 꿈속에서 항상 허공에 노닐었고, 봉황은 그녀와 이별하는 불길한 징조에서는 울지 않았지!

[2-30] 吳妖小玉飛作烟, 越豔西施化爲土.

【小玉(소옥)】 전설에 吳王 夫差의 딸인 紫玉이라 한다. 韓童을 사모하였으나 결혼하지 못하자 우울증에 걸려 죽었다. 韓童이 小玉의 무덤에 가서 조문하자 小玉이 모습을 드러내었는데, 그녀를 붙잡으려 하자 연기처럼 사라졌다고 한다.
【飛作煙(비작연)】 죽어서 하늘로 날아올라 안개가 되다.
【西施(서시)】 戰國시대 越나라 미녀. 越나라가 會稽에서 패하자, 西施를 吳王 夫差에게 바쳤다. 夫差는 그녀를 총애하여 정사를 돌보지 않아 오나라는 이로 인해 멸망했다.

　吳나라 미인 小玉은 죽어서 안개가 되었고, 越나라 미인 西施는 죽어서 흙이 되었다네!

[2-31] 妙唱非關舌, 多情豈在腰.

【妙唱(묘창)】 훌륭한 노랫소리, 교묘한 노랫소리.
【多情(다정)】 따뜻한 정이 많음. ＊다정함과 허리의 관계? 미인의 날씬한 허리를 의미할 수도 있고, 남녀간의 육체 관계를 의미하는 것으로 풀 수도 있겠다.

　빼어난 노랫소리는 혀와 상관없으니, 다정함이 어찌 요염한 허리에만 있을까?!

[2-32] 孤鴻翺翔以不去, 浮雲黯靆而荏苒.

【翺翔(고상)】 하늘을 날아 빙빙 돌다.
【浮雲(부운)】 뜬구름.
【黯靆(암대)】 검은 구름 *黯: 검다 *靆: 검은 구름, 짙은 구름.
【荏苒(임염)】 세월이 덧없이 흐르다.

　외로운 기러기는 하늘 높이 날아올라 빙빙 돌며 날아가지 않으려 하고, 뜬구름이 검게 변하도록 시간만 덧없이 흘러가네.

[2-33] 楚王宮裏, 無不推其細腰; 魏國佳人, 俱言訝其纖手.

【楚王宮裏(초왕궁리)…】 韓非子가 "楚 靈王이 가는 허리를 좋아하느라 나라 안에는 굶는 사람이 많다〔楚靈王好細腰, 而國中多餓人〕"고 했는데, 뒤에 '楚腰'는 여자의 가는 허리를 가리키게 되었다.
【推(추)】 추천하다, 천거하다.
【佳人(가인)】 좋은 사람, 미인, 미남, 사모하는 사람. 여기서는 남자의 의미로 쓰임.
【訝(아)】 놀라다.
【纖手(섬수)】 섬섬옥수, 가늘고 아름다운 손.

　楚王의 궁궐에서는 허리가 가는 미녀만 추천했고, 魏나라 미남들은 모두 섬섬옥수 고운 손 가진 미녀들에게 놀란다고 말하네.

[2-34] 傳鼓瑟於楊家, 得吹簫於秦女.

【楊家(양가)】 漢代의 楊惲. 楊惲과 그의 처는 금슬이 아주 좋았다. 〈報孫會宗書〉에 楊惲은 "집안이 본래 秦 출신이어서 진 지방 소리를 잘하였다. 부인은 趙땅의 여자라 鼓瑟에 뛰어났다〔家本秦也, 能爲秦聲. 婦, 趙女也, 雅善鼓瑟〕"는 기록이 있다.
【秦女(진녀)】 秦 穆公의 딸 弄玉. 피리의 명수 蕭史에게 시집가 피리를 배웠는데, 그

연주가 너무 훌륭하여 봉황이 날아들 정도였다고 한다. 제2절 〈情〉蕭史 항목 참조.

거문고 연주는 楊惲으로 전해졌고, 피리 연주는 秦女에게서 얻는다네.

[2-35] 春草碧色, 春水綠波. 送君南浦, 傷如之何?

【南浦(남포)】 남쪽 포구, 남쪽 물가. 구체적인 지명은 아닌 듯함.
【如之何(여지하)】 어찌하랴, 어떠한가, 어찌.

봄풀은 청록빛, 봄물은 푸른 물결 이루는데, 남쪽 물가에서 님을 보내려니 이 아픈 가슴 어찌할꼬?!

[2-36] 玉樹以珊瑚作枝, 珠簾以玳瑁爲柙.

*《漢武故事(한무고사)》에 武帝가 "神屋을 짓고 뜰 앞에 玉樹를 심네. 珊瑚를 가지로 삼고 하얀 구슬을 꿰어 주렴으로, 玳瑁로 주렴을 늘어뜨리는 추(柙)로 삼는다"는 기록이 있다.
【玳瑁(대모)】 열대 지방의 바둑거북. 등껍데기는 장식용품의 재료로 쓴다.
【柙(합)】 나무 이름, 궤짝, 상자. 여기서는 주렴이 바람에 날리지 않게 눌러 늘어뜨려 주는 물건(추)의 의미로 사용함.

玉 나무는 산호로 가지를 삼고, 구슬 주렴은 거북 껍질로 추를 삼는다네.

[2-37] 東鄰巧笑, 來侍寢於更衣; 西子微矉, 將橫陳於甲帳.

【東鄰巧笑(동린교소)】 漢代 司馬相如의 〈美人賦〉에 "저의 동쪽 마을에 한 여자가 있는데, 검은 머리칼에 얼굴은 아름답고, 나비 같은 눈썹에 하얀 치아를 하고 있었지

요〔臣之東隣有一女子, 玄髮丰艶, 蛾眉皓齒〕"라는 구절이 있다. 즉 아리따운 미소로
사랑받는 미인.
【西子微矉(서자미빈)】西施가 병에 걸려 아픔을 참으며 눈썹을 찡그리며 다녔는데,
같은 마을의 추녀는 그 모습마저 아름답자 西施가 찡그리는 것을 흉내내다가 도리
어 더욱 추하게 보였다고 함. *巧笑: 魏 文帝 때 宮人의 이름이라 한다.
【寢(침)】잠자리 시중을 들다.
【更衣(경의)】옷을 갈아입다. 여기서는 뒤의 甲帳과 對를 이뤄 장소로 해석하는 것
이 타당할 것이다.
【橫陳(횡진)】가로로 진열하다, 가로눕다
【甲帳(갑장)】漢 武帝가 휘장 두 곳을 설치하고, 夜光珠와 琉璃珠로 장식한 것을 甲
帳이라 하고, 약간 부족하게 장식한 것을 乙帳이라 하였다.

　　동쪽 마을의 미녀는 아름답게 웃어 침실에서 시중들게 되었고, 西施는
얼굴을 약간 찡그렸어도 왕의 침실로 들어갔다네.

[2-38] 騁纖腰於結風, 奏新聲於度曲; 粧鳴蟬之薄鬢, 照墜馬
之垂鬟.

【騁(빙)】펴다, 마음대로 하다.
【結風(결풍)】옛날 가곡의 이름, 혹은 고대 춤의 명칭이라 함.
【度曲(도곡)】曲譜에 맞추어 노래하다.
【鳴蟬之薄鬢(명선지박빈)】즉 매미 날개 같은 머리〔蟬鬢〕를 말함. 魏 文帝의 宮人
이 莫瓊樹를 처음으로 만들었는데, 매미 날개처럼 약간 투명하게 비치는 것 같은
모양이라고 한다.
【照(조)】비추다, 비춰 보다.
【墮馬之垂鬟(타마지수환)】쪽진 머리가 헐거워져 마치 말 위에서 떨어지려는 것 같
음을 형용한다.

　　'結風'의 곡조에 맞춰 가녀린 허리를 살랑살랑 흔들고, 曲譜에 맞추어
새로운 노래를 연주하네.

매미의 엷은 날개처럼 머리칼을 치장했는데, 말 위에서 떨어지려는 듯
느슨해진 쪽머리를 거울에 비춰 보네.

[2-39] 金星與婺女爭華, 霶月共姮娥競爽. 驚鸞冶袖, 時飄韓
掾之香; 飛燕長裾, 宜結陳王之佩.

【金星(금성)】 행성 중 가장 밝은 별. 啓明星 · 長庚 · 太白이라고도 함.
【婺女(무녀)】 婺女星, 28宿의 하나인 女星.
【霶月(사월)】 霶는 발산하는 의미로 쓰여, 霶月은 곧 빛을 발산하는 달의 의미임.
【嫦娥(항아)】 고대 전설상의 선녀로 西王母의 불사약을 훔쳐서 달로 달아났다 함.
또한 달을 일컫기도 함.
【驚鸞(경란)】 놀란 난새. 여기서는 몸놀림이 나긋나긋한 모습을 형용.
【韓掾之香(한연지향)】 韓掾은 晉代의 韓壽라는 인물로, 掾은 고대 屬官의 통칭. 韓
壽는 賈充의 屬官이었다. 賈充의 딸 午는 韓壽와 정을 通하고 황제가 賈充에게 하
사한 기이한 향기가 나는 물건을 몰래 그에게 주었다. 뒤에 賈充이 알게 되어 午를
韓壽에게 시집보냈고, 韓壽는 관직이 散騎侍郎 · 河南尹에 올랐다. '韓壽香'이나
'韓掾之香'은 남녀가 정혼하게 하는 물건, 혹은 정혼하는 것을 의미한다.
【飛燕(비연)】 漢代 趙飛燕. 漢나라 成帝의 황후. 태생이 미천하나 歌舞에 뛰어나고
절세의 미인으로서 후궁이 되었음. 趙飛燕은 몸놀림이 가벼워 飛燕이라 불렸다.
【陳王之佩(진왕지패)】 陳王은 삼국시대 魏나라 曹植. 曹植의 《洛神賦》에서 洛神의
미모에 반한 나머지 "無良媒以接歡兮, 托微波而通辭. 願誠素之先達兮, 解玉佩以
要之(이러한 기쁨을 연결할 좋은 매파가 없어, 잔잔한 물결에 글을 띄워보낸다. 그녀가
성실하고 가식 없는 품격 높은 사람이기를 원한다면 옥장식을 풀어 버리고라도 그녀를
원한다)"라고 표현했다. 여기서는 남녀간에 예정된 通情의 물건을 의미한다.

金星과 婺女星이 광채를 다투고, 달빛과 嫦娥가 밝기를 다툰다. 놀란
鸞새처럼 아름답게 펄럭이는 소매는 항상 定婚의 향기를 날리고, 날아가
는 제비처럼 날렵한 긴 치맛자락은 陳王(曹植)이 사랑하는 패옥으로 맺어
지리.

[2-40] 輕身無力, 怯南陽之擣衣; 生長深宮, 笑扶風之織錦.

【怯南陽之擣衣(겁남양지도의)】 南陽의 옷 빠는 소리조차 겁내다. 여인들은 옷을 빨거나 방망이질하면서 한을 기탁하였다. 여기서는 중의적인 표현으로 몸이 나긋나긋한 무녀나 궁녀는 민간 부녀자의 고통을 모른다는 의미도 들어 있다. *南陽: 郡名. 《晉書・地理志》荊州條에 "及秦, 取楚鄢・郢爲南郡, 又取巫中地爲黔中郡, 以楚之漢北立南陽郡〔秦대에 이르러, 楚의 鄢・郢을 취하여 南郡으로 삼고, 또 巫中의 땅을 취하여 黔中郡으로 삼고, 楚의 漢北에 南陽郡을 설치했다〕"라는 말이 있다. 물이 가까이 있기에 물가에서 옷 빠는 소리, 저녁엔 다듬이질 소리가 많았을 것이다. *擣衣(도의): 옷을 빨 때 방망이로 두드리다.
【扶風(부풍)】 三國時代 魏나라 때의 郡. 이전에 秦의 苻堅(부견) 때 竇滔(두도)가 멀리 떠돌게 되었는데, 그의 처가 비단을 짜면서 詩를 수놓아 情을 기탁하였다고 한다.

몸이 가냘프고 기력이 없으면 南陽의 옷 빠는 소리조차 겁내게 되고, 깊은 궁궐에서 나고 자라면 扶風에 비단 짜며 정을 기탁하는 일도 비웃는다네.

[2-41] 靑牛帳裏, 餘曲旣終; 朱鳥窗前, 新粧已竟.

【靑牛帳(청우장)】 靑牛의 그림을 붙인 휘장 *靑牛는 옛날 三煞神(靑牛・靑羊・烏鷄)의 하나로 액막이를 하는 작용을 한다고 함.
【餘曲(여곡)】 남아 있던 모든 곡조.
【朱鳥窓(주조)】 남쪽을 향한 창문. *朱鳥: 朱雀을 말함. 四神의 하나로 남쪽 하늘을 맡은 신령. 그러므로 남쪽을 의미.

靑牛의 부적을 붙인 휘장 속에는 남아 있던 노랫소리마저 이미 끝났네! 남쪽을 향한 창문 앞에서는 이미 새로이 단장을 마쳤네!

[2-42] 山河緜邈, 粉黛若新. 椒華承彩, 竟虛待月之簾; 夸骨
埋香, 誰作雙鸞之霧?

【緜邈(면막)】 아득하게 멀다. *緜은 綿의 본자.
【粉黛(분대)】 흰 분과 검은 눈썹먹. 즉 화장을 의미함.
【椒華(초화)】 후궁의 처소. 王嘉의 《拾遺記·周靈王》에 "越 나라에는 미녀가 둘 있
었다…… 吳 나라에 공물로 보냈다. 吳 나라에서는 椒華之房에 거주하게 하고서 가
는 구슬을 꿰어서 주렴 휘장을 만들었다[越又有美女二人……貢於吳, 吳處以椒華之
房, 貫細珠爲簾幌]"라는 구절이 있다.
【承(승)】 받다, 입다.
【夸骨(과골)】 자만할 만한 氣骨. *夸: 과장하다, 큰소리치다, 자만하다, 자랑하다,
아름답다. *님의 뼈를 자신의 향기 속에 묻는다는 것은 님이 나에게 찾아와 죽는
다, 님과 함께 죽는다는 의미.
【雙鸞(쌍란)】 난새 한 쌍.
【霧(무)】 새가 안개처럼 모여서 나는 것을 의미한다. *'쌍란지무'란 말은 사랑하
는 두 사람이 죽은 후 그들의 영혼이 함께 하늘로 올라간다는 뜻.

  고향 산천 아득하게 먼데 말갛게 새단장하노라.
  후궁의 처소 아름답게 꾸몄지만, 임 없는 방에는 결국 달을 기다리는 주
렴만 덩그마니.
  멋진 임의 기골, 이내 향기 속에 묻는다 해도 그 누가 한 쌍의 鸞새처
럼 나란히 하늘로 날아오르게 해줄까?

[2-43] 蜀紙麝煤添筆媚, 越甌犀液發茶香; 風飄亂點更籌轉,
拍送繁絃曲破長.

【麝煤(사매)】 먹의 다른 이름(=麝煤).
【犀(서)】 무소뿔. 예전엔 술잔으로 사용했다.
【亂點(난점)】 빗방울이 떨어지다.
【籌(주)】 (대·나무·상아 등으로 만든) 算 가지. 특히 주연에서 마신 술잔을 세는 데

사용했다. *籌轉: 술잔을 세는 산가지의 숫자가 자꾸 변화한다는 의미. 즉 마신 술
잔이 많아진다는 의미.
【拍(박)】 박자, 치다.
【送(송)】 여기서는 '…에 박자 맞춰 보내다' 는 의미.
【曲破長(곡파장)】 곡(노래)이 끝나는 시간이 길어지다.

　蜀 지방의 종이와 먹은 글씨의 아름다움을 더해 주고, 越 지방의 사발
과 무소뿔 잔에 담긴 술은 차의 향기를 풍기네. 바람 불고 빗방울 떨어지
면 술잔을 더욱 자주 주고받게 되고, 변화 많은 거문고 곡조에 박자를 맞
추다 보면 노래 끝나는 시간 길어지네.

　[2-44] 教移蘭爐頻羞影, 自試香湯更怕深. 初似染花難抑按,
終憂沃雪不勝任. 豈知侍女簾幃外, 賸取君王數餠金.

【教移(교이)】 教는 (사역동사) …하게 하다. 移는 …로(하게) 변하게 하다. 즉 뒤에
나오는 것(蘭爐: 사랑을 불사르는 것)이 이루어지게 하다.
【蘭爐(난신)】 난꽃의 재. 즉 蘭(미인)이 자신의 몸을 모두 사른다는 뜻을 의미함.
【自試(자시)】 스스로 …해보다. '사랑의 향기〔香湯〕'를 탐닉해 본다는 뜻.
【香湯(향탕)】 향기나는 음식이나 향기나는 욕탕. 여기서는 향기롭고 아름다운 탕,
즉 풍덩 빠져드는 '사랑의 탕' '사랑' 그 자체로 풀이하였다.
【染花(염화)】 꽃에 물들다. 꽃에 반하여 함부로 만지는 것을 의미함. 여기서는 꽃
(여인)을 꺾는다는 의미를 내포함.
【抑按(억안)】 억압하다, 구속하다, 속박하다.
【沃雪(요설)】 눈이 물에 녹는 것처럼 쉽게 녹아드는 것.
【賸取(잉취)】 넉넉히 얻다. *賸: 남다, 더하다.
【餠金(병금)】 떡 모양처럼 납작하게 주조한 금덩어리.

　아리따운 여인 사랑을 불사르고선 그런 자기 그림자(모습)에 연신 수줍
어하고, 사랑의 향기 맛보려다 그 맛에 너무 깊이 길들여질까 걱정하네.
　처음 꽃의 매력에 빠져들 때 억누르기 힘들었나 봐, 결국엔 눈송이가 물

에 녹아들 듯 사랑에 빠져 이겨내지 못할까 걱정하게 되어 버렸네.

주렴 밖에 있는 시녀들이 어찌 알리오? 이 여인들이 군왕의 금덩이를 얼마나 많이 받았을지…….

[2-45] 靜中樓閣春深雨, 遠處簾櫳半夜燈.

【簾櫳(염롱)】 주렴이 쳐진 창.
【半夜(반야)】 한밤중, 심야.

고요한 樓閣 속에는 깊은 봄 빗소리, 멀리 주렴 걸린 창가엔 깊은 밤 등불.

[2-46] 綠屏無睡秋分簟, 紅葉傷時月午樓.

【綠屏(녹병)】 녹색의 병풍. *여기서는 규방에 쳐놓은 병풍에 나무 그림자가 비치는 것을 말함.
【紅葉(홍엽)】 붉은 잎, 단풍진 잎.
【傷時(상시)】 세월이 지나가는 것을 마음 아파함.
【月午亭(월오정)】 달이 자정 무렵 정자 위에 걸리다.

푸른 나무 그림자 병풍에 비낄 때 차가운 가을 돗자리에서 잠들지 못해 뒤척이고, 붉은 단풍 질 때 깊은 밤 누각 위에 걸린 달 보며 세월의 흐름에 마음 아파하네.

[2-47] 但覺夜深花有露, 不知人靜月當樓; 何郞燭暗誰能詠, 韓壽香薰亦任偸.

【當(당)】(하늘에) 걸리다.
【何郞(하랑)】南朝 梁代의 시인 何遜을 말함. 하손은 젊었을 때 詩名이 있었고, 名流라 칭해졌다.
【韓壽(한수)】제2장 〈情〉 제39 각주 '韓掾之香' 참조.
【任偸(임투)】마음대로 훔치다.

깊은 밤 꽃잎에 이슬 맺힌 것은 느끼지만, 인적 없는 누대에 달님 걸린 것은 모르는구나!
何遜의 사랑 詩라도 어두운 촛불 아래라면 누가 읊을 수 있으리?
임과 맺어주는 韓壽의 향기도 마음대로 훔쳐가 버렸는데…….

[2-48] 閬苑有書多附鶴, 女牆無樹不棲鸞; 星沈海底當窓見, 雨過河源隔座看.

【閬苑(낭원)랑】전설에는 仙人의 勝景을 일컬었는데, 나중에 翰林院을 가리키게 됨.
【附(부)】붙다, 붙이다, 의탁하다, 첨가하다, 더하다.
【鶴(학)】어질고 재주 있는 사람을 말함.
【女牆(여장)】閨房의 담장.
【鸞(란)】신령스런 새. 봉황의 일종으로 五彩色의 털과 五音의 소리를 낸다고 함. *앞의 '학'이나 여기의 '난새'는 모두 훌륭한 남자들을 말한다. 여기서는 여성 話者가 기다리는 멋진 남자. 기다리는 남자들이 자기에게 오지 않음을 한탄하는 내용.
【當窓(당창)】창문을 통해서, 창문에 임해서. *當: 대하다, 만나다, 당하다.
【雨過(우과)】비가 지나가다, 비가 개이다. *창문이나 자리 너머로 보이는 '별 잠긴 바다'와 '비 내린 강물'은 훌륭한 배필이 쉽게 다가올 수 없는 장애물(혹은 상황)을 바라보며 한탄하는 심정일 것이다.

翰林院에는 책이 있어 학처럼 어질고 재주 있는 선비들이 많이 깃들지만, 閨房의 담장에는 나무가 없기에 신령스런 난새는 깃들지 못한다네.
별 잠긴 바다 창문 밖으로 보이고, 비 내린 강물 이부자리 너머 보이는데…….

[2-49] 風揩拾葉, 山人茶竈勞薪；月徑聚花, 素士吟壇綺席.

【拾(습)】 줍다, 집다, 정돈하다.
【茶竈(차조)】 차를 달이는 화로.
【月徑(월경)】 달처럼 굽은 오솔길.
【素士(소사)】 관직 없는 선비, 벼슬이 없는 선비.
【吟壇綺席(음단기석)】 아름다운 꽃들로 이루어진 자리에서 시를 읊는 것을 말함.

바람이 섬돌 위로 불어와 낙엽을 치우고, 산사람〔山人〕은 차 끓이는 화로에 부지런히 땔감을 넣고…….
초승달처럼 구비진 오솔길엔 꽃들이 가득, 가진 것 없는 선비는 아름다운 그곳에 앉아 시를 읊조리고…….

[2-50] 當場笑語, 盡如形骸外之好人；背地風波, 誰是意氣中之烈士？

【當場(당장)】 즉석, 그 자리.
【笑語(소어)】 웃는 얼굴로 하는 말, 웃으며 이야기하다.
【盡如(진여)】 완전히 … 같다.
【形骸(형해)】 몸, 육체, 외형.
【背地(배지)】 남몰래, 암암리, 등 뒤에서.
【風波(풍파)】 분쟁이나 소란.
【意氣(의기)】 장한 마음, 氣象.
【烈士(열사)】 절의를 굳게 지키는 선비.

앞에서 웃으며 말해 주는 이, 내 몸 밖에 있는 또 다른 좋은 사람 같네!
그러나 등 뒤에서는 풍파가 일어나니, 대체 누가 기상을 지닌 烈士일까?

[2-51] 山翠撲簾, 捲不起靑葱一片; 樹陰流徑, 掃不開芳影
幾重.

【撲(박)】 (향기 등이) 진동하다, 뛰어들다.
【靑蔥(청총)】 푸르름.
【一片(일편)】 한 조각.
【捲不起(권불기)】 捲起(말아올리다)의 부정형.
【流(류)】 움직이다, 유동하다, 물 흐르듯 일렁이다, 어른거리다.
【掃不開(소불개)】 掃開(쓸어 치우다)의 부정형.
【芳影(방영)】 꽃 그림자.

 푸른 산빛 주렴 안으로 뛰어들지만 푸르름 한 조각 말아올리지 못하고,
나무 그림자 오솔길에 일렁여도 층층 쌓인 꽃 그림자 쓸어내지 못하네.

[2-52] 珠簾蔽月, 翻窺窈窕之花; 綺幔藏雲, 恐礙扶疎之柳.

【蔽(폐)】 가리다.
【翻(번)】 뒤집다, 뒤지다.
【窈窕(요조)】 얌전하고 곱다.
【綺幔藏雲(기만장운)】 화려한 휘장이 구름을 가리다.
【礙(애)】 방해, 장애가 되다. 걸리적거리다.
【扶疎(부소)】 나무가 무성한 상태.

 주렴이 달을 가리매 살짝 들어올려 고운 꽃을 살며시 보네.
 화려한 장막이 구름을 가리니 무성한 버드나무 걸리적거릴까 저어하네.

[2-53] 幽堂晝深, 淸風忽來好伴; 虛窗夜朗, 明月不減故人.

【幽堂(유당)】그윽하고 고요한 방. 안쪽으로 깊이 있어 어두운 방.
【晝深(주심)】낮의 시간이 저녁 무렵이 되어가는 의미, 혹은 그윽함이 낮에도 심하
다는 의미로 해석할 수 있다. 본문에서는 후자로 풀이하였다.
【不減(불감)】덜하지 않다, 감소되지 않다.

　그윽한 방은 대낮에도 고요하니 맑은 바람 홀연히 찾아와 좋은 벗이 되
어 주고, 텅 빈 창가는 밤에도 밝으니 밝은 달님 변함없이 오랜 친구 되어
주네..

　[2-54] 縱使女媧煉石, 補不就離恨天; 雖令司馬操觚, 寫不盡
相思字.

【縱使(종사)】설령 …하다 하더라도.
【女媧煉石(여왜련석)】중국의 신화 속에 물의 신과 불의 신이 싸움을 하여 하늘에
구멍이 뚫리고 불꽃이 솟구치자 인류를 창조한 여신 女媧가 위험을 무릅쓰고 五彩
色의 돌을 녹여 그 구멍을 메웠다는 이야기. 즉 '여왜보천(女媧補天).' * 제2장 〈情〉
제17에도 女媧의 같은 고사가 등장한다.
【令(령)】사역동사. …하게 하다.
【司馬(사마)】漢代 賦의 대가인 司馬相如를 말함. 그의 賦는 넓은 내용과 제재를 다
루고 있는데, 특히 여인의 사랑과 한을 노래한 작품들(〈美人賦〉〈長門賦〉 등)이 유
명하다.
【操(조)】잡다. * 觚(고)】술잔.

　女媧가 五色의 돌을 녹인디 해도 이별의 한 서린 하늘을 메울 순 없고,
司馬相如에게 술잔을 들게 하더라도 그리움을 다 써낼 순 없으리!

　[2-55] 多恨賦花, 風瓣亂侵筆墨; 含情問柳, 雨絲牽惹衣裙.

【賦(부)】 부여하다.
【風瓣(풍판)】 바람에 날리는 꽃잎.
【筆墨(필묵)】 붓과 먹, 즉 문장.
【含情(함정)】 정을 품다.
【雨絲(우사)】 실 같은 비, 즉 가랑비.
【牽惹(견야)】 끌다, 잡아당기다.
【衣裾(의거)】 옷자락.

　서리서리 서린 한을 꽃에 맡기면 바람에 흩날리는 꽃잎이 문장 속으로 어지러이 스며들고, 가슴에 품은 깊은 정을 버드나무에게 물어보면 가랑비에 늘어진 버드나무 가지가 옷자락을 잡아당기고…….

[2-56] 亭前楊柳, 送盡到處遊人; 山下蘼蕪, 知是何時歸路?

【送盡(송진)】 모두 보내다. 도처의 나그네를 모두 다 전송함을 강조함.
【蘼蕪(미무)】 川芎이의 싹.
【歸路(귀로)】 돌아가는 길, 여기서는 시간적인 의미(돌아오는 때)로 해석함.

　정자 앞의 수양버들은 이곳저곳으로 떠나는 나그네들 모두 배웅하네.
　산 아래 피어 있는 천궁이는 떠나간 나그네들 언제 돌아오는지 행여 알까?

[2-57] 天涯浩渺, 風飄四海之魂; 塵土流離, 灰染半生之劫.

【天涯(천애)】 하늘 끝, 하늘가.
【浩渺(호묘)】 한없이 넓고 아득하다.
【四海(사해)】 온 세상, 온 천하, 세계.
【飄(표)】 날아 떨어지다, 날아 흩어지다.

【流離(유리)】정처없이 떠돌다.
【灰染(회염)】재가 되어 버리다, 쓸데없이 되어 버리다.
【半生(반생)】반평생.
【劫(겁)】재난, 액운, 겁(梵語; kalpa의 음역, 가장 긴 시간, 혹은 시간).

끝없이 아득한 하늘가, 온 세상 넋들이 바람에 흩어지네. 먼지처럼 정처없이 떠돌다 보내 버린 반평생!

[2-58] 蝶憩香風, 尙多芳夢; 鳥沾紅雨, 不任嬌啼.

【芳夢(방몽)】향긋한 단꿈.
【紅雨(홍우)】꽃비, 꽃잎이 비 오듯 떨어져 내리는 것.
【不任(불임)】감당하지 못하다.

향그런 바람 속에서 쉬는 나비는 언제나 향기로운 단꿈을 많이 꾸고, 꽃비에 젖은 새는 흥에 겨워 곱게도 우네.

[2-59] 幽情化而石立, 怨風結而塚靑; 千古空閨之感, 頓令薄倖驚魂.

【幽情(유정)】깊은 마음, 깊은 정.
【石(석)】碑石. 떠나간 사람을 그리워하다 죽어 묻혔다는 의미.
【塚靑(총청)】분묘의 잔디가 푸른 것.
【空閨(공규)】獨守空房.
【感(감)】탄식. 여기서는 좀더 강한 의미를 부여하여 '원한' 으로 해석할 수 있겠다.
【頓(돈)】돌연히, 갑자기, 홀연히.
【薄幸(박행)】불행하다, 薄情하다. 여기서는 사랑을 배신한 사람을 말함.
【驚魂(경혼)】깜짝 놀라다.

깊고 깊은 정이 묘비가 되어 버리고, 원망의 바람은 푸르른 무덤에 머물고 있네. 예로부터 독수공방의 원한은 야박하게 돌아선 사람을 깜짝 놀라게 했었지!

[2-60] 一片秋山, 能療病客; 半聲春鳥, 偏喚愁人.

【一片(일편)】 한 조각. 넓게 펼쳐진 평면 따위를 나타내는 수량사.
【半聲(반성)】 소리가 작고 계속 이어지지 않는 것을 형용함.
【偏(편)】 마침, 공교롭게도, 유달리.
【喚(환)】 일깨우다, 눈뜨게 하다.

가을 빛에 흠뻑 물든 산은 병든 나그네를 치료할 수 있고, 간간이 들려오는 가냘픈 봄날 새소리는 수심에 잠긴 사람을 일깨워 주네.

[2-61] 李太白酒聖, 蔡文姬書仙, 置之一時, 絶妙佳耦.

【李太白(이태백)】 盛唐 시기의 대시인 李白. 字가 태백, 號는 靑蓮. 杜甫와 병칭하여 李杜라 불림. 술을 워낙 좋아하여 술의 신〔酒神〕, 술의 성인〔酒聖〕이라고 자타가 공인함.
【蔡文姬(채문희)】 後漢 시대의 대학장자 문호인 蔡邕의 딸. 이름은 琰이고, 字가 文姬. 박학하고 才辯이 있었다. 16세에 河東 衛仲道에게 시집을 갔으나 일찍 남편을 여의고 친정으로 돌아와 자식 없이 홀로 불우하게 살았다. 음률에도 정통하여 〈胡笳十八拍〉을 지었다.
【佳耦(가우)】 좋은 짝, 어울리는 부부.

李白은 酒聖이요 蔡文姬는 書仙이니, 이들을 한 시대에 놓으면 절묘하게 어울리는 짝이 될 텐데……

[2-62] 華堂今日綺筵開, 誰喚分司御史來; 忽發狂言驚滿座,
兩行紅粉一時回.

【華堂(화당)】 화려한 大廳.
【綺筵(기연)】 성대한 잔치 자리.
【分司(분사)】 나누어 관장하다, 나누어 관리하다.
【御史(어사)】 周代에 기록을 맡은 벼슬, 秦漢 이후에는 百官의 규찰을 맡은 벼슬.
후세에 그 장관을 御史大夫라 함.
【狂言(광언)】 터무니없는 말, 도에 벗어난 말.
【滿座(만좌)】 온 좌석, 그 자리에 있는 모든 사람, 온 좌석에 가득 차다.
【行(행)】 줄, 열, 열을 이룬 사물을 세는 단위.
【紅粉(홍분)】 연지와 분, 전하여 부녀자, 부인. 여기서는 양옆으로 늘어섰던 무녀나
시녀를 지칭하는 것으로 보았다.
【一時(일시)】 동시, 한때, 잠시.

　　오늘 화려한 대청에서 성대한 자리를 열었네. 누가 한쪽을 관장할 御
史를 불러올까? 갑자기 허튼소리를 외쳐 좌중을 놀라게 하니, 두 줄로
늘어섰던 舞女들이 동시에 돌아보네.

[2-63] 緣之所寄, 一往而深. 故人恩重, 來燕子於雕梁; 逸士
情深, 托鳬雛於春水. 好夢難通, 吹散巫山雲氣; 仙緣未合, 空
探游女珠光. 桃花水泛, 曉粧宮裏膩胭脂; 楊柳風多, 墮馬結中
搖翡翠.

【一往而深(일왕이심)】 정이 매우 깊어지다(=一往情深).
【故人(고인)】 사귄 지 오래된 친구, 혹은 죽은 사람. 여기서는 '조상' 으로 해석하였다.
【雕梁(조량)】 조각하여 아름답게 꾸민 대들보.
【逸士(일사)】 속세에서 벗어나 한적하게 살아가는 사람.
【鳬雛(부추)】 새끼오리.

【通(통)】 본뜻은 '통하다' 지만 여기서는 '이루다' 로 해석함.
【仙緣(선연)】 일반적인 틀을 초월하는 인연. 신선 세계에서나 가능한 인연.
【游女(유녀)】 밖에 나가노는 계집, 노는 계집.
【珠光(주광)】 진주나 보석이 휘황찬란하게 빛나다(=珠光寶氣).
【膩(니)】 매끄럽다.
【墮馬結中(타마결)】 말에서 떨어지다, 말에서 내리다. ＊結中: 매듭, 혹은 모임 등에
참가하다. '결중' 을 앞의 '宮裏' 와 같이 상황이 벌어지는 장소나 시간으로 볼 수도
있겠다.

　인연이 맞으면 정은 실로 깊어지는 것.
　옛 어르신의 은혜가 깊어 아름답게 꾸민 대들보에 제비가 날아왔네.
　逸士의 깊은 정을 봄날 물에서 놀고 있는 새끼오리에 보내 보네.
　허나 좋은 꿈은 이루기 어려우니 巫山의 雲氣를 불어 흩어지게 하리!
　신선 세계 같은 인연은 만나기 어려우니 휘황찬란하게 꾸민 노는 계집
이나 공연히 찾아보네.
　복사꽃 물 위에 동동, 집 안에선 고운 연지분으로 아침 단장, 버들가지
바람에 한들한들, 말에서 내리나니 장식 매듭에선 비취 흔들리는 소리 딸
랑딸랑…….

[2-64]　對粧則色殊，比蘭則香越，泛明彩於宵波，飛澄華於
曉月．

【殊(수)】 다르다, 특별하다.
【明彩(명채)】 밝은 광채.
【宵波(소파)】 밤의 호수 물결.
【澄華(징화)】 깨끗한 광채, 청명한 광채.
【曉月(효월)】 새벽달.

　곱게 단장한 모습 대하니 유난히 아리따워 난초보다 향기롭네.

저녁 물결 위에 밝은 광채가 떠 있는 듯, 새벽달 아래 맑은 광채 날아
오르듯!

[2-65] 紛弱葉而凝照, 競新藻而抽英.

【紛(분)】 뒤섞여 어지럽다, 분분히, 바삐바삐.
【弱葉(약엽)】 어린 싹.
【凝照(응조)】 凝은 모이다, 집중하다. *照는 비추다. 여기서는 햇빛이 비추다, 혹
은 비치는 햇빛의 의미를 포함.
【藻(조)】 해조류, 수초.
【抽英(추영)】 꽃봉오리가 돋다.

여린 싹은 바삐바삐 햇살 쪽으로 몰리고, 새로이 돋아난 물풀들 다투
어 꽃봉오리 내미네.

[2-66] 手巾還欲燥, 愁眉卽使開. 逆想行人至, 迎前含笑來.

【手巾(수건)】 수건, 손수건.
【愁眉(수미)】 근심으로 찡그려진 눈썹.
【使開(사개)】 펴지게 하다. *使는 사역(…하게 하다).
【逆(역)】 미리, 사전에.
【行人(행인)】 외출했던 사람, 집 떠난 사람.
【迎前(영전)】 마중 가기 전.

눈물 젖은 수건이 다시 마르려 하니, 근심어린 눈썹도 이내 펴지려 하
네!
길 떠났던 임 돌아올 거라 생각하니, 마중 가기도 전에 배시시 미소가
번지네!

[2-67] 逶迤洞房, 半入霄夢. 窈窕閒館, 方增客愁.

【逶迤(위이)】 구불구불한 모양, 멀고 긴 모양.
【洞房(동방)】 깊숙한 곳에 있는 방, 전하여 부인의 방.
【霄夢(소몽)】 꿈나라, 잠. ＊霄는 '雲霄〔높다〕'의 의미로 깊이 잠에 빠짐을 말함.
【窈窕(요조)】 (궁궐·산골짜기 따위가) 깊숙하고 그윽하다, 幽深하다.
【閒館(한관)】 조용한 客舍.
【客愁(객수)】 나그네의 근심.

　구불구불 그윽한 閨房은 깊이 잠들었는데, 구석진 조용한 客舍엔 나그네의 근심만 한창 더해 갈 뿐.

[2-68] 懸媚子於搔頭, 拭釵梁於粉絮.

【懸(현)】 걸다, 매달다, 공개적으로 게시하다, 높이 들어올리다.
【媚子(미자)】 사랑하는 사람, 사랑하는 아들. ＊혹은 애교(子는 명사형어미). 즉 딸랑딸랑 움직이는 떨잠(움직이는 비녀)으로 살랑살랑 애교를 부린다는 뜻으로 볼 수 있다.
【搔頭(소두)】 비녀의 다른 이름.
【拭(식)】 닦다.
【釵梁(차량)】 비녀의 몸통.
【粉絮(분서)】 풀솜으로 만든 분첩.

　비녀에 애교를 딸랑딸랑 매달고, 풀솜 분첩으로 비녀의 몸통을 닦고……

[2-69] 臨風弄笛, 欄杆上桂影一輪; 掃雪烹茶, 籬落邊梅花數點.

【臨風(임풍)】 바람을 쐬다, 바람을 맞다.
【弄笛(농적)】 피리를 불다.
【桂影(계영)】 桂月은 달의 다른 명칭. 즉 달의 모습.
【一輪(일윤)】 (하나의) 둥근 모양.
【籬落(이락)】 울타리.
【數點(수점)】 몇 개.

바람 쐬며 피리 부는데 난간 위에 둥근 달 하나.
눈 쓸어내며 차 끓이는데 울타리가에 매화 몇 송이.

[2-70] 銀燭輕彈, 紅粧笑倚, 人堪惜, 情更堪惜; 困雨花心,
垂陰柳耳, 客堪憐, 春亦堪憐.

【銀燭(은촉)】 희고 밝은 촛불.
【輕彈(경탄)】 촛불의 촛농이 가볍게 튀기면서 타는 것을 의미.
【紅粧(분장)】 연지를 찍은 화장, 전하여 화장을 하는 나이인 젊은 여성.
【困雨(곤우)】 꽃을 곤란(피곤)하게 만들 정도로 많이 내리는 비.
【花心(화심)】 꽃의 마음. *袁宏道가 《瓶史》에서 꽃도 날씨, 장소 등을 따라 싫어하
는 것과 좋아하는 것이 있다고 했듯이 꽃이 지니고 있는 마음.
【柳耳(유이)】 예전에 이별하던 남녀가 버드나무 가지로 석별의 정을 나누었는데,
길게 늘어뜨린 버드나무 가지가 이별의 사연을 듣는다는 의미.

하얀 촛불 촛농 톡톡 튀길제, 아리따운 여인 웃으며 살포시 기대네.
사람이 애달픔을 견뎌내면 情도 애석함을 감당하겠지.
모질게 내리는 빗속에 꽃의 마음, 길게 드리워진 버드나무 눈꽃〔柳耳〕,
나그네 애처로움 견디니, 봄 역시 가련함을 견디겠지……

[2-71] 肝膽誰憐, 形影自爲管鮑; 脣齒相濟, 天涯孰是窮交?

興言及此, 輒欲再廣絶交之論, 重作署門之句.

【肝膽(간담)】 진심, 속내를 터놓을 정도로 깊이 정든 사이(=肝膽相照).
【憐(련)】 사랑하고 귀여워하다, 어여삐 여기다.
【管鮑(관포)】 春秋時代 管仲과 鮑叔牙의 다정한 교제, 그러한 친구 관계. 즉 管鮑
之交.
【脣齒相濟(순치상제)】 입술과 치아처럼 서로 밀착하여 돕고 의지하는 관계.
【天涯(천애)】 하늘가, 하늘 끝, 아주 먼 곳.
【窮交(궁교)】 곤궁할 때 서로 의지하는 진실한 사귐.
【興言及此(여언급차)】 꺼낸 말이 여기까지 이르렀다, 이 일을 언급하다.
【署門之句(서문지구)】 문 위나 門楣에 서명하여 남긴 문구.

　정분이 깊으면 누구라도 어여쁜 법, 두 사람의 몸과 그림자까지 저절로
管鮑之交가 되는 것을.
　입술과 치아처럼 서로 돕고 의지하면 세상 누구라도 진실한 사귐인 것을.
　이런 말을 쓰다 보니 문득 絶交에 관한 이론까지 넓혀 보고 싶고, 門楣
에 남길 문구를 또 쓰고 싶어지네.

　[2-72] 燕市之醉泣, 楚帳之悲歌, 岐路之涕零, 窮途之慟哭.
每一退念及此, 雖在千載以後, 亦感慨而興嗟.

【燕(연)】 戰國時代의 燕國.
【楚帳(초장)】 楚 霸王 項羽의 軍幕. 여기서는 項羽가 劉邦에게 패하여 슬퍼하며 〈垓
下曲〉을 부른 고사. 항우와 유방의 공존 관계는 유방이 초를 공격함으로써 끝이 났
다. 유방은 육박전으로 승부를 내자는 항우의 제안을 번번이 거절했는데, 결국 항우
는 패하여 포위를 뚫고 도망가던 중 자살했다. 항우의 영웅적 행동, 특히 마지막 전투
에서 보여준 용감한 모습은 중국 시와 소설의 좋은 소재가 되었다.
【岐路(기로)】 갈림길. 여기서는 이별하는 길목을 말함.
【涕零(체령)】 눈물을 흘리다.
【窮途(궁도)】 막다른 길, 궁지, 곤궁한 처지.

【退念(퇴념)】 되돌려 생각하다, 회상하다.
【感慨(강개)】 깊이 느끼어 탄식함, 가슴속 깊이 사무치게 느낌.
【興嗟(흥차)】 한숨짓다.

　북방 燕나라 시장 한 모퉁이의 술에 취한 울음, 남방 楚나라 막사의 悲歌, 갈림길에서 흘리는 이별의 눈물, 곤궁한 처지의 통곡…….
　늘상 이런 일을 회상하다 보면 비록 천 년 후인 오늘에도 가슴속 깊이 사무치게 되고 한숨짓게 된다네.

　[2-73] 陌上繁華, 兩岸春風輕柳絮; 閨中寂寞, 一窗夜雨瘦梨花. 芳草歸遲, 靑驄別易. 多情成戀, 薄命何嗟! 要亦人各有心, 非關女德善惡.

【陌上(맥상)】 길 위.
【繁華(번화)】 초목이 무성하고 꽃이 화려하게 핌.
【兩岸(양안)】 양쪽 기슭.
【閨中(규중)】 부녀자가 거처하는 방 안.
【柳絮(유서)】 버들솜, 버들개지.
【靑驄(청총)】 靑海에서 나는 명마.
【薄命(박명)】 불운, 기구한 운명.
【非關(비관)】 …와 관련된 것이 아니다, …와 관계없다.

　길 위엔 무성한 화초, 양쪽 기슭엔 봄바람이 버들솜을 가볍게 불어날리네요.
　적막한 규중, 창문 밖 밤비에 배꽃은 여위어 가고요.
　향기로운 풀 피어나는 봄날 돌아오시는 길은 더디기만 하네요.
　님 태운 멋진 말이여, 돌아오는 길 바꾸지 말기를!
　깊은 정은 아픈 그리움되고, 박복한 내 신세 탄식한들 뭐하겠어요?!
　사람에겐 저마다 제 마음이 있는 것, 이렇게 그리워하는 것은 여인의 덕성이나 착하고 나쁜 성품과는 관계없답니다!

[2-74] 山水花月之際, 看美人更覺多韻. 非美人借韻於山水
花月也, 山水花月直借美人生韻耳.

【際(제)】 사이, 때.
【韻(운)】 운치.
【直(직)】 바로, 곧, 완전히, 실로, 그야말로.

　산수 자연의 틈에서 아리따운 여인을 보면 운치가 배가 되는 것 같다.
미인이 자연 경물의 운치를 빌리는 것이 아니라, 그야말로 자연 경물이
미인의 도움을 빌려 운치가 생길 뿐!

[2-75] 深花枝, 淺花枝, 深淺花枝相間時, 花枝難似伊; 巫山
高, 巫山低, 暮雨瀟瀟郎不歸, 空房獨守時.

【相間(상간)】 서로 뒤섞이다.
【伊(이)】 그, 그녀.
【瀟瀟(소소)】 이슬비가 내리는 모양.

　짙은 꽃가지, 엷은 꽃가지, 짙고 엷은 꽃가지가 뒤섞여 만발할 때도 고
운 꽃가지조차 아리따운 그녀를 닮기는 힘들지.
　높고 높은 巫山 봉우리, 저녁비 보슬보슬 내리는데 내 임은 돌아오지
않고, 텅 빈 방에 홀로 앉아 시간을 보내네.

[2-76] 青蛾皓齒別吳倡, 梅粉粧成半額黃; 羅屏繡幔圍寒玉,

帳裏吹笙學鳳凰.

【靑娥(청아)】아름다운 눈썹, 젊은 미인.
【皓齒(호치)】새하얀 이.
【吳倡(오창)】吳땅의 歌妓.
【梅粉(매분)】梅花 가루.
【額黃(액황)】六朝시대에 부녀의 이마에 칠했던 황색.
【寒玉(한옥)】맑고 차가운 玉, 맑고 빼어난 용모. 여기서는 맑고 빼어난 용모를 가
리킨다.
【鳳凰(봉황)】봉황. 여기서는 고대 음악의 '鳳律'(12律)을 말한다.

　고운 눈썹, 새하얀 이를 가진 젊은 미인이 吳땅의 歌妓 생활을 청산하
니, 매화 가루로 하얗게 분단장했던 것이 여염집 부녀자처럼 누렇게 되어
버렸네.
　화려한 병풍과 휘장으로 맑고 빼어난 자태 가리고, 휘장 속에서 생황 불
며 12음률의 곡조를 배운다네.

[2-77] 初彈如珠後如縷, 一聲兩聲落花雨. 訴盡平生雲水心,
盡是春花秋月語.

【縷(루)】실, 실가닥.
【雲水心(운수심)】구름과 물처럼 정처없이 떠돈 심정.
【春花秋月語(춘화추월어)】봄꽃과 가을 달 아래에서 나누던 말, 혹은 봄꽃과 가을
달을 감상하며 뱉어내던 말.
【盡是(진시)】모두 …이다, 전부 …이다.
　*이 글은 당대의 유명한 문인인 白居易의 작품 〈琵琶行〉(816년작. 〈비파인(琵琶
引)〉이라고도 함)의 내용을 바탕으로 한다. 화려한 수도에서 빼어난 미모와 재치로 뭇
사람의 이목을 끌었던 여인이 지금은 상인의 아내가 되어, 강상(江上)의 배에서 외
로이 남편을 기다리며 읊었던 노래이다. 비파를 탄주하는 여인의 술회에 문화의 그
림자도 찾아볼 수 없는 변경의 땅으로 좌천되어 잿빛의 나날을 보내는 자신(백거이)

의 처지가 생각되어 누를 길 없는 한탄을 슬픈 억양으로 노래한 작품이다.

　연주를 시작했을 때는 은쟁반 위에 옥구슬을 쏟아내듯 힘차다가, 갈수록 실가닥처럼 가늘게 이어지는데, 노랫소리 가락가락이 꽃잎에 떨어지는 빗방울 소리 같네.
　평생 동안 구름과 물처럼 정처없이 떠돈 심정을 다 털어놓는데, 봄꽃과 가을 달처럼 노닐었던 이야기들이라네.

[2-78] 春嬌滿眼睡紅綃, 掠削雲鬟旋粧束. 飛上九天歌一聲, 二十五郎吹管逐.

【滿眼(만안)】 눈에 가득 차다, 시야에 가득하다, 즉 사방에 가득하다.
【紅綃(홍초)】 붉은 명주. 여기서는 붉은 비단 휘장을 말한다.
【掠削(약삭)】 머리를 빗다.
【雲鬟(운환)】 여자의 쪽머리, 구름처럼 탐스러운 머리.
【妝束(장속)】 몸단장을 하다.
【九天(구천)】 하늘.
【二十五郎(이십오랑)】 자세하지 않음.

　아리따운 봄 풍경 사방에 가득할 때, 붉은 비단 휘장 속에서 자고 일어나 머리 빗어 쪽을 찌고 몸단장을 하네. 하늘로 날아오르는 노래 한 곡, 二十五郎이 부는 피리 소리가 그 뒤를 따르네.

[2-79] 幽賞未已, 高談轉淸. 開瓊筵以坐花, 飛羽觴而醉月.

【幽賞(유상)】 조용히 감상함.
【高談(고담)】 고상한 이야기, 남의 이야기에 대한 존칭.
【瓊筵(경연)】 옥과 같이 아름다운 자리, 곧 화려한 잔치 자리.

【羽觴(우상)】참새 모양의 잔, 전하여 술잔의 일반 명칭.

   그윽한 감상은 아직 끝나지 않고, 고상한 이야기는 점점 더 맑아지네.
화려한 잔치를 열어 꽃 옆에 앉아 날아갈 듯 술잔 돌리며 달빛에 취하네.

   [2-80] 琵琶新曲, 無待石崇; 箜篌雜引, 非因曹植. 傳鼓瑟于
楊家, 得吹簫于秦女.

【石崇(석숭)】晉代 사람. 字가 季倫. 荊州刺史를 거쳐 衛尉에 있을 때 해상 무역으
로 거부가 됨. 王愷‧羊琇 등과 호사스러움을 다툴 정도였는데, 河陽에 金谷園을
만들어 貴戚‧문인들과 교제하며 호화롭고 사치스런 생활을 함.
【不待(부대)】…을 기다리지 않는다; …하는 것은 …를 기다릴 필요가 없다; 즉 …
은 …가 최고가 아니다.
【箜篌雜引(공후잡인)】옛 악곡인 ‘箜篌引’으로, 樂府 〈相和六引〉의 하나.
【曹植(조식)】삼국시대 曹操의 여섯번째 아들. 字는 子建. 詩文에 특히 뛰어남. 형
曹丕와 얽힌 〈七步詩〉 故事가 전해진다.
【楊家(양가)】漢代의 楊惲. 거문고 등 음악에 뛰어났다. 제2장 〈情〉 제34 각주 참조.

   비파의 新曲은 부호 石崇이 최고가 아니고, 箜篌雜引은 奇才 曹植에
게서 비롯된 것이 아니라네. 거문고 연주는 楊惲에게로 전해지고, 피리
연주는 秦女에게 얻을 수 있네.

   [2-81] 休文腰瘦, 羞驚羅帶之頻寬: 賈女容銷, 懶照蛾眉之
常鎖.

【休文(휴문)】南朝 시인 沈約. 원래 병치레를 자주하여 허리가 지나칠 정도로 말랐
다. 그 시기 여인들이 가는 허리를 좋아하여 심약의 허리에 반했다고 한다.
【羅帶(나대)】허리띠.

【頻寬(빈관)】 자꾸 넓어지다.

【賈女(가녀)】 晉나라 재상 賈充의 딸(이름은 午). 그녀는 아버지 가충의 속관인 韓
壽를 좋아하여 아버지가 귀하게 여기던 향낭을 훔쳐 한수에게 주었다. 한수는 이것
으로 옷을 지어 입어 언제나 독특한 향기를 풍겼다고 한다. 가녀가 한수에 대한 상
사병으로 말라 몸져눕자 가충은 어쩔 수 없이 결혼을 시켰다. 그후로 향낭은 사랑
하는 남녀를 연결해 주는 상징물로 사용되었다. ＊제2장 〈情〉 제39 각주 "韓掾之
香"과 제47 각주 참조.

【懶(라)】 게으르다, 나태하다, 나른하다, …할 기분이 나질 않다.

【鎖(쇄)】 자물쇠, 잠그다, 채우다. ＊眉와 함께 쓰일 때는 눈썹을 찌푸리다의 의미
로 쓰임.

　심약〔休文〕의 가는 허리라도 근심으로 말라 나날이 허리띠가 넓어져만
가는 내 허리에 부끄럽고 놀라리라!
　임과 맺어져 근심 풀린 賈女의 모습에 언제나 찌푸린 이내 모습 거울
에 비춰 볼 맘 없어지네!

[2-82] 琉璃硯匣, 終日隨身; 翡翠筆床, 無時離手.

【硯匣(연갑)】 벼루통, 벼루갑.

【隨身(수신)】 몸에 지니다, 휴대하다.

【筆床(필상)】 붓걸이.

【無時(무시)】 일정한 때가 없음.

　유리로 만든 벼루통은 종일토록 나와 함께하고, 비취로 된 붓걸이의
붓은 수시로 손을 떠나 글을 쓰네.

[2-83] 清文滿篋, 非惟芍藥之花; 新製連篇, 寧止葡萄之樹.

【淸文(청문)】 청아한 문장, 청신한 문장.

【非惟(비유)】 오직 …만이 아니다.

【連篇(연편)】 한편한편, 連作. 여기서는 줄줄이 이어지는 시편이나 글을 알알이 맺힌 포도알과 대꾸한 것.

【寧止(영지)】 어찌 …에만 그치랴? …보다 더 넘어서다, 즉 …보다 뛰어나다.

청신한 문장 책상자에 그득하니 어찌 작약꽃만 청신하리?
새로 지은 連作詩들의 아름다움이 알알이 맺힌 포도나무에만 그치리?

[2-84] 靑牛帳裏, 餘曲旣終; 朱鳥窓前, 新粧已竟.

＊제2장 〈情〉 제41과 중복된다.

靑牛의 부적을 붙인 휘장 속에는 남아 있던 노랫소리는 이미 끝났고, 남쪽을 향한 창문 앞에는 새로운 치장이 이미 끝났네.

[2-85] 西蜀豪家, 託情窮於魯殿; 東臺甲館, 流詠止於洞簫.

【西蜀豪家(서촉호가)】 삼국시대 蜀의 劉琰을 말함. 字가 威碩, 魯國人. 劉備가 豫州에 있을 때 유염을 從事로 삼았는데, 그와 같은 성씨이고 담론에 뛰어나서 그를 신임하였다. 유염은 車服飮食이 모두 사치스럽고, 허풍이 있었다고 한다.

【窮(궁)】 다하다.

【魯殿(노전)】 漢代 魯恭王이 세운 靈光殿. 여기서는 東漢 王延壽의 《魯靈光殿賦》를 말함. 劉琰은 생활이 호사스러워, 시녀를 수십 명이나 두고서 모두에게 《魯靈光殿賦》를 암송하도록 가르쳤다고 한다.

【東臺(동대)】 東儲, 즉 황태자.

【甲館(갑관)】 漢代 樓觀의 명칭. 太子宮 안에 있었다.

【流咏(유영)】 유전되어 부르는 악곡.

【止(지)】 그치다, 만족하다.

【洞簫(통소)】西漢 王褒의 《洞簫賦》를 말함.

　西蜀의 호걸 劉琰의 집에서는 《魯靈光殿賦》로 정을 표현했고, 황태자의 甲觀에서는 《洞簫賦》가 연주되었다네.

[2-86] 醉把杯酒, 可以呑江南吳越之淸風; 拂劍長嘯, 可以吸燕趙秦隴之勁氣.

【拂劍(불검)】칼을 닦다.
【長嘯(장소)】큰 소리로 울부짖다.
【隴(롱)】甘肅省 隴山 일대, 즉 隴山을 사이에 둔 陝西省과 甘肅省. 여기서는 甘肅省.
【勁氣(경기)】豪氣.

　취기에 술잔을 들면 강남 吳越의 맑은 바람을 마실 수 있고, 칼을 닦으며 큰 소리로 포효하면 燕·趙·秦·隴땅의 豪氣를 들이마실 수 있다네!

[2-87] 林花翻灑, 乍飄颺于蘭皐; 山禽囀響, 時弄聲於喬木.

【翻灑(번쇄)】꽃이 져서 흐트러지다.
【飄颺(표양)】바람에 휘날리다, 흩날리다.
【蘭皐(난고)】난초가 핀 물가.
【囀響(전향)】지저귐이 울리다.
【弄聲(농성)】소리를 내다.

　숲 속 가득한 꽃무더기 꽃비 뿌리듯 떨어지니 水蘭 피어난 물가에 포르르 흩날리고, 산새 지저귀는 메아리는 가끔씩 키 높은 나무에서 울리네.

[2-88] 長將姉妹叢中避, 多愛湖山僻處行.

【長(장)】 항상, 긴 시간, 장기간.
【將(장)】 …을 데리고.
【湖山(호산)】 물과 산.
【僻處(벽처)】 편벽된 곳, 치우쳐 외진 곳.

늘상 누이들과 숲 속으로 피해 들어가곤 했지. 그럴 때면 호수랑 산이 너무도 좋아 외진 곳까지 찾아가곤 했었지!

[2-89] 未知枕上曾逢女, 可認眉尖與畫郎.

【未知(미지)】 아직 모르다.
【枕上(침상)】 잠자리, 잠잘 때.
【眉尖(미첨)】 눈썹 끝. 혹은 한올한올 세밀하게 그려진 초상화의 눈썹을 말한 것일 수 있다.
【識(식)】 분간하다, 식별하다.
【畫郎(화랑)】 화가.

꿈속에서 그녀를 만났던 걸까? 생생하게도 날카로운 눈썹, 그녀를 그린 화공의 솜씨가 보이네!

[2-90] 蘋風未冷催鴛別, 沈檀合子留雙結; 千縷愁絲只數圍, 一片香痕繞半節.

【蘋風(빈풍)】 개구리밥에 부는 바람, 즉 여름에 부는 바람.
【沈檀(침단)】 沈香木과 檀木.
【合子(합자)】 찬합(=盒子).

【雙結(쌍결)】한 쌍의 매듭, 같은 마음의 매듭(=同心結).
【數(수)】여러, 몇.
【圍(위)】둘러싸다, 에워싸다, 포위, 둘레.
【半節(반절)】반, 절반.

　개구리밥 위로 불던 여름 바람 아직 차가워지지 않았건만 원앙의 이별
을 재촉하니, 沉香木과 檀木으로 만든 상자엔 둘의 마음 담은 쌍매듭을
남겼네. 천 갈래 근심만 겹겹이 날 둘러싸고 있는데, 임의 향기 자취는 반
만 남아 있네!

[2-91] 那忍重看娃鬢綠, 終期一遇客衫黃.

【那(나)】哪(어디, 어찌, 무엇)와 같이 쓰임.
【重(중)】거듭.
【娃鬢綠(왜빈록)】미인의 아름답고 푸른 쪽머리.
【終(종)】마침내, 결국, 암만해도.
【期(기)】기대하다, 바라다, 기다리다.
【客衫黃(객삼황)】노란 적삼을 입은 협객(=黃衫客). 제2장 〈情〉序引 부분 각주 참
조. 사랑하는 남녀를 도와 사랑을 연결해 주는 도우미를 의미한다.

　아름답고 검게 윤기나는 쪽머리를 어찌 또 볼 수 있으리?
　아무래도 사랑의 도우미 黃衫客을 한번 만났으면!!

[2-92] 金錢賜侍兒, 暗囑敎休話.

【侍兒(시아)】시녀, 하녀.
【暗(암)】남모르게, 비밀리에, 은밀하게.
【囑(촉)】분부하다, 명령하다, 당부하다.

【敎(교)】 사역동사.
【休語(휴어)】 말하지 마라.

　몸종에게 돈을 주며 당부했다네,
"(그 사람이랑 만난다는 거) 절대 말하지 마!"

　[2-93] 薄霧幾層推月出, 好山無數渡江來 ; 輪將秋動蟲先覺,
換得更深鳥越催.

【輪(륜)】 달이 둥글게 교대로 변화하는 것, (순서에 따라) 교대로 하다, 차례가 되다.
【將(장)】 장차 …하려 하다.
【換得更深(환득경심)】 밤이 깊어지다.

　겹겹이 쌓인 엷은 안개 달님 등을 떠미니, 어둠 속에 감춰졌던 아름다
운 산들이 강 건너 다가오네. 가을로 접어들려니 벌레들이 먼저 알아채
고, 밤이 깊어지니 새가 더욱 재촉하네.

　[2-94] 花飛簾外憑箋訊, 雨到窗前滴夢寒.

【憑(빙)】 의지하다, …에 근거하다. 여기서는 '대신 담당하다' 는 뜻.
【箋訊(전신)】 편지, 간단한 시 한 수, 또는 편지를 쓰는 폭이 좁은 종이.

　주렴 밖에서 날아온 꽃잎은 편지를 대신하고, 창 밖에 지는 빗방울은
꿈결마저 차갑게 하네!

　[2-95] 檣標遠漢, 昔時魯氏之戈 ; 帆影寒沙, 此夜姜家之被.

【檣標(장표)】 배 위의 돛대 표시.
【漢(한)】 中原 지방을 말함.
【昔時(석시)】 옛적, 옛날.
【魯氏之戈(노씨지과)】 魯陽戈를 말한다. 《淮南子·覽冥訓》에 다음과 같은 이야기가 기록되어 있다. 魯陽公이 韓나라와 전쟁을 벌이는데 싸움이 격렬해질 무렵 해가 지려고 하였다. 魯陽公이 창을 들고 떨어지는 해를 향해 휘두르니 태양이 다시 떠올랐다. 이에 '魯陽戈'나 '魯陽揮戈'라는 말은 쓰러져 가는 형세를 되돌린다는 의미로 사용하게 되었다.
【姜家之被(강가지피)】 '姜被'를 의미함. 姜肱과 그의 두 동생 仲海·季江은 지극한 효성으로 유명했는데, 형제간의 우애도 좋아 항상 같은 이불을 덮고 잤다. 이에 '강씨 집 이불〔姜被〕'이라는 말은 '형제'나 '형제간의 깊은 정'이라는 뜻으로 사용되었다(《後漢書·姜肱傳》).

  배 위의 돛대가 멀리 中原으로 향하면 저무는 해를 억지로 막으면서까지 전쟁을 치르려던 魯陽公의 불굴의 의지가 생각나고, 백사장 위로 돛대가 그림자 지는 밤이면 따뜻한 형제애로 덮었던 姜肱의 이불이 생각나네!

[2-96] 塡愁不滿吳娃井, 剪紙空題蜀女祠.

【吳娃(오왜)】 戰國시대 趙나라 武靈王과 순수한 사랑을 한 秦나라 여간첩. 秦나라의 지령을 받아 趙 武靈王과 결혼하여 암살하려 했지만, 武靈王을 진정으로 사랑하게 되고 태자까지 낳는다. 武靈王을 죽이라는 秦의 명령을 받던 중 마침 반란으로 趙王이 왕궁의 화원으로 유폐되고, 吳娃는 武靈王에게 자신의 신분을 털어놓는다. 武靈王은 오히려 사랑을 위해 웃으며 자신의 목숨을 내놓았다는 슬픈 사랑 이야기.
【剪紙(전지)】 가위로 오린 종이.
【蜀女(촉녀)】 촉나라 궁녀로서 깊은 궁궐에서 지내는 외로움을 오동잎에 적어 누군가 봐주기 바라며 수로에 띄워보냈다. 제2장 〈情〉序引 각주 참조.

  근심을 메워도 채워지지 않는 吳娃의 사랑의 우물,
  종이 장식만 덩그러니 걸려 있는 蜀女의 사당!

[2-97] 良緣易合, 紅葉亦可爲媒; 知己難投, 白璧未能獲主.

【良緣(양연)】좋은 인연, 좋은 연분.
【知己難投(지기난투)】자신을 내맡길 만한 '知己'를 찾기 어렵다, 의기투합할 만한 지기를 찾기 어렵다.
【白璧(백벽)】백옥, 좋은 옥.

　좋은 인연이라면 쉽게 만날 수 있으리니, 붉은 단풍에 적은 사랑의 시조차 중매인이 될 수 있다네.
　그러나 자기를 알아주는 知己를 찾기는 어려우니, 좋은 옥이라도 진정한 주인을 만날 수 없네!

[2-98] 塡平湘岸都栽竹, 截住巫山不放雲.

【塡平(전평)】평평하게 메우다.
【湘(상)】湘江. 廣西에서 발원하여 湖南省으로 흘러 들어가는 강.
【竹(죽)】湘妃竹. 舜임금이 蒼梧에서 죽었을 때, 舜의 두 妃(娥皇·女英)가 흘린 눈물이 대나무에 묻어 얼룩이 생겼다 함. 斑竹, 湘竹, 湖江竹, 漏竹 등으로도 불림.
【截住(절주)】막다, 저지하다.

　湘江 둔덕을 메워 임 잃은 슬픔의 대나무를 온통 심으리,
　巫山을 가로막아 임 그리는 욕망 잃지 않도록 하리!

[2-99] 鴨爲憐香死, 鴛因泥睡癡.

【憐香(연향)】여색을 좋아하다(=憐香惜玉).
【泥(니)】빠지다, 탐닉하다.
【癡(치)】어리석다, 판단력을 잃다.

수컷 물오리는 너무 열심히 사랑하다가 죽는다던데, 수컷 원앙은 잠에 빠져서 미련하기만 하네!

[2-100] 紅印山痕春色微, 珊瑚枕上見花飛. 烟鬟繚亂香雲濕, 疑向襄王夢裏歸.

【紅印山痕(홍인산흔)】 붉게 물든 산의 자취.
【春色(춘색)】 봄 경치, 춘색, 색정어린 표정.
【珊瑚枕(산호침)】 산호로 장식한 베개. 즉 젊은 여자가 자는 침상.
【煙鬟(연환)】 여인의 아름다운 검은 머리.
【繚亂(요란)】 뒤섞이다, 난잡하게 얽혀 어지럽다.
【雲(운)】 여기서는 雲鬟(여자의 탐스러운 귀밑머리)의 뜻.
【襄王夢(양왕몽)】 楚나라 襄王과 巫山의 여신이 꿈 같은 하룻밤을 보냈다는 이야기. 雲雨之情. 男女合歡을 가리킴. 제2장 〈情〉 序引 참조.

붉게 물든 산등성 자리엔 色情이 살랑살랑.
산호 침상 위엔 붉은 꽃잎 흩날리는 듯.
그녀의 탐스런 검은 머리칼 헝클어지고, 향긋한 귀밑머리엔 땀이 촉촉.
한바탕 사랑의 단꿈[襄王夢]에서 깨어난 걸까?

[2-101] 零亂如珠爲點妝, 素輝乘月濕衣裳. 只愁天酒傾如斗, 醉却環姿傍玉床.

【零亂(영란)】 너저분하다, 어지럽다, 산만하다.
【點粧(점장)】 멋부리다, 모양내다, 장식하다(=粧點).
【素輝(소휘)】 소박한 광채.
【酒傾如斗(주경여두)】 술을 말로 마시다, 거나하게 마시다.
【環姿(환자)】 몸을 둥글게 말다.

【玉床(옥상)】 옥으로 만든 침상, 미인의 침상.

　흩어진 구슬처럼 어지러진 몸을 새로이 단장하니, 달빛 타고 들어온 맑은 광채 옷자락을 적시네.
　수심 가득한 날에는 거나하게 술 마시고, 취하여 침상 옆에 웅크리고 있네!

[2-102] 有魂落紅葉, 無骨鎖靑鬟.

【有魂(유혼)】 정신을 가지다, 뜻을 지니다.
【紅葉(홍엽)】 단풍잎에 시를 적어 좋은 인연을 맺은 고사가 많아, '紅葉'이라는 말을 情을 전하는 매개체에 비유하였다.
【無骨(무골)】 기백이 없다, 패기가 없다.
【靑鬟(청환)】 검은색의 쪽머리. 전하여 젊은 여인.

　마음이 있는 사람은 일부러 단풍잎을 떨어뜨리는데, 패기가 없는 사람은 젊은 여인에게 마음을 닫아 버린다네.

[2-103] 書題蜀紙愁難浣, 雨歇巴山活亦陳.

【蜀紙(촉지)】 蜀에서 나는 좋은 종이.
【巴山(파산)】 巴는 지금의 四川省 重慶 지방. 보통 巴蜀이라 일컫는데, 蜀은 물이 많고 巴 지방은 산이 많아 '巴山蜀水'라 칭해지기도 한다. 李商隱의 시 〈夜雨寄北〉에 "당신이 언제 돌아올지 묻지만 아직 기간을 정하지 못했소, 巴山엔 저녁 비에 가을 못이 불었소. 언젠가 서쪽 창가에서 함께 촛불 심지 자르며 즐길 날이 있겠지, 어쨌든 파산에 밤비 내리는 날에〔君問歸期未有期, 巴山夜雨漲秋池, 何當其剪西窓燭, 却話巴山夜雨時〕"라는 구절이 있다.
【歇(헐)】 쉬다, 그치다, 다하다.
【活(활)】 살다, 활동하다.

【陳(진)】 진부하다, 오래되다, 낡다.

　蜀 지방 좋은 종이에 글을 적어도 이내 근심 다 씻어낼 수 없는데, 巴
山에 비 그치면 그때 했던 말도 역시 옛이야기가 되겠지…….

[2-104] 盈盈相隔愁追隨, 誰爲解語來香帷?

【盈盈(영영)】 물이 넘쳐흐르는 모양.
【相隔(상격)】 서로 멀리 떨어지다.
【追隨(추수)】 뒤쫓아 따르다.
【解語(해어)】 마음을 풀어주는 말, 근심을 풀어주는 말.

　우리 둘 서로 멀리 떨어져 있으니 출렁출렁 근심만 따라오네.
　이내 마음 풀어주러 그 누가 향기로운 휘장 속으로 들어와 줄까?

[2-105] 斜看兩鬢垂, 儼似行雲嫁.

【斜看(사간)】 옆으로 보다. 슬쩍(흘깃) 보다.
【儼似(엄사)】 마치 …와 같다.

　두 갈래 쪽머리 늘어뜨린 모습 흘깃 보니, 굽이굽이 구름머리 단정하
기도 하지! 시집가는가 봐!

[2-106] 欲與梅花鬪寶妝, 先開嬌豔逼寒香. 只愁冰骨藏珠
屋, 不似紅衣待玉郎.

【寶妝(보장)】 멋진 장식.
【嬌艶(교염)】 아름답고 요염하다.
【寒香(한향)】 차가운 향기, 깨끗한 향기.
【冰骨(빙골)】 깨끗한 氣骨.
【紅衣(홍의)】 붉은 옷. 여기서는 여인을 의미함.

  한창 고운 매화와 고운 단장 겨뤄 보려고, 먼저 요염한 모습 드러내어
매화의 겨울 향기 눌러 보네.
  아름다운 방 속에 감춰져 있는 얼음처럼 깨끗한 이 몸은 근심뿐.
  고운 옷 입고 옥 같은 내 임 모시는 것과는 다르리니…….

  [2-107] 縱敎弄酒春衫浣, 別有風流上眼波.

【縱(종)】 설령 …하더라도.
【弄酒(농주)】 술을 가지고 놀다, 술을 마시다.
【春衫(춘삼)】 봄에 입는 적삼.
【浣(완)】 씻다, 빨다.
【別有(별유)】 달리 지니고 있다, 남달리 …을 지니다.
【眼波(안파)】 여자가 애교 부리며 던지는 추파.

  봄 적삼이 술에 빤 듯 젖도록 맘껏 술놀이를 하는데, 유난히 풍류 있는
사내가 추파를 던지네!

  [2-108] 聽風聲以興思, 聞鶴唳以動懷. 企莊生之逍遙, 慕尙
子之淸曠.

【動懷(동회)】 마음을 움직이다, 마음이 동요되다.
【興思(흥사)】 생각이 일다, 그리움이 일다.

【莊生(장생)】 莊子.
【企(기)】 발돋움하고 바라보다, 도모하다, 마음속에 담아 잊지 않다.
【逍遙(소요)】 이리저리 거닒, 유유자적함. 장자의 〈소요유〉에 담긴 뜻.
【尙子(상자)】 東漢의 尙長. 자가 子平, 河內人이다. 李善이 注한 嵇康의 《高士傳》
에 의하면, 尙長은 자식을 모두 출가시킨 후 가족들과 단절하고, "다시는 상관하지
마라. 내가 하고 싶은 대로 하다 죽으련다!"라고 했다는 기록이 있다(*《醉古堂》의 주
석에는 姜太公(呂望)으로 보았다).
【淸曠(청광)】 깨끗하고 탁 트여 넓음.

바람 소리를 들으면 생각이 일고, 학의 울음소리를 들으면 마음이 움
직인다. 莊子의 유유자적〔逍遙〕을 마음에 담아두고, 尙子의 맑고 드넓
은 인품〔淸曠〕을 흠모한다.

[2-109] 燈結細花成穗落, 淚題愁字帶痕紅.

【細花(세화)】 작은 꽃, 조그마한 꽃무늬.
【穗落(수락)】 穗는 이삭(낟알) 같은 모양을 말한다. '穗落'이란 방울방울 맺히는 모
양으로 떨어짐을 말한다.
【漏題愁字(누제수자)】 눈물로 근심을 적은 문장(글), 눈물로 적은 근심에 대한 글.
【痕紅(흔홍)】 붉은 흔적.

촛불은 여린 꽃 같은 촛농으로 맺혀 방울방울 떨어지고, 눈물로 근심
적은 글은 피눈물의 흔적을 담고 있네.

[2-110] 無端飮却相思水, 不信相思想殺人.

【無端(무단)】 까닭없이, 뜻밖에, 처음과 끝이 없음.
【飮却(음각)】 모두 마시다, 마셔서 없애다.

【相思水(상사수)】 그리움을 생기게 하는 물.

　그리움을 일으킨다는 相思水를 모조리 마셔 없앨 테야!
　그러면 그리움이 사람을 죽일 수 있다는 말을 믿지 않을 테니!

　　[2-111] 漁舟唱晩, 響窮彭蠡之濱; 雁陣驚寒, 聲斷衡陽之浦.

【窮(궁)】 다하다, 끝나다.
【彭蠡之濱(팽여지빈)】 鄱陽湖의 물가. 파양호는 江西省에 있는 호수. 彭蠡는 파양
호의 옛이름.
【衡陽之浦(형양지포)】 衡陽의 물가. 衡陽은 지금의 湖南省 衡陽縣.《一統志》에 형
양에는 回雁峰이 있는데, 기러기가 이곳에 이르면 더 이상 여행을 하지 않고 머무
르다가, 봄이 오면 다시 돌아간다고 한다. 衡山에 回雁峰이 있다.

　저녁 무렵 고깃배의 노랫소리는 鄱陽湖가에서 사그라지고, 추위에 놀
란 기러기떼 우짖는 소리는 衡陽의 물가에서 끊어지네.

　　[2-112] 爽籟發而淸風生, 纖歌凝而白雲遏.

【爽籟(상뢰)】 자연스레 생기는 소리, 즉 바람을 말한다.
【遏(알)】 그치다, 중지하다, 저지하다.

　자연의 소리가 나면 시원한 바람이 생기고, 가녀린 노랫소리가 응어리
지면 하얀 구름도 멈춰선다네.

　　[2-113] 杏子輕衫初脫暖, 梨花深院自多風.

【杏子輕衫(행자경삼)】살구색의 가벼운 홑옷, 엷은 노랑에 약간 붉은 가볍고 얇은 홑옷.

　살구색 가벼운 홑옷을 처음으로 벗는 날, 날씨는 따스하고, 배꽃 만발한 그윽한 정원에는 저절로 바람이 많아지네.

卷三・峭

편자는 '峭'에 관한 글을 모은 장이라고 하는데, '峭'라는 글자에 대한
해석이 분분할 수 있겠다. '준엄함, 강직함' 등으로 풀이할 수 있지만, 수
록된 글들을 보면 기존의 틀이나 범상함을 벗어난 언행과 감정까지 확대
시켰음을 알 수 있다. 깎아지르듯 뾰족한 바위라는 뜻의 제목 '峭'가 의
미하는 긍정적 의미에서의 비범한 재능도, 혹은 일반적이지 않은 '튀는'
행동과 사고방식까지 본장에 모은 것이다. 준엄함이나 강직함, 심각함과
언뜻 거리가 있어 보이는 '狂'에 관한 글이 많이 실린 것도 이런 연유에
서 비롯된 것이다. 뿐만 아니라 유람기에 편입될 수 있는 자연에 대한 글
들도 보이는데, 이는 부귀공명을 추구하던 일반 대중과는 달리 속세를 떠
나 자연으로 들어가 제 나름대로의 삶을 추구했던, 어찌 보면 뾰족뾰족
'튀는' 삶을 추구한다는 점에서 수록한 것이라 여겨진다.

[3-0] 今天下皆婦人矣! 封疆縮其他, 而中庭之歌舞猶喧; 戰
血枯其人, 而滿座之貂蟬自若. 我輩書生, 旣無誅亂討賊之柄,
而一片報國之忱, 惟於寸楮尺字間見之. 使天下之鬚眉而婦人
者, 亦聳然有起色. 集峭第三.

【天下皆婦人(천하개부인)】 세상의 남자가 모두 기개가 없다. 花蕊夫人의 〈亡國詩〉
에 "십사만 인이 모두 무기를 버렸으니, 정녕 남자는 한 명도 없단 말인가[十四萬人
齊解甲, 寧無一個是男兒]?"란 구절이 있다.
【封疆(봉강)】 경계, 국경, 경계 안의 국토.
【中庭(중정)】 집 안의 바깥채와 안채 사이에 있는 뜰(=庭中).
【貂蟬(초선)】 담비 꼬리와 매미 날개. 모두 高官이 쓰는 冠의 장식으로 사용하였다.
전하여 높은 朝官.
【自若(자약)】 흔들리지 않다, 태연자약하다.
【誅亂討賊(주란토적)】 난을 일으키는 도적을 토벌하다.

【忱(침)】정성, 성의.
【寸紙尺字(촌지척자)】적은 지면과 약간의 글.
【鬚眉(수미)】수염과 눈썹. 즉 남자.
【聳然(송연)】우뚝 솟은 모양.
【起色(기색)】나아지는 기미, 좋아지는 기미, 호전되는 기색.

　지금 세상은 모두가 기백이 없는 아녀자 같구나! 변경에서는 나머지 영토가 줄어들고 있지만, 대저택 안마당의 노래와 춤은 갈수록 시끌벅적하구나! 피비린내나는 전쟁은 군인의 피를 말라죽이는데, 잔치 자리에 가득 찬 고관대작들은 아무렇지도 않구나! 우리 서생들은 반란을 진압하거나 도적을 토벌할 권력이 없지만, 나라에 보답하려는 한 조각 충성심은 짧은 글 속에서라도 드러낸다. 우리의 글은 세상의 '수염난 아녀자'들이 자신감으로 우뚝 서게 하고 사기를 진작시킬 것이다.
　'峭'에 관한 문장들을 모아서 第3으로 삼았다.

[3-1] 忠孝吾家之寶, 經史吾家之田.

【寶(보)】보물, 가장 아끼는 것.
【田(전)】밭. 여기서는 사회의 근간을 의미한다.

　忠孝는 우리 집의 보물이요, 경전과 역사책〔經史〕은 우리 집의 바탕이라네.

[3-2] 閒到白頭眞是拙, 醉逢靑眼不知狂.

【拙(졸)】우둔하다, 졸렬하다.
【靑眼(청안)】따사로운 눈길, 사랑어린 눈길(白眼의 對).
【狂(광)】미치다, 뜻이 커서 상규를 벗어난 일을 하다, 기세가 격렬하다.

　* '따스한 눈길'을 의도적으로 받으려 한 것이든 결과적으로 받게 되었든, 모름지기 가슴속부터 끓어오르는 진정한 狂士라면 술에 취했을 때는 좌석을 휘저어 놓게 되므로 靑眼을 받을 수 없을 것이다. 따라서 진정한 '광'을 모른다고 한 것이다.

　머리가 하얗게 세도록 한가한 생활로 늙는 것이 진정한 '拙'이요, 술에 취해서도 다른 이의 따사로운 눈길을 받는다면 진정한 '狂'을 모르는 행위다.

[3-3] 興之所到, 不妨嘔出驚人心, 故不然也, 須隨場作戲.

【不妨(불방)】 거리낌없다.
【驚人(경인)】 사람을 놀라게 하다.
【故(고)】 원래.
【不然(불연)】 그렇지 않다.
【隨場作戲(수장작희)】 적당한 장소를 찾아서 戲場을 펼치다, 광대가 적당한 장소를 찾아서 한바탕 놀다(=逢場作戲).

　흥이 이르면 거리낌없이 말을 토해 내어 사람을 놀라게 한다네. 속마음은 원래 그렇지 않지만 그래도 상황에 따라 한바탕 놀이판을 펼치게 된다네.

[3-4] 放得俗人心下, 方可爲丈大; 放得丈大心下, 方名爲仙佛; 放得仙佛心下, 方名爲得道.

【放下(방하)】 내려놓다, 내버리다.
【得(득)】 결구조사(동사의 뒤에 쓰여 동사의 상황을 말해 줌).
【名(명)】 …이라 말하다, …이리 칭하다.
【得道(득도)】 바른 도를 얻음, 깊은 뜻을 체득함.

俗人의 마음을 버린다면 丈夫라 할 수 있고, 丈夫의 마음을 버린다면 神仙이나 부처라 할 수 있고, 신선과 부처의 마음을 버린다면 道를 깨달았다고 할 수 있다.

[3-5] 吟詩劣於講書, 罵座惡於足恭. 兩而揆之, 寧爲薄倖狂夫, 不作厚顔君子.

【講書(강서)】 (경전 따위를) 강의하다.
【罵座(매좌)】 좌중의 모든 사람을 욕하다.
【足恭(족공)】 대단히 공손하다.
【揆(규)】 헤아리다.
【寧爲(영위)…不做(부주)】 차라리 …가 될지언정 …은 되지 않겠다.
【薄倖(박행)】 박복하다.
【狂夫(광부)】 미친 사람, 미치광이, 시비를 분간 못하는 사람.
【厚顔(후안)】 염치를 모르다, 뻔뻔하다, 낮이 두껍다.

시를 읊는 것은 講義하는 것보다 못하고, 좌중을 욕하는 것은 비굴한 태도보다 나쁘다. 두 가지를 헤아려 보면, 차라리 박복한 狂夫가 될지언정 뻔뻔한 君子는 되지 않겠다!

[3-6] 觀人題壁, 便識文章.

누군가 벽에 아무렇게나 휘갈겨 남긴 글을 보면 그의 품격과 문장을 알 수 있다네!

[3-7] 寧爲眞士夫, 不爲假道學.

【士夫(사부)】독서인, 지식인, 선비.
【假道學者(가도학자)】유가의 禮法에 구속되어 고루하고 융통성이 없는 사람. 도덕이나 학문을 갖춘 것처럼 거짓으로 꾸몄지만 행위는 저급한 사람.

　차라리 참된 일반 선비가 될지언정 거짓 도학자〔假道學者〕는 되지 않으리!

　　[3-8] 寧爲蘭摧玉折, 不作蕭敷艾榮.

【蘭摧玉折(난최옥절)】품행이 깨끗한 군자·재자·미인의 요절.
【蕭敷艾榮(소부애영)】좋지 않은 품행으로 부와 명예를 얻는 것을 말함.
　＊蕭艾는 향기가 고약한 풀로서 '소인'이나 '품행이 좋지 않은 자'를 일컫는다.
　＊敷는 넉넉하다는 뜻.《世說新語》에 "毛伯成은 자신의 재기를 자부하여 깨끗한 품행을 지니고서 꺾임을 당할지라도 고약한 풀이 되어 번영을 누리며 살지는 않았다〔毛伯成負其才氣, 常稱寧爲蘭摧玉折, 不作蕭敷艾榮〕"고 기록되어 있다.

　깨끗한 품행을 지니고 살다가 요절할지라도 좋지 않은 품행으로 부와 명예를 얻지는 않겠다!

　　[3-9] 隨口利牙, 不顧天荒地老; 翻腸倒肚, 那管鬼哭神愁.

【隨口利牙(수구리아)】입에서 나오는 대로 유창하게 말하다, 함부로(나오는 대로) 지껄이다.
【不顧(불고)】돌보지 않다, 고려하지 않다, 꺼리지 않다.
【天荒地老(천황지로)】오랜 세월이 지나다, 긴긴 세월이 지나다. 李賀의 〈致酒行〉에 "나는 馬周가 예전에 新豐의 객이 되었다고 들었지만 오랜 세월이 지나니 아는 사람이 없다〔吾聞馬周昔爲新豐客, 天荒地老無人識〕"라는 구절이 있다.
【翻腸倒肚(번장도두)】속을 까뒤집다, 모두 털어놓다.
【那(나)】어찌, 왜(哪와 같이 쓰임).

【管(관)】 간섭하다, 간여하다, 상관하다.
【鬼哭神愁(귀곡신수)】 슬픔이나 공포로 비명을 지르고 걱정하다.

  입에서 나오는 대로 함부로 쏟아내는 성격이니 시간이 흐르던 말던 신
경 쓰지 않고, 속에 있는 말을 다 털어놓는 성격이니 남들이 슬픔이나 공
포로 비명을 지르거나 걱정할 것을 어찌 상관이나 하겠는가?

[3-10] 身世浮名, 余以夢蝶視之, 斷不受肉眼相看.

【身世(신세)】 신세, 일평생.
【浮名(부명)】 헛된 명성.
【夢蝶(몽접)】 莊子가 꿈에서 자신이 나비가 된 것인지 나비가 꿈을 꾼 것인지 구분
이 안 되었다는 고사. 즉 彼我의 구분이 안 됨을 말함(《莊子 · 齊物篇》).
【斷(단)】 단연코, 절대.
【不受(불수)】 받지 않다, 받아들이지 못하다.
【相看(상간)】 서로 보다.

  일평생의 헛된 명성이란 莊子의 胡蝶夢이라 생각하나니, 그것은 절대
肉眼으로는 볼 수 없는 것이다.

[3-11] 達人撒手懸崖, 俗子沈身苦海.

【達人(달인)】 사물에 널리 통달한 사람.
【撒手(살수)】 손을 놓다, 손을 떼다. *懸崖撒水: (불교) 낭떠러지에서 손을 놓아 떨
어진다는 뜻으로, 막다른 골목에서 용맹심을 떨쳐 분발하는 것을 말함. *懸崖: 낭
떠러지, 벼랑.
【苦海(고해)】 고통스런 환경, 인간 세계.

달통한 사람〔達人〕이라면 막다른 낭떠러지에서는 손을 놓을 줄 알지
만, 세속적인 일반인은 스스로 집착하여 苦海에 몸을 빠뜨린다.

　　[3-12] 鎖骨口中, 生出蓮花九品; 鑠金舌上, 容他鸚鵡千言.

【鎖骨(쇄골)】"여러 사람의 말은 쇠도 녹이고, 계속 헐뜯으면 뼈도 녹아 버린다〔衆
口銷金, 積毀銷骨〕"는 말이 있다.
【蓮花九品(연화구품)】(佛敎) 극락 세계의 蓮花臺를 아홉 종류로 나눈 것, 九品蓮
花臺. 여기서는 극락.
【容(용)】 받아들이다, 용인하다.
【鸚鵡千言(앵무천언)】 앵무새가 말을 배우려고 수없이 반복하다, 말을 배운 앵무새
가 같은 말을 수없이 되뇌다.

　　뼈도 녹이는 많은 사람들의 말에서 극락 세계도 나오고, 쇠를 녹이는
여러 사람의 혀끝은 또 달리 반복 전파되는 말들을 허용하는 것!

　　[3-13] 少言語以當貴, 多著述以當富, 載淸明以當車, 咀英華
以當肉.

【當(당)】 상당하다, 해당하다.
【載(재)】 싣다, 타다, 오르다, 행하다.
【淸名(청명)】 깨끗한 명성, 고결한 명성.
【英華(영화)】 꽃, 우수한 문장.

　　말을 적게 하는 것을 귀하게 여기고, 저술을 많이 하는 것을 부유하게
생각하라!
　　깨끗하다는 명성을 수레삼아 올라타고, 뛰어난 문장을 고기삼아 곱씹
어라!

[3-14] 竹外窺鳥, 樹外窺山, 峯外窺雲, 難道我有意無意; 鶴來窺人, 月來窺酒, 雪來窺書, 却看他有情無情!

【難道(난도)】 말하기가 어렵다, 설마 …이겠는가?
【有意無意(유의무의)】 뜻이 있는지 뜻이 없는지, 생각을 가졌는지 생각을 가지지 않았는지.

　대숲 밖에서 새를 보고, 숲 밖에서 산을 보고, 산봉우리 밖에서 구름을 보노라면 내게 생각이 있는 건지 없는 건지 말하기 어려워진다.
　학이 날아와 사람을 살펴보고, 달이 와서 술잔을 엿보고, 흰 눈이 와서 책을 들여다보니 오히려 그들에게 ‘情’이란 게 있는 것은 아닌가 하는 생각이 든다.

[3-15] 體裁如何? 出月隱山. 情景如何? 落日映嶼. 氣魄如何? 收露斂色. 議論如何? 迴飆拂渚.

【收露斂色(수로렴색)】 드러낸 안색(기색)을 거두어들이다.
【議論(의론)】 각자 의견을 내세우고 토론함, 의논, 비평.
【迴飆(회표)】 회오리바람을 일으키는 광풍.
【拂(불)】 털다, 털어내다, 쓸어 버리다.

　문장의 體裁란 어떠해야 하는가? 달은 나오게 하고, 산은 뒤로 숨게 하는 것이다.
　情景이란 어떻게 해야 할까? 석양이 섬을 비추는 것 같아야 한다.
　작가나 작품의 기백이란 어떻게 해야 하는가? 드러냈던 것들을 거두어들여야 한다.
　비평은 어떠해야 할까? 회오리바람을 일으킨 광풍이 물가의 모래섬을 쓸어 버리듯 하는 것이다.

[3-16] 有大通必有大塞, 無奇遇必無奇窮.

【大通(대통)】 크게 통하다, 순탄하다.
【奇(기)】 지극히, 특별한(남다른). *奇窮(지극히 빈궁하다), 奇遇(특별한 처지나 상황을 만나다).

　아주 순탄하다 보면 크게 막히게 되는 법이지만, 여지껏 특별한 난관을 겪은 적이 없다면 남달리 극심한 곤란함도 없을 것이다.

[3-17] 霧滿楊溪, 玄豹山間偕日月；雲飛翰苑, 紫龍天外借風雷.

【玄豹(흑표)】 흑표범, 검은 표범. 여기서는 표범처럼 몸이 날쌔고, 산을 좋아하는 사람을 말함.
【翰苑(한원)】 翰林院. 주로 학문과 문필에 관한 일을 맡음.
【紫龍(자룡)】 귀족의 비범한 자제(*紫色은 고대 중국에서 귀하게 여긴 풍습이 있었다). 龍은 비범한 사람을 말함.
【天外(천외)】 아주 먼 곳. 또는 가장 높은 곳.
【風雷(풍뢰)】 광풍과 우레.

　안개가 버들가지 늘어선 시냇가에 자욱하니 산을 좋아하는 사람은 산 속에서 해와 달과 어울리고, 구름이 翰林院으로 날아드니 비범한 귀족의 자제는 하늘 밖에서 광풍과 우레에 의지하네.

[3-18] 西山霽雪, 東岳含烟, 駕鳳橋以高飛, 登雁塔而遠眺.

【鳳橋(봉교)】 봉황이 하늘로 날아오르는 통로.
【駕(가)】 몰다, 끌다, 운전하다. *여기서는 '…을 따라'의 의미로 해석함.
【雁塔(안탑)】 唐代 玄奘法師를 위해 세운 탑으로, 陝西省 西安市 慈恩寺 안에 있

음. 이것을 大雁塔이라 부르고, 薦福寺 경내에 있는 것을 小雁塔이라 함.

서산에 눈이 개이고 동쪽 산이 안개를 머금으면 鳳橋를 따라 높이 날아오르고, 雁塔에 올라 멀리 바라보고 싶다.

[3-19] 一失脚爲千古恨, 再回頭是百年人.

【失脚(실각)】 발을 헛디디다, 실패하다, 큰 과오를 범하다.
【千古(천고)】 먼 옛날, 영원, 영구.
【回頭(회두)】 앞으로 돌아가다, 뉘우치다.

한번 발을 헛디디면 영원한 恨이 되는 것, 다시 처음으로 돌아가려 하지만 백 년밖에 못 사는 인간인 것을!

[3-20] 居軒冕之中, 要有山林的氣味; 處林泉之下, 須要懷廊廟的經綸.

【軒冕(헌면)】 옛날 사대부의 수레와 옷, 귀족이나 고관대작을 지칭함.
【氣味(기미)】 성향, 기풍, 기질.
【林泉(임천)】 숲과 샘, 수목이 울창하고 샘물이 흐르는 산중, 세상을 버리고 은둔하기에 알맞은 곳.
【廊廟(낭묘)】 조정.
【經綸(경륜)】 정치, 천하를 다스림.

고관대작의 자리에 있을 때는 산수 자연에 은거하고 있다는 탈속한 성향을 지녀야 하고, 벼슬 없이 은거할 때는 조정의 정치가 잘 되어가고 있는지 생각해야 한다.

[3-21] 學者有段兢業的心思, 又要有段瀟灑的趣味.

【段(가)】임시, 잠시, 때로는. 假(빌다, 잠시, 거짓)와 같음.
【業(업)】일, 업무, 학업.
【心思(심사)】생각, 심정.
【瀟灑(소쇄)】소탈하다, 구애됨이 없는 성격이나 행동을 말함.
【趣味(취미)】취미, 흥미.

　학자는 학업을 다투려는 치열한 마음을 지녀야 하지만, 소탈한 취미도
지녀야 한다.

[3-22] 平民肯種德施惠, 便是無位之卿相; 仕夫徒貪權市寵,
竟成有爵的乞人.

【種德施惠(종덕시혜)】덕을 쌓고 은혜를 베풀다.
【公卿(공경)】三公과 九卿. 전하여 高官大爵.
【仕夫(사부)】관리.
【爵(작)】벼슬, 벼슬을 주다. *爵位: 벼슬과 지위.
【乞丐(걸개)】거지.

　평민이 덕을 쌓고 은혜를 베풀면 관직 없는 公卿이요,
　관리가 권력을 탐하고 총애를 사고자 하면 결국은 벼슬을 가진 거지다!

[3-23] 煩惱場空, 身住清涼世界; 營求念絶, 心歸自在乾坤.

【清涼世界(청량 세계)】맑고 깨끗한 세계, (불교) 몸과 마음에 번뇌가 없는 장소.
【營求(영구)】추구하다, 꾀하여 구하다, 도모하다.
【乾坤(건곤)】세상, 천지.

번뇌의 자리를 비워 버리면 몸은 맑고 깨끗한 세상[淸凉世界]에 살 수
있게 되고, 무언가를 얻으려는 생각을 끊어 버리면 마음은 자유로운 세상
으로 돌아갈 수 있다.

[3-24] 覷破興衰究竟, 人我得失冰消; 閱盡寂寞繁華, 豪傑心
腸灰冷.

【覷破(처파)】 살펴서 깨뜨림, 간파하다
【盛衰(성쇠)】 흥망성쇠
【究竟(구경)】 결과, 끝나다
【閱(열)】 읽다, 보다, 겪다, 조사하다
【寂寞(적막)】 적적하고 쓸쓸함
【繁華(번화)】 번화
【灰冷(회랭)】 의기소침하다, 실망하여 냉담해지다

흥망성쇠와 모든 일들의 결말을 간파하면 남과 나의 이해득실에 대한
생각이 얼음 녹듯 사그라지고, 적막함과 번성함을 모두 살펴본다면 영웅
호걸의 심장이라도 의기소침해지리라!

[3-25] 名衲譚禪, 必執經升座, 便減三分禪理.

【執(집)】 잡다, 들다, 쥐다.
【三分(삼분)】 3퍼센트, 30퍼센트, 약간.
【禪理(선리)】 禪의 이치.

유명한 스님이 禪을 담론할 때 경전을 가지고 자리에 오르면, 그 자신
이 깨우친 禪理는 약간 줄어들게 마련이다.

[3-26] 窮通之境未遭, 主持之局已定; 老病之勢未催, 生死之
關先破. 求之今日, 誰堪語此?

【窮通之境(궁통지경)】 막혀서 곤궁한 경우와 순조롭게 달통하는 경우.
【主持之局(주지지국)】 주관하는 형국, 주된 국면.
【老病之勢(노병지세)】 늙고 병들어 가는 형세.
【催(최)】 재촉하다, 닥쳐오다, 일어나다.
【生死之關(생사지관)】 생사의 관건.

꽉 막힌 듯 곤궁하거나 술술 잘 풀리는 달통한 경우를 아직 당하지 않
았다면 주된 국면은 이미 정해진 것이다. 늙고 병드는 상황이 닥쳐온다
면 生死의 관건을 먼저 깨뜨려야 한다. 지금 사람들에게 이런 일을 물어
본들 누가 감히 이에 대해 말할 수 있겠는가?

[3-27] 一紙八行, 不過寒溫之句; 魚腹雁足, 空有來往之煩.
是以嵇康不作, 嚴光口傳, 豫章擲之水中, 陳泰掛之壁上.

【寒溫(한온)】 춥고 더운 날씨. 즉 문안 인사.
【魚腹雁足(어복안족)】 서신. 물고기의 뱃속에 넣거나 기러기발에 묶어 은밀히 보내
는 편지.
【嵇康(혜강)】 삼국시대 魏나라 사람으로 竹林七賢의 한 사람. 술을 좋아하고 고고
하여 남에게 굽히지 않는 것으로 명성이 있었다. 일찍이 絶交書를 짓고서 吏部尙書
에 山濤를 추천하기를 거절하였다고 한다.
【嚴光(엄광)】 자가 子陵으로 漢代人. 어렸을 적에 漢 光武帝 劉秀와 함께 공부하였
다. 王莽이 칭제하자 이름을 바꾸고 은거하였고, 劉秀가 漢을 되찾은 후에도 출사
하지 않았다. 司徒 候覇가 嚴光과 친분이 있어 편지로 안부를 물으니, 嚴光은 편지
로 답하지 않고 使者에게 입으로만 안부를 전하였다. 뒤에 劉秀가 사람을 보내 諫
議大夫를 제수하였으나 嚴光은 받지 않고 富春江으로 은거하였다고 한다.
【豫章擲之水中(예장척지수중)】《世說新語·任誕篇》에 殷羨(字가 洪喬)가 豫章군
수로 부임되어 임지로 갈 때, 아랫사람들이 1백여 통의 편지를 부탁하였는데, 石頭

에 이르자 모두 물속에 던지고 "가라앉는 것은 저절로 가라앉고 뜰 것은 저절로 뜰
테니 이 은홍교는 편지를 전달할 수 없다〔沈者自沈, 浮者自浮, 殷洪喬不能作致書
郵〕"고 하였다 한다.

【陳泰(진태)】 삼국의 魏나라 사람. 幷州刺史였을 때 匈奴를 호위하라는 명을 받았
다. 京城의 達官貴人들은 그에게 연달아 보화를 주고 奴婢를 대신 사오기를 부탁했
다. 陳泰는 이 물건을 모두 담장에 걸어두고 열어 보지 않았다. 나중에 京師로 불
려와 尙書가 되어, 이 물건들을 모두 돌려주었다고 한다.

　한 장의 종이에 쓴 8행의 글은 날씨를 묻는 문안 인사에 불과하고, 은
밀히 보내는 편지도 공연히 보내고 받는 번거로움만 있다. 이런 까닭에
嵇康은 추천서를 써주지 않았고, 嚴光은 입으로만 안부를 전했으며, 殷
羨은 이 편지들을 물속에 던져 버렸으며, 陳泰는 담장 위에 걸어두었던
것이다.

　　[3-28] 枝頭秋葉, 將落猶然戀樹; 簷前野鳥, 除死方得離籠.
人之處世, 可憐如此.

【猶然(유연)】 주저주저, 머뭇머뭇.
【戀(련)】 그리워하다, 연연해하다.
【除死(제사)】 죽여 없애다.
【處世(처세)】 처세, 인생살이.

　가지 끝에 매달린 가을 잎새, 떨어지려 할 때는 주저하며 나무에 매달
려 연연해하고, 처마 끝에 매달아 놓은 들새는 죽어서야 새장을 나설 수
있다. 인간의 삶도 이렇게 가련한 것을!

　　[3-29] 士人有百折不回之眞心, 纔有萬變不窮之妙用.

【百折不回(백절불회)】수없이 꺾여도 결코 굽히지 않다(=百折不撓).
【萬變不窮(만변불궁)】온갖 변화가 끝이 없다(=萬變無窮).
【妙用(묘용)】기막힌, 빼어난 쓰임, 용도, 기능.

　士人은 수없이 꺾여도 절대 굽히지 않는 진심을 가져야 온갖 변화에도
적응할 수 있는 쓰임새를 지니게 된다!

　[3-30] 立業建功, 事事要從實地着脚. 若少慕聲聞, 便成僞
果. 講道修德, 念念要從虛處立基. 若稍計功效, 便落塵情.

【立業建功(입업건공)】창업에 공훈을 세우는 것〔創業功勳〕, 어떤 일에 공을 세우는
것. 여기서는 맡은 일을 제대로 수행하여 좋은 결과(功)를 얻는 것.
【事事(사사)】할 일을 함, 모든 일, 매사.
【實地(실지)】현장, 현지.
【着脚(착각)】발을 들여놓다, 착수하다.
【聲聞(성문)】명성, 좋은 평판.
【立基(입기)】기초를 세우다, 즉 이론을 세우다.
【功效(공효)】효능, 효과.
【塵情(진정)】속세에 대한 마음, 세속적인 마음.

　일을 제대로 수행하려면 사건마다 직접 현장에서 시작해야 하나니, 만
약 조금이라도 명성을 갈망한다면 곧 거짓된 결과를 만들어 내게 된다.
　도를 말하고 덕을 닦는 것은 아무 욕심도 없는 것에 그 기초를 세워야
하는 것이니, 조금이라도 효과를 계산한다면 세속적인 마음으로 떨어지
게 된다.

　[3-31] 執拗者福輕, 而圓融之人, 其祿必厚; 操切者壽夭, 而
寬厚之士, 其年必長. 故君子不言命, 養性卽所以立命; 亦不言

天, 盡人自可以回天.

【執拗(집요)】 고집스럽다, 집요하다.
【祿(록)】 복, 관리의 봉급.
【操切(조절)】 法令을 엄하게 지켜 백성을 억누르다.
【壽夭(수요)】 요절하다.
【寬厚(관후)】 너그럽고 온후하다.
【所以(소이)】 …한 까닭이다, 이유, 까닭, … 때문이다.
【立命(입명)】 하늘이 내린 명(천명, 운명)을 지킴. 하늘이 부여한 本性을 보전하여
해치지 아니함.
【天(천)】 하늘. 여기서는 주재자로서 사람의 생명을 부여하기도 하고 거두어 가기도
하는 존재.
【盡人(진인)】 인간으로서의 역할을 다하다(끝내다).
【自(자)】 자연히, 저절로.
【回天(회천)】 하늘로 돌아가다, 천수를 누리고 죽다.

  고집 센 사람은 박복하게 되지만 원만히 융합하는 사람은 복이 많아지
고, 엄하게 백성을 억누르는 사람은 요절하지만 너그럽고 온후한 사람은
장수하게 된다.
  군자가 운명을 논하지 않는 것은, 타고난 선한 본성을 함양하는 것이
곧 타고난 운명을 지키는 것이기 때문이다.
  하늘의 뜻에 대해서 말하지 않는 이유는, 인간으로서의 역할을 다하면
저절로 제 명을 다하고 세상을 떠날 수 있기 때문이다.

  [3-32] 才智英敏者, 宜以學問攝其躁; 氣節激昂者, 當以德性
融其偏.

【才智(재지)】 재능과 지혜.
【宜(의)】 마땅히 …하다, …하는 것이 마땅하다(옳다).
【攝(섭)】 돕다, 보좌하다.

【躁(조)】 경박함.
【氣節(기절)】 지조, 절개, 기개, 기개와 절개.
【偏(편)】 한쪽으로 치우치다, 고집스럽다.

　재능과 지혜가 영민한 사람은 학문을 통해 경박함을 보충해야 하고, 기개가 있어 쉽게 격앙하는 사람은 德性을 통해 고집스럽고 편향된 성격을 융화시켜야 한다.

　[3-33] 蒼蠅附驥, 捷則捷矣, 難辭處後之羞; 蔦蘿依松, 高則高矣, 未免仰扳之恥. 所以君子寧以風霜自挾, 毋爲魚鳥親人.

【蒼蠅附驥(창승부기)】《漢光武與魏·書》에 "파리가 스스로 날아가면 불과 몇 발자국도 가지 못하지만, 천리마의 꼬리에 달라붙으면 천리도 갈 수 있다〔蒼蠅之飛, 不過數步, 若附驥尾, 可至千里〕"란 구절이 있다. ＊蒼蠅: 파리. ＊驥: 천리마.
【則(즉)】 (접속사. 여기서는 역접) …하기는 하지만.
【處後(처우)】 뒤쪽에 있다. 後는 말의 엉덩이나 항문을 말함.
【蔦蘿(조라)】 담쟁이덩굴.
【仰扳(앙반)】 남에게 의지하여 위로 오르려고 끌어당기다(=高攀).
【風霜(풍상)】 바람과 서리, 세월, 고초, 간난.
【自挾(자협)】 본의는 '스스로 가지다'지만 여기서는 '직접 겪는다'로 해석함.
【魚鳥親人(어조친인)】 물고기나 새가 사람과 친밀하다(애완동물인 어항 속의 물고기나 새장 속의 새는 주인과 가깝다).

　파리가 천리마에 붙어 달려가면 빠르기는 하지만 남의 궁둥이에 붙어 있다는 수치심을 떨쳐 버리기 어렵고, 담쟁이덩굴이 소나무에 의지하면 높이 타고 오를 수는 있지만 남에게 의지하여 높이 올랐다는 수치를 면하지 못한다. 그러므로 군자는 차라리 고생스런 風霜을 직접 겪을지언정 어항 속의 물고기나 새장 속의 새처럼 다른 사람에게 빌붙지 말지어다!

[3-34] 伺察以爲明者, 常因明而生暗, 故君子以恬養智; 奮迅
以求速者, 多因速而致遲, 故君子以重持輕.

【伺察(사찰)】 슬쩍 형편을 살피다, 남몰래 살피다.
【明(명)】 앞의 明은 '분명히 이해하다'(동사)의 의미이고, 뒤의 明은 '분명하다고
판단한 것'(명사).
【暗(암)】 사리에 어둡다.
【恬(념)】 차분하다.
【奮迅(분신)】 분발하여 빠르게 행동하다.
【重(중)】 진중하다, 신중하다.
【持(지)】 주관하다, 관리하다, 처리하다, 대항하다.

흘깃 살펴보고는 모든 것을 분명하게 안다고 여기는 사람은 언제나 분
명하게 안다고 생각한 것 때문에 오히려 사리에 어둡게 되는 법이기에,
군자는 조용하고 차분하게 지혜를 키워야 한다. 분발하여 급하게 이루려
고 하는 사람은 종종 그 빠름으로 인해 오히려 더디게 되기에, 군자는 진
중함으로써 가벼움을 다스려야 한다.

[3-35] 有面前之譽易, 無背後之毀難; 有乍交之歡易, 無久處
之厭難.

【有(유)…易(이), 無(무)…難(난)】 …을 가지기는 쉽고, …이 없기는 어렵다. 즉 …하
기는 쉽고 …하지 않기는 어렵다.
【譽(예)】 칭찬하다, 찬양하다.
【乍交(사교)】 갓 사귐, 처음 사귐. *乍: 잠깐, 갓.
【久處(구처)】 오랜 기간 함께 지내다(=長久相處).

앞에서 칭찬하기는 쉽지만 등 뒤에서 헐뜯지 않기는 힘들고, 막 사귀었
을 때 즐겁게 지내기는 쉽지만 오래 사귀었을 때 싫증나지 않기는 힘들다.

[3-36] 宇宙內事, 要擔當, 又要善擺脫. 不擔當, 則無經世之
事業; 不擺脫, 無出世之襟期.

【宇宙內事(우주내사)】 세상의 일.
【要(요)…要(요)】 …하든가, …하든지.
【擔當(담당)】 담당하다, 맡다.
【善(선)】 제대로, 확실히.
【經世之事業(경세지사업)】 나라를 다스리는 일.
【擺脫(파탈)】 벗어나다, 빠져나오다.
【出世(출세)】 속세를 떠나다.
【襟期(금기)】 마음속에 가지는 생각, 바람, 포부.

세상의 모든 일을 스스로 담당하든지, 아니면 확실히 벗어던져야 한다.
그러나 자신이 맡지 않는다면 세상을 다스리는 일에 참여할 수 없고, 벗
어나지 못한다면 속세를 벗어날 가망도 없으리니!

[3-37] 待人而留有餘不盡之恩, 可以維繫無厭之人心; 御事
而留有餘不盡之智, 可以隄防不測之事變.

【有餘不盡(유여부진)】 다 쓰지 않고 여유가 있다, 여분을 남기고 다 쓰지 않는다.
【維繫(유계)】 잡아매다.
【無厭之心(무염지심)】 만족할 줄 모르는 마음. *厭: 마음에 차다, 만족하다, 싫증
나다, 물리다.
【御(어)】 관리하다, 다스리다.
【隄防(제방)】 조심하다, 방비하다, 경계하다.
【事變(사변)】 갑자기 발생하는 사건.

다른 사람을 대할 때는 은혜를 모조리 베풀지 말고 조금은 남겨두어라.
그래야 만족할 줄 모르는 인간의 마음을 통제할 수 있는 법!

일을 할 때는 지혜를 모조리 써버리지 말고 조금은 남겨라. 그래야 예측하지 못한 돌발 상황을 방지할 수 있는 법!

[3-38] 無事如有事, 時隄防, 可以弭意外之變; 有事如無事, 時鎮定, 可以銷局中之危.

【有事(유사)】일이나 변고가 발생한 것. *無事: 일이 아직 발생하지 않은 것.
【提防(제방)】대비하다.
【弭(미)】멈추다, 그치다, 제거하다.
【意外之變(의외지변)】뜻밖의 변고, 뜻밖의 재난. *變: 변고, 재난.
【鎮定(진정)】침착하다, 차분하다, 냉정하다.
【局中(국중)】국면 속, 정세 속, 상황 속.

일이 아직 발생하지 않았을 때 일이 생긴 듯 항상 대비해야 뜻밖의 변고를 없앨 수 있다.
일이 생겼을 때는 아직 벌어지지 않은 듯 항상 침착해야 그 상황 속의 위기를 해결할 수 있다.

[3-39] 愛是萬緣之根, 當知割捨; 識是衆欲之本, 要力掃除.

【萬緣(만연)】온갖 인연, 많은 인연.
【當(당)】마땅히(당연히) …해야 한다.
【割捨(할사)】잘라 버리다, 포기하다, 내버리다.
【見識(견식)】보고 배워서 알고 있는 바, 아는 것.
【衆欲(중욕)】많은 욕망, 온갖 욕망.
【掃除(소제)】소제하다, 쓸다, 제거하다, 없애다.

사랑은 모든 인연의 근원이기에 잘라 버릴 줄 알아야 하고, 보고 배워

알게 된 지식이란 모든 욕망의 근본이기에 없애는 데 힘을 다해야 하리!

[3-40] 舌存, 常見齒亡. 剛强, 終不勝柔弱. 戶朽, 未聞樞蠹.
偏執, 豈及乎圓融.

【舌存齒亡(설존치망)】(나이가 들어도) 혀는 남지만 치아는 빠져 버린다. 즉 유연한
것은 오래 존속하고 강한 것은 쉽게 망한다(=齒亡舌存).
【剛强(강강)】억세다, 굳세다, 강직하다.
【柔弱(유약)】연약하다, 유약하다.
【戶(호)】문짝.
【樞(추)】지도리.
【偏執(편집)】편견을 고집하여 남의 말을 받아들이지 아니함, 편협.
【豈及(개급)】어찌 이르겠는가? 어찌 미치겠는가? *及: (비교하여) 미치다, 따라가
다, 이르다.
【圓融(원융)】원활하게 융통함.

  부드러운 혀는 그대로 존재하지만 강한 치아가 빠지는 것을 항상 보게
된다. 즉 강한 것이 결국 유연함을 이기지 못하는 것이다.
  문짝은 썩지만 지도리가 좀먹었다는 말은 들어 보지 못했으니 편협함
이 어찌 원만함을 따라가겠는가?!

[3-41] 榮寵旁邊辱等待, 不必揚揚; 困窮背後福跟隨, 何須
戚戚.

【榮寵(영총)】영예와 총애, 임금의 은총.
【不必(불필)】…할 필요가 없다, …할 것까지는 없다.
【揚揚(양양)】의기양양하다, 자신만만하다, 기세등등하다.
【跟隨(근수)】뒤따르다, 따라가다, 동행하다.
【何須(하수)】구태여 …할 필요가 있는가?(=何必), …할 필요가 없다.

【寂寂(적적)】 쓸쓸하다, 적막하다, 외롭다.

영광과 총애 바로 곁에는 모욕이 기다리고 있으니 잘나간다고 기세등등할 필요가 없고, 곤궁함 바로 뒤에는 福이 따라오는 법이니 힘들고 초라하다고 외로워할 것이 없다.

[3-42] 看破有盡身軀, 萬境之塵緣自息; 悟入無懷境界, 一輪之心月獨明.

【看破(간파)】 속내를 훤히 알아냄, 속을 훤히 꿰뚫어봄.
【有盡身軀(유진신구)】 유한한 인생. *有盡: 다함이 있다, 즉 有限함을 말함. *身軀】 몸, 육신, 체구.
【萬境(만경)】 세상 속의 온갖 상황.
【塵緣(진연)】 속세의 인연.
【自息(자식)】 저절로 그치다, 자연히 멈추다. *息: 그치다, 중지하다, 끝나다.
【悟入(오입)】 깨달음의 세계로 들어가다, 즉 이치를 깨닫다.
【無懷境界(무회경계)】 잡념이 없는 경지, 마음에 근심이 없는 초연한 경지.
【一輪(일륜)】 (해나 달 따위의) 둥근 것 하나. *輪: 둥근 사물을 세는 양사.

인생이 유한한 것임을 간파하면 온갖 상황에서 생기는 속세의 인연이 저절로 사그라질 것이요, 잡념이 없는 경지를 깨닫는다면 달처럼 둥근 마음이 저절로 밝아지리라!

[3-43] 霜天聞鶴唳, 雪夜聽雞鳴, 得乾坤淸絶之氣; 晴空看鳥飛, 活水觀魚戲, 識宇宙活潑之機.

【淸絶之氣(청절지기)】 아주 깨끗한 기상(氣象), 깨끗하고 품격이 뛰어난 기색.
【活水(활수)】 흐르는 물.

【機(기)】기능, 작용.

　서리 내린 날 학의 울음소리를 듣고, 눈 내린 밤 닭 울음소리를 들으면
이 세상의 맑은 기운을 얻을 수 있다.
　맑은 하늘에 날아가는 새, 흐르는 물속에서 헤엄치는 물고기를 보면 살
아 숨쉬는 우주의 활동을 느낄 수 있다!

　[3-44] 斜陽樹下, 閒隨老衲淸譚; 深雪堂中, 戱與騷人白戰.

【斜陽(사양)】석양.
【隨(수)】…을 따라. 여기서는 '함께' 의 의미.
【衲(납)】승려의 옷. 혹은 승려를 지칭.
【深雪(심설)】大雪.
【騷人(소인)】시인. 서정시로 유명했던 楚나라 시인 屈原의 대표작으로 〈離騷〉라는
작품이 있다. 그후로 '騷'는 詩(특히 서정시)의 대명사로, '騷人'은 시인을 지칭하는
말로 쓰이기도 한다.
【白戰(백전)】싸움에 있어 지략을 이용하지 않는 것. 혹은 歐陽修 · 蘇軾 등이 시를
지을 때 비유적인 글귀를 쓰지 않는 禁體詩의 작시법.

　석양 비끼는 나무 아래서 노승과 함께 한가로이 맑은 애기 나누고, 펄
펄 눈 내릴 때 방 안에서 시인들과 '백전' 놀이를 즐기네.

　[3-45] 山月江烟, 鐵笛數聲, 便成淸賞; 天風海濤, 扁舟一葉,
大是奇觀.

【淸賞(청상)】청아한 감상. ＊여기서는 고상한 즐길 거리, 즉 우아한 풍광이나 정서
로 해석할 수 있다.
【扁舟一葉(편주일엽)】나뭇잎같이 작은 배(=一葉片舟).
【大(대)】대단히, 매우, 완전히.

달 떠오르고 강물 위로 밤안개 자욱한데 피리 소리 몇 가닥, 우아한 풍
광이로고!

하늘에 거센 바람 불고 바다엔 출렁출렁 파도 이는데 드넓은 바다에 잎
새처럼 자그마한 배 한 척, 기막힌 장관이로고!

[3-46] 秋風閉戶, 夜雨挑燈, 臥讀離騷淚下；霽日尋芳, 春宵
載酒, 閒歌樂府神怡.

【挑燈(도등)】 등불의 심지를 돋우다.
【離騷(이소)】 楚辭의 篇名. 楚나라 屈原이 참소를 당하여 궁정에서 쫓겨난 후, 나라
에 대한 걱정과 임금에 대한 충성심, 억울한 처지에 대한 한탄과 비분을 격정적으로
읊은 長詩. ‘離騷’라는 제목에 대해서는 ‘罹憂〔근심을 만남〕’ ‘離騷〔근심을 떠남〕’
‘牢騷〔불평〕’ 등으로 다양하게 해석하기도 함.
【霽日(제일)】 비 온 뒤, 비 개인 날.
【載酒(재주)】 술자리를 마련하다.
【樂府(악부)】 고대 일종의 시가 체재로서 원래는 민간의 노래에 붙인 노랫말이었다.
漢代를 대표하는 詩歌 양식.
【神怡(신이)】 마음이 유쾌하다, 기분이 좋아지다.

삽상한 가을 바람에 문을 닫고, 밤비에 등불의 심지를 돋우고 누워서
《離騷》를 읽으면 눈물이 떨어진다.

비 개인 날 향기로운 꽃을 찾아 놀러 가고, 봄밤에 술자리를 마련하여
한가로이 《樂府》를 노래하면 기분이 좋아진다.

[3-47] 雲水中載酒, 松篁裏煎茶, 豈必鑾坡侍宴；山林下著
書, 花鳥間得句, 何須鳳沼揮毫.

【松篁(송황)】 대나무, 대숲, 피리.
【豈必(개필)】 어찌 구태여(반드시) …해야 할까(=何須, 何必)?
【鸞坡(난파)】 翰林院. 唐 德宗이 學士院을 金鸞坡로 옮긴 이후에 翰林院의 別稱
이 되었다.
【侍(시)】 모시다, 시중들다, 부리다, 다가가다.
【鳳沼(봉소)】 대궐 안에 있는 연못. 여기서는 中書省을 말함.

　구름이 맞닿은 물가에 술자리를 마련하고, 소나무와 대나무 숲 속에서
차를 끓이는데 구태여 翰林院의 잔치 자리에서 눈치 보며 시중들 필요가
있으리?
　숲 속에서 책을 저술하고, 꽃과 새 사이에서 시를 짓는데 구태여 中書
省에서 글을 쓰며 살아야 하리?

　　[3-48] 人生不好古, 象鼎犧尊, 變爲瓦缶; 世道不憐才, 鳳毛
麟角, 化作灰塵.

【象鼎犧尊(상정희존)】 코끼리 모양의 솥과 소뿔 모양의 술잔. 象鼎은 고대 청동 제
기, 犧尊은 고대 청동 술잔.
【瓦缶(와부)】 질항아리(=瓦罐). 여기서는 값비싼 골동품과 대비하여 일상 생활에서
쉽게 만날 수 있는 값싼 물건을 상징함.
【世道(세도)】 세상살이, 세상 형편, 세상 이치, 세상에서 지켜야 할 도리.
【鳳毛麟角(봉모린각)】 봉황의 털과 기린의 뿔. 현실에서는 구할 수 없는 드물고 귀
한 인재나 사물.
【灰塵(회진)】 먼지.

　옛것을 좋아하지 않는 사람에게는 '코끼리 모양의 솥'이나 '소뿔 모양
의 술잔'처럼 진귀한 골동품도 값싼 질항아리처럼 되어 버리고, 재주를
소중히 여기지 않는 세상에서는 '봉황의 털'이나 '기린의 뿔'처럼 만나
기 힘든 탁월한 인재도 하찮은 먼지가 되어 버린다.

[3-49] 要做男子, 須負剛腸; 欲學古人, 當堅苦志.

【剛腸(강장)】 강직한 의지.
【苦志(고지)】 끈기 있는 의지, 꾸준히 노력하는 의지.
【堅(견)】 견고하다, 굳세다, 확고하다.

진정한 남자가 되려면 모름지기 강한 의지를 가져야 하고, 훌륭한 옛
사람을 배우려면 끈기 있는 의지를 굳게 지녀야 한다.

[3-50] 風塵善病, 伏枕處一片靑山; 歲月長吟, 操觚時千篇
白雪.

【風塵(풍진)】 바람과 티끌. 여기서는 세속적인 장소인 '벼슬길'이나 '관직' 등을 의
미함.
【伏枕(복침)】 베개 밑에 숨다. 즉 병을 이유로 집 안에서 쉬는 것을 말함.
【長吟(장음)】 길게 읊조리다.
【操觚(조고)】 술잔을 잡다, 술잔을 들다.
【白雪(백설)】 본의는 '하얀 눈'인데, 여기서는 고아한 시를 비유함(=陽春白雪).

벼슬살이하다 보면 병이 잘 생기지만, 집 안에서 쉬게 되면 모든 곳이
푸른 산이 된다.
흐르는 세월 속에서 길게 읊조리니 술잔을 들 때마다 고아한 시편들이
나오게 된다.

[3-51] 親兄弟折箸, 璧合翻作瓜分; 士大夫愛錢, 書香化爲
銅臭.

【折箸(절저)】 젓가락을 부러뜨림, 즉 형제간의 분가나 불화를 비유.
【璧合(벽합)】 둥근 옥이 하나로 합쳐지다. 서로 다른 것이 잘 배합되다(=合璧).
【翻(번)】 도리어, 반대로.
【瓜分(과분)】 박을 쪼개듯이 나누다(=瓜剖료分).

    친형제간에 불화하면 하나로 합쳐진 옥이 쪼개진 박처럼 나뉘어지고, 사대부가 재물을 좋아하면 책의 향기가 돈 냄새로 변하게 된다.

[3-52] 心爲形役, 塵世馬牛; 身被名牽, 樊籠雞鶩.

【心爲形役(심위형역)】 마음이 육체의 노예가 되다.
【塵世(진세)】 속세, 티끌 세상, 속계.
【馬牛(마우)】 마소, 말이나 소처럼 고생하는 것.
【牽(견)】 연루되다, 얽매이다.
【樊籠(번롱)】 새장, 자유롭지 못한 처지. *樊: 울타리, 새장. *籠: 새장.
【雞鶩(계목)】 닭과 오리.

    마음이 육체의 노예가 되면 속세에서 고생하는 마소나 다름없고, 몸이 名利에 얽매이면 새장 속의 닭, 오리나 마찬가지!

[3-53] 懶見俗人, 權辭托病; 怕逢塵事, 詭迹逃禪.

【懶(라)】 …할 마음이 나지 않다. …하는 것이 귀찮다.
【權(권)】 임시의, 임기응변의, 잠시, 임시로, 당분간.
【托病(탁병)】 병을 핑계삼다, 병을 빙자하다.
【塵事(진사)】 세속의 일, 세상사.
【詭迹逃禪(궤적도선)】 행적을 속이고 佛禪에 숨다.

俗人을 만나기 귀찮으면 잠시 병을 핑계삼아 물러나고, 세상사를 대하기 두려우면 행적을 속이고 佛禪으로 숨어라!

[3-54] 人不通古今, 襟裾馬牛; 士不曉廉恥, 衣冠狗彘.

【古今(고금)】 옛날과 지금. 세상의 변화(의 이치).
【襟裾(금거)】 옷깃과 옷자락, 옷을 입음.
【曉(효)】 알다, 이해하다, 알게 하다, 알려주다.

사람이 세상의 변화에 통하지 못하면 옷을 입은 마소와 다름없고, 선비가 염치를 모르면 의관을 갖춘 개, 돼지와 같다.

[3-55] 道院吹笙, 松風裊裊; 空門洗鉢, 花雨紛紛.

【道院(도원)】 도교의 사원, 즉 道觀.
【笙(생)】 생황. 관악기의 하나로, 열아홉 개 또는 열세 개의 가는 대나무관으로 만듦.
【裊裊(요뇨)】 간드러진 소리가 계속해서 이어지는 모양.
【空門(공문)】 佛門, 절.
【鉢(발)】 바리때, 중의 밥그릇. 梵語 鉢多羅(pātra)의 약어.
【紛紛(분분)】 어지러운 모양, 번잡한 모양.

도교의 사원에서 생황을 부는 데 솔바람 소리 휘이휘이!
절에서 바리를 씻는 데 꽃비가 팔랑팔랑!

[3-56] 囊無阿堵, 豈便求人; 盤有水晶, 猶堪留客.

【阿堵(아저)】 돈을 가리킴. 六朝시대의 口語로, 이것(這, 這個)의 뜻. 晉나라 王衍이
돈이라 말하기를 꺼려서 '阿堵物'로 쓰다가 돈의 의미로 사용되었다.
【便(편)】 곧, 즉시, 바로.
【求人(구인)】 남에게 부탁(요구)하다.
【盤有水晶(반유수정)】 쟁반에 수정이 있다. 여기서는 '그릇에 술이 있다'로 풀이했
다. *水晶: 六方晶系의 결정을 이룬 무색투명의 石英. 여기서는 술을 의미할 수도
있다.
【猶(유)】 …할 수 있다(=可).
【留客(유객)】 손님을 머무르게 하다.

　주머니에 돈이 없으면 어찌 남에게 부탁이나 할 수 있으리? 그릇 속에
술이라도 있어야 객을 머물게 할 수 있을 텐데…….

　[3-57] 種兩頃附郭田, 量晴較雨; 尋幾個知心友, 弄月嘲風.

【附郭田(부곽전)】 城에 가까운 밭, 집에 가까운 밭.
【量晴較雨(양청교우)】 날씨가 개는지 비 오는지를 살피다.
【知心友(지심우)】 자신의 마음을 알아주는 절친한 친구.
【弄月嘲風(농월조풍)】 밝은 달과 시원한 바람을 대하며 시를 짓고 즐겁게 놀다(=吟
風弄月).

　집에서 가까운 두 이랑의 땅에 씨를 뿌려두고 날씨를 살피고, 마음 맞
는 친구들을 찾아가 밝은 달과 시원한 바람 속에 시를 지으며 즐겁게 논
다네!

　[3-58] 着履登山, 翠微中獨逢老衲; 乘桴浮海, 雪浪裏群傍
閒鷗.

【着履(착리)】 신발을 신다.
【翠微(취미)】 청록빛의 산색, 산의 중턱, 靑山.
【桴(부)】 작은 뗏목.
【雪浪(설랑)】 하얀 파도.
【傍(방)】 곁, 의거하다, 따르다, 다가가다, 가까이하다.

신발을 신고 산에 오르니 청록빛 녹음 속에서 老僧 한 분을 만나고, 작은 뗏목 타고 바다를 떠다니니 하얀 파도 속 한가로운 갈매기떼가 곁을 따르네.

[3-59] 才士不妨泛駕, 轅下駒吾弗願也; 諍臣豈合模稜, 殿上虎君無尤焉!

【不妨(불방)】 꺼리지 않다, 무방하다, 괜찮다.
【泛駕(범가)】 앞으로 나서서 수레를 몰다, 자신이 주동적으로 일을 처리하는 것을 말함.
【轅下駒(원하구)】 끌채 아래서 힘써 달리는 망아지. *轅: 끌채. *駒: 망아지, 말.
【諍臣(쟁신)】 간언하는 신하, 諫臣, 諫官.
【模稜(모릉)】 애매하다, 불명확하다.
【殿上虎君(전상호군)】 조정의 엄한 임금.

재주 있는 선비는 나서서 수레몰기를 꺼리지 않는 법이니, 수레 아래서 고생하며 달리는 신세가 되고 싶지 않다!
충심으로 諫言하는 신하라면 어찌 애매모호함에 영합하리오? 조정의 엄한 임금이라고 허물이 없겠는가?

[3-60] 荷錢楡莢, 飛來都作靑蚨; 柔玉溫香, 觀想可成白骨.

【荷錢(하전)】갓나온 연잎. 작은 연꽃잎이 조그맣게 물에 떠 있으면 동전 같아서 荷錢이라 부름.
【楡莢(유협)】느릅나무의 어린 잎. 봄날 느릅나무 가지에 느릅나무 꼬투리가 생기는데 모양이 돈과 닮아 楡錢이라 이름. *莢: 꼬투리.
【青蚨(청부)】파랑강충이(蜉蝣의 일종). 돈의 별칭.
【柔玉(유옥)】옥같이 부드러운 미녀의 피부.
【觀想(관상)】상상해 보라.

갓나온 연잎이나 느릅나무의 새싹도 떠다니다 돈이 될 수 있고, 아리따운 여인의 부드러운 피부와 따뜻한 향기도 백골이라고 상상해 볼 수 있으리.

[3-61] 旅館題蕉, 一路留來魂夢譜; 客途驚雁, 半天寄落別離書.

【一路(일로)】도중.
【魂夢譜(혼몽보)】마음에 걱정되어 꿈에서도 잊지 못하는 글(여행 도중 나그네에게 생기는 여러 가지 근심을 적은 작품으로 해석함).
【客途(객도)】가는 길, 가는 도중.
【驚雁(경안)】기러기 때문에, 기러기에게 놀라다(*기러기는 예부터 편지를 전해 줬으므로, 기러기를 보자 무슨 소식이 있을 거라고 긴장했다는 뜻).
【半天(반천)】중천, 공중. *半天寄落別離書: 하늘에서 보내와 떨어진 이별 편지. 예전에는 기러기에게서 편지를 전달받았기 때문에 편지가 하늘에서 떨어졌다고 말한 것이다. 기러기에게 직접 편지를 받았다는 것이 아니라, 고향 편지를 받은 사실을 옛 표현을 빌려 그려낸 것.

여관에서는 파초 잎에 시를 적고, 여행중에는 旅愁를 담은 시편을 남겼지.
도중에 기러기를 보고 놀랐더니만, 하늘에서 떨어진 이별 편지!

[3-62] 歌兒帶烟霞之致, 舞女具邱壑之資. 生成世外風姿, 不慣塵中物色.

【煙霞之致(연하지치)】 자줏빛 안개의 운치. 즉 속세를 떠나 깊은 자연 속에서 은일하는 맛과 운치. ＊煙霞: 안개와 노을, 산수의 경치.
【邱壑(구학)】 언덕과 골짜기, 은자가 사는 곳.
【生成(생성)】 타고나다, 선천적으로 지니고 태어나다.
【世外(세외)】 세속을 떠난 깨끗한 땅.
【風姿(풍자)】 풍채, 풍격과 자태.
【不慣(불관)】 익숙하지 않다.

　자줏빛 안개 같은 맛을 지닌 어린 가수〔歌童〕, 깊은 골짜기처럼 그윽한 춤추는 여인〔舞女〕.
　속세와는 다른 세계의 모습을 타고난 그들, 세속의 일들이 낯설리라.

[3-63] 今古文章, 只在蘇東坡鼻端定優劣; 一時人品, 却從阮嗣宗眼內別雌黃.

【蘇東坡(소동파)】 宋代의 大文豪인 蘇軾. 字는 子瞻, 號가 東坡이다. 아버지 蘇洵, 동생 蘇轍과 더불어 唐宋八大家의 한 사람. 詩, 詞, 그림, 글씨 모든 방면에 뛰어났다. 神宗 때 王安石과 뜻이 맞지 않아 고초를 겪었다.
【鼻端(비단)】 코끝, 즉 눈앞.
【一時(일시)】 한때, 같은 때, 한 시대.
【阮嗣宗(완사종)】 西晉 시기 문인 阮籍. 자유분방한 성격에 清談을 좋아하였다. 阮籍은 인품이 좋은 사람을 만나면 青眼을 드러내고, 인품이 나쁜 사람을 만나면 白眼을 드러내었다고 한다.
【雌黃(자황)】 비평하다, 새롭게 고치다(옛 사람이 노란 종이에 글씨를 쓰다가 잘못 썼을 때 雌黃으로 지우고 다시 쓴 데서 온 말).

　고금의 문장은 蘇東坡의 눈앞에서 우열이 결정되고, 한 시대의 인품은

阮籍의 눈에서 高下가 결정되었다지.

[3-64] 魑魅滿前, 笑著阮家無鬼論; 炎囂閱世, 愁披劉氏北
風圖.

【魑魅(이매)】 도깨비, 산의 요괴.
【無鬼論(무귀론)】 晉人 阮瞻은 줄곧 ‘無鬼論’을 주장하였다. 그런데 어느 날 한 나
그네가 찾아와 완첨과 귀신이 존재하는지에 대해 이야기를 했는데, 阮瞻은 제대로
대답하지 못했다. 그러자 나그네는 정색을 하며 “귀신에 대해서는 고금의 성현이
모두 말했는데, 그대만 어찌 말을 못하는가? 내가 바로 귀신이다〔鬼神, 古今聖賢所
共傳, 君何得獨言無, 卽仆便是鬼〕!”하고는 사라져 버렸다. 阮瞻은 크게 놀라 병으
로 죽었다고 한다.
【炎囂(염효)】 (티끌이 햇빛에 비쳐 벌겋게 보이는) 속세의 소란스러움.
【閱世(열세)】 세상을 경험하다.
【劉氏(유씨)】 東漢의 劉襃(약 147-167)는 회화에 매우 뛰어났다.《博物志》에는 “한
대의 유씨가《雲漢圖》를 그렸는데 이것을 본 사람은 관직을 떠나고픈 열망을 느꼈
고,《北風圖》를 보면 적막함을 느꼈다〔漢劉襃畵《雲漢圖》, 見者覺熱; 又畵《北風
圖》, 見者覺寒〕”고 적혀 있다.

    눈앞에 가득 모인 도깨비들, “귀신은 없다”는 阮瞻의 ‘無鬼論’을 비웃
네!
    번거롭고 소란스러운 세상을 겪을 땐 적막함이 느껴지는 劉晨의〈北
風圖〉를 근심스럽게 펼치네!

[3-65] 氣奪山川, 色結烟霞.

기세는 산천보다 뛰어나고, 색조는 안개와 노을을 맺는구나!

[3-66] 詩思在灞陵橋上, 微吟處, 林岫便已浩然; 野趣在鏡湖曲邊, 獨往時, 山川自相映發.

【詩思(시사)】 시를 짓고자 하는 생각.
【灞陵橋(파릉교)】 原名은 八里橋. 許昌市 城 서쪽 4킬로 지점의 淸泥河 위에 있는데, 양기슭에는 수양버들이 빽빽하게 늘어서 있다. 삼국시대 關羽가 曹操를 떠나며 조조가 하사한 도포를 벗어던진 곳으로 유명하다.
【林岫(임수)】 숲과 산꼭대기.
【浩然(호연)】 浩然之氣(널리 천지간에 유통하는 正大한 기운, 사람의 마음에 차 있는 正大한 기운).
【野趣(야취)】 산야의 정취.
【鏡湖(경호)】 거울같이 맑고 잔잔한 호수.
【曲(곡)】 굽이, 彎曲, 구석.
【自相(자상)】 서로.
【映發(영발)】 비추다.

灞陵橋 위에서 시상을 떠올리네. 가볍게 읊조리는 곳, 바로 깊은 숲 산 정상에 서니 이내 호연지기가 가득차고, 거울처럼 맑은 호숫가에서 자연의 정취 일어나네. 홀로 가볼 때면 산과 물이 저희들끼리 서로 비추네.

[3-67] 至音不合衆聽, 故伯牙絶絃; 至寶不同衆好, 故卞和泣玉.

【至音(지음)】 지극히 뛰어난 음악.
【伯牙絶絃(백아절현)】 伯牙는 春秋시기 거문고의 명인으로 鍾子期와는 절친한 친구였다. 백아가 거문고를 타면 종자기는 언제나 옆에서 듣고 있었는데, 백아의 연주가 높은 산을 뜻할 때는 "높고도 높구나!"라고 하였고, 흘러가는 물을 의미할 때는 "호호탕탕 흘러가네!"라고 맞장구를 쳤다. 종자기가 죽은 후 백아는 知音(자신의 음악을 알아주는 이)이 없음을 슬퍼하다가 마침내 거문고 줄을 끊고 다시는 연주하지 않았다고 한다.

【卞和泣玉(변화읍옥)】 春秋시기 卞和가 璞玉(다듬지 않은 옥) 하나를 얻어 楚王에게 헌납하자, 초왕은 그것이 훌륭한 보물이라는 변화의 말을 믿지 않고 두 다리를 잘라 버렸다. 卞和는 억울하여 荊山 아래서 옥을 품고서 눈물을 흘렸는데, 마침내 사람들이 귀중한 보물임을 알게 되었다.

너무도 고상하고 아름다운 음악은 군중의 감상엔 맞지 않기에 伯牙가 거문고의 줄을 끊었고, 지극히 귀한 보물은 군중의 기호와 다르기에 卞和가 옥을 끌어안고서 눈물을 흘렸던 것이다.

[3-68] 看文字, 須如猛將用兵, 直是鏖戰一陣; 亦如酷吏治獄, 直是推勘到底, 決不恕他.

【鏖戰(오전)】 격전, 아군이 죽든 적군이 죽든 힘을 다해 싸움.
【一陣(일진)】 한번, 일회, 한바탕.
【直(직)】 꼭, 실로, 그야말로.
【酷吏(혹리)】 가혹한 관리, 매서운 관리.
【治獄(치옥)】 죄를 따져 묻다, 형벌을 다스리다.
【推勘(추감)】 죄인을 심문하다(=推問).
【到底(도저)】 마침내, 결국, 끝까지 …하다.

글을 읽을 때는 모름지기 용맹한 장수가 병사들을 데리고 한바탕 격전을 치르듯 해야 하고, 매서운 관리가 죄를 따질 때는 끝까지 심문하여 절대 용서하지 않듯 철저해야 한다.

[3-69] 名山乏侶, 不解壁上芒鞋; 好景無詩, 虛携囊中錦字.

【乏(핍)】 결핍하다, 부족하다.
【芒鞋(망혜)】 짚신.
【囊中錦字(낭중금자)】 唐代 詩人 李賀는 시를 지을 때면 먼저 제목을 정하지 않았

다고 한다. 외출할 때 하인에게 비단주머니를 들게 하고서는 좋은 시 구절을 지으
면 적어서 그 속에 넣었다가 저녁에 집으로 돌아와 정리하여 시를 완성했다고 한다.
아름다운 시구를 뜻하기도 한다.

　좋은 산이 있어도 함께 유람할 친구가 없으면 벽에 걸어둔 짚신도 풀
어 내려놓지 못하고, 좋은 경치가 있어도 시를 짓지 못하면 가지고 간 자
루 속엔 좋은 구절 하나 없으리니.

[3-70] 遼水無極, 雁山參雲. 閨中風暖, 陌上草薰.

【遼水(요수)】 遼河. 중국 燕北 남부에 있는 큰 강.
【雁山(안산)】 雁門山. 山西省 代縣 서북에 있는 산. 雁門關이라고도 불림.
【參(참)】 섞이다, 가지런하다, 끼어들다, 가지런하지 않다(들쭉날쭉).

　遼河는 아득하고 雁門山은 구름 속에. 규방에는 따스한 봄바람, 두렁
위엔 향그런 봄풀.

[3-71] 秋露如珠, 秋月如珪; 明月白露, 光陰往來. 與子之
別, 思心徘徊.

【珪(규)】 홀. 고대 제후가 조회할 때 손에 드는 위가 둥글고 아래는 모가 난 길쭉한 옥.
【光陰(광음)】 시간, 세월.
【程(정)】 규칙, 법칙.
【子(자)】 그대(2인칭).
【心思(심사)】 심정, 생각, 염두.

　구슬 같은 가을 이슬, 홀 같은 달.
　밝은 달빛에 하얀 이슬, 시간은 어김없이 찾아오네.

그대와 이별하는 날, 마음잡을 수 없어!

[3-72] 聲應氣求之夫, 決不在於尋行數墨之士; 風行水上之
文, 決不在於一字一句之奇.

【聲應氣求(성응기구)】 의기투합하다.
【決不在於(결부재어)】 결코 …에 있지 않다, 결코 …에 없다.
【尋行數墨(심행수묵)】 字句에 얽매여 이치를 깊이 헤아리지 못하다.
【風行水上之文(풍행수상지문)】 자연스럽게 이루어진 문장.

   의기투합할 만한 친구는 글귀에만 매달려 이치를 깨닫지 못하는 선비
들 중에는 절대 없고, 자연스러운 문장이란 빼어난 한 구절이나 한 글자
에 있는 것이 아니다!

[3-73] 奪他人之酒杯, 澆自己之塊壘.

【澆(요)】 풀다, 없애다, 끄다.
【塊壘(괴루)】 마음속에 쌓인 분노.

   남의 술잔을 빼앗아 이내 가슴속에 쌓인 분노를 삭여 보네!

[3-74] 春至不知湘水深, 日暮忘却巴陵道.

【湘水(상수)】 湘江. 廣西省에서 발원하여 湖南省으로 흘러 들어가는 강.
【忘却(망각)】 망각하다, 잊어버리다.
【巴陵(파릉)】 산 이름. 湖南省 岳陽縣에 있으며 洞庭湖에 임해 있다.
   *이 시는 《博異志逸文》에 기록된 〈君山老父吟〉의 일부이다. "湘 땅의 늙은이

는 黃老의 서적을 읽고, 푸른 풀밭에 앉아 손으로 보라색 덩굴을 끌어당기며, 봄이 와도 湘水가 깊은 줄 모르고, 날이 져도 巴陵으로 돌아가는 길을 잊는다네〔湘中老人讀黃老, 手援紫虆坐翠草, 春至不知湘水深, 日暮忘却巴陵道〕."

봄이 와도 湘水 깊은 줄 모르고, 날이 져도 巴陵으로 돌아가는 길을 잊는다네.

[3-75] 奇曲雅樂, 所以禁淫也. 錦繡黼黻, 所以禦暴也. 縟則太過, 是以檀卿刺鄭聲, 周人傷北里.

【所以(소이)】 …하는 바, 이유, …때문에.
【錦繡(금수)】 비단에 놓은 수, 아름다운 것.
【黼黻(보불)】 고대 예복에 놓은 繡. 黼는 半黑半靑의 색깔로 己자 두 개를 서로 반대로 하여 놓은 수, 黻은 半黑半白의 색깔로 자루가 없는 도끼의 모양을 놓은 수. 관리 스스로 근신하고 삼가라는 의미를 지님.
【暴(폭)】 급하다, 난폭하다.
【縟(욕)】 번잡하다, 번다하다, 지나친 장식.
【是以(시이)】 이런 까닭으로, … 때문에.
【檀卿(단경)】 즉 檀長卿. 충직하고 청렴한 蓋寬饒은 치안을 책임지는 司隷校尉를 담당하고 있었다. 어느 날 平恩侯 許伯의 새로 지은 府第 낙성식에서 長信 少府 檀長卿이 일어나 춤을 추는데, 원숭이와 개가 싸우는 장면을 연출하였다. 蓋寬饒는 예를 범했다고 檀長卿을 탄핵했는데, 그는 許伯 등의 도움으로 풀려났다고 한다(《漢書》).
【刺(자)】 풍자하다, 비방하다, 비평하다.
【鄭聲(정성)】 春秋時代 鄭나라 음악(詩經의 鄭風). 음란한 음악으로 인식되었다.
【傷(상)】 걱정하다, 상심하다, 다치다, 해치다, 불쌍히 여기다.
【北里(북리)】 고대의 舞曲. 殷 紂王이 妲己(달기)를 좋아하여 달기의 말을 따라 師涓에게 음란한 음악을 만들게 하였다. '北里之舞'는 퇴폐적인 음악〔靡靡之樂〕이라 평가받았다(《史記》).

아름답고 전아한 음악으로 음란한 음악을 금지시켰고, 스스로 근신자중하는 예복을 입음으로써 난폭함을 제어하였다. 번잡한 것은 크게 잘못

될 수 있으므로 檀長卿이라는 사람을 통해 음란한 음악인 鄭風을 풍자했고, 周나라 사람들은 음란한 노래인 '北里'를 걱정한 것이다.

[3-76] 靜若淸夜之列宿, 動若流慧之瓦奔.

【宿(수)】 성수, 별자리.

【流慧(유혜)】 나는 彗星, 나는 꼬리별. 慧는 彗자로 새김.

　*이 글은 바둑의 고수 '開飯'이 바둑돌을 운용하는 모습을 형용한 것이다.《橘中秘考》開飯傳云에, "開飯은 의젓하여 돈후한 맛이 있고 長者의 기풍이 있으며, 재주는 아주 높고 배움도 아주 풍부하였다. 무기나 흉기를 언급하는 일엔 상대하지 않았고, 눈을 밟으면 흔적을 남기지 않을 정도로 허물도 없어 세상 사람들이 百代의 宗師로 받들었다. 바둑에 통달하여 앉아서 훤히 꿰뚫어보기에 바둑돌을 운용하는 것이 입신의 경지에 들었다. 바둑돌을 운용할 때는, 움츠리면 자벌레처럼 맑은 밤에 별자리가 줄지어 선 듯 고요하고, 펼칠 때는 용처럼 꼬리별이 날아가듯 움직인다네〔開飯君者, 儒雅敦厚, 有長者之風, 才高九斗, 學富六車, 刀槍不入, 踏雪无痕, 海內人望, 百代宗師, 棋通坐照, 品達入神其用子, 屈則尺蠖, 靜若淸夜之列宿, 伸則龍蟠, 動如流星之互奔〕라고 기록되어 있다.

　맑은 밤에 별자리가 줄지어 선 듯 고요하고, 꼬리별이 날아가듯 움직인다네!

[3-77] 振駿氣以擺雷, 飛雄光以倒電.

【擺(파)】 밀쳐 열다, 흔들다.

【倒(도)】 넘어지다, 넘어뜨리다, 거꾸로 되다.

【電(전)】 전기, 번개.

　*이 글은 남조시대의 문학가인 張融(장융)의 성격과 기질에 관한 것이다(《南齊書》卷41 列傳第22에 수록). *장융(444…497): 南朝 齊나라 문학가. 字가 思光. 吳郡 吳(지금의 江蘇省 吳縣) 人. 宋 孝武帝 때 新安王參軍이 되어 封溪令이 됨. 나중

에 秀才가 되어 對策에 합격하여 尙書殿中郎이 되었으나, 나아가지 않고 儀曹郎으로 바뀌었다. 齊로 들어가 長沙王鎭軍이 되었고, 竟陵王이 북을 정벌할 때 자문관이 되어 記室을 통솔하였음. 관직이 黃門郎·太子中庶子·司徒左長史에 올랐다. 원래 문집 27권, 《玉海集》 10권, 《大澤集》 10권, 《金波集》 60권, 《少子》 5권이 있었지만 모두 없어지고, 明人이 《張長史集》을 편찬하였다.

떨쳐 일어나는 신속한 기세로 벼락을 때리고, 날아가는 웅장한 광채로 번개를 치는 듯하구나!

[3-78] 停之如栖鵠, 揮之如驚鴻; 飄纓蕤於軒幌, 發暉曜於群龍.

【纓蕤(영유)】 아래로 늘어뜨린 장식물.
【軒幌(헌황)】 수레에 세운 旗幟.
【發暉(발휘)】 빛을 발하다.
【曜(요)】 빛나다, 빛을 발하다, 빛내다.
　＊이 글은 晉 張載의 〈扇賦〉에 나오는 구절이다(《藝文類聚》 권69 〈服食部〉上에 수록됨). ＊張載: 西晉의 문학가. 字가 孟陽. 安平(지금의 河北省 安平縣)人. 동생인 協·亢과 함께 '三載'라 칭해짐. 蜀에 省親하러 가서 〈劍閣銘〉을 지음으로써 유명해졌다. 처음엔 佐著作郎에 補肥의 鄕令으로 나갔다가 다시 著作郎, 太子中舍人, 樂安相, 弘農太守로 옮겼고, 관직이 中書侍郎에까지 올라 著作을 통솔하였다. 나중에 세상이 혼란해지자 병을 핑계하여 고향으로 돌아갔다. 원래 문집 7권이 있었으나 없어지고, 明代人이 《張孟陽集》을 편찬함.

머무를 때는 보금자리에 깃든 고니처럼, 휘두를 때는 놀란 큰기러기처럼! 달리는 수레의 기치에서는 드리워진 장식끈이 휘날리고, 여러 마리 용을 수놓은 도안에서는 광채가 나네!

[3-79] 始緣甍而胃棟, 終開簾而入隙; 初便娟於墀廡, 末縈盈

於帷席.

【緣甍(연흥)】 용마루에 의거하다, 용마루 위.
【胃棟(위동)】 胃星과 棟星. 胃星은 白虎의 세번째 星宿, 棟星은 大角星.
【墀(지)】 지대 위의 뜰, 계단 위의 空地.
【縈盈(영영)】 빛이 가득 비추는 모양.

　처음에는 용마루 위에 걸렸던 胃星과 棟星이 마침내 주렴을 열고 틈새
로 비춰 들어오네. 지대 위의 뜰과 곁채를 곱게도 비추더니 나중엔 휘장
두른 침상 속을 환하게 비추네.

　　[3-80] 雲氣蔭於叢蓍, 金精養於秋菊. 落葉半牀, 狂花滿屋.

【雲氣(운기)】 공중으로 엷게 떠오르는 기운.
【蓍(시)】 시초풀, 가새풀. 줄기는 점칠 때 사용함.
【金精(금정)】 金의 정수, 즉 달〔月〕. 金星의 별칭.
【半(반)】 반, 절반, 매우 적은 양, 약간, 조금. ＊뒤의 滿과 對가 되는 의미.
【狂花(광화)】 제철이 아닌 때 피는 꽃.

　엷게 떠오른 기운 시초풀 덤불에서 그늘지고, 달은 가을 국화 속에서
자라나네.
　낙엽은 침상 모퉁이로 지고, 철모르고 핀 꽃이 집 안에 가득!

　　[3-81] 雨送漆硯之水, 竹供掃榻之風.

【漆硯(칠연)】 벼루를 검게 하다. 즉 벼루에 먹을 가는 것을 의미함.
【榻(탑)】 긴의자, 좁고 긴 낮은 평상(침대).

　비는 벼루에 먹을 갈 물을 보내주고, 대나무는 침상 치울 바람을 보내

주고…….

[3-82] 血三年而藏碧, 魂一變而成紅.

【藏碧(장벽)】《莊子·外物》에 "萇弘이 蜀에서 죽어 그의 피를 보관하였더니 3년 만에 푸르게 되었다"고 한다. 나중에 푸른 피는 忠臣烈士를 상징하게 되었다.

　충신의 붉은 피는 3년 동안 모아두면 푸르게 되고, 영혼은 빨갛게 변한다네!

[3-83] 擧黃花而乘月豔, 籠黛葉而卷雲翹.

【乘(승)】 타다, 기회를 타다, 이용하다.
【籠(롱)】 덮어씌우다, 뒤덮다, 자욱하다.
【黛葉(대엽)】 검푸른 잎사귀.
【卷雲(권운)】 새털구름 모양으로 머리를 꾸민 모습.
【翹(교)】 머리를 꾸미다.

　노란 꽃 들어 달빛으로 아름답게 꾸미고, 검푸른 잎사귀 덮어쓰고 새털구름 말아올리듯 머리를 다듬네.

[3-84] 垂綸簾外, 疑鉤勢之重懸; 透影窗中, 若鏡光之開照.

【垂綸簾(수륜렴)】 낚싯줄을 드리운 것처럼 쳐놓은 발.
【疑(의)】 의심하다, 회의하다.
【鉤勢(구세)】 낚시의 움직임(기세).
【透影(투영)】 그림자가 비치다.
【鏡光之開照(경광지개조)】 거울함을 처음 열 때 비치는 깨끗한 빛.

낚싯줄 드리우듯 바깥에 쳐놓은 발, 바늘에 큰 물고기 걸린 듯 무겁게 늘어졌고, 창문 뚫고 들어오는 빛, 거울을 비추는 듯 밝기도 하네!

[3-85] 疊輕蕊而矜暖, 布重泥而訝濕; 跡似連珠, 形如聚粒.

【輕蕊(경예)】 어린 꽃봉오리 ＊蕊: 꽃술, 꽃봉오리.
【矜(긍)】 불쌍히 여기다, 아끼다, 공경하다, 자랑하다.
【訝(아)】 맞이하다. ＊여기서는 연꽃 뿌리가 습기를 맞이하다, 즉 물을 빨아들인다는 의미.
【跡(적)】 자취, 흔적, 밟다.
【連珠(연주)】 꿴 구슬.

겹겹 여린 꽃봉오리 따스한 햇살을 받들고, 두터운 진흙으로 뻗어 물기를 빨아들이네. 알알이 구슬 꿴 듯, 낱알 모아놓은 듯!

[3-86] 霄光分曉, 出虛竇以雙飛; 微陰合暝, 舞低檐而並入.

【霄光(소광)】 운기와 태양, 하늘의 색. ＊霄는 태양 곁에 나타나는 운기.
【分曉(분효)】 새벽녘, 첫새벽, 훤히 알다.
【虛竇(허두)】 틈, 구멍.
【雙飛(쌍비)】 암수가 나란히 날다.
【微陰(미음)】 음력 5월의 별칭, 혹은 날이 조금 흐림(어두움).
【合暝(합명)】 날이 저문 상황. ＊合: 합치다, 맞다, 부합하다. ＊暝: 날이 저물다.
　＊而: 원문은 빈칸으로 두었지만, 앞뒤 자구를 살피고, 여러 판본을 대조한 결과 而가 타당할 듯함.

하늘빛이 새벽녘을 알릴 때면 동굴에서 나와 나란히 날아가고, 어슴푸레 저녁빛 어둠에 묻히면 낮은 처마 아래에서 춤추다 함께 동굴로 들어가네.

[3-87] 何地無塵, 但能不染則, 山河大地, 盡爲淸淨道場. 如必離境求淸, 安能三千外, 更立法界. 偈云: "對色無色相, 視欲無欲意; 蓮花不着水, 淸淨超于彼. 秋鳥弄春聲, 音調未嘗有異; 今人具有古貌, 氣色便爾不同."

【淸淨(청정)】 깨끗함, 속세의 번거로운 일을 떠나 마음을 깨끗하게 가짐, (불교) 마음이 깨끗하여 번뇌와 私慾이 없음.
【道場(도량)】 부처를 공양하거나 불교를 수업하는 곳. 곧 절, 佛舍.
【離境(이경)】 경계를 떠남.
【三千(삼천)】 곧 三千世界(三千大千世界). 小千世界·中千世界·大千世界의 총칭. 須彌山을 중심으로 해와 달과 四天下를 한 세계라 이르고, 이것을 천 배한 것을 小千世界, 小千世界를 천 배한 것을 中千世界, 中千世界를 천 배한 것을 大千世界라 한다.
【法界(법계)】 佛法의 세계, 불교도의 세계, 佛門.
【色相(색상)】 육안으로 볼 수 있는 만물의 형상 *相: 相을 맺는 것.
【欲意(욕의)】 욕심에 대한 생각. *意: 眼耳鼻舌身意의 六根 중 意를 말한다.
【蓮花(연화)】 연꽃 혹은 蓮花世界. 여기서는 연꽃 그대로 새김.
【氣色(기색)】 태도와 안색, 기세, 천기와 경색.
【爾(이)】 그때, 그 당시.

어디라고 티끌이 없을까마는 더러움에 물들지 않을 수 있다면 산하대지가 모두 청정한 도량이다.

자기가 살고 있는 경계를 떠나 깨끗함을 구하려고만 한다면 삼천 세계 밖이라 해서 佛舍를 세울 수 있겠는가?

불교 詩 偈에서 말했다.

"色을 대해도 색에 대한 相이 없고, 慾을 보아도 慾에 대한 생각이 없다. 연꽃은 물에 뿌리를 두지 않나니, 淸淨은 그것보다도 뛰어나다. 가을 새가 봄 노래를 지저귀어도 그 노랫소리가 이상하지 않은데, 지금 사람은 옛 모습 그대로지만 氣色은 옛날과 다르네."

[3-88] 滿腹有文難罵鬼; 措身無地反憂天.

【措身(조신)】 몸을 두다, 몸을 놓다. *措: 놓다, 두다, 베풀다, 쓰다.
【憂天(우천)】 하늘을 걱정하다, 하늘을 근심하다.
　*이 글은 唐寅이 지은 〈漫興之一〉의 한 구절이다. *唐寅(1470-1524): 明代 화
가·문학가. 字가 伯虎, 號는 六如居士. 吳縣(지금의 江蘇省 吳縣)人. '吳中四才子'
의 하나. 弘治 11년 擧人에 일등으로 합격했기에 세상에서 唐解元이라 부름. 會試
때 부정 행위에 연루되어 제명됨. 관직을 버리고 재야에서 생활하면서는 더욱 거침
없이 생활하였고, 寧王이 그의 명성을 듣고 많은 돈을 보내 초빙했지만, 미친 척 거
절하며 돌려주었다고 한다. 《六如居士全集》18卷이 전해진다.

　뱃속에 글이 가득하더라도 귀신조차 욕하기 어렵고, 몸 둘 곳이 없더
라도 오히려 하늘을 걱정한다.

[3-89] 居傍鳴珂之裏, 生憎肉眼相形; 時登樹幟之壇, 最忌大
言驚衆.

【鳴珂之里(명가지리)】 珂는 貴人이 쓰는 馬具의 구슬 장식인데, 그 珂가 울리는 마
을이란 뜻으로, 귀인이 사는 마을을 이른다. 전하여 남의 고향을 높여서 珂里, 珂
鄕이라고 한다.
【肉眼(육안)】 사람의 눈, 속인의 눈, 식견 없는 안목.
【相形(상형)】 용모, 相貌, 서로 비교하다.
【樹幟之壇(수치지단)】 따로 일가를 이룬 높은 자리 *樹幟: 一家를 세우다 *壇:
높은 자리.
【大言(대언)】 훌륭한 말, 큰소리.
【忌(기)】 꺼리다, 시기하다, 질투하다.

　귀인의 이웃에 살다 보면 속된 안목으로 비교하는 것에 화나게 되고,
높은 관직 세계에 올라가면 훌륭한 말로 군중을 놀라게 하는 사람을 시
기하게 된다네.

[3-90] 多病太高, 才忌太露; 自古爲然, 于今爲甚.

【多病(다병)】 병이 많음. *病: 병, 근심, 비방.
【自古(자고)】 예로부터, 예전부터.
【爲(위)】 하다, 되다, 생각하다, 위하다, 위하여 행하다.

　너무 높으면 탈이 많고, 너무 튀면 시기를 받는 법! 옛날에도 그랬지만, 지금은 더욱 심해졌구나!

[3-91] 讀書可以醫俗, 作詩可以遣懷; 有多讀書而莽然, 多作詩而戚然者; 將致疑于詩書, 柳致疑于人世.

【遣懷(견회)】 마음을 풀다, 품은 것을 풀다. *遣: 보내다, 버리다, 풀다.
【莽然(망연)】 아득한 모양, 넓은 모양. *莽: 풀, 잡초, 멀다, 아득하다, 넓다, 거칠다.
【戚然(척연)】 근심하고 슬퍼하는 모양.
【將(장)】 장수.
【致疑(치의)】 의심을 둠, 의심하다. *詩는 희로애락의 감정적 동요가 생길 때 짓기 마련이다. 특히 ‘이별’이나 ‘사랑’과 관계된 시에는 버드나무가 제재로 많이 사용되었는데, 많은 시인들이 이별과 사랑에 눈물 흘리고 아파하였으므로, 버드나무는 (인간의 나약함이나 동요됨 때문에) 인간을 믿지 못한다는 뜻으로 볼 수 있겠다.
【人世(인세)】 세상.

　책을 읽으면 속됨을 치료할 수 있고, 시를 지으면 마음에 맺힌 것을 풀 수 있다. 그러나 한편 독서를 많이하면 정신이 아득해지고, 시를 많이 지으면 마음이 슬퍼지게 된다. 때문에 장수는 詩書를 믿지 않고, 버드나무는 인간을 믿지 못한다네.

[3-92] 英雄未轉之雄圖, 假糟丘爲霸業; 風流不盡之餘韻, 托

花谷爲深山.

【雄圖(웅도)】웅대한 계획.
【糟丘(조구)】술지게미를 산처럼 쌓아놓은 더미. 술에 탐닉함을 형용한 말.
【霸業(패업)】諸侯의 우두머리가 되는 일.

　영웅이라면 웅대한 계획을 바꾸지 않으니, 술에 빠져 술지게미를 산처럼 쌓아놓고서도 패업을 이뤘다고 자부하는 법!
　風流 넘치는 사람은 어딜 가도 흥겨운 여운이 사라지지 않으니, 화단에 꽃핀 작은 이랑도 깊은 산이라고 여기는 법!

　[3-93] 清襟凝達, 卷松江萬頃之秋; 妙華縱橫, 攙崑崙一峰之秀. 讀此可以遣煩鬱之懷, 潤枯澁之筆.

【清襟(청금)】깨끗한 마음, 맑은 마음. ＊襟: 옷깃, 마음, 가슴.
【凝達(응달)】정신을 집중하여 통하게 됨. ＊凝: 눈 또는 마음을 집중함. ＊達: 통하다, 두루 미치다, 달하다, 이루다.
【卷(권)】두루다, 포위하다, 구비지다, 아름답다.
【松江(송강)】江蘇省의 강. 吳淞江의 別名. 太湖에서 발원하여 上海의 黃浦江으로 흘러 들어간다.
【萬頃(만경)】만 이랑, 한없이 넓은 모양.
【縱橫(종횡)】방종함, 자유자재.
【攙(참)】찌르다, 섞다.
【崑崙(곤륜)】西藏에 있는 산. 美玉을 산출함. ＊崑山之片玉: 崑崙山에서 나오는 명옥 중의 하나라는 뜻으로, 여러 才士 또는 文士 중의 제1인자를 말하기도 한다.
【讀(독)】읽다, 해독하다.
【煩鬱(번울)】가슴이 답답하여 우울함.
【枯澁(고삽)】무미건조하다.

　맑은 마음 모아 통하게 되니 吳淞江의 드넓은 가을빛 아우르고, 아름다운 꽃무리 여기저기 자유로이 崑崙山 봉우리의 아름다움에 뒤섞이네.
이에 담긴 정취를 읽어낸다면 답답한 가슴을 풀어낼 수 있고, 무미건조
한 문장도 아름답게 할 수 있으리.

[3-94] 先儒有良心, 在夜氣淸明之候; 予以眞學問, 亦不越
此時.

【先儒(선유)】 先代의 유학자, 옛 선비.
【良心(양심)】 사물의 是非·善惡을 분별할 줄 아는 天賦의 능력.
【夜氣(야기)】 밤의 깨끗하고 조용한 마음, 야간의 대기, 밤 기분.
【淸明(청명)】 깨끗하고 밝은 마음.
【予(여)】 나〔我〕, 주다.

  예전 선비들은 밤기운 맑고 깨끗할 때 바른 마음이 생긴다 했는데, 내
가 진정한 학문을 하는 것도 역시 이 시간을 벗어나지 않는다네.

[3-95] 從議最宜婉轉, 但忌隨波; 發論定以主持, 須戒偏執.

【從議(종의)】 여론을 따르다, 衆議를 좇다.
【婉轉(완전)】 변화가 있음. 혹은 雅趣가 있음.
【隨波(수파)】 즉 隨波逐流(=隨波漂流). (물결치는 대로 표류하다, 남의 장단에 춤추다).
【忌(기)】 경계하다, 꺼리다.
【發論(발의)】 의론을 꺼냄.
【定(정)】 반드시.
【主持(주지)】 주관하다, 책임지고 집행하다, 주장하다, 옹호하다.
【偏執(편집)】 편견을 고집하여 남의 말을 받아들이지 아니함, 편협.

  여론을 따르는 것이 변화에 가장 적합하지만 주관 없이 대세의 흐름에
따라가는 것은 조심해야 한다.

의견을 제기할 때는 반드시 주관을 가져야 하지만 지나친 고집은 경계
해야 한다.

[3-96] 縱意之嚬笑, 成千古之憂; 游口之春秋, 中一生之毒.

【縱意(종의)】 자기 생각대로 함부로 하다, 뜻대로 하다.
【嚬笑(빈소)】 찡그리고 웃다. 여기서는 찡그리게 만들고 웃게 만든다는 의미.
【游口(유구)】 일은 안하고 입으로만 떠벌리며 놀고 먹는 사람을 의미함. *游手: 손
을 놀리다, 아무것도 하지 아니함, 놀고 먹는 사람.
【春秋(춘추)】 봄과 가을, 어른의 나이, 세월.
【中(중)】 …에 들어맞다, 몸의 독이 되다, 사이에 두다.

자신의 뜻대로 행하여 남을 찡그리게 하거나 비웃음을 사는 것은 千古
의 근심이 되고, 하는 일 없이 빈둥대는 세월은 평생의 독이 되리라!

[3-97] 才人經世, 能人取世, 曉人逢世, 名人垂世, 高人出世,
達人玩世.

*이 항목은 제1장 〈醒〉 제66과 앞부분이 완전히 일치한다.

재주 있는 사람은 세상을 다스리고, 능력 있는 사람은 세상에서 선택
받아 쓰여지고, 사리판단이 밝은 사람은 시운에 영합하고, 유명한 사람
은 세상에 명성을 드리우고, 탈속한 사람은 세상을 초월하고, 달통한 사
람은 세상을 가볍게 여긴다.

[3-98] 天下無不好諛之人, 故諂之術不窮; 世間盡是善毀之
輩, 故讒之路難塞.

＊이 항목은 제1장 〈醒〉 제67항목과 거의 일치한다.

【無不好諛之人(무불호유지인)】 아첨을 좋아하지 않는 사람은 없다.

【謟之術(도지술)】 의심하는 수단(술책). ＊謟: 의심하다, 어그러지다. ＊術: 길, 방법, 수단, 꾀, 술수.

【世間(세간)】 이 세상, 인간.

【盡是(진시)】 모두 …이다.

【善毁之輩(선훼지배)】 헐뜯기를 잘하는 무리. ＊毁: 무너뜨림, 험담을 함, 상하게 함.

【讒之路(참지로)】 헐뜯는 길. ＊讒: 헐뜯다, 참소하다, 손상하다, 속이다.

세상에는 아첨을 싫어하는 사람이 없기에 의심하는 수단은 끝이 없고, 세상 모두가 헐뜯기 잘하는 무리이기에 중상모략의 길은 막기 어렵다.

[3-99] 任他極有見識, 看得假認不得眞; 隨爾極有聰明, 賣得巧藏不得拙.

【極(극)】 지극하다, 없어지다, 끝나다, 다다르다, 빠르다. ＊여기서는 차분한 성찰을 거치지 않고 성급하게 얻은 지식이나 총기를 말한다.

【爾(이)】 상대방(2인칭), 자신이 아닌 남.

【賣得巧(매교)】 능숙한 솜씨를 보이다. ＊賣: 팔다, 내보이다, 자랑하다. ＊得: 동사의 상황을 설명해 주는 결구격 조사. 앞의 동사를 하는 정도가 뒤의 형용사만큼이다. A得B: A하는 것이 B 정도이다, B만큼 A하다 → 賣하는 것이 巧하다, 巧하게 賣하다, 즉 교묘하게(솜씨 있게, 능숙하게) 내보이다(자랑하다).

【拙(졸)】 졸렬하다, 우둔하다, 어리석다.

타인에 의해 급히 식견을 갖추게 되면 거짓은 볼 줄 알아도 진실은 알지 못하고, 상대방을 따라 성급히 총명해지면 재주만 자랑하게 되고 본질의 어리숙함은 감출 수 없게 된다.

[3-100] 傷心之事, 卽懦夫亦動怒髮; 快心之擧, 雖愁人亦開

笑顔.

【懦夫(나부)】 겁이 많은 남자, 겁쟁이.
【怒髮(노발)】 화가 나서 머리털이 뻗치다(=怒髮衝冠).
【開笑顔(개소안)】 얼굴에 미소를 띠다.

　마음을 상하게 하는 일에는 겁이 많은 사람도 크게 화를 내고, 마음을
즐겁게 하는 행동에는 근심을 가진 사람도 웃게 된다.

　[3-101] 論官府, 不如論帝王, 以佐史臣之不逮; 談閨閫, 不
如談豔麗, 以補風人之見遺.

【官府(관부)】 관청, 관아, 관리.
【史臣(사신)】 史家.
【逮(태)】 다다르다.
【閨閫(규곤)】 內室(부녀가 거주하는 내실을 가리킴).
【風人(풍인)】 풍류객, 시인.
【見遺(견유)】 누락된 점을 드러내다, 드러난 누락된 점. ＊遺: 빠뜨리다, 누락하다.

　일반 관리들에 대해 논하는 것은 제왕에 관한 이야기보다는 흥미진진
하지 않지만 역사가가 다루지 못한 부분을 도와주고, 일반 여인네의 내실
생활에 대해 이야기하는 것은 빼어난 미인 이야기보다는 재미없지만 풍
류객이 보지 못하고 빠뜨린 것을 보충해 준다.

　[3-102] 是技皆可成名, 天下惟無技之人最苦; 片技卽足自立,
天下惟多技之人最勞.

【是技(시기)】 옳은 재주.

【成名(성명)】이름을 이루다, 유명해지다.
【惟(유)】다만, 단지, 오로지.
【片技(편기)】약간의 재주, 단편적인 기술이나 재주.
【足(족)】족히 …할 만하다, …할 만한 가치가 있다.
【勞(로)】피로하다.

올바른 재주는 명성을 얻게 해주니, 세상에서 재주 없는 사람이 제일 고생스러운 법!

약간의 재주라도 있다면 자립할 수 있지만, 재주가 많은 사람은 가장 피곤한 법!

[3-103] 傲骨俠骨媚骨, 卽枯骨可致千金; 冷語雋語韻語, 卽片語亦重九鼎.

【傲骨(오골)】당당하고 강직한 성격, 당당함.
【俠骨(협골)】호방하고 의협심이 있는 기상, 의협심.
【媚骨(미골)】애교 부리는 사랑 많은 성격.
【卽(즉)】설령 …하더라도.
【枯骨(고골)】백골, 故人.
【冷語(냉어)】냉정한 말, 비꼬는 말. 여기서는 냉철하고 이성적인 말을 뜻한다.
【雋語(준어)】재치 있는 말, 의미심장한 말.
【韻語(운어)】운치 있는 말.
【片語(편어)】몇 마디 말.
【九鼎(구정)】夏나라 禹왕이 九州에서 조공으로 받은 쇠를 녹여 만든 솥. 夏·殷·周 시기 천자에게 보배로 전해졌다.

당당함〔傲骨〕, 의협심〔俠骨〕, 사랑 많은 성격〔媚骨〕 등은 죽어도 가치가 千金에 이르고, 냉철한 말, 재치 있는 말, 운치 있는 글귀는 단 몇 마디라도 九鼎보다 소중하다.

[3-104] 議生草莽無輕重, 論到家庭無是非.

【草莽(초망)】 풀숲, 재야, 민간.

　재야에서 생긴 의론은 (민간의 소리이므로) 중요하고 하찮은 구분이 없고, 일반 가정사에 대해 이야기가 미치면 (각각 다른 상황의 개인사이므로) 옳고 그름의 구분이 없다.

[3-105] 聖賢不白之衷, 托之日月; 天地不平之氣, 托之風雷.

【白(백)】 명백하게 하다, 분명하게 하다, 설명하다, 진술하다.
【衷(충)】 속마음, 속내, 진심.
【風雷(풍뢰)】 광풍과 雷聲.

　다 털어내지 못한 성현의 속내는 日月에 맡겨 한탄하고, 화평하지 못한 천지의 기운은 비바람과 번개에 맡겨 드러내는 법!

[3-106] 風流易蕩, 佯狂前顚.

【風流(풍류)】 風雅, 품격, 멋들어지다, 재학이 있고 예법에 구애되지 않다.
【佯狂前顚(양광전전)】 미치광이인 척하는 것이 미치기 일보직전이다. ＊佯狂: 미친 척하다. 여기서 佯은 완전히 실성한 것이 아니라 워낙 일반인과 다른 행동을 한다는 의미이다. ＊顚: 癲과 통용.

　진정한 풍류란 방탕해지기 쉽고, 남다른 별난 행동은 미친 것처럼 보이기도 한다네!

[3-107] 書載茂先三十乘, 便可移家; 囊無子美一文錢, 儘埳

結客.

【茂先(무선)】 西晉시기 고관이자 문인. 張華. 字가 茂先. 范陽 方城人. 사람을 좋아하여 귀천을 가리지 않고 사귀었으며, 책을 좋아하여 집을 옮길 때 수레 30乘으로 옮길 정도였다. 그가 죽을 때 재물은 없었지만 책만 가득했다고 한다.
【乘(승)】 차량을 세는 양사, 한 쌍이 끄는 수레, 혹은 네 마리가 끄는 수레.
【子美(자미)】 盛唐시기 大詩人 杜甫. 字가 子美. 李白과 더불어 李杜라고 불린다. 그는 평생 가난했지만 언제나 나라를 걱정하고 친구 사귀기를 좋아했다.
【一文錢(일문전)】 文은 옛날 동전을 헤아리는 화폐 단위.
【儘(진)】 될 수 있는 대로, 되도록, 힘닿는 대로.
【結客(결객)】 낯선 사람들과 친교를 맺다(사귀다), 많은 사람과 사귀다.

　茂先(張華)은 수레 30乘에 실어 이사를 할 정도로 책을 좋아했고, 子美(杜甫)는 주머니에 돈 한푼 없어도 친구를 사귈 정도로 교제를 좋아했다.

[3-108] 有作用者, 器宇定是不凡; 有受用者, 才情決然不露.

【作用(작용)】 등용하다, 남을 쓰다.
【器宇(기우)】 그릇 크기, 도량.
【才情(재정)】 재치 있는 생각, 才智.
【受用(수용)】 남의 쓰임을 받다, 등용되다.
【決然(결연)】 결코, 절대로, 도저히.

　남을 쓰는 사람은 그릇 크기가 분명 평범하지 않은 법이다. 남에게 쓰이는 사람은 재주와 생각을 절대 드러내지 않아야 한다.

[3-109] 夫人有短, 所以見長.

　무릇 사람이란 단점을 지닌 존재이니 장점만 보라!

卷四・靈

[4-0] 天下有一言之微, 而千古如新; 一字之義, 而百世如見者, 安可泯滅之? 故風雷雨露, 天之靈; 山川民物, 地之靈; 語言文字, 人之靈. 睪三才之用, 無非一靈以神其間, 而又何可泯滅之! 集靈第四.

【一言之微(일언지미)】 미미한 말 한마디, 극히 작은 한마디 말.
【泯滅(민멸)】 소멸하다, 상실하다, 없어지다.
【靈(령)】 영기, 정신, 영혼.
【民物(민물)】 인간, 사물.
【睪(역)】 엿보다, 살짝 들여다보다.
【三才(삼재)】 天·地·人.
【神(신)】 영묘하다, 신비하다, 변화무쌍하다.

　천하에 지극히 미미한 한마디 말도 천 년이 지나도록 여전히 새로운 것이 있으며, 한 글자의 의미가 백 년이 지나더라도 볼 만한 것이 있으니 어찌 이들을 없어지게 놔두겠는가?
　바람·눈·비·이슬은 하늘의 靈妙함이고, 산천·사람·사물은 대지의 靈妙함이며, 언어 문자는 사람의 靈妙함이다. 天地人 三才의 작용을 살펴보면, 하나의 영묘함 속에 신비함과 변화가 들어 있으니 또 어찌 이것을 없어지게 하겠는가?
　靈에 관한 문장을 모아서 第4로 삼았다.

[4-1] 投刺空勞, 原非生計; 曳裾自屈, 豈是交遊?

【投刺(투자)】 명함을 내놓다, 방문하다.
【空勞(공로)】 공연한 일, 헛수고.

【曳裾(예거)】 옷자락을 땅에 질질 끎, 남몰래 방문함.
【自屈(자굴)】 스스로 굽히다, 몸을 구부려 인사하다.
【交遊(교유)】 교제하며 놀다.

　명함이나 들이밀며 찾아다니는 헛수고로는 삶을 도모할 수 없다. 옷자락을 땅에 끌고 비굴하게 구는 것이 진정한 교제일까?

[4-2] 事遇快意處當轉, 言遇快意處當住.

【快意(쾌의)】 기분이 좋음, 뜻대로 되다.
【處(처)】 (…한) 상황에 처하다, (…한) 상황이 되다.
【當(당)】 마땅히.
【轉(전)】 전환하다, 돌리다.
【住(주)】 그치다, 정지하다.

　일을 할 때는 기분 좋게 뜻대로 되었을 때 전환해야 하고, 말을 할 때는 뜻대로 되었을 때 그쳐야 한다.

[4-3] 儉爲賢德, 不可着意求賢; 貧是美稱, 只在難居其美.

【賢德(현덕)】 어진 덕행.
【着意(착의)】 주의하다, 정성을 들이다, 신경을 쓰다.
【貧(빈)】 여기서는 淸貧.
【美稱(미칭)】 좋은 평판, 명망.
【居(거)】 머무르다, 살다, 차지하다.

　검소함은 어진 덕행이지만, 어질다는 명성을 구하는 데 마음을 쓰면 안 된다.

청빈하다는 것은 좋은 평판이지만 그 좋은 평판을 그대로 누리기 힘든
법이다.

[4-4] 志要高華, 趣要澹泊.

【要(요)】 반드시(마땅히) …하여야만 한다.
【高華(고화)】 높고 화려하다, 창성하다, 높고 크다.
【趣(취)】 취향, 의향, 취미.
【澹泊(담박)】 욕심이 없고 마음이 깨끗함.

뜻은 높고 크게, 취향은 담백하게!

[4-5] 眼裏無點灰塵, 方可讀書千卷; 胸中沒些渣滓, 胸能處世一番.

【灰塵(회진)】 재와 먼지.
【渣滓(사재)】 찌꺼기, 앙금, 쓰레기.
【處世(처세)】 세상에서 활동하며 사람들과 왕래하다, 처세하다.

눈 속에 한 점의 티끌도 없어야 천 권의 책을 읽을 수 있고, 가슴속에
더러운 찌꺼기도 없어야 제대로 처세할 수 있다.

[4-6] 眉上幾分愁, 且去觀棋酌酒; 心中多少樂, 只來種竹澆花.

【幾分(기분)】 좀, 약간, 얼마간.

【且(차)】잠시, 잠깐, 당분간.
【只(지)】다만.

　눈썹에 근심이 매달리면 잠시 바둑을 구경하거나 술을 마시고, 마음속
에 즐거움이 생길 때면 대나무를 심거나 꽃에 물을 준다네.

　[4-7] 茅屋竹窓, 貧中之趣, 何須脚到李侯門; 草帖畫譜, 閑
裏所需, 直憑心遊楊子宅.

【笷屋(묘옥)】띠집. ＊笷: 茅와 같은 자.
【何須(하수)】구태여 …할 필요가 있는가?(=何必) 굳이 …할 필요가 없다.
【李侯(이후)】唐代 李謐. 어려서부터 신동이라 불릴 정도로 재주가 뛰어났고, 후에
는 재상에 올랐다. 鄴縣侯에 봉해졌기에 鄴侯라 칭한다. 李謐은 관직에 있다가도
갑자기 은거했다고 하는데, 衡山의 鄴侯書院은 그가 은거한 장소라고 전해진다.
【直(직)】다만, 단지.
【憑心(빙심)】마음에 의지하다.
【楊子(양자)】五代시대의 楊凝式. 생전에 여러 왕조를 겪었고, 관직은 少師에 올랐
다. 성격이 狂放하여 얽매임 없이 자유로이 살았고, 草書·隸書를 잘 썼는데 특히
顚草에 능했다.

　띠집과 대나무 창문은 가난 속의 운치이니 구태여 조촐하게 은거했다
는 李謐의 집까지 갈 필요가 있으리?
　초서본과 화보는 한가함 속의 필수품이니, 깨끗한 본마음을 따르기만
한다면 자유롭게 살며 글씨를 잘 썼다는 楊凝式의 집에 놀러 가는 것과
같으리!

　[4-8] 好香用以熏德, 好紙用以垂世, 好筆用以生花, 好墨用
以煥彩, 好茶用以滌煩, 好酒用以消憂.

【熏德(훈덕)】 덕성을 도야하다. *熏: 스며들게 하다, 물들다.
【垂世(수세)】 세상에 널리 전하다.

  좋은 향으로 덕행을 도야하고, 좋은 종이로 좋은 글을 세상에 널리 전
하고, 좋은 붓으로 고운 꽃을 그려내고, 좋은 먹으로 색채를 더욱 빛나게
하고, 좋은 차로 번뇌를 씻어내고, 좋은 술로 근심을 없애노라!

  [4-9] 聲色娛情, 何若淨几明窗, 一生息頃; 利榮馳念, 何若
名山勝景, 一登臨時!

【聲色(성색)】 음악과 여색.
【何若(하약)】 어찌 같겠는가?
【淨几明窗(정궤명창)】 정갈한 책상과 맑은 창문.
【息(식)】 쉬다, 휴식하다.
【頃(경)】 頃刻, 아주 짧은 순간.
【馳念(치념)】 몹시 그리워하다, 마음이 쏠리다.
【登臨(등임)】 산을 오르고 강을 대하다.

  아름다운 음악이나 아리따운 여성이 감정을 즐겁게 해주겠지만, 달 밝
은 창 아래 정갈한 책상 앞에 앉아 쉬는 것만 하겠는가?
  榮利에 마음을 쏟는 것이 명산승경을 오를 때의 기분만 하겠는가?

  [4-10] 竹籬茅舍, 石屋花軒, 松柏群吟, 藤蘿翳景; 流水繞戶,
飛泉掛簷, 煙霞欲棲, 林壑將暝, 中處野叟山翁四五, 余以閒身,
作此中主人. 坐沈紅燭, 看遍靑山, 消我情腸, 任他冷眼.

【藤蘿(등라)】 등나무, 넝쿨.

【翳(예)】 그늘, 가리다, 흐리다, 가로막다.
【飛泉(비천)】 솟아오르는 샘, 폭포.
【欲棲(욕서)】 쉬려 하다, 깃들이려 하다.
【沉(침)】 잠기다, 전념하다, 무엇에 마음을 빼앗기다.
【棲(서)】 보금자리로 돌아가다, 사그라지다.
【野叟(야수)·山翁(산옹)】 시골 사는 늙은이와 산중에 사는 노인.
【消(소)】 사라지다, 없어지다, 녹다, 해소하다, 가라앉다.
【坐沉(좌침)】 정좌하고 마음을 가라앉히다.
【紅燭(홍촉)】 붉은 등불, 붉은 촛불.
【情腸(정장)】 애정, 사랑하는 마음, 기분, 심경.
【任(임)】 견디다, 감내하다, 감당하다.
【冷眼(냉안)】 냉정한 눈초리, 냉대.

　대나무 울타리, 띠풀로 지은 집, 돌벽 집, 꽃이 만발한 창문, 松柏이 무리지어 바람소리 내고, 등나무 넝쿨은 경치를 가로막고, 흐르는 물은 집을 감싸 돌아가고, 폭포는 처마 끝에 걸린 듯, 안개와 노을은 잠자리에 들려는 듯, 수풀과 골짜기 어슴푸레 어두워지누나.
　그 속에 시골 노인, 산 사람 몇몇 사는데 한가한 이 몸이 주인이 된다네.
　밤이면 촛불 아래 마음을 가라앉히고, 낮엔 靑山을 두루 감상하다 보면 이내 심정 녹일 수 있으니 남들 냉대도 감당할 수 있다네!

[4-11] 問婦索釀, 甕有新芻; 呼童煮茶, 門臨好客.

【索(색)】 찾다, 요구하다, 달라고 하다.
【芻(추)】 본의는 ‘가축의 먹이’ 지만 사람이 먹는 ‘양식’ 의 의미로 쓰인다. *“쌀독에 양식이 있기 때문”이라고 볼 수도 있겠으나 《설화록》에는 ‘篘(술 추)’로 되어 있다. 이에 근거하고 문맥을 살피어 여기서는 “항아리에 새 술이 있기 때문”으로 새기었다.
【臨(림)】 이르다, 오다.

아내에게 술을 달라는 것은 항아리에 새 술이 있기 때문이요,
어린 종을 불러 차를 끓이는 것은 집에 친한 손님이 오셨기 때문!

[4-12] 花前解珮, 湖上停橈; 弄月放歌, 采蓮高醉. 晴雲微褭, 漁笛滄浪; 華句一垂, 江山共峙.

【停橈(정요)】 노를 멈추다, 배를 멈추다.
【微褭(미뇨)】 가늘고 부드럽다.
【漁笛(어적)】 어부가 부는 피리 소리, 어촌에서 들리는 피리 소리.
【華句(화구)】 화려한 釣鉤. 즉 장식하여 화려한 낚싯대. * 句는 鉤와 같은 의미.
【共峙(공치)】 峙는 우뚝 솟다. 여기서는 강물과 산이 마주 서다. 즉 수면에 산이 비치다는 뜻.

꽃 앞에서 노리개를 풀고, 호수 위에서 배를 멈추네.
달을 감상하며 마음껏 노래하고, 연꽃 따며 맘껏 취하지.
산들산들 맑은 구름, 어부의 피리 소리에 강물은 찰랑찰랑.
화려한 낚싯대 드리우니 강물에 비치는 산.

[4-13] 胸中有靈丹一粒, 方能點化俗情, 擺脫世故.

【靈丹(영단)】 효험이 좋은 약, 靈驗하고 효력이 있는 신기한 靈藥(=靈丹妙藥).
【點化(점화)】 신선이 法術을 사용하여 사물을 변화시키다, 교화하다.
【世故(세고)】 세상사, 속세의 일.

가슴속에 영험한 약이 한 알만 있다면 속된 생각 바꾸어 모진 세상사 벗어날 수 있을 텐데……

[4-14] 獨坐丹房, 瀟然無事, 烹茶一壺, 燒香一炷, 看達摩面壁圖. 垂簾少頃, 不覺心靜神淸, 氣柔息定, 濛濛然如混沌境界, 意者揖達摩, 與之乘槎而見麻姑也.

【丹房(단방)】 丹藥을 만드는 집, 도교의 사원, 신선이 사는 집. 여기서는 禪房의 의미.
【瀟然(소연)】 맑은 모양.
【炷(주)】 향, 촛불 등을 세는 양사.
【垂簾(수발)】 발을 드리우다, 주렴을 내리다.
【少頃(불경)】 잠깐 동안, 잠깐 사이에.
【不覺(불각)】 부지불식중에, 자신도 모르는 사이에.
【濛濛(몽몽)】 어둑어둑하다, 어슴푸레하다(=蒙蒙).
【混沌(혼돈)】 천지개벽 초에 만물이 아직 확실히 구별되지 않은 모양.
【揖(읍)】 拱手한 손을 얼굴 앞에 들고 허리를 앞으로 공손히 구부렸다 펴면서 손을 내리는 인사의 하나. 여기서는 직접 찾아뵙고 인사드린다는 의미.
【乘槎(승사)】 뗏목을 타다.
【麻姑(마고)】 손톱이 긴 선녀의 이름.

홀로 禪房에 앉으면 정신이 맑아지며 아무 일도 없는 듯. 차 한 주전자 끓이고 향 한 촉을 켜고서 〈達摩面壁圖〉를 감상하네.
　잠시 주렴을 드리우면 나도 모르게 마음이 평온해지고 정신이 맑아지며 숨결이 부드럽게 안정된다네.
　혼돈의 세계처럼 흐릿한 세상, 달마대사를 찾아뵙고, 그와 함께 뗏목 타고 麻姑선녀님을 뵈러 갔으면…….

[4-15] 無端妖冶, 終成泉下骷髏; 有分功名, 自是夢中蝴蝶.

【無端(무단)】 끝없이, 한없이.
【妖冶(요야)】 요염하도록 아름답다.
【泉下(천하)】 저승.

【骷髏(고루)】해골.
【有分(유분)】몫이 있다. 分은 '몫.' 나누어 받다, 몫을 받다.
【夢中蝴蝶(몽중호접)】꿈속의 나비. 莊子가 나비 꿈을 꾼 故事로, 마침내 환상임을
비유.

한없이 요염한 아름다움도 결국은 저승의 해골이 되고, 받은 功名은
저절로 꿈속의 나비처럼 허망한 것이 되는 것!

[4-16] 累月獨處, 口室蕭條. 取雲霞爲侶伴, 引靑松爲心知.
或穉子老翁, 閒中來過. 濁酒一壺, 蹲鴟一盂, 相共開笑口. 所談
浮生閑話, 絶不及市朝. 客去關門, 了無報謝. 如是畢餘生足矣.

【累月(누월)】오랜 기간.
【蕭條(소조)】적막하다, 쓸쓸하다, 스산하다.
【心知(심지)】마음을 알아주는 사람, 마음을 이해하는 친구(=知己).
【蹲鴟(준치)】토란의 다른 이름. *鴟는 올빼미(치). 올빼미가 웅크리고 앉아 있는 모
습과 토란의 생김새가 비슷하여 이렇게 부른다.
【浮生(부생)】덧없는 인생.
【閑話(한화)】잡담, 여담, 쓸데없는 말.
【了無(요무)】조금도 없다.
【報謝(보사)】은혜를 갚고 사례를 함. (불교) 佛祖의 은혜에 감격하여 淨業을 닦음.

오랫동안 혼자 살다 보면 집 안이 적막하지.
구름과 노을 찾아 벗삼고, 靑松을 知己로 삼네.
어쩌다 어린아이나 노인이라도 한가할 때 찾아오면 탁주 한 병, 토란
한 사발을 놓고 서로 마주 웃네.
덧없는 인생살이 잡담은 나눠도 정치나 세속의 일은 말하지 않네.
손님 돌아갈 때는 문 닫아걸며 고맙단 말도 서로 나누지 않은 채 자리
를 파한다.

이렇게 여생을 마친다면 참말 만족스러우리!

[4-17] 半塢白雲耕不盡, 一潭明月釣無痕.

【塢(오)】 마을, 보루, 둑.
【耕不盡(경부진)】 밭 가는 일을 다 끝낼 수 없다. ＊盡: 마치다, 끝내다.
【潭(담)】 못, 소.

반 이랑 흰 구름에선 밭 가는 일 끝이 없고, 연못처럼 밝은 달에선 낚시
를 해도 흔적이 남지 않고…….

[4-18] 茅檐外忽聞犬吠鷄鳴, 恍如雲中世界; 竹窻下惟有蟬
吟鵲噪, 方知靜裏乾坤.

【恍似(황사)】 마치 …인 것 같다.
【方(방)】 바야흐로, 비로소.
【乾坤(건곤)】 음양, 천지, 일월, 남녀.

띠집 처마 밖에서 문득 개 짖는 소리, 닭 울음소리 들리면 구름 속 세상
같구나!
대나무 주렴 아래 매미 울음, 까치 지저귐 들릴 때면 고요의 세계를 비
로소 이해하겠네!

[4-19] 如今休去便休去, 若覓了時無了時. 若能行樂, 即今便
好快活; 身上無病, 心上無事, 春鳥是笙歌, 春花是粉黛. 閒得一
刻, 即爲一刻之樂, 何必情欲, 乃爲樂耶?

【如(여)】 만약, 만일.
【休去(휴거)】 끝내다, 마치다, 종료하다. 여기서는 '了時'와 함께 인생을 끝낸다는 의미로 쓰인 듯하다.
【了時(요시)】 마칠 시간, 끝낼 때.
【卽今(즉금)】 바로 지금, 즉시.
【好(호)】 참으로, 몹시.
【心頭(심두)】 마음속, 마음.
【無事(무사)】 아무 일이 없음, 탈없이 편안함.
【粉黛(분대)】 화장하다, 미인.
【一刻(일각)】 잠시, 잠깐, 짧은 시간.
【情慾(정욕)】 색정, 색욕.

  지금 그만두려면 어서 그만두시길! 끝낼 때를 찾는다면 끝낼 시기는 찾을 수 없을 테니…….

  즐겁게 놀 수 있다면 지금 즐겁게 노시길! 몸에 병 없고, 마음에 다른 일이 없으면 봄날 새 소리가 아름다운 음악이요, 봄꽃이 아리따운 여인인 것을!

  잠시 한가로울 수 있다면 바로 그만큼 즐겁게 지내면 되는 것, 어찌 정욕을 푸는 것만 즐거움으로 삼으리?!

  [4-20] 開眼便覺天地闊, 撾鼓非狂; 林臥不知寒暑更, 上牀空算.

【開眼(개안)】 안목이 트이다, 깨닫다.
【撾(과)】 치다, 두드리다. *북을 치는 일이 미친 짓이 아니라 어떤 깨달음이라는 말은, 아내의 죽음을 삶과 자연의 섭리로 이해했던 莊周의 이야기와 연결지어 해석할 수 있겠다.
【林臥(임와)】 숲 속에 눕다. 즉 산 속에서 은거하는 삶을 말한다.
【更(경)】 바꾸다, 바뀌다, 번갈아들다.
【空算(공산)】 공연히 셈하다, 헛되이 계산하다.

안목이 트이면 천지가 드넓다는 것을 깨닫게 되나니, 북을 치는 것도
결코 미친 일만은 아니라네.
　숲 속에서 살다 보면 계절이 바뀌는 것도 모르나니 침상에 누워 오늘이
며칠인지 그저 세어만 보네.

[4-21] 惟儉可以助廉, 惟恕可以成德.

　오직 검소함만이 청렴할 수 있게 도와줄 수 있고, 관대함만이 德을 이
루게 할 수 있다.

[4-22] 山澤未必有異士, 異士未必在山澤.

【山澤(산택)】 산과 늪. 즉 산수자연. 여기서는 속세와 동떨어진 깊은 산과 골짜기의
물을 말한다.
【未必(미필)】 반드시 …한 것은 아니다. 꼭 …하다고는 할 수 없다.
【異士(이사)】 기이한 재주를 가진 선비.

　(속세와 동떨어진) 깊은 자연 속에만 남다른 선비가 있는 것이 아니요,
독특한 선비라고 반드시 깊은 자연 속에서 사는 것은 아니라네.

[4-23] 業淨六根成慧眼, 身無一物到茅菴.

【業(업)】 (불교) 죄업, 因을 果로 하게 하는 소행.
【六根(육근)】 불가의 용어로 인간의 眼·識·鼻·舌·身·意를 말한다.
【慧眼(혜근)】 사물을 분명히 꿰뚫어보는 눈, 진리를 통찰하는 眼識.

　죄업이 깨끗해지면 인간의 감각기관[六根]도 진리를 통찰하는 慧眼이 될 수 있고, 몸에 아무것도 지니지 않으면 띠풀로 엮은 초라한 암자에서도 수행할 수 있다.

[4-24] 人生莫如閒, 太閒反生惡業? 人生莫如淸, 太淸反類俗情.

【人生(인생)】 사람이 세상에서 사는 동안, 삶.
【A莫如(막여)B】 A는 B만 못하다, A보다는 B하는 편이 낫다.
【反(반)】 오히려, 도리어, 반대로.
【惡業(악업)】 前生에서 지은 나쁜 업.
【類(류)】 유사하다, 닮다, … 같다.
【俗情(속정)】 세속적인 생각.

　우리네 삶이란 한가한 게 좋지만, 지나친 한가함은 오히려 惡業을 짓지 않는가?
　깨끗함이 제일 좋지만, 지나친 깨끗함은 오히려 속된 생각과 같은 것이니!

[4-25] 不是一番寒徹骨, 怎得梅花撲鼻香? 念頭稍緩時, 便莊誦一遍.

【一番(일번)】 한번, 한바탕.
【徹骨(철골)】 뼈에 사무치다, 뼛속에 스며들다.
【念頭(염두)】 생각, 마음, 의사.
【撲鼻(박비)】 (향기나 냄새가) 코를 찌르다, 풍겨 오다, 진동하다.
【莊(장)】 장중하다, 정중하다, 진지하다.
【一遍(일편)】 한번.

뼛속까지 스며드는 추위를 한번도 겪지 않고서 어찌 코끝으로 날아드
는 매화의 향기를 얻을 수 있는가?
마음이 느슨해질 때면 이 말을 진지하게 낭독해 보시기를!

[4-26] 夢以昨日爲前身, 可以今夕爲來世.

【昨日(작일)】 어제.
【前身(전신)】 전세에 태어났던 몸, 변하기 이전의 본체.

꿈에선 어제를 前身이라 하니, 오늘 저녁은 來世라 할 수 있으리!

[4-27] 讀史要耐訛字, 正如登山耐仄路, 踏雪耐危橋, 閒居耐
俗漢, 看花耐惡酒, 此方得力.

【訛字(와자)】 誤字, 잘못된 글자, 틀린 글자, 거짓말, 사실과 다른 내용.
【正如(정여)】 마침 …와 같다, 흡사 …와 같다(=恰如).
【仄路(측로)】 비탈길, 좁은 길.
【危橋(위교)】 위태롭게 보이는 높은 다리.
【俗漢(속한)】 속된 놈. *漢: 남자, 사내.
【得力(득력)】 힘을 얻다, 효과가 있다.

역사책을 읽을 때는 잘못된 글자를 참아야 하는 경우가 있다.
그것은 마치 산을 오를 때 비탈길을 참아내야 하고, 눈을 밟으며 걸어갈
때 험난한 높은 다리를 견뎌야 하고, 한가롭게 지낼 때 속된 사람이 찾아
오는 것을, 꽃을 감상할 때 맛없는 술을 견뎌야 하는 것과 같은 일이다.
그러나 이렇게 해야 비로소 효과가 있는 법이다!

[4-28] 世外交情, 惟山而已. 須有大觀眼, 濟勝具, 久住緣,
方許與之爲莫逆.

【交情(교정)】 정을 나누다, 우정, 친분.
【大觀眼(대관안)】 넓고 큰 식견.
【濟勝具(제승구)】 명승지를 다닐 수 있는 도구, 즉 튼튼한 다리를 말함(=濟勝之具).
【久住緣(구주연)】 산에 오래도록 머물 수 있는 연분.
【許(허)】 허락하다, 승인하다, 기대하다, 아마도, 혹.
【莫逆(막역)】 서로 뜻을 거스르지 아니함. 즉 서로 뜻이 맞아 매우 절친함(=莫逆之交).

　세상 밖에서 정을 나눌 수 있는 것은 오직 산뿐이다! 넓은 식견, 튼튼한
다리, 오랫동안 함께 지낼 수 있는 인연이 있어야 산과 막역한 사이가 될
수 있을 것이다.

[4-29] 九山散樵跡, 俗間徜徉自肆. 遇佳山水處, 盤礡箕踞.
四顧無人, 則劃然長嘯, 聲振林木. 有客造榻, 與語對曰: "余方
遊華胥, 接羲皇, 未暇理君語." 客之去留, 蕭然不以爲意.

【九山(구산)】 여기서는 많은 산의 의미로 쓰임. ＊九: 다수.
【樵迹(초적)】 나무한 흔적, 나무꾼의 발자국.
【俗間(속간)】 속세간, 인간 세상. 여기서는 '벌목하여 파헤쳐진 곳(속세 같은)'을 의
미한다.
【徜徉(상양)】 한가로이 거닐다.
【自肆(자사)】 제멋대로 하다.
【盤礡(반박)】 책상다리를 하고 앉음.
【箕踞(기거)】 두 다리를 쭉 뻗고 앉다.
【劃然(할연)】 물건을 쪼개는 소리의 형용, 분명히.
【造(조)】 찾아가다, …에 도달하다.
【與言(여언)】 말을 건네다. ＊與: 주다.

【華胥(화서)】 즉 華胥國. 黃帝가 낮잠을 자다가 꿈에 華胥氏의 나라를 유람하였
다. 그 나라에는 임금이 없었고, 백성들은 욕심이 없었다고 한다(《列子·黃帝》). 나
중에 夢境이나 이상 세계를 가리키는 데 사용하게 되었다.
【義皇(희황)】 伏羲氏를 말함. 복희씨 이전의 사람들은 걱정이 없고, 유쾌하고 한적
한 생활을 하였을 거라고 상상하였다.
【理(리)】 상대하다.
【去留(거류)】 떠나고 머무름. 여기서는 '떠나다' 의 의미.
【蕭然(소연)】 바쁜 모양, 분주한 모양, 쓸쓸한 모양, 조용한 모양.
【不以爲意(불이위의)】 마음으로 여기지 않다, 즉 개의치 않다, 마음에 두지 않다.

　모든 산에는 나무꾼의 흔적이 여기저기 있지만, 이렇게 속세 같은 산
속이라도 내 맘대로 한가로이 거닐어 본다.
　아름다운 곳을 만나면 책상다리를 하거나 다리를 쭉 뻗고 앉기도 한다.
　사방을 둘러봐서 사람이 없으면 쩡쩡한 소리로 길게 읊조리기도 하는
데, 그 소리가 숲을 진동시킨다.
　어떤 나그네가 평상 곁으로 다가와 말을 건네면 대답한다.
　"이 몸은 華胥國을 유람하고 義皇을 만나뵈어야 하기에 당신을 상대
할 시간이 없답니다!"라고…….
　나그네가 떠나든 머물든 개의치 않고 침묵을 지킨다.

[4-30] 擇地納涼, 不若先除熱惱; 執鞭求富, 何如急遣窮愁?

【納涼(납량)】 더위를 피하여 서늘한 바람을 쐬다.
【A不若(불약)B】 A는 B만 못하다, A보다 B가 낫다.
【熱惱(열뇌)】 심한 번뇌.
【執鞭(집편)】 貴人이 외출할 때 채찍을 가지고 그가 타는 가마를 호위함. 《論語·
述而》에 "부유함은 추구할 만한 것이다. 비록 채찍을 들고 말을 모는 사람이 되더라
도 나 또한 그것을 하리라〔富而可求也, 雖執鞭之士, 吾亦爲之〕"라는 구절이 있다.
＊이 구절을 통해 볼 때 〈취고당검소〉는 당대의 부귀영화 관념과 상충되거나 배치
되는 점이 있고, 이것이 바로 명말 청언소품류가 지니는 당대 이데올로기에 대한

전복적 성격이기도 하다.

【如何(여하)】 어찌 …만 하겠는가? 어찌 …과 같겠는가?

【遣(견)】 풀다, 덜다, 털다.

【窮愁(궁수)】 가난에 대한 근심, 곤궁하여 근심하다.

　더위를 피하고 서늘한 바람을 쐴 장소를 선택하기보다는 먼저 열 오르게 하는 고민거리를 없애는 것이 낫다.

　채찍을 들고 남의 말을 몰아주며 富를 추구하는 것과 가난에 대한 근심을 한시라도 빨리 떨어 버리는 것이 같겠는가?

[4-31] 萬壑疎風淸, 兩耳聞世語, 急須敲玉磬三聲; 九天凉月淨, 初心誦其經, 勝似撞金鐘百下.

【萬壑(만학)】 온갖 골짜기, 많은 골짜기.

【疏(소)】 트이다, 통하다, 소통시키다.

【急須(급수)】 재빨리 …해야만 한다, 급히 …할 필요가 있다.

【玉磬(옥경)】 옥으로 만든 경쇠.

【世語(세어)】 세상의 말.

【九天(구천)】 하늘, 하늘의 가장 높은 곳.

【初心(초심)】 처음의 마음, 본시 먹은 마음.

【勝似(승사)】 …보다 낫다.

【撞金鐘百下(당금동백하)】 쇠북종을 백 번 치다. 下는 동사 撞의 행위를 나타낸다.

　굽이굽이 골짜기에 이는 바람이 깨끗한데도 두 귀에 속세의 소리가 들린다면 어서 빨리 옥으로 만든 경쇠를 세 번 울려야 하리!

　하늘에 떠 있는 서늘한 달이 말갛게 깨끗할 때, 初心으로 경전을 낭독하면 쇠종을 백 번 정도 치는 것보다 나으리!

[4-32] 無事而憂, 對景不樂, 卽自家亦不知是何緣故. 這便是
一座活地獄. 更說甚麼銅床鐵柱, 刀山劍樹也!

【緣故(연고)】 원인, 까닭, 이유.
【自家(자가)】 자기, 자신.
【說甚麼(설심마)】 무엇을 말할까, 말해 무엇하리! 말할 필요가 있을까!
【活地獄(활지옥)】 생지옥.
【銅床鐵柱(동상철주)】 지옥에서 받는 형벌. 펄펄 끓는 구리 침상에 눕고, 끓는 기름
을 바른 쇠기둥을 기어 올라가는 형벌.
【劍樹刀山(검수도산)】 지옥에서 받는 형벌. 창으로 이루어진 숲과 칼로 이루어진 산
위를 걸어가는 형벌.

별일이 없어도 근심이 있다면 멋진 경치를 대해도 즐겁지 않은데, 자
신도 무슨 까닭인지 모르곤 한다. 이것이 바로 생지옥이다! 펄펄 끓는 구
리 침상이나 쇠기둥을 껴안는 지옥의 형벌이나 칼과 창으로 이루어진 숲
과 산 위를 지나가는 지옥의 형벌을 더 말할 필요가 있을까?!

[4-33] 煩惱之場, 何物不有? 以法眼照之, 奚啻蝎蹈空花.

【何種不有(하종불유)】 어떤 종류든 없겠는가? 즉 모든 종류가 다 있다.
【奚啻(해시)】 어찌 …뿐이겠는가?
【法眼(법안)】 佛法을 관찰하여 깨닫는 눈.
【蝎】 나무굼벵이.
【空花】 망상, 공상(=空華).

번뇌의 종류는 다양하니 없는 것이 있으리? 이러한 번뇌의 현상들을
法眼으로 살펴본다면, 나무굼벵이가 환상으로 된 꽃 위를 기어가는 것
뿐이겠는가?

[4-34] 上高山, 入深林, 窮迴溪幽泉怪石, 無遠不到. 到則拂草而坐, 傾壺而醉. 醉則更相枕藉以臥. 意亦甚適, 夢亦同趣.

【迴溪(회계)】구불구불한 시내, 굽이지는 시내, 감도는 시내.
【拂草(불초)】수풀을 헤집다. *拂: 털다, 떨치다.
【傾(경)】기울이다, (그릇 따위를 기울여 안의 내용물을) 쏟다, 들어내다.

　높은 산에 오르고 깊은 숲에 들어가고, 외진 곳에 있는 구불구불한 시내, 그윽한 샘, 괴이한 모양의 바위를 찾아 먼 곳까지 찾아가지 않은 곳이 없다. 도착하면 수풀을 헤집고 앉아 술병을 기울이며 취하고, 취하면 곧 서로를 베개삼아 마음대로 편히 눕는다. 뜻도 잘 맞고, 꿈 또한 같은 취향이라!

[4-35] 閉門閱佛書, 開門接佳客, 出門尋山水, 此人生三樂.

【接(접)】맞이하다, 영접하다, 마중하다.
【佳客(가객)】좋은 손님, 기쁜 손님.

　문을 닫아걸고 불경을 읽고, 문을 열어 좋은 친구를 맞이하고, 문을 나서면 산수를 찾아다니니, 이것이 인생의 세 가지 즐거움이리!

[4-36] 客散門扃, 風微日落, 碧月皎皎當空, 花陰徐徐滿地. 近簷鳥宿, 遠寺鐘鳴, 茶鐺初熟, 酒甕乍開, 不成八韻新詩, 畢竟一團俗氣.

【扃(경)】닫다, 걸다, 빗장.
【皎皎(교교)】희고 깨끗한 모양, 달이 밝은 모양.

【徐徐(서서)】 천천히, 느릿느릿.
【茶鐺(다당)】 차를 끓이는 솥.
【乍(사)】 갓, 방금, 처음, 갑자기, 언뜻, 잠시.
【畢竟(필경)】 결국.
【一團俗氣(일단속기)】 俗氣로 가득 차다.

　하나둘 손님 돌아가면 문은 닫히고 바람은 산들산들, 해는 지고 푸르스름한 달빛 밝게 허공에 걸리면 꽃그림자 땅을 가득 채운다. 가까운 처마엔 새가 깃들고 먼 데 절에선 종소리 울리고, 찻물 막 끓어오르는데 술항아리를 처음 개봉하네! 이렇듯 맑고 운치 있는 상황에서 八韻詩를 짓지 못한다면 결국은 속된 맛만 가득 차리!

[4-37] 高品人胸中灑落, 如光風霽月.

【高品(고품)】 높은 품격.
【灑落(쇄락)】 마음에 조금도 티가 없이 시원함, 마음에 아무 집착이 없어 상쾌함.
【光風霽月(광풍제월)】 비가 갠 뒤의 바람과 달이란 뜻으로, 깨끗하고 맑은 마음을 비유함. *光風: 비 온 뒤에 해가 뜨고 부는 바람.

　높은 품격을 지닌 사람의 가슴속은 비 갠 뒤의 바람과 달처럼 조금의 티도 없이 깨끗하고 상쾌한 것!

[4-38] 不作風波於世上, 自無冰炭到胸中.

【風波(동파)】 동요하여 안정되지 않은 모양, 세상의 변고나 소란.
【冰炭(빙탄)】 얼음과 숯. 서로 정반대가 되어 조화되지 못하는 사물이나 관계.

　세상사에 대해 풍파가 일지 않으면, 가슴속에는 들끓거나 차가워지는 동요도 저절로 없어지리.

[4-39] 秋月當天, 纖雲都淨, 露坐空闊去處. 淸光冷浸, 此身
如在水晶宮裏, 令人心膽澄澈.

【當(당)】 가리다, 덮다.
【纖(섬)】 고운 비단, 부드럽다.
【淨(정)】 깨끗하다, 아무것도 없다, 텅 비다.
【露坐(노좌)】 한데에 앉음.
【空闊(공활)】 광활하다, 툭 트여 넓다.
【去處(거처)】 장소, 곳, 행선지, 행방.
【冷浸(냉침)】 차갑게 스며들다.
【心膽(심담)】 마음, 정신.
【澄徹(징철)】 아주 맑다, 맑디맑다.

　가을 달 하늘을 가리고 비단 구름 맑을 때, 확 트인 드넓은 곳 찾아가
아무데나 앉네. 깨끗한 달빛 맑고 차갑게 스며드나니, 이 몸이 水晶宮 속
에 있는 듯 정신이 맑고도 맑아진다네!

[4-40] 遺子黃金滿籯, 不如敎子一經.

　자식에게 상자 가득한 황금을 남기는 것보다 경전 한 권을 가르치는
것이 낫다.

[4-41] 凡醉各有所宜: 醉花宜晝, 襲其光也; 醉雪宜夜, 淸其
思也; 醉得意宜唱, 宣其和也; 醉將離宜擊缽, 壯其神也; 醉文

人宜謹節奏, 畏其侮也; 醉俊人宜益觥盂加旗幟, 助其烈也; 醉
樓宜暑, 資其淸也; 醉水宜秋, 泛其爽也. 此皆審其宜, 考其景.
反此, 則失飮之人矣.

【宜(의)】 적합하다, 적당하다, 알맞다.
【襲(습)】 엄습하다, 끼쳐오다, 합치하다, 맞다.
【得意(득의)】 바라던 일이 성취됨, 뜻에 얻은 바가 있음.
【宣(선)】 베풀다, 펴다, 널리 알리다.
【將離(장리)】 이별하려고 하다.
【謹節奏(근절주)】 정해 놓은 규칙을 지키는 것. 즉 문인들이 모여 시를 지을 때 韻字
를 정한다든지, 諱字를 둔다든지 하는 시를 짓는 규칙을 정하여 따르는 것. *節奏:
리듬, 박자.
【畏(외)】 두려워하다, 삼가 조심하다.
【觥盂(굉우)】 큰 술잔.
【旗幟(기치)】 술집에 걸어두는 깃발.
【資(자)】 보내다, 취하다, 주다.
【泛(범)】 뜨다, 흐르다, 물이 차다.

　무엇엔가 심취할 때는 각각 적합한 시기가 있는 법이다.
　꽃에 취하기에는 낮이 적당하니 햇빛이 꽃 빛깔에 스며들기 때문이요,
눈에 취하기에는 밤이 적합하니 생각을 맑게 해주기 때문이다.
　자신만만함에 취하기에는 노래가 적당하니 편한 기운을 펼칠 수 있기
때문이요, 이별에 취하려면 바리를 두드리는 것이 어울리니 정신을 비장
하게 해주기 때문이다.
　문인에 취하려면 시짓는 규칙을 잘 지켜야 하니 모욕당하는 것을 조심
하게 해주기 때문이요, 호걸에 취하기에는 술에 술을 더해 마시는 것이
어울리니 뜨거운 성격을 북돋워 주기 때문이다.
　누대에 심취하기에는 더울 때가 어울리니 시원함을 배가시켜 줄 수 있고,
물에 빠져들기에는 가을이 어울리니 상쾌함이 넘치게 해주기 때문이다.
　이렇게 술마시기에 어울리는 것과 적당한 상황을 살펴보았다. 이와 반

대라면 함께 술 마시는 사람을 잃게 되리라!

[4-42] 竹風一陣, 飄颺茶竈疎烟; 梅月半灣, 掩映書窗殘雪.

【一陣(일진)】 한바탕, 한번.
【飄颺(표양)】 바람에 펄럭이다.
【茶竈(다조)】 차 끓이는 화로.
【梅月(매월)】 음력 10월의 다른 이름.
【半灣(반만)】 보름달이 되어가는 달, 둥글게 채워져 가는 달.
【掩映(엄영)】 서로 가리고 비치면서 어울려 돋보이다.

대나무 바람 한바탕 불어와 차 끓이는 화로의 가는 연기 날려가고, 음력 10월 둥글게 채워져 가는 달은 책 읽는 창가의 잔설을 돋보이게 하는구나!

[4-43] 廚冷分山翠, 樓空入水煙.

【冷(랭)】 차다, 한산하다, 고요하다, 쓸쓸하다.
【分(분)】 나누다, 가르다.
【山翠(산취)】 푸르른 산의 녹음, 푸르른 山色.
【水煙(수연)】 물안개.

부엌이 차가우니 푸르른 산 빛깔이 나눠지고, 누대가 텅 비니 물안개가 스며든다.

[4-44] 閒疏滯葉通隣水, 擬典荒居作小山.

【間(간)】 틈, 한가할 때(=閒).
【滯葉(체엽)】 물길을 막고 있는 낙엽.
【隣水(인수)】 여러 집이 쓰는 물길. *隣: 周代의 행정 구역 가운데 하나, 다섯 집이
사는 구역.
【擬典(의전)】 典故를 모방하다. *擬: 헤아리다, 흉내내다, 본뜨다.
【荒居(황거)】 황량한 곳에 살다.

한가할 때 수로에 쌓인 낙엽을 치운다면 여럿이 함께 쓰는 물길이 통
하게 되고, 典故만을 따르며 황량한 곳에서 혼자 떨어져 살다 보면 조그
만 산처럼 외롭게 된다네.

[4-45] 聰明而修潔, 上帝固錄淸虛; 文墨而貪殘, 冥官不受
辭賦.

【淸虛(청허)】 마음이 맑고 허심탄회함.
【文墨(문묵)】 글을 짓는 일, 문장을 쓰는 것.
【殘(잔)】 잔인하다, 해치다, 손상시키다, 죽이다.
【冥官(명관)】 저승의 벼슬아치.
【辭賦(사부)】 시가, 문장.

총명하면서 고결한 성품을 수양하면 上帝가 그의 맑음을 기록해 두고,
글을 지으면서 남을 해치려고만 하면 저승의 관리도 그의 글을 받지 않
는다!

[4-46] 破除煩惱, 二更山寺木魚聲; 見徹性靈, 一點雲堂優
鉢影.

【破除(파제)】 타파하다, 배제하다.
【見徹(견철)】 꿰뚫어보다, 간파하다.
【性靈(성령)】 마음, 정신, 精氣.
【雲堂(운당)】 禪家에서 僧堂을 부르는 말. 參禪을 하기 위해 雲水僧들이 사방에서 參堂하므로 이렇게 부른다.
【優鉢(우발)】 優曇鉢華(花) 혹은 優曇鉢羅華. 梵語로는 Udumbara. 3천 년에 한 번 꽃이 피어 金輪王이 나온다는 상상의 나무. 전하여 극히 드문 좋은 일.

번뇌를 타파하는 것은 깊은 밤 山寺의 木魚 소리, 性靈을 간파하는 것은 雲堂에 피어난 우담바라 한 송이…….

[4-47] 興來醉倒落花前, 天地卽爲衾枕; 機息忘懷磬石上, 古今盡屬蜉蝣.

【衾枕(금침)】 이부자리와 베개, 침구, 전하여 잠자리.
【機息(기식)】 일을 만드는 계기를 멈춤. *機: 계기, 작용, 실마리 *息: 그만두다, 멈추다.
【忘懷(망회)】 잊다, 잊어버리다.
【磬石(반석)】 너럭바위.
【盡(진)】 모두.
【蜉蝣(부유)】 하루살이.

흥이 솟아나면 술에 취해 지는 꽃 앞에서 고꾸라지니 천지가 바로 이부자리요, 뭔가 하려는 생각을 멈추고 모든 것을 잊고서 너럭바위 위에 앉으니 옛날이나 지금이나 모두 하루살이 인생!

[4-48] 老樹着花, 更覺生機鬱勃; 秋禽弄舌, 轉令幽興瀟疎.

【着花(착화)】 꽃이 피다.
【鬱勃(울발)】 정신이나 원기가 왕성한 모양.
【弄舌(농설)】 혀를 놀리다. 여기서는 새가 지저귄다는 뜻.
【轉(전)】 오히려, 더욱더, 한층 더.
【瀟疏(소소)】 적막하다, 쓸쓸하다.

   늙은 나무에 꽃이 피면 생기발랄함을 더욱 느끼지만, 가을에 새가 지저귀면 그윽한 흥취 더욱 적막해지네.

[4-49] 完得心上之本來, 方可言了心; 盡得世間之常道, 纔堪論出世.

【完得(완득)】 완전히 얻다, 완전히 깨닫다, 뒤의 '盡得' 도 같은 의미.
【了心(요심)】 마음을 깨닫다.

   마음의 본래 모습을 완전히 깨달은 후에야 마음을 깨달았다고 말할 수 있고, 세상의 常道를 완전히 깨달은 후에야 세속을 벗어남에 대해 논할 수 있는 것!

[4-50] 雪後尋梅, 霜前訪菊, 雨際護蘭, 風外聽竹. 固夜客之閒情, 實文人之深趣.

【霜前(상전)】 '雪後' 와 호응하여 '서리 내리기 전' 으로 해석하는 것이 옳다.
【風外(풍외)】 밖에 바람이 불다, 바람 부는 바깥.

   눈 온 뒤에 매화를 찾아다니고, 서리 내리기 전 국화를 감상하고, 비 올 때는 蘭을 보호하고, 바람 불 때면 밖에 나가 대나무 소리를 듣는다.

이는 자연에 묻혀 사는 나그네[野客]의 한가로운 마음이요, 문인의 깊은 운치이리라!

[4-51] 結一草堂, 南洞庭月, 北蛾眉雪, 東泰岱松, 西瀟湘竹. 中具晉高僧支法八尺沈香牀. 浴罷溫泉, 投牀酣鼾. 以此避暑, 樂不樂也!

【結(결)】 집을 짓다, 매다, 묶다, 맺다.
【洞庭(동정)】 동정호. 湖南省 북부에 있는 중국 제2의 담수호. 湘水 등 주위의 하천이 모여들고, 岳陽樓와 瀟湘八景 등 명승이 많다.
【蛾眉(아미)】 蛾眉山. 四川省 峨眉縣 서남쪽에 있는 산 이름. 양쪽 산이 마주 서 있어 한 쌍의 蛾眉같이 보이므로 이런 이름을 붙였다고 한다.
【泰岱(태대)】 泰山. 岱山도 泰山의 별칭.
【瀟湘(소상)】 瀟水와 湘水. 瀟水는 湖南省 寧遠縣에서 발원하여 湘水로 흘러들고, 湘水는 廣西省 興安縣에서 발원하여 湖南省 洞庭湖로 흘러 들어간다.
【支法(지법)】 晉代의 스님. 佛號가 法度로 晉代의 고승 支遁과 道伴.

초당을 한 채 짓고서 남쪽에는 洞庭湖의 달을, 북쪽에는 峨嵋山의 눈을, 동쪽에는 泰山의 소나무를, 서쪽에는 瀟湘 강가의 대나무를 둬야지. 가운데는 晉代의 고승 支法 스님의 8척짜리 沈香木 침상을 두고, 溫泉에 몸을 씻고 침상에 올라 달콤하게 한숨 자고…….
이렇게 피서하면 즐겁지 않겠는가!

[4-52] 人有一字不識, 而多詩意; 一偈不參, 而多禪意; 一勺不濡, 而多酒意; 一石不曉, 而多畫意, 淡宕故也.

【參(참)】 헤아리다, 參究하다.

【偈(게)】 불교의 德을 찬양하거나 敎旨를 설명하는 글귀.
【濡(유)】 젖다, 적시다.
【淡宕(담탕)】 (마음이) 담박하면서도 구속되지 않고 넓다.

　사람들 중에는 글자 하나 모르지만 詩적인 정취가 풍부하고, 불교의
偈에 대해 한번도 헤아려 보지 않았지만 깨달음에 관한 뜻이 많고, 술은
한 국자도 마시지 못하면서 취흥이 풍부하고, 바위에 대해선 전혀 모르
지만 그림에 대한 열정과 재능이 많은 사람이 있으니, 담박하면서 얽매
이지 않기 때문이다.

　[4-53] 以看世人淸白眼, 轉而看書, 則聖賢之眞見識; 以議論
人雌黃口, 轉而論史, 則左狐之眞是非.

【淸白(청백)】 깨끗하다, 청백하다, 명백하다, 분명하다, 똑똑하다.
【轉而(전이)】 방향을 바꾸어.
【雌黃(자황)】 비소(砒素)와 유황과의 화합물인 황색의 결정체. 예전에는 시문을 첨
삭할 때 자황을 썼다. 전하여 첨가하거나 삭제하다, 시문의 글귀를 고치다, 함부로
비평하다.
【左狐(좌호)】 春秋戰國시대 史家인 左邱明과 董狐를 가리킴, 즉 史官.
【是非(시비)】 옳고 그름, 是是非非.

　세상 사람을 냉철하게 바라보는 깨끗한 눈으로 책을 본다면 곧 聖賢의
참된 견식이 될 것이요, 다른 사람을 비평하는 입으로 역사를 논한다면
史官의 진정한 판단이 될 수 있을 텐데…….

　[4-54] 事到全美處, 怨我者不能開指摘之端; 行到至汚處, 愛
我者不能施掩護之法.

【完美(완미)】 완전하여 결함이 없다.
【開(개)…端(단)】 …의 실마리(단서)를 캐다.
【指摘(지적)】 지적하다.
【至汚(지오)】 지극히 더럽다. *汚: 더럽다, 부정하다, 청렴결백하지 못하다.
【掩護(엄호)】 (상대의 공격으로부터 자기편을) 가려 보호하다.

　일을 완벽하게 하면 나를 미워하는 사람도 지적할 꼬투리를 잡을 수 없고, 행실이 추접하게 되면 나를 총애하는 사람도 보호해 줄 수가 없다.

　[4-55] 必出世者, 方能入世, 不則世緣易墮; 必入世者, 方能出世, 不則空趣難持.

【出世(출세)】 탈속하다, 세상을 벗어나다.
【入世(입세)】 세상에 뛰어들다, 정치 등 세상살이에 적극적으로 참여하다.
【世緣(세연)】 세상의 온갖 인연.
【墮(타)】 떨어지다, 무너지다, 부서지다.
【空趣(공취)】 空虛의 정취, 空虛를 추구하는 취향.

　속세에서 벗어난 사람이라야 세상 속으로 뛰어들어 적극적으로 살 수 있나니, 그렇지 않으면 세상과의 인연은 쉽게 떨어질 것이다.
　적극적으로 세상살이를 했던 사람이라야 세속에서 벗어날 수도 있나니, 그렇지 않다면 空虛함의 정취를 지켜내기 힘들다.

　[4-56] 調性之法, 急則佩韋, 緩則佩絃; 諧情之法, 水則從舟, 陸則從車.

【調性(조성)】 본성을 조절하다, 본성을 고르게 하다.

【佩韋(패위)】戰國時代 魏나라의 西門豹가 자기의 성급한 마음을 고치기 위해 항상 무두질한 부드러운 가죽을 차고 반성했다는 고사.
【佩弦(패현)】春秋時代 晉나라의 董安于가 자기의 느린 마음을 고치기 위하여 항상 활시위를 팽팽하게 맨 활을 몸에 차고 반성했다는 고사.
【從(종)】따르다, 좇다.

　성격을 조절하는 방법이 있나니, 조급하면 무두질한 부드러운 가죽을 지니고 다니고, 느릿느릿하다면 활시위를 팽팽하게 맨 활을 차고 다니는 것이다.
　감정을 조화롭게 하는 방법이 있으니 물에서는 배를 탄 듯, 육지에서는 수레를 탄 듯하면 된다.

　[4-57] 才人之行，多放當以正斂之；正人之行，多板當以趣通之.

【正(정)】곧다, 올바르다, 정직하다.
【斂(렴)】단속하다, 구속하다, 제한하다.
【板(반)】융통성이 없다, 딱딱하다.

　재주 있는 사람의 행동은 대부분 방종하니 바른 것으로써 단속해야 하고, 올바른 사람의 행동은 대부분 판에 박은 듯 딱딱하니 운치로써 융통성 있게 해야 한다.

　[4-58] 人有不及，可以情恕. 非義相干，可以理遣. 佩此兩言，足以游世.

【不及(불급)】미치지 못함.

【義(의)】정의, 올바른 도리.
【相干(상간)】상관하다, 관계하다.
【遣(견)】달래다, 풀다, 용서하여 보내다.
【遊(유)】놀다, 즐겁게 지내다, 자유롭게 움직이다, 떠돌다, 교제하다, 교유하다.

    사람이 부족한 면이 있으면 情으로 용서할 수 있고, 정의와 관련된 것이 아니라면 道理로써 용서해 줄 수 있다. 이 두 가지 말을 항상 지닌다면 세상을 즐겁게 살 수 있다.

[4-59] 冬起欲遲, 夏起欲早; 春睡欲足, 午睡欲少.

【欲(욕)】바라다, …하고 싶다, 바야흐로 …하려 하다. * 네 가지 상황에 맞춰 '欲'이 지닌 뜻을 달리 풀었다.

    겨울엔 늦게 일어나고 싶고, 여름엔 일찍 일어나게 되고, 봄엔 푹 자고 싶고, 낮잠은 짧게 자게 되고…….

[4-60] 無事當學白樂天之嗒然, 有客宜倣李建勳之擊磬.

【白樂天(백락천)】中唐시기의 白居易. 字가 樂天. 號는 香山居士. 평이한 시어를 구사하여 사회의 부조리를 고발하는 시를 많이 지었다. 元稹과 더불어 元白이라 칭해진다.
【嗒然(탑연)】멍한 모양, 마음이 공허하고 物我를 잊은 모양. 白居易의 〈隱几贈客詩〉에 "어떤 때는 감춰진 책상처럼, 멍한 채 아무와도 함께하지 않네〔有時猶隱几, 嗒然無所偶〕"라고 적혀 있다.
【李建勳(이건훈)】南唐 隴西人 字가 致堯다. 그의 一竹軒에 '四友'라는 榜을 붙였는데, 琴을 峰陽友로, 磬을 泗濱友로, 《南華經》을 心友로, 湘竹을 夢友로 삼았다고 한다.

일이 없다면 物我를 잊는 白樂天을 배워야 하고, 손님이 있을 때는 李
建勳처럼 경쇠를 치며 노래하는 것을 본받아야 한다.

[4-61] 郊居, 誅茅結屋. 雲霞棲梁棟之間, 竹樹在汀洲之外.
與二三同調, 望衡對宇, 聯捷巷陌, 風天雪夜, 買酒相呼. 此時覺
曲生氣味, 十倍市飮.

【茆(묘)】 띠풀〔茅〕.
【梁棟(양동)】 들보와 마룻대.
【汀洲(정주)】 물 가운데 모래가 드러난 평평한 곳.
【同調(동조)】 동조자, 친구.
【望衡對宇(망형대우)】 집과 집이 붙어 있다, 가옥이 연이어 있다.
【聯捷巷陌(연첩항맥)】 '巷陌'은 길거리와 골목의 통칭으로 '聯捷巷陌'은 재빠르
게 다닐 수 있는 길과 골목으로 연결되어 있음을 말한다.
【麴生(국생)】 술의 다른 이름(=麴秀才, =麴君).
【氣味(기미)】 냄새와 맛, 정취.
【市飮(시음)】 시장에서 마시다.

교외에 살며 띠풀을 베어 집을 짓는다. 구름과 노을이 들보와 기둥 사
이에 깃들고, 대나무는 모래톱가에서 자란다. 마음 맞는 몇몇 친구와 집
이 연이어 붙어 있어 빠르게 오갈 수 있었다. 바람 부는 날이나 눈 온 밤
이면 술을 사서 서로를 부르는데, 그럴 때면 시장에서 마실 때보다 술 맛
이 열배는 더 좋은 것 같다!

[4-62] 萬事皆易滿足, 惟讀書終身無盡. 人何不以足知之?
一念加之書.

【加(가)】 늘리다, 불리다, 증가하다.

　모든 일이 쉽게 만족되더라도 오직 독서만은 평생토록 다할 수가 없다. '사람의 지식은 어째서 채워지지 않을까?' 하는 생각으로 독서량을 늘려야 한다.

　　[4-63] 閒非易事, 須是胸中有靈丹一粒, 方能點化俗情.

【靈丹(영단)】 이상한 효력이 있는 환약.
【一粒(일립)】 한 알. ＊粒: 낱알.
【點化(점화)】 풍속을 더럽힘, 道家에서 종래의 물건을 고쳐 새롭게 함을 이름.
【俗情(속정)】 세속적인 생각, 名利에만 급급한 고아하지 아니한 마음.

　한적함을 지닌다는 것은 쉬운 일이 아니기에 가슴속에 영험한 丸藥 한 알을 지녀야 비로소 세속적인 마음을 새롭게 바꿀 수 있다.

　　[4-64] 醉後輒作草書十數行, 便覺酒氣拂拂, 從十指中出去也.

【拂拂(불불)】 (바람이) 솔솔 부는 모양.

　취한 후 草書 열몇 줄을 써본다. 술기운이 솔솔 열 손가락으로부터 나오는 것 같구나!

　　[4-65] 書引藤爲架, 人將薜作衣.

【架(가)】 뼈대, 선반.

【薜(설)】 즉 薜蘿(덩굴이 뻗는 풀, 전하여 隱者의 옷).

　책은 등나무를 책장으로 삼으려, 이 몸은 담쟁이 넝쿨을 옷으로 삼으려……．

[4-66] 從江干溪畔箕踞, 石上聽水聲, 浩浩潺潺, 粼粼冷冷, 恰似一部天然之樂韻. 疑有湘靈, 在水中鼓瑟也.

【從(종)】 좇다, …를 따르다.
【江干(종간)】 강변, 강안.
【箕踞(기거)】 두 다리를 뻗고 앉음.
【浩浩(호호)】 광대한 모양.
【潺潺(잔잔)】 물 흐르는 소리, 졸졸.
【粼粼(인린)】 맑고 깨끗한 모양, 물이 바위에 부딪치는 모양.
【冷冷(냉랭)】 물이 흐르는 소리, 소리가 깨끗하게 잘 들리는 모양, 시원하다.
【恰似(흡사)】 흡사 … 같다, 마치 … 같다.
【樂韻(낙운)】 음악.
【湘靈(상령)】 湘水의 精靈.

　강변을 따라가다 시냇가에 다리를 뻗고 앉아 바위 위에서 물소리를 듣는다. 콸콸 졸졸 돌돌…… 그 소리 마치 자연의 음악 같아, 湘水의 精靈이 물속에서 거문고를 연주하는 것 같았네.

[4-67] 鴻中疊石, 未論高下. 但有木陰水氣, 便自超絶.

【鴻(홍)】 洪과 통용되며, 여기서는 ‘큰물’ 의 의미.
【水氣(수기)】 물기, 습기, 수증기.
【超絶(초절)】 남보다 월등히 뛰어남.

강물 가운데 쌓인 바위는 좋고 나쁜 것이 없나니, 나무 그늘과 물기운 있는 곳이면 절로 절경이 된다.

[4-68] 段田夫携瑟, 就松風澗響之間, 曰：“三者皆自然之聲, 正合類聚.”

【段田夫(단전부)】 段씨 성의 농부. ＊田夫: 농부, 시골 사람, 野人.
【類聚(유취)】 같은 부류끼리 모임, 같은 부류의 사물을 모음.

농부 段씨가 거문고를 옆에 끼고서 솔바람 일고 산골 물소리 울리는 곳에 가서 말하더라. “이 세 가지는 자연의 소리, 비슷한 것끼리 모인 것이라네!”

[4-69] 高臥閒窓, 綠陰淸晝, 天地何其寥廓也.

【高臥(고와)】 세속의 얽매임을 벗어나서 마음대로 생활함, 세속에 구애받지 않고 마음대로 누움.
【寥廓(요곽)】 텅 비고 끝없이 넓다, 쓸쓸하고 고요하다.

한가로운 창가에 유유자적 누우면 푸르른 그늘이 한낮의 더위를 시원하게 해주네. 천지가 어찌 이리도 텅 빈 듯 쓸쓸하고 고요할꼬?

[4-70] 少學琴書, 偶愛淸淨. 開卷有得, 便欣然忘食. 見樹木交映, 時鳥變聲, 亦復歡然有喜. 常言五六月, 臥北窓下, 遇涼風暫至, 自謂羲皇上人.

【琴書(금서)】 거문고와 책.
【淸淨(청정)】 속세의 번거로운 일을 떠나 마음을 깨끗하게 가짐, 마음이 깨끗하여
번뇌와 사욕이 없음.
【欣然(흔연)】 기뻐하는 모양.
【歡然(환연)】 기뻐하는 모양, 즐거워하는 모양.
【暫至(잠지)】 잠시 이르다.
【羲皇上人(희황상인)】 伏羲氏가 살았던 태곳적 사람이라는 뜻으로, 세상을 잊고
안일하게 사는 사람.

　어려서 거문고와 독서를 배웠고 우연히 淸淨함을 사랑하게 되었네. 책
을 펼쳐 깨닫는 바가 있으면 기뻐서 먹는 것도 잊었지. 얽히고설킨 나뭇
잎 틈새로 비치는 햇살, 철 따라 우는 새소리도 변화가 있어, 또다시 배시
시 기쁨이 솟아오르네! 언제나 말하듯 5,6월에 북쪽 창가에 누워 짧게 불
어오는 시원한 바람을 맞으면 내 자신 羲皇上人이 된 듯하다네!

　[4-71] 空山聽雨, 是人生如意事. 聽雨必於空山破寺中, 寒雨
圍爐, 可以燒敗葉, 烹鮮芛.

【如意(여의)】 일이 자신의 뜻과 같이 됨.
【可以(가이)】 …할 수 있다, …해도 좋다, …할 가치가 있다, 좋다, 괜찮다.
【敗葉(패엽)】 낙엽, 마른 잎.

　텅 빈 산 속에서 빗소리를 듣는 것은 인생에서 가장 마음에 드는 일이
라네.
　빗소리는 텅 빈 산의 스러져 가는 절 안에서 들어야 제격이지!
　차가운 비 내릴 때 따뜻한 화롯가에 둘러앉아 낙엽을 태워도 좋고, 갓
따온 신선한 죽순을 삶는 것도 좋지!

[4-72] 鳥啼花落, 欣然有會於心, 遣小奴挈瘿樽, 酤白酒, 釂一
梨花瓷醆, 急取詩卷, 快讀一過以嚥之, 蕭然不知其在塵埃間也.

【會(회)】 이해하다, 깨닫다.
【挈(설)】 손에 들다, 잡다.
【瘿樽(영준)】 瘿은 원래 '혹'이나 '나무의 옹이'를 의미하는데, 瘿樽은 녹나무 뿌리
를 깎아서 만든 술잔을 말한다.
【酤(고)】 사다, 술을 사다.
【釂(조)】 다 들이키다, 잔에 있는 술을 다 마시다.
【瓷醆(자잔)】 도자기로 만든 술잔.
【嚥之(열지)】 之는 시집을 읽는 것을 받으며, 말을 멈추다(거두다)는 뜻. *嚥: 넘기
다, (말을) 거두다, 삼키다.
【蕭然(소연)】 적막하고 조용함.
【塵埃(진애)】 먼지, 티끌, 속세.

　새가 울고 꽃이 지는 것에도 마음에 깨달음이 있어 즐거워라! 어린 종
을 보내 녹나무 술잔을 가져오고 白酒를 사오게 하네. 배꽃 그려진 도자
기 술잔의 술을 다 마셔 버리고는 시집을 들어 급히 한번 읽고 입을 다물
면 적막해져, 속세에 살고 있다는 것조차 모르노라!

　[4-73] 閉門卽是深山, 讀書隨處淨土.

【卽(즉)】 곧 …이다, 바로 …이다.
【隨處(수처)】 도처에, 어디서나.
【淨土(정토)】 번뇌의 속박을 벗어난 아주 깨끗한 세상.

　문을 닫으면 바로 깊은 산이요, 책을 읽으면 어디나 극락!

[4-74] 千巖競秀, 萬壑爭流. 草木蒙籠其上, 若雲興霞蔚.

【千(천)】 매우 많음을 나타냄. 뒤의 ‘萬壑’의 萬과 같은 의미.
【映(영)】 비치다, 비추다, 빛나다.
【蒙籠(몽롱)】 초목이 무성하여 가림.
【雲興霞蔚(운흥하울)】 구름이 일고 놀이 아름답게 펼치다.

수많은 바위가 빼어남을 다투고, 온갖 골짜기는 물길을 다투네. 초목은 그 위를 무성하게 덮고 있으니, 구름이 일고 노을이 아름답게 펼쳐진 듯하네!

[4-75] 從山陰道上行, 山川自相映發, 使人應接不暇. 若秋冬之際, 猶難爲懷.

【自相(자상)】 자기들끼리 서로, 자기들 사이에서 서로.
【應接(응접)】 맞이하다, 응접하다, 호응하다. 여기서는 山이든 川이든 한쪽을 상대하다. 즉 한 곳만 감상한다는 뜻.
【不暇(불가)】 틈이 없다, 여가가 없다.
【秋冬之際(추동지제)】 가을과 겨울 사이, 가을에서 겨울로 가는 시기.
【猶(유)】 마치 …와 같다, 오히려, 도리어.

산 속 그늘진 길을 따라 올라가는데, 산과 계곡물이 서로를 비추어 어느 한쪽만 바라보고 있을 틈이 없구나!
가을에서 겨울로 넘어가는 계절에는 더더욱 가슴속에만 품어두기 힘들구나!

[4-76] 欲見聖人氣象, 須於自己胸中潔淨時觀之.

【氣象(기상)】 타고난 성정, 기개.
【潔淨(결정)】 깨끗하다, 청렴결백하다.

성인의 氣象을 보려면 자신의 가슴속이 깨끗할 때 봐야 하나니!

[4-77] 執筆惟憑於手熟, 爲文每事於口占.

【事(사)】 받들다, 섬기다.
【口占(구점)】 시를 지을 때 초고를 쓰지 않고 입으로 흥얼거리다.

붓을 잡으면 숙달된 손놀림에만 의지하고, 글은 항상 흥얼흥얼 입에서
나오는 대로 지어야 한다.

[4-78] 箕踞于斑竹林中, 徙倚于靑磯石上. 所有道笈梵書, 或
校讎四五字, 或參諷一兩章. 茶不堪精, 壺亦不燥; 香不堪良,
灰亦不死. 短琴無曲而有絃, 長謳無腔而有音. 激氣發於林樾,
好風逆之水涯. 若非羲皇以上, 定亦稽阮兄弟之間.

【徙倚(사의)】 배회하다, 한가롭게 거닐다.
【所有(소유)】 소유물, 가진 것, 소유, 소유하다, 모든, 일체의.
【磯(기)】 물가. 바다 또는 호수 등의 물이 물가의 돌에 부딪치는 곳.
【道笈(도급)】 道敎의 경전.
【梵書(범서)】 불교의 경전.
【校讎(교수)】 교정하다.
【參諷(참풍)】 연구하고 비평하다.
【精(정)】 정선한, 정제한, 훌륭한. 여기서는 정품, 상등품을 말함.
【不堪(불감)】 …할 수 없다. ＊堪: 감당하다, …할 수 있다, 할 만하다, 견디다.
【燥(조)】 마르다. 여기서는 차를 다 마셔 버려 찻주전자가 비는 것을 말한다.

【長謳(장구)】 長歌(소리를 길게 하다, 읊다).

【激氣(격기)】 흥분되는 기운, 끓어오르는 감정, 격동하는 기운.

【林樾(임월)】 나무 그늘.

【逆(역)】 거스르다, 맞이하다, 불러오게 하다.

【羲皇(희황)】 伏羲氏.

【嵇康(혜강)】 晉代 竹林七賢의 한 사람. 字는 叔夜. 老莊學을 좋아하고 조예가 깊어 《養生篇》을 지었다.

대나무숲 속에 다리를 펴고 앉기도 하고, 물가 푸른 바위 위를 어슬렁어슬렁 걷기도 한다.

가지고 간 道經과 佛典에 몇 글자를 교정하기도 하고, 한두 문장을 고찰해 보고 비평하기도 한다.

차는 최상품이라 할 순 없지만 그래도 茶壺가 비지는 않고, 향도 좋다곤 할 수 없지만 재가 꺼지지 않는다.

짧은 거문고를 곡조도 없이 튕겨 보고, 긴 노래는 곡조도 없이 읊조려 보네.

솟구치는 기운은 나무 그늘에서 생기고, 좋은 바람은 물가에서 일어나고…….

이런 생활은 伏羲氏 이전 사람들이나 아니면 분명 嵇康과 阮籍시기의 사람들만 누릴 수 있었을 것!

[4-79] 讀書如腹藥, 藥多力自行.

독서는 약을 복용하는 것과 같으니, 좋은 약을 많이 복용하면 저절로 강해지는 법!

[4-80] 聞人善, 則疑之 ; 聞人惡, 則信之. 此滿腔殺機也.

【滿腔(만강)】 가슴속에 가득 참.
【殺機(살기)】 殺意, 사람을 죽이려는 생각.

　　다른 사람의 선행을 들으면 의심하면서 악행을 들으면 믿어 버린다. 이는 바로 가슴속에 가득 찬 殺意!

　　[4-81] 士君子盡心利濟, 使海內少他不得, 則天亦自然少他不得, 卽此便是立命.

【士君子(사군자)】 교양과 인격이 높은 사람.
【盡心(진심)】 마음을 다하다, 성의를 다하다.
【利濟(이제)】 利世濟民(세상을 이롭게 하고 백성을 구함)(=利物濟人).
【少不得(소부득)】 빼놓을 수 없다, 없어서는 안 된다.
【立命(입명)】 몸을 닦고 본성을 기르며 하늘의 명을 받드는 것.

　　교양과 인격이 높은 사람이 마음을 다해 세상을 이롭게 하고 백성을 구하여, 세상 사람 모두 그를 없어서는 안 되는 존재로 여기면 하늘도 자연히 꼭 필요한 존재로 여기게 된다. 즉 이것이 바로 몸을 닦고 본성을 기르며 하늘의 命을 받드는 것이다.

　　[4-82] 讀書不獨變氣質, 且能養情神, 蓋理義收攝故也.

【不獨(부독)…且(차)】 비단 …할 뿐만 아니라 …하기도 하다(不僅…而且).
【理義(이의)】 도리, 道理와 正義.
【收攝(수섭)】 받아들이다, 양생하다, 섭취하다.

　　독서는 기질을 변화시킬 뿐만 아니라 정신을 수양할 수 있게 하나니,

독서를 통해 올바름을 받아들였기 때문이다.

[4-83] 周旋人事後, 當誦一部淸淨經; 弔喪問疾後, 當念一遍
扯淡歌.

【周旋(주선)】 접대하다, 교제하다, 상대하다, 마주하다.
【淸淨經(청정경)】 마음을 청정하게 가질 수 있는 경문.
【念(념)】 (소리내어) 읽다, 낭독하다.
【扯淡歌(차담가)】 울적한 마음을 털어 버릴 수 있는 노래. *扯淡: 되는 대로 지껄
이다, 허튼소리를 뇌까리다, 한담하다, 잡담하다(=扯談).

   人事 관계를 마주한 후에는 마음을 깨끗하게 해주는 淸淨經을 읽어야
하고, 조문이나 문병한 후에는 우울함을 덜어주는 扯淡歌를 읊조려야
한다.

[4-84] 臥石不嫌於斜, 立石不嫌於細, 倚石不嫌於薄, 盆石不
嫌於巧, 山石不嫌於拙.

【嫌(혐)】 싫어하다, 꺼리다, 불만스럽게 생각하다. *不嫌: 싫어하지 않다, 불만 없
다, 괜찮다.
【倚石(의석)】 비스듬히 의지하고 있는 바위, 기댄 바위.
【盤石(반석)】 분재해 놓은 돌.

   누운 바위는 경사진 것을 마다하지 않고, 선 바위는 가느다란 것을 꺼리
지 않고, 기댄 바위라면 얇은 것도 꺼리지 않고, 분재해 놓은 돌은 재주 부
려 다듬어도 괜찮고, 산에 있는 자연 그대로의 바위는 못생겨도 괜찮다.

[4-85] 雨過生凉, 境閒情適, 隣家笛韻, 與晴雲斷雨逐, 聽
之, 聲聲入肺腸.

【境閑情適(경한정적)】 주위의 환경과 마음이 모두 한적하다.
【晴雲(청운)】 비 갠 뒤의 맑은 구름.
【斷雨(단우)】 빗소리가 끊어지다, 비가 그치다
【笛韻(적운)】 피리 소리.
【逐(축)】 쫓다, 따르다, 차례로, 점차, 점점.
【肺腸(폐장)】 폐와 장, 마음(=肺腑).

비가 지나니 서늘해져 주위도 한적하고 마음도 편안하다.
이웃집 피리 소리, 맑은 구름, 똑똑 고인 빗물 떨어지는 소리도 뒤따르
니, 그 피리 소리 가락가락 가슴속으로 들어오네!

[4-86] 不惜費, 必至於空乏而求人; 不受享, 無怪乎守財而
遺誚.

【空乏(공핍)】 곤궁하다, 궁핍하다.
【受享(수향)】 향유하다, 행복 따위를 누리다.
【不怪(불괴)】 이상할 것도 없다, 원망할 것도 없다, 당연하다. *怪: 괴상하다, 원망
하다, 책망하다.
【守財(수재)】 재물을 지키다 *守財奴: 수전노.
【遺誚(견초)】 비난하다, 나무라디, 질책하다. *誚: 비난하다, 책망하다, 꾸짖다.

아끼지 않고 낭비하면 반드시 궁핍하게 되어 다른 사람에게 구걸하게
되고, 즐기지 않으면 수전노라 비난당하게 되는 것이 당연한 것!

[4-87] 園亭若無一段山林景況, 只以壯麗相炫, 便覺俗氣撲人.

【園亭(원정)】 정원과 정자, 뜰 안의 정자.

【景況(경황)】 상황, 형편, 상태, 경우.

【壯麗相炫(장려상현)】 웅장하고 화려한 모습으로 뽐내다(빛나다). * 壯麗: 웅장하고 화려하다.

【撲(박)】 뛰어들다, 돌진하다, 달려들다.

  뜰 안 정자에 산 속 같은 맛이 없이 웅장하고 화려함만 뽐낸다면 천박함이 엄습하더라!

[4-88] 餐霞吸露, 聊駐紅顏; 弄月嘲風, 開鎖白日.

【餐(찬)】 먹다.

【聊(료)】 잠시, 잠깐.

【駐紅顏(주홍안)】 늙지 않고 소년의 얼굴에 머무르다. * 駐顏: 얼굴이 늙지 않다.
* 紅顏: 붉고 윤이 나는 소년의 얼굴.

【弄月嘲風(농월조풍)】 밝은 바람과 달을 감상하며 시를 짓고 즐겁게 놀다.

【開銷(개소)】 지출하다, 지불하다.

【白日(백일)】 대낮(=白天).

  노을을 먹고 이슬을 마시며 잠시 소년의 얼굴에 머물리라!
  밝은 바람, 달과 노닥거리며 한나절을 지불하리!

[4-89] 淸之品有五: 覩標致發厭俗之心, 見精潔動出塵之想,
名曰淸興; 知蓄書史, 能親筆硯, 布景物有趣, 種花木有方, 名曰
淸致; 紙裹中窺錢, 瓦甁中藏粟, 困頓於荒野, 擯棄乎血屬, 名曰
淸苦; 指幽僻之耽, 誇以爲高, 好言動之異, 標以爲放, 名曰淸
狂; 博極今古, 適情泉石, 文詞帶烟霞, 行事絶塵俗, 名曰淸奇.

【標致(표치)】 드러난 것이 아름답다, 모습이 아름답다, 용모가 아름답다.

【精潔(정결)】 깨끗하고 조촐함.

【出塵(출진)】 세속을 벗어나다, 탈속하다.

【書史(서사)】 經史典籍.

【方(방)】 방법, 방식, 방책, 수단.

【紙裹(지과)】 종이 포장, 종이 보따리. 여기서는 폐지 더미를 말한다.

【困頓(곤돈)】 (생계가) 곤궁하다, 매우 곤란하다.

【擯棄(빈기)】 배척하다, 내버리다, 포기하다.

【血屬(혈속)】 혈족.

【指(지)】 지적하다, …라 짚어 이르다, …라 (말)하다.

【幽僻(유벽)】 피하고 숨다, 두메산골.

【博極(박극)】 널리 알다. 極은 보어로 쓰여 '널리 아는 것이 지극하다' 는 의미.

【適情(적정)】 마음을 쏟다, 마음을 두다.

【泉石(천석)】 샘과 돌, 물과 산, 정하여 산수의 경치.

【煙霞(연하)】 안개와 놀, 산수의 경치.

【塵俗】 티끌 세상, 속세.

'淸' 의 품격에는 다섯 가지가 있다.

깨끗하게 아름다운 것을 보면 세속적인 것이 싫어지고 세속을 벗어나고픈 마음이 드는 것을 淸興이라 한다.

經史典籍으로 지식을 쌓고 붓과 벼루를 가까이할 수 있으며, 경물을 펼치는 데 운치가 있고, 꽃과 나무를 심는 데 기술이 있으면 淸致라 한다.

폐지 더미 속에서 돈이 될 것을 찾아내고, 옹기에 곡식을 숨기고, 荒野에서 곤궁하게 생활하며 혈족을 포기하는 것은 淸苦라 한다.

두메산골에 심취하는 것을 고상하다고 자랑하고, 기이힌 언행을 즐기면서 호방하다고 자처하는 것을 淸狂이라고 한다.

고금에 두루 통하고, 자연에 마음을 쏟고, 문장에 안개와 노을의 운치를 지니고, 행동은 세속과 멀리하는 것을 淸奇라고 한다.

[4-90] 對棋不若觀棋, 觀棋不若彈瑟, 彈瑟不若聽琴. 古云, "但識琴中趣, 何勞絃上音." 斯言信然. 弈秋往矣, 伯牙往矣. 千百世之下, 止存遺譜, 似不能盡有益於人. 唯詩文字畫, 足爲傳世之珍, 垂名不朽. 總之, 身後名不若生前酒耳.

【對棋(대기)】 바둑을 대하다, 바둑을 두다.
【瑟(슬)】 큰거문고. 뒤의 琴은 거문고.
【勞(로)】 애쓰다, 고생하다.
【弈秋(혁추)】 춘추시기 바둑의 고수. 그의 棋譜가 세상에 전해진다.
【往(왕)】 가다, (저승으로) 가다, 죽다.
【伯牙(백아)】 춘추시기 사람으로 거문고 연주에 뛰어났으며, 琴曲으로 〈水仙操〉〈高山流水〉가 전함. 자신의 음악을 알아주던 鍾子期와의 '知音' 이라는 故事로 유명함.
【盡有益(진유익)】 완전히 유익하다, 모두 유익하다.
【詩文字畫(시문자화)】 시가 · 문장 · 글씨 · 그림.
【名垂不朽(명수불후)】 영원히 이름을 남기다. 不朽: 썩지 않다, 영원하다.

바둑을 직접 두는 것보다 바둑을 구경하는 것이 낫고, 바둑을 구경하기보다는 거문고를 연주하는 것이 낫고, 거문고를 직접 연주하는 것보다는 거문고 연주를 듣는 것이 낫다. "거문고의 운치를 알면 될 것을, 무에 거문고 줄 위에서 소리내느라 고생하는가?"라는 옛말은 그럴 듯하구나! 바둑의 고수 弈秋도 죽고, 거문고의 명인 伯牙도 세상을 떠났다! 수천 년 뒤에는 다만 棋譜와 琴譜만 남겠지만, 그것들이 모든 사람에게 전부 유익한 것 같지는 않다. 오직 詩文 · 글씨와 그림만이 후세에 전할 진귀한 보물이 되어 영원히 이름을 남길 수 있다. 즉 육신이 죽은 후의 명예란 살아 생전의 술 한잔만 못한 법!

[4-91] 君子雖不過信人, 君子斷不過疑人.

君子는 비록 다른 사람을 지나치게 믿지는 않을지라도, 결코 다른 사람을 지나치게 의심해서는 안 된다!

[4-92] 人只把不如我者較量, 則自知足矣.

【把(파)】 목적어를 동사 앞으로 이끌어 내는 역할을 함.
【不如我者(불여아자)】 나보다 못한 자.
【較量(교량)】 겨루다, 경쟁하다, 비교하다.

사람이 자기보다 못한 자와 비교하면 스스로 만족함을 알게 된다.

[4-93] 折膠鑠石, 雖累變於歲時; 熱惱清凉, 原只在于心境. 所以佛國都無寒暑, 仙都長似三春.

【折膠(절교)】 아교가 굳어 추위에 꺾여 부러져 버리는 늦가을철(의 추위).
【鑠石(삭금)】 돌도 녹이는 심한 더위.
【歲時(세시)】 계절, 철.
【累變(누변)】 거듭 변하다.
【熱惱(열뇌)】 심한 번뇌, 깊은 번뇌.
【清凉(청량)】 시원하다, 서늘하다, 상쾌하다.
【心境(심경)】 마음의 상태.
【佛國(불국)】 부처의 나라, 極樂淨土.
【仙都(선도)】 신선이 사는 도시, 즉 仙境.
【長(장)】 영원히, 항상.
【三春(삼춘)】 봄(봄·여름·가을·겨울 사계절을 다시 孟·仲·季 세 가지로 나누는데, 봄을 예로 들면 孟春·仲春·季春으로 나눈다).

굳어진 아교가 꺾여 부러지는 늦가을 추위나, 돌도 녹이는 여름 더위는 계절에 따라 춥고 더운 변화가 반복된다.

  그러나 불타오르는 듯한 깊은 번뇌와 상쾌함은 원래 마음 안에 있는 것!

  그러므로 極樂淨土에는 추위와 더위가 없고, 仙境은 항상 춘삼월 같
은 법!

[4-94] 鳥栖高枝, 彈射難加; 魚潛深淵, 網釣不及. 士隱巖
穴, 禍患焉至?

【彈射(탄사)】 시위를 당겨서 쏘는 것, 탄환을 발사함.
【加(가)】 가하다, 공격하다.
【巖穴(암혈)】 바위동굴.
【焉(언)】 어찌.

  새가 높은 가지에 깃들면 화살을 쏘아도 맞히기 어렵고, 물고기가 깊
은 연못으로 숨어 버리면 그물이나 낚시가 다다르지 못한다. 선비가 깊
은 산 속 巖穴에 은거하면 어찌 환난이 미치겠는가?

[4-95] 於射而得揖讓, 於棋而得征誅, 於忙而得伊周, 於閒而
得巢許, 於醉而得瞿曇, 於病而得老壯, 於飮食衣服, 出作入息,
而得孔子.

【射(사)】 鄕射禮를 말한다. 周代의 제도로서 鄕大夫가 시골의 어진 사람을 선발하
기 위해 행하는 활 쏘는 의식.
【得(득)】 얻다. 여기서는 깨우치다, 배우다, 이해하다는 의미.
【揖讓(읍양)】 예를 다하여 사양하다, 揖하여 겸손한 뜻을 표시함.
【懲誅(징주)】 징벌하고 토벌하다, 징벌하여 죽이다, 공격하다.
【伊周(이주)】 伊尹과 周公 旦을 말한다. 伊尹은 商나라 湯王의 大臣으로 湯王이

죽은 후에 섭정하였고, 周公 旦은 西周의 武王이 서거하자 섭정하였다. 伊尹과 周公 旦은 훌륭한 보좌인으로 평가받아 伊周라고 함께 칭한다.

【巢許(소허)】 巢父와 許由를 말한다. 巢父와 許由는 堯임금 시대의 은사. 堯임금이 천하를 두 사람에게 양보하려 했지만 두 사람은 받지 않고 은거하였다. 巢許는 은거하여 벼슬자리에 나가지 않은 사람을 말한다.

【瞿曇(구담)】 불교의 시조인 喬達摩(석가모니)의 音譯.

활 쏘는 의식에서 예의바르게 사양하는 법을 배우고, 바둑에서 공격하는 법을 배우고, 바쁜 일을 통해 伊尹과 周公의 보좌하는 태도를 깨치고, 한가함에서 巢父와 許由의 무욕·무위를 체득하고, 술에 취해서는 석가모니의 勸誡를 이해하고, 병환을 통해 老莊의 不老長生을 깨우치고, 밥 먹거나 옷 입고, 밖으로 나가서 일하고 집으로 들어와서 쉬는 일상 속에서 孔子의 예법을 배운다.

[4-96] 前人云: "晝短苦夜長, 何不秉燭遊?" 不當草草看過.

【苦(고)】 괴로워하다, 근심하다, 걱정하다.
【草草(초초)】 대강대강, 적당히, 간략하게.

누군가 예전에 "낮은 짧고 밤은 길어 고민이니, 어찌 횃불을 들고서라도 놀지 않을 수 있겠는가?"라고 했는데, 가볍게 보고 넘길 일이 아니로구나!

[4-97] 優人代古人語, 代古人笑, 代古人憤, 今文人爲文似之. 優人登臺肖古人, 下臺還優人. 今文人爲文又似之. 假令古人見今文人, 當何如憤, 何如笑, 何如語?

【優人(우인)】 광대, 배우.
【古人(고인)】 옛사람. 무대에 올려진 이야기들이 대부분 옛날 사람, 옛날 이야기이므로 배우가 옛사람 역할을 대신한다는 의미.
【代(대)】 대신하다, 대리하다.
【假令(가령)】 가령, 만약.
【何如(하여)】 어떻게, 어떠한가(=如何).

　광대는 옛사람을 대신하여 말하고 웃고 화를 내는데, 오늘날 문인이 짓는 글도 이와 비슷하다.
　광대가 무대에 오르면 옛사람을 닮게 행동하지만, 무대에서 내려오면 광대로 돌아간다.
　지금 문인이 짓는 문장도 이와 비슷하다.
　옛사람들이 오늘날의 문인을 본다면 어떻게 화를 내고, 어떻게 비웃고, 뭐라고 말할까?

[4-98] 看書只要理路通透, 不可拘泥舊說, 更不可附會新說.

【理路(이로)】 조리, 이치.
【通透(통투)】 훤하게 꿰뚫다, 완전히 이해하다.
【拘泥(구니)】 구애되다, 구속받다.
【舊說(구설)】 낡은 이론, 예부터 있어 온 이론.
【附會(부회)】 남의 뒤를 따르다, 억지로 갖다붙이다.

　책을 볼 때는 오직 이치로써 훤하게 꿰뚫어야 하다. 낡은 이론에 얽매여서도 안 되고, 새로운 이론을 무조건 따라서는 더더욱 안 된다.

[4-99] 簡傲不可謂高, 諂諛不可謂謙, 刻薄不可謂嚴明, 闒茸不可謂寬大.

【簡傲(간오)】 찬찬하지 않으면서 오만함, 조급하고 교만함.
【不可(불가)】 …할 수가 없다, …해서는 안 된다.
【諂諛(첨유)】 아첨하다, 아부하다.
【刻薄(각박)】 각박하다, 박정하다, 냉혹하다.
【嚴明(엄명)】 엄격하고 공정하다.
【闒茸(탑용)】 비천하다, 우둔하다.
【寬大(관대)】 넓고 크다, 관대하다, 너그럽다.

　조급하고 오만함을 고고하다 말할 수 없고, 아첨을 겸손이라 말할 수 없고, 각박한 것을 엄격하고 공정한 것이라 말할 수 없으며, 아둔함을 관대함이라 말할 수 없다.

　[4-100] 作詩能把眼前光景胸中情趣, 一筆寫出, 便是作手, 不必說唐說宋.

【情趣(정취)】 멋, 운치.
【一筆(일필)】 한번의 운필.
【作手(작수)】 著作이나 書畵의 名手.

　시를 지을 때 눈앞의 경치와 가슴속 정취를 일필휘지로 써내려 갈 수 있다면 그것이 바로 시의 명수이니, 굳이 唐詩體니 宋詩體니 따질 필요가 없다!

　[4-101] 少年休笑老年顚, 及得老年顚一般; 只怕不到顚時老, 老年何暇笑少年.

【休(휴)】 …마라.

【顚(전)】 노망, 착란(=癲).
【一般(일반)】 같다, 엇비슷하다, 보통이다, 일반적이다.
【只怕(지파)】 단지…만이 두렵다, 오직 …만을 걱정한다.
【老(로)】 죽다.
【何暇(하가)】 어느 겨를, 어느 틈.

젊은이여, 늙은이의 노망기를 비웃지 마라! 늙으면 노망기를 갖는 건 누구나 마찬가지! 노망기를 갖게 될 때까지 살지 못할까 그것이 걱정될 뿐, 늙은이가 젊은이를 비웃을 겨를이나 있겠나?!

[4-102] 飢寒困苦福將至已, 飽飫宴遊禍將生焉.

【飢寒(기한)】 배고픔과 추위에 떪.
【困苦(곤고)】 어려움, 고통, 곤궁하여 고통스럽다.
【將至(장지)】 장차 이르다, 머지않아 …하게 되다.
【飽飫(포어)】 배부르게 실컷 먹다, 포식하다.
【宴游(연유)】 실컷 놀다, 노는 것에 빠지다.
【焉(언)】 어기조사.

배고픔과 추위로 고생하면 머지않아 福이 이를 것이요, 배부르게 실컷 먹고 노는 것에 빠지면 머지않아 재난이 생길 것이니!

[4-103] 打透生死關, 生來也罷, 死來也罷; 參破名利場, 得了也好, 失了也好.

【打透(타투)】 깨뜨려 깨닫다. ＊打: 깨뜨리다. ＊透: 깨닫다.
【生死關(생사관)】 生死의 관건. 삶과 죽음의 가장 중요한 요소, 본질, 핵심.
【也罷(야파)…也罷(야파)】 …하는 것도 좋고 …하는 것도 좋다, …해도 좋고 …해노

좋다.

【參破(참파)】 간파하다, 경험하여 깨닫다.

【名利場(명리장)】 명성과 이익을 다투는 장소.

生死의 관건을 깨달으면 삶이 와도, 죽음이 와도 괜찮으리! 명예와 이익을 다투는 세계의 속성을 간파하면 얻어도 좋고, 잃어도 괜찮으리!

[4-104] 混跡塵中, 高視物外; 陶情杯酒, 寄興篇咏. 藏名一時, 尙友千古.

【高視(고시)】 높은 시야, 탁월한 식견.

【混迹(혼적)】 진면목을 숨기고 끼어들어 섞이다.

【陶情(도정)】 즐거움, 기쁨, 흐뭇함. *陶: 기뻐하다.

【一時(일시)】 한때, 한 시기, 잠시.

【尙(상)】 오히려, 도리어.

속세에 몸을 섞어 살지만 높은 식견은 物外 세계에 있으니, 한잔 술에 흐뭇해져 흥에 겨워 시 몇 편을 읊노라! 잠시 이름을 숨기지만 오히려 천고의 긴 시간과 벗하누나!

[4-105] 癡矣狂客, 酷好賓朋; 賢哉細君, 無違夫子. 醉人盈座, 簪裾半盡酒家; 食客滿堂, 瓶甕不離米肆. 燈火熒熒, 且耽夜酌; 爨烟寂寂, 安問晨炊? 生來不解攢眉, 老去彌堪鼓腹.

【癡(치)】 정신없이 열중하다.

【矣(의)】 완료, 감탄, 결정·판단, 명령을 나타내는 어기조사.

【狂客(광객)】 언행이 미친 사람처럼 일상적인 관습이나 상식을 벗어난 사람.

【酷(혹)】 대단히, 지독히.

【賓朋(빈붕)】 손님과 친구.

【哉(재)】 감탄을 나타내는 어기조사.

【細君(세군)】 諸侯의 부인을 일컬음(=小君), 자기 아내 혹은 남의 아내를 일컬을 때 사용하기도 한다.

【簪裾(잠거)】 비녀와 옷자락, 의관. 여기서는 비녀 등 장신구와 옷가지를 의미.

【半盡(반진)】 반이나 다 없어지다.

【酒家(주가)】 술집.

【瓶甕(병옹)】 병과 항아리. 여기서는 쌀을 담는 그릇을 의미.

【不離米肆(불리미사)】 쌀집을 떠나지 않다, 즉 계속해서 쌀집을 오간다는 의미. *米肆: 쌀가게, 쌀집.

【熒熒(형형)】 희미하게 반짝이는 모양, 깜빡깜빡하는 모양, 가물거리는 모양.

【耽(탐)】 지체하다, 지연하다, 탐닉하다, 빠지다.

【夜酌(야작)】 저녁 술자리.

【爨煙(찬연)】 밥짓는 연기.

【寂寂(적적)】 쓸쓸하고 고요한 모양. *여기서는 식량이 떨어져 밥짓는 연기가 나지 않는 것을 말한다.

【安(안)】 어찌.

【晨炊(신취)】 아침밥, 조반, 새벽에 밥을 짓다.

【生來(생래)】 태어날 때부터, 어려서부터.

【攢眉(찬미)】 눈썹을 찌푸리다.

【老去(노거)】 늙어가다, 늙다, 죽다.

【彌(미)】 한층 더, 점점 더, 더욱더.

【鼓腹(고복)】 잔뜩 먹고 부른 배를 두드리다.

너무하구나! 얽매이지 않아 미친 것 같은 사람은 손님과 친구를 지독히도 좋아한다네!

어질도다, 그의 아내여! 남편의 뜻을 거스른 적이 없다네.

취한 사람들이 집 안에 가득가득, 장신구와 옷가지는 이미 반쯤은 술집에 잡혔다네.

술꾼과 식객들이 방 안에 가득가득, 항아리는 쌀 사대느라 왔다갔다, 쌀가게를 떠나지 못한다네.

등불이 가물가물 사그라지는데도 또다시 저녁 술자리로 빠져드네.

밥짓는 연기 피어오르지 않는데, 아침밥이 준비되었는지 어찌 물어볼까?

태어나서부터 고생에 찌푸린 눈썹 풀지 못했으나, 늙을수록 배불리 먹을 수 있겠지…….

[4-106] 皮囊速壞, 神識常存, 殺萬命以養皮囊, 罪卒歸於神識; 佛性無邊, 經書有限, 窮萬卷以求佛性, 得不屬於經書.

【皮囊(피낭)】 사람의 몸뚱이.
【神識(신식)】 ① 정신과 견식 ② 불교에서 말하는 제8識 '阿賴耶識(一名 能藏識이라 함)' 인데, 이것은 사람의 身·口·意 세 가지 업보를 가지고 있어 사람을 六道(지옥·아귀·축생·수라·인간·天上) 속에서 윤회하게 함. 여기서는 ①로 풀었다.
【萬命(만명)】 온갖 목숨, 모든 생명.
【養(양)】 기르다, 양성하다. 여기서는 남을 해쳐 자기 몸이나 살찌우다, 보전한다는 의미.
【卒(졸)】 마침내, 결국.
【佛性(불성)】 부처의 본성, 眞如의 法性.
【無邊(무변)】 끝없다, 한없이 넓다.

껍데기인 육신은 빨리 망가지지만 인간의 정신과 지혜는 영원히 존재한다.

수많은 남의 목숨을 죽여 육신이나 보전하려 한다면 그 죄는 결국은 정신에로 돌아간다.

佛性은 끝이 없고 經書는 유한하지만, 1만 권의 경서를 연구하며 佛性을 추구한다면 經書의 뜻만 체득하지는 않으리라!

[4-107] 人勝我無害, 彼無蓄怨之心; 我勝人非福, 恐有不測

之禍.

　다른 사람이 나보다 뛰어나면 피해가 없으니, 그들이 나를 미워하는
마음이 없기 때문이다.
　내가 다른 사람보다 뛰어난 것은 복이 아니니, 예측할 수 없는 재앙이
있을지 걱정하라!

　[4-108] 書屋前, 列曲檻栽花, 鑿方池浸月, 引活水養魚; 小
窓下, 焚淸香讀書, 設淨几鼓琴, 捲疎簾看鶴.

【書室(서실)】 서재.
【列(열)】 줄지어 서다, 차리다, 陳設하다.
【檻(함)】 우리, 난간. 여기서는 구획을 정한 것의 의미로 쓰였으므로, ‘화단의 울타
리’로 보았다.
【淸香(청향)】 맑은 향기.
【活水(활수)】 흐르는 물.
【鼓琴(고금)】 거문고를 연주하다.
【疎簾(소렴)】 성글게 엮은 발.

　서재 앞에는 구불구불한 울타리를 세워 꽃을 심고, 네모진 연못을 파
서 달빛이 젖어들게 하며, 흐르는 물을 끌어서 물고기도 키운다.
　조그만 창문 아래엔 향기 맑은 향을 피워놓고서 책을 읽고, 정갈한 앉
은뱅이 탁자를 놓고 거문고를 연주하고, 성긴 발을 걷어 학을 바라본다.

　[4-109] 人人愛睡, 知其味者鮮. 睡則雙眼一合, 百事俱忙,
肢體皆適, 塵勞盡消. 卽黃粱南柯, 特餘事已耳. 靜修詩云, “書
外論交睡最賢.” 旨哉言也.

【一合(일합)】 하나로 합쳐짐.

【肢體(지체)】 사지, 신체.

【塵勞(진로)】 번뇌.

【黃粱南柯(황량남가)】 ‘黃粱一夢’과 ‘南柯一夢’을 말함. 黃粱一夢은 唐 傳奇《枕中記》에 나오는 呂翁의 고사이고, 南柯一夢은 唐 傳記《南柯太守傳》에 나오는 淳于棼의 고사. 두 이야기 모두 꿈처럼 헛된 부귀공명, 혹은 꿈처럼 짧고 덧없는 인생의 허망함을 말한다.

【餘事(여사)】 여분의 일.

【靜修(정수)】 元代 사상가 劉因. 號가 靜修고, 저서로《靜修集》이 있다.

【旨(지)】 맛있다, 맛이 좋다, 아름답다, 뜻.

【交(교)】 주고받다, 서로, 함께, 일제히, 동시에. 여기서는 ‘함께’ 라는 의미로 풀이한다.

　사람들은 모두 잠자는 것을 좋아하지만, 그 맛을 아는 자는 아주 드물다. 잠들면 두 눈이 합쳐지고, 모든 일을 다 잊게 되며, 팔다리가 편안하게 되고, 삶의 번뇌도 완전히 사라진다. ‘黃粱夢’이나 ‘南柯一夢’처럼 부귀영화를 누리는 꿈은 여분으로 특별히 주어지는 것일 뿐.

　靜修의 시에 “독서 외에는 친구와 이야기 나누다가 함께 자는 게 가장 현명하다!”고 했는데, 맞는 말이로다!

　　[4-110] 過分求福, 適以遠禍; 安分速禍, 將自得福.

【適(적)】 마침, 이제 막, 방금, 찾아가다, 우연히, 겨우.

【速(속)】 초래하다, 부르다, 빠르다, 초청하다, 부르다.

【安分(안분)】 분수를 지키다, 분수에 만족하다.

　과분하게 복을 추구하는 것은 멀리 있는 재앙을 찾아가는 일이요, 자기 분수에 만족하며 재앙을 편하게 맞아들이면 머지않아 저절로 복을 얻게 되리니!

[4-111] 倚勢而凌人, 勢敗而人凌; 恃財而侮人, 財散而人侮.

세력에 의지하여 다른 사람을 능멸하면 자기 세력이 무너지고 난 후에
는 능멸당하고, 재물을 믿고 다른 사람을 모욕하면 재산이 없어지고 나
서는 모욕당한다.

[4-112] 我爭者, 人必爭. 雖極力爭之, 未必得; 我讓者, 人必
讓. 雖力讓之, 未必失.

내가 쟁취하려는 것은 분명 다른 사람도 쟁취하려 한다. 때문에 온 힘
을 다해 쟁취하려 하더라도 반드시 얻게 되는 것은 아니다.
　내가 양보하는 것은 다른 사람도 쉽게 양보하는 것이기에, 힘써 양보
하더라도 반드시 잃게 되는 것은 아니다.

[4-113] 貧不能享客, 而好結客. 老不能徇世, 而好維世. 窮
不能買書, 而好讀奇書.

【享客(향객)】 손님을 접대하다.
【徇世(순세)】 세상의 조류를 따르다. ＊徇: 경영하다, 두르다, 빠르다, 좇아 죽다(=殉).
【維(유)】 유지하다, 보존하다, 매달다, 연결하다.

가난하여 손님을 접대할 순 없지만 친구 사귀는 게 좋다네.
늙어서 시류를 따르지는 못하지만 세상과 연결되는 걸 좋아한다네!
가난해서 책을 살 순 없지만 奇書 읽는 게 좋다네!

[4-114] 滄海日, 赤城霞, 峨眉雪, 巫峽雲, 洞庭月, 瀟湘雨, 彭蠡烟, 廣陵濤, 廬山瀑布, 合宇宙奇觀, 繪吾齋壁; 少陵詩, 摩詰畫, 左傳文, 馬遷史, 薛濤箋, 右軍帖, 南華經, 相如賦, 屈子離騷, 收古今絶藝, 置我山窻.

【滄海(창해)】 넓고 푸른 바다, 漢의 郡 이름(지금의 遼寧省의 鴨綠江·佟佳江 유역 및 新賓縣 부근 일대), 옛날 東海의 별칭.

【赤城(적벽)】 赤城山. 浙江省 天台縣 서북 7킬로미터에 있으며, 天台山의 南門이 됨. 城의 보루같이 층층이 쌓인 모양에 바위가 붉어 바라보면 노을 같다. 晉代 孫綽이 〈游天台賦〉에서 赤城霞起라는 구절을 썼다.

【巫峽(무협)】 峽谷 이름. 湖北省 巴東縣 서쪽과 四川省 巫山縣에 걸쳐 있다. 西陵峽·瞿塘峽과 더불어 三峽이라 칭한다.

【彭蠡(팽려)】 江西省에 있는 鄱陽湖를 말한다. 파양호의 옛 이름.

【廣陵(광릉)】 옛날 郡國名. 治所가 지금의 揚州市에 있었다.

【廬山(여산)】 江西省의 북부 九江市의 남쪽에 있는 名山.

【少陵(소릉)】 杜甫의 號.

【摩詰(마힐)】 盛唐시대의 詩人인 王維. 字가 摩詰. 만년에 벼슬이 尚書右丞에 이르렀기에 王右丞이라 한다. 그림에도 뛰어나 南宗畫의 鼻祖로 불린다.

【馬遷(마천)】 司馬遷. 前漢시기의 史家. 字는 子長. 武帝 때 匈奴에게 항복한 李陵을 변호하다가 宮刑을 당했는데, 그 수치심을 발판으로 부친 司馬談의 업을 계승해 거작 《史記》를 완성했다.

【薛濤(설도)】 唐 중기의 名妓. 원래는 長安 良家의 딸이었으며, 音律과 詩詞에 능하였다. 薛濤가 짙은 붉은색의 小箋에 시를 쓰는 법을 만들었기에 '薛濤箋'이라 함.

【右軍(우군)】 王羲之를 이름. 東晉의 이름난 서예가. 字는 逸少. 벼슬이 右軍將軍에 이르렀으므로 세상에서 王右軍이라 일컫는다.

【南華經(남화경)】 莊周의 저서 《莊子》의 별칭.

【相如(상여)】 漢代 司馬相如를 말한다. 字가 長卿. 賦로써 이름을 떨쳤다.

東海의 해, 赤城山의 노을, 峨眉山의 흰 눈, 巫峽의 구름, 洞庭湖의 달, 瀟水와 湘水에 내리는 비, 鄱陽湖의 물안개, 廣陵의 물결, 廬山의 폭포 등 우주의 빼어난 광경을 모아 내 집 벽에 그려두었네!

杜甫의 시, 王維의 그림, 左傳의 문장, 司馬遷의《史記》, 薛濤의 箋, 王羲之의 글씨첩,《莊子》, 司馬相如의 賦, 屈原의《離騷》등 고금의 뛰어난 예술품들을 모아 내가 사는 산 속 창 아래에 두었다네!

[4-115] 偶飯淮陰, 定萬古英雄之眼. 醉題便殿, 生千秋風雅之光.

【偶飯淮陰(우반회음)】 빨래하던 노파가 淮陰侯 韓信에게 우연히 밥을 제공한 故事. *韓信: 漢나라 高祖의 功臣. 蕭何·張良과 함께 三傑이라 일컬어짐. 고조의 대장으로서 趙·燕·齊 등을 공략하여 천하 통일의 기초를 확립하고 帝王으로 피봉되었으나, 나중에 淮陰侯로 폄봉되고 결국은 모반죄로 삼족이 멸망당하였다.
【醉題便殿(취제편전)】 李白이 술에 취해 別殿에 시를 쓴 故事.

빨래하던 노파가 淮陰侯 韓信에게 우연히 밥을 준 것이 萬古의 영웅을 알아보는 식견이라고 평가받게 되었다.
李白이 술에 취해 別殿에 시를 남긴 것이 오랜 세월 동안 고상하고 멋스런 광채를 만들어 냈다.

[4-116] 淸閒無事, 坐臥隨心, 雖粗衣淡食, 自有一段眞趣; 紛擾不寧, 憂患纏身, 雖錦衣厚味, 只覺萬狀愁苦.

【淸閑(청한)】 맑고 한가한 생활. 혹은 다른 사람이 유유자적 한가하게 지내는 것을 말하는 敬稱.
【隨心(수심)】 뜻대로 하다, 생각대로 하다.
【雖(수)…但(단)】 비록 …하지만, 설령 …하지만.
【淡飯(담반)】 반찬이 없는 변변치 않은 밥.
【紛擾(분우)】 번잡하고 어수선하다.
【纏身(전신)】 몸에 달라붙다, 몸에 감기다.

【奔忙(분망)】바쁘게 뛰어다니다.
【錦衣(금의)】비단 옷, 좋은 옷.
【厚味(후미)】좋은 맛, 진한 맛.
【萬狀(만상)】온갖 모양.
【苦愁(고수)】고통스러운 근심.

한가하여 일이 없어 앉거나 눕거나 마음이 하는 대로 따르면, 비록 거친 옷을 입고 변변찮은 음식을 먹더라도 참된 운치가 절로 생겨난다.

번잡스럽고 어수선하여 편치 못하고 근심이 온몸을 감싸고 있다면, 비록 좋은 옷을 입고 맛난 음식을 먹더라도 고통스러운 근심만 느낄 뿐!

[4-117] 我如爲善, 雖一介寒士, 有人服其德; 我如爲惡, 縱位極人臣, 有人議其過.

【一介(일개)】한 사람, 약간.
【寒士(한사)】가난한 서생, 가난한 선비.
【人臣(인신)】신하.

착한 일을 한다면 내 비록 벼슬 없는 가난한 선비라도 누군가 나의 덕행에 감복하리라!

악한 일을 한다면 내 비록 지위가 높은 臣下라 할지라도 누군가 나의 과실을 비평하리!

[4-118] 讀理義書, 學法帖字; 澄心靜坐, 益友淸談; 小酌半醺, 澆花種竹; 聽琴玩鶴, 焚香煮茶; 泛舟觀山, 寓意弈棋. 雖有他樂, 吾不易矣.

【理義(이의)】 도리, 도리와 정의. *理義書: 도리와 정의에 관한 책.

【法帖字(법첩자)】 書藝에서 법칙[臨書]으로 삼을 만한 글씨본.

【澄心(징심)】 마음을 가라앉혀 맑게 하다, 가라앉은 맑은 마음.

【靜坐(정좌)】 심신을 조용히 하고 단정히 앉다.

【益友(익우)】 사귀어서 유익한 벗.

【淸談(청담)】 속되지 않은 이야기, 고아한 이야기.

【小酌(소작)】 간단한 한잔, 조촐한 연회.

【半醺(반훈)】 약간 취하다, 반쯤 취하다.

【泛舟觀山(범주관산)】 배를 타고 내려가면서 산을 감상하는 의미로 해석할 수 있으나, 여기서는 배를 띄워 강의 경치를 구경하고 또한 산으로 가서 산의 정취도 감상한다는 의미.

【寓意(우의)】 뜻을 가탁하다, 사물에 가탁하여 어떤 의미를 드러냄.

【弈棋(혁기)】 바둑, 바둑을 두다.

道理와 정의에 관한 책을 읽고, 좋은 글씨본을 익히고, 차분한 마음으로 靜坐하고, 유익한 친구와 맑은 이야기를 나눈다.

간단한 술자리로 거나하게 취기가 오르고, 꽃에 물 주고 대나무 심는다.

거문고 연주를 듣고 학과 노닐고, 향을 피우고 차를 끓이고, 배를 띄워 놀고 산을 감상하며 바둑에 마음을 쏟는다.

비록 또 다른 즐거움이 있더라도 바꾸지 않으리라!

[4-119] 成名每在窮苦日, 敗事多因得志時.

【成名(성명)】 이름을 이루다, 유명해지다, 과거에 급제하다.

【窮苦(궁고)】 곤궁하여 고생하다.

【敗事(패사)】 실패하다, 일을 망치다.

【得志(득지)】 뜻을 이루다, 바람이 실현되다. *得志時: 여기서는 뜻을 이루었을 때 잠시 자신의 본분을 망각하기 쉬움을 의미.

명성을 얻은 자는 모두 힘들게 고생한 시절이 있었기 때문이고, 실패한 자는 대부분 제 뜻대로 이루어진 시절이 있었기 때문이다.

[4-120] 寵辱不驚, 肝木自寧; 動靜以敬, 心火自定; 飮食有節, 脾土不泄; 調息寡言, 肺金自全; 怡神寡慾, 腎水自足.

【寵辱不驚(총욕불경)】 총애를 받거나 모욕을 당해도 놀라지 않다, 주변의 평가와 이해득실을 초월하여 마음에 두지 않다.
【肝木(간목)】 간. 韓醫에서 五行(木火土金水)으로 사람의 五臟을 해석하는데, 肝이 木에 해당되기에 肝木이라 칭한다. ＊心火는 심장, 脾土는 지라, 肺金는 폐. 腎水 : 콩팥을 말한다.
【動靜(동정)】 동정, 동태, 행동거지.
【敬(경)】 삼가다, 근신하다.
【泄(설)】 새다, 없어지다, 맥이 빠지다, 설사하다.
【調息(조식)】 조용히 앉아 숨을 고르다, 호흡을 가다듬다.
【怡神(이신)】 정신을 위로하여 즐겁게 하다.

총애를 받든 모욕을 당하든 놀라지 않으면 肝이 저절로 편안해지고, 조심조심 행동하면 마음이 저절로 안정되며, 음식을 절제하면 지라가 새지 않고, 호흡을 조절하고 말을 적게 하면 폐가 저절로 보전되고, 마음을 즐겁게 먹고 욕심을 줄이면 신장이 저절로 충족된다.

[4-121] 讓利精於取利, 逃名巧於邀名.

【精(정)】 훌륭하다, 뛰어나다, 정교하다, 총명하다, 똑똑하다, 영리하다.
【巧(교)】 교묘하다, 솜씨 있다, 재주 있다 , 영민하다.
【邀(요)】 초청하다, 얻다, 받다.

이익을 양보하는 것이 이익을 취하는 것보다 영리한 일이고, 명성을 피하는 것이 명성을 얻으려는 것보다 영민한 일이다.

[4-122] 彩筆描空, 筆不落色, 而空亦不受染; 利刀割水, 刀不損鍔, 而水亦不留痕.

【彩筆(채필)】 그림물감 붓, 그림 붓.
【落(락)】 붓으로 쓰다(그리다), 서명하다, 기록하다.
【鍔(악)】 칼날.

붓으로 허공에 그림을 그리면 붓에서 물감이 없어지지 않고 허공 역시 물들지 않는다.
날카로운 칼로 물을 베면 칼은 날이 무뎌지지 않고 물 역시 베인 흔적을 남기지 않는다.

[4-123] 唾面自乾, 婁師德不失爲雅量; 睚眦必報, 郭象玄未免爲禍胎.

【唾面自乾(타면자건)】 얼굴에 침을 뱉어도 닦지 않고 저절로 마르기를 기다리다, 인내가 지극히 강하다.
【婁師德(누사덕)】 唐代 原武人. 字가 宗仁으로 進士였으며, 인내심이 강한 것으로 유명했다.
【雅量(아량)】 너그러운 도량.
【睚眦(애자)】 부릅뜬 눈, 화난 눈초리.
【郭象玄(곽상현)】 西晉의 郭象, 字는 子玄. 老莊을 좋아하여 莊子의 註解를 지었다.
【禍胎(화태)】 재앙이 자라나는 근원. 즉 화근.

얼굴에 침을 뱉어도 닦지 않고 마르게 놔둔 婁師德은 아량을 잃지 않았고, 눈을 부릅뜨고 기어코 보복한 郭象玄은 화근을 없애지 못했다.

[4-124] 天下可愛的人，都是可憐人；天下可惡的人，都是可惜人.

【可愛(가애)】 사랑스럽다, 귀엽다.
【可憐(가련)】 가련하다, 불쌍하다, 동정하다.
【可惡(가오)】 밉살스럽다, 얄밉다, 가증스럽다.
【可惜(가석)】 애석하다, 섭섭하다, 인색하다, 욕심내다.

　세상에서 사랑해 줄 사람은 모두 안쓰러운 사람이고, 미워할 사람은 모두 인색한 사람이다.

[4-125] 事業文章，隨身銷毀，而情神萬古如新；功名富貴，逐世轉移，而氣節千載一日.

【隨身(수신)】 몸을 따르다, 몸에 지니다. ＊여기서는 뒷구절 '銷毀'의 의미로 보아, 인간이 죽음에 따라 사라진다는 의미.
【銷毀(소훼)】 소각하다, 불살라 버리다, 녹여 없애다.
【逐世轉移(축세전이)】 세상을 따라 변하다.
【氣節(기절)】 절조, 지조, 기개.
【千載(천재)】 천년의 긴 세월.
【一日(일일)】 하루, 하나의 해, 해와 같다.

　위대한 일과 글은 사람이 죽음에 따라 소멸되지만, 그 정신은 오랜 세월이 지나도 언제나 새롭다.
　부귀공명은 세상에 따라 변하지만, 절개는 천년의 긴 세월이라도 단 하루처럼 변함없다.

[4-126] 讀書到快目處, 起一切沈淪之色; 說話到洞心處, 破一切曖昧之私.

【快目處(쾌목처)】 눈을 즐겁게 하는 곳, 눈이 즐거운 곳.
【沈淪(침륜)】 물속에 가라앉다, 몰락하다, 침울하다, 어려운 지경에 빠지다.
【起(기)】 병을 고치다, 떼다, 뽑다, 빼다.
【洞心處(통심처)】 마음을 꿰뚫는 곳, 마음이 뚫리는 것.
【曖昧(애매)】 애매모호하다, 미심쩍다, 떳떳하지 못하다.
【私(사)】 사심, 제 욕심을 채우려는 마음.

 책을 읽다가 눈을 즐겁게 하는 구절에 이르게 되면 모든 침울한 빛이 없어지고, 말을 하다가 마음이 뚫리듯 시원한 대목에 이르게 되면 떳떳하지 못한 모든 私心이 깨져 버린다.

[4-127] 諧臣媚子, 極天下聰穎之人; 秉正嫉邪, 作世間忠直之氣.

【諧臣(해신)】 옛날 궁중에 소속된 배우, 광대.
【媚子(미자)】 사랑하는 사람, 아첨하는 사람.
【極(극)】 거리가 아주 멀다. 없어지다, 끝나다.
【聰穎(총영)】 총명하다, 영리하다, 영민하다.
【秉正嫉邪(병정질사)】 올바름을 지키고 사악함을 미워하다.

 광대와 아첨꾼은 총명한 사람과는 세상에서 거리가 제일 멀다.
 올바름을 지키고 사악함을 미워하는 사람들은 이 세상에 忠直한 기풍을 만든다.

[4-128] 隱逸林中無榮辱, 道義路上無炎凉.

【榮辱(영욕)】 영예와 치욕.
【道義(도의)】 사람이 이행해야 할 바른길, 도덕과 의리.
【炎凉(염량)】 대하는 사람의 처지에 따라 취하는 태도의 따뜻함과 차가움. 즉 世態
炎凉.

　은일하는 숲 속에는 榮辱이 없고, 사람이 지켜야 할 바른길에는 世情
의 변화가 없다.

[4-129] 名心未化, 對妻孥亦矜莊; 隱衷釋然, 卽夢寐會成淸
楚.

【名心(명심)】 공명심.
【化(화)】 녹다, 풀리다, 용해되다, 삭이다, 없애다.
【妻孥(처노)】 처자.
【自矜(자긍)】 자기 스스로의 긍지, 스스로 자랑하다.
【莊(장)】 엄하다, 엄격하다, 정중하다, 장중하다.
【隱衷(은충)】 남에게 말 못할 속마음, 남에게 말 못할 고충.
【釋然(석연)】 미심쩍은 것이 풀리는 모양, 마음이 풀리는 모양.
【夢寐(몽매)】 꾸는 꿈, 꿈속, 꿈을 꾸는 동안.
【淸楚(청초)】 깨끗하고 산뜻함, 명확하다, 분명하다, 명석하다.

　공명심을 없애 버리지 못하면 가족을 대할 때도 엄격함만 뽐내려 하
고, 남에게 말 못할 고충이 풀어지면 흐릿한 꿈속에서도 분명하게 된다.

[4-130] 聞謗而怒者, 讒之囮; 見譽而喜者, 佞之媒.

【囮(와)】 새를 잡을 때 유인하기 위해 사용하는 새, 후림새. 轉하여 미끼, 유인물 등으로 쓰인다.
【佞(녕)】 아첨하다, 알랑거리다.
【媒(매)】 매개, 중매자.

  비방을 듣고 화내는 것이 중상모략의 미끼이고, 명예를 보고 기뻐하는 것이 아첨의 매개체다.

[4-131] 灘濁作畫, 正如隔簾看月, 隔水看花, 意在遠近之間, 亦文章法也.

【灘濁作畫(탄탁작화)】 맑은 여울물 속의 흐린 물이 그림이 되다. *높고 먼 곳에서 여울 속의 탁한 물을 바라보면 곧 그것이 한 폭의 그림을 이루는 것처럼 보이는 것을 말한다.
【隔(격)】 사이에 두다, 간격을 두다, 떨어져 있다.
【正如(정여)】 흡사 …과 같다, 바로 …과 같다.

  맑은 여울 속의 탁한 물이 한 폭의 그림이 되는 것은 주렴을 사이에 두고 달을 바라보고 강 건너 꽃을 감상하는 것과 같으니, 그 요지는 멀고 가까운 원근감에 있는 것이다. 이는 또한 글을 짓는 작법이기도 하다.

[4-132] 藏錦於心, 藏繡於口; 藏珠玉於咳唾, 藏珍奇於筆墨; 得時則藏於册府, 不得時則藏於名山.

【珍奇(진기)】 희기하고 기이함. *여기서는 진기한 문장을 말한다.

【錦心繡口(금심수구)】 아름다운 사상과 아름다운 언어.

【珠玉(주옥)】 주옥. ＊여기서는 주옥 같은 뛰어난 말을 의미.

【咳唾(해타)】 기침과 침, 轉하여 (웃어른, 학문이 뛰어난 사람 등의 입에서 나오는) 의견, 담론.

【得時(득시)】 때를 얻다, 때를 만나다.

【册府(책부)】 제왕의 書庫.

【名山(명산)】 유명한 산. ＊여기서는 책을 보관하는 名山의 石室을 의미.

　뛰어난 생각을 마음속에 숨기고, 아름다운 언어를 입 안에 숨기고, 주옥 같은 말을 이야기 속에 숨기고, 빼어난 문장을 글 속에 숨겨둔다.
　때를 만나면 제왕의 서고에 소장될 것이요, 때를 얻지 못해도 名山에 소장되리니…….

[4-133] 讀一篇軒快之書, 宛見山清水白; 聽幾句透徹之語, 如看岳立川行.

【軒快之書(헌쾌지서)】 아주 유쾌한 책.
【宛(완)】 흡사, 마치.
【透徹之語(투철지어)】 사리에 밝은 논리적이고 훌륭한 말.

　상쾌한 책 한 권을 읽으면 푸른 산과 맑은 물을 보는 것 같고, 논리적인 말 몇 구절을 들으면 우뚝 솟은 산과 흐르는 강을 보는 것 같더라!

[4-134] 讀書如竹處溪流, 灑然而往; 咏詩如蘋末風起, 勃焉而揚.

【灑然(쇄연)】 깨끗한 모양, 시원한 모양.

【蘋末(빈말)】 가루처럼 무수히 흩어져 있는 개구리밥.

【勃焉(발언)】 갑자기 흥성한 모양.

　＊산문〔文〕과 운문〔詩〕의 성격에 따라 감상이나 낭독의 자세와 방법도 달라져야 함을 말했다. 즉 글은 차분하고 이성적으로, 시는 솟구쳐오르는 감정을 살려서!

　문장은 대나무숲을 흐르는 시냇물이 졸졸 흐르듯 읽어내리고, 詩는 개구리밥이 바람에 솟구쳐 휘날리듯 읊어내는 것!

[4-135] 子弟排場, 有擧止而謝飛揚, 難博纏頭之錦; 主賓御席, 務廉隅而少蘊藉, 終成泥塑之人.

【子弟(자제)】 어릴 적부터 맡아서 기른 젊은 배우.

【排場(배장)】 무대에서 공연하다.

【擧止(거지)】 동작, 행동거지.

【謝(사)】 사양하다, 사절하다, 거절하다.

【飛揚(비양)】 드날리는 것. ＊여기서는 동작과 상반되는 정신적인 면을 드날리는 점을 말한다.

【纏頭之錦(전두지금)】 옛날 배우가 사례로 받는 비단. ＊纏頭: 옛날 배우나 기생에게 주는 사례금.

【御席(어석)】 자리를 다스리다(부리다), 자리를 관리하다.

【廉隅(염우)】 품행이 바르고 절조가 굳다, 날카롭다, 엄중하다.

【蘊藉(온자)】 (언어·문장·표정에) 함축성이 있다, 마음이 너그럽고 온화하다.

【泥塑之人(이소지인)】 흙으로 빚은 사람, 인형.

　배우들이 공연을 할 때 동작만 하고 정신을 드러내지 않으면 사례금으로 주는 비단을 받기 힘들고, 주인과 손님이 자리할 때 엄중한 것에만 신경 쓰고 온화한 면이 부족하면 결국엔 흙으로 빚은 인형처럼 따스한 情이 없게 된다.

[4-136] 取凉於箑, 不若清風之徐來; 激水於槹, 不若甘雨之
時降.

【箑(삽)】 부채〔扇子〕.
【激水(격수)】 물을 막아 水勢를 세차게 함, 세차게 흐르는 물. *여기서는 灌漑(물
을 대다).
【槹(고)】 두레박.
【甘雨(감우)】 단비.

　부채로 시원하게 하는 것은 맑은 자연의 바람이 살랑살랑 불어오는 것
만 못하고, 두레박으로 길어 물을 대는 것은 때맞춰 내리는 자연의 단비
만 못한 것!

[4-137] 有快捷之才, 而無所建用, 勢必乘憤激之處, 一逞雄
風; 有縱橫之論, 而無所發明, 勢必乘簧鼓之場, 一恣餘力.

【快捷(쾌첩)】 재빠르다, 날쌔다, 민첩하다.
【建用(건용)】 세워서 쓰다.
【勢必…(세필)】 그 기세(상황)는 분명히 …하게 된다, 반드시 …하게 된다.
【乘(승)】 타다, (기회 따위를) 이용하다, 틈타다.
【憤激(분격)】 격분하다.
【縱橫之論(종횡지론)】 거침없는 이론.
【發明(발명)】 빛을 발하다.
【簧鼓(황고)】 생황의 소리로 사람을 선동하는 것처럼 공교한 말로 세상 사람들을
현혹하다. *여기서는 사람을 불러모으는 것, 사람들이 많이 모이게 하는 것.
【恣(자)】 제멋대로 굴다, 마음내키는 대로 하다, 방종하다.
【餘力(여력)】 여력, 남은 힘.

　민첩한 재주가 있으나 쓰이는 곳이 없었어도 격분을 틈타 영웅의 풍모

를 드러내게 될 것이요, 거침없는 이론을 가졌으나 펼칠 때가 없었어도
사람들이 모이는 곳에서 그 餘力을 뽐내게 되리라!

[4-138] 月榭憑欄, 飛凌縹緲; 雲房啓戶, 坐看氤氳.

【月榭(월사)】 달을 바라보기 위해 만든 정자.
【飛凌(비릉)】 허공으로 날아서 (하늘에 있는 것이나 땅에 있는 것을) 능멸하다(얕보
다), 즉 하늘을 향해 높이 솟구쳐 있는 모습을 형용.
【縹緲(표묘)】 멀고 어렴풋하다, 가물가물하고 희미하다.
【雲房(운방)】 승려나 도사의 집.
【啓戶(계호)】 문을 열다.
【氤氳(인온)】 천지의 기가 서로 합하여 어린 모양, (구름과 안개가) 자욱하다.

(높고 깊은 산 속에 살다 보니) 달을 감상하는 정자의 난간에 기대면 솟
구쳐 날아오른 듯 땅이 아득히 보이지 않고, 雲房에서 문을 열면 앉아서
도 구름과 안개의 자욱한 모습이 보이네.

[4-139] 發端無緒, 歸結還自支離; 入門一差, 進步終成恍惚.

【發端(발단)】 일의 첫머리를 시작하다, 始初.
【歸結(귀결)】 끝을 맺다, 結果.
【支離(지리)】 흩어지다, 무질서하다, 지리멸렬하다.
【入門(입문)】 스승의 집에 들어간다는 뜻으로 문하생이 됨을 말함, 入門書.
【一差(일차)】 한번 어긋나다.
【恍惚(황홀)】 흐리멍덩하다, 얼떨떨하다, 어리둥절하다, 아련하다.

처음에 실마리가 없으면 귀결도 자연히 지리멸렬하게 되고, 입문할 때
한번 어긋나면 발전은 끝내 불분명해진다.

[4-140] 李納性辨急, 酷尙弈棋. 每下子, 安詳極於寬緩. 有時躁怒, 家人輩密以碁具陳於前. 納覩之, 便欣然改容. 取子布算, 都忘其恚.

【李納(이납)】 唐代 李正己의 아들로 隴西郡王에 봉해졌다.
【性辨急(성변급)】 성격의 변화가 성급하다, 성격이 급하다.
【酷(혹)】 아주, 심히.
【下子(하자)】 바둑돌을 놓다, 바둑을 두다.
【安詳(안상)】 침착하다, 점잖다.
【寬緩(관완)】 마음이 넓고 너그럽다.
【躁怒(조노)】 성급하여 화를 잘 내다, 성급하게 화를 내다.
【密(밀)】 은밀하다, 몰래.
【取子布算(취자포산)】 바둑돌을 골라(나누어) 布石하다.
【恚(에)】 성내다, 화.

李納은 성격이 급했지만 바둑은 매우 좋아하였다. 바둑을 둘 때는 언제나 침착하고 너그러워졌으므로 그가 몹시 화나면 식구들은 가만히 바둑판을 그 앞에 두곤 했다. 李納은 바둑판을 보면 기뻐하며 안색을 바꿨고, 바둑돌을 골라 바둑을 두어갈 때면 화를 잊었다고 한다.

[4-141] 竹裏登樓, 遠窺韻士, 聆其談名理於坐上, 而人我之相可忘; 花間掃石, 時候棋師, 觀其應危劫于枰間, 而勝負之機早決.

【韻士(운사)】 풍류객, 시인.
【人我之相(인아지상)】 타인과 자신의 존재(형상), 彼我의 존재.
【棋師(기사)】 바둑의 고수.
【時候(시후)】 여기서는 한 자씩 끊어 '항상(늘) 기다린다'는 뜻으로 해석. *候: 기다리다, 안부를 묻다.

【應(응)】 응하다, 대응하다.
【危劫(위겁)】 위급한 재난, 위급한 상황.
【枰間(평간)】 바둑판 위, 반상(盤上).
【機(기)】 전기, 계기, 실마리. ＊勝負之機: 승부의 전기.

　　대나무숲 속 누대에 올라 멀리 풍류객을 바라보다, 앉아서 名利를 담론하는 말이 들리면 彼我의 존재를 잊어버린다. 꽃덤불 속 바위를 청소하고는 항상 바둑의 고수를 기다리는데, 반상에서 위험한 상황에 대응하는 것을 보니 승부가 이미 결정나 버렸네!

　　[4-142] 六經爲庖廚, 百家爲異饌; 三墳爲瑚璉, 諸子爲鼓吹; 自奉得無大奢, 請客未必能享.

【庖廚(포주)】 주방, 부엌.
【異饌(이찬)】 독특한 반찬, 특별히 귀한 음식.
【三墳(삼분)】 상고시대 三皇의 책으로, 지금은 전해지지 않는다.
【瑚璉(호련)】 殷代에 종묘에서 곡식을 담던 祭器.
【鼓吹(고취)】 북을 치며 피리를 불다, 사기를 북돋우다. ＊漢代의 樂府 歌曲을 의미한다.
【自奉(자봉)】 스스로 자기 몸을 기르다, 남의 힘을 빌리지 않고 자기 스스로 생활해 나가다.
【請客(청객)】 손님을 초대하다.

　　六經을 부엌으로 삼고, 百家를 특별한 음식으로 삼고, 三皇시대의 책을 종묘의 祭器라 여기고, 諸子(書)를 음악이라 여기면, 나 혼자 누릴 때도 그다지 사치스럽지 않거니와 손님을 초대해서 나누면 자기 혼자만 누리는 것이 아니라네!

[4-143] 說得一句好言，此懷庶幾纔好；攬了一分閒事，此身
永不得閒.

【庶幾(서기)】 …바라다, 어지간하다, 괜찮다, 대체로 …할 것이다.
【纔(재)】 비로소, 겨우.
【攬(람)】 끌어안다, 떠맡다, 인수하다.
【一分(일분)】 약간의, 조금의.

　좋은 말 한마디를 하면 내 마음이 좋아지고, 하찮은 일을 조금이라도 떠
맡으면 이 몸은 영원히 한가할 수 없는 것!

[4-144] 古人特愛松風, 庭院皆植松, 每聞其響, 欣然往其下,
曰：“此可浣盡十年塵胃.”

【欣然(흔연)】 기뻐하는 모양.
【浣(완)】 씻다, 빨다.
【塵胃(진위)】 더럽혀진 위장, 즉 속세에 물든 몸을 말한다.

　옛날 사람들은 솔바람을 특히 좋아하여 정원에 모두 소나무를 심어놓
고, 솔바람 소리를 들을 때마다 기뻐하며 소나무 아래로 달려갔다네.
　그러고는 “이 바람은 10년 묵은 속세의 때를 완전히 씻어주는구나!”라
고 했다네.

[4-145] 凡名易居, 只有淸名難居；凡福易享, 只有淸福難享.

【凡名(범명)】 평범한 명성, 평범한 명예.
【居(거)】 자처하다, 차지하다, 품다, 두다, 쌓다.

【只有(지유)】 오직, 오로지, …해야만.
【淸名(청명)】 청렴한 명성, 깨끗한 명성.
【淸福(청복)】 깨끗한 복, 한가한 복록, 유유자적하는 행복, 상대방 복에 대한 경칭.

　　평범한 명성은 얻기 쉽지만 청렴하다는 명성만은 얻기 어렵고, 평범한
복은 누리기 쉽지만 한가롭게 유유자적하는 淸福만은 누리기 어렵다네!

　　[4-146] 賀蘭山外虛兮怨, 無定河邊破鏡愁.

【賀蘭山(하란산)】 寧夏 回族自治區와 內蒙古自治區의 경계에 위치한 산. 阿拉善
山이라고도 불리는데, 蒙古語로 駿馬라는 뜻. * 하란산을 경계로 하여 오랑캐 나
라로 끌려간 사람들의 어찌할 수 없는 한을 말한 것. 뒤에 나오는 '무정하' 강변 역
시 배를 타고 멀리 떠나는 이별의 시름을 말하는 것이다. 산(변방)과 강(무정하)을 대
비시켜 이별이 항상 이뤄지는 곳으로 본 것.
【無定河(무정하)】 黃河 중류의 비교적 큰 일급 지류. 전체 길이가 491킬로미터로, 陝
西省 楡林·延安과 內蒙古 伊克昭盟을 거쳐 흐름.
【破鏡(파경)】 깨어진 거울, 부부의 이별을 말함, 이지러진 달.

　　賀蘭山 밖에는 헛된 원망이 있고, 無定河 강변에는 이별의 시름이 있네!

　　[4-147] 有書癖而無剪裁, 徒號書廚; 惟名飮而少蘊藉, 終非
名飮.

【剪裁(전재)】 재단하다, 마름질하다, 취사 선택하다, 편집하다, 가위질하다.
【書廚(서주)】 책장, 책상자, 박식하나 실제로는 현실성이 없는 사람.
【名飮(명음)】 술 마시는 데 있어서의 명성, 술을 잘 마신다는 명성.
【蘊藉(온자)】 함축성이 있다, 마음이 너그럽고 온화하다.

책을 좋아하는 '書癖'이 있지만 취사 선택하지 못하면 현실성 없는 책
벌레라는 뜻의 '書櫥'라고 불리게 된다.

단지 술 잘 마신다는 명성만 있고 너그러운 온화함이 적으면 결국 '名
飮'은 아니다!

[4-148] 飛泉數點雨非雨, 空翠幾里山又山.

【飛泉(비천)】 폭포.
【數點(수점)】 몇 방울.
【空翠(공취)】 푸른 하늘색, 허공의 푸르름.

폭포의 물방울, 빗방울인 듯 아닌 듯, 허공의 푸르름은 몇 리나 계속
산에서 산으로…….

[4-149] 夜者日之餘, 雨者月之餘, 冬者歲之餘. 當此三餘,
人事稍疏, 正可一意問學.

【餘(여)】 여분, 나머지, 여가.
【三餘(삼여)】 세 가지 여가. 裴松之가 《三國志 · 王肅傳》에 "冬者歲之餘, 夜者日
之餘, 陰雨者時之餘"라고 注를 달았던 것처럼, 三餘에 대해선 古人의 관점이 조
금씩 차이가 난다.
【稍(초)】 약간, 조금, 잠시, 잠깐.
【疏(소)】 소홀하다, 성기다.
【一意(일의)】 한결같은 마음, 전심, 일념(=一心).

밤은 하루 중 여유 있는 시간이고, 비 내리는 날은 한 달 중 여유 있는
시간이며, 겨울은 한 해 중 여유 있는 시간이다.

이 세 가지 여유 있는 시간에는 찾아오는 사람도 일도 조금 뜸해지니,
바로 한결같은 마음으로 학문할 수 있는 때이다.

[4-150] 樹影橫床, 詩思平凌枕外; 雲華滿紙, 字意隱躍筆先.

【詩思(시사)】 詩想, 시적 감흥.
【平(평)】 평온하다, 안정되다.
【凌(릉)】 다가오다, 접근하다, 침범하다.
【枕上(침상)】 베개 위, 베갯머리, 머리맡.
【雲華(운화)】 彩雲, 꽃구름.
【字意(자의)】 글자의 의미, 글자의 뜻.
【隱躍(은약)】 은연중에 드러나다.
【筆先(필선)】 붓보다 먼저, 글을 쓰기 전에.

　나무 그림자 침상에 비껴 드리우니 詩想이 평온하게 머리맡으로 다가
오네.
　구름과 꽃그림자 종이 위를 가득 채우니, 글 쓰기도 전에 쓰려는 글의
의미가 은근히 드러나는 듯.

[4-151] 耳目寬則天地窄, 爭務短則日月長.

【耳目(이목)】 귀와 눈, 들음과 봄(견문).
【爭務(쟁무)】 바삐 힘쓰다, 바삐 일하다.
【日月(일월)】 세월, 시간.

　見聞이 넓으면 세상천지가 좁고, 업무에 힘쓰는 시간이 짧으면 남는
시간은 길다.

[4-152] 秋老洞庭, 霜淸彭澤.

【彭澤(팽택)】 鄱陽湖를 말한다. 江西省에 있다.

가을은 洞庭湖를 시들게 하고, 서리는 鄱陽湖를 맑게 한다네.

[4-153] 聽靜夜之鐘聲, 喚醒夢中之夢; 觀澄潭之月影, 窺見
身外之身.

【喚醒(환성)】 일깨우다, 눈뜨게 하다, 깨우치다, 자각시키다.
【窺見(규견)】 엿보다, 살펴보다.
【身外之身(신외지신)】 몸 밖의 몸, 또 다른 나.

  고요한 밤에 종소리 들리니 꿈속의 꿈을 불러 깨우고, 맑은 연못의 달
그림자 보이면 내 몸 밖의 몸을 보게 된다네.

[4-154] 事有急之不白者, 寬之或自明, 毋躁急以速其忿; 人
有操之不從者, 縱之或自化, 毋操切以益其頑.

【白(백)】 명백하게 하다, 아뢰다.
【躁急(조급)】 침착함이 없이 성급하다.
【速(속)】 초래하다.
【忿(분)】 원망하여 화를 내다.
【操(조)】 쥐다, 장악하다, 조종하다, 다루다, 종사하다.
【化(화)】 변화하다, 바꾸다, 감화하다.
【操切(조절)】 法令을 엄하게 지켜 백성을 억누르다.

급한 일이 있는데 분명하게 처리하지 않는 자가 있으면 관대하게 대하거나 스스로 깨닫도록 해야지 조급하게 다그쳐 원한을 품도록 하지 마라!

사람을 부리는 데 따르지 않는 자가 있으면 내버려두거나 스스로 바뀌도록 해야지 지나치게 억눌러서 그를 더욱 고집스럽게 만들지 마라!

[4-155] 士君子貧不能濟物者, 遇人癡迷處, 出一言提醒之; 遇人急難處, 出一言解救之, 亦是無量功德.

【濟物(제물)】 물질로 가난한 사람을 돕다.
【癡迷(치미)】 …에 빠져서 정신을 못 차리다.
【提醒(제성)】 일깨우다, 깨우치다.
【急難(급난)】 위급한 재난.
【解救(해구)】 구제하다, 구출하다.
【無量(무량)】 한량없다, 무한하다.
【功德(공덕)】 공적과 은덕, (佛家) 현재 혹은 미래를 유익하게 하는 선행.

士君子는 가난하기에 물질로 남을 구제할 수는 없지만, 다른 사람이 정신 못 차리는 경우에 말 한마디로 깨우쳐 줄 수 있다.

다른 사람이 위급한 경우에는 말 한마디로 그를 도울 수 있으니, 이 역시 헤아릴 수 없이 큰 功德이다.

[4-156] 處父兄骨肉之變, 宜從容不宜激烈; 遇朋衣交遊之失. 宜劚切不宜優游.

【父兄(부형)】 아버지와 형, 즉 부모형제.
【骨肉之變(골육지변)】 부모형제의 변고.
【宜(의)】 적당하다, 알맞다, 마땅하다.

【從容(종용)】 조용하다, 침착하다.
【激烈(격렬)】 격렬하다, 지극히 맹렬하다.
【交游之失(교유지실)】 교유에 있어서의 실수.
【剴切(개절)】 사리에 합당하다, 적절하다.
【優游(우유)】 우물쭈물하다, 망설이다, 유유자적하다.

  부모나 형제의 변고를 당하면 침착하게 대처하는 것이 옳지 격한 감정
으로 대처하는 것은 옳지 않다.
  친구간의 교유에서 실수가 있으면 사리에 합당하게 처리하는 것이 옳
지 우물쭈물하는 것은 옳지 않다.

[4-157] 問祖宗之德澤, 吾身所享者是, 當念其積累之難; 問
子孫之福祉, 吾身所貽者是, 要思其傾覆之易.

【祖宗(조종)】 선조, 조상.
【德澤(덕택)】 덕택, 은덕이 다른 사람에게 미치는 혜택.
【積累(적루)】 쌓이다, 누적되다, 축적되다, 축적.
【福祉(복지)】 복, 행복.
【貽(이)】 남기다, 전하다, 주다.
【傾覆(경복)】 뒤집어엎다, 전복시키다, 쓰러지다, 넘어지다.

  조상이 남긴 은덕이 무엇인가? 내가 지금 누리고 있는 것이 바로 그것
이니, 이만큼 쌓기가 얼마나 힘들었을지를 생각해야 한나.
  자손의 복이란 무엇인가? 내가 남겨줄 것이 바로 그것이니, 그것은 언
제라도 뒤집히기 쉽다는 것을 생각해야 한다.

[4-158] 韶光去矣, 嘆眼前歲月無多, 可惜年華如疾馬; 長嘯

歸與, 知身外功名是假, 好將姓字任呼牛.

【韶光(소광)】 좋은 시절, 좋은 세월.
【年華(연화)】 세월(=年光, 光陰).
【歸與(귀여)】 (관직을 그만두고 고향으로) 돌아가지 않겠는가?(=歸歟)
【姓字(성자)】 성명(姓名), 성과 이름.
【任(임)】 되는 대로 맡겨두다, 그냥 내버려두다, 상관하지 않다.
【呼牛(호우)】 '소'라고 부르다, 즉 누가 무어라고 부르든 상관하지 않다, 칭찬하건 헐뜯건 개의치 않다(=呼牛呼馬). *《莊子・天道》에 "옛날에 당신이 나를 소라고 부르면 소라 했고, 나를 말이라고 부르면 말이라고 했다〔昔者子呼我牛也, 而謂之牛; 呼我馬也, 而謂之馬〕"라는 구절에서 나온 것.

  좋은 시절이 지나가 버리면 눈앞에 남은 세월이 많지 않음을 한탄하고, 세월이 달리는 말처럼 빠름을 아쉬워하네. 고향으로 돌아간다고 길게 읊을 때면 몸 밖의 功名이 거짓된 것임을 알게 되니, 성과 이름을 무어라 부르든 상관없이 좋기만 하다네!

  [4-159] 意摹古先, 存古未敢反古; 心持世外, 厭世未能離心.

【意(의)】 뜻, 생각, 생각하다.
【摹(모)】 베끼다, 본뜨다, 본받다.
【古先(고선)】 古人.
【反古(반고)】 옛날로 돌아가다(=復古).
【持(지)】 가지다, 잡다, 견지하다.
【厭世(염세)】 세상을 싫어함, 세상이 괴롭고 귀찮아서 비관함.
【離心(이심)】 떨어져 배반하고자 하는 마음.

  뜻이 옛사람을 본받고자 하여 무엇보다 먼저 옛날을 마음에 품지만 옛날로 돌아갈 수는 없구나!

속세 바깥에 마음이 사로잡혀 속세를 싫어하는데도 마음이 떠나지 못
하는구나!

[4-160] 苦惱世上, 度不盡許多癡迷漢. 人對之腸熱, 我對之
心冷; 嗜欲場中, 喚不醒許多伶俐人. 人對之心冷, 我對之腸熱.

【苦惱(고뇌)】 몸과 마음이 괴롭다, 고민하다, 고뇌하다.
【度不盡(도부진)】 완전히 헤아리지 못하다, 다 추측하지 못하다.
【癡迷漢(치미한)】 얼빠져서 정신을 못 차리는 사내(사람). ＊漢은 漢子(남자, 사내,
대장부).
【腸熱(장열)】 사물에 깊이 마음을 쏟다(=熱腸).
【心冷(심랭)】 마음이 냉담하다, 태도가 소극적이다(=冷心).
【嗜慾(기욕)】 嗜好를 즐기고자 하는 마음, 耳目口鼻의 욕망.
【喚不醒(환불성)】 喚醒(일깨우다, 깨우치다)의 부정.
【伶俐(영리)】 영리하다, 총명하다.

　고뇌의 세상에는 얼빠진 사람이 헤아릴 수조차 없이 많다. 사람들은 그
들에 대해 관심이 뜨겁지만, 나는 그런 사람들에게는 마음이 없다!
　욕망의 세상에서는 영악한 사람들을 깨닫게 할 수가 없다. 사람들은 그
런 사람에게는 마음이 없지만, 나는 그들에 대해 관심이 많다!

[4-161] 自古及今, 山之勝多妙於天成, 每壞於人造.

　예로부터 산의 절경들은 대부분 자연적으로 만들어졌기에 빼어난 것인
데, 언제나 사람이 인위적으로 만들어서 망쳐 버리는구나!

[4-162] 畫家之妙, 皆在運筆之先, 運思之際, 一經點染, 便減機神.

【運筆(운필)】 붓을 놀리다, 그림이나 시문을 짓다.
【運思(운사)】 구상하다, 사색하다.
【一經(일경)】 일단 …하면, …하자마자.
【點染(점염)】 그림을 그릴 때 점으로 경치를 그리거나 색칠을 하다, 문장을 수식하다.
【機神(기신)】 神機(영묘한 작용, 신묘한 계략), 神韻.

　화가의 뛰어남은 붓을 대기 이전, 구상하는 단계에 있나니 일단 붓을 대게 되면 이내 神機(神韻)는 줄어든다.

[4-163] 長於筆者, 文章卽如言語; 長於舌者, 言語卽成文章.

　글을 짓는 데 뛰어난 자는 글짓는 것이 말하는 것 같고, 말하는 데 뛰어난 자는 말하는 것이 바로 글이 된다네.

[4-164] 昔人謂, "丹靑乃無言之詩, 詩句乃有言之畫?" 余則欲丹靑似詩, 詩句無言, 方許各臻妙境.

【丹靑(단청)】 빨간 빛과 푸른 빛, 彩料, 채색하여 그린 그림.
【臻(진)】 도달하다.
【妙境(묘경)】 절묘한 경지.

　옛사람이 "丹靑은 말 없는 詩요, 詩는 말이 있는 그림"이라고 했다. 나도 그림의 丹靑을 '말이 있는 詩'처럼, 시는 '말 없는 그림'처럼 만들고 싶은데, 이렇게 되면 그림과 시 모두 절묘한 경지에 도달하게 되겠지!

[4-165] 舞蝶遊蜂, 忙中之閑, 閑中之忙; 落花飛絮, 景中之
情, 情中之景.

춤추는 나비와 노니는 벌은 바쁨 속의 한가함이요, 한가함 속의 바쁨
이라! 지는 꽃과 날리는 버들개지는 풍경 속에 담긴 마음이요, 마음속의
풍경이라!

[4-166] 五夜鷄鳴, 喚起窓前明月; 一覺睡醒, 看破夢裏當年.

【一覺睡醒(일각수성)】 잠에서 깨다. ＊覺: 잠, 자다. 睡: 잠, 자다.
【看破(간파)】 간파하다, 달관하다, 체념하다, 단념하다.
【當年(당년)】 그때, 그 당시, 그 해, 한창 나이, 황금기.

五更에 닭이 울어 창 밖의 밝은 달을 깨우고, 잠에서 깨고 나니 꿈속에
서 보낸 그 시간이 화려한 시절이었음을 깨닫는다네!

[4-167] 想到非非想, 茫然天際白雲; 明到無無明, 渾矣臺中
明月.

【非非想(비비상)】 즉 非想非非想天. 無色界의 第四天으로, 三界의 여러 하늘 가운
데 가장 높은 하늘. 이 세계의 사람들은 번뇌를 떠났으므로 非想이라 하겠지만, 그래
도 조금은 남아 있으므로 '번뇌를 떠난 것〔非想〕이 아닌〔非〕'非非想이고 하는 것.
【茫然(망연)】 넓고 멀어 아득한 모양, 아득한.
【無無明(무무명)】 지혜의 눈으로 비춰 보았을 때 모든 것은 텅 비어 없는 것이다. 그
러므로 밝지 않은 것이 없으며, 무명이라 함도 없다.
【渾(혼)】 흐릿한, 혼탁하다.

생각이 非非想에 이르면 아득한 하늘가의 흰 구름 같고, 밝기가 無無明에 이르면 흐릿한 누대 속의 밝은 달 같구나.

[4-168] 避暑深林, 南風逗樹; 脫帽露頂, 沈李浮瓜; 火宅炎宮, 蓮花忽逬; 較之陶潛臥北窗下, 自稱羲皇上人, 此樂過半矣.

【脫帽露頂(탈모로정)】 모자를 벗어 머리를 드러내다.
【沉李浮瓜(침이부과)】 살구나 참외를 찬물에 담가 차게 하다. 여기서는 사람이 차가운 물속에 들어가 몸을 담그는 것을 의미.
【火宅炎宮(화택염궁)】 불이 난 집, (佛敎) 번뇌가 많은 이 세상.
【蓮花(연화)】 연꽃. *여기서는 佛法의 오묘한 비결(깨달음)을 가리킨다.
【逬(병)】 솟아나오다.
【羲皇上人(희황상인)】 伏羲氏 시대인 태곳적 사람이라는 뜻으로, 속세를 떠나 한가로이 지내는 사람을 말한다.

깊은 숲에서 더위를 피하니 남풍이 나무에 머무르고, 모자를 벗고 찬물 속에 몸을 담그니 번뇌 많은 이 세상, 佛法의 오묘한 깨달음이 불쑥 솟아나네!
陶淵明이 北窗 아래에 누워 즐기던 것과 비교하여 스스로 羲皇上人이라 칭해 보네! 이런 즐거움은 인생의 절반을 뛰어넘나니!

[4-169] 霜飛空而漫霧, 雁照月而猜弦.

【漫霧(만무)】 안개가 자욱하다.
【猜(시)】 추측하다, …인 듯하다.
【弦(현)】 활시위, 현악기. *여기서는 거문고 위에 세워진 기러기발(琴柱·雁足·雁柱)이 옆으로 비스듬히 서 있는 모습이 마치 기러기떼가 줄지어 날아가는 모습과 같다는 뜻.

하늘을 날아 내리는 서리, 안개 자욱이 내린 듯.
달빛에 반짝이는 기러기떼, 거문고에 놓여진 기러기발〔雁足〕 같구나!

[4-170] 旣景華而凋彩, 亦密照而疎明; 若春隰之揚蔿, 似秋漢之含星.

【旣(기)…亦(역)】 …할 뿐만 아니라 …도, …도 하지만 …도.
【隰(습)】 습지, 진펄.
【蔿(위)】 꽃, 꽃피다.
【秋漢(추한)】 가을 銀河.

　화려했던 풍경, 색채를 잃어버리고 시들기도, 빽빽하게 비추다가 성글게 밝히기도…… 봄날 습지에 꽃송이가 날리는 듯, 가을날 은하수 별을 머금은 듯…….

[4-171] 景澄則岩岫開景, 風生則芳樹流芬.

【巖岫(암수)】 바위굴, 巖穴, 석굴.

　경치가 맑으면 바위굴 속도 거울함을 새로 연 듯 밝고, 바람이 일면 향기로운 나무 향기를 날려보내네!

[4-172] 類君子之有道, 入暗室而不欺; 同至人之無迹, 懷明義以應時.

【至人(지인)】 도덕이 지극히 높은 사람.
【明義(명의)】 대의명분.

　君子처럼 道를 지녔다면 어두운 방에 들어가서도 자기 자신을 속이지 않고, 달관한 至人처럼 세상에 흔적을 남기지 않는다면 대의명분을 지키면서도 시대의 흐름에 맞출 수 있다.

　[4-173] 一翻一覆兮如掌, 一死一生兮若輪.

　손바닥 뒤집듯 뒤집혔다 엎쳤다가, 수레바퀴처럼 죽고 사는 게 동그랗게 돌고돈다네!

卷五・素

[5-0] 袁石公云: 長安風雪夜, 古廟冷鋪中, 乞兒丐僧, 齁齁如雷吼; 而白髭老貴人, 擁錦下帷, 求一合眼不得. 嗚呼! 松間明月, 檻外靑山, 未嘗拒人, 而人人自拒者何哉? 集素第五.

【袁石公(원석공)】明代 문학가 袁宏道. 字는 中郞, 號가 石公. 형 袁宗道와 동생 袁中道와 더불어 三袁이라 불리는 公安派의 영수.
【乞兒(걸아)】거지, 동냥하는 아이.
【丐僧(개승)】동냥하는 스님.
【齁齁(후후)】코고는 소리의 형용.
【雷吼(뇌후)】천둥소리가 요란하게 남.
【髭(자)】코밑수염.
【合眼(합안)】눈을 감다, 잠을 자다, 成佛하다(죽다).

袁宏道가 말했다.

"장안에 바람 불고 눈 내리던 밤, 오래된 절에 차디찬 자리 깔고 있는데, 구걸하는 아이와 동냥하는 스님의 코고는 소리가 천둥소리 같다. 하지만 하얀 수염의 부귀한 노인께서는 비단금침을 덮고 휘장을 드리우고 눈 감고 잠을 청하려 해도 잠들지 못하는구나! 오호라! 소나무 사이에 떠 있는 밝은 달, 난간 밖의 푸른 산은 사람을 거절한 적 없는데 인간들 스스로 자연을 거절하는 것은 무슨 까닭인고?"

'素'에 관한 문장을 모아서 第5로 삼았다.

[5-1] 田園有眞樂, 不瀟灑終爲忙人. 誦讀有眞趣, 不玩味終爲鄙夫. 山水有眞賞, 不領會終爲漫遊; 吟咏有眞得, 不解脫終爲套語.

【瀟灑(소쇄)】 구속을 받지 않다, 맑고 깨끗함, 인품이 맑아 속기가 없다, 소탈하다.

【終爲(종위)】 결국(마침내) …되다.

【眞趣(진취)】 참된 멋.

【玩味(완미)】 음식을 맛보다, 시문 등의 뜻을 음미하다.

【鄙夫(비부)】 비천한 사람, 무식한 사람, 자신을 낮추는 말.

【領會(영회)】 깨닫다, 이해하다, 파악하다.

【漫游(만유)】 자유롭게 유람하다, 기분나는 대로 노닐다, 마음내키는 대로 구경하며 돌아다니다.

【解脫(해탈)】 (불교) 해탈하다, 벗어나다.

전원에 진정한 즐거움이 있거늘 얽매임에서 벗어나지 못하면 끝내 바쁜 일상에 쫓기는 사람이 된다.

시를 외우고 읽는 것에 참된 멋이 있지만 음미하지 못하면 끝내 비천한 사람이 되어 버린다.

산수자연에 진정 감상할 것들이 있지만 진정으로 깨닫지 못한다면 결국은 마음내키는 대로 놀러다니는 것에 불과하게 된다.

시를 읊는 것에 참된 깨달음이 있지만 평범한 생각에서 벗어나지 못하면 결국은 상투적인 글이 될 뿐이다.

[5-2] 居處寄吾生, 但得其地, 不在高廣; 衣服被吾體, 但順其時, 不在紈綺; 飮食充吾腹, 但適其可, 不在膏粱; 讌樂修吾好, 但致其誠, 不在浮靡.

【高廣(고광)】 높고 넓음. ＊여기서는 高大廣室을 말한다.

【適可(적가)】 적당한 정도에 도달하다.

【不在(부재)】 여기서는 不在乎(대수롭지 않게 여기다, 염두에 두지 않다, 문제삼지 않다)의 의미.

【紈綺(환기)】 비단, 즉 화려한 의복. ＊紈은 흰 비단, 綺는 문양을 수놓은 비단.

【膏粱(고량)】 기름진 고기와 찰진 곡식, 즉 고급스럽고 맛좋은 음식.

【讌樂(연락)】 잔치를 베풀어 즐기다(=宴樂).
【修好(수호)】 친선을 도모하다.
【浮靡(부미)】 내용 없이 겉만 화려함, 경박하고 화려함.
【致誠(치성)】 정성을 다함, 神佛에게 정성을 드림.

　사는 곳이란 나의 삶을 의탁하는 곳이니 그런 곳이 있다면 고대광실도
관심 없고, 옷은 나의 몸을 가리는 것이니 계절에 따라 입을 수만 있으면
화려한 옷은 관심 없다.
　음식은 내 배를 채우는 것이니 적당히 먹을 수만 있으면 기름진 음식
에는 관심 없고, 잔치를 여는 것은 우리의 우호 관계를 돈독히 하는 것이
니 정성을 다한다면 화려하게 차린 자리도 관심 없다!

　[5-3] 披卷有餘閒, 留客坐殘良夜月 ; 褰帷無別務, 呼童耕破
遠山雲.

【披卷(피권)】 책을 펼치다. 책을 읽다.
【餘閑(여한)】 여가.
【殘良夜月(잔량야월)】 저녁달이 희미하게 빛나다(새벽녘을 말함). ＊良夜 : 좋은 밤,
깊은 밤.
【褰(건)】 걷어올리다, 말아올리다.
【別務(별무)】 특별한 일(업무).
【耕破(경파)】 밭을 파서 뒤집다.

　책을 읽다가 잠시 한가해져 새벽달 스러질 때까지 손님을 잡아놓고 이
야기 나누었네. 휘장을 걷어올려도 특별히 할 일이 없으니 童子 불러다
가 먼 산의 구름이나 갈아 볼까나?!

　[5-4] 琴觴自對, 鹿豕爲群. 任彼世態之炎凉, 從他人情之反覆.

【自對(자대)】 스스로 상대하다, 혼자서.

【群(군)】 무리를 이루다, 동아리가 되다, 친구가 되다, 식구가 되다.

【任(임)】 내버려두다, 되는 대로 맡겨두다, 방임하다.

【世態炎凉(세태염량)】 世情의 변화.

【從(종)】 縱(마음대로 하도록 내버려두다, 방종하다)와 통용.

【反覆(반복)】 되풀이하다, 엎어지다, 언행을 이랬다저랬다하다.

　　혼자 거문고 튕기고 술 마시며 사슴·멧돼지와 친구가 되네. 남들이야 세태가 변하든 인정이 바뀌든 상관없이…….

　　[5-5] 家居苦事物之擾, 惟田舍園亭, 別是一番活計; 焚香煮茗, 把酒吟詩, 不許胸中生冰炭. 客寓, 多風雨之懷. 獨禪林道院, 轉添幾種生機; 染翰揮毫, 翻經問偈, 肯敎眼底逐風塵?

【家居(가거)】 집에 거주하다. 뒷구절 '客寓(타향살이)'와 상대되는 의미로 사용됨.

【擾(요)】 어지러움, 난잡함, 소란함, 편안하게 하다, 길들이다.

【田舍(전사)】 시골의 집, 농가.

【園亭(원정)】 뜰 안의 정자.

【一番(일번)】 한번.

【活計(활계)】 살림, 살아갈 방도, 생계.

【冰炭(빙탄)】 얼음과 숯, 정반대가 되어 서로 조화되지 못하는 사물이나 관계.

【客寓(객우)】 여행자가 묵는 곳, 나그네가 묵다, 타향에서 (임시로) 살다.

【風雨(풍우)】 바람과 비, 시련, 고초.

【禪林(선림)】 禪宗의 여러 사원.

【道院(도원)】 도교의 사원.

【染翰(염한)】 붓에 먹물을 묻히다, 글씨를 쓰다, 편지를 쓰다.

【揮毫(휘호)】 붓을 휘둘러서 글씨를 쓰거나 그림을 그림.

【翻經(번경)】 경전을 번역하다, 경전을 읽다.

【偈(게)】 부처의 덕을 찬양하거나 교지를 설명하는 글.

【肯(긍)】 승낙하다, 수긍하다, 기꺼이 …하려 하다, 흔쾌히 하다.

【敎(교)】 사역동사로 쓰임(…하게 하다).
【眼底(안저)】 안중, 눈 속.

집 안에 있을 때는 사소한 일들에 번잡스러워 고민하게 되니, 농가나 뜰의 정자만이 따로 살아갈 수 있는 방법일 터!

향을 사르고 차를 끓이고, 술잔을 들고 시를 읊다 보면 마음속에 갈등 같은 건 생길 수 없다네.

타향을 떠돌다 보면 언제나 고생스러워 근심이 많으니 禪林·道院만이 다양한 활기를 일으킬 수 있을 터!

붓에 먹물 묻혀 휘갈겨 쓰고, 경전을 읽고 偈를 묻다 보면 눈 속에서 속세의 티끌을 즐거이 쫓아낼 수 있지 않겠는가?!

[5-6] 茅齋獨坐, 茶頻煮, 七碗後氣爽神淸; 竹榻斜眠, 書漫抛, 一枕餘心閒夢穩.

【茅齋(모재)】 띠로 지붕을 인 집, 茅屋.
【氣爽神淸(기상신청)】 氣가 맑아지고 정신이 깨끗해진다.
【竹榻(죽탑)】 대나무 평상, 대나무 침대.
【漫抛(만포)】 제멋대로 버려두다. ＊漫: 마음대로, 멋대로. 抛: 내던지다, 버려두다, 방치하다.
【一枕餘(일침여)】 한숨 자다. 앞의 '七碗後'와 대구를 이룸. ＊餘: 나머지, 그밖에는, …정도(약간의 분량을 말함).

띠집에 홀로 앉아 연신 차를 끓여 마시는데, 일곱 잔을 마시면 氣가 맑아지고 정신이 깨끗해진다.

대나무 평상에 비스듬히 누워 꿈속으로 빠져들면 책은 여기저기 뒹굴고, 한숨 자고 나면 마음은 여유롭고 꿈은 평온해지네.

[5-7] 帶雨有時種竹, 關門無事鋤花; 拈筆閒刪舊句, 汲泉幾
試新茶.

【帶雨(대우)】 비를 지님, 비를 맞음.
【有時(유시)】 때로는, 이따금, 간혹.
【拈筆(염필)】 붓을 들다(잡다).

　때로는 비를 맞으며 대나무를 심고, 문을 닫아걸고 생활하는 가운데
다른 일이 없을 때는 꽃밭에 김을 매기도 하네. 붓을 들고 옛날에 써놓았
던 詩句를 한가로이 정리하고, 샘물 길어다가 새로 우린 차를 연신 맛보
기도 하고…….

[5-8] 余嘗淨一室, 置一几, 陳幾種快意書, 放一本舊法帖.
古鼎焚香, 素塵揮塵, 意思小倦, 暫休竹榻. 餉時而起, 則啜苦
茗. 信手寫漢書幾行, 隨意觀古畫數幅. 心目間覺灑空靈, 面上
塵當亦撲去三寸.

【當(당)】 예전에, 항상.
【快意書(쾌의서)】 마음을 상쾌하게 해주는 책.
【鼎(정)】 금속으로 만든 발이 셋, 귀가 둘 달린 솥.
【塵(주)】 먼지떨이.
【意思(의사)】 마음먹은 생각, 기분, 재미, 흥미.
【餉(향)】 음식을 보내다, 식사하는 시간.
【信手(신수)】 손에 맡기다, 손길 닿는 대로.
【漢書(한서)】 한자로 된 서적, 혹은 前漢 12조 240년간을 기록한 紀傳體 史書《漢
書》를 말한다.
【隨意(수의)】 마음내키는 대로, 뜻대로.
【心目(심목)】 심중, 마음속.
【灑(쇄)】 灑灑(사물에 구애되지 않아 시원한 모양)의 의미.

【空靈(공령)】 변화가 많다, 행동이나 마음에 여유가 있고 활기차다.
【撲去(박거)】 털어내다, 뛰어들다, 돌진하다.
【三寸(삼촌)】 아주 조금.

　항상 방 안을 청소하고 책상을 하나 놓고, 마음을 상쾌하게 하는 책들을 진열하고, 옛날 글씨본 한 권을 놓아둔다.
　古鼎에 향을 사르고, 하얀 먼지떨이로 먼지를 털어내다가 권태로워지면 잠시 대나무 평상에서 쉬기도 한다.
　밥 먹는 시간이면 일어나 쌉쌀한 차를 마시고, 손가는 대로 《漢書》 몇 줄을 옮겨 쓰고는, 마음내키는 대로 옛날 그림 몇 폭을 감상하기도 한다.
　이렇게 살다 보면 마음이 시원하고 생기가 차오르는 듯, 얼굴 위의 먼지까지 떨어져 나가는 듯!

[5-9] 但看花開落, 不言人是非.

꽃이 피고 지는 것만 보시게나! 사람의 是是非非는 말하지 마시고!

[5-10] 莫戀浮名, 夢幻泡影有限; 且尋樂事, 風花雪夜無窮.

【戀(련)】 그리워하다, 아쉬워하다, 연연해하다, 집착하다.
【浮名(부명)】 허황된 명성.
【夢幻泡影(몽환포영)】 이 세상의 모든 사물이 꿈, 환상, 물거품, 그림자처럼 덧없다.
【且(차)】 잠깐, 잠시, 바야흐로, 이제 막, 다시금, 게다가.
【風花雪夜(풍화설야)】 자연 경물, 사철의 뛰어난 경치(=風花雪月).

　허황된 명성에 연연해하지 마시게나! 그것은 꿈, 환상, 물거품, 그림자처럼 有限한 것!

잠시라도 즐거운 일을 찾으시게나! 바람 불고 꽃 피고 눈 내리고 밝은 달밤처럼 아름다운 자연은 무궁무진하나니!

[5-11] 白雲在天, 明月在地；焚香煮茗, 閱偈翻經；俗念都捐, 塵心頓盡.

【翻經(번경)】 경문을 번역하다.
【世念(세념)】 세속에 얽매인 생각, 속된 생각.
【塵心(진심)】 세속의 마음.
【頓(돈)】 갑자기, 급히.

흰 구름 하늘에 떠 있고 밝은 달빛 땅을 비추는데, 향을 사르고 차를 끓이고 偈를 읽고 經文을 읽으면 속된 생각 모두 사라지고 속세의 때 낀 마음까지 순간 사라지네.

[5-12] 暑中嘗嘿坐, 澄心閉目, 作水觀久之, 覺肌髮灑灑, 几閣間似有涼氣.

【嘿坐(묵좌)】 묵묵히 앉아 있다(=嘿坐), 침묵하며 좌선하는 수련법.
【澄心(징심)】 마음을 가라앉혀 맑게 하다, 가라앉아 맑은 마음.
【水觀(수관)】 (불교) 좌선할 때, 물을 바라보고서 올바름을 얻는 수련법.
【灑灑(쇄쇄)】 사물에 구애받지 않아 시원한 모양, 계속해서 이어지는 모양, 흩어지는 모양.
【几閣間(궤각간)】 책상과 누각 사이사이. *여기서는 집 안 곳곳을 말한다.
【涼氣(양기)】 찬 기운, 찬 공기.

무더위에도 언제나 묵묵히 앉아 마음을 맑게 하고 두 눈을 감는다. 그러다 물을 바라보며 水觀 수련을 오래하면 피부와 머리칼이 시원해지고,

책상과 누각 사이사이에 서늘한 기운이 일어나는 것 같다.

[5-13] 胸中只擺脫一戀字, 便十分爽淨, 十分自在. 人生最苦
處, 只是此心, 霑泥帶水, 明是知得, 不能割斷耳.

【擺脫(파탈)】 벗어나다, 빠져나오다, 떨쳐 버리다.
【十分(십분)】 매우, 대단히, 충분히.
【爽淨(상정)】 상쾌하고 깨끗하다.
【霑泥帶水(점니대수)】 물을 길어 오면서 진흙을 잔뜩 묻혀 오다, 일을 깔끔하게 처
리하지 못하다, 일을 맺고 끊는 맛이 없다(=拖泥帶水).
【明是(명시)】 명백하게, 분명히.
【割斷(할단)】 자르다, 끊다, 단절시키다.

가슴속에서 '연연해한다'는 '戀'자를 떨쳐 버리면 상쾌하고 말끔하게
정말 자유로워진다.
　인생에서 가장 힘든 것이 바로 집착하는 이 마음이다.
　물을 길어 오면서 진흙을 잔뜩 묻혀 오듯 깨끗이 떨어내지 못하고, 집
착하게 되는 것을 분명히 알면서도 명쾌하게 잘라 버릴 수가 없구나!

[5-14] 無事以當貴, 早寢以當富, 緩步以當車, 晚食以當肉.
此巧于處窮矣.

【無事(무사)】 하는 일이 없다, 탈없이 편안하다.
【當(당)】 적합하다, 알맞다, …에 해당하다, …으로 간주하다, …으로 삼다, …이라
생각하다.
【晚食(만사)】 늦은 식사.
【處(처)】 처하다, 처리하다.

탈없이 편안한 것을 소중하게 여기고, 아침 늦게까지 자는 것을 부유하게 여기라. 느릿느릿 산보하며 귀한 수레를 탔다고 생각하고, 느지막이 하는 조촐한 식사를 맛좋은 고기반찬으로 생각하라. 이것이 가난한 자가 살아가는 최고의 방법!

[5-15] 三月茶筍初肥, 梅風未困; 九月蓴鱸正美, 秫酒新香. 勝友晴窗, 出古人法書名畫, 焚香評賞, 無過此時.

【初(초)】 처음, 최초, 막, 방금.
【梅風(매풍)】 매화나무에 부는 바람, 梅雨(매화가 익을 무렵에 오는 장마) 시기에 부는 바람.
【困(곤)】 고생하다, 시달리다, 곤란하다, 난처하다.
【正(정)】 마침, 한창, 바야흐로, 막.
【美(미)】 맛있다.
【秫酒(출주)】 차조·옥수수 등으로 만든 술(=黃酒).
【勝友(승우)】 훌륭한 벗, 좋은 친구.
【法書(서법)】 법칙으로 삼을 만한 글씨본(=法帖).
【評賞(평상)】 감상하며 품평하다.

3월엔 차와 죽순에 윤기가 돌기 시작하고, 매화가 익을 시기에 부는 바람은 심하지 않네.

9월에는 순채와 농어가 한창 맛이 들고, 黃酒가 새로 익어 향기를 내뿜는다네.

화창한 날 좋은 친구와 뛰어난 옛날 法帖과 그림을 창가에 내놓고 향을 피우며 감상하니, 이보다 좋은 시절 없으리라!

[5-16] 高枕邱中, 逃名世外. 耕稼以輸王稅, 采樵以奉親顏. 新穀旣升, 田家大洽, 肥羜烹以享神, 枯魚燔而召友. 簑笠在戶,

桔槹空懸, 濁酒相命, 擊缶長歌, 野人之樂足矣!

【高枕(고침)】 베개를 높이 베고 걱정 없이 잘 자다, 마음이 편안하고 걱정근심이 없
다(=高枕而臥).
【邱(구)】 언덕, 산, 마을(=丘).
【耕稼(경가)】 경작하다.
【王稅(왕세)】 국가의 세금.
【親顔(친안)】 부모.
【升(승)】 되, 됫박, 익다. *여기서는 수확하다는 뜻(곡식을 수확하여 됫박으로 계량
한다는 의미).
【簑笠(사립)】 도롱이와 삿갓.
【桔槹(길고)】 한끝에는 두레박, 한끝에는 돌을 매달아 물을 퍼내게 만든 틀.
   *도롱이와 삿갓을 집에, 두레박을 공중에 걸어두었다는 것은 일하지 않고 쉰다
는 의미.
【命(명)】 명령하다, 주다, 수여하다.
【擊缶(격부)】 질장구를 치다. *缶는 아가리가 좁고 배가 불룩한 질그릇. 秦代에는
연회 때 이것을 두드리며 장단을 맞추었다.
【野人(야인)】 평민, 서민, 시골 사람.
【長歌(장가)】 소리를 길게 하여 읊다, 가사가 긴 노래. 여기서는 '오래도록 노래하
다' 는 뜻.

   산 속에서 편안하게 생활하려고 명예를 피하여 세상 밖으로 숨었다.
   논밭을 경작하여 국가에 세금을 내고 땔나무를 해서 부모를 봉양했다.
   새 곡식이 익어 수확하니 농사짓는 집집마다 화목하고 살진 새끼양을
삶아 신께 바치고 마른 생선 구워 친구를 부른다.
   도롱이와 삿갓은 방 안에 걸어두고 두레박은 허공에 걸어두고서 탁주
를 서로 권하며 질그릇 장구를 치며 오래도록 노래하니, 시골 사람의 즐
거움에 만족하노라!

   [5-17] 爲市井草莽之臣, 早輸國課; 作泉石烟霞之主, 日遠俗情.

【草莽之臣(초망지신)】 벼슬하지 않고 민간에 묻혀사는 사람, 재야인.
【輸(수)】 납부하다.
【國課(국과)】 국가의 세금, 國稅.
【俗情(속정)】 세속적인 생각, 名利에만 급급한 고아하지 아니한 마음.

　市井이나 재야에 있는 사람이 되어서는 국가의 세금을 제때에 납부했고, 물과 바위·안개·노을의 주인이 되어서는 날마다 세속적인 생각을 멀리한다네.

[5-18] 覆雨翻雲何險也? 論人情, 只合杜門; 吟風弄月忽頹然, 全天眞, 且須對酒.

【覆雨翻雲(복우번운)】 이랬다저랬다 대중없이 변하다.
【合(합)】 마땅히 …해야 한다.
【杜門(두문)】 문을 닫다, 집 안에만 틀어박혀 밖으로 나가지 아니하다, 杜門不出.
【吟風弄月(음풍농월)】 맑은 바람을 쐬며 시를 읊다, 밝은 달을 바라보며 즐기는 것.
【頹然(퇴연)】 낙담한 모양, 실망한 모양, 풀죽은 모양.
【天眞(천진)】 조금도 꾸밈이 없이 자연 그대로 참됨.

　이랬다저랬다 변하는 세상은 얼마나 위험한가?!
　人情에 대해 말할 때는 문을 닫아걸어야 하고, 吟風弄月 하다가 갑자기 기분이 가라앉을 때, 타고난 天眞함을 그대로 지니고 싶을 때는 술을 마주해야 한다.

[5-19] 春初玉樹參差, 冰花錯落, 瓊臺奇望, 恍坐玄圃, 羅浮若非, 黃昏月下, 携琴吟賞, 杯酒留連, 則暗香浮動疎影橫斜之趣, 何能有實際?

【玉樹(옥수)】 홰나무의 별칭.

【冰花(빙화)】 살얼음의 무늬, 얼음꽃.

【錯落(착락)】 가지런하지 않다, 어수선하게 흩어져 있다.

【瓊臺(경대)】 아름다운 樓臺.

【恍(황)】 마치…인 것 같다.

【玄圃(현포)】 전설 속에서 崑崙山의 神仙이 사는 곳.

【羅浮(나부)】 山名. 廣東省 東江의 북쪽 기슭에 있으며, 晉代 葛洪이 이곳에서 道를 닦았다.

【若非(약비)】 만일 …하지 않다면, 만약 …이 아니라면.

【留連(유련)】 (헤어지기 섭섭하여) 계속해서 머무르다.

【暗香(암향)】 어디서 나는지 알 수 없는 그윽한 향기.

【橫斜(횡사)】 비탈, 경사, 비탈지다. 여기서는 '비스듬히 비추다' 는 뜻.

【實際(실제)】 현실, 실제.

　초봄 홰나무 들쭉날쭉, 얼음꽃 어수선하게 흩어질 때, 아름다운 樓臺의 빼어난 조망은 신선이 살던 玄圃나 葛洪이 道를 닦던 羅浮山의 仙境에 앉은 것 같다.

　황혼 무렵 달 아래에서 거문고 연주를 감상하며 읊조리고, 술 마시며 떠나기 아쉬워 오래도록 머무른다.

　그윽한 향기 떠다니고 드문드문 그림자 비껴드는 이런 운치가 어떻게 실제 있는 걸까?

[5-20] 性不堪虛, 天淵亦受鳶魚之擾; 心能會境, 風塵還結煙霞之娛.

【性(성)】 모든 것의 바탕이 되는 감성. 뒤의 '心' 과 대구의 의미로 사용됨.

【天淵(천연)】 하늘과 깊은 못.

【鳶魚(연어)】 본의는 '소리개와 물고기' 이지만, 여기서는 일반적인 '새와 물고기' 를 지칭한다.

원래 모든 것의 천성이란 공허함을 감당할 수 없기에 하늘과 깊은 연
못조차도 새와 물고기의 소란함을 감수하는 것이다.
인간의 마음이란 경치와 하나될 수 있기에, 세속에 찌든 몸도 안개와
노을의 즐거움과 어울리나니!

[5-21] 身外有身, 捉塵尾矢口, 閒談眞如畵瓶; 竅中有竅, 向
蒲團同心, 究竟方是力田.

【捉(착)】 잡다.
【塵尾(주미)】 먼지떨이. 고라니 꼬리털로 만들면 먼지가 잘 털린다고 하여, 淸談을
하던 사람들이나 佛徒들이 속세의 띠끌을 떨어낸다는 상징적 의미로 지니고 다녔다.
【矢口(시구)】 입을 바르게 함, 주장을 견지하다.
【畵餠(화병)】 그림 속의 떡(=畵中之餠).
【竅(규)】 人體의 七竅(눈ㆍ코ㆍ귀ㆍ입ㆍ항문). 즉 일의 가장 중요한 부분, 관건, 비결.
【蒲團(포단)】 스님이 坐禪하거나 佛事할 때 깔고 앉는 부들로 만든 방석.
【回心(회심)】 마음을 돌려먹음, 마음을 고침.
【究竟(구경)】 극진함, 끝까지 탐구하다, 마침내, 필경, (佛敎) 理法의 至極.
【力田(역전)】 농사에 힘쓰다. 여기서 ‘田’은 사람이 살아가는 터전을 의미.

몸 밖에 몸을 그대로 놔두면, 속세의 먼지를 떨어낸다는 고라니털 먼
지떨이를 들고서 목소리 높여 한담을 나눠 봤자 그림 속의 떡처럼 아무
소용이 없는 것이다.
비결 속에 비결이 있으니, 참선하는 부들 방석을 향해 마음을 고쳐먹는
다 하더라도 결국은 자기 삶의 터전에 힘써야 하는 것이다.

[5-22] 山中有三樂: 薜荔可衣, 不羨繡裳; 蕨薇可食, 不貪粱
肉; 箕踞散髮, 可以逍遙.

【薜荔(벽려)】 담쟁이.

【繡裳(수당)】 수놓은 치마, 즉 화려한 옷.

【蕨薇(궐미)】 고사리.

【粱肉(양육)】 좋은 양식과 고기, 즉 훌륭한 음식.

【箕踞散髮(기거산발)】 편하게 다리를 쭉 뻗고 앉고 머리를 풀어헤치다.

【逍遙(소요)】 유유자적 즐기다, 아무런 구속도 받지 않다. 자유롭게 거닐다.

　산 속 생활에는 세 가지 즐거움이 있다.

　담쟁이를 옷으로 삼을 수 있으니 좋은 옷을 부러워하지 않고, 고사리를 먹을 수 있으니 훌륭한 음식을 탐하지 않고, 머리를 풀어헤치고 다리를 쭉 뻗고 앉아서 아무런 구속도 받지 않고 즐길 수가 있다.

　[5-23] 終南當戶, 雞峯如碧筍左簇. 退食時, 秀色紛紛墮. 盤山泉澆窗入廚, 孤枕夢回, 驚聞雨聲也.

【終南山(종남산)】 陝西省 長安의 남부에 있는 산. 太一山·周南山·中南山·秦嶺이라고도 한다. 主峰은 秦嶺·翠華山·南五台·圭峰山·驪山 등. *종남산은 '終南捷徑'이라는 말로도 유명하다. 즉 세속적인 부귀영화에 뜻이 없는 체하고 終南山에 들어가 은거하면 고상한 사람이라는 명성을 얻게 되고, 이에 賢者를 등용하고자 하는 위정자의 뜻에 따라 벼슬을 할 수 있었다. 즉 "종남산에 들어가는 것이 벼슬의 지름길(첩경)"이라는 뜻. 여기서는 벼슬길이 지척에 있지만 자신은 관심없이 자연 속에서 유유자적한다는 의미로 사용하였다.

【當(당)】 …을 마주 대하다, …을 향하다.

【鷄峰(계봉)】 닭의 볏 같은 봉우리.

【左簇(좌족)】 左는 '어긋나다,' 簇은 '떼지어 모이다' '무리짓다' 는 의미. 즉 가지런하지 않고 삐죽삐죽 떼지어 모여 있다는 의미이다.

【退食(퇴사)】 음식을 물리다, 음식을 사양하다.

【秀色(수색)】 빼어난 경치, 아름다운 용모.

【紛紛(분분)】 잇달아, 쉴 새 없이, 계속하여, 어수선하게 많다.

【盤山(반산)】 薊縣(지금의 天津市 북부) 서북부에 있으며, 숲과 골짜기 산수가 절묘하

여 ‘京東第一山’이라는 명성이 있다. * 盤山泉 : 薊縣의 母河인 州河로 유입되는 泉.

終南山이 창에 맞닿아 있고, 닭 볏 같은 봉우리가 푸른 죽순처럼 삐죽삐죽 떼지어 모여 있네. 밥상을 물릴 때 아름다운 하늘빛 시나브로 빛을 잃어가네. 盤山泉의 샘물은 창을 휘돌아 부엌으로 들어가는데, 외로이 잠들다 꿈에서 깨어 빗소리에 놀라네.

[5-24] 世上有一種癡人, 所食閒茶冷飯, 何名高致?

【閒茶冷飯(한다랭반)】 남은 차와 찬밥. * 속세의 세상은 ‘불로 익힌 음식〔火食〕’을 먹으므로, 차가운 밥을 먹는다는 것은 세속적인 삶과 거리를 둔 소박하고 초탈한 생활을 말하는 것.
【高致(고치)】 고상한 운치, 고상한 품성.

세상에는 어리석은 부류의 인간이 있으니, 식은 차와 찬밥을 먹는다고 해서 속세를 초탈한 고상한 운치를 지녔다는 명성을 얻을 수 있으리?!

[5-25] 桑林麥隴, 高下競秀. 風搖碧浪層層, 雨過綠雲繞繞. 雉雊春陽, 鳩呼朝雨. 竹籬茅舍, 間以紅桃白李, 燕紫鶯黃, 寓目色相, 自多村家閒逸之想, 令人便忘豔俗.

【桑林(상림)】 뽕나무 숲, 혹은 고유명사로서 殷代 湯王이 기우제를 지내던 숲.
【麥隴(맥롱)】 보리(밀)밭, 보리밭의 밭이랑.
【繞繞(요료)】 둘둘 감기다, 휘감기다, 얽히다, 감싸고 돌다, 빙빙 돌다.
【雉雊(치구)】 꿩이 울다. 雉는 꿩을, 雊는 장끼가 우는 것을 말한다.
【寓目(우목)】 주시하다, 훑어보다.
【色相(색상)】 색조, 자태, 용모, 형태, 육안으로 볼 수 있는 만물의 형상.
【閒逸(한일)】 한가하고 안일하다, 속세를 떠나 유유자적하다.

【艶俗(염속)】아름다움과 비속함. 고운 것과 천박한 것. 속된 것을 부러워하다. ＊艶：
부러워하다, 선망하다.

　뽕나무 숲과 보리밭 이랑에서는 크고 작은 풀들이 아름다움을 다투네.
　바람이 불어오니 층층이 푸른 물결을 이루고, 비가 지난 뒤에는 녹색
구름이 뭉게뭉게. 꿩은 봄볕에 울고, 비둘기는 아침비에 우짖네.
　대나무 울타리와 띠집, 그 속엔 붉은 복사꽃과 하얀 살구꽃, 보랏빛 제
비와 노란 꾀꼬리가 있으니 눈길을 매어 놓는 모습들.
　시골에서 유유자적하는 느낌은 세속적인 것에 대한 부러움도 잊게 만
든다네!

[5-26] 白雲滿谷, 月照長空. 洗足收衣, 正是宴安時節.

【長空(장공)】한없이 넓은 하늘, 가없는 하늘.
【收衣(수의)】옷을 걷어 넣다, 옷을 정리하여 간수해 두다.
【宴安(연안)】安逸, 편하고 한가롭다, 안일을 추구하다, 방탕하다.
【時節(시절)】철, 사람의 일생을 구분하는 한동안.

　하얀 구름 골짜기에 가득하고, 달빛은 가없는 하늘을 비추네. 발을 씻
고 옷을 챙기는 지금이야말로 너무도 편하고 한가로운 시절이로다!

[5-27] 眉公居山中, 來客問：“山中何景最奇？” 曰：“雨後露前, 花朝雪夜.” 又問：“何事最奇？” 曰：“釣因鶴守, 果遣猿收.”

【眉公(미공)】晚明의 名士 陳繼儒의 號. 은일하며 가난한 늙은 서생들을 모아 의식
주를 해결해 주며 수많은 책을 편집하였다. 산 속에 은거하면서도 재상처럼 정치에
영향력을 행사한다 하여 ‘山中宰相’이라 할 만큼 명성이 있었다.

眉公 陳繼儒가 산 속에 기거할 때 나그네가 물었단다.

"산에는 어떤 경치가 제일 빼어납니까?"

"비 온 뒤나 이슬 내리기 전, 혹은 꽃 핀 아침이나 눈 내린 저녁이네"라고 대답했단다.

또 "어떤 일이 제일 좋습니까?"라고 물으니, "낚싯대는 학에게 지키게 하고, 과일은 원숭이를 보내서 얻는 것이라네"라고 대답했단다!

[5-28] 古今我愛陶元亮, 鄕里人稱馬少游.

【陶元亮(도원량)】 東晉의 陶潛. 號가 元亮이다. 州 祭酒를 비롯하여 네 차례나 관직을 얻었다가 폄적되곤 하였다. 노년에 彭澤의 令이 되었지만, 구속된 삶이 싫어 80일 만에 자유인으로 되돌아가겠다는 〈歸去來辭〉를 읊으며 고향으로 돌아와 전원 생활을 즐겼다.

【馬少游(마소유)】 東漢의 名士. 평담한 삶을 살며 功名 때문에 귀찮은 걱정을 만들지 않겠다고 하였다. "선비의 일생은 다만 먹을거리와 입을거리만 취할 수 있다면 족하고, 바퀴통이 짧은 수레를 타고 망아지를 몰고 墳墓를 지키며, 마을에서 착한 사람이란 말을 들으면 그것도 괜찮은 것이다. (부귀공명이란 것은) 온 힘을 다해 얻으려 한다면 충분히 얻을 수 있지만 제 자신이 고통스러운 것이다〔士生一世, 但取衣食裁足, 乘下澤車, 御款段馬, 守墳墓, 鄕里稱善人, 斯可矣. 致求嬴餘, 但自苦爾〕!"라고 하였다.

나는 예전부터 陶淵明을 좋아하지만, 마을 사람들은 馬少游를 찬양한다네.

[5-29] 嗜酒好睡, 往往閉門; 俯仰進趣, 隨意所在.

【俯仰(부앙)】 굽어보고 올려다보다, 행동거지.

【進趣(진추)】 들어가고 나가다, 進退.

【隨意所在(수의소재)】 마음먹기에 달렸다, 마음대로 하다.

　　＊이는 杜牧의〈上李中丞書〉의 문장이다. "모씨가 15년 동안 官界에 있었는데, 4
년간 京師에 있었고, 그 사이 앓아눕게 되어 휴가를 신청하고 다시 그 반만큼을 살았
다. 술 마시는 것과 잠자는 것을 지나칠 정도로 좋아하여 고칠 수 없을 정도가 되었
다. 자주 문을 잠갔는데 한번 잠그면 10여 일을 넘기니 慶弔事에 빠지는 것이 다반
사였다. 하늘을 우러러보거나 세상을 굽어보며 들어가고 나아감에 있어서 제 마음대
로 하기에 時勢를 따르려 해도 다른 사람들을 좇아갈 수 없었다. 때문에 벼슬길은
그의 동료들에 비해 어려움을 더 많이 겪었다〔某入仕十五年間, 凡四年在京, 其間臥
疾乞假, 復居其半. 嗜酒好睡, 其癖已痼, 往往閉戶便經旬日, 弔慶參請多亦廢闕. 至於
俯仰進趣, 隨意所在, 希時徇勢, 不能逐人. 是以官途之間, 比之輩流, 亦多困躓〕."

　술 마시기를 좋아하고 잠자기를 좋아해서 종종 대문을 잠가 버렸다.
　하늘을 올려다보거나 세상을 굽어보고 들든 나든 내 마음대로 하였다.

　　[5-30] 霜水澄定, 凡懸崖峭壁古木垂蘿, 如片雲纖月一山映
在波中. 策杖臨之, 心境俱清絶.

【澄定(징정)】 깨끗하고 안정되다.
【懸崖(현애)】 낭떠러지, 벼랑.
【峭壁(초벽)】 가파른 절벽.
【如(여)】 여기서는 말을 이어주는 '而'와 같은 용법으로 새겼다.
【清絶(청절)】 깨끗함이 비할 데가 없다, 지극히 깨끗하다.

　서리 내린 뒤 계곡물은 맑고 차분하고, 낭떠러지와 가파른 절벽의 고
목은 덩굴을 드리우는데, 한 조각 구름과 가녀린 달, 산 하나가 물결 속
에 비치네. 지팡이 짚고 서서 물을 대하니 이 마음과 경치까지 너무도 깨
끗해지네!

[5-31] 親不擡飯, 雖大賓不宰牲, 匪直戒奢侈而可久, 亦將免
煩勞以安身.

【擡飯(대반)】 정식으로 잔치를 베풀어 손님을 초대하다.
【大賓(대빈)】 높은 손님.
【宰牲(재생)】 동물을 죽이다.
【匪直(비직)】 …뿐만 아니라(=非直, 非但, 不只).
【可久(가구)】 오래되어도 괜찮다, 오랫동안 해도 좋다, 오랫동안 할 수 있다.
【煩勞(번로)】 고생하다, 수고를 끼치다, 폐를 끼치다.
【安身(안신)】 몸을 편안하게 하다, 휴식하다, 거처하다, 몸을 의탁하다.

　친한 사람끼리는 거창하게 잔치를 열어 초대하는 것이 아니다. 설령
지위 높은 손님일지라도 가축을 잡아 상을 차리지 않는 것이다.
　이렇게 하면 사치를 경계하는 마음을 오랫동안 유지할 수 있을 뿐 아
니라 번거로운 일을 하지 않아도 되어 편하게 된다.

[5-32] 饑生陽火煉陰精, 食飽傷神氣不升.

【陽火(양화)】 태양의 불꽃, 인체의 양기, 마음속에서 일어나는 울화〔心火〕.
【陰精(음정)】 생식기의 精氣. 음정을 양성하려면 먼저 낡은 기운을 뿜어내고 陰精
의 기운을 들이마셔서 국부로 흘러가게 하고, 음식을 통해 조심스럽게 자양해야 한
다고 방중술에 설명되어 있다.
【傷神(상신)】 정신을 지나치게 소모하다, 너무 신경을 쓰다, 상심하다.
【氣不升(기불승)】 氣가 오르지 않다.

　굶어서 뜨거운 열〔陽火〕이 생기면 陰精을 단련해야 하지만, 너무 많이
먹어 배가 부르면 정신이 상하므로 氣가 솟아나지 않게 된다.

[5-33] 積閒以防老, 積快活以防死.

　느긋하게 유유자적함을 모아 노화(老化)를 방지하고, 활기차게 쾌활함
을 쌓아 죽음을 방지하려네!

[5-34] 心苟無事, 則息自調; 念苟無欲, 則中自守.

　마음속에 정말로 고민하는 일이 없다면 숨결이 저절로 조절되고, 생각
에 정말로 욕심이 없다면 본심(本心)이 저절로 지켜진다.

[5-35] 文章之妙: 語快令人舞, 語悲令人泣, 語幽令人冷, 語
憐令人惜, 語愼令人密, 語怒令人按劍, 語激令人投筆, 語高令
人入雲, 語低令人下石.

　글의 오묘함이란!
　유쾌함을 말하면 사람을 춤추게 만들고, 슬픔을 말하면 울게 만들고,
으슥함을 말하면 寒氣를 느끼게 하고, 가련함을 말하면 애타게, 신중함을
말하면 주도면밀하게 만든다. 분노를 말하면 칼을 잡게 만들고, 격정적
인 일을 말하면 붓을 내던지게 만들고, 높은 것에 대해 말하면 구름 속으
로 뛰어들게 하고, 낮은 것에 대해 말하면 바위 아래로 뛰어내리게 만드
는구나!

[5-36] 溪響松聲, 淸聽自遠; 竹冠蘭佩, 物色俱閒.

【淸聽(청청)】 분명하게 잘 들리다, 똑똑하게 들리다.

【自(자)】 …로부터.
【物色(물색)】 사물의 빛, 형상.

　시냇물 소리, 솔바람 소리가 먼 곳으로부터 또렷하게 들려오네. 대로
만든 모자, 향기로운 난꽃 넣은 향낭을 차니 모든 모습에 한가함이 묻어
나네.

　[5-37] 鄙吝一銷, 白雲亦可贈客; 渣滓盡化, 明月自來照人.

【鄙吝(비린)】 속되고 천하다, 매우 인색하다.
【銷(소)】 녹이다, 녹다, 다하여 없어지다.
【渣滓(사재)】 찌꺼기, 침전물, 앙금.

　인색한 마음이 사라지면 흰 구름도 손님에게 선물로 줄 수도 있고, 마
음속의 찌꺼기가 모두 녹아내리면 밝은 달이 저절로 와서 비춰 주네!

　[5-38] 存心有意無意之妙, 微雲淡河漢; 應世不卽不離之法,
疎雨滴梧桐.

【存心(존심)】 생각을 품다, 마음을 먹다, 마음씨, 근성.
【有意無意之妙(유의무의지묘)】 뜻(마음)을 가진 것 같기도 하고 없는 것 같기도 한
상태.
【河漢(하한)】 은하수.
【應世(응세)】 世運에 순응하다, 시류에 적응하다.
【不卽不離(불즉불리)】 가까이 붙지도 아니하고 떨어지지도 아니하다, 이도저도 아닌.
【疏雨(소우)】 성글게 오는 비, 드문드문 내리는 비.

　생각이 있는 듯 없는 듯하는 마음먹기의 오묘함은 엷은 구름이 은하수

를 희미하게 하듯…….

 너무 바짝 붙지도, 너무 소원하지도 않는 세상 적응 방법은 성근 비가
오동나무를 적시듯…….

 [5-39] 肝膽相照, 欲與天下共分秋月; 意氣相許, 欲與天下共
坐春風.

【肝膽相照(간담상조)】 서로의 간과 쓸개를 꺼내 보인다는 뜻. 속마음을 터놓고 가
까이 사귀다. *한유(韓愈)의 '유자후묘지명(柳子厚墓誌銘)'에 나오는 말.
【欲(욕)】 바라다, 하고 싶어하다, …해야 한다.
【共分(공분)】 함께 누리다.
【意氣相許(의기상허)】 의기투합하다.

 마음을 터놓고 사귀면 온 세상 사람과 가을 달을 함께 누리고 싶어지
고, 의기투합하면 온 세상 사람과 봄바람을 함께 쐬고 싶어지더라!

 [5-40] 堂中設木榻四, 素屛二, 古琴一張, 儒道佛書各數卷,
樂天旣來爲主. 仰觀山, 俯聽水, 傍睨竹樹雲石, 自辰及酉, 應接
不暇. 俄而物誘氣化, 外適內舒. 一宿體寧, 再宿心恬, 三宿後頹
然嗒然, 不知其然而然.

【素屛(소병)】 하얀 병풍, 소박한 병풍.
【樂天(낙천)】 中唐時期 詩人, 白居易. 字가 樂天, 號는 香山居士.
【辰(진)】 辰時(오전 7시에서 9시 사이).
【酉(유)】 酉時(오후 5시에서 7시 사이).
【應接不暇(응접불가)】 좋은 경치가 많아서 눈을 쉴 틈이 없다.
【俄而(아이)】 갑자기, 곧, 머지않아, 잠시.
【頹然(퇴연)】 유순한 모양, 힘이 없는 모양, 술에 취해 몸을 가누지 못하는 모양.

【嗒然(탑연)】 멍한 모양. *여기서는 주위 경물과의 융화, 즉 물아일체의 상황을 말한다.
【其然而然(기연이연)】 그것이 그렇게 되고 그렇게 되다.

　나무 침대 네 개, 소박한 병풍 두 폭, 古琴 한 개, 유가·도가·불가 서적 몇 권씩 방 안에 두면 唐代 白樂天이 와서 주인이 될 듯하다.
　고개 들어 산을 바라보고, 고개 숙여 물소리를 듣고, 옆으로 대나무·구름·바위를 살펴보는데, 辰時부터 酉時까지는 경치가 하도 아름다워 눈을 떼지 못한다.
　갑자기 주변 경물이 氣를 끌어들여 융화시켜 주위가 편안하니 마음도 편해진다.
　한 번 자면 몸이 편안하고, 두 번 자면 마음이 고요해지고, 세 번 자고 나면 몸과 맘이 멍해지나니 왜 그렇게 되는지를 모르겠더라…….

　[5-41] 偶坐蒲團, 紙窓上月光漸滿, 樹影參差, 所見非色非空. 此時雖名衲敲門, 山童且勿報也.

【偶坐(우좌)】 마주 앉음(＝對坐).
【蒲團(포단)】 坐禪 또는 佛事 때 깔고 앉는 부들로 만든 둥근 자리.
【紙窓(지창)】 종이를 바른 창문.
【參差(참치)】 가지런하지 않은 모양, 흩어진 모양.
【非色非空(비색비공)】 色은 六根으로 감지할 수 있는 세속을 말하고, 空은 佛門을 말한다. 즉 세속도 아니고 佛門도 아닌 상황.
【名衲(명납)】 名僧. *衲: 승려가 입는 옷. 혹은 승려.

　부들로 만든 자리 위에 마주 앉으면 창호지 위로 달빛이 차츰 차올라 나무 그림자 들쭉날쭉, 보이는 것은 세속도 佛門도 아닌 상태!
　이때는 비록 유명한 스님이 문을 두드리더라도, 동자여, 잠시 알리지 말지어다!

[5-42] 會心處不必在遠, 翳然林木, 便自有濠濮閒想, 不覺鳥獸禽魚, 自來親人.

【會心處(회심처)】 마음을 깨닫는 곳. ＊會: 깨닫다, 이해하다.
【翳然(예연)】 가려진 모양.
【濠濮間想(호복간상)】 속세를 떠나 자연을 즐기는 마음. 莊子가 濠梁 위에서 물고기가 노니는 것을 보고 즐거워하고, 또 濮水에서 낚시를 하면서 楚王이 부르는데도 응하지 않았다는 고사에서 온 말.
【不覺(불각)】 不知不識중에, 자기도 모르는 사이에.
【自來(자래)】 스스로 오다, 자연히(저절로) 오다.

　마음을 깨닫는 곳은 굳이 멀리 있을 필요 없으니, 수목이 울창하고 샘물이 흐르는 산 속이라면 저절로 속세를 떠나 자연을 즐기는 마음이 생기고, 새와 짐승·물고기가 저절로 와서 사람과 친하게 된다네!

[5-43] 茶欲白, 墨欲黑; 茶欲重, 墨欲輕; 茶欲新, 墨欲陳.

【重(중)】 맛이나 향이 진해지다.
【欲(욕)】 …하기를 바라다, …해야 하다.

　차는 담백해야 하고, 먹은 검어야 하며, 차 맛은 진해야 하고, 먹은 가벼워야 하며, 차는 신선해야 하고, 먹은 오래되어야 한다네.

[5-44] 馥噴五木之香, 色冷冰蠶之錦.

【五木之香(오목지향)】 靑木香(목향)의 별칭. 역대의 本草書에서 말하는 靑木香은 거의 菊花科에 속하는 것을 가리킨다. 옛사람들은 ‘獨行根’이라 한다. 혹은 五木(① 松·柏·紅檀·白檀·菩提木을 말함), ② 五木湯(桑·楡·桃·槐·柳)의 재료

를 말함《三俠五義》, ③ 天時에 응해서 불을 얻는 다섯 가지의 목재(榆·棗·桑·柞·槐)를 말함)의 향기일 수 있다.
【冰蠶(빙잠)】 산 속의 서리와 눈 속에서 생산되는 누에.

　향기는 靑木香을 뿜어내고, 빛깔은 산 속 서리와 눈 속에서 나오는 비단보다 더 차갑구나!

[5-45] 築風臺以思避, 構仙閣而入圓.

【風臺(풍대)】 사방이 열려 바람이 통하는 누대.
【思避(사피)】 피할 것을 생각하다. 避는 名詞로 쓰임.
【仙閣(선각)】 아름답게 꾸민 樓閣.
【入圓(입원)】 ‘圓(모나지 않고 원만함)으로 들어가다,’ 즉 둥글둥글 원만하게 지내다.

　바람 통하는 누대〔風臺〕를 세워 세상을 피하려 하고, 아름다운 누각을 세워 세상과 원만한 관계를 도모하고자…….

[5-46] 客過草堂, 問:“何感慨而甘栖遯?” 余倦於對, 但拈古句答曰:“得閒多事外, 知足少年中.”問:“是何功課?”曰:“種花春掃雪, 看鏹夜夢香.”問:“是何利養?”曰:“硯田無惡歲, 酒國有長春.”問:“是何還往?”曰:“有客來相訪, 通名是伏羲.”

【感慨(감개)】 마음속 깊이 사무치게 느끼다, 깊이 느끼어서 탄식하다.
【甘(가)】 달게, 기꺼이, 자청해서.
【栖遯(서둔)】 은둔하다.
【拈(념)】 손으로 집어내다.
【功課(공과)】 학과, 공부.
【利養(이양)】 수양에 이롭다, 수양하는 데 도움이 되다.

【籙(록)】미래기, 도참, 예언서.

【硯田(연전)】벼루밭, 즉 문필 생활.

【惡歲(악세)】흉년.

【酒國(주국)】술나라, 즉 술에 취해 느끼는 별천지.

【還往(환왕)】돌아오고 가다, 왕래하다, 교제하다.

　　나그네가 초당을 지나며 물었다.

　　"어떤 느낌이기에 이렇게 스스로 은둔하는 건가요?"

　　나는 대답하기 싫어 옛사람의 시구로서 대답한다.

　　"한가한 많은 것들을 얻을 수 있고, 어린이의 천진한 마음처럼 만족할
줄 알게 된다네!"

　　"어떠한 공부를 하십니까?"

　　"꽃을 심고, 봄에는 쌓인 눈을 쓸고, 圖讖書를 보고, 밤이면 향을 사른
다네."

　　"수양하는 데 어떤 점이 도움이 됩니까?"

　　"벼루밭엔 흉년이 없고, 술나라엔 언제나 봄날이라네."

　　"어떤 사람과 왕래하는지요?"

　　"손님이 찾아와 통성명을 해보니 伏羲氏처럼 고상한 분들이라네!"

　　[5-47] 山居勝於城市, 蓋有八德: 不責苟禮, 不見生客, 不混
酒肉, 不競田產, 不聞炎凉, 不鬧曲直, 不徵文逋, 不談士籍.

【德(덕)】덕, 행복.

【責(책)】요구하다, 권하다, 책망하다.

【苟禮(가례)】지나치게 번거로운 예의, 지나치게 까다로운 예의.

【曲直(곡직)】善惡, 是非.

【文逋(문포)】글빚. ＊逋: (조세나 빚을) 체납하다.

【士籍(사적)】문인의 籍, 즉 文派. ＊다른 판본에서는 仕籍이라 되어 있다.

산에 사는 것이 도시보다 좋은 점으로 여덟 가지[八德]가 있다.
   번거로운 예절을 요구하지 않는 것, 낯선 객을 만나지 않는 것, 酒肉에
혼탁해지지 않는 것, 재물[田宅]을 다투지 않는 것, 炎凉世態를 묻지 않
는 것, 시비곡직을 따지느라 시끄럽지 않은 것, 밀린 글빚을 징수하지 않
는 것, 文派를 따지지 않는 것!

[5-48] 筆之壽日, 墨之壽月, 硯之壽世.

【壽(수)】 나이, 목숨, 장수.
【世(세)】 한 해, 한 세대, 일생.

   붓의 목숨은 하루, 먹의 목숨은 한 달, 벼루의 목숨은 평생!

[5-49] 採茶欲精, 藏茶欲燥, 烹茶欲潔.

【欲(욕)】 …해야 한다, … 하기를 원하다.
【精(정)】 자세하게, 섞인 것이 없게, 깨끗하게, 정성스럽게.

   차를 딸 때는 다른 것이 섞이지 않게! 저장할 때는 건조하게! 끓일 때
는 깨끗하게!

[5-50] 茶見日而奪味, 墨見日而色灰.

   찻잎이 해를 보면 맛을 잃고, 먹[墨]이 해를 보면 색이 바랜다.

[5-51] 磨墨如病兒, 把筆如壯夫.

먹을 갈 때는 기운 없는 아이처럼, 붓을 들 때는 웅장한 사나이처럼!

[5-52] 園中不能辦奇花異石, 惟一片樹陰半庭蘚跡, 差可會
心忘形. 友來或促膝劇論, 或鼓掌歡笑, 或彼談我聽, 或彼默我
喧, 而賓主兩忘.

【辦(판)】 힘쓰다, 갖추다.
【蘚(선)】 이끼.
【差(차)】 대충, 약간.
【忘形(망형)】 내 몸이 있다는 것을 잊을 정도로 物我의 경지에 이르다.
【促膝(촉슬)】 무릎을 맞대다, 가까이 다가가 앉다.
【劇論(극론)】 격론하다, 격렬한 논의(담론).
【鼓掌(고장)】 손뼉 치다, 박수하다.
【歡笑(환소)】 즐거워서 웃음.

  정원에 기이한 꽃과 바위를 둘 수는 없지만, 나무 그늘 한 조각이나 정
원 한쪽의 이끼 자국만 있어도 대충 마음을 깨닫고 자신을 잊을 수 있다.
  친구가 놀러와 무릎을 맞대고 열띠게 토론을 하거나 손뼉 치며 즐겁게
웃거나, 혹 그가 말하면 내가 듣고, 그가 침묵하면 내가 떠들면서 손님과
주인 모두 잊을 수 있으니……

[5-53] 塵緣割斷, 煩惱從何處安身; 世慮潛消, 清虛向此中
立脚.

【塵緣(진연)】 속세의 인연.

【割斷(할단)】 자르다, 끊다, 절단하다.
【何處(하처)】 어느곳.
【潛消(잠소)】 숨거나 없어지다, 해소되다.
【淸虛(청허)】 마음이 맑고 허심탄회하다.
【立脚(입각)】 발붙이고 서다, 자리를 잡다.

　속세의 인연을 끊으면 번뇌가 어디로 가기에 몸이 편해지는 걸까? 세상
근심이 해소되면 맑고 허심탄회한 마음이 그 속에 자리를 잡기에…….

　　[5-54] 簷前綠蕉黃葵, 老少年, 鷄冠花, 布滿堦砌. 移榻對之,
或枕石高眠, 或捉塵淸活. 門外車馬之塵滾滾, 了不相關.

【葵(규)】 해바라기.
【老少年(노소년)】 색비름, 맨드라미, 아기 같은 마음을 가진 노인. ＊바로 뒤에 맨
드라미가 나오므로 색비름으로 새김.
【鷄冠花(계관화)】 맨드라미.
【高眠(고면)】 즉 高臥(세속의 번거로움에서 벗어나 마음내키는 대로 살다), 여기서는
孤枕(베개를 높이 베고 마음 편하게 잠)의 뜻에 가까움.
【捉塵(착진)】 먼지를 털다. ＊먼지를 떨어낸다는 것은 바로 뒤 '淸談'과 연결지어
속세의 때를 털어낸다는 뜻.
【車馬之塵(거마지진)】 수레가 굴러가며 내는 먼지. 즉 속인들이 많아 번잡한 속세
(의 때).
【滾滾(곤곤)】 수레바퀴가 구르는 모양.
【了不相關(요불상관)】 상관하지 않다, 상관없다.

　처마 앞엔 푸른 파초, 노란 해바라기, 색비름·맨드라미는 섬돌 위를
가득 덮었다. 의자를 옮겨 마주하거나 돌베개를 베고 깊이 잠들거나, 먼
지를 떨어내며 속세를 떠난 맑은 이야기들을 나눈다. 문밖에 車馬의 먼
지가 굴러다녀도 상관 않은 채…….

[5-55] 夜寒坐小室中, 擁爐閒話. 渴則敲冰煮茗, 飢則撥火
煨芋.

추운 밤 작은 방에 앉아 화로를 끼고 한가로운 이야기를 나눈다. 목마
르면 얼음 깨서 차를 끓이고, 배고프면 불 피워 토란을 굽는다.

[5-56] 阿衡五就, 那如莘野躬耕; 諸葛七擒, 爭似南陽抱膝?

【阿衡(아형)】 殷나라 伊尹이 한 벼슬. 전하여 재상, 이윤을 말한다.
【就(취)】 나아가다.
【莘野(신야)】 伊尹이 농사지었다는 곳.
【諸葛七擒(제갈칠금)】 諸葛亮이 孟獲을 일곱 번이나 사로잡았다가 놓아준 고사.
【爭(쟁)】 어찌.
【南陽抱膝(남양포슬)】 南陽郡의 抱膝石. *南陽: 諸葛亮이 출사하기 전에 은거하던
곳. 南陽의 武侯祠에 臥龍崗10景(茅廬, 古柏亭, 野雲庵, 躬耕亭, 伴月臺, 小虹橋,
抱膝石, 老龍洞, 躬耕田)이 있다. 제갈량이 남양에서 몸소 밭갈며, 抱膝石에서 시를
읊조렸다는 일. 즉 여기서는 몸소 밭을 갈고 시를 읊조리며 편안한 생활을 영위한
것을 말한다.

殷나라 伊尹(阿衡)이 재상의 자리에 다섯 번을 나갔지만, 그것이 莘野
에서 몸소 농사짓던 것만 하겠는가?
諸葛亮이 孟獲을 일곱 번이나 잡았다가 놓아줬지만, 南陽의 抱膝石에
서 편안하게 시를 읊조리던 생활만 하겠는가?

[5-57] 飯後黑甛, 日中薄醉, 別有洞天; 茶鐺酒臼, 輕案繩
床, 尋常福地.

【黑甛(흑첨)】 잠이 달다, 깊이 잠들다.

【日中(일오)】 정오, 한낮.
【洞天(동천)】 洞天福祉, 도교에서 말하는 신선들이 사는 名山勝景.
【酒臼(주구)】 술잔. *臼는 절구통같이 생긴 것.
【輕案繩床(경안승상)】 정교하게 만든 가벼운 책상과 그물 침대.
【尋常(심상)】 항상, 언제나, 평범하다, 보통.
【福地(복지)】 신선이 사는 곳, 안락한 곳.

밥을 먹은 뒤 달게 자고, 한낮에도 가볍게 취기가 도니 속세와는 다른
세계라!
차를 끓이는 솥이나 절구통 같은 술그릇, 가벼운 책상과 그물 침대는
평범하고 안락한 일상이라!

[5-58] 翠竹碧松, 高僧對弈; 蒼苔紅葉, 童子煎茶.

푸릇푸릇 대나무, 파르란 소나무 아래서 高僧은 바둑을 두고, 푸른 이
끼 붉은 낙엽 곁에서 어린 종은 차를 끓이고…….

[5-59] 久坐神疲, 焚香仰臥, 偶得佳句, 卽令毛穎君就枕掌
記. 不則, 展轉失去.

【得(득)】 얻다. *뒤의 ‘좋은 시구〔佳句〕’와 연결지어 ‘좋은 시구가 떠오르다’는 뜻.
【仰臥(앙와)】 반듯하게 눕다, 똑바로 눕다.
【毛穎君(모영군)】 毛穎은 붓의 다른 이름.
【展轉(전전)】 엎치락뒤치락하다, 잠을 못 이루고 뒤척이다(=輾轉).

오랫동안 좌선하다 정신이 피곤해지면 향불을 켜고 눕는데, 우연히 좋
은 시구가 떠오르면 재빨리 붓을 들어 침상에서 손바닥에 기록한다. 그
렇지 않으면 뒤척이다 詩句를 잊어버리기에…….

[5-60] 和雪嚼梅花，羨道人之鐵脚；燒丹染香履，稱先生之醉吟.

【和雪(화설)】눈에 응하여, 눈에 화답하여.
【嚼(작)】씹다, 맛을 보다, 감상하다.
【鐵脚(철각)】무쇠다리, 健脚, 피로를 모르는 튼튼한 다리.
【香履(향리)】향기로운 발걸음, 향기로운 품행.
【稱(칭)】부르다, 칭찬하다, 헤아려 보다.
【先生(선생)】스승, 자기보다 학식이 많은 사람, 연장자, 먼저 태어난 사람. 여기서
는 이전 사람(선배)을 의미.
【醉吟(취음)】(술이나 약에) 취하여 시나 노래를 읊조리다.

  내린 눈에 화답하여 매화를 음미하노라면 道人의 튼튼한 다리가 부러
워지고, 丹藥을 태우며 향기로운 품행에 물들려 할 때면 이전 사람들의
醉吟詩篇을 칭찬하게 되네.

  [5-61] 燈下玩花，簾內看月，雨後觀景，醉裏題詩，夢中聞書
聲，皆有別趣.

  등불 아래 꽃 감상, 주렴 속의 달 구경, 비 온 후의 풍경 감상, 醉氣 속
에 시 쓰기, 꿈속에서 책 읽는 소리 듣기…… 모두 특별한 정취라네!

  [5-62] 王思遠掃客坐留，不若杜門；孫仲益浮白俗談，足當
沈耳.

【王思遠(왕사원)】南齊 琅琊 臨沂人. 관직이 侍中에 올랐다. 깔끔한 성격이라 손님
들과 교제할 때면 먼저 하인을 보내 알아보고는 의관이 지저분하면 만나지 않고, 깨
끗하면 무릎을 맞대고 앉았다. 그러나 그가 만나준 사람이라 할지라도 돌아간 후에

는 하인들을 시켜 손님이 앉았던 자리를 청소케 했다고 한다.

【孫仲益(손중익)】孫覿(1081-1169), 字가 仲益. 지금의 江蘇省 常州人. 宋 大觀3
년에 진사에 합격하여 관직이 戶部尙書에 올랐다.

【浮白(부백)】큰 잔에 술을 채워 벌컥 들이키다, 벌주를 마시게 하다(白은 '大白'으
로 큰 술잔).

【俗談(속담)】속담, 속된 잡담.

【沈耳(침이)】귀를 물에 담그다. 속된 이야기를 들은 귀를 물에 담가 씻어내다.

【足當(족당)】충분히, 지나치게, …에 상당하다, …과 같다.

王思遠이 객이 앉았던 자리를 깨끗이 닦은 것은 아예 처음부터 문을
닫아거는 것만 못하고, 孫仲益이 속된 잡담을 한 사람에게 벌주를 마시
게 한 것은 속된 이야기를 들은 귀를 씻는 것과 같은 일!

[5-63] 鐵笛吹殘, 長嘯數聲, 空山答響; 胡麻飯罷, 高眠一
覺, 茂樹屯陰.

【吹殘(취잔)】쇠잔하게 불다. 날카로운 소리를 내며 불다.

【胡麻飯(호마반)】참기름으로 비빈 밥. *胡麻는 참깨.

【罷(파)】어기조사로 끝냄 · 완성을 나타냄.

【高眠一覺(고안일각)】편안하게 잠자다.

【屯(둔)】언덕.

쇠피리 애잔한 소리, 길게 읊조리는 소리에 텅 빈 산이 메아리로 화답
하네. 참기름에 밥을 비벼먹고는 편안하게 한숨 잔다네. 울창한 숲 속이
건 그늘진 언덕이건…….

[5-64] 編茅爲屋, 疊石爲堵, 何處風塵可到; 據梧而吟, 烹茶
而話, 此中幽興偏長.

【據(거)】 의지하다, 기대다.
【幽興(유흥)】 그윽한 흥취(=幽趣).
【偏(편)】 치우치다, 오직, 그것만.

띠풀 엮어 집을 만들고, 돌을 쌓아 섬돌을 만들면 세속의 티끌이 어디로 들어오리? 오동나무에 기대어 시를 읊고 차를 끓여 대화를 나누니, 이렇듯 그윽한 흥취 오래오래 이어지길…….

[5-65] 皁囊白簡, 被人描盡半生; 黃帽靑鞋, 任我逍遙一世.

【皁囊(조낭)】 검은색 주머니(봉투). *漢代 群臣이 아무도 모르도록 上奏할 때 쓰던 봉투.
【白簡(백간)】 古代 御史가 사람을 탄핵하던 고소장, 하얀 竹簡에 썼으므로 이렇게 불렀다.
【被(피)】 …에 의해 …하다. *뒤의 任과 같은 의미로 사용되었다. 被人: 다른 사람이 …하게 하다/任我: 내게 맡겨 …하게 하다.
【黃帽(황모)】 즉 黃冠. 옛날에는 野人이 썼으며, 후세에는 道士만 썼다. 전하여 農民·平民·道士를 일컫는다.
【靑鞋(청혜)】 산에 사는 사람의 복장, 즉 靑鞋布襪(파란 신발과 삼베 양말).
【任(임)】 …에게 맡기다.

상소문 올리는 검은 봉투나 탄핵하는 하얀 편지는 남들에게 맡겨 반평생 그려 없애 버리게 하라!
野人이 쓰는 누런 모자와 푸른 신발은 내게 맡겨 한평생 유유자적 즐길 수 있도록!

[5-66] 淸閒之人, 不可惰其四肢. 又須以閒人做閒事. 臨古人帖, 溫昔年書; 拂几微塵, 洗硯宿墨; 灌園中花, 掃林中葉. 覺體

少倦, 放身匡床上, 暫息半晌可也.

【淸閑(청한)】 조용하고 한적하다, (일을 맡지 않아) 집에서 한가하게 지내다.
【臨(림)】 글씨본 등을 베껴쓰다.
【溫(온)】 복습하다. ＊溫故而知新: 지난 것을 복습하고 새것을 익히다.
【昔年(석년)】 옛날, 이전, 왕년.
【宿墨(숙묵)】 갈아 놓은 지 하룻밤이 지난 먹물.
【匡床(광상)】 침대(=匡牀).
【半晌(반상)】 한나절.

　한가로이 사는 사람이라도 몸을 나태하게 해서는 안 되나니, 모름지기 한가한 사람으로서 한가한 일이라도 해야 한다.
　고인의 서첩을 따라 쓰고, 이전의 책을 복습하고, 책상 위의 자잘한 먼지도 떨어내고, 벼루에 남은 먹물을 씻어내고, 정원의 꽃에 물을 주고 숲속의 낙엽을 치운다.
　피곤해지면 침대에 몸을 뉘어 잠시 한나절을 쉬는 건 괜찮으리.

[5-67] 待客當潔不當侈, 無論不能繼, 亦非所以惜福.

【無論(물론)】 말할 것도 없다, …에 관계없이.
【惜福(석복)】 자기 복을 아끼다, 검소하게 생활하며 복을 오래 누리도록 하다, 자기 분수에 알맞게 처신하다. ＊福: 제사에 쓰는 고기. 전하여 귀한 음식.

　손님을 접대할 때는 간결해야 하고 사치스러워서는 안 된다. 사치한다면 손님을 계속 접대할 수 없으니, 음식이 아까워서 그러는 것이 아니란다!

[5-68] 葆眞莫如少思, 寡過莫如省事; 善應莫如收心, 解醪莫如澹志.

【葆眞(보진)】 참됨을 보전하다, 참됨을 보유하다.
【A莫如(막여)B】 (A가)…B하는 것만 못하다, (A보다)…B하는 편이 낫다.
【省事(성사)】 수고를 덜다, 일을 줄이다.
【善應(선응)】 응수하는 데 뛰어나다, 대응을 잘하다.
【收心(수심)】 마음을 수습하다, 진정하다, 마음을 바로잡다.
【解醒(해성)】 술을 깨다, 취기를 풀다(=解醉).
【澹志(담지)】 뜻을 담박하게 하다.

　참됨을 지키려 애쓰는 것보다 아예 생각을 적게 하는 게 낫고, 과실을
줄이려는 것보다 아예 일을 줄이는 것이 낫고, 대응을 잘하려는 것보다
아예 처음부터 마음을 진정시키는 것이 낫고, 술을 깨려는 것보다는 처
음부터 뜻을 맑게 하는 것이 낫다.

　[5-69] 世味濃, 不求忙而忙自至. 世味澹, 不偸閒而閒自來.

【世味(세미)】 세상의 맛, 세속적인 맛(분위기, 성격), 世態人情(권귀를 좇는 세상의 물
정과 인심의 동태).
【偸閑(투한)】 틈을 내다, 시간을 내다, 게으름을 피우다, 꾀부리다. ＊偸: 탐내다, 훔
치다.

　세속적인 맛이 진하면 바쁜 일을 추구하지 않더라도 바쁜 일이 저절로
찾아오고, 세속적인 맛이 엷으면 한가함을 탐내지 않더라도 한가함이 저
절로 찾아온다.

　[5-70] 盤餐一菜, 永絶腥膻. 飯僧宴客, 何須六甲行廚. 茅屋
之楹, 僅蔽風雨. 掃地焚香, 安用數童縛箒.

【盤餐(반찬)】 접시에 담은 요리. 여기서는 한 끼의 밥을 말한다.

【腥膻(성전)】 생선의 비린내와 육고기의 누린내, 즉 좋은 음식을 말한다.
【何須(하수)】 구태여 …할 필요가 있는가? …할 필요가 없다(=何必).
【六甲(육갑)】 六十甲子의 준말. 여기서는 六十甲子를 따져 날을 잡는다는 의미.
【縛箒(박추)】 빗자루를 묶다(빗자루를 만들다).

밥 한 그릇 반찬 한 접시로도 기름진 음식을 완전히 끊을 수 있나니,
行脚僧에게 밥을 먹이고 손님을 초대하여 잔치를 베풀면서 구태여 날을
잡아 주방일을 할 필요가 있는가?
초가삼간이면 근근이 비바람을 피할 수 있나니, 땅 쓸고 향 사르는 데
어린 종에게 빗자루 묶으라고 시킬 필요 있는가?

[5-71] 以儉勝貧, 貧忘; 以施代侈, 侈化, 以省去累, 累消, 以
逆鍊心, 心定.

【省(성)】 반성하다, 덜다, 줄이다, 아끼다.
【累(누)】 누, 결점, 결함.
【逆(역)】 역경, 순조롭지 않음.
【煉(련)】 정제하다, 단련하다.

검소함으로써 가난과 승부하면 빈곤이 없어지고, 베푸는 것으로 사치
를 대신하면 사치가 사라지고, 반성으로써 결점을 줄이면 결함이 없어지
고, 역경으로써 마음을 단련하면 마음이 굳건해진다.

[5-72] 淨几明窗: 一軸畫, 一囊琴, 一隻鶴, 一甌茶, 一爐香,
一部法帖; 小園幽徑: 幾叢花, 幾群鳥, 幾區亭, 幾拳石, 幾池
水, 幾片閒雲.

【區(구)】 작은, 구구하다, 지역, 구역.
【拳石(권석)】 주먹만한 돌, 기이한 바위. *拳: 주먹, 구부리다, 굽히다.

　정갈한 책상과 밝은 창 있는 방에는 그림 한 폭, 보자기에 싼 거문고 하나, 학 한 마리, 차 한 사발, 향로 하나, 서법책 한 권.
　조그만 정원과 그윽한 오솔길엔 꽃무더기, 새 몇 마리, 작은 정자, 조약돌 몇 개, 연못들, 한가하게 떠도는 구름 몇 점…….

　　[5-73] 花前無燭, 松葉堪焚; 石畔欲眠, 琴囊可枕.

　꽃 앞에선 촛불을 없애야 하지만 솔잎은 태워도 좋고, 바위가에서 잠자고 싶으면 거문고집 베개삼아도 좋으리…….

　　[5-74] 流年不復記, 但見花開爲春, 花落爲秋; 終歲無所營, 惟知日出而作, 日入而息.

【流年(유년)】 흐르는 세월, 사람의 1년간 운명.
【記(기)】 기억하다.
【終歲(종세)】 1년간, 1년 내내.
【營(영)】 꾀하다, 추구하다, 도모하다, 경영하다.

　흘러간 세월을 다시 기억하진 못하지만, 다만 꽃이 피면 봄이요 꽃 지면 가을이라는 것은 안다네.
　1년 내내 특별한 일을 도모하진 않지만, 오직 해가 뜨면 일하고 해가 지면 쉬어야 한다는 건 안다네.

[5-75] 脫巾露頂, 斑文竹籜之冠; 倚枕焚香, 半臂華山之服.

【斑文(반문)】 얼룩얼룩한 무늬, 아롱진 무늬. ＊斑竹: 겉에 반점이 있는 대나무.
【籜(탁)】 대나무 껍질, 죽순 껍질.
【華山之服(화산지복)】 華山을 유람할 때 입는 옷. 화산은 돌산으로서 유람하기가 험
난하기에 간단한 여행 복장 차림을 말한다. 혹은 華山은 五嶽의 하나로 경치가 수
려해서 은거하는 이가 많았기에 간편한 은사의 복장을 의미하기도 한다.

　두건을 벗어 머리를 드러내고 반점 있는 죽순 껍질로 모자를 만들어
쓰고, 베개에 기대어 향을 사르고, 간편한 옷[華山之服]을 어깨에 반쯤
걸치고…….

　[5-76] 穀雨前後爲和凝湯社, 雙井白芽, 湖州紫筍, 掃臼滌
鐺, 徵泉選火. 以王濛爲品司, 盧仝爲執權, 李贊皇爲博士, 陸
鴻漸爲都統. 聊消渴吻, 敢諱水淫, 差取嬰湯, 以供茗戰.

【和凝(화응)】 얼어붙은 것이 따스해지다.
【湯社(탕사)】 차를 마시는 모임.
【雙井(쌍정)】 江西省 修水縣 雙井村에서 나는 명차. 봉황의 발톱 모양에 은빛 털이
나 있다. 차를 끓이면 색이 밝고, 찻잎은 연한 녹색으로 향기와 맛이 신선하고 상쾌함.
【白芽(백아)】 즉 白芽奇蘭. 烏龍茶 중 진귀한 품종. 福建省 大芹山 일대에서 생산된
다. 외형적으로는 단단하게 찍어낸 듯하며 빛깔은 푸른색으로 윤기가 나고, 난꽃 같
은 향기는 맑으며 오래가고, 맛은 담백하고 깊이가 있다.
【湖州(호주)】 浙江省의 조용한 江南古城을 말한다. 湖州가 太湖에 임해 있고, 無
錫·蘇州와는 호수를 사이에 두고 있어, 太湖로 인해 유명하다.
【紫筍(자순)】 浙江省 長興 顧渚山 일대에서 나는 명차. 唐代 貢品. 문인들에 의해
'茶中極品'이라 불린다.
【臼鐺(구당)】 茶具. 臼는 절구처럼 생긴 그릇이고, 鐺은 차를 끓이는 쇠로 만든 솥
을 말한다.
【選火(선화)】 불을 선택하다. 즉 땔감을 고른다는 의미.

【王濛(왕몽)】晉代 사람으로 字가 仲祖. 청렴하고 검소한 것으로 명성이 높았다.
  * 이하 등장하는 인물들(盧仝 · 李贊皇 · 陸鴻漸)은 실제 시음회에 참석한 것이 아니라, 모두 차의 전문가였으므로 차 맛을 품평하는 시음회의 심사위원, 감독 등으로 위촉하고 싶다는 의미.
【品司(품사)】 자세히 식별하는 관리, 맛보는 관리.
【盧仝(노동)】 唐代 시인. 少室山에 은거하였고, 차를 즐겨 마셨다.
【執權(집권)】 政事를 행하는 실권을 잡음, 여기서는 飲茶會를 관리하는 행위를 말함.
【李贊皇(이찬황)】 唐나라 武宗 때의 재상이며 문학가. 字가 文饒, 趙郡(河北省 趙縣). 贊皇은 그의 爵號. 吉甫의 아들. 中唐시기 李紳 · 元稹과 더불어 三俊이라 불림.
【陸鴻漸(육홍점)】 陸羽. 唐代人으로 字가 鴻漸, 차에 정통하여 《茶經》이라는 책을 남겼다.
【都統(도통)】 唐代 元帥 다음 자리의 武官. 여기서는 飲茶會의 총감독의 의미.
【聊(료)】 애오라지(부족하나마 그대로), 즐기다, 편안하다.
【渴吻(갈문)】 갈증난 입가.
【諱(휘)】 꺼리다, 피하다.
【淫(음)】 과도하다, 지나치다.
【差(차)】 파견하다, 보내다.
【嬰湯(영탕)】 물을 붓다. * 嬰: 더하다.
【茗戰(명전)】 차를 음미하고 품평하는 대회.
【以供(이공)】 …을 …하는 데 제공하다, …하여 …하게 하다.

  穀雨를 전후하여 추위가 풀리면 모여서 차 시음회를 한다. 名茶인 雙井 · 白芽와 湖州의 紫芽을 준비하고 찻잔과 茶壺를 씻고, 물을 긷고 땔감을 고른다. 王濛을 試飮官으로 삼고, 盧仝을 집행관으로, 李贊皇을 博士로, 陸羽를 총감독으로 삼아 보자! 갈증난 입가만 대충 적시고 너무 많이 마시지 밀기! 사람을 보내 차호에 물을 붓게 하여 자 품평 시합을 열어 보세!

  [5-77] 窓前落月, 戶外垂蘿; 石畔草根, 橋頭樹影; 可立可臥, 可坐可吟.

창 앞엔 지는 달, 문밖에 늘어진 담쟁이, 바위가엔 풀뿌리, 다리엔 나무 그림자.

서도 좋고 누워도 좋고, 앉아도 좋고 시를 읊어도 좋아라!

[5-78] 褻狎易契, 日流於放蕩; 莊厲難親, 日進於規矩.

【褻狎(설압)】 함부로 굴다, 즉 경박하다.
【契(계)】 맺다, 인연이나 관계를 짓다, 맞다.
【莊厲(장려)】 즉 莊重・嚴厲(장중하고 엄숙하다).
【規矩(규구)】 규칙, 표준, 단정하다, 성실하다.

경박한 사람과 인연맺기는 쉬워도 이런 사람과 친교를 맺게 되면 날로 방탕하게 되고, 장중하고 엄숙한 사람은 친해지기 어렵지만 이런 사람과 친구가 되면 나날이 단정해진다.

[5-79] 甛苦備嘗好丟手, 世味渾如嚼蠟; 生死事大急回頭, 年光疾如跳丸.

【好(호)】 여기서는 끝낸다는 완료의 의미.
【備(비)】 모두 갖추다, 충분히.
【丟手(주수)】 손을 떼다, 내버려두다.
【渾(혼)】 흐리다, 혼탁하다, 멍청하다, 미련하다, 자연 그대로, 순진하다, 꾸밈없다.
【嚼蠟(작랍)】 밀랍을 씹다, 맛이 없다, 무미건조하다.
【回頭(회두)】 고개를 돌리다, 되돌아보다, 뉘우치다.
【年光(연광)】 세월, 연령.
【跳丸(도환)】 뛰는 구슬, 떨군 구슬. 아주 빠름을 비유.

달고 쓴맛을 모두 맛보고서 손을 떼면, 세상의 맛이 밀랍을 씹는 것처

럼 무미건조하고, 삶과 죽음처럼 큰일을 겪고서 고개를 돌리면 세월은 튀
어오르는 구슬처럼 재빠르다.

[5-80] 若富貴由我力取, 則造物無權; 若毀譽隨人脚根, 則讒
夫得志.

【毀譽(훼예)】 비난과 칭찬.
【脚根(각근)】 발꿈치.
【讒夫(참부)】 비방한 사람, 헐뜯는 사람.

　재물과 권세가 내 힘으로 얻어지는 것이라면 조물주에게는 권한이 없
겠지!
　비난과 칭찬이 다른 사람의 뒤꿈치를 따른다면, 비방한 사람이 뜻을
얻겠지!

[5-81] 淸事不可着跡. 若衣冠必求奇古, 器用必求精良, 飮食
必求異巧, 此逎淸中之濁, 吾以爲淸事之一蠹.

【淸事(청사)】 맑은 일. 여기서는 속세에서 벗어나 청아하게 살아가는 삶과 행동을
지칭.
【奇古(기고)】 기묘하고 예스럽다.
【器用(기용)】 생활 용구.
【精良(정량)】 정교하고 우수하다, 뛰어나다, 훌륭하다.
【異巧(이교)】 기이하고 교묘한 것.
【逎(주)】 다가가다, 없어지다, 견고하다, 모이다, 끝나다.

　세속을 떠나 청아하게 살아간다고 해서 남다른 기이한 행동에 집착해
서는 안 된다. 衣冠은 반드시 별나고 예스러운 것이어야 한다거나, 생활

도구는 좋은 것이어야 하고, 음식은 이상한 것이어야 한다면, 이는 청아
함으로 다가가는 과정 속에 생기는 탁함이리니, 이런 것들이 바로 청아한
삶의 '좀' 이리라!

[5-82] 吾之一身, 嘗有少不同壯, 壯不同老; 吾之身後, 焉有
子能肖父, 孫能肖祖? 如此期, 必盡屬妄想. 所可盡者; 惟留好
樣與兒孫而已.

【吾之身後(오지신후)】 내 몸의 이후, 즉 뒷세대, 후손.
【焉(언)】 어찌.
【好樣(호양)】 본보기, 모범, 귀감.

　　내 몸조차 소년일 때는 장년 시절과 달랐고, 장년일 때는 노년과 달랐
다. 그러니 내 몸의 뒷세대인 자식이 어찌 그 아버지를 닮을 수 있고, 손
자가 그 할아버지를 닮을 수 있겠는가? 이러한 기대는 분명 망상에 속하
는 것이다. 내가 다할 수 있는 것은 오직 좋은 본보기를 자식과 손자에게
남겨주는 것뿐!

[5-83] 若想錢而錢來, 何故不想? 若愁米而米至, 人固當愁.
曉起依舊貧窮, 夜來徒多煩惱.

【何故(하고)】 무슨 까닭, 무슨 까닭에, 왜.
【固(고)】 본래, 본대, 당연히, 물론, 오로지, 한결같이.
【依舊(의구)】 예전대로, 여전히.

　　돈을 생각한다고 돈이 내게로 온다면 왜 생각하지 않겠는가?
　　쌀을 걱정한다고 쌀이 내게로 온다면 사람들은 당연히 쌀을 걱정하겠지.

새벽에 일어나도 여전히 가난하니, 밤이 되면 번뇌만 많아지네.

[5-84] 半窓一几, 遠興閒思, 天地何其寥闊也; 淸晨端起, 亭午高眠, 胸襟何其洗滌也.

【遠興閒思(원흥한사)】 심원한 흥취와 한가로운 생각.
【何其(하기)】 얼마나.
【寥闊(요활)】 寂寥하고 광막하다, 텅 비어 쓸쓸하다. 여기서는 아득히 멀고 광활하다, 넓고 탁 트이다(遼闊)는 의미로 쓰임.
【淸晨(청신)】 새벽녘, 이른 아침, 동틀 무렵.
【端(단)】 진실로, 대체로, 과연.
【亭午(정오)】 正午.

　조그만 쪽창에 달랑 책상 하나뿐이지만 깊은 흥취와 한가로운 생각이면 天地가 얼마나 드넓겠는가?!
　이른 아침 단정히 일어나고 한낮에도 편히 잘 수 있다면 가슴이 얼마나 깨끗해지겠는가?!

[5-85] 行合道義, 不卜自吉; 行悖道義, 縱卜亦凶; 人當自卜, 不必問卜.

【卜(복)】 점치다, 길흉을 알아내다.
【縱(종)】 설령 …하더라도.
【凶(흉)】 흉하다, 재앙.

　행실이 道義에 합당하다면 굳이 자신의 운명이 길한지 알아볼 필요가 없고, 행실이 道義에 어긋난다면 점을 쳐본들 凶하게 마련이다. 사람은 스스로 점의 결과를 만들기에 점을 물을 필요가 없는 것이다!

[5-86] 奔走於權倖之門, 自視不勝其榮, 人竊以爲辱; 經營於
名利之場, 操心不勝其苦, 己反以爲樂.

【不勝(불승)】 이기지 못하다, 견디지 못하다, 감당하지 못하다.
【權倖(권행)】 왕의 신임이 두텁고 권세가 있는 사람. *倖: 幸과 같이 쓰임.
【經營(경영)】 방침을 세워 사업을 함, 일, 사업.
【操心(조심)】 삼가 조심하다, 마음을 쓰다, 마음 졸이다, 걱정하다, 애태우다.

　권세가 있는 집안에서 일하느라 분주하게 뛰어다니며, 스스로는 차마
감당하지 못할 영광이라 생각하지만 남들은 속으로 모욕이라고 생각한다.
　名利를 다투는 장소에서 일을 할 때는 마음을 졸이느라 그 고통을 이
기지 못할 것 같은데도, 그 자신은 오히려 즐겁다고 생각한다.

[5-87] 宇宙以來, 有治世法, 有傲世法, 有維世法, 有出世
法, 有垂世法. 唐虞垂衣, 商周秉鉞, 是謂治世; 巢父洗耳, 裘公
瞑目, 是謂傲世; 首陽輕周, 桐江重漢, 是謂維世. 靑牛度關, 白
鶴翔雲, 是謂出世; 若乃魯儒一人, 鄒傳七篇, 始謂垂世.

【傲世(오세)】 世人을 무시하다, 세상을 업신여기다.
【維世(유세)】 세상과의 관계를 유지하다.
【垂世(수세)】 세상에 오래도록 전해지다. 《易·繫辭上》에 "黃帝·堯·舜이 옷을 세
상에 전하여 천하가 다스려졌다[黃帝堯舜垂衣裳而天下治]"라 하였는데, 뒤에 無爲
之治를 형용하는 것으로 사용되었다.
【唐虞(당우)】 堯임금인 陶唐氏와 舜임금인 有虞氏, 즉 堯舜時代를 말한다.
【垂衣(수의)】 옷짓는 법을 세상에 전하다.

【商周秉鉞(상주병월)】商·周나라는 法을 엄격하게 지켜서 나라를 다스림. *秉
鉞: 兵權을 잡다.

【巢父洗耳(소보세이)】巢父·許由는 전설 속의 은사로, 堯임금이 許由를 九州의
長에 임용하려 했다. 이 말을 들은 許由는 그런 말을 들은 귀를 潁水가에 가서 씻었
다. 마침 巢父가 소에게 물을 먹이려다가 許由가 귀를 씻은 물은 소의 입까지 더럽
힌다고 상류로 올라가 소에게 물을 먹였다는 고사. *巢父: 堯임금 시대의 隱士.
산 속에 숨어 나무 위에서 잤기에 이렇게 불려진다. 그 역시 요임금이 천하를 讓與
하려 해도 받지 않았다.

【裘公(구공)】《貧士傳》에 나오는 披裘公. 披裘公은 吳나라 사람이다. 延陵 季子가
길을 나섰다가 황금을 잃어버렸다. 披裘公은 5월 여름인데도 양가죽 옷을 입고 땔
감을 짊어지고 마침 그곳을 지나가게 되었다. 季子가 公을 불러 금을 내놓으라고 하
자 公은 낫을 땅에다 내던지고 눈을 부릅뜨고 손을 털며 말했다. "당신은 어째서 높
은 자리에 앉아서도 바라보는 것은 비천하고, 겉치레는 군자처럼 하고서도 말은 상
스럽게 하는가? 나는 5월에도 갖옷을 입고 땔나무를 짊어지는데, 어찌 당신이 잃어
버린 황금을 주었겠소?" 季子가 그가 어질다는 것을 알고서 성명을 물으니, "나와
그대는 겉만 보고 속은 잘 알지도 못하는 사이인데 어찌 통성명을 하겠는가?"라고
하고는 가버렸다는 이야기.

【首陽輕周(수양경주)】수양산에서 주나라를 경멸하다. 殷나라 신하인 伯夷·叔齊 형
제가 殷나라를 멸망시킨 周나라의 곡식을 먹지 않겠다고 하여, 首陽山에 들어가 굶
어죽은 고사에서 나온 말.

【桐江(동강)】不詳.

【靑牛度關(청우도관)】劉向의 《列仙傳》에 나오는 고사로, 老子가 서쪽으로 유람을
떠났는데 관문을 지키는 관원이 멀리 바라보니 상서로운 기운이 관문 위에 떠 있었
다. 그 뒤에 老子가 푸른 소가 끄는 수레를 타고 지나갔다. 後人은 '靑牛度關'이란
말로 老子가 속세를 떠남을 비유.

【白鶴翔雲(백학상운)】于令威가 학으로 변했다는 《搜神記》의 이야기.

【魯儒一人(노유일인)】孔子를 가리킨다. 공자가 魯나라 사람이기에 이렇게 불렀다.

【鄒傳七篇(추전칠편)】《孟子》를 가리킨다. 孟子는 鄒나라 사람.

　　우주가 생긴 이래로 세상을 다스리는 방법〔治世法〕이 있고, 세상을 가
벼이 여기며 무시하는 방법〔傲世法〕이 있고, 세상과의 관계를 유지하는
방법〔維世法〕이 있고, 속세를 떠나는 방법〔出世法〕이 있고, 세상에 오래

오래 알려지는 방법[垂世法]이 있다.

　堯舜 시대에 옷짓는 법을 전하여 나라를 다스리고, 商나라와 周나라가 엄한 형법으로 나라를 다스린 것이 이른바 治世다.

　巢父가 산 속 나무 위로 피하고, 披裘公이 눈을 부릅뜬 것은 傲世다. 伯夷·叔齊가 周나라를 경시한 것과 桐江이 漢나라를 중시한 것은 維世이다.

　老子가 푸른 소가 끄는 수레를 타고 關을 넘고, 白鶴으로 변해 신선이 된 것이 이른바 出世다.

　孔子와 孟子는 垂世라 일컫는다.

[5-88] 書室中修行法: 心閒手懶則觀法帖, 以其逐字放置也; 手閒心懶則治迂事, 以其可作可止也; 心手俱閒則寫字作詩文, 以其可以兼濟也; 心手俱懶則坐睡, 以其不强役於神也; 心不甚定, 宜看詩及雜短故事, 以其易於見意, 不滯於久也; 心閒無事, 宜看長篇文字或經注或史傳或古人文集, 此又甚宜風雨之際及寒夜也. 又曰: 手冗心閒則思, 心冗手閒則臥, 心手俱閒則著作書字, 心手俱冗則思早畢其事, 以寧吾神.

【法帖(법첩)】 모범으로 삼는 글씨본.
【逐字(축자)】 한자마다, 글자마다.
【放置(방치)】 그대로 내버려두다.
【兼濟(겸제)】 합쳐 도움, 함께 해냄.
【迂事(우사)】 급하지 않은 일, 긴요하지 않은 일. ＊迂: 실제와 거리가 멂. 빙돌다, 급하지 않다.
【强役(강역)】 억지로 수고롭게 하다, 강제로 노역시키다.
【冗(용)】 冘의 속자. 한가롭다, 번거롭다. 바쁘다.

　書室에서의 수행법에 이런 말이 있다.

마음은 한가로운데 손이 게으르다면 글씨본을 그냥 감상만 하고 글자
들은 그대로 두어라.

손은 한가로운데 마음이 게으르다면 급하지 않은 일을 처리하는데, 해
도 좋고 안해도 좋다.

마음과 손이 모두 한가롭다면 글씨를 쓰거나 시를 짓는 두 가지 일을
다 하라.

마음과 손이 모두 게으르다면 앉아 있거나 잠을 잘지니, 정신을 억지
로 피곤하게 하지 마라.

마음이 안정되지 않는다면 시나 짧은 이야기들을 읽어 생각을 바꾸도
록 하되, 그 상태에 너무 오래 빠져 있어선 안 될 것이다.

마음이 한가롭고 별일 없다면 긴 글이나 경전의 주석, 역사책, 고인의
문집을 읽는 것이 좋은데, 이것은 비바람이 그쳤을 때나 추운 겨울밤에
보는 것이 좋다.

또 이런 말도 있다.

"할 일이 많아 손은 바쁜데 마음은 여유 있다면 생각을 하고, 마음은 번
잡스러운데 손은 일하기 싫어 한가롭다면 그냥 누워 버려라! 마음과 손이
모두 한가로우면 시문이나 글씨를 써라. 마음과 손이 모두 번거로우면
어떻게 해야 그 일을 일찍 끝내고 정신을 편안히 할지를 생각하라!"

[5-89] 片時淸暢卽享片時, 半景幽雅卽娛半景, 不必更起姑
待之心.

【片時(편시)】 잠시, 잠깐.
【淸暢(청창)】 맑고 시원하다, 깨끗하고 통쾌하다.
【半景(반경)】 절반의 경치, 약간의 경치.
【幽雅(유아)】 그윽하고 고요하다.
【姑(고)】 잠시, 잠깐.

잠시 맑고 상쾌하다면 그 짧은 만큼의 시간을 향유할 것이요, 반조각
작은 풍경이라도 그윽하고 우아하다면 그만큼의 풍경을 즐길지니, 좀더
좋은 것을 기대하는 마음을 잠시라도 갖지 마시게나!

[5-90] 一室經行, 賢於九衢奔走; 六時禮佛, 清於五夜朝天.

【經行(경행)】 (佛敎) 한곳을 왔다갔다하는 활동, 좌선중에 졸음이 올 때 일정한 장
소를 도는 일.
【賢於(현어)】 …보다 낫다.
【九衢(구구)】 천자의 도읍에 있는 아홉 갈래의 길, 전하여 도읍, 京師.
【六時(육시)】 불교에서 하루를 다음과 같이 六時로 나눔(晨朝, 日中, 日沒, 初夜, 中
夜, 後夜). *六時禮佛은 六時의 때에 따라 부처에 예를 드리는 것.
【五夜(오야)】 五更(하룻밤을 다섯으로 나눈 시각, 또는 다섯으로 나눈 것 중 다섯번째,
즉 새벽 3시…5시).
【朝(조)】 …을 향하여.

　좁은 방 안에서 수행하며 왔다갔다하는 것이 아홉 갈래 큰길이 있는 도
시에서 분주하게 달리는 것보다 낫고, 시간 맞춰 예불드리는 것이 새벽
에 일어나 하늘을 향해 절을 드리는 것보다 정신을 맑게 해준다.

[5-91] 會意不求多, 數幅晴光摩詰畫; 知心能有幾, 百篇野趣
少陵詩.

【會意(회의)】 뜻을 깨달음, 마음을 깨달음, 마음에 듦.
【摩詰(마힐)】 唐代 시인 王維의 字.
【知心(지심)】 마음을 이해하다, 절친하다.
【少陵(소릉)】 唐代의 대시인 杜甫의 號, 字는 子美.

뜻을 깨닫는 데는 많은 것을 찾을 필요가 없으니, 비 갠 후의 햇살 같은 王維의 산수화 몇 폭이면 된다.

마음을 이해하는 데는 몇 가지가 있지만 시골의 정취가 묻어나는 杜甫의 詩 백 편이면 된다.

[5-92] 醇醪百斛, 不如一味太和之湯; 良藥千包, 不如一服清凉之散.

【醇醪(순료)】 순수한 술, 알코올.
【斛(곡)】 열말.
【一味(일미)】 한번 맛보다.
【太和(태화)】 몸과 마음의 정기, 만물의 원기, 음양의 조화된 기, 物我의 차별을 두지 않고 남과 다투지 아니함.
【清凉散(청량산)】 마음을 상쾌하게 하는 약으로 곧 清凉劑. 散은 가루약을 의미.

천 말의 술을 마시느니 음양의 조화를 이루게 하는 太和湯을 한번 맛보는 것이 낫고, 좋은 약 천 봉지보다 마음을 상쾌하게 해주는 청량제를 한번 복용하는 것이 낫다.

[5-93] 閒暇時, 取古人快意文章. 朗朗讀之, 則心神超逸, 鬚眉開張.

【快意(쾌의)】 상쾌하다, 마음에 들다.
【朗朗(낭랑)】 소리가 명랑한 모양, 밝은 모양.
【超逸(초일)】 초탈하다, 고상하다.
【鬚眉張開(수미장개)】 얼굴에 웃음꽃이 활짝 피다. *鬚眉: 수염과 눈썹.

한가할 때 마음에 드는 옛사람의 문장을 들고 낭랑하게 읽으면 心神이 초탈해져 수염과 눈썹 사이가 빙그레 벌어지며 웃음꽃이 피어나네!

[5-94] 修淨土者, 自淨其心, 方寸居然蓮界; 學禪坐者, 達禪
之理, 大地盡作蒲團.

【淨土(정토)】 번뇌의 속박을 벗어난 아주 깨끗한 세상.
【方寸(방촌)】 사방 한 치의 장소, 마음.
【居然(거연)】 갑자기, 결국, 마침내, 의외로, 확실히.
【蓮界(연계)】 蓮花世界, 즉 極樂淨土. 불가의 이상 세계.
【禪坐(선좌)】 좌선.
【蒲團(포단)】 참선이나 佛事를 행할 때 앉는 부들 방석.

淨土를 수양하는 자가 자신의 마음을 스스로 깨끗이 하면 그 마음이
마침내 極樂淨土가 된다네!
좌선을 배우는 자가 禪의 이치에 통달하면 大地가 모두 참선할 때 앉
는 부들 방석이 된다네!

[5-95] 衡門之下, 有琴有書. 載彈載詠, 爰得我娛. 豈無他
好? 樂是幽居. 朝爲灌園, 夕偃蓬廬.

【衡門(형문)】 기둥에 가로대 하나를 대어 허술하게 만든 문, 누추한 곳, 隱者가 거
주하는 곳.
【載(재)…載(재)…】 …하기도 하고…하기도 한다, …하면서…하다.
【爰(원)】 이에, 이리하여(발어사).
【幽居(유거)】 그윽하고 고요하게 거주하다, 은거하다, 은둔하다.
【偃(언)】 쓰러지다, 눕다, 쉬다.
【蓬廬(봉려)】 초가집, 가난한 집.

누추한 집에 거문고와 책이 있어, 연주하기도 하고 읊기도 하며 자신
의 즐거움을 얻는다.
좋아하는 또 다른 일은 없는가? 조용하게 사는 것이 즐거움이라네!
아침에 정원에 물 주고, 저녁엔 허름한 집에서 쉰다네.

[5-96] 因葺舊廬, 疏渠引泉, 周以花木, 日哦其間. 故人過
逢, 淪茗弈棋, 杯酒淋浪, 殆非塵中物也.

【因(인)】 겹치다, 쌓이다, 예전대로.
【葺(즙)】 지붕을 이다, 수선하다.
【哦(아)】 읊조리다.
【淪(륜)】 빠지다, 심취하다.
【淋浪(임랑)】 (술을 따라서) 술잔 가득 출렁이다. *淋(림): 물을 뿌리다, 방울방울 떨
어지다.

오래된 초가지붕을 차곡차곡 새로 이고, 도랑 쳐서 물을 끌어들여 주
변에 꽃과 나무를 심고 날마다 그 속에서 시를 읊조린다. 지나가던 친구
를 만나게 되면 좋은 차나 바둑에 빠져든다. 술잔에는 술이 찰랑찰랑! 그
즐거움이란 세속에서 맛보는 것과는 전혀 다른 것!

[5-97] 逢人不說人間事, 便是人間無事人.

【人間(인간)】 사람, 세상, 속세.
【無事(무사)】 아무 일이 없음(한가함), 탈없이 편안함〔無故〕.

사람을 만나도 사람 사는 일에 대해 말하지 않는다면, 세상 속에서 사
는 세상사 없는 사람이리니!

[5-98] 閒居之趣, 快活有五: 不與交接, 免拜送之禮, 一也; 終日觀書鼓琴, 二也; 睡起隨意, 無有拘礙, 三也; 不聞炎凉囂雜, 四也; 能課子耕讀, 五也.

【交接(교접)】 교제하다, 사귀다.
【鼓琴(고금)】 거문고를 연주하다.
【炎凉(염량)】 炎凉世態. 성쇠에 따른 世情의 변화, 즉 권세가 있을 때는 아첨하여 좇고 권세가 없어지면 푸대접하는 세속의 상태.
【囂雜(효잡)】 시끄럽고 번잡함.
【課子(과자)】 자식을 가르치다.

　한가롭게 살아가는 운치에 다섯 가지 즐거움이 있다.
　사람들과 사귀지 않으니 방문하거나 배웅하는 예절을 차리지 않아도 되는 것이 첫째요,
　종일 책을 보고 거문고를 연주하는 것이 둘째,
　마음대로 잠자거나 일어나며 구애받지 않는 것이 셋째,
　이랬다저랬다 변하는 세상 인심이나 번잡한 일에 대해 듣지 않는 것이 넷째,
　자식을 가르치고 밭 갈면서 독서할 수 있는 것이 다섯째 즐거움이다.

[5-99] 雖無絲竹管弦之盛, 一觴一咏, 亦足以暢敍幽情.

【絲竹管絃(사죽관현)】 모두 관현악기를 말한다.
【暢敍(창서)】 마음껏 이야기하다, 흉금을 터놓고 이야기하다.
【幽情(유정)】 가슴 깊이 간직한 감정.

　비록 관현악의 성대함은 없지만, 한잔 술에 시 한 수를 읊조리면 가슴 속의 깊은 정을 맘껏 풀어낼 수 있다네.

[5-100] 獨臥林泉, 曠然自適; 無利無營, 少思寡慾. 修身出世法也.

【林泉(임천)】 숲과 샘, 속세에서 벗어나 은거하는 자연 환경.
【曠然(광연)】 無事한 모양, 확 트인 모양.
【自適(자적)】 마음이 가는 대로 한가하게 생활함.
【無利無營(무리무영)】 이익을 도모하지 않다, 영리를 꾀하지 않다.

　홀로 깊은 산 속에 누워 호탕하고 편안하게 마음 가는 대로 한가로이 생활하고, 이익을 추구하지도 일을 도모하지도 않으며 생각을 적게 하고 욕심을 줄이고자 한다. 이것이 바로 몸을 수양하고 속세를 벗어나는 방법〔修身出世法〕!

[5-101] 茅屋三間, 木榻一枕, 燒淸香, 啜苦茗, 讀數行書. 懶倦便高臥松梧之下, 或科頭行吟. 日常以苦茗代肉食, 以松石代珍奇, 以琴書代益友, 以著述代功業. 此亦樂事.

【苦茶(고다)】 즉 苦茗, 씁쓸한 맛이 있으며 갈증을 해소하기 위해 여름에 많이 마심.
【懶倦(나권)】 나른하고 싫증이 나다.
【科頭(과두)】 갓이나 망건을 쓰지 않은 맨머리, 머리를 흔들다.
【日常(일상)】 늘, 항상, 일상의, 일상적인.
【肉食(육식)】 고기를 먹다, 좋은 음식을 먹다.
【益友(익우)】 유익한 친구, 좋은 벗.
【功業(공업)】 공훈과 업적, 功績.

　세 칸짜리 띠집에 나무 평상에서 잠을 자고, 맑은 향을 피우고 苦茶를 마시며 行書 몇 권을 읽는다. 권태로워지면 소나무와 오동나무 아래에 편안히 눕거나 망건을 벗어던지고 시원하게 시를 읊는다. 늘 씁쓸한 차를 좋은 음식이라 여기고 소나무와 바위를 진귀한 소장품이라 생각하며, 거문고와 책은 유익한 친구, 글 쓰는 일은 功績이라 생각하니, 이 또한 즐거운 일이로다!

[5-102] 挾懷朴素, 不樂權榮; 棲遲僻陋, 忽略利名; 葆守恬淡, 希時安寧; 晏然閒居, 時撫瑤琴.

【挾懷(협회)】 마음에 품다, 마음에 지니다.
【棲遲(서지)】 은퇴하여 삶, 놀며 지냄.
【僻陋(벽루)】 외지고 황량하다, 편벽되고 누추하다, 궁벽하다.
【忽略(홀략)】 소홀히 하다, 등한히 하다.
【葆守(보수)】 지키다, 유지하다, 보유하다, 숨기다.
【恬淡(염담)】 名利를 탐내는 마음이 없어 담백함, 세상물욕이 없다.
【安寧(안녕)】 평안함.
【晏然(연연)】 마음이 편안하고 침착한 모양.
【閒居(한거)】 일이 없어 한가하게 생활함.
【瑤琴(요금)】 옥으로 장식한 거문고.

소박함을 마음에 품고 권세와 영예를 즐기지 않으며, 외지고 누추한 곳에 은퇴하여 살면서 名利를 가볍게 여긴다.
물욕이 없는 맑은 마음을 유지하며 항상 평안하기를 바라고, 편안하고 한가롭게 생활하며 때때로 옥으로 장식한 거문고를 어루만진다.

[5-103] 人生自古七十少, 前除幼年後除老, 中間光景不多時, 又有陰晴與煩惱. 到了中秋月倍明, 到了淸明花更好, 花前月下得高歌, 急須漫把金樽倒. 世上財多賺不盡, 朝裏官多做不了. 官大錢多心轉勞, 落得自家白頭早. 請君細看眼前人, 年年一分埋靑草. 草裏多多少少墳, 一年一半撫人掃.

【光景(광경)】 경치, 상황, 시간.
【急須(급수)】 술을 빨리 데우는 얇은 냄비.
【金樽(금준)】 금으로 장식한 술단지.
【世人(세인)】 세상 사람. 여기서는 세상이란 의미로 쓰임.
【賺(잠)】 벌다, 이윤을 얻다, 이익을 보다.
【落得(낙득)】 나쁜 결과가 되다, …을 초래하다.
【自家(자가)】 자기 자신, 자기 집.
【一分(일분)】 10분의 1, 100분의 일, 약간, 조금.
【多多少少(다다소소)】 많고 적음, 조금, 약간, 얼마쯤, 다소간.

　예로부터 70년을 사는 사람은 아주 적으니, 앞의 유년기를 빼고 뒤의 노년기도 제하고 나면 중간 시절은 길지도 않고, 게다가 흐리고 개는 변화나 번뇌가 언제나 함께한다.

　중추절이 되면 달이 두 배나 밝아지고, 청명절이 되면 꽃은 더욱 아름다워 꽃 앞이나 달 아래에서 목청 높여 노래하고, 술을 데우는 그릇이 넘치도록 술통을 기울인다.

　세상엔 재물이 많다지만 내가 전부 벌어들일 순 없고, 조정엔 관직이 많지만 관직을 모두 맡을 순 없는 것! 관직이 높고 돈이 많으면 마음이 고달파져 머리카락이 일찍 세게 된다.

　눈앞에 있는 사람들을 자세히 살펴보라! 해마다 푸른 풀 속에 묻히는 사람들이 있고, 풀 속에는 무덤들이 있지만, 일년에 반은 돌보는 사람조차 없다는 것을…….

　[5-104] 饑乃加餐, 菜食美於珍味; 倦然後臥, 草蓐勝似重裀.

【加餐(가찬)】 밥을 먹다, 몸조리하다.
【菜食(채식)】 반찬을 푸성귀로만 먹음. 여기서는 보잘것없는 음식을 뜻한다.
【珍味(진미)】 음식의 썩 좋은 맛, 또는 그런 음식.
【草蓐(초욕)】 풀이나 짚으로 만든 깔개, 풀이나 짚을 깔개로 삼다.

【勝似(승사)】 …보다 뛰어나다, …보다 낫다.
【重裀(중인)】 두터운 깔개, 푹신한 요, 두 겹으로 된 깔개.

　배고플 때 음식을 먹으면 푸성귀 반찬이라도 산해진미보다 더 훌륭하고, 피곤할 때 잠을 자면 짚으로 만든 깔개도 푹신한 요보다 더 낫다.

　　[5-105] 流水相忘遊魚, 遊魚相忘流水, 即此便是天機; 太空不礙浮雲, 浮雲不礙太空, 何處別有佛性?

【相忘(상망)】 서로 잊고 지내다, 물아일체가 되다.
【天機(천기)】 天地造化의 심오한 비밀, 造化의 작용, 天性.
【太空(태공)】 하늘.
【佛性(불성)】 부처의 本性, 眞如의 法性.

　흐르는 물은 헤엄치는 물고기의 존재를 잊고, 헤엄치는 물고기는 흐르는 물을 망각하니, 곧 이것이 바로 天機이다.
　하늘은 떠다니는 구름을 방해하지 않고, 뜬구름도 하늘을 방해하지 않으니, 어디에 따로 佛性이 있으리?

　　[5-106] 丹山碧水之鄕, 月澗雲龕之品, 滌煩消渴, 功誠不在芝木下.

【龕(감)】 龕室, 사당 안에 神主를 모셔두는 장.
【功(공)…不在(부재)…】 공이 …에 있지 않다, (…하게 된 功은) …때문이 아니다.
【芝木(지목)】 훌륭한 인물. 芝蘭寶樹의 줄인 말.

　붉은 산과 푸른 물이 있는 향촌, 달빛 비치는 산골짜기나 구름 속의 龕室 같은 품격이면 번뇌를 씻어내고 갈증을 해소할 수 있나니, 훌륭한 인물이 그곳에 살기 때문이 아니라네!

[5-107] 頗懷古人之風, 愧無素屛之賜. 則靑山白雲何在? 非
我枕屛!

　자못 옛사람의 풍모를 흠모하면서도 소박한 병풍이라도 하사받지 못한
것을 부끄러워한다면, 靑山과 白雲은 무엇하러 있단 말인가? 그것들은
내 머리맡의 병풍이 아니던가?

[5-108] 江山風月, 本無常主, 閒者便是主人.

　江山과 風月은 본래 정해진 주인이 없으니, 유유자적 살아가는 사람이
바로 주인!

[5-109] 入室許淸風, 對飮惟明月.

　방 안으로는 맑은 바람만 들어오게 하고, 마주하고 술 마시는 것은 오
직 밝은 달뿐!

[5-110] 被衲持鉢, 作髮僧行徑: 以鷄鳴當檀越, 以枯管當筇
杖, 以飯顆當祇園, 以岩雲野鶴當伴侶, 以背錦奚奴當行脚頭
陀, 往探六六奇峰, 三三曲水.

【衲衣(납의)】 빛이 검은 중의 옷, 가사.

【髮僧(발승)】 머리털 기른 스님.

【行俓(행경)】 행위, 거동, 행실, 좁은 길, 오솔길.

【當(당)】 …에 상당하다.

【檀越(단월)】 施主, 布施.

【枯管(고관)】 마른 대나무.

【飯顆(반과)】 밥알.

【筇杖(공장)】 지팡이를 만들기에 적합한 四川省 邛崍에서 나는 대나무로 만든 지팡이.

【祇園(지원)】 절, 사찰, 옛날 인도 마갈타국의 祇陀太子가 소유한 동산으로, 뒤에 須達長者가 이 동산을 사서 이곳에 祇園精舍를 세웠다.

【背錦(배금)】 비단 주머니를 짊어지다. 唐代 시인 李賀는 외출할 때마다 어린 노비에게 비단 주머니를 짊어지게 하여 데리고 다녔는데, 문득 시상이 떠오르면 시를 지어 그 속에 집어넣었다고 한다.

【奚奴(해노)】 종, 노비. 奚는 여자종, 奴는 남자종을 말한다.

【行脚頭陀(행각두타)】 行脚승. 行脚은 이리저리 돌아다니다는 의미이고, 頭陀는 '중의 수행'이나 '중'을 지칭하는데 이것만으로도 行脚僧을 의미한다.

【六六奇峰(육육기봉)】 武夷山의 36봉우리를 말한다. 무이산은 여러 봉우리들이 우뚝 솟아, 여러 가지 모습을 연출하고 수림 또한 울창하여 조화를 이룬다. 무이산엔 大王峰・玉女峰・接笋峰・天游峰 등 36봉우리가 있다.

【三三之曲(삼삼지곡)】 武夷山의 九曲을 가리킴. 武夷山은 福建省에 있는 산으로, 산 속에 九曲溪가 있고 경치가 매우 아름다움. 南宋의 朱熹가 〈九曲歌〉를 지었음.

　가사를 입고 바리를 들고서 머리 기른 스님의 행실을 한다네. 닭 울음을 施主로 삼고, 말라붙은 대나무를 좋은 죽장으로 삼고, 밥알을 사찰로 삼고, 바위 위의 구름과 들판의 학을 동반자로 삼고, 비단 주머니를 짊어진 노비를 行脚僧으로 삼아 武夷山의 36峰과 九曲을 구석구석 찾아다닌다네!

[5-111] 山房置一鐘, 每於淸晨良宵之下, 用以節歌, 令人朝夕淸心, 動念和平. 李禿謂：“有雜想, 一擊遂忘, 有愁思, 一撞

遂掃." 知音哉!

【山房(산방)】 산 속의 집.
【淸晨(청신)】 맑은 새벽.
【良宵(양소)】 맑게 갠 밤.
【節歌(절가)】 박자에 맞추어 읊다.
【和平(화평)】 性情이 평온함(=平和).
【忘(망)】 잊다, 망각하다.
【掃(소)】 없애다, 제거하다.
【李禿(이독)】 禿은 대머리. 속세에 있을 때 姓이 李氏였던 스님.
【知音(지음)】 자기의 마음을 알아주는 친한 벗, 音에 대해 잘 아는 사람.

　山房에 鐘 하나를 두고 매일 맑은 새벽과 맑게 갠 밤에 박자를 맞추어 읊으면, 아침저녁으로 마음을 맑게 해주고 동요하던 생각을 평온하게 만들어 준다. 李禿이 "잡념이 있을 때 종을 한번 치면 모두 사라지고, 근심이 있을 때도 종을 한번 치면 전부 다 없어진다"고 했는데, 정말로 소리를 아는 사람이었구나!

　[5-112] 潭澗之間, 淸流注瀉, 千巖競秀, 萬壑爭流, 却自胸無宿物, 漱淸流, 令人濯濯淸虛, 日來非惟使人情開滌, 可謂一往有深情.

【注瀉(주사)】 끼얹음, 뿌림, 주입. 여기서는 흘러들거나 쏟아져 내려가는 것을 뜻함.
【宿物(숙물)】 예전부터 쌓여 온 물건, 이전부터 가지고 있던 것.
【漱(수)】 입을 헹구다, 양치질하다.
【濯濯(탁탁)】 해맑은 모양, 밝고 깨끗한 모양.
【淸虛(청허)】 마음이 맑고 허심탄회함.
【日來(일래)】 며칠 사이, 날마다 옴.
【非惟(비유)】 비단 …뿐만 아니라, …을 물론 또….
【一往情深(일왕정심)】 정이 깊어지다, 애정이 두터워지다.

깊은 못과 산골짜기에는 맑은 물이 쏟아져 내리고, 많은 바위가 빼어
남을 다투며 온갖 골짜기 다투어 흐르니 가슴속에 남아 있던 찌꺼기가 사
라지고, 맑은 물로 입을 헹구면 해맑고 허심탄회하게 된다.

　　물론 날마다 이곳에 오게 되면 마음이 깨끗하게 씻겨지겠지만, 단 한번
오더라도 깊은 정이 생겨난다.

[5-113] 林泉之澔, 風飄萬點, 清露晨流, 新桐初引, 蕭然無
事, 閒掃落花, 足散人懷.

【林泉(임천)】 숲과 샘, 은사가 은거하는 곳.
【澔(호)】 물가.
【飄(표)】 나부끼다, 흩날리다, 날아 흩어지다.
【萬點(만점)】 수만 가지, 숱하게 많이.
【引(인)】 끌다, 이끌다, 야기하다.
【蕭然(소연)】 적막하고 조용하다, 쓸쓸하고 적적하다.
【懷(회)】 생각, 마음의 뜻이지만, 여기서는 마음에 품은 근심, 번뇌를 의미한다.

　　깊은 숲 속 물가, 온갖 것들 바람에 휘날리고 맑은 이슬과 새벽에 솟아
나는 샘물, 오동나무 새순이 첫 움을 틔웠다. 적막하여 일이 없을 때 스러
진 꽃을 한가롭게 쓸어내니 근심이 풀린다.

[5-114] 浮雲出岫, 絶壁天懸, 日月清朗, 不無微雲點綴. 看
雲飛, 軒軒霞擧. 踞胡床與友人詠謔, 不復滓穢太清.

【岫(수)】 산봉우리.
【清朗(청랑)】 맑고 밝다, 맑고 시원하다.
【點綴(점철)】 점을 찍은 것처럼 띄엄띄엄 여기저기 흩어져 있음, 돋보이게 하다, 장
식하다, 구슬 같은 것이 죽 이어지다.

【軒軒(헌헌)】 득의한 모양, 너울너울 춤추는 모양, 뛰어난 모양.
【擧(거)】 쳐들다, 일어나다, 날다.
【胡床(호상)】 등받이와 팔걸이가 있고 다리를 접을 수 있는 옛날 의자(=交椅).
【謔(학)】 농지거리하다.
【滓濊(재예)】 더러움, 오점, 더럽히다.
【太淸(태청)】 道敎에서 말하는 三淸, 즉 玉淸·上淸·太淸의 하나. 지극히 淸淨無垢한 곳을 말한다.

　뜬구름이 산봉우리에서 솟아나오듯 절벽은 하늘부터 높이 걸려 있고, 해와 달은 맑고 밝은데 엷은 구름 여기저기 온통 이어져 있네. 구름이 날아가는 곳을 보니 너울너울 노을이 솟아나네. 胡床에 걸터앉아 친구와 시를 읊조리며 시시닥거리니, 청정무구한 이곳을 다시는 더럽히지 않기를!

[5-115] 山房之罄, 雖非綠玉, 沈明輕淸之韻, 儘可節淸歌洗俗耳.

【沈明輕淸(침명경청)】 소리가 깊고도 밝고, 가벼우면서 맑은 것.
【儘(진)】 억지로, 힘닿는 대로, 애써.
【節(절)】 말이나 노래 곡조의 마디, 음률, 박자. ＊節歌: 노랫가락에 박자를 맞추다.

　山房의 경쇠는 좋은 옥으로 만든 것은 아니지만, 깊고도 밝고 깨끗한 소리가 나기에 맑은 노랫가락에 열심히 맞추다 보면 속세에 찌든 귀를 씻을 수 있다.

[5-116] 山居之樂頗愜冷趣, 煨落葉爲紅爐, 況負暄於岩戶.

【愜(협)】 상쾌하다, 만족스럽다.
【煨(외)】 재 속에 묻은 불, 재 속에 묻어 굽다.

【負暄(부훤)】負는 등지다, 등에 무언가를 지다. 暄은 따뜻하다. 즉 따뜻함을 등에
지다. 宋나라의 가난한 농부가 봄볕을 쬐면서 세상에 이보다 더 따스한 것은 없으
리라 생각하고 임금에게 사뢰었다는 고사.

  산에 사는 즐거움을 누리려면 서늘한 운치에 만족해야 할 때가 있다.
낙엽을 태우면서 벌겋게 달궈진 화로라 여기기도 하니, 하물며 바위 동
굴에서 따스한 햇볕을 쐬는 즐거움이란!

  [5-117] 土鼓催梅, 荻灰暖地, 雖潛凜以蕭索, 見素柯之凌歲.

【土鼓(토고)】 즉 土鼓藤(댕댕이덩굴).
【荻灰(적회)】 물억새를 태운 재.
【潛凜(잠름)】 은근한 추위, 은근한 냉기.
【蕭索(소색)】 스산하다, 적막하다, 쓸쓸하다, 생기가 없다.
【素柯(소가)】 柯는 나뭇가지나 줄기. * 여기서 素는 무늬 없는, 질박한, 변변찮은,
소박한 등의 뜻으로 풀 수 있겠다.

  댕댕이덩굴은 매화를 다그치고 물억새의 재는 땅을 따뜻하게 덮어주
나니, 은근한 추위에 비록 적막하지만, 보잘것없는 나뭇가지가 추운 계절
을 우습게 여기는 것을 볼 수 있다네.

  [5-118] 同雲不流, 舞雪如醉, 野因曠而冷舒, 山以靜而不晦.

【同雲(동운)】 모여 있는 구름. * 同: 함께하다, 모이다, 무리.

  무리를 이룬 구름은 흐르지 않고, 너울거리는 눈발은 술취한 듯 휘날
린다. 광활한 들판은 서늘함을 펼쳐내고, 산은 고요하지만 어둡지 않
고……

[5-119] 枯魚在懸, 濁酒已注, 朋徒我從, 寒盟可固. 不驚歲
暮於天涯, 卽是挾纊於孤嶼.

【朋徒我從(붕도아종)】 친구가 걸으면 나도 따르다.
【寒盟(한맹)】 맹약을 어김.
【天涯(천애)】 하늘가, 아주 먼 곳.
【挾纊(협광)】 솜옷을 입다.

　말린 생선 걸어 놓고 탁주를 다 들이키고 나서는 친구가 걸으면 나도 그
뒤를 따르니, 이전에 어겼던 약속 더욱 단단해지리라. 머나먼 곳에서 歲暮
를 보내고, 외로운 섬에서 솜옷 걸치게 되더라도 놀라지 않으리니…….

[5-120] 步障錦千層, 氍毹紫萬疊. 何似編葉成幃, 聚茵爲褥?

【步障(보장)】 옛날 귀족이 노닐 때 바람과 먼지 등을 피하기 위해 치는 장막.
【氍毹(구유)】 털로 짠 융단.
【茵(인)】 깔개, 사철쑥.

　비단 장막 천 겹, 자줏빛 융단 만 겹일지라도 낙엽 엮어 만든 휘장, 사철
쑥 모아 만든 깔개만 하리오?

[5-121] 綠陰流影淸人神, 香氣氤氳徹人骨. 坐來天地一時
寬, 閒放風流曉淸福.

【綠陰(녹음)】 푸른 잎이 우거진 나무 그늘.
【氤氳(인온)】 자욱하다.
【入神(입신)】 마음을 빼앗기다, 넋을 잃다, 정신이 팔리다, 절묘하다, 입신의 경지에
들다.

【閑放風流(한방풍류)】한가롭게 마음대로 생활하며 예법에 구애받지 않다, 한가로이 풍류를 즐기며 생활하다.

푸르른 나무 그늘 흐르니 넋을 잃도록 맑고 자욱한 향기 뼛속으로 파고드네. 이곳에 와서 앉으면 세상천지가 순간 광활해지네. 한가롭게 생활하니 유유자적하는 淸福임을 깨닫네!

[5-122] 郊中野坐, 固可班刑; 徑裏閒談, 最宜拂石. 侵雲烟而獨冷, 移開淸嘯胡床; 藉草木以成幽, 撒去莊嚴蓮座. 況乃枕琴夜奏, 逸韻更揚; 置局午敲, 淸聲甚遠. 洵幽棲之勝事, 野客之虛位也.

【班荊(반형)】班荊道故. 광대싸리를 깔고 앉아서 친구와 옛이야기를 나누다(=班荊道舊).
【胡床(호상)】의자, 交椅(등받이와 팔걸이가 있고 다리를 접을 수 있는 의자).
【撒(살)】살포하다, 엎지르다, 흘리다.
【蓮坐(연좌)】蓮花臺(극락 세계에 있다는 臺)를 말한다. 불교의 정토, 혹은 (번뇌의 속박을 벗어나) 깨끗한 세상. 혹은 불당 안에 연꽃이 새겨진 단 위의 부처 자리. 여기서는 그냥 '佛像'으로 새기었다.
【置局(치국)】바둑을 두다.
【午(오)】오시(낮 11시에서 1시 사이), 정오.
【洵(순)】정말로, 참으로.
【幽棲(유서)】은둔하다, 은거하다, 세상을 피하여 외딴 곳에 살다.
【野客(야객)】山野에 사는 사람.
【虛位(허위)】자리를 비워 놓다, 빈자리.

교외의 들판에 앉을 때는 광대싸리를 깔고 앉는 것이 어울리고, 오솔길에서 한가한 이야기를 나눌 때는 바위를 털고 앉는 것이 제격이리.
구름과 안개가 다가와 추워지면 의자를 옮겨 놓고 맑은 이야기를 나누며 웃고, 울창한 초목으로 그윽해지나니 엄숙한 佛像은 치워 버리리.

　밤에 잠자리에 들어 거문고를 연주하면 빼어난 그 소리 더욱 그윽하게 울리고, 한낮에 바둑을 두면 바둑알 놓는 맑은 소리 더욱 멀리 퍼진다.

　정녕 그윽하게 살아가는 멋진 일이요, 산사람에게 내어준 공간일세!

[5-123] 與梅共色, 與月爲隣.

매화와는 표정을 같이하고, 달과는 이웃한다네!

[5-124] 飮酒不可認眞, 認眞則大醉, 大醉則神魂昏亂. 在書爲沈湎, 在詩爲童羖, 在禮爲豢豕, 在史爲狂藥. 何如但取半酣, 與風月爲侶?

【認眞(인진)】 진지하다, 열중하다.
【神魂(신혼)】 정신, 마음, 의지.
【昏亂(혼란)】 어지럽다, 혼미하다.
【沈湎(침면)】 빠지다, 탐닉하다.
【童羖(동고)】 어린 숫양. 마치 싸울 상대가 없는 듯 날뛰다.
【豢豕(환시)】 돼지를 기르다.
【何如(하여)】 어찌 …만 하겠는가? 어떠한가?

　음수할 때는 너무 열중해서는 안 되는 법이다. 지나치게 열중하다 보면 만취하게 되고, 잔뜩 취해 버리면 정신을 잃게 된다. 하지만 책을 읽을 때는 푹 빠져야 하는 법이고, 詩는 어린 숫양이 날뛰듯 솟구치는 감정에 빠져야 하며, 禮는 돼지를 기르듯 참고 열심히 해야 하고, 역사는 미치는 약을 먹은 듯 푹 빠져서 해야 하는 법이다. 반쯤만 취하면 어찌 바람이나 달과 벗이 될 수 있으리?

[5-125] 家駕鴦湖濱, 饒蒹葭鳧鷖, 水月澹蕩之觀. 客嘯漁歌,
風帆煙艇, 虛無出沒, 半落几上. 呼野衲而泛斜陽, 無過此矣!

【蒹葭(겸가)】 갈대.
【鳧鷖(부예)】 鳧는 오리, 鷖는 갈매기.
【水月(수월)】 물 위에 비친 달.
【澹蕩(담탕)】 마음이 편하고 한가한 모양.
【虛無(허무)】 아무것도 없고 텅 빔, 형체가 없음.
【半落幾上(반락기상)】 거의 물속에 가라앉았다가 몇 번이나 위로 솟구치다.
【野衲(야납)】 시골에 사는 중, 小僧. *衲은 중이 입는 가사.
【斜陽(사양)】 지는 해, 석양.

　駕鴦湖가에 집을 지으니 갈대 사이에 수많은 물오리·갈매기떼, 호수
에 달빛어린 느긋한 풍경.
　나그네 漁父歌 읊는 소리, 바람 안은 돛단배와 안개 속의 거룻배는 쑥
들어갔다 나왔다가 반쯤 솟구쳤다 잠겼다……..
　외진 곳에 사는 스님 불러 석양에 배 띄우니, 이보다 더 뛰어난 경지가
있을까나!

[5-126] 送春而血淚滿腮, 悲秋而紅顔慘目.

【腮(시)】 뺨.
【紅顔(홍안)】 소년소녀, 미인, 홍조를 띤 뺨.
【慘目(참목)】 참혹하다, 처참하다, 참담하다.

　봄을 보내나니 온 얼굴에 피눈물 흐르고, 가을을 슬퍼하니 고운 얼굴
참담해지네!

[5-127] 翠羽欲流, 碧雲爲颺.

【翠羽(취우)】 물총새의 날개.
【流(류)】 흐르다, 달아나다.

물총새의 날개는 날아가려 하고, 푸른 구름은 나부끼고.

[5-128] 雨後捲簾看霽色, 却疑苔影上花來.

【捲(권)】 말다, 걷다, 걷어올리다.
【疑(의)】 믿지 않다, 의심하다, 懷疑하다.
【霽色(제색)】 맑게 갠 하늘색.

비 온 뒤 주렴 걷고 맑게 갠 하늘을 본다. 푸르른 이끼 그림자가 꽃 위를 덮은 게 아닐까?!

[5-129] 月夜焚香, 古桐三弄, 便覺萬慮都忘, 妄想盡絶. 試看香是何味? 煙是何色? 穿窓之白是何影? 指下之餘是何音? 恬然樂之而悠然忘之者是何趣? 不可思量處是何境?

【古桐(고동)】 古琴. ＊桐: 古琴은 대부분 오동나무를 깎아서 만들었기에 거문고를 지칭.
【萬慮(만려)】 수만 가지 근심, 온갖 걱정.
【試看(시간)】 시험삼아 해보다, 시험해 보다, …해보시오(청유형). ＊試+동사: (시험삼아)… (동작을) 해보라.
【餘(여)】 남기다. ＊여기서는 '손가락이 남겨주는 것,' 손가락이 내는 여운, 즉 손가락이 내는 소리를 말한다.
【恬然(염연)】 편안하고 조용하다, 태연하다.

【悠然(유연)】 한가한 모양, 침착하여 서둘지 않는 모양.
【不可思量(불가사량)】 생각할 수 없다, 상상할 수 없다(=不可思議).

달밤에 향을 사르고 古琴을 세 번 연주하면 온갖 근심과 妄想이 모두
사라지는 듯.
향은 무슨 냄새인가? 연기는 무슨 색인가? 창문을 통해 들어온 하얀
빛은 무엇의 그림자일까? 손가락이 내는 여운은 무슨 소리인고? 편안하
고 조용하게 즐기지만 한가롭게 자신도 잊어버리는 것은 또 무슨 취미란
말인가? 상상할 수도 없는 이것은 대체 어떤 경지일까?
한번 생각해 보시길!

[5-130] 貝葉之歌無礙, 蓮花之心不染.

【貝葉之歌(패엽지가)】 불경을 낭송하거나 불교의 偈頌을 의미. *貝葉: 貝多羅葉.
고대 인도인이 경전을 적었던 나뭇잎, 곧 佛經을 가리킨다.
【蓮花之心(연화지심)】 연꽃 같은 마음, 즉 스님의 마음.

불경 읽는 소리는 거칠 것 없고, 연꽃 같은 마음은 더럽혀지지 않고…….

[5-131] 河邊共指星爲客, 花裏空瞻月是卿.

【客(객)】 나그네. 혹은 주인의 위치에 상대되는 의미로 사용. *여기서는 '卿'에 상
대적으로 이 시를 지은 자신을 말한다.
【卿(경)】 옛날 大夫 위의 벼슬, 그대·경(옛날 임금이 신하를 부르거나 부부간이나 친
구간에 서로 친근하게 부르는 칭호).

물가에서 함께 별을 가리키는 나그네, 꽃 속에 파묻혀 꽃 사이로 달을

바라보는 그대!

[5-132] 人之交友, 不出趣味兩字. 有以趣勝者, 有以味勝者.
然寧饒於味, 而無寧繞於趣.

【趣(취)】 흥미, 취향, 재미. *이 책 전편에서 '趣'는 말로 표현하기 힘든 흥취, 여운,
멋스러운 경지나 정신 등 긍정적으로 사용되었다. 그러나 유독 본 항목에서는 '味'
와 상대되는 개념으로, 즉 흥미·재미 위주의 약간 하등한 개념으로 사용된 듯하다.
【味(미)】 의미, 감칠맛.
【饒(요)】 풍부하다, 많다, 더하다, 보태다, 끌어들이다.

　사람끼리 사귀다 보면 趣·味 두 글자에서 벗어나지 않는다. 어떤 이
는 '趣'가 뛰어나기도 하고, 또 '味'가 뛰어난 사람이 있기도 하다.
　나는 '味'(뜻, 감칠맛)가 풍부한 사람이 될지언정, '趣'(흥미, 재미)가 많
은 사람은 되지 않겠다!

[5-133] 守恬淡以養道, 處卑下以養德, 去嗔怒以養性, 薄滋
味以養氣.

【恬淡(염담)】 편안하고 담박하다, 무사태평하여 명예나 이익을 탐하지 않다.
【卑下(비하)】 신분이 비천하다, 지위가 낮다, 품행이 천하다.
【嗔怒(진노)】 성내다, 화내다.
【薄(박)】 얇다, 적다, 가볍게 여기다, 덮어 가리다.
【滋味(자미)】 맛, 재미, 흥취, 기분.

　물욕이 없는 편안한 상태를 지킴으로써 道를 기르고, 비천한 자리에 처
함으로써 德性을 기르고, 분노를 버림으로써 本性을 수양하고, 재미를
줄임으로써 氣를 기른다.

[5-134] 吾本薄福人, 宜行惜福事 ; 吾本薄德人, 宜行厚德事.

【宜(의)】 마땅하다, 적합하다, 당연히 …이어야 한다.
【薄(박)】 엷다, 후하지 않다, 보잘것없다, 빈약하다.
【惜福(석복)】 과분한 행복을 바라지 않다, 자기 분수에 알맞게 처신하다, 검소하게
생활하여 복을 길이 누리도록 한다.

　　자신이 본래 박복한 사람이라면 福을 아끼는 일을 행해야 하고, 자신이
본래 德이 부족한 사람이라면 덕을 두텁게 하는 일을 해야 한다.

[5-135] 知天地皆逆旅, 不必更求順境 ; 視衆生皆眷屬, 所以
轉成冤家.

【逆旅(역려)】 여관, 객사.　＊여기서는 '거꾸로〔逆〕' 가는 '여행〔旅〕'이라고 글자 그
대로 푸는 것이 합당할 듯하다. 특히 바로 뒤에 나오는 '순조로운 상황〔처지 順境〕'
과 대비시키는 경우 이러한 해석이 타당하겠다.
【眷屬(권속)】 가족.
【冤家(원가)】 원수.

　　세상천지가 모두 '거꾸로 가는 여행'임을 알면 굳이 순조로운 상황을
추구하지 않게 되고, 衆生을 모두 내 가족이라 여기는 것은 그들이 원수
가 될 수도 있기 때문이다.

[5-136] 只宜於着意處寫意, 不可向眞景處點景.

【着意(착의)】 착상, 착안, 주의하다, 신경 쓰다.　＊着意處: 생각이 시작되는 곳.
　＊그림이나 시를 창작할 때에 실제의 경치를 보고 표현하면 의미가 깊지 않으므
로 속에 담긴 의미를 포착해야 한다는 뜻.

【眞景(진경)】 실제 경치.
【點景(점경)】 경치를 그리다, 경치를 점을 찍듯이 그리다.

　생각이 시작되는 곳에서 뜻을 그려내야지, 실제 경치를 향한 곳에서 경치를 그려서는 안 된다.

　[5-137] 只愁名字有人知, 澗邊幽草; 若問淸盟誰可托? 沙上閒鷗.

【名字(명자)】 이름, 성명.
【淸盟(청맹)】 깨끗한 맹세, 고결한 맹세.

　다만 내 이름 남이 알까 걱정하나니, 산골짜기 그윽한 풀이라 하오!
　깨끗하게 살겠다는 맹세 무엇에 의탁할지 묻는다면, 백사장 위 한가로운 갈매기에게!

　[5-138] 山童率草木之性, 與鶴同眠; 奚奴領歌咏之情, 檢韻而至.

【率(솔)】 지키다, 좇다, 따르다.
【奚奴(채노)】 종, 노비.
【歌詠(가영)】 노래하다.
【領(령)】 알다, 이해하다, 깨닫다, 받아들이다.
【檢韻(검운)】 韻을 점검하다. 여기서는 韻字(시의 韻字)를 고르는 일. ＊檢: 점검하다, 조사하다, 주의하다, 규제하다.

　산에 사는 아이는 草木의 본성을 따르기에 학과 함께 잠을 자고, 우리

집 어린 종은 노래하는 마음을 이해하기에 정성스레 韻字를 고른다네.

[5-139] 閉戶讀書, 絶勝入山修道; 逢人說法, 全輸兀坐捫心.

【絶勝(절승)】 절묘한 경치, 대단히 뛰어나다.
【全輸(전수)】 완전히 지다, 아주 못하다.
【兀坐(올좌)】 정좌하다, 똑바로 앉다, 꼿꼿이 앉다.
【捫心(문심)】 가슴에 손을 얹다(대다), 반성하다.

  문을 닫아걸고 책을 읽는 일은 산에 들어가 道를 닦는 것보다 훨씬 좋
고, 사람을 만나 잡담을 나누는 것은 정좌하고 자신을 반성하는 것보다
훨씬 못하다네.

[5-140] 硯田登大有, 雖千倉珠粟, 不輸兩稅之徵; 文錦運機
杼, 縱萬軸龍文, 不犯九重之禁.

【硯田(연전)】 문필 생활, 문인은 벼루를 밭으로 삼아 붓으로 이를 경작한다는 뜻.
【登(등)】 (곡물이) 여물다, 결실하다, 열매 맺다.
【大有(대유)】 풍성한 수확.
【千倉珠粟(천창주속)】 수많은 창고에 보석과 곡식이 가득함. *여기서는 보물처럼
훌륭한 문학 작품을 말한다.
【輸(수)】 바치다, 헌납하다, 기부하다.
【兩稅(양세)】 봄과 가을 두 번 내는 세금.
【文錦(문금)】 고운 비단. 여기서는 글을 비단처럼 짜는 것, 빼어난 글을 짓는 것.
【運(운)】 궁리하다, 부리다, (…으로, …을) 운용하다.
【機杼(기서)】 베틀, 베틀의 북, 문장의 結構.
【軸(축)】 두루마리, 두루마리를 세는 양사, 베틀의 바디.
【龍文(용문)】 옛날 황제의 의복에만 넣을 수 있는 용 모양의 무늬.
【九重(구중)】 하늘, 궁궐, 궁성.

【禁(금)】 금지령. * '九宮之禁(궁궐의, 조정의 금지령)'은 황제만 입을 수 있는 용무늬를 맘대로 지어내지 못하게 하는 금지령을 말한다. 문인이 지어내는 훌륭한 작품은 황제의 옷에 있는 무늬처럼 멋지지만, 추상적인 예술품이므로 실제법에 저촉되는 것은 아니라는 뜻.

    문필 생활로 풍성한 수확을 거둬 곳간에 보물과 곡식 같은 작품이 가득하지만 봄가을에 거두는 세금은 내지 않는다네!
    문학의 비단을 베틀삼아 황제가 입는 용무늬 만 두루마리를 내 맘대로 지어내더라도 조정의 법을 어기는 건 아니라네!

[5-141] 步明月於天衢, 覽錦雲於江閣.

【天衢(천구)】 수도의 큰거리, 하늘의 막힘 없는 길.

    번화한 너른 거리를 밝은 달 따라 걷고, 강가의 누각에서 비단 같은 구름을 바라보고…….

[5-142] 幽人淸課, 詎但啜茗焚香; 雅士高盟, 不在題詩揮翰.

【幽人(유인)】 은자, 은둔한 사람.
【淸課(청과)】 승려들이 매일 수행하는 日課.
【詎(거)】 어찌, 적어도, …부터.
【但(단)】 단지, …뿐.
【雅士(아사)】 바르고 훌륭한 선비, 풍류를 아는 선비, 운치가 있는 선비.
【盟(맹)】 취미와 기호가 비슷한 사람끼리의 모임.
【揮翰(휘한)】 붓을 휘두르다, 휘호하다. *翰: 길고 빳빳한 깃털, 전하여 붓, 서신, 문장.

은자의 수행이 좋은 차를 마시고 향을 사르는 것뿐이랴? 운치 있는 선비의 고상한 모임은 시 짓고 붓글씨 쓰는 것에만 있는 것이 아니라네.

[5-143] 以養花之情自養, 則風情日閒; 以調鶴之性自調, 則眞性自美.

【風情(풍정)】 풍모, 인품, 모습.
【調(조)】 적당하다, 고루 섞다, 배합하다, 조절하다.
【眞性(진성)】 천성, 참된 성품, 眞如.
【美(미)】 아름답다, 훌륭하다, 뛰어나다. 여기서는 완벽하다(=完美)는 의미.

꽃을 키우는 마음으로 자신을 수양하면 그 모습이 하루하루 한적해지고, 학과 어울리는 품성으로 자신을 조절하면 진정한 본성이 저절로 완벽하게 된다.

[5-144] 熱湯如沸, 茶不勝酒. 幽韻如雲, 酒不勝茶. 茶類隱, 酒類俠. 酒固道廣, 茶亦德素.

【熱湯(열탕)】 끓는 물.
【沸(비)】 끓다.
【類(류)】 유사하다, 비슷하다, 닮다.
【隱(은)】 은자.
【俠(협)】 협객.

끓어오르듯 정열적이고 뜨거운 면에서는 차가 술보다 못하고, 구름처럼 그윽한 운치는 술이 차보다 못하다. 차는 隱者 같고 술은 협객 같나니, 술은 정녕 道가 넓고 차는 德性이 소박하다.

[5-145] 老去自覺萬緣都盡, 那管人是人非; 春來倘有一事關
心, 只在花開花謝.

【老去(노거)】 늙다, 나이를 먹다, 죽다.
【萬緣(만연)】 온갖 인연, 모든 인연.
【那(나)】 그것, 어찌(=哪)
【管(관)】 간섭하다, 따지다(문제삼다).
【倘(당)】 만약 …이라면.
【謝(사)】 지다, 떨어지다, 시들다, 쇠락하다.

　늙어지면 온갖 인연이 모두 없어짐을 저절로 깨닫게 되나니 어찌 사람
의 옳고 그름을 따지리오? 봄이 왔을 때 한 가지 일에 관심을 갖는다면,
내 관심은 꽃 피고 지는 것에만!

[5-146] 是非場裏, 出入逍遙; 順逆境中, 縱橫自在. 竹密何
妨水過, 山高不礙雲飛!

【是非場(시비장)】 시비가 일어나는 장소, 이합집산이 일어나는 속세.
【逍遙(소요)】 이리저리 거닒, 유유히 자적하다.
【縱橫(종횡)】 가로와 세로, 자유자재, 방종함, 合縱과 連橫.
【自在(자재)】 방자함, 자애가 없음.

　是非가 일어나는 곳을 드나들면서도 유유히 자적하고, 順境과 逆境
속에서도 내 뜻대로 자유롭다네. 대나무가 빽빽한들 물이 지나는 것을 방
해하리오? 산이 높다고 구름이 날아가는 것을 방해하지는 못하는 법!

[5-147] 口中不設雌黃, 眉端不掛煩惱, 可稱烟火神仙. 隨意
而栽花柳, 適性以養禽魚, 此是山林經濟.

【雌黃(자황)】 첨가, 삭제하다(옛날에는 누런 종이에 글자를 쓰고, 잘못 썼을 때는 雌黃
을 칠하여 지우고 글자를 고쳐 쓴 것에서 유래했다), 함부로 비평하다.
【眉端(미단)】 눈썹 끝, 눈썹 꼬리.
【煙火(연화)】 연기와 불, 불에 익힌 음식, 引伸하여 속세를 말한다.
【隨意(수의)】 마음대로 하다, 뜻대로 하다.
【適性(적성)】 본성에 맞음.
【山林經濟(산림경제)】 은자의 살림살이.

　입 안에 비판하는 말을 두지 않고, 눈썹 꼬리에 번뇌를 매어 놓지 않으
면 속세에 사는 신선이라 할 수 있다.
　제 뜻대로 꽃과 버드나무를 심고, 본성에 맞게 새와 물고기를 기르는
것, 이것이 은자의 살림살이란다!

[5-148]　午睡欲來, 頹然自廢, 身世庶幾渾忘; 晚炊旣收, 寂
然無營, 烟火聽其更擧.

【頹然(퇴연)】 풀이 죽은 모양, 낙담한 모양.
【自廢(자폐)】 스스로 의기소침하다, 스스로 모든 것을 포기하다.
【身世(신세)】 일평생, 불행한 처지의 한평생.
【庶幾(서기)】 거의, …을 바라다.
【渾(혼)】 거의, 흐릿하다.
【晚炊(만취)】 저녁밥을 짓기 위해 불을 때다. 즉 저녁밥을 짓는다는 뜻.
【收(수)】 마치다, 끝내다, 그치다, 그만두다.
【寂然(적연)】 쓸쓸하고 고요한 모양(=寂寂).
【營(영)】 꾀하다, 도모하다, 경영하다.
【烟(=煙)火(연화)】 밥짓는 연기, 봉화, 불에 익힌 음식.

　낮잠이 몰려 올 때면 나른하여 저절로 기운이 없어지니, 모든 것을 포
기하게 되어 이내 신세도 거의 아스라이 잊게 된다네.
　저녁밥짓는 연기 이미 사그라져 적막하게 다른 일 하지 않나니 잿불 타

다닥 일어나는 소리만 들리네.

[5-149] 花開花落春不管, 拂意事休對人言 ; 水暖水寒魚自
知, 會心處還期獨賞.

【拂意(불의)】 뜻대로 되지 않다, 마음에 거슬리다. *拂 : 털어내다, 제거하다, 씻다,
돕다.
【休(휴)】 …마라(금지의 의미).
【會心處(회심처)】 속마음을 깨닫는 곳 : *會心. 속마음을 이해하다, 속마음을 깨닫다.
【賞(상)】 玩賞하다, 즐기다

  꽃이 피든 지든 봄은 상관하지 않으니, 마음의 일을 털어 버리고 다른
사람에게 말하지 말게나.
  물이 따뜻한지 차가운지는 물고기 스스로 아니, 제 마음을 깨닫는 곳에
서 홀로 즐기기를 기대하게나!

[5-150] 心地上無風濤, 隨在皆靑山綠水 ; 性天中有化育, 觸
處見魚躍鳶飛.

【心地(심지)】 마음, 마음자리, 마음의 본바탕.
【風濤(풍도)】 바람과 물결, 바람이 불고 물결이 일다, 전하여 세상살이의 어려움.
【隨在(수재)】 隨 따라가다, 在 장소, 지경. 즉 따라가는 곳. 여기서는 마음이 가는 곳.
【性天(성천)】 본성이 자연을 닮은 것, 즉 천성(天性).
【化育(화육)】 (천지자연이) 만물을 생성·발육시키다.
【觸處(촉처)】 닿는 곳. 여기서는 눈길이(시선이) 닿는 곳을 말한다.
【魚躍鳶飛(어약연비)】 솔개가 날고 물고기가 뜀, 모든 동물이 자연 그대로 즐겁게
생활하다, 천지만물이 오묘하게 조화를 이루다.

마음속에 바람이나 물결 한점 없으니 마음 가는 곳은 모두가 靑山綠水
요, 천성 속에는 만물을 키우는 힘이 있으니 눈길 닿는 곳마다 물고기가
물 위로 튀어오르고 소리개가 날아가는 모습 보인다네.

[5-151] 寵辱不驚, 閒看庭前花開花落; 去留無意, 謾隨天外
雲卷雲舒.

【寵辱不驚(총욕불경)】 총애를 받거나 모욕을 당해도 놀라지 않다, 부귀영화를 초월
하여 마음에 두지 않다.
【謾(만)】 함부로, 마구, 마음대로, 멋대로(=漫).
【隨(수)】 …을 따르다, 따라가다.
【去留(거류)】 떠남과 머무름.
【無意(무의)】 고의가 아님, 생각이 없음, 사욕이 없는 마음(=無心).

　총애나 모욕을 받아도 놀라지 않고, 정원에 꽃이 피고 지는 것을 한가
롭게 바라보네.
　떠나고 머무는 것을 마음에 두지 않고, 먼 하늘 구름이 말리고 펴지는
것을 편안하게 따른다네.

[5-152] 斗室中萬慮都捐, 說甚畵棟飛雲, 珠簾捲雨; 三杯後
一眞自得, 誰知素絃橫月, 短笛吟風?

【斗室(두실)】 아주 작은 방. *斗: 한 말(열 되). 여기서는 인간의 마음, 화자의 마음.
【萬慮(만려)】 온갖 근심.
【甚(심)】 무엇, 무슨, 무엇이든지(=甚麽).
【自得(자득)】 자기 스스로 깨달음, 마음에 만족하게 여김.
【捲(권)】 말다〔卷〕, 주먹〔拳〕, 힘쓰다.
【素弦(소현)】 소박한 거문고.

【橫(횡)】 맞서다, 반항하다, 거스르다, 섞이다.
【短笛(단적)】 短簫.
【吟風(음풍)】 바람을 맞으며 시를 읊다.

　내 마음에서 온갖 근심 모두 버리면 화려한 기둥에 그려진 구름, 비바
람에 나부끼는 화려한 주렴 등을 말해 무엇하리?
　술 석 잔을 마시면 진리 하나 저 혼자 깨닫게 되니, 소박한 거문고로 달
을 가로지르고, 짧은 피리로 바람을 맞는 마음을 알기나 할까?

[5-153] 得趣不在多, 盆池拳石間, 烟霞具足, 會景不在遠.

【盆池(분지)】 욕조, 조그만 연못.
【拳石(권석)】 주먹 안에 들어가는 조그만 돌, 주먹만한 돌 혹은 수석.
【會景(회경)】 경치를 깨닫다, 이해하다.

　운치를 깨닫는 것은 많은 양에 있는 것이 아니니, 조그만 연못이나 壽
石 사이에서도 얻을 수 있다네.
　구름과 노을만 갖춰지면 만족하리니, 경치를 이해하는 것은 먼 곳에 있
는 것이 아니라네……

[5-154] 蓬窗竹屋下, 風月自賒.

【蓬窗(봉창)】 쑥으로 엮어 만든 창문.
【賒(사)】 외상하다, 늦다, 멀다, 아득하다, 豪奢하다.

　쑥으로 만든 창문, 대나무 엮어 만든 방 아래 살다 보니 바람과 달에 저
절로 빚지게 되네.

[5-155] 會得個中趣, 五湖之烟月盡入寸衷; 破得眼前機, 千
古之英雄都歸掌握.

【會得(회득)】 깨닫다, 이해하다.
【寸衷(촌충)】 마음, 심중.
【破得(파득)】 깨뜨리다, 깨뜨려 얻다.
【機(기)】 실마리, 기회, 조짐, 변화.
【歸(귀)】 돌아가다, 귀결하다.
【掌握(장악)】 파악하다, 숙달하다, 정통하다, 장악하다, 지배하다, 관리하다.

모든 것에 각각의 맛이 있음을 깨닫게 되면 五湖의 안개와 달도 전부
내 마음속으로 들어오고, 눈앞의 변화를 깨치면 천고의 영웅들도 모두
파악하게 된다네.

[5-156] 細雨閒開卷, 微風獨弄琴.

【細雨(세우)】 가랑비, 이슬비.
【開卷(개권)】 책을 펼치다, 독서하다.
【弄琴(농금)】 거문고를 연주하다.

가랑비 속에 한가롭게 책을 펼치고, 가벼운 바람 속에 나 홀로 거문고
를 튕기네.

[5-157] 水流任意景常靜, 花落雖頻心自閑.

물은 언제나 제 맘대로 흐르지만 경치는 늘 고요하고, 꽃은 계속 피었
다 지지만 마음은 스스로 한가롭다네.

[5-158] 殘曛供白醉, 傲他附熱之蛾; 一枕餘黑甛, 輸却分香
之蝶.

【殘曛(잔훈)】 남은 석양빛. ＊曛: 땅거미가 지다, 어스레하다.
【白醉(백취)】 백주 대낮에 취하다.
【傲他(오타)】 다른 것을 깔보다, 경시하다, 거만하다, 오만하다.
【附熱之蛾(부열지아)】 불을 향해 뛰어드는 나방.
【黑甛(흑첨)】 잠이 깊다, 잠이 달콤하다.
【輸却(수각)】 물리치다, 깨부숴 없애다. ＊輸: 보내다, 정성을 다하다, (내기에) 지다,
잃다, 깨부수다.
【分香之蝶(분향지접)】 향기를 구분하는 나비, 향기를 따르는 나비.

　남아 있는 석양빛은 대낮부터 취하게 하니, 불을 향해 뛰어드는 나방
인 듯 거칠 것 없이 남을 깔보게 된다네.
　잠깐 자는 짧은 잠은 너무도 달콤하니, 달콤한 향기 좇는 나비처럼 모
든 것을 버리게 한다네!

[5-159] 閒爲水竹雲山主, 靜得風花雪月權.

　한가로움은 물·대나무·구름·산의 주인이 되게 해주고, 조용함은
바람·꽃·눈·달에 대한 권리를 얻게 해주네.

[5-160] 半幅花箋, 入手剪裁, 取臘雪春冰; 一條竹杖, 隨身
收拾, 盡燕雲楚水.

【花箋(화전)】 무늬 있는 종이, 문서(서류).
【入手(입수)】 착수하다, 손을 대다, 손에 넣다.

【剪裁(전재)】 마름질하다, 재단하다, (글을 쓸 때) 소재를 취사 선택하다.
【取(취)】 취하다, 빼앗다, 돕다, 받다, 거두어들이다.
【臘雪春冰(랍설춘빙)】 섣달의 눈과 초봄의 얼음. * 여기서는 글을 쓸 때 소재를 찾아 헤매며 고생하는 것. 즉 매화에 대한 글을 쓰려면 한겨울 눈과 살얼음도 개의치 않고 찾아다니게 된다는 뜻.
【條(조)】 가늘고 긴 것을 나타내는 양사.
【隨身(수신)】 몸에 지니다, 휴대하다.
【收拾(수습)】 정돈하다, 고치다, 손질하다, 준비하다, 꾸리다.
【盡(진)】 다하다. * 여기서는 '모두 다 얻는다' 는 의미. 여행용 죽장을 들고 이리저리 유람하여 명승지를 모두 둘러보게 된다는 뜻.

반쪽짜리 꽃무늬 종이에 글을 쓸 소재를 찾기 시작하면 섣달의 눈과 봄날의 살얼음을 얻게 되고, 죽장 하나 지니고 손질하면 燕 땅의 구름과 楚 지방의 물길을 모두 얻게 된다네.

[5-161] 心與竹俱空, 問是非何處安覺; 貌偕松共瘦, 知憂喜無由上眉.

【何處(하처)】 어느곳.
【覺(각)】 느끼다, 알다, 깨닫다.
【貌(모)】 용모, 얼굴 모습, 외형.
【偕(해)】 함께, 같이.
【上眉(상미)】 얼굴 위의 눈썹, 眉間.

사람의 마음과 대나무는 둘 다 텅 비어 있나니, 是非를 묻더라도 어디에서나 편안함을 느낀다네!
인간의 외모와 소나무는 둘 다 수척하나니, 근심과 즐거움이 눈썹 끝에서 시작되는 것만은 아니라는 걸 알게 되네!

[5-162] 芳菲林圃看蜂忙, 覷破幾多塵情世態; 寂寞衡茅觀燕寢, 發起一種冷醉幽思.

【芳菲(방비)】꽃향기, 향기나는 꽃.
【林圃(임포)】숲과 채마밭.
【覷破(처파)】간파하다.
【幾多(기다)】몇, 얼마, 수두룩함, 허다.
【塵情世態(진정세태)】속세의 형편(=塵世情態).
【衡茅(형모)】기둥 두 개에 가로대를 댄 누추한 집, 은사가 사는 집.
【燕寢(연침)】천자가 쉬는 궁전.
【冷趣幽思(냉취유사)】쓸쓸한 정취와 깊은 생각.

꽃향기 가득한 숲과 채마밭에서 꿀벌이 바쁘게 움직이는 것을 보면 세상사 갖가지 정황들을 간파하게 되고, 적막하고 누추한 집에서 천자의 화려한 궁전을 바라보면 쓸쓸한 정취와 깊은 생각이 일어난다.

[5-163] 何地非眞境, 何物非眞機? 芳園半畝, 便是舊金谷; 流水一灣, 便是小桃源; 林中野鳥數聲, 便是一部淸鼓吹; 溪上閑雲幾片, 便是一幅眞畫圖.

【眞境(진경)】신선 등이 사는 아주 깨끗한 땅.
【眞機(진기)】진정한 천지조화의 작용. *機는 天機로 천지 작용의 심오한 비밀, 조화의 작용을 말한다.
【畝(무)】이랑(六尺 사방을 一步라 하고, 100步를 1畝라 한다).
【金谷(금곡)】西晉의 부호 石崇이 빈객을 회동하여 잔치를 베풀고 시를 짓고 놀았던 별장. 지금의 洛陽 老城 동북 7리의 金谷洞 내에 있다.
【桃花源(도화원)】仙境, 이상향, 天台山의 별칭. 혹은 陶淵明의 〈桃花源記〉에서 그려낸 이상향, 유토피아.
【鼓吹(고취)】전쟁 때 불던 鼓吹曲. *鼓吹: 북을 치며 피리를 붊, 사기를 북돋움.

어느곳이 眞境이 아니고, 무엇이 진정한 천지조화가 아닐런가?

반 이랑 좁은 정원은 옛날 石崇이 화려하게 잔치를 열었던 金谷이고, 흐르는 물굽이는 바로 작은 桃花源이며, 숲 속 들새 울음소리는 맑은 鼓吹曲, 계곡 위 한적한 눈더미들은 진정한 그림이라네!

[5-164] 人在病中, 百念灰冷, 雖有富貴, 欲享不可, 反羨貧賤而健者. 是故人能於無事時常作病想, 一切名利之心自然掃去.

【灰冷(회랭)】 의기소침하다, 실망하다, 맥이 풀리다.
【是故(시고)】 이러한 까닭으로, 그러므로.
【掃去(소거)】 없애다, 제거하다.

사람이 병들면 모든 생각이 의기소침해지나니, 비록 부귀하더라도 누릴 수가 없어 오히려 빈천해도 건강한 사람을 부러워하게 되는 법이다.

무사할 때도 늘 병들었을 때를 생각할 수 있다면 名利에 대한 모든 마음이 저절로 없어진다.

[5-165] 竹影入簾, 蕉陰蔭檻. 故蒲團一臥, 不知身在水壺鮫室.

【蕉陰(초음)】 파초의 그림자.
【蒲團(포단)】 부들로 만든 방석. 참선이나 수양할 때, 佛事를 행할 때 사용한다. '부들 방석에 눕는다'는 말은 속세를 떠나 수양하는 삶을 말한다.
【水壺(빙호)】 옥으로 만든 얼음을 담는 병, 지극히 깨끗한 마음을 비유.
【鮫室(교실)】 바다 밑. 전설에 바다 밑에는 鮫人(물속에 산다는 괴상한 사람)이 산다고 함. 곧 鮫人의 집.

대나무 그림자 주렴 안으로 들어오고, 파초 그늘 난간에 그늘을 드리우누나!

　부들 방석에 누우면 옥으로 만든 얼음 병 속에 있는 건지, 바다 속 인어 집에 있는지 모르겠네!

　[5-166] 萬壑松濤, 喬柯飛穎, 風來鼓颶, 謖謖有秋江八月聲, 迢遞幽岩之下, 披襟當之, 不知是羲皇上人.

【松濤(송도)】 솔숲에 바람이 스칠 때 나는 소리가 마치 파도 소리처럼 점점 커지다가 갑자기 줄어드는 것을 말한다.
【喬柯(교가)】 위쪽으로 높이 뻗은 나무줄기와 가지.
【飛(비)】 나부끼다, 휘날리다
【穎(영)】 가늘고 긴 물건의 뾰족한 끝.
【鼓(고)】 두드려 소리를 냄, 격려하다, 선동하다(부추기다).
【颶(구)】 폭풍, 맹렬한 바람.
【謖謖(속속)】 우뚝한 모양, 솟아난 모양, 바람이 이는 모양, 솔바람 소리.
【秋江八月聲(추강팔월성)】 음력 8월이면 이미 가을로 접어든 시기, 여름 장마철에 불어난 강물이 세차게 콸콸 흐르는 소리를 말한다.
【迢遞(초체)】 매우 멀다, 아득히 높아서 까마득하다.
【披襟(피금)】 가슴을 열다, 옷의 단추를 끄르다.
【羲皇上人(희황상인)】 伏羲氏 시대인 태곳적 사람이라는 뜻으로, 속세를 떠나 세상사를 잊고 한가히 지내는 사람을 말한다.

　골짜기마다 파도 같은 소나무 소리, 하늘을 찌르는 높은 나뭇가지의 휘날리는 끄트머리, 바람이 다가와 폭풍을 일으키면 휙휙 솔바람 소리 음력 8월에 흐르는 세찬 가을 강물 소리 같네.
　아득히 높은 그윽한 바위 아래에서 가슴을 열고 이 풍경을 마주하면 속세를 떠난 태평성대 사람인지도 모르겠네!

[5-167] 霜降木落時, 入疏林深處, 坐樹根上. 飄飄葉點衣袖, 而野鳥從梢飛來窺人. 荒凉之地, 殊有清曠之致.

【飄飄(표표)】 바람이 산들산들 부는 모양, 바람에 펄럭이는 모양, 바람에 떠도는 모양.
【點(점)】 점을 찍다, 떨어지다. ＊여기서는 낙엽이 떨어지는 모양이 옷에 점을 찍는 것 같다는 뜻.
【清曠(청광)】 깨끗하고 탁 트여 넓음.

서리 내려 낙엽질 때 황량한 숲 그윽한 곳으로 들어가 나무 그루터기에 걸터앉네.
팔랑팔랑 떨어지는 잎새 소매 위로 똑똑, 나뭇가지에서 날아온 들새 사람을 기웃기웃.
이 황량한 땅에도 이토록 깨끗하고 드넓은 운치가 있다네!

[5-168] 明窗之下, 羅列圖史琴尊以自娛. 有興則泛小舟, 吟嘯覽古於江山之間. 渚茶野釀, 足以消憂；蓴鱸稻蟹, 足以適口. 又多高僧隱士, 佛廟絶勝. 家有園林, 珍花奇石, 曲沼高臺, 魚鳥流連, 不覺日暮.

【吟嘯(음소)】 詩歌를 소리 높어 읊다, 비분강개하여 내는 소리.
【覽古(남고)】 고적을 유람하다.
【渚茶(저다)】 즉 顧渚茶. 浙江省 張興 顧渚山 일대에서 나는 명차. 紫笋이라고도 함.
【野釀(야양)】 민간에서 빚은 토속주, 農酒.
【稻蟹(도해)】 논에서 자라는 민물게, 즉 참게.
【佛廟(불묘)】 절, 사찰.
【絶勝(절승)】 지극히 뛰어남.
【流連(유련)】 한곳에 머물며 떠나기를 싫어하다, 놀음에 빠져 돌아가는 것도 잊다.

밝은 창 아래, 圖書·史籍·거문고와 술잔을 늘어놓고 나 홀로 즐긴다네.

홍이 일어나면 작은 배 띄워 자연 속에서 시를 읊조리며 고적을 유람하지.

顧渚茶와 민간의 토속주는 근심을 없애주고, 순채·농어·참게는 입에 딱 맞네!

그밖에 뛰어난 스님들과 은사도 많이 있고, 사찰도 절경이라네.

집 안엔 작은 정원, 진기한 꽃과 바위, 굴곡진 연못과 높은 누대가 있나니 물고기와 새는 떠나기 싫어 머물려 하고, 해 저무는 것도 모른다네.

[5-169] 山中蒔花種草, 足以自娛. 而地朴人荒, 泉石都無, 絲竹絶響, 奇士雅客亦不復過, 未免寂寞度日. 然泉石以水竹代, 絲竹以鶯舌蛙吹代, 奇士雅客以蠹簡代, 亦略相當.

【蒔(시)】 모종하다.
【地朴人荒(지박인황)】 땅은 황량하고 사람은 순박하다.
【絶響(절향)】 소리가 끊어져 울리지 않다.
【未免(미면)】 …을 벗어날 수 없다, …할 수밖에 없다.
【鶯舌蛙吹(앵설와취)】 앵무새의 혀(울음)와 개구리 울음.
【蠹簡(두간)】 좀먹은 서적.
【相當(상당)】 같다, 비슷하다, 적당하다.

산숭에 꽃과 화조를 심어 놓고 나 홀로 즐긴다네. 땅이 너무 척박하니 사람이 황량해지네. 샘물과 바위 없어 음악 소리조차 끊어져 울리지 않으며, 특별한 재주 가진 문인도 고상한 나그네도 지나가지 않으니 적막하게 세월이나 보낼 수밖에……

그러나 샘물과 바위는 물과 대나무로 대신하고, 앵무새와 개구리 울음을 현악기와 관악기의 음악이라 여기고, 좀먹은 서적을 재주 많은 문인,

고상한 나그네로 대신하면 대략 비슷하겠네!

[5-170] 閑中覓伴書爲上, 身外無求睡最安.

　한가로움에 짝하기는 책이 최고요, 몸 이외에 구하는 것이 없을 때는 잠이 가장 편안하다네!

[5-171] 栽花種竹, 未必果出閑人; 對酒當歌, 難道便稱俠士?

【出(출)】 생사하다, 발생하다, 나오다.
【難道(난도)】 설마 …하겠는가? …란 말인가? ＊여기서는 '…라 말하기(부르기 道) 힘들다'고 글자 그대로 풀었다.

　꽃과 대나무를 심는다고 한가한 사람이 되는 것은 아니요, 술을 마주하고 노래한다고 俠士라 부르기는 어렵다네.

[5-172] 虛堂留燭, 抄書尙存老眼. 有客到門, 揮塵但說靑山.

【抄書(초서)】 책을 베껴 쓰다.
【揮塵(휘주)】 먼지를 막으려고 손을 내젓다, 먼지떨이를 휘두르다. ＊塵: 먼지떨이. 속세를 떠나 초연하고 고고하게 살아가는 사람들은 자신의 뜻을 나타내기 위해 먼지떨이를 들고 다녔다 한다.

　텅 빈 방에 촛불만 덩그러니 남겨두고 책을 베껴 쓰며 老眼이 보존되길 바라고, 손님이 찾아오면 먼지를 털어내며 푸른 산 같은 이야기만 나눈다네.

[5-173] 千人亦見, 百人亦見, 斯爲拔萃出類之英雄; 三日不
擧火, 十年不製衣, 殊是樂道安貧之賢士.

【拔萃出類(발췌출류)】 재능이 특출나서 뭇사람보다 뛰어나다, 같은 무리보다 뛰어
나다.
【擧火(거화)】 불을 붙이다, 불을 때서 밥을 짓다.
【樂道安貧(낙도안빈)】 빈궁하면서도 편안한 마음으로 道를 즐기다(=安貧樂道).

　1천 명의 사람도 보고 1백 명의 사람도 보았으니, 이 사람은 뛰어난 영
웅이네. 사흘 동안 밥을 짓지 않고 10년간 옷을 지어입지 않으니 安貧樂
道하는 어진 선비라네!

[5-174] 帝子之望巫陽, 遠山過雨; 王孫之別南浦, 芳草連天.

【帝子(제자)】 제왕의 자녀.
【巫陽(무양)】 巫山의 남쪽.
【王孫(왕손)】 왕의 자손, 귀족의 자손.
【南浦(남포)】 江西省 南昌縣 서남쪽에 있는 지명.
【芳草(방초)】 향기나는 풀.
　＊본 항목은 明代 蔣一葵가 지은《堯山堂外紀》(〈附：堯山堂偶雋〉(卷三·唐))에
일화로 실려 있다. 唐代 士人들 사이에는 예전 이야기를 제재로 賦를 짓는 것이 유
행이었다. 어느 날 寇豹라는 자가 謝觀이라는 동문에게 "그대의 白賦에는 어떤 좋
은 말들이 있습니까[君白賦有何佳語]?"라고 물었다. 사관은 "새벽에 梁王의 동산
을 들어가니, 온 산에 눈이 가득하고, 저녁에 庾亮의 누대에 오르니, 명월이 천리를
비추네[曉入梁王之苑, 雪滿群山; 夜登庾亮之樓, 明月千里]"라 했고, 구표는 감복했
다고 한다.
　나중에 여러 才士들이 잔치 자리에서 이 일화를 주고받다가 한 객이 흉내내어 "손
빈이 소리나지 않도록 말과 병졸의 입에 막대기를 물리자 어둠이 사라졌고, 달마대
사는 면벽참선한 지 구 년간이나 눈을 감았네[孫臏銜枚之際, 半夜失踪; 達磨面壁以
來, 九年閉目]"라 했다. 그러자 또 다른 이가 "황제의 아들이 巫山의 남쪽을 바라보

니 먼 산에 비가 지나고, 왕손의 자손이 南浦를 떠나니 芳草가 하늘까지 이어지고
……〔帝子之望巫陽, 遠山過雨; 王孫之別南浦, 芳草連天〕”라 했다.

  ＊장황한 설명은 예전 문인들의 作詩 상황과 경향을 설명하기 위한 것이다. 즉 예
전에는 故事로 律賦를 짓는 遊戱 겸 作賦가 있었고, 본 항목 역시 그러한 일련의 행
위 중 나온 구절임을 말하는 것이다.

  황제의 아들이 巫山의 남쪽을 바라보니 먼 산에 비가 지나고, 왕손의
자손이 南浦를 떠나니 芳草가 하늘까지 이어지고…….

[5-175] 室距桃源, 晨名恒滋蘭蕏; 門開杜徑, 往來惟有羊裘.

【距(거)】 떨어져 있다, 도달하다.
【晨名(신명)】 晨明(새벽)의 誤字인 듯.
【滋(자)】 자라나다, 번식하다, 증가하다, 분사하다, 내뿜다.
【蕏(거)】 연꽃, 향기나는 풀의 총칭.
【羊裘(양구)】 양가죽으로 만든 옷. ＊여기서는 자연의 재료로 옷을 지어입는 사람,
즉 자연 속에서 은일하며 사는 은사를 말한다.

  집이 桃源과 지척이니 새벽이면 항상 난초와 연꽃의 향기 풍겨오고,
문을 열고 오솔길을 막으니 왕래하는 것은 양가죽 걸친 은사뿐!

[5-176] 枕長林而披史, 松子爲飱; 入豐草以投閑, 蒲根可服.

【長林(장림)】 우거진 수풀.
【披(피)】 책장을 펼치다, 열다.
【松子(송자)】 잣.
【投閑(투한)】 한가로움이 찾아들다, 한가롭게 생활하다.
【蒲根(포근)】 부들의 뿌리.

우거진 숲 속에 누워 史書를 펼치며 잣을 밥으로 삼고, 무성한 수풀에
들어가 한가롭게 생활하며 부들의 뿌리를 먹고……

[5-177] 一泓溪水柳分開, 盡道清虛攪破; 三月林光花帶去,
莫言香分消殘.

【泓(홍)】 줄기(바다나 강을 세는 양사), 물이 맑고 깊은 모양.
【分開(분개)】 나누다, 가르다, 갈라지다, 분리되다.
【盡道(진도)】 가령(설령) 儘道와 같은 뜻(縱令의 속어), 말을 그만하라, 말하지 마라.
＊盡: 끝나다, 없어지다, 남김없이 말하다.
【清虛(청허)】 마음이 맑고 허심탄회하다.
【攪破(남파)】 어지럽게 망가지다(훼손되다) ＊攪: 어지럽히다, 혼란하다.
【消殘(소잔)】 완전히 없어지다, 모두 사라지다.

한 줄기 시냇물이 버드나무를 지났다고 맑은 경지마저 망가졌다고들
말하네.
춘삼월 숲의 색채가 꽃과 함께 사라졌다고 향기마저 완전히 사라졌다
고 말씀 마시게!

[5-178] 荊扉畫掩, 閑庭宴然, 行雲流水襟懷; 隱不違親, 貞
不絕俗, 太山喬岳氣象.

【荊扉(형비)】 사립문, 가시나무 문, 누추한 집.
【宴然(안연)】 편안한 모양.
【胸懷(흉회)】 가슴속, 마음, 포부, 도량, 생각.
【太山喬岳(태산교악)】 큰 산과 높은 산.
【氣象(기상)】 기상, 기개, 의기, 날씨, 일기.

사립문은 대낮에도 닫혀 있고 한가한 정원은 편안하니, 흘러가는 구름
이나 물과 같은 마음일세!

은거하면서도 육친의 정을 어기지 않고, 절개를 지니면서도 속세와의
관계를 끊지 않으니 크고도 높은 산 같은 기상이로다!

[5-179] 窓前獨榻頻移, 爲親夜月; 壁上一琴常掛, 時拂天風.

【獨榻(독탑)】 혼자 앉는 의자.
【拂(불)】 털어내다, 스쳐 지나가다. *여기서는 세찬 바람이 거문고를 스쳐 가끔 소
리가 울리는 것으로 볼 수 있겠다.
【天風(천풍)】 하늘 높이 부는 센 바람.

창 앞에 둔 혼자 앉는 의자를 계속 옮겨가며 넘어가는 저녁달과 가까
이…….

벽에 항상 걸려 있는 거문고는 지나가는 바람이 때때로 튕겨 보고…….

[5-180] 蕭齋香爐書史, 酒器俱捐; 北窓石枕松風, 茶鐺將沸.

【捐(연)】 바치다, 헌납하다, 기부하다, 버리다, 포기하다.
【鐺(당)】 고대의 발이 셋 달린 솥.

조용한 서재에 향로와 책만 두고 술그릇은 모두 다른 사람에게 주었다
네. 북쪽으로 난 창문 아래엔 바위 침상, 솔바람, 찻그릇엔 김이 모락모
락…….

[5-181] 明月可人, 淸風披坐, 班荊問水, 天涯韻士高人; 下筋

佐觴, 品外澗毛溪蓛, 主之榮也. 高軒寒戶, 肥馬嘶門, 命酒呼茶, 聲勢驚神震鬼. 疊筵纍几, 珍奇罄地窮天, 客之辱也.

【可人(가인)】 호감을 불러일으키다, 호감이 가다, 마음에 들다, 본받을 만한 사람, 착한 사람, 쓸모 있는 사람.
【班荊(반형)】 광대싸리를 깔고 앉다. 무릎을 마주하고 앉아 허심탄회하게 이야기함(또는 교제함)을 의미.
【問水(문수)】 齊나라 桓公이 楚나라를 무너뜨리고 周 昭王이 남정할 때 漢水에 빠져 죽은 일로 죄를 물으려고 하니, 楚나라 사람이 말하기를 "昭王은 돌아오지도 못하는데 임금께서는 물가에서 그것을 물으십니까〔昭王之不復, 君其問諸水濱〕?"라고 하였다. '問水'라는 말은 서로 관계없는 일을 가리키게 되었다.
【韻士(운사)】 운치가 있는 사람, 詩歌書畵에 취미와 조예가 있는 사람.
【高人(고인)】 명인, 달인, 명수, 남보다 뛰어나다.
【筋(근)】 힘줄, 힘. 여기서는 힘을 들이다, 힘껏 노력하다.
【澗毛(간모)】 이끼.
【溪蓛(계속)】 시냇가에서 나는 야채.
【品外(품외)】 등급 외. *변변찮은 下品이라는 겸손의 표현일 수도, 등급을 매기기 어려울 정도로 뛰어나게 느껴진다는 자부심의 표현일 수도 있는데, 여기서는 쉽게 맛보기도 어려운 반찬이라는 뜻.
【高軒寒戶(고헌한호)】 크고 널찍한 집과 접근을 금하여 사람을 오싹하게 만드는 대문.
【聲勢(성세)】 위풍과 기세.
【疊筵纍几(첩연루궤)】 잔치 자리와 상을 몇 번이고 새로 보는 것.
【罄地窮天(경지궁천)】 罄은 '텅 비게 하다, 다 써버리다'의 의미로, 하늘과 땅에서 나는 것들을 모두 거두어 없어지게 했다는 의미.
【辱(욕)】 수치, 모욕, 욕되게 하다. *표면적으로는 남에게 분수에 넘치는 호의를 받는데, 자신은 그러한 대접을 받을 자격이 없으므로 그 호의를 모욕한 것이라는 겸사로 보이지만, 손님을 화려한 집에 초대하여 산해진미를 내놓으면서 자신의 재력과 화려함을 자랑하여 모욕을 준다는 의미로 보는 것이 타당할 듯하다.

　마음을 잡아끄는 밝은 달 아래, 맑은 바람 맞으며 가슴을 풀어헤치고 편히 앉아 광대싸리 위에서 그다지 중요치 않은 이런저런 애기 나누나니 먼 세상 운치 있는 선비나 名人이로세!

정성껏 술상을 준비해 놓고 보니 등급 매기기도 어려운 시냇가의 이 끼, 물가에 자라는 야채는 주인의 영예이리라!

넓고 큰 집엔 사람의 접근을 금하고 살진 말들은 문 앞에서 우는구나. 술과 차를 가져오게 하나니 그 기세는 귀신도 벌벌 떨게 할 듯! 연신 차려내는 잔칫상에서 비워지는 산해진미는 오히려 손님의 수치이리라!

[5-182] 賀函伯坐徑山竹裏, 鬚眉皆碧. 王長公龕杜鵑樓下, 雲母都紅.

【賀函伯(하함백)】 不詳.
【徑山(경산)】 浙江省 杭州市 西郊의 餘杭區 徑山鎭에 있다. 杭州市로부터 50킬로미터 떨어져 있으며, 佛敎의 勝地이다.
【王長公(왕장공)】 不詳.
　＊賀函伯(하함백)·王長公(왕장공): 未詳. 두 사람 모두 참선이나 수양하던 사람, 은자일 것이다. 이 항목은 참선에 들어 온 정신과 마음을 집중하는 모습이 주변의 환경과 그대로 하나되는 모습을 그린 것이다(대나무 숲 → 푸름, 두견루 → 붉음).
【杜鵑樓(두견루)】 江蘇省 鎭江市 南郊의 黃鶴山 아래에 있는 鶴林寺(舊名 竹林寺) 경내에 있다.
【雲母(운모)】 원래 鑛石 雲母石이지만, 여기서는 눈동자를 비유.

참선하던 賀函伯이 徑山의 대나무 숲에 앉으니 수염과 눈썹까지 푸르러지고, 수양하던 王長公이 杜鵑樓 아래에 龕室을 파고 앉으니 눈동자까지 붉어지네.

[5-183] 坐茂樹以終日, 濯淸流以自潔. 採於山, 美可茹; 釣於水, 鮮可食.

【茹(여)】 (주로 채소를) 먹다. 혹은 채소의 총칭, 초목의 뿌리가 연결됨.

   울창한 나무 아래 앉아 하루를 보내고, 깨끗한 물에 씻어 청결히 한다네.
산에서 따서 먹는 채소는 감칠맛 나고, 물에서 낚아 먹는 물고기는 신
선하다네!

   [5-184] 年年落第, 春風徒泣於遷鶯; 處處羈遊, 夜雨空悲於
斷雁.

【徒(도)】 다만, 그저, 헛되이, 공연히. *뒤에 나오는 '空'도 같은 의미, 같은 용법.
【落第(낙제)】 시험에 떨어짐.
【遷鶯(천앵)】 날아가는 앵무새. '遷'에는 좌천되다, 내쫓기다는 의미가 있기에 일
부러 쓴 듯하다.
【羈游(기유)】 정한 곳이 없이 머물거나 떠도는 것.
【斷雁(단안)】 무리에서 떨어진 기러기, 무리와 헤어진 기러기.

   해마다 낙제하니 날아가는 앵무새를 보고 봄바람에 그저 눈물짓고, 이
곳저곳 정처없이 떠도나니 무리에서 홀로 떨어진 기러기를 보고는 밤비
에 그저 가슴만 찢어지네!

   [5-185] 金壺霏潤, 瑤管春容.

【金壺(금호)】 황동으로 만든 술주전자, 옛날 구리로 만든 술시계.
【霏潤(비윤)】 霏는 눈이나 비가 내리는 모양. 여기서는 술을 따르는 것을 형용한 것.
【瑤管(요관)】 옥으로 장식한 피리.
【春容(용용)】 침착하고 조용한 모양. *여기서는 소리가 은은하게 울린다는 뜻.

   금빛 구리 술병에서 술이 졸졸, 옥으로 장식한 피리에서는 은은한 소리!

[5-186] 菜甲初長, 過於酥酪. 寒雨之夕, 呼童摘取, 佐酒夜談. 嗅其淸馥之氣, 可滌胸中柴棘, 何必純灰三斛.

【菜甲(채갑)】 처음 돋아난 채소의 여린 잎.
【酥酪(수락)】 우유로 만든 유제품.
【淸馥(청복)】 맑은 향기, 상쾌한 향기.
【柴棘(시극)】 박힌 가시. *柴: 막다, 지키다. 棘: 가시, 가시나무.
【純灰(순회)】 (마음을) 깨끗하게 씻어내는 잿물.
【斛(곡)】 10말(의 용량).

여린 채소잎이 막 돋아날 때는 유제품보다 부드럽고 고소하다네.

찬비 내리는 저녁이면 어린 종에게 따오게 하여 술안주로 삼고 밤새 이야기를 나눈다네.

맑은 향기를 맡으면 가슴에 박힌 가시까지 뽑아낼 수 있는데, 마음을 씻어낼 잿물 30말이 굳이 필요하랴?

[5-187] 暖風春坐酒, 細雨夜窓棋.

따스한 바람 부는 봄날엔 아무 데나 앉아 술을 마시고, 가랑비 오는 저녁엔 창가에서 바둑을 두고.

[5-188] 秋冬之交, 夜靜獨坐. 每聞風雨瀟瀟, 旣悽然可愁, 必復悠然可喜. 至酒醒燈昏之際, 尤難爲懷. 長亭烟柳, 白髮猶勞, 奔走可憐名利客; 野店溪雲, 紅塵不到, 逍遙時有牧樵人. 天之賦命實同, 人之自取則異.

【交(교)】 달이나 계절이 교차되는 환절기. 즉 계절이 바뀔 때.

【旣(기)】 기왕에, 이미.

【瀟瀟(소소)】 비바람이 세차게 부는 모양.

【凄然(처연)】 쓸쓸하다, 처량하다.

【復(부)】 다시.

【悠然(유연)】 한가한 모양, 침착하여 서두르지 않는 모양.

【尤(우)】 더욱이, 특히.

【難爲(난위)】 …하기가 어렵다.

【長亭(장정)】 십 리 길마다 있는 역참의 여관.

【名利客(명리객)】 名利를 추구하며 다니는 過客.

【野店(야점)】 시골에 있는 상점(주점).

【溪雲(계운)】 산골짜기의 구름.

【紅塵(홍진)】 공중에 떠올라 햇빛이 비쳐 붉게 보이는 티끌. 시끄럽고 번화한 속세를 의미.

【賦命(부명)】 목숨을 주다, 운명을 부여하다, 부여받은 목숨.

가을에서 겨울로 접어드는 밤에 홀로 조용히 앉는다.

불어오는 비바람 소리를 들을 때면 마냥 처량하여 시름겹지만 다시 한가롭게 즐길 수 있겠지.

술은 깨는데, 등불이 어슴푸레 어두울 때면 마음을 편히 하기 더욱 어렵구나!

십 리 길 역참마다 솜버들 안개처럼 자욱한데, 하얗게 센 머리를 하고서도 고생하고 있으니 名利를 추구하는 바쁘고 불쌍한 나그네여!

산 속 술집은 산골짜기의 구름으로 뒤덮여 속세의 티끌이 이르지 못하나니, 지적히며 즐기는 자는 긴혹 목동과 나무꾼만!

하늘이 부여한 운명은 사실 모두 같지만 사람마다 스스로 얻는 것이 다를 뿐이라네!

[5-189] 富貴大是能俗人之物, 使吾輩當之, 自可不俗. 然有

此不俗胸襟, 自可不富貴矣.

【大(대)】크게, 완전히, 대단히, 정녕(실로).
【能俗人(능속인)】사람을 속되게 할 수 있다, 속된 사람이 될 수 있다.
【可不(가부)】…할 수가 없다.

　부귀란 정녕 사람을 속되게 할 수 있는 것!
　하지만 우리네 은사들은 부귀를 지녀도 속되지 않을 수 있다네!
　그러나 속되지 않은 가슴을 가졌으니 어차피 부귀를 누릴 수도 없겠네!

[5-190] 風起思蒓, 張季鷹之胸懷落落; 春回到柳, 陶淵明之興致翩翩. 然此二人, 薄宦投簪, 吾猶嗟其太晚.

【張季鷹(장계응)】張翰. 晉代 吳郡人으로 순채국이 생각난다는 것을 핑계로 관직을 그만두고 고향으로 돌아왔다 한다.
【落落(낙락)】뜻이 큰 모양, 우뚝 솟은 모양, 쓸쓸한 모양.
【興致(흥치)】재미있어 하는 마음, 흥미, 흥취.
【翩翩(편편)】풍류스럽다, 소탈하다, 시원하다, 펄펄 나는 모양.
【薄宦(박환)】낮은 관직, 하찮은 관직.
【投簪(투잠)】관직을 내놓다. *簪은 冠이 벗겨지지 않도록 冠의 끈을 꿰어 머리에 꽂는 물건, 전하여 관직을 뜻한다.
【嗟(차)】탄식하다, 감탄하다.

　가을바람 불어 순채맛이 그리워지면 순채를 핑계로 관직을 버렸던 張季鷹의 포부가 우뚝 높고, 봄이 버드나무 사이로 찾아올 때면 관직을 버리고 버드나무 심고서 유유자적하던 陶淵明의 흥치가 풍류스럽다네!
　하지만 내 보기엔 이들이 관직을 포기한 것조차 너무 늦은 것 같아 불만스럽네!

[5-191] 黃花紅樹, 春不如秋; 白雲靑松, 冬亦勝夏. 春夏園
林, 秋冬山谷; 一心無累, 四季良辰.

【黃花(황화)】 노란색 꽃. 여기서는 국화를 의미.
【紅樹(홍수)】 가을에 단풍이 드는 나무, 혹은 봄에 붉은 꽃이 피는 나무.
【園林(원림)】 집터에 딸린 숲, 정원에 가꾸어 놓은 작은 숲.
【良辰(양진)】 좋은 날, 좋은 시절.

　노란 국화와 붉은 단풍나무는 봄보다 가을이 좋고, 하얀 눈과 푸른 소
나무는 여름보다 겨울이 좋다네!
　봄·여름의 園林과 가을·겨울의 산골짜기…….
　마음에 걱정 하나 없으니 사시사철 모두 좋은 시절이로고!

[5-192] 聽牧唱樵歌, 洗盡五年塵土腸胃; 奏繁絃急管, 何如
一派山水淸音?

【繁弦急管(번현급관)】 복잡하고 급하게 타는 현악기와 관악기 연주, 가락이 급한
음악. 여기서는 여유 없는 세속적인 음악.
【派(파)】 경치·기상·소리·말 등을 셀 때 사용하는 양사. 여기서는 음악 소리(노
래)를 세는 양사.
【淸音(청음)】 맑은 소리, 맑은 노랫소리.

　목동과 나무꾼의 노랫소리를 들으면 몇 년간 속세에 찌든 위장을 깨끗
이 씻어낼 수 있다네. 급한 가락의 세속적인 음악이 어찌 산수의 맑은 소
리만 하리오?

[5-193] 孑然一身, 蕭然四壁, 有識者當此, 雖未免以冷淡成

愁, 斷不以寂寞生悔.

【孑然(혈연)】 고독한 모양, 홀로 뛰어난 모양.
【蕭然(소연)】 적막하고 조용한 모양, 쓸쓸하고 적적한 모양, 텅 비어 있는 모양.
【四壁(사벽)】 네 면의 벽, 사방.
【有識者(유식자)】 학식이 있는 사람, 식견이 있는 사람.
【未免(미면)】 …을 벗어나지 못하다, …하게 되다.
【冷淡(냉담)】 쓸쓸하다, 적막하다, 쌀쌀하다, 냉담하다.
【斷(단)】 절대로, 결코, 반드시.

　덩그러니 홀로 사방이 텅 빈 곳에 있노라!
　식견이 있는 자는 이런 경우를 당하면 쓸쓸함에 근심스럽기는 하지만, 절대 적막함에 후회스럽지는 않다네!

[5-194] 從五更枕席上, 參看心體: 心未動, 情未萌, 纔見本來面目. 向三時飮食中諳練世味; 濃不欣, 淡不厭, 方爲切實工夫.

【從(종)】 …(시각, 때)부터, …에. * 뒤의 ‘向’ 역시 같은 용법, 같은 의미.
【參看(참간)】 참고해 보다, 대조해 보다.
【未萌(미맹)】 싹이 아직 트지 아니함, 아직 일이 일어나기 전, 변고가 생기지 않음(않은 때).
【面目(면목)】 얼굴의 생긴 모양, 상태, 모습.
【向(향)】 …을 따라, …로부터.
【三時飮食(삼시음식)】 하루에 세 번 밥먹는 것.
【諳練(암련)】 익숙하게 단련하다.
【世味(세미)】 세상살이의 (달고 쓴)맛.
【切實(절실)】 확실하다, 적절하다, 착실하다, 성실하다.
【工夫(공부)】 품성을 수양하고 의지를 단련함, 학문 기술 등을 배움, 배운 것을 연습함.

五更에 침상에서 마음과 몸을 살펴보면, 마음이 아직 움직이지 않고 情이 아직 일어나지 않을 때라 비로소 자신의 본래 모습을 볼 수 있다.

하루 세 끼니 밥먹는 것으로 세상살이의 맛에 익숙해지도록 단련하면, 진하고 풍부한 맛이 즐겁지 않고 담백한 맛이 싫지 않으니 제대로 수양이 될 수 있다.

[5-195] 瓦枕石榻, 得趣處下界有仙; 木食草衣, 隨緣時西方無佛.

【下界(하계)】 신선이 인간 세상에 내려오다, 인간 세계.
【隨緣(수연)】 인연을 따르다.
【西方(서방)】 西方淨土, 극락 세계.

질그릇을 베개삼고 바위를 침상으로 삼더라도 흥취를 느끼는 곳이면 인간 세계라도 신선이 있고, 나무에서 나는 것들을 먹고 띠풀로 옷을 해 입더라도 세속의 인연을 따를 때는 西方淨土라도 부처는 없는 법!

[5-196] 當樂境而不能享者, 畢竟是薄福之人; 當苦境而反覺甘者, 方纔是眞修之士.

【當(당)】 …을 당하다, …한 상황을 마주하다, …한 상황(＊뒤의 '樂境' '苦境'과 연결지어).
【方才(방재)】 지금, 막, 바로.
【眞修之士(진수지사)】 진정으로 수행한 사람.

즐거운 상황에서도 그것을 누리지 못하는 자는 결국은 복이 없는 사람이고, 고통스런 상황에서도 달콤하다고 여기는 자야말로 진정으로 수행한 사람이다.

[5-197] 半輪新月數竿竹, 千卷藏書一甌茶.

새로 뜬 반달과 대나무 몇 그루, 1천여 권의 藏書와 차 한잔!!!

[5-198] 偶向水村江郭, 放不繫之舟; 還從沙岸草橋, 吹無孔之笛.

【水村(수촌)】 水鄉, 물가의 마을.
【江郭(강곽)】 강가의 마을, 즉 水鄉.
【從(종)】 좇다, …을 따르다, …에서.
【草橋(초교)】 풀로 엮어 만든 다리.

　우연히 강가 마을을 향했다가 묶이지 않은 배를 띄워보내고, 모래언덕
에 걸쳐진 풀다리로 돌아오다 구멍 없는 풀피리 불어 보고…….

[5-199] 物情以常無事爲歡顔, 世態以善托故爲巧術.

【物情(물정)】 사물의 본질, 세상 형편, 세인의 심정.
【歡顔(환안)】 매우 기뻐하는 얼굴(표정), 기쁘다.
【世態(세태)】 세상의 상태나 형편.
【托故(탁고)】 핑계삼다, 구실삼다.
【巧術(교술)】 교묘한 술책, 機智.

　세상 물정은 늘 무사한 것을 기뻐하고, 세태는 핑계대어 잘 거절하는

것을 機智라고 여긴다네.

[5-200] 善救時, 若和風之消酷暑; 能脫俗, 似淡月之暎輕雲.

【救時(구시)】 (당시의 병폐를 고쳐) 세상을 구하다, 바로잡다.
【脫俗(탈속)】 세속을 떠나다, 俗態를 벗어남, 속되지 않음.
【和風(화풍)】 화창한 바람, 맑고 상쾌한 바람.
【淡月(담월)】 어슴푸레한 달, 흐린 달.

폐단을 고쳐 세상을 바로잡는 데 뛰어난 것은 상쾌한 바람이 무더위를 없애주는 것 같은 일이고, 세속을 벗어날 수 있다는 것은 어스름 달이 엷은 구름을 비추는 것과 같은 일!

[5-201] 廉所以懲貪, 我果不貪, 何必標一廉名, 以來貪夫之側目; 讓所以息爭, 我果不爭, 又何必立一讓名, 以致暴客之彎弓?

【所以(소이)】 하는 바, 까닭, 이유.
【懲(징)】 징벌하다, 처벌하다, 경계하다.
【果(과)】 과연, 진실로, 정녕.
【標(표)】 나타내다.
【以來(이래)】 …하여 …을 초래하다 * 뒤의 ‘以致…’ 역시 같은 의미, 같은 용법.
【側目(측목)】 곁눈질하다, 嫉視하다.
【息(식)】 그치다, 중지하다, 그만두다.
【暴客(폭객)】 무뢰한, 강도.
【彎弓(만궁)】 활시위를 당기다, 공격하다.

청렴은 탐욕을 경계하려는 것이거늘, 내가 정녕 탐욕스럽지 않다면 어찌 굳이 청렴하다는 명성을 표방하여 탐욕스런 자들의 질시를 받으려 하겠는가?

양보는 다툼을 멈추게 하는 것이거늘, 내가 정녕 다툴 뜻이 아니라면 또 어찌 굳이 겸양하다는 명성을 내세워 무뢰한들의 공격을 초래하리?

[5-202] 曲高每生寡和之嫌, 謌唱須求同調; 眉修多取入宮之妬, 梳洗切莫傾城.

【寡和之嫌(과화지혐)】 조화(화합)가 부족하다는 의심(불만). ＊嫌: 미움, 의심, 불만, 혐의.
【同調(동조)】 같은 가락, 같은 음률, 동조자, 같은 취미와 기호.
【眉修(미수)】 눈썹을 손질하다, 단장하다, 용모를 가꾸다.
【入宮之妬(입궁지투)】 궁궐로 들어가려는 사람의 질투(시기).
【梳洗(소세)】 세수하고 머리를 빗다, 몸치장을 하다.
【切(절)】 결코, 제발, 부디.
【傾城(경성)】 절세의 미인, 傾國之色.

노랫소리가 독특하게 빼어나면 언제나 남들과 조화를 이루지 못한다고 미움을 받게 마련이니, 노래를 부를 때는 남들과 같은 투를 추구해야 한다.

외모를 가꾸다 보면 궁궐로 들어가려는 사람의 질투를 받게 되니, 세수하고 머리 빗으며 몸단장할 때는 절대 예쁘게 치장하지 마라!

[5-203] 隨緣便是遣緣, 似舞蝶與飛花共適; 順事自然無事, 若滿月偕盆水同圓.

【隨(수)】 따르다. ＊隨緣(수연): 인연을 따르다.
【遣(견)】 파견하다, 풀다, 덜다, 쫓아 버리다. ＊遣緣(견연): 인연을 쫓아 버리다.

＊여기서는 '인연을 따르는 것〔隨緣〕'이나 '인연을 떨궈내는 것〔遣緣〕'에 우열을
매기는 것이 아니라, 어느 경지에 들어서면 두 가지가 같다는 의미이다. 인연을 맺어
(혹은 모든 일에서도) 그 속에 들어가게 되면 그것 자체도 없다는 뜻(불가에서 말하는
破의 경지).
【適(적)】 가다.
【順事(순사)】 순조로운 일, 일을 순조롭게 처리하다.

　인연을 따르는 것이 바로 인연을 쫓아 버리는 것이니, 춤추는 나비가
떨어지는 꽃과 함께 날아가는 것과 같은 것.
　일의 상황을 따르면 자연히 별탈이 없는 법이니, 둥근 달과 대야에 담
긴 물이 모두 둥근 것과 같은 것!

　[5-204] 耳根似颷谷投響, 過而不留則是非俱謝；心境如月池
浸色, 空而不着則物我兩忘.

【耳根(이근)】 귀뿌리, 귀.
【颷谷(표곡)】 회오리바람이 이는 계곡.
【過而不留(과이불류)】 지나가고 머무르지 않음, 스쳐 지나가 버리다.
【謝(사)】 떠나다, 물러가다.
【月池(월지)】 달빛을 감상하려고 만든 연못, 달빛이 어린 연못.

　내 귀가 마치 회오리 골짜기에서 소리를 던져내듯 모든 말들을 그냥 스
쳐 지나가 버리게 한다면 是非는 모두 물러가리라!
　내 마음이 연못에 달빛 배어들 듯 그렇게 텅 비워 놓고 집착하지 않는
다면 物我를 모두 잊게 되리라!

　[5-205] 能於熱地思冷, 則一世不受凄凉；能於淡處求濃, 則

終身不落枯槁.

＊ 권1 〈醒〉 제149와 중복된다.
【能於(능어)】 …에 능하다, …에서 …을 할 수 있다.
【熱地(열지)】 요직, 권세 있는 지위. ＊熱: 바쁘다(바쁜 가운데 권세가 있음을 의미).
【冷(랭)】 쓸쓸하다. 여기서는 熱자와 대조되어 쇠락할 때를 의미.
【一世(일세)】 한세대, 한평생.
【枯槁(고고)】 초췌하다, 마르다, 영락하다.

요직에 있을 때 영락한 시절을 생각할 수 있다면 평생 처량한 일을 당하지 않을 수 있으리!

소박하고 맑은 것에서도 진하고 깊은 맛을 얻을 수 있다면 평생 정신이 초췌해지는 상황은 오지 않으리!

[5-206] 心事無不可對人語, 則夢寐俱淸; 行事無不可使人見, 則飮食俱穩.

【心事(심사)】 걱정거리, 시름, 염원, 마음속으로 바라는 일.
【夢寢(몽침)】 잠을 자며 꾸는 꿈.
【飮食(음식)】 먹고 마심, 또는 먹을거리와 마실거리. 여기서는 衣食起居, 즉 일상생활을 의미.
【穩(온)】 온당하다, 타당하다.

다른 사람에게 말하지 못할 마음의 일이 없다면 꿈속에서도 깨끗하고, 다른 사람에게 보이지 못할 행동이 없다면 일상 생활이 모두 옳으리라!

卷六·景

[6-0] 結廬松竹之間, 閒雲封戶；徙倚靑林之下, 花瓣沾衣.
芳草盈堦, 茶烟幾縷, 春光滿眼, 黃鳥一聲：此時可以詩可以畫,
而正恐詩不盡言, 畫不盡意. 而高人韻士, 能以片言數語盡之
者, 則謂之詩可, 謂之畫可, 則謂高人韻士之詩畫亦無不可. 集
景第六.

【結廬(결려)】 오두막을 짓다.
【徙倚(사의)】 배회하다, 잠간 들르다.
【花瓣(화판)】 꽃잎.
【可以(가이)】 좋다, 괜찮다, 할 수 있다.
【高人韻士(고인운사)】 세속을 초탈한 고상한 인품과 남다른 정서(흥취)를 지닌 사람들.
【片言數語(편언수어)】 몇 마디 말.
【謂之(위지)】 그것에 대해 말하다, 그것을 말하다.
【無不可(무불가)】 안 될 것도 없다, 아닌 것이 없다.

　소나무와 대나무 숲 속에 오두막집 지으니 나른한 구름이 지붕을 덮고,
푸른 숲 아래 서성이면 꽃잎이 옷을 물들인다. 향기로운 풀잎 섬돌에 가
득, 차 끓이는 연기 몇 가닥, 봄빛은 눈에 가득, 꾀꼬리 울음소리……. 이
럴 때면 시를 지어도, 그림을 그려도 좋겠지만 시로써 하고픈 말을 다 써
내지 못할까, 그림으로 드러내고픈 감정을 다 그려내지 못할까 두렵기도
하다. 그러나 초탈한 인품과 정서를 지닌 高人韻士는 몇 마디로도 감정
을 표현할 수 있는 사람들이니, 그들이 표현해 낸 것을 시라고 불러도 그
림이라 해도 될 것이며, 혹은 ‘고인운사의 詩畫’라 불러도 무방하리라.
　‘景’에 관한 문장을 모아서 第6으로 삼았다.

[6-1] 垂柳小橋, 紙窓竹屋, 焚香燕坐, 手握道書一卷. 客來

則尋常茶具, 本色淸言. 日暮乃歸, 不知馬蹄爲何物.

【燕坐(연좌)】편안하게 앉다, 한가롭게 앉다. 燕은 '宴(평안하다)'의 의미로 쓰임.
【尋常(심상)】평범하다, 보통이다. ＊尋: 찾다, 구하다, 보통이다.
【本色(본색)】본래의 색, 본래의 面目.
【淸言(청언)】위진시대에 유행한 老莊의 道에 관한 담론. 淸談.
【馬蹄(마제)】말굽.

　수양버들 늘어진 조그만 다리, 종이 바른 창의 대나무 집, 향을 피우고
한가롭게 앉았는데 손에는 道經 한 권을 들고 있네.
　손님이 찾아와도 평범한 찻그릇을 사용하고, 꾸밈없는 모습으로 淸言
을 나눈다네. 해가 지면 이내 돌아가나니, 항상 걸어다니는 이들은 말발
굽이 무엇인지도 모른다네.

[6-2] 花關曲折, 雲來不認灣頭; 草徑幽深, 落葉但敲門扇.

【花關(화관)】꽃밭으로 들어가는 문, 혹은 꽃밭을 찾아가는 길, 즉 꽃길. ＊關: 관
문, 거치다.
【灣頭(만두)】灣의 가, 물가. ＊灣: 물굽이 (물가의) 만.
【幽深(유심)】조용하고 깊다, 그윽하다.
【門扇(문선)】문짝.

　꽃길 구불구불하니 구름이 찾아와도 물가를 분간하지 못하고, 풀이 난
오솔길은 그윽하고 깊어 낙엽만 문짝을 두드리네.

[6-3] 細草微風, 兩岸晩山迎短棹; 垂楊殘月, 一江春水送行舟.

【晩山(만산)】저녁 무렵의 산.
【短棹(단도)】노를 짧게 하다, 짧은 노. 곧 정박하려는 배를 의미. 뒷구절의 行舟와

대를 이룸.
【殘月(잔월)】 새벽달.

  가녀린 풀에 미풍이 일고, 강기슭 저녁 산은 정박하는 배를 맞이하네.
  수양버들에 새벽달 걸리고, 한 줄기 강의 봄물은 떠나가는 배를 전송
한다네.

  [6-4] 草色伴河橋, 錦纜曉牽三竺雨; 花陰連野寺, 布帆晴掛
六橋煙.

【錦纜(금람)】 비단으로 만든 닻줄. *牽纜: 닻줄을 끌어당김.
【三竺(삼축)】 山名. 浙江省 杭州市 서쪽 靈隱寺 飛來峰 남쪽을 上中下 三天竺으로
구분하여 三竺이라 한다. "아침엔 三竺을 유람하고, 저녁엔 두 봉우리에서 잔다〔朝
游三竺, 暮宿兩峰〕"는 말이 있다.
【六橋(육교)】 杭州 西湖에 있는 蘇堤上의 6개 다리, 즉 映波橋·鎖瀾橋·望山橋·
壓堤橋·東浦橋·跨虹橋.

  푸르른 풀빛은 강의 다리와 짝하고, 동틀 무렵 비단 닻줄을 올리는데
三竺山엔 비 내리고, 꽃그늘은 산 속 절까지 이어지고, 화창한 날 무명
돛이 걸렸는데 六橋엔 안개로 자욱하고…….

  [6-5] 閑步畎畝問, 垂柳飄風, 新秋翻浪; 耕夫荷農器, 長歌
相應. 牧童稚子, 倒騎牛背, 短笛無腔, 吹之下休, 大有野趣.

【閑步(한보)】 산보하다, 한가롭게 거닐다.
【畎畝(견무)】 논, 밭, 시골.
【飜浪(번랑)】 풀이 쓰러져 물결을 이루는 모양.
【耕夫(경부)】 농부.

【倒騎(도기)】 자세를 거꾸로 하여 타다.
【腔(강)】 곡조, 가락.

　한가로이 논두렁을 거닐면 수양버들 바람에 휘날리고, 새로 심은 모종
은 바람에 누워 물결을 이루고, 농부는 농기구를 어깨에 메고 긴 노랫가
락을 주거니받거니……．
　목동과 어린아이는 쇠등에 거꾸로 타고서, 곡조 없는 피리 불며 쉬니,
정녕 자연의 風趣로세!

　[6-6] 夜闌人靜, 携一童立於淸溪之畔. 孤鶴忽唳, 魚躍有聲,
淸入肌骨.

【夜闌(야란)】 심야, 한밤중, 깊은 밤. ＊闌: 저물어가다, 끝나가다, 다하다.
【唳(려)】 학이 울다, 새가 울다.

밤이 깊어 인적이 뜸할 때 어린 종 데리고 맑은 시냇가에 섰다.
갑작스런 외로운 학 울음소리, 물고기 튀어오르는 소리.
깨끗함이 살과 뼛속까지 파고든다!

　[6-7] 門內有徑, 徑欲曲; 徑轉有屛, 屛欲小; 屛進有堦, 堦欲
平; 堦畔有花, 花欲鮮; 花外有牆, 牆欲低; 牆內有松, 松欲古;
松底有石, 石欲怪; 石面有亭, 亭欲朴; 亭後有竹, 竹欲疏; 竹盡
有室, 室欲幽; 室旁有路, 路欲分; 路合有橋, 橋欲危; 橋邊有
樹, 樹欲高; 樹陰有草, 草欲靑; 草上有渠, 渠欲細; 渠引有泉,
泉欲瀑; 泉去有山, 山欲深; 山下有屋, 屋欲方; 屋角有圃, 圃欲
寬; 圃中有鶴, 鶴欲舞; 鶴報有客, 客不俗; 客至有酒, 酒欲不

却; 酒行有醉, 醉欲不歸.

【欲(욕)】 …하려 하다, …이 되어가려 하다, …할 듯. ＊본 항목에는 22개의 '欲'자
가 나오는데, 각각의 상황에 따라 조금씩 달리 해석하였다.
【屛(병)】 담, 울.
【石面(석면)】 바위 앞. ＊面: 향하다, 면하다.
【盡(진)】 다하는 곳, 끝나는 곳, 막바지, 말단.
【渠引(거인)】 도랑이 시작되는 곳. ＊引: 야기하다, 이끌어내다.
【角(각)】 모서리, 모퉁이.
【報(보)】 알리다, 전하다, 보고하다.

　문 안에 있는 오솔길은 구부러지는 듯하고, 오솔길 돌아나가 있는 울
타리는 작아지는 듯, 울타리 안쪽 섬돌은 평평해지려 하고, 섬돌가 꽃은
더욱 생생해지려 하고, 꽃 바깥쪽 담장은 점차 낮아지려 하고, 담장 안
소나무는 점점 늙어가려 하고, 소나무 아래 바위는 독특한 모양이 되어가
고, 바위 앞 정자는 소박해지고, 정자 뒤 대나무는 성글어지고, 대나무 숲
이 끝나는 곳에 있는 집은 그윽해지고, 집 옆 길은 나눠지려 한다.
　길이 합해지는 곳에 있는 다리는 험난해지고, 다리 옆 나무는 높아지
고, 나무 그늘 아래 풀은 푸르러지고, 풀 위 도랑은 가늘어지고, 도랑이
시작되는 곳에 있는 샘은 솟아오르고, 샘물 흘러가는 곳에 있는 산은 깊
어진 듯, 산 아래 집은 네모진 듯, 집 모퉁이 남새밭은 넓어진 듯, 남새밭
안에 있는 학은 춤추는 듯하네.
　학이 손님이 왔다고 알려주는데 그 손님은 세속적이지 않고, 손님이 오
면 술이 나오는데 사양하지 않으려 하고, 술을 마시면 취하는데 취하면
돌아가지 않으려 한다네!

　[6-8] 淸晨林鳥爭鳴, 喚醒一枕春夢. 獨黃鸝百舌, 抑揚高下,
最可人意.

【淸晨(청신)】 새벽녘, 동틀 무렵, 이른 아침.
【黃鸝(황리)】 꾀꼬리.
【百舌(백설)】 때까치. 여기서는 많은 새가 시끄럽게 지저귀는 것을 형용.
【抑揚(억양)】 누르거나 올림, 音調의 고저와 강약.
【可人意(가인의)】 사람의 마음에 들어맞다.

새벽녘 숲 속, 새들이 울어대어 봄날의 잠을 깨운다네.
꾀꼬리 지저귀는 소리만 높았다 낮았다 우리네 마음에 가장 잘 맞는다네!

[6-9] 高峰入雲, 淸流見底；兩岸石壁, 五色交輝；靑林翠竹,
四時俱備；曉霧將歇, 猿鳥亂鳴；日夕欲頹, 沈鱗競躍, 實欲界
之仙都. 自康樂以來, 未有能與其奇者.

【交輝(교휘)】 서로 어울려 빛나다.
【歇(헐)】 쉬다, 그치다, 다하다.
【日夕(일석)】 밤낮, 황혼.
【頹(퇴)】 떨어지다, 기울다.
【欲界(욕계)】 욕심이 많은 세계, 즉 속세. 色界·無色界와 합쳐 三界라 한다.
【仙都(선도)】 仙境.
【康樂(강락)】 南朝 宋나라의 대시인 謝靈運. 晉代 名將 謝玄의 손자로 康樂公의
爵位를 세습했으므로 당시에 謝康樂이라 불렀다. 특히 자연의 아름다움을 절묘하
게 표현하여 山水詩의 대가로 칭송받는다.

높은 봉우리는 구름 속으로 들어가고, 맑은 물은 바닥까지 훤히 보인다.
양쪽 산기슭 바위 절벽에는 五色이 어울려 빛나고, 푸른 숲 대나무는 사
시사철 언제나 푸른빛을 지닌다. 새벽 안개 걷히려 할 때 원숭이와 새가
시끄럽게 울어대고, 황혼이 지려 할 때는 물속의 고기들 다투어 튀어오
르니, 정녕 속세의 仙境이로군! 謝靈運 이래로 이러한 빼어난 풍경을 함
께할 수 있는 사람이 없었는데……

[6-10] 曲徑烟深, 路接杏花酒舍; 澄江日落, 門通楊柳漁家.

구불구불한 오솔길에 짙은 안개, 그 길은 살구꽃 핀 술집과 이어지고,
맑은 강 위로 해가 기울고, 문은 수양버들 자라난 어부의 집으로 통하
고…….

[6-11] 長松怪石, 去墟落不下一二十里. 鳥徑緣崖, 涉水於草
莽間. 數四左右, 兩三家相望, 鷄犬之聲相聞. 竹籬草舍, 燕處其
間, 蘭菊藝之. 霜月春風, 日有餘思. 臨水時種桃梅, 兒童婢僕皆
布衣短褐. 以給薪水, 釀村酒而飮之. 案有詩書, 莊周, 太玄, 楚
詞, 黃庭, 陰符, 楞嚴, 圓覺數十卷而已. 杖藜躡屐, 往來窮谷大
川. 聽水流, 看激湍, 鑒澄潭, 步危橋, 坐茂樹, 探幽壑, 升高峰,
不亦樂乎!

【去不下(거불하)】…도 떨어져 있지 않다. *去: …과 떨어져 있다〔距離〕.
【墟落(허락)】 황폐한 마을, 촌락.
【鳥徑(조경)】 새들만 겨우 지나다닐 수 있을 정도로 좁거나 험한 오솔길.
【緣(연)】 …에 기인하다, …에 의거하다.
【涉(섭)】 건너다, 겪다, 경과하다, 들어가다.
【草莽(초망)】 초원, 넓은 들, 풀숲.
【霜月(상월)】 서리 내린 달밤.
【臨水時(임수시)】 물을 당할 때, 즉 비가 올 때.
【藝(예)】 식물을 심다.
【餘思(여사)】 나머지 생각, 다른 생각.
【薪水(신수)】 땔나무와 마실 물, 봉급.
【太玄(태현)】 太玄經(10권). 漢나라 揚雄이 찬한 것으로 《易經》을 모방하여 지었다.
【黃庭(황정)】 王羲之가 쓴 《黃庭經》 書帖. *黃庭經: 道敎의 經書로, 《黃庭內景經》
《黃庭外景經》《黃庭遁甲緣身經》 등의 총칭.
【陰符(음부)】 上古시대의 兵書.

【楞嚴(능엄)】 능엄경.
【圓覺(원각)】 부처의 원만한 깨달음. 여기서는 깨달음에 통하는 불교 경전을 말한다.
【黎(려)】 명아주 줄기로 만든 지팡이(=藜).
【屐(극)】 나막신, 나무로 만든 신발, 옛날 유람할 때 신던 신발.

  키 큰 소나무와 독특한 바위는 촌락에서 10-20리도 떨어져 있지 않고, 새 한 마리 겨우 지날 수 있는 좁고 험한 오솔길이 절벽에 바짝 붙어 강을 지나 풀숲으로 이어진다.

  네 채 정도밖에 되지 않는 집들 두세 채가 마주 바라보고 있고, 닭과 개 짖는 소리가 들릴 정도로 가깝다.

  대나무 울타리와 초가집엔 제비가 집을 짓고, 난과 국화를 심었다.

  서리 내리는 달밤이나 봄바람이 불어올 때면 날마다 다른 생각을 하게 된다.

  비가 올 때면 복사꽃과 매화나무를 심는데, 어린 종과 노비들에게는 짧은 베옷을 입히고, 봉급을 주는 날이면 토속주를 마신다.

  책상 위엔 《詩經》《書經》《莊子》《太玄》《楚辭》《黃庭經》《陰符》《楞嚴經》《圓覺經》 등 책만 수십 권!

  명아주 지팡이를 짚고 나막신을 신고서 외지고 험한 골짜기, 큰 하천을 오간다. 물 흐르는 소리를 듣고, 콸콸 세차게 흐르는 여울물을 바라보고, 시리도록 맑은 연못을 바라보고, 아슬아슬한 다리를 건너며, 무성한 수풀 속에 편안히 앉았다가, 그윽한 골짜기를 찾아다니고, 높은 봉우리에 오르니 이 또한 즐겁지 않은가!

[6-12] 天氣晴朗, 步出南郊野寺. 沽酒飲之, 半醉半醒. 携僧上雨花臺, 看長江一線, 風帆搖拽, 鐘山紫氣掩映黃屋. 景趣滿前, 應接不暇.

【沽(고)】 (물건을) 사다. 혹은 팔다. 술 파는 장사.
【雨花臺(우화대)】 江蘇省 南京市 中華門 밖 1킬로미터 지점에 있다.
【搖曳(요예)】 흔들리다.
【鍾山(종산)】 江蘇省 南京市 東北郊에 있으며, 일명 紫金山이라 한다. 가장 높은 봉우리는 頭陀嶺으로 해발 468미터.
【紫氣(자기)】 자줏빛 기운, 상서로운 기운.
【掩映(엄영)】 가리면서 어울려 돋보이다.
【黃屋(황옥)】 누런 지붕. 여기서는 절의 누런 지붕을 말한다.
【應接不暇(응접불가)】 맞이하느라 여가가 없다, 좋은 경치가 많아 눈이 쉴 틈이 없다.

  날씨가 맑고 화창하여 남쪽 교외의 절로 나섰네. 술을 사서 마셨는데 반쯤은 취한 듯 반쯤은 말똥말똥…….
  스님을 모시고 雨花臺에 올라 한 줄기 長江을 바라보니 돛단배는 흔들거리고, 鍾山 위의 상서로운 기운이 절의 누런 지붕을 돋보이게 비추네.
  멋진 경치가 눈앞에 가득하니 그 경치 구경에 쉴 틈이 없다네!

[6-13] 淨掃一室, 用博山爐爇沈水香. 香烟縷縷, 直透心竅, 最令人情神凝聚.

【博山爐(박산로)】 중국 山東省에 있는 博山 모양을 본떠서 만든 銅製 香爐. 軸部가 있으며, 밑은 접시 모양이고, 위는 산의 모습으로 되어 있다.
【沈水香(침수향)】 沉香. 廣東省 등지에서 나는 香木으로 물보다 무거워 가라앉는데서 나온 이름(=水沉, 沈水, 蜜香, 伽南香, 奇南香).
【縷縷(누루)】 실이 길게 연속한 모양, 가늘고 끊이지 아니하는 모양, 가는 모양.
【心竅(심규)】 心眼, 지혜, 이해력. 여기서는 마음으로 통하는 문(통로)의 의미.
【凝聚(응취)】 응집하다, 맺히다.

  방을 깨끗하게 청소하고 博山爐에 沉香을 태우면 모락모락 향 연기 곧바로 마음의 문을 통하여 들어오니 정신을 가장 잘 집중하게 해준다네.

[6-14] 每登高邱, 步邃谷, 延留燕坐, 見懸崖瀑布壽木垂蘿, 悶邃岑寂之處, 終日忘返.

【延留(연류)】 시간을 끌며 머무르다.
【燕坐(연좌)】 안락하게 생활하다. *燕: 안락하다, 편안하다, 즐겁다(=宴: 편안하다).
【懸崖(현애)】 벼랑, 낭떠러지.
【壽木(수목)】 고목.
【悶邃(민수)】 꽉 막혀 깊은 곳.
【岑寂(잠적)】 적막하다, 고요하다.
【忘返(망반)】 돌아오기를 잊다.

늘 높은 언덕에 오르고 깊은 골짜기를 찾아가 오랫동안 편안하게 머물렀고, 벼랑의 폭포, 고목을 감고 있는 넝쿨, 꽉 막힌 듯 깊고 적막한 곳을 보러다니느라 종일토록 돌아올 줄 모른다네!

[6-15] 每遇勝日有好懷, 袖手哦古人詩足矣. 靑山秀水, 到眼卽可舒嘯, 何必居籬落下然後爲己物.

【勝日(승일)】 五行說에 五行(木火土金水)의 相剋(木剋土, 土剋水, 水剋火, 火剋金, 金剋木)의 5일을 말한다.
【好懷(호회)】 좋은 감회, 좋은 기분.
【袖手(수수)】 팔짱을 끼다, 관여하지 않다.
【哦(아)】 읊다, 읊조리다.
【到眼(도안)】 눈에 띄다, 눈에 들다, 보다.
【舒(서)】 여유 있다, 느리다, 편안하다.
【籬落(이락)】 울타리.
【己物(기물)】 자신의 물건.

매번 勝日이 되면 좋은 기분이 들어 팔짱을 끼고 옛사람의 시를 읊조리면 족하고, 혹은 푸른 산과 아름다운 강을 눈에 넣고서 편안하게 읊조리는 것도 괜찮겠다.

　어찌 그런 풍경을 꼭 자기 집 울타리 아래 두어야만 자신의 물건이 된
단 말인가?

　[6-16] 柴門不扃, 筠簾半捲, 梁間紫燕, 呢呢喃喃, 飛出飛入.
山人以嘯咏佐之, 皆各適其適.

【柴門(시문)】 사립문.
【扃(경)】 빗장, 문, 문을 닫다.
【筠(균)】 대나무, 대나무의 푸른 껍질.
【呢呢(이니)】 제비가 지저귀는 소리, 지지배배.
【喃喃(남남)】 중얼거리는 소리, 중얼중얼.
【嘯詠(소영)】 시가를 읊다, 소리를 길게 뽑아 시가를 읊조리다.

　사립문 닫아걸고, 대나무 발은 반쯤 말아 놓고 있는데, 들보 위엔 자줏
빛 제비 지지배배 지저귀며 들락날락.
　산사람〔山人〕은 시를 읊조리며 제비 지저귐에 호응하니, 제각각 천성
대로 행동하는 것!

　[6-17] 風晨月夕, 客去後, 蒲團可以雙跏；烟島雲林, 興來
時, 竹杖何妨獨往?

【雙跏(쌍가)】 가부좌를 틀다, 책상다리를 하다.
【何妨(하방)】 어찌 꺼리겠는가? …해도 무방하다, 괜찮지 않은가?.
【獨往(독왕)】 홀로 가다, 아무런 구속 없이 자유자재로 노닐다(=獨往獨來).

　바람 부는 아침이나 달 뜬 저녁, 손님 돌아간 뒤엔 부들 방석 위에서 가

부좌를 트는 것도 좋고, 안개 낀 섬이나 구름 자욱한 숲에서 흥이 일어날 때면 죽장 짚고 혼자서 구속 없이 노니는 것도 괜찮지 않은가?

[6-18] 三徑竹間, 日華淡淡, 固野客之良辰; 一偏窗下, 風雨瀟瀟, 亦幽人之好景.

【日華(일화)】 햇빛.
【淡淡(담담)】 희미하고 어렴풋하다, 욕심이 없고 마음이 깨끗한 모양, 물이 질펀하게 흐르는 모양.
【野客(야객)】 산야에 사는 사람.
【良辰(양진)】 좋은 날, 좋은 시절.
【一偏(일편)】 한쪽으로 치우침.
【瀟瀟(소소)】 비바람이 세찬 모양, 이슬비가 내리는 모양.
【幽人(유인)】 隱者, 은둔하여 사는 사람.

대나무 숲 사이로 난 세 갈래 오솔길에 햇살이 어렴풋하니 실로 산에 사는 사람에겐 좋은 시절이요, 한쪽 벽 창문 아래로 비바람 세차게 치나니 이 또한 은자에겐 좋은 경치로다!

[6-19] 喬松十數株, 修竹千餘竿; 靑蘿爲牆垣, 白石爲鳥道; 流水周於舍下, 飛泉落於簷間; 綠柳白蓮, 羅生池砌; 時居其中, 無不快心.

【喬松(교송)】 키 큰 소나무, 古松.
【修竹(수죽)】 긴 대나무. *修: 길이가 길다.
【蘿(라)】 쑥, 무, 울타리.
【鳥道(조도)】 새가 아니면 다닐 수 없는 험한 길이나 좁은 길.
【周(주)】 한 바퀴 돌다.

【羅(라)】 늘어서다, 벌여놓다.
【池砌(지체)】 연못과 계단.

  古松 10여 그루, 키 높은 대나무 1천여 그루, 푸른 넝쿨이 담장을 이루
고 하얀 바위는 오솔길을 이루네.
  흐르는 물은 집 아래로 에돌아가고, 작은 폭포는 처마 속으로 떨어지
고, 푸른 버들과 하얀 연꽃이 연못과 계단에 늘어서 있다네.
  이런 환경 속에 사나니 유쾌하지 않을 수 없으리!

  [6-20] 有屋數間, 有田數畝, 用盆爲池, 以甕爲牖. 牆高於
肩, 室大於斗. 布被暖餘, 藜羹飽後, 氣吐胸中, 充塞宇宙, 筆落
人間, 輝映瓊玖. 人能知止, 以退爲茂. 我自不出, 何退之有? 心
無妄想, 足無妄走, 人無妄交, 物無妄受. 炎炎論之, 甘處其陋;
綽綽言之, 無出其右. 羲軒之書, 未嘗去手; 堯舜之談, 未嘗離
口. 譚中和天, 同樂易友. 吟自在詩, 飮歡喜酒. 百年昇平, 不爲
不偶. 七十康彊, 不爲不壽.

【斗(두)】 말, 1말을 되는 용기. ＊斗室: 아주 작은 방, 사람의 마음을 의미.
【藜羹(여갱)】 명아주 잎으로 끓인 국, 보잘것없는 음식.
【充塞(충색)】 가득차다, 충만하다.
【筆落(필락)】 붓을 대다, …을 묘사하다.
【輝映(휘영)】 빛나다, 눈부시게 비치다.
【瓊玖(경구)】 아름다운 옥.
【退(퇴)】 물러나다, 떠나다, 양보하다, 겸양하다.
【茂(무)】 풍성하다, 풍성하고 훌륭하다.
【炎炎(염염)】 대단히 무더운 모양, 힘차게 전진하는 모양, 빛나는 모양, 바람에 나
부끼는 모양.
【綽綽(작작)】 언행이나 태도에 여유가 있는 모양.
【無出其右(무출기우)】 그보다 더 나은 것이 없다. ＊右: …보다 위(상위).

【羲軒(희헌)】伏羲氏와 황제 軒轅氏를 말한다.
【自在詩(자재시)】격률에 얽매이지 않고 자기 마음대로 편하게 읊는 시.
【歡喜酒(환희주)】마음을 즐겁게 만드는 술.
【升平(승평)】태평하다.
【不爲不(불위불)A】A 아닌 것이 아니다, A한 것이다(이중부정).
【康强(강강)】강건하다, 굳세다.

작은 방 몇 칸짜리 집, 몇 이랑 밭, 큰 대야로 연못을 삼고, 항아리로 들창을 삼네.

담장은 어깨를 살짝 넘고, 방은 한 말짜리 용기보다 조금 크다네.

베로 만든 이불이라도 따뜻함은 여유 있고, 명아주국이라도 포만감이 오래 간다네.

가슴에서 氣를 토해 내어 우주를 가득 채우고, 인간 세상 표현해 내니 아름다운 옥처럼 빛을 발한다네.

사람은 멈출 줄 알기에 물러남을 훌륭하다고 여기나니, 내 스스로 나가질 않는데 어찌 물러날 일이 있겠는가?

마음에 妄想이 없기에 발도 함부로 내딛는 경우가 없고, 사람은 함부로 사귀지 않고, 물건은 함부로 받아들이지 않는다네.

열정적으로 토론하고 기꺼이 누추하게 살아간다네.

느긋하게 말하지만, 그의 말보다 뛰어난 것 찾을 수 없다네.

伏羲와 黃帝의 책이 손에서 떠난 적 없고, 堯舜의 말씀이 입에서 벗어난 적 없다네.

이야기 속에 화기애애해지는 날이면 함께 즐기면서 쉽게 친구가 되어, 자유시를 읊고 기쁨주를 마신다네.

1백 년간 태평한 것은 실로 우연이며, 칠십에 건강한 것은 정녕 천수를 누리는 것이라네!

[6-21] 以江湖相期, 煙霞相許. 付同心之雅會, 託意氣之良

遊. 或閉戶讀書, 累月不出. 或登山玩水, 竟日忘歸. 斯賢達之
素交, 蓋千秋之一遇.

【江湖(강호)】 관직을 떠나 은거하는 시골, 묵객이 파묻혀 사는 시골.
【期(기)】 약속하다, 정하다, 기대하다, 기다리다.
【許(허)】 약속하다, 허락하다, 승낙하다.
【付(부)】 주다, 부탁하다, 부치다, 붙다.
【雅會(하회)】 시문 등을 짓는 고상한 모임.
【托(탁)】 의탁하다, 맡기다, 의뢰하다, 부탁하다, 빙자하다.
【意氣(의기)】 뜻과 성격, 감정, 의지와 기개.
【累月(누월)】 달이 쌓이다(달이 지나다), 시간이 지나다.
【竟日(경일)】 온종일, 하루 종일.
【忘歸(망귀)】 돌아가기를 잊다, 돌아갈 줄 모르다.
【賢達(현달)】 현명하여 사리에 통달한 사람.
【斯(사)】 이(것), 사물을 가리키는 대명사.
【素交(소교)】 오랜 교제, 오랜 친구, 진정한 사귐. ＊素: 정성, 심중에서 우러나오는
성의.
【千秋之一遇(천추지일우)】 좀처럼 얻기 힘든 좋은 기회(＝千載一遇, 千載難逢).

　대자연의 시골에서 기약하니 안개와 노을이 허락해 주었네.
　마음 맞는 고상한 모임에 참가하고, 의기투합하는 좋은 나들이에 따라
다니기도 한다네.
　혹 문을 닫고 책을 읽게 되면 한 달이 지나도 밖으로 나가지 않고, 산
에 오르고 강물을 감상할 때면 하루 종일 돌아갈 줄 모른다네.
　이것이 사리에 통달한 사람의 진정한 사귐이니, 좀처럼 얻기 어려운
기회로다!

　[6-22] 蔭映巖流之際, 偃息琴書之側. 寄心松竹, 取樂魚鳥,
則淡消之願於是畢矣.

【淡消之願(담소지원)】 (욕심이) 엷어지거나 없어지기를 원하는 바람.
【於是(어시)】 그래서, 이리하여, 이 때문에.
【畢(필)】 마치다, 끝내다, 완성하다.

　나무 그림자가 바위와 물 사이에 어리고, 거문고와 책 옆에 누워 쉰다네.
소나무와 대나무에 마음을 기탁하고 물고기와 새에게서 즐거움을 얻는
다면, 욕심이 엷어지기 원하는 바람이 여기서 끝을 맺으리!

[6-23] 庭前幽花時發, 披覽旣捲, 每啜茗對之. 香色撩人, 吟
思忽起, 遂歌一古詩, 以適淸興.

【幽花(유화)】 그윽하고 쓸쓸하게 보이는 꽃.
【披覽(피람)】 책을 펴서 읽다.
【香色(향색)】 향기와 색채.
【撩人(요인)】 남을 꾀다, 자극하다, 남의 마음을 끌다, 남의 마음을 움직이게 하다.
【吟思(음사)】 시를 읊조리고픈 생각.
【淸興(청흥)】 청아한 흥취, 고상한 취미.

　정원 앞에 그윽하고 쓸쓸한 꽃송이 때때로 피는데, 책을 펴서 읽다가 싫
증나면 차를 마시며 그 꽃을 바라보곤 한다. 그 향기와 빛깔이 마음을 움
직여, 시를 읊고픈 마음이 갑자기 일어나 古詩를 한 편 읊어 보니 청아
한 흥취에 썩 잘 어울린다.

[6-24] 凡靜室, 須前栽碧梧, 後種翠竹; 前簷放步, 北用暗窗.
春冬閉之, 以避風雨; 夏秋可開, 以通凉爽. 然碧梧之趣, 春冬落
葉, 以舒負暄融合之樂. 秋夏交蔭, 以蔽炎爍蒸烈之威. 四時得
宜, 莫此爲勝.

【碧梧(벽오)】 벽오동.

【放步(방보)】 성큼성큼 걷다, 활보하다. 여기서는 '1步만큼 늘이다'는 의미.

【暗窓(암창)】 어두운 창.

【凉爽(양상)】 시원하고 상쾌하다.

【負暄(부훤)】 따뜻한 햇살을 받다, 햇볕을 쬐다, 양지에서 햇볕을 쬐는 일.

【炎爍蒸烈(염삭증렬)】 대단히 더움, 태우고 찌는 듯한 더위. *여기서는 여름 햇살의 강렬함을 말한다.

【得宜(득의)】 마땅함을 얻다, 적절하다.

【莫(막)】 …않다, …못하다, …하지 마라.

　　조용한 방 앞쪽으로는 벽오동을 심고, 뒤쪽에는 푸른 대나무를 심어야 하고, 앞의 처마는 1步만큼 늘이고 북쪽에는 어두운 창을 만들어 사용한다.

　　봄 겨울에는 창문을 닫아 비와 바람을 피하고, 여름 가을에는 창문을 열어 시원하고 상쾌하게 한다.

　　오동나무의 운치란 겨울과 봄 잎새가 다 졌을 때 따스한 햇살을 쬐며 융합하는 즐거움을 펼치는 것이요, 또한 여름이나 가을 무성한 그늘을 주어 뜨겁게 내리쬐는 해의 위엄을 가리는 데 있는 것이다. 사시사철 오동나무는 언제나 좋으니 이보다 뛰어난 것은 또 없으리!

　　[6-25] 家有三畝園, 花木鬱鬱. 客來煮茗, 談上都貴游. 人間可喜事: 或茗寒酒冷, 賓主相忌; 其居與山谷相望, 暇則步草徑相尋.

【畝(무)】 옛날 전답의 면적 단위로, 육척 사방을 1步라 하고, 百步를 1畝로 한다.

【鬱鬱(울울)】 아름답다, 화려하다, 무성하다, 울창하다, 우울하다, 울적하다.

【上都(상도)】 수도, 京都.

【貴游(귀유)】 상류 계층, 즉 王公貴族을 말한다.

【相忌(상기)】 서로 조심스럽게 공경하다. *忌: 공경하다.

집에 있는 세 畝 넓이의 정원에는 꽃과 나무가 울창하다.

손님이 오면 좋은 차를 끓이고, 京師의 왕공 귀족에 대해 거리낌없이 이야기하기도 한다.

세상에 즐거운 일이 있으니, 차와 술이 식는 줄도 모르고 손님과 주인이 서로 공손히 접대하는 경우요, 또는 각기 사는 곳이 산골짜기를 마주하고 있어 틈만 나면 풀숲 길로 들어가 서로를 찾아가는 경우일 것이다.

[6-26] 良晨美景, 春暖秋凉. 負杖躡履, 逍遙自樂, 臨池觀魚, 披林聽鳥. 酌酒一杯, 彈琴一曲. 求數刻之樂, 庶幾居常以待終.

【良辰(양진)】 좋은 날, 좋은 시절, 길일.
【負杖躡履(부장섭리)】 지팡이에 의지하고 신발을 신다.
【數刻(수각)】 刻은 시간, 시각. 옛날 물시계로 시간을 잴 때는 하루를 百刻으로 나누었지만, 오늘날은 15分을 1刻이라 한다. 數刻은 짧은 시간을 말한다.
【庶幾(서기)】 …을 바라다, 거의(…할 것이다), 어지간하다, …에 가깝다(비슷하다).
【居常(거상)】 身上에 아무 이변이 없이 일생을 보냄, 평상시, 일상.

좋은 계절 아름다운 경치, 따뜻한 봄날 시원한 가을, 지팡이에 의지하고 나막신을 신고서 한적하게 거닐며 나 홀로 즐긴다.

연못에 이르면 물고기를 구경하고, 수풀을 헤치고 들어가 새소리를 듣고, 술을 한 잔 따르고 거문고 한 곡을 연주한다.

짧은 즐거움을 추구하며 큰 변고 없이 일생을 마칠 수 있기를…….

[6-27] 築室數楹, 編槿爲籬, 結茅爲亭. 以三畝蔭竹樹栽花果, 二畝種蔬菜. 四壁淸曠, 空諸所有. 蓄山童灌園薙草. 置二三胡床着亭下. 挾書劍, 伴孤寂. 携琴弈, 以遲良友. 此亦可以娛老.

【數楹(수영)】몇 개의 기둥. 곧 방의 칸수를 의미.

【曠(광)】텅 비어 넓다, 널찍하다.

【空(공)】비다, 없다.

【諸(제)】온갖, 모든, 많은, 여러.

【所有(소유)】모든, 일체의, 소유하다, 소유한.

【蓄(축)】(첩이나 하인 등을) 집에 두다.

【灌園 薙草(관원체초)】정원에 물을 주고 잡초를 베다.

몇 칸짜리 집을 지어 놓고 무궁화를 엮어서 울타리로 삼고, 띠풀을 얽어매어 정자로 삼고, 三畝의 무성한 대나무 숲에 꽃나무, 과일나무를 심고, 二畝엔 채소를 심는다.

방 안은 사방이 텅 비어 내가 소유한 것은 아무것도 없다.

산에 사는 어린 애를 하인으로 두고서 정원에 물을 주고 풀을 깎게 한다. 정자 아래에 접의자 두세 개를 펴놓고, 책과 검을 가지고 고독을 누리거나 거문고와 바둑을 준비해 두고 친구 오기를 늦도록 기다리네.

이렇게 해도 늙어감을 즐길 수 있겠지…….

[6-28] 一徑陰開, 勢隱蛇蟺之致, 雲到成迷; 半閣孤懸, 影迴縹緲之觀, 星臨可摘.

【陰開(음개)】그늘이 펼쳐지다, 그늘로 전개되다.

【隱(은)】숨기다, 감추다, 희미하다, 어슴푸레하다.

【蛇 蟺(사선)】뱀이 서리다, 뱀이 꿈틀꿈틀 기어가다.

【致(치)】풍취, 상태, 의취.

【半閣(반각)】아주 작은 閣.

【迴(회)】돌다, 선회하다, 돌아오다, 돌아가다. *逈(멀다)의 誤字인 듯.

【縹緲(표묘)】멀고 어렴풋하다, 가물가물하고 희미하다, 소리가 연하고 길게 이어지는 모양.

오솔길 하나 그늘 속에 열렸는데, 그 모습 뱀이 꿈틀꿈틀 기어가는 듯한 맛을 숨기고 있어, 구름이 가득하면 방향을 잃게 된다네.

반쪽짜리 작은 閣은 외롭게 하늘 높이 걸려 있는 듯, 그 모습 아스라한 경관을 더욱 아득하게 만들어, 별이 다가오면 딸 수 있을 듯.

[6-29] 幾分春色, 全憑狂花疎柳安排; 一派秋容, 總是紅蓼白蘋粧點.

【幾分(기분)】 약간, 좀, 다소, 얼마간. * 여기서는 때가 일러 아직 봄이 만개하기 전, 봄의 기색이 얼마 나타나지 않음을 말한다.

【春色(춘색)】 봄 경치, 봄기운.

【狂花(광화)】 狂은 (기세가) 맹렬함, 경솔하고 조급함. 여기서는 봄이 되자 미리 피어나는 꽃을 말한다.

【疎柳(소류)】 완연한 봄이 되기 전이나 아직은 빽빽하고 풍성하게 피어나지 못한 버드나무를 말한다. * 疎(소): 드물다, 성글다.

【全憑(전빙)…】 완전히 …에 의지하다. 완전히 …덕분에(때문에) …되다.

【安排(안배)】 안배하다, 배치하다, 배분하다, 마련하다, 꾸리다.

【派(파)】 양사로 파별·유파 등을 셀 때나 경치·기상·소리·말 등에 사용.

【秋容(추용)】 가을의 모습, 가을 풍경.

【總是(총시)】 결국, 아무튼, 어쨌든, 반드시, 꼭, 절대로, 전혀, 언제나, 늘, 줄곧.

【紅蓼白蘋(홍료백빈)】 수염이 붉은 옥수수와 시든 부평초.

【粧點(장점)】 치장하다, 장식하다, 멋부리다, 모양내다.

희미한 봄 풍경은 때 이른 꽃과 아직 성근 버드나무에 의해 차려지고, 작은 가을 풍경은 언제나 옥수수 붉은 수염, 하얗게 시들어가는 부평초로 치장된다네.

[6-30] 南湖水落, 妝臺之明月猶懸. 西廓烟銷, 繡楊之彩雲

不散.

【妝臺(장대)】화장대.
【猶(유)】아직, 여전히.
【彩雲(채운)】채색구름, 꽃구름.

　남쪽 호수에 해가 지니 화장대에 그려놓은 밝은 달은 여전히 하늘에 걸려 있고, 서쪽 성곽에 안개 사그라져도 침상에 화려하게 새겨진 꽃구름은 흩어지지 않는다네.

　[6-31] 中庭蕈草銷雪, 小苑梨花夢雲.

【中庭(중정)】안채와 바깥채 사이에 있는 뜰.
【蕙草(혜초)】蕙蘭.

　中庭의 蕙蘭은 눈을 녹이고, 조그만 동산의 배꽃은 꿈속의 구름 같구나!

　[6-32] 秋竹沙中淡, 寒山寺裏深.

【寒山寺(한산사)】江蘇省 吳縣 서쪽 楓橋에 있는 절. 唐나라의 유명한 승려 寒山이 이 절에 머무른 석이 있어 이렇게 부른다.

　가을 대나무 심어진 모래톱은 흐릿해지고, 寒山寺는 더욱 깊어만 가고.

　[6-33] 人冷因花寂, 湖虛受雨喧.

【花寂(화적)】 꽃이 적막하다, 즉 꽃이 지는 것을 말한다.
【湖虛(호허)】 호수가 공허하다.
【受(수)】 입다, 받다, 당하다.

　적막하게 지는 꽃에 사람은 쓸쓸해지고, 요란스레 떨어지는 빗소리에
호수는 공허해지고…….

[6-34] 野曠天低樹, 江淸月近人.

　들판이 드넓게 펼쳐 있어 하늘이 나무 가까이로 내려오고, 강물 맑으
니 달이 사람에게 다가오네!

[6-35] 潭水寒生月, 松風夜帶秋.

【潭水寒生月(담수한생월)】 날씨가 차가워짐에 따라 연못 물이 깨끗해져 달이 더욱 선
명하게 비치는 것을 말한다.
【松風夜帶秋(송풍야대추)】 솔바람이 밤에 불어 가을을 데려오다, 바람이 많이 불면
서 차츰 가을이 된다는 의미. ＊帶: 지니다, 휴대하다, 나타내다, 띠다, 인솔하다,
이끌다, 데리다.

　연못 물이 차가워지면서 달이 솟아나오고, 솔바람이 밤에 불어오면서
가을을 이끌어 오고…….

[6-36] 春山豔冶如笑, 夏山蒼翠如滴, 秋山明淨如妝, 冬山慘淡如睡.

【艶冶(염야)】 아리땁다, 매력 있고 아름답다.
【蒼翠(창취)】 청록색, 검푸르다, 푸르고 싱싱하다.
【明淨(명정)】 맑고 깨끗하다, 해맑다, 말쑥하다.
【慘淡(참담)】 어둠침침하고 쓸쓸하다, 암담하다.

봄 산은 방긋 웃듯 매혹적으로 아름답고, 여름 산은 푸르른 싱싱함이 뚝뚝 떨어지는 듯하고, 가을 산은 곱게 단장한 듯 말쑥하고, 겨울 산은 잠에 빠진 듯 쓸쓸하다네!

[6-37] 眇眇乎春山, 澹冶而欲笑; 翔翔乎空絲, 綽約而自飛.

【眇眇(묘묘)】 매우 작은 모양, 아득하게 먼 모양.
【澹冶(담야)】 담박한 아름다움, 엷은 아름다움.
【翔翔(상상)】 빙빙 돌며 나는 모양, 근신하는 모양, 공경하는 모양.
【空絲(공사)】 허공의 실오라기. 여기서는 떨어지는 꽃잎이나 날리는 버들솜을 의미하는 듯.
【綽約(작약)】 맵시 있고 아름답다, 단아하고 아름답다.

아득하게 먼 봄 산은 여리고 맑은 자태로 방실방실, 빙빙 돌며 나는 꽃잎은 맵시 있게 저 혼자 팔랑팔랑!

[6-38] 盛暑持蒲, 榻鋪竹下, 臥讀騷經. 樹影篩風, 濃陰蔽日, 叢竹蟬聲, 遠遠相續, 遽然入夢. 醒來命取梐櫛髮, 汲石澗流泉, 烹雲芽一啜, 覺兩腋生風. 徐步草玄亭. 芰荷出水, 風送淸香, 魚戲冷泉, 凌波跳擲. 因陟東皐之上, 四望溪山罨畫, 平野蒼翠. 激氣發於林瀑, 好風送之水涯. 手揮塵尾, 淸興灑然, 不待法雨凉雪, 使人火宅之念都冷.

【盛暑(성서)】 무더위, 삼복더위.

【蒲(포)】 부들, 창포, 왕골. 여기서는 부들로 만든 부채를 말한다.

【騷經(소경)】 屈原이 지은 《離騷》를 말한다.

【篩(사)】 체로 거르다, (술을) 따르다, 데우다, (징을) 치다, 울리다.

【遽然(거연)】 갑자기.

【椾(전)】 빗처럼 머리를 다듬거나 장식하는 도구.

【櫛(즐)】 빗, 빗질하다.

【汲(급)】 물을 긷다.

【石澗(석간)】 바위가 많은 골짜기를 흐르는 시내.

【雲芽茶(설아다)】 普耳茶 계열로 오래될수록 향이 좋은 名茶.

【啜(철)】 먹다, 마시다.

【草玄亭(초현정)】 漢代 揚雄의 故居. 西蜀 子雲亭이 바로 草玄亭이다. 草玄亭은 揚雄이 《太玄經》을 초고했던 곳으로 알려진다.

【芰荷(기하)】 마름과 연꽃.

【因(인)】 중첩하다, 계속하다, 원래 하던 대로(하다).

【陟(척)】 올라가다.

【皐(고)】 늪, 물가.

【罨畵(엄화)】 색채가 선명한 그림.

【激氣(격기)】 솟구치는 기세.

【麈尾(주미)】 먼지떨이. 고라니 꼬리는 먼지가 잘 털린다. 고라니 꼬리로 만든 먼지떨이는 속세의 때를 털어낸다는 상징적 의미로 淸談을 하던 사람들이나 佛徒들이 많이 가지고 다녔다.

【灑然(쇄연)】 놀라는 모양, 깨끗한 모양.

【不待(부대)】 …을 기다리지 않다, (…을 기다릴) 필요가 없다.

【法雨(법우)】 佛法의 은혜. 즉 불법으로 중생을 교화하여 베푸는 은덕을 비가 만물을 윤택하게 하는 은덕에 비유한 말.

【火宅(화택)】 불이 난 집, 불난 집처럼 고통이 가득한 속세를 일컬음.

　무더위에 부들 부채를 들고 대나무 아래에 침상을 놓고 누워서 《離騷》를 읽는다.

　나무 그늘에 걸러진 바람 불어오고, 짙은 그늘은 해를 가려주는데, 대나무 숲 맴맴 매미 소리는 멀리멀리 이어지니 이내 잠에 빠져든다.

잠에서 깨면 빗을 가져오게 하여 머리를 빗고, 바위 틈새로 흐르는 계
곡물을 길어다 雲芽茶를 끓여 한 모금 마시면, 양쪽 겨드랑이에서 바람
이 이는 느낌이 든다.

草玄亭으로 천천히 걷다 보면, 수면 위로 나온 마름과 연꽃, 바람은 맑
은 향을 실어보내고, 물고기는 차가운 물에서 장난치며 물결을 놀리듯 물
위로 펄쩍 튀어오른다.

걸음을 이어 동쪽 택지 위에 올라 사방을 바라보니 계곡과 산이 한 폭
의 아름다운 그림 같고, 평야는 온통 푸르고 싱그럽다.

숲 속 폭포에서 솟구치는 기세 일어나고, 고마운 바람은 그 활기를 물
가까지 날려보낸다. 먼지떨이를 휘두르니 淸雅한 흥취가 더욱 깨끗해져,
부처의 은덕이나 차가운 눈을 기다릴 필요도 없이 번잡하고 뜨거운 세속
적인 생각을 모두 식혀 준다.

[6-39] 山曲小房, 入園窈窕幽徑, 綠玉萬竿. 中匯澗水爲曲
池, 環池竹樹雲石. 其後平岡透迤, 古松鱗鬣. 松下皆灌叢雜木,
蔦蘿駢織, 亭榭翼然. 夜半鶴唳淸遠, 恍如宿花塢間, 聞哀猿啼
嘯, 嘹嚦驚霜. 初不辨其爲城市爲山林也.

【窈窕(요조)】 얌전하고 곱다, 깊숙하고 그윽하다.
【綠玉(녹옥)】 푸른 옥. 여기서는 푸른 대나무를 말한다.
【雲石(운석)】 대리석.
【透迤(위이)】 구불구불 멀리 이어진 모양, 멀고 긴 모양.
【鱗鬣(인렵)】 물고기 비늘과 말의 갈기. 여기서는 소나무의 껍질과 소나무 잎을 형
용한 것.
【蔦蘿(조라)】 담쟁이덩굴.
【駢(변)】 늘어서다, 늘여놓다, 나란히 하다.
【亭榭(정사)】 정자와 전망대.
【翼然(익연)】 날개를 펼친 듯한 모양, 새가 날개를 펼친 것처럼 좌우가 넓은 모양.
【恍如(황여)】 마치 …인 듯하다.

【花塢(화오)】 꽃이 있는 마을. 보통 仙境을 말한다. *塢(오): 마을.
【間(간)】 간간이, 때때로.
【嘹嚦(요력)】 멀리서 들리는 새 울음소리. 嘹는 새가 울다, 소리가 멀리 들린다는
뜻이고, 嚦은 새소리.
【初(초)】 근본적으로, 아예.

　산 굽이진 곳에 조그만 집이 있는데, 정원에 들어서면 깊고 그윽한 오
솔길, 푸른 대나무 수만 그루.

　가운데는 산골물이 모여 둥근 연못이 되는데, 연못 주변엔 대나무와
대리석. 그 뒤로는 평평한 언덕이 길게 이어졌는데, 오래된 소나무는 물
고기 비늘 같은 껍질과 말갈기 같은 잎을 드리우고 있다.

　소나무 아래는 온통 관목숲과 잡목. 담쟁이덩굴이 얽혀 늘어져 있고,
정자와 전망대가 날아갈 듯 서 있다.

　깊은 밤 학 울음소리 맑고 아득하게 들리니 마치 仙境에서 자는 듯, 때
때로 애절한 원숭이 울음소리, 멀리서 들려오는 새 울음소리는 서리를
놀라게 한다.

　이곳이 도시 속인지 산림 속인지 아예 분간하지 못하겠네!

[6-40]　一抹萬家, 烟橫樹色. 翠樹欲流, 淺深間布. 心目競
觀, 神情爽滌.

【抹(말)】 바르다, 칠하다, 에돌다, 주위를 돌다.
【橫(횡)】 가로막다.
【淺深(천심)】 명암, 색이 짙고 연한 것.
【心目(심목)】 마음과 눈, 심중, 마음속, 기억, 인상, 생각.
【神情(신정)】 심정, 마음.

　수만 채의 집을 감싸안은 안개는 나무의 색채를 가려 버리네. 나무의

푸르름은 흐르는 듯 엷거나 짙게 간간이 펼쳐져 있네. 마음도 눈도 서로
보려 다투는 빼어난 그 광경, 정신과 마음이 씻은 듯이 상쾌하네!

[6-41] 萬里澄空, 千峰開霽: 山色如黛, 風氣如秋. 濃陰如幬,
烟光如縷. 笛響如鶴唳, 經颶如咿唔. 溫言如春絮, 冷語如寒冰,
此景不應虛擲.

【澄空(징공)】 맑게 갠 하늘.
【濃陰(농음)】 우거진 녹음.
【煙光(연광)】 안개 속으로 비치는 빛.
【經颶(경구)】 지나는 폭풍, 통과하는 회오리바람.
【咿唔(이오)】 글 읽는 소리.
【虛擲(허척)】 헛되이 버리다, 헛되이 던지다, 허비하다.

  만리에 펼쳐진 맑은 하늘, 수천 봉우리가 맑게 개었네. 山色은 검푸르
고, 바람은 가을 날씨 같네. 짙은 녹음 장막처럼 둘러쳐져 있는데, 안개 속
에 비치는 햇빛은 실오라기 같구나! 학 울음 같은 피리 소리 울려오고, 글
읽는 소리 같은 바람 소리도 지나가고…….
  온화한 말은 봄날의 솜털처럼 포근하고, 냉랭한 말은 차가운 얼음 같
나니, 이러한 풍경을 그저 포기할 수는 없으리!

[6-42] 山房置古琴一枚, 質雖非紫瓊綠綺, 響不在焦尾號鐘.
置之石床, 快爲數弄, 深山無人, 水流花開, 淸絶冷絶.

【古琴(고금)】 七弦琴.
【紫瓊綠玉(자경록옥)】 보랏빛 옥과 푸른 옥.
【焦尾(초미)】 꼬리가 타는 급박한 상황.

【號鐘(호종)】 군대에서 신호용으로 치는 종.
【絶(절)】 지극히, 몹시, 매우.

　　산 속 집에 古琴 하나를 두었는데, 바탕은 알록달록 귀한 옥으로 장식
하지 않았지만 급하게 치는 號鐘 같은 소리는 내지 않는다네.
　　古琴을 돌침상 위에 놓고 즐거이 몇 곡을 연주하면, 사람 없는 깊은 산
에 물이 흐르고 꽃이 피어나니 너무도 청아하고 고즈넉하구나!

　　[6-43] 密作軼雲, 長林蔽日. 淺翠嬌靑, 籠烟惹濕. 搆數椽其
間, 竹樹爲籬, 不復葺垣. 中有泓流水, 淸可漱齒, 曲可流觴. 放
歌其間, 離披蒨鬱, 神滌意閒.

【密作(밀작)】 빽빽한 것, 조밀한 것. 여기서는 나무가 빽빽한 것을 형용.
【軼(일)】 흩어져 없어지다.
【淺翠嬌靑(천취교청)】 연한 녹색과 고운 푸른색.
【籠煙(농연)】 안개가 자욱하게 뒤덮다, 자욱한 안개.
【惹(야)】 일으키다, 야기하다.
【搆(구)】 끌어당기다.
【葺(즙)】 수리하다, 지붕을 이다.
【離披(이피)】 갈라 헤치다, 가르다, 분산하다.
【蒨鬱(천울)】 풀이 무성하고 울창하다.

　　빽빽한 나무에 구름이 흩어지고 키 큰 나무가 해를 가렸네. 연한 비취
빛 고운 자욱한 푸른 안개는 물기를 촉촉이 머금었네.
　　그 속에 서까래 몇 개 가져다 집을 짓고 대나무로 울타리 삼아놓고선
더 이상 담장을 다듬지 않는다네.
　　중앙에 흐르는 물은 양치질을 할 수 있을 정도로 맑고, 술잔을 띄워 놀
수 있을 정도로 굽이진다.

그 속에서 목청껏 노래하면 노랫소리 무성한 숲을 헤치고 나아가니,
정신은 말갛게 씻기고 마음은 한가로워진다네.

[6-44] 抱影寒窗, 霜夜不寐, 徘徊松竹下. 四山月白, 露墜冰
柯, 相與咏李白靜夜思, 便覺冷然. 寒風就寢, 復坐蒲團, 從松
端看月, 煮茗佐談, 竟此夜樂.

【冰柯(빙가)】 언 나뭇가지, 차갑게 얼어붙은 나뭇가지 끝.
【相與(상여)】 사귀다, 교제하다, 사이가 좋다, 함께, 벗.
【冷然(빙연)】 시원한 모양, 냉담한 모양.
【就(취)】 (나아)가다.
【蒲團(포단)】 (좌선 또는 佛事 때 깔고 앉는) 부들 방석, 이불.
【松端(송단)】 소나무 가지 끝.
【竟(경)】 결국, 끝내, 마침내.

  내 그림자 비치는 차가운 창, 서리 내린 밤 잠 못 이루고 소나무 대나무
아래서 배회한다.
  사방 둘러선 산엔 하얗게 부서지는 달빛, 얼어붙은 나뭇가지 위로 이슬
내려앉을 때 친구와 함께 李白의 〈靜夜思〉를 읊다 보니 문득 한기가 느
껴진다.
  찬바람이 침실로 들이치니 잠들지 못해 다시 부들 자리에 앉아 소나무
가지 끝에 걸린 달을 감상하고 차를 끓여 이야기의 흥을 돋우니, 이것이
정녕 밤의 즐거움이라!

[6-45] 雲晴霽靆, 石楚流滋. 狂飈忽捲, 珠雨淋漓. 黃昏孤燈
明滅, 山房淸曠, 意自悠然. 夜半松濤, 驚颶蕉園. 鳴琅籔坎之
聲, 疎密間發. 愁樂交集, 足寫幽懷.

【靉靆(애체)】구름이 자욱이 낀 모양, 구름이 해를 덮어 어두운 모양.
【楚(초)】선명하다.
【流滋(유자)】물의 흐름이 증가하다, 흐르는 물의 양이 늘어나다.
【狂飆(광표)】맹렬하게 부는 바람.
【捲(권)】말다, 휩쓸다.
【淋漓(임리)】(흠뻑 젖어) 뚝뚝 떨어지다, 줄줄 흐르다, 흥건하다. (말·글·원기 따위가) 힘차다, 통쾌하다, 왕성하다.
【明滅(명멸)】불이 켜졌다 꺼졌다 함, 가물거리다.
【悠然(우연)】성질이 침착하고 여유가 있다.
【夜半(야반)】밤중.
【蕉園(초원)】삼밭, 파초를 심은 정원.
【鳴琅(명랑)】소리를 내다, 소리가 나다.
【竅坎(관감)】틈, 구멍.
【交集(교집)】번갈아 모이다, 갈마들다.
【幽懷(유회)】마음 깊숙이 간직한 마음.

구름이 맑았다가 하늘을 잔뜩 덮으니 바위는 흠뻑 물기에 젖었고, 갑자기 거친 바람 휘몰아치니 이내 구슬 같은 비가 후드득 떨어진다.

황혼녘 외로운 등불 가물거리고, 깨끗하고 넓은 山房에선 마음이 저절로 여유로워지네.

한밤중 소나무에 파도 소리, 삼밭에 돌개바람이 이는데 모든 틈새에서 울리는 소리, 빽빽하고 성긴 사이에서 울리네. 근심과 즐거움이 갈마드니 깊은 속내 써낼 수 있겠네!

[6-46] 四林皆雪, 登眺時見, 絮起風中, 千峯堆玉, 鴉翻城角, 萬壑鋪銀. 無樹飄花, 片片繪子瞻之壁; 不妝散粉, 點點糝原憲之羹. 飛霰入林, 廻風折竹, 徘徊凝覽, 以發奇思. 畫冒雪出雲之勢, 呼松醪茗飲之景. 擁爐煨芋, 欣然一飽. 隨作雪景一幅, 以寄僧賞.

【登眺(등조)】 높은 곳에 올라 조망하다(바라보다).

【時見(시현)】 때맞춰 보여주는 경치, 당장에 드러나는 것들.

【絮(서)】 솜. 원래 봄날에 날리는 버들솜을 말하지만, 여기서는 눈꽃을 말한다.

【城角(성각)】 성의 모퉁이, 성의 모서리.

【千樹飄花(천수표화)】 수많은 나무에서 꽃이 날리다. 즉 하늘에서 눈이 내림을 형용한 말.

【子瞻之壁(자담지벽)】 西林壁을 말하는 듯. 子瞻(소식의 字) 蘇軾이 廬山을 여러 번 올라 西林寺의 담장에 시를 썼다는 이야기. 〈題西林壁〉이란 시가 있다.

【糝(삼)】 (가루를) 뿌리다, 섞다.

【原憲(원헌)】 春秋시대 宋나라 사람. 字는 子思로 孔子의 제자. 매우 가난했으나, 이를 감내하며 道를 닦았다.

【霰(산)】 싸라기눈.

【回風(회풍)】 회오리바람, 돌개바람.

【凝覽(응람)】 주목하다, 눈여겨보다, 뚫어지게 바라보다(=凝視).

【奇思(기사)】 기이한 생각, 기묘한 생각.

【松醪(송료)】 송진으로 만든 술.

【隨(수)】 따르다, 따라(서), …하는 김에.

【寄(기)】 부치다, 보내다, 맡기다, 기탁하다, 위탁하다, 기대다, 의탁하다.

　사방의 숲이 모두 눈으로 덮여, 높은 곳에 올라가 때맞춰 보여주는 경치를 바라보니 눈송이가 바람 속에 날리고, 수천 봉우리는 옥이 쌓인 듯하고, 갈까마귀가 성의 모퉁이에서 날고, 온갖 골짜기가 은색으로 깔렸다.

　수많은 나무에서 꽃이 날리듯 한 송이 한 송이 蘇軾이 썼던 西林寺의 壁을 꾸미고, 치장하기도 전에 흩어진 粉가루처럼 한알 한알 청빈한 原憲의 국에 뿌려진다.

　날리는 싸라기눈이 숲으로 들어가고, 회오리바람이 대나무를 부러뜨리는데, 배회하다가 응시하면 기묘한 구상이 떠오른다. 눈발을 뚫고 나오는 구름의 기세를 그리고, 송진술과 차 마시는 풍경을 노래한다네. 화로를 옆에 끼고 토란을 구워 기분 좋게 배불리 먹은 후 〈雪景〉 한 폭을 그려 스님에게 즐기시라 드렸다네.

[6-47] 孤帆落照中, 見靑山映帶. 征鴻迴渚, 爭棲競啄, 宿水鳴雲, 聲悽夜月. 秋颷蕭瑟, 聽之黯然. 遂使一夜西風, 寒生露白.

【映帶(영대)】 경치가 서로 어울리다, 서로 비추다.
【落照(낙조)】 낙조, 석양.
【征(정)】 먼 길을 가다.
【宿水鳴雲(숙수명운)】 물이 잠자듯 조용하여 구름 흐르는 소리가 들릴 것 같다. 아주 조용한 상황을 형용한 것.
【秋颷(추표)】 가을 바람.
【蕭瑟(소슬)】 쉬이쉬이(바람이 스산하게 부는 소리), 소슬하다, 적막하다, 스산하다.
【黯然(암연)】 어두운 모양, 슬프고 침울하다, 섭섭하다.

　　낙조 속의 외로운 돛단배 푸른 산과 잘 어울려 보이네. 먼 길 떠났던 기러기 모래섬으로 돌아와선 보금자리를 다투느라 서로 부리로 쪼는데, 구름 흐르는 소리가 들릴 정도로 물이 잠자는 듯 조용하여 기러기 그 소리에 저녁달이 서글프네.
　　가을 바람 쉬이쉬이, 그 소리 들으니 슬프고 침울해지네. 마침내 어느 날 밤 불어온 서풍에 추위가 일고, 이슬이 하얗게 내리네.

　　[6-48] 萬山深處, 一泓澗水, 四週削壁, 石磴巉巖, 叢木蓊鬱, 老猿穴其中. 古松屈曲, 高拂雲巓, 鶴來時棲其頂. 每晴初霜旦, 林寒澗肅, 高猿長嘯, 屬引淸風. 風聲鶴唳, 嘹嚦驚霜. 聞之令人悽絶.

【磴(등)】 돌층계, 디딤돌.
【巉巖(참암)】 몹시 가파르고 험한 모양.
【蓊鬱(옹울)】 초목이 무성한 모양.
【穴(혈)】 소굴, 동굴.

【拂(불)】 스치다, 닿다.
【雲巓(운전)】 구름 꼭대기, 구름끝.
【屬(촉)】 계속하다, 연속하다, 잇다, 연결하다.
【嘹嚦(요력)】 소리가 맑아 멀리까지 들리는 새의 울음소리. *제6장 제39에도 동일
한 구절이 보이는 것으로 보아 관형적 표현인 듯하다.

　첩첩산중 깊은 곳엔 산골물이 흐르고, 사방은 깎아지른 절벽, 돌층계
는 가파르며 험난하고, 빽빽한 나무들이 무성한데 늙은 원숭이가 그 굴
속에서 산다네.
　오래된 소나무는 구불구불 높이 솟구쳐 구름 끝까지 닿고, 학이 와서
때때로 소나무 꼭대기에 둥지를 튼다.
　맑게 개고서 처음 서리 내린 아침, 숲이 차가워지고 개울물 조용해질
때, 높은 곳에서 원숭이가 길게 울어 맑은 바람을 일으키네.
　바람 소리에 학이 우짖으니, 학 울음소리에 서리가 놀랐나 보다. 그 소
리를 들으면 너무 처량해져…….

　[6-49] 春雨初霽, 園林如洗. 開扉閑望, 見綠疇麥浪層層, 與
湖頭煙水相映帶. 一派蒼翠之色, 或從樹杪流來, 或自溪邊吐
出. 支筇散步, 覺數十年塵土肺腸, 俱爲洗淨.

【湖頭(호두)】 호수, 호수의 수면, 호숫가.
【支筇(지공)】 筇竹으로 만든 지팡이를 짚다. *支: 괴다, 받치다, 버티다. *筇: 四
川省 筇崍에서 나는 지팡이를 만들기에 적합한 대나무.
【洗淨(세정)】 깨끗이 씻다, 씻어내다.

　봄비가 막 개니 정원이 씻은 듯 말갛구나! 사립문 열고 한가로이 바라
보면 푸른 밭두둑에 보리 물결이 층층이 져서 호수의 안개와 어울린다.
한 줄기 짙푸른 빛은 나뭇가지 끝에서 흘러나오기도, 시냇가에서 뿜어져

나오기도…….

　筇竹으로 만든 지팡이 짚고 한가로이 걷다 보면 수십 년간 속세에 물든 폐와 장이 모두 깨끗하게 씻겨짐을 느낀다네.

[6-50] 四月有新筍, 新茶, 新寒豆, 新含桃, 綠陰一片, 黃鳥數聲. 乍晴乍雨, 不煖不寒, 坐間非雅非俗, 半醉半醒, 爾時如從鶴背飛下來耳.

【寒豆(한두)】 완두.
【含桃(함도)】 櫻桃의 별칭.
【黃鳥(황조)】 꾀꼬리.
【爾時(이시)】 그때, 그 당시.

　4월에는 햇죽순, 햇차, 햇완두콩, 햇앵두, 푸른 나무 그늘, 꾀꼬리 울음 몇 가닥이 있다.
　개었다 다시 비가 오니 덥지도 춥지도 않고, 그 속에 앉으면 고아하지도 속되지도 않고, 반쯤 취한 듯 반쯤 깬 듯……. 그럴 때면 마치 학의 등을 타고 내려오는 듯!

[6-51] 名從刻行, 源分渭畝之雲; 倦以據梧, 淸夢鬱林之石. 夕陽林際, 蕉葉墮而鹿眠; 點雪爐頭, 茶烟飄而鶴避.

【渭畝之雲(위무지운)】 《史記·食貨列傳》에 "齊魯에는 천 畝의 뽕밭·삼밭이 있고, 渭川에는 천 畝의 대나무가 있다(…) 이렇게 넓은 대나무밭을 가진 사람들이 천여 호나 있다[齊魯千畝桑麻, 渭川千畝竹 (…) 此其人皆與千戶等]." 나중에 '渭畝'나 '渭川千畝'는 대나무 숲이 무성함을 형용하는 말이 되었다. 본문에서는 아주 넓은 대나무 숲을 소유하여 유명해지거나, 대나무 숲이 주인에게 명성을 가져다 주었음을 말

한다.
【據(거)】 점거하다, 의지하다.
【林際(임제)】 숲의 경계, 숲이 끝나는 곳.
【避(피)】 피하다, 숨다.

　그 명성은 책을 편각함으로써 따라온 것이니, 원래는 구름처럼 드넓은 渭川의 대나무 숲에서 나뉘어진 것이다. 피곤할 때 오동나무에 기대어, 울창한 숲 속의 바위를 청아하게 꿈꾼다. 숲이 끝나는 곳에 석양이 지고, 파초잎이 떨어지는데 사슴은 잠을 자고, 화롯가엔 눈이 한 송이 한 송이 떨어지고, 차 끓이는 연기가 피오르는데 학은 피하고…….

　[6-52] 高堂客散, 虛戶風來. 門設不關, 簾釣欲下. 橫軒有狻猊之鼎, 隱几皆龍馬之文. 流覽霄端, 寓觀濠上.

【高堂(고당)】 높은 집, 훌륭한 집, 부모의 슬하.
【軒(헌)】 처마, 집, 수레.
【狻猊(산예)】 전설상의 맹수, 사자의 다른 이름.
【龍馬(용마)】 고대 전설에 나오는 龍의 머리를 하고 말의 몸뚱이를 한 神獸.
【流覽(유람)】 대강 훑어보다, 대강 둘러보다.
【霄端(소단)】 하늘가, 하늘 끝.
【寓觀(우관)】 눈여겨보다, 주목하다(=寓目).
【濠(호)】 安徽省에 있는 강.

　부잣집에 손님이 흩어지자 텅 빈 집엔 바람이 인다. 문에는 빗장을 걸지 않고, 주렴의 고리는 늘어지려 한다. 처마의 가로대는 狻猊를 새긴 鼎이고, 책상 덮개엔 온통 龍馬 문양. 하늘을 훑어보고는 濠水를 응시하네.

[6-53] 山經秋而轉澹, 秋入山而倍淸.

　산은 가을을 지나면서 소박해지고, 가을은 산으로 들어가 두 배로 맑
아진다네.

　[6-54] 山居有四法: 樹無行次, 石無位置, 屋無宏肆, 心無
機事.

【行次(행차)】 줄과 차례, 순서.
【肆(사)】 펴다, 진열하다, 넓히다.
【機事(기사)】 일을 꾀하다(도모하다), 속이는 일.

　산에 은거하는 데 네 가지 방법이 있다. 나무는 정해진 순서가 없게,
바위도 정해진 위치가 없도록, 집은 크거나 사치스러움이 없게, 마음에
는 꾀하는 일이 없게 하는 것!

　[6-55] 花有喜怒寤寐曉夕, 浴花者得其候, 乃爲膏雨. 淡雲薄
日, 夕陽佳月, 花之曉也; 狂號連雨, 烈燄濃寒, 花之夕也; 檀脣
烘日, 媚體藏風, 花之喜也; 暈酣神斂, 烟色迷離, 花之愁也; 欹
枝困檻, 如不勝風, 花之夢也; 嫣然流眄, 光華溢目, 花之醒也.

【曉夕(효석)】 아침과 저녁.
【膏雨(고우)】 단비.
【薄(박)】 접근하다, 가까워지다.
【狂號(광호)】 큰 소리로 외치다. 여기서는 큰 소리를 내며 부는 폭풍을 의미.
【烈燄(열염)】 맹렬한 불길, 뜨거운 불길.
【濃(농)】 (농도가) 진하다, 짙다, (정도가) 깊다, 강렬하다, 왕성하다.

【檀脣(단순)】향기나는 입술. 즉 꽃잎을 의미.

【烘(홍)】쬐다, 말리다, 덥게 하다, 부각시키다, 돋보이게 하다.

【暈(훈)】해나 달 주위를 두른 둥근 테 모양의 띠, 무리.

【酣(감)】한창 성하다, 절정이다, 한창이다.

【斂(렴)】거두다, 단속하다, 염하다, (수분이 발산하여) 굳다, 죄다, 수축하다.

【迷離(미리)】분명하지 않다, 흐릿하다.

【欹(의)】기울다, 기울어지다.

【困(곤)】고생하다, 시달리다, 얽매이다, 가두어 놓다, 포위하다.

【檻(함)】난간, 문지방, 금수나 죄인을 가두는 나무 우리.

【嫣然(언연)】생긋(방긋) 웃는 모양.

【流盼(유반)】눈을 돌려 보다, 눈짓을 하다, 추파를 던지다.

【光華(광화)】광채, 영광.

꽃에는 기쁨과 분노의 감정이 있고 잠을 자는 때, 깨어 있는 때, 그리고 아침과 저녁이라는 시간을 가지기도 한다.

꽃에 물을 주는 자가 그 시간을 알면 꽃에게는 단비가 된다.

엷은 구름, 희미한 해가 뜰 때, 해가 질 때, 아름다운 달이 떴을 때가 꽃에게는 아침이다.

폭풍이 불고 연일 비가 내리거나, 무더위와 매서운 추위는 꽃에게는 저녁이다.

향기로운 꽃잎을 햇살에 쬐거나, 요염한 자태를 바람에 숨기는 때는 꽃이 즐거워하는 때이고, 달무리가 아스라이 정신을 죄어 오고, 안개로 뒤덮여 흐릿할 때는 꽃이 근심하는 때이며, 기울어진 나뭇가지가 난간에 얽매여 바람에도 견디지 못할 것 같은 때는 꽃이 꿈꾸며 잠든 때이고, 생긋 웃으며 미소를 던져 광채가 눈에 넘쳐날 때는 꽃이 깨어 있는 때이다!

[6-56] 春山淡冶而如笑, 夏山蒼翠而如滴, 秋山明淨而如滴, 冬山慘淡而如睡. 海山微茫而隱見, 江山嚴厲而峭卓, 溪山窈窕

而幽深, 塞山童頹而堆阜. 桂林之山綿衍龐博, 江南之山峻峭巧
麗. 山之形色, 不同如此.

【淡冶(담야)】 엷게 치장하다.
【蒼翠(창취)】 검푸르다, 푸르고 싱싱하다.
【明淨(명정)】 밝고 깨끗함.
【慘淡(참담)】 몹시 어둠침침함, 괴롭고 슬픈 모양.
【微茫(미망)】 흐릿한 모양, 희미하고 아득하다.
【隱(은)】 희미하다, 어슴푸레하다, 분명하지 않다.
【嚴厲(엄려)】 호되다, 준엄하다, 매섭다.
【峭卓(초탁)】 가파르게 우뚝 서 있다, 험준하게 높이 솟아 있다.
【窈窕(요조)】 곱고 그윽하다.
【幽深(유심)】 깊숙하고 고요하다.
【童頹(동정)】 어린아이 뺨처럼 붉다.
【堆(퇴)】 쌓다, 쌓이다, (무더기, 더미 등을 나타내는) 양사.
【阜(부)】 언덕, 土山.
【綿衍(면연)】 길게 이어지다.
【龐博(방박)】 크고 넓다, 방대하다.
【峻峭(준초)】 산이 높고 험하다.
【巧麗(교려)】 아름답다, 수려하다, 아름답고 곱다.

봄 산은 방긋 미소짓듯 엷게 단장하고, 여름 산은 푸르른 싱싱함이 뚝
뚝 떨어져 내리듯, 가을 산은 화장한 듯 밝고 깨끗하고, 겨울 산은 잠에
빠져든 듯 우울하다.

바다 위의 산은 희미하게 아득하여 흐릿하게 보이고, 강변의 산은 가파
르게 우뚝 서 있고, 시냇가의 산은 깊숙하고 고요하고, 변경에 있는 산은
어린아이 뺨처럼 붉은 흙무더기 산이다.

桂林의 산은 길게 이어져 방대하고, 강남의 산은 높고 험하며 수려하
다. 산의 형태와 색채는 이처럼 제각각이란다!

[6-57] 杜門避影出山, 一事不到. 夢寐間春晝花蔭, 猿鶴飽臥. 亦五雲之餘蔭.

【出山(출산)】 깊은 산 속에서 수행을 하며 도를 깨우치던 사람이 다시 속세로 나오다, 나와서 관리가 되다, 벼슬길에 오르다.
【一事不到(일사부도)】 하나의 일도 처리하지 못하다, 하나의 일도 이루지 못하다.
【夢寐間(몽매간)】 꿈속에서, 자는 사이.
【五雲(오운)】 五色雲, 상서로운 구름. *여기서는 자연(경물, 혹은 자연 속에서의 삶)으로 풀었다.
【餘蔭(여음)】 조상의 공덕으로 받는 행복.

문을 닫아걸고 모습을 숨겼다가 다시 속세로 나오더라도 일을 하나도 처리하지 못하네.
꿈속에서는 봄낮 꽃그늘 아래서 원숭이·학과 더불어 배불리 먹고 편히 누워 지냈는데, 이 또한 오색구름 찬란한 대자연이 주는 행복이리라!

[6-58] 白雲徘徊, 終日不去; 岩泉一支, 潺湲齋中. 春之晝, 秋之夕, 旣淸且幽, 大得隱者之樂, 惟恐一日移去.

【徘徊(배회)】 왔다갔다하다, 주저하다, 망설이다.
【潺湲(잔원)】 물이 천천히 흐르는 모양, 눈물이 하염없이 흘러내리는 모양.
【齋(재)】 집, 방. 여기서는 사찰로 봄.
【旣(기)…且(차)】 …할 뿐만 아니라 또 …하다, …하며 (동시에) …하다.
【移去(이거)】 옮겨가다, 바뀌다.

흰 구름이 배회하며 종일토록 떠나지 못하고, 바위에서 흘러나온 샘물 한 줄기가 절 안으로 흘러든다.
봄 낮과 가을 저녁은 맑고도 그윽하여 은자의 즐거움을 크게 얻나니, 하룻밤 사이에 바뀌어 버릴까 걱정할 뿐!

[6-59] 與衲子輩坐林石上, 談因果, 說公案. 久之, 松際月來, 振衣而起, 踏樹影而歸, 此日便是虛度.

【衲子輩(납자배)】스님들. *衲子는 승려가 입는 옷, 전하여 승려. *輩: 무리.
【因果(인과)】원인과 결과, 인연과 인과응보.
【公案(공안)】사회에서 쟁점이 되고 있는 안건, 禪宗에서 제자에게 내어 근본을 캐들어가며 연구하게 하는 문제. *여기서는 '스님 행세'라는 뒷구절로 보아 禪問答으로 보았다.
【久之(구지)】시간이 조금 지남, 오랜 후.
【振衣(진의)】옷을 떨치다, 옷을 털다.
【便是(편시)】바로 …이다.
【虛度(허도)】거짓으로 승적에 들다. *度: 俗人이 僧籍에 들어감. *여기서는 승적에 오른 스님이 아니면서 승려와 어울리고, 불가적 문제를 논했다는 점에서 '반스님(혹은 스님 행세)'으로 풀이하였다.

스님들과 숲 속 바위 위에 앉아 인연이나 인과응보에 대해 이야기하기도 하고, 선문답을 하기도 한다.

한참 후 소나무 사이로 달 떠오르면 옷을 털고 일어나 나무 그림자를 밟으며 돌아오니, 이러한 날은 바로 스님 행세를 한 날이라네!

[6-60] 結廬人徑, 植杖山阿. 林壑地之所豐, 烟霞性之所適. 蔭丹桂, 藉白茅, 濁酒一杯, 淸琴數弄, 誠足樂也.

【人徑(인경)】사람이 다니는 길.
【山阿(산아)】산비탈, 산기슭. *阿(아): 언덕, 물가, 길모퉁이, 산기슭.
【植杖(식장)】지팡이를 세우다, 지팡이에 의지하다, 지팡이를 짚다.
【丹桂(단계)】박달목서의 꽃, 계피나무 일종.
【白茅(백모)】띠, 삘기.
【數弄(수롱)】몇 번 연주하다, 몇 차례 가지고 놀다.

【足(족)】족히 …할 만하다, …할 만한 가치가 있다.

　사람이 다니는 길가에 오두막을 짓고 지팡이 짚고서 산기슭에 오른다.
　숲과 골짜기는 땅이 풍성한 것이고, 안개와 노을은 본성에 어울리는 것
이라네. 丹桂나무 그늘 아래에 띠풀 깔고 탁주 한 사발에 맑은 거문고를
연주하네.
　정말로 즐거워라!

　[6-61] 輞水淪漣, 與月上下; 寒山遠火, 明滅林外. 深巷小犬,
吠聲如豹. 村虛夜舂, 復與疎鐘相間, 此時獨坐, 童僕靜默.

【輞水(망수)】輞川. 陝西省 藍田縣에 있는 강. 唐代 시인 王維가 이곳에 별장을 지
었다.
【淪漣(윤련)】잔물결.
【相間(상간)】서로 번갈다, 서로 갈마들다, 서로 뒤섞이다.
【靜默(정묵)】침묵하다, 묵도하다.

　輞川의 잔물결이 달과 함께 아래위로 찰랑찰랑, 겨울 산에 아득히 먼
불빛은 숲 밖으로 깜박깜박.
　깊은 골목에서 조그만 개가 짖는 소리 표범이 우는 듯 크게 들리고, 텅
빈 마을 저녁에 쌀 찧는 소리, 때때로 들리는 종소리와 뒤섞인다네.
　깊은 밤 홀로 앉아 있으니 어린 종도 침묵한다네.

　[6-62] 東風開柳眼, 黃鳥罵桃花.

【柳眼(유안)】버들눈, 버드나무 새싹.
【罵(매)】욕하다, 나무라다. ＊여기서는 봄이 왔으니 빨리 꽃을 피우라고 야단치고
채근한다는 뜻.

봄바람이 버들개지 싹을 틔우고, 꾀꼬리는 복사꽃을 꾸짖으며 채근하고……

[6-63] 晴雪長松, 開窗獨坐, 恍如身在冰壺; 斜陽芳草, 携杖閒吟, 信是人行圖畫.

【恍如(황여)】 마치 …인 것 같다.
【氷壺(빙호)】 얼음을 담는 옥으로 만든 병, 마음이 맑고 깨끗함을 비유.
【斜陽(사양)】 석양, 저녁 해.
【信(신)】 정말로, 확실히.
【圖畫(도화)】 그림.

눈이 갠 날 키 큰 소나무, 창문을 열어젖히고 홀로 앉으니 얼음 담는 맑은 玉병 속에 들어 있는 듯.
노을 속 푸른 풀숲, 지팡이 들고서 한가로이 읊조리니 정녕 '움직이는 그림'이로세!

[6-64] 小窓下修篁蕭瑟, 野鳥悲啼; 峭壁間醉墨淋漓, 山靈呵護.

【修篁(수황)】 脩竹, 긴 대, 키가 큰 대나무.
【蕭瑟(소슬)】 가을 바람이 쓸쓸하게 부는 모양.
【醉墨(취묵)】 흥에 겨워 쓴 글씨나 그림.
【淋漓(임리)】 흠뻑 젖어 뚝뚝 떨어지다, 줄줄 흐르다, 흥건하다, (말·글·원기 따위가) 힘차다, 통쾌하다, 왕성하다.
【呵護(가호)】 방해하는 (바깥) 사람을 꾸짖어 (안을) 지키다(=加護). *呵(가): 꾸짖다.

조그만 창 아래 키 큰 대나무에 가을 바람 처량히도 부는데 들새도 구
슬피 울부짖네.
　가파른 절벽 사이 흥에 겨워 그려놓은 그림처럼 물감이 뚝뚝 떨어지는 듯.
　산의 정령이 보호해 주시니!

[6-65] 霜林之紅樹, 秋水之白蘋.

【白蘋(백빈)】 시든 부평초.

　서리 내린 숲엔 붉게 변한 나뭇잎, 차게 변한 가을 물엔 시든 부평초.

[6-66] 雲收便悠然共遊, 雨滴便冷然俱淸; 鳥啼便欣然有會,
花落便灑然有得.

【雲收(운수)】 구름이 걷히다, 구름이 그치다.
【冷然(냉연)】 솜씨가 경쾌하고 교묘한 모양, 시원한 모양, 냉담한 모양.
【欣然(흔연)】 기뻐하는 모양, 흔쾌히.
【灑然(쇄연)】 놀라는 모양, 깨끗한 모양.

　구름이 걷히면 이내 유유자적 함께 유람하고, 비가 내리면 말갛게 모
든 것이 깨끗해지고, 새가 울면 흥에 겨워 느낌이 일고, 꽃이 지면 가슴
이 철렁하지만 깨닫는 바가 있다네!

[6-67] 千竿修竹, 週遭半畝方塘; 一片白雲, 遮蔽五株垂柳.

【週遭(주조)】 둘레, 사방, 주위, 바퀴(주위를 한 바퀴 도는 횟수를 나타냄). ＊여기서

는 동사로 풀이했다.
【遮避(차피)】막아서 숨기다, 덮어서 숨기다.

　수천 그루 키 큰 대나무가 반 畝 크기의 네모난 방죽을 둘러섰고, 하얀 구름 한 조각이 다섯 그루 수양버들을 가리네!

　[6-68] 山館秋深, 野鶴唳殘淸夜月 ; 江園春暮, 杜鵑啼斷落花風.

【館(관)】객사, 별관, 묵다.
【殘(잔)】해치다, 손상시키다, 흠이 있다, 불완전하다.
【斷(단)】자르다, 끊다, 단절하다.

　산중의 객사에 가을이 깊은데, 들판의 학이 구슬피 우니 저녁달 깨끗해지고, 봄날 저녁 강변 동산에 두견새 애끓게 우니 꽃이 바람에 떨어지네.

　[6-69] 靑山非僧不致, 綠水無舟更幽 ; 朱門有客方尊, 緇衣絶糧益韻.

【致(치)】이르다, 도달하다.
【朱門(주문)】붉은 칠을 한 대문, 지위 높은 벼슬아치의 집, 부귀한 집.
【緇衣(치의)】검게 물들인 스님의 옷.
【絶粮(절량)】단식하다.
【韻(운)】정치, 풍모, 풍격, 운치.

　靑山은 스님 외엔 찾아오는 사람 없고, 푸른 강물엔 배가 없어 더욱 고요하네.
　부귀한 집엔 손님이 있어야 존귀해지고, 스님은 단식해야 더욱 풍격이 있나니······.

[6-70] 杏花疎雨, 楊柳輕風, 興到欣然獨往; 村落烟橫, 沙灘月印, 歌殘倏爾言旋.

【杏花(행화)】 살구꽃.
【疎(소)】 드물다, 희박하다.
【沙灘(사탄)】 백사장, 모래톱.
【月印(월인)】 달이 자취를 남기다, 곧 달빛이 비치다.
【殘(잔)】 거의 끝나가다, 남다.
【倏(숙)】 매우 빠른 모양, 재빨리, 갑자기.
【言旋(언선)】 이에 돌아가다(言은 조사로 '이에' 라는 의미).

　살구꽃에 성근 빗방울, 수양버들에 가벼운 바람, 흥이 생기면 즐거워져 홀로 나서네.
　촌락에 안개 자욱하고 백사장엔 달빛 비치는데, 노랫가락 남았건만 이내 돌아서네.

[6-71] 賞花酣酒, 酒浮園菊片三盞; 睡醒問月, 月到庭梧第二枝. 此時此興, 亦復不淺.

【酣酒(감주)】 거나하게 술을 마시다, 술에 흠뻑 취하다.
【問月(문월)】 달을 찾다, 달에게 묻다.
【復(부)】 또, 다시.

　꽃을 감상하며 거나하게 술에 취해 정원의 국화 꽃잎 석 장을 술잔에 띄우네.
　잠에서 깨어 달을 찾으니, 달은 정원 오동나무 둘째 가지에 걸려 있네.

이 흥취 또한 그리 엷은 것은 아니리!

[6-72] 幾點飛鴉, 歸來綠樹; 一行征雁, 界破靑天.

【幾點(기점)】 몇 개, 몇 개의 점.
【一行(일행)】 하나의 행렬, 한 줄.
【征雁(정안)】 먼 길 떠나는 기러기.
【界(계)】 경계를 정하다, 구분하다, 구획하다.
【靑天(청천)】 푸른 하늘.

　몇 개의 점처럼 날던 까마귀 푸른 나무로 돌아오고, 먼 길 떠나는 기러기 행렬 푸른 하늘을 가르네!

[6-73] 看山雨後, 霽色一新, 便覺靑山倍秀; 玩月江中, 波光千頃, 頓令明月增輝.

【霽色(제색)】 맑게 갠 하늘색.
【一新(일신)】 이때의 '一'은 온통, 모두, 전부의 의미로 쓰인다.

　비 온 뒤에 산을 보면 맑게 갠 하늘색이 온통 새로워 청산이 곱절이나 아름답게 느껴지고, 강 한가운데서 달을 감상하면 달빛어린 물결 수천 이랑이 일어, 순간 밝은 달빛 더욱 찬란해지네!

[6-74] 樓臺落日, 山川出雲.

　樓臺에서 해가 지고, 山川에서 구름이 나오고…….

[6-75] 玉樹之長廊半陰, 金陵之倒景猶赤.

【玉樹(옥수)】홰나무의 별칭, 재주가 뛰어난 사람.
【長廊(장랑)】긴 복도.
【金陵(금릉)】南京의 옛 이름.
【倒景(도경)】거꾸로 비친 경치.

　홰나무 그늘진 궁전의 긴 복도는 한낮에 그늘로 가리우고, 호수 위에 비치는 南京의 경치는 석양에 더욱 붉고…….

[6-76] 小牕偃臥, 月影到床, 或逗遛於梧桐, 或搖亂於楊柳, 翠華撲被, 神骨俱仙. 及從竹裏流來, 如自蒼雲吐出.

【偃臥(언와)】드러눕다.
【逗留(두류)】머물다, 체류하다.
【搖亂(요란)】어지럽게 흔들리다.
【翠華(취화)】옛날 천자가 출행할 때 쓰던 물총새의 깃으로 장식한 旗. 여기서는 字意대로 해석하였다.
【撲(박)】달려들다, 돌진하다, 덮쳐오다, 스치다, (향기 등이) 찌르다, 진동하다.
【被(피)】이불, 이부자리.
【仙(선)】신선, 몸이 가벼워 날 듯한 모양.
【蒼雲(창운)】푸른 구름.

　조그만 창문 아래에 누우니 달그림자가 침상으로 비치는데, 오동나무에 머물렀다가 수양버들을 살랑살랑 흔들었다가…….
　비취처럼 푸른 광채가 이부자리로 다가오니, 몸과 마음이 날아갈 듯 가벼워진다.
　대나무 숲에서 흘러나올 때면 푸른 구름 속에서 뿜어져 나오는 듯하기도 하고…….

[6-77] 淸送素蛾之環珮, 逸移幽士之羽裳, 相思足慰於故人,
淸嘯自紆於良夜.

【素蛾(소아)】 嫦娥〔달〕, 미인.
【環佩(환패)】 장신구.
【幽士(유사)】 隱士.
【羽裳(우상)】 깃털로 만든 옷.
【逸(일)】 신속하다.
【移(이)】 이동하다, 옮기다, 변하다, 고치다.
【故人(고인)】 옛 친구, 죽은 사람.
【紆(우)】 구불구불하다, 감돌다, 맴돌다, 마음이 울적하다.
【良夜(양야)】 좋은 밤, 깊은 밤.

멋지게 꾸미던 장신구를 모조리 보내 버리고, 깃털로 만든 隱士의 옷으
로 재빨리 갈아입는다.
그리움은 친구에게서 위로받을 수 있나니, 맑게 읊조리는 소리 깊은 밤
에 저절로 감돈다네.

[6-78] 繪雪者不能繪其淸, 繪月者不能繪其明, 繪花者不能
繪其香, 繪風者不能繪其聲, 繪人者不能繪其情.

흰 눈을 그려도 눈의 깨끗함을 그릴 수 없고, 달을 그려도 달의 밝음을
그릴 수 없고, 꽃을 그려도 꽃의 향기를 그릴 수 없고, 바람을 그려도 바
람 소리를 그릴 수 없고, 사람을 그려도 그 마음을 그릴 수 없구나!

[6-79] 讀書宜樓, 其快有五: 無剝啄之驚, 一快也; 可遠眺,
二快也; 無濕氣浸床, 三快也; 木末竹顚, 與鳥交語, 四快也; 雲

霞宿高簷, 五快也.

【剝啄(박탁)】 똑똑, 딱딱(문을 가볍게 두드리는 소리).

　독서하기에는 樓臺가 적당한데, 그 즐거움에는 다섯 가지가 있다.
　손님이 찾아와 문을 똑똑 두드려서 놀라게 하는 경우가 없으니 첫번째 즐거움이고, 멀리까지 바라볼 수 있는 것이 두번째 즐거움이요, 습기가 침상으로 배어들지 않으니 세번째 즐거움이며, 나무 끝이나 대나무 꼭대기 높이에서 새와 말을 주고받을 수 있으니 네번째 즐거움이고, 구름과 노을이 높은 처마에 머무니 다섯번째 즐거움이라!

　[6-80] 山徑有深, 十里長松引路, 不倩金張; 俗態糾纏, 一篇殘卷療人, 何須盧扁.

【引路(인로)】 길을 인도하다.
【倩(청 · 천)】 부탁하다, 의뢰하다, 아름답다, 곱다, 예쁘다.
【金張(금장)】 漢나라 宣帝 때 榮華를 누린 金日磾와 張安世의 집안, 전하여 권력이 있는 귀족.
【俗態(속태)】 세속의 티, 속된 자태.
【糾纏(규전)】 얽히다, 뒤엉키다, 분쟁을 일으키다.
【一編殘卷(일편잔권)】 잃어버리고 남은 한 권의 책, (많이 읽어) 너덜너덜 손상된 (헌)책.
【何須(하수)】 구태여 …할 필요가 있는가?(=何必). …할 필요가 없다.
【盧扁(노편)】 옛날 盧 지방에 살았던 이름난 의사인 편작(扁鵲).

　산길이 깊어도 십 리 길에 늘어선 長松이 길을 인도해 주니 권력자에게 부탁할 필요 없고, 속세의 분쟁은 낡은 책 한 권이 치료해 줄 수 있나니 굳이 扁鵲 같은 名醫가 필요하리?

[6-81] 喜方外之浩蕩, 歎人間之窘束; 逢閬苑之逸客, 値蓬萊之故人. 忽據梧而策杖, 亦披裘而負薪; 出芝田而計畝, 入桃源而問津. 菊花兩岸, 松聲一邱. 葉動猿來, 花驚鳥去. 閱邱壑之新趣, 縱江湖之舊心.

【方外(방외)】 세상 밖, 속세를 떠난 곳.
【窘束(군속)】 궁색한 구속, 난처한 속박.
【閬苑(낭원)】 仙境.
【逸客(일객)】 뛰어난 손님(나그네), 신선.
【値(치)】 …를 만나다, …한 가치에 상당하다.
【蓬萊(봉래)】 蓬萊山. 전설 속 신선이 산다는 東海 가운데 있는 산.
【故人(고인)】 오랜 친구, 옛 친구, 죽은 사람.
【策杖(책장)】 지팡이를 짚다.
【披裘(피구)】 갖옷을 입다 * 裘: 가죽옷, 전하여 겨울옷.
【芝田(지전)】 전설 속에 仙人이 영지를 재배하던 곳.
【桃源(도원)】 별천지, 仙境.
【舊心(구심)】 오래전부터 가진 마음.

속세를 떠난 세계의 호탕함이 좋았고, 속세의 답답한 속박을 한탄했기에 仙境의 멋진 나그네를 만나고, 蓬萊山의 신선 같은 옛 친구를 만나고 싶었다.

문득 오동나무로 지팡이를 만들어 짚고서 은사들이 입는 가죽옷을 입고 땔감을 짊어진다. 영지 밭으로 나서서 밭이랑을 계산하고, 桃源으로 들어가 나루터를 묻는다.

양쪽 기슭엔 국화꽃, 온 산에 솔바람 소리, 원숭이가 오니 나뭇잎 팔랑이고, 새가 날아가니 꽃잎이 후드득!

언덕과 골짜기의 새로운 운치를 구경하고, 속세 떠난 대자연[江湖]에 품어온 마음을 거침없이 행하리라!

[6-82] 籬邊杖履送僧, 花鬚列於巾角; 石上壺觴坐客, 松子落我衣裾.

【花鬚(화수)】 꽃술.
【巾角(건각)】 즉 角巾, 處士나 隱者가 쓰던 두건.
【壺觴(호상)】 술단지(술주전자)와 술잔.
【坐客(좌객)】 손님, 좌석에 앉아 있는 손님.
【松子(송자)】 잣, 솔방울.

　울타리 곁에서 지팡이 짚고 신발을 신고 스님을 전송하는데 꽃술이 두건 위로 똑똑!
　바위 위에 술병과 술잔을 펼치고 손님과 앉았는데 솔방울이 옷자락 위로 투두둑!

　[6-83] 遠山宜秋, 近山宜春, 高山宜雪, 平山宜月.

【宜(의)】 적합하다, 어울리다, 제격이다.

　먼 산은 가을이 제격이고, 가까운 산은 봄이 제격이며, 높은 산은 눈이 제격이요, 낮은 산은 달이 제격이라!

　[6-84] 珠簾蔽月, 翻窺窈窕之花; 綺幔藏雲, 恐礙扶疎之柳.

【翻(번)】 뒤집다, 뒤지다, 헤집다.
【窈窕之花(요조지화)】 예쁜 꽃, 아름다운 꽃.
【綺幔(기만)】 비단 휘장.
【扶疎(부소)】 가지와 잎이 무성하다.

주렴이 달을 가리니 주렴 들어올려 고운 꽃을 살짝 보고, 비단 휘장이
구름을 감추니 무성한 버드나무를 가릴까 걱정일세!

[6-85] 松子爲餐, 蒲根可腹.

【松籽(송자)】 솔씨, 솔방울, 잣.
【蒲根(포근)】 부들 뿌리.

잣을 밥으로 삼고, 부들 뿌리도 먹을 만하고……

[6-86] 煙霞潤色, 荃夷結芳, 出礀幽而泉冽, 入山戶而松凉.

【潤色(윤색)】 윤을 내어 꾸미다, 매만져 곱게 하다.
【荃(전)】 향기로운 풀.
【夷(이)】 베다, 깎다(=荑).
【結芳(결방)】 향기를 맺다, 향기를 품다.
【山戶(산호)】 산 속의 집, 화전을 일구어 살아가는 사람의 집.

안개와 노을은 고운 빛깔! 향기로운 풀을 깎으니 향기가 맺히고,
깊은 산골물 솟아나니 샘물이 차고, 산 속 집으로 들어가니 소나무가
서늘하고……

[6-87] 旭日始煖, 蕙草可織; 園桃紅點, 流水碧色.

【旭日(욱일)】 막 솟아오른 태양.
【蕙草(혜초)】 좋은 향기가 나는 난에 속하는 풀.

태양이 솟아올라 따스해지니 향기로운 풀로 옷을 짤 수도 있다네. 정원
의 복사꽃은 붉은색, 흐르는 물은 푸른빛!

[6-88] 玩飛化之度窗, 看春風之入柳, 命麗人於玉席, 陳寶器
於紈羅.

【玩(완)】 장난하다, 심심풀이를 함. 여기서는 玩賞(취미로 구경함)한다는 뜻.
【飛化(비화)】 날아가는 것, 즉 봄철 버들개지나 날아다니는 씨앗 등.
【麗人(여인)】 미인.
【玉席(옥석)】 옥으로 만든 자리, 화려한 자리, 고운 자리.
【寶器(보기)】 보물.
【紈羅(환라)】 흰 비단. *보물과 흰 비단은 모두 미인의 마음을 사기 위해 주는 선물.

버들개지 창문으로 날아 들어오는 것을 감상하나니, 봄바람이 버드나
무 숲으로 들어가는 것을 바라보네. 아름다운 자리에 미인을 앉히고, 흰
비단에 보물을 늘어놓네.

[6-89] 忽翔飛而暫隱, 時凌空而更颺; 竹倚窗而庭影, 蘭因風
而送香.

【凌空(능공)】 창공(하늘)을 능멸하다(업신여기다). *높이 솟아올라 아래 있는 것을
깔보다.

갑자기 날아올랐다가 잠시 숨었다가, 때론 하늘 높이 올라 더욱 휘날리
기도 하네.
대나무는 창에 기대어 뜰에 그림자를 드리우고, 난초는 바람에 향기를
실어보내고…….

[6-90] 風暫下而將飄, 烟纏高而不暝.

바람이 잠시 지상으로 깔렸다가 다시 위로 불어오르려 하고, 안개가 막
떠오르니 더 이상 어둠이 주위를 뒤덮지 않겠지.

[6-91] 悠揚綠柳, 訝合浦之同歸; 繚繞靑霄, 環五星之一氣.

【悠揚(유양)】 멀고 아득하다, 은은하다, 바람이 산들거리는 모양.
【合浦(합포)】 廣西省의 合浦. 合浦에서 진주가 많이 생산되어 '合浦가 구슬을 돌
려준다〔合浦還珠〕'라는 고사가 생겨났다. 이것은 사람이 떠났다가 다시 돌아오거
나, 사물이 옛 주인에게로 돌아간다는 뜻.
【訝(아)】 맞이하다, 놀라다.
【繚繞(요요)】 빙빙 돌며 올라가다, 맴돌다, 둘러싸다, 긴 소매가 펄럭이는 모양.
【靑霄(청소)】 푸른 하늘, 높은 하늘.
【五星(오성)】 火·水·木·金·土의 커다란 다섯 개 행성. *먼 길 떠났던 임이 돌
아오니 하늘까지도 상서롭게 보인다는 의미.

산들거리는 푸른 버드나무는 멀리 떠났다가 함께 돌아오는 이들을 맞
이하네. 푸른 하늘은 상서로운 五星의 기운을 둘러싸고.

[6-92] 縟繡起於緹紡, 煙霞生於灌莽.

【縟繡(욕소)】 복잡하고 화려하게 놓은 繡.
【緹紡(제방)】 붉은 비단의 실을 뽑다.
【灌莽(관망)】 무성하게 우거진 잡초, 잡목이 무성한 숲.

화려한 문양도 붉은 비단실 한 가닥 자아내는 것에서 시작되고, 안개
와 노을은 잡목 무성한 숲에서 생겨나네.

卷七·韻

[7-0] 人生斯世, 不能讀盡天下秘書靈笈. 有目而眛, 有口而瘂, 有耳而聾, 而面上三斗俗塵, 何時掃去? 則韻之一字, 其世人對症之藥乎! 雖然, 今世且有焚香啜茗, 淸涼在口, 塵俗在心, 儼然自附於韻, 亦何異三家村老嫗, 動口念阿彌, 便云昇天成佛也! 集韻第七.

【秘書靈笈(비서령급)】 쉽게 구할 수 없는 진귀한 책. * 笈: 책상자.
【何時(하시)】 언제.
【對症(대증)】 병의 증세에 맞추다.
【儼然(엄연)】 근엄한 모양, 마치, 흡사 …과 같다.
【附(부)】 친해짐, 하나가 됨, 좇아서 따름.
【三家村(삼가촌)】 인구가 매우 적은 외진 시골.
【老 嫗(노구)】 노파.
【阿彌(아미)】 즉 阿彌陀(Amitāyus Buddha): 산스크리트의 아미타유스(무한한 수명을 가진 것) 또는 아미타브하(무한한 광명을 가진 것)라는 말에서 온 것. 대승불교에서, 서방정토(西方淨土) 극락 세계에 머물면서 법(法)을 설한다는 부처. 〈淨土三部經〉에서 이르기를, 阿彌陀佛은 과거에 법장(法藏)이라는 菩薩로 자신이 세운 서원(誓願)으로 하여 무수한 중생들을 제도하였다. 이 願은 모두 48願인데, 열여덟번째의 念佛往生願은 "佛國土에 태어나려는 자는 지극한 마음으로 내 이름을 외우면 往生하게 될 것"이라고 하여, 중생들에게 염불(念佛)을 통한 정토왕생의 길을 제시해 주고 있다.
【昇天成佛(승천성불)】 하늘에 올라 부처가 되다. * 昇天: 하늘에 오르다, 하늘에 올라 신선이 되다, 죽다.

　사람이 이 세상에 사는 동안 천하의 진귀한 책들을 모두 읽을 수는 없는 법이다.

　눈이 있으나 세상사를 모두 간파할 수 없어 어리석고, 입이 있으나 마음속의 말들을 모두 말할 수가 없어 더듬거리고, 귀가 있으나 모두 들을 수 없어 어둡지만, 얼굴에 속세의 티끌이 서 말이나 있다면 언제라도 털어내야 하지 않을까? 그런즉 '韻'이란 글자가 세상 사람이 가진 병의 증세에 맞는 약이리라!

요즘 세간에서는 향을 사르고 좋은 차를 마시기에 입 속에는 청량함이 있지만 마음속에는 세속의 때가 남아 있다. 그러면서도 근엄한 모습으로 자기가 韻(운치)을 따른다고 하는데, 이는 궁벽한 시골 노파가 중얼중얼 아미타불을 외우고서는 곧 하늘로 올라가 부처가 된다고 말하는 것과 무엇이 다른가?

韻에 관한 문장을 모아서 第7로 삼았다.

[7-1] 陳慥家蓄數姬, 每日晩藏花一枝, 使諸姬射覆, 中者留宿, 時號花媒.

【陳慥(진조)】宋나라 때 사람으로 字가 季常. 蘇軾과 친구.
【蓄(축)】첩이나 하인을 집에 두다.
【射覆(석부)】가린 것을 알아맞히다, 숨긴 것을 알아맞히다. *射(석): (은폐한 것을) 알아맞히다. *覆(부): 덮다, 가리다.
【中者(중자)】맞힌 사람.
【花媒(화매)】꽃이 중매하다, 꽃의 중매.

陳慥는 집에 첩을 여럿 두었는데, 매일 저녁 꽃가지 하나를 숨기고 첩들에게 숨긴 꽃을 알아맞히게 하여 맞힌 사람과 잠을 잤단다. 당시 사람들은 이를 '꽃중매[花媒]'라고 불렀단다.

[7-2] 閉門閱佛書, 開門接佳客, 出門尋山水.

문을 닫아걸면 佛書를 읽고, 문을 열면 좋은 손님을 맞이하고, 문을 나서면 산수를 찾아다니고……

[7-3] 雪後尋梅, 霜前訪菊; 雨際護蘭, 風外聽竹.

【訪(방)】 찾다, 조사하다, 방문하다.
【際(제)】 때, 시기, 즈음.
【外(외)】 밖, 바깥, …외에, …밖에.

눈 온 뒤에는 매화를 찾아가고, 서리가 오기 전에는 국화를 찾는다.
장마철에는 蘭을 보호하고, 바람 불 때면 밖으로 나가 대나무 소리를 듣는다.

[7-4] 淸齋幽閉, 時時暮雨打梨花; 泠句忽來, 字字秋風吹木葉.

【淸齋(청재)】 깨끗한 집(방), 마음을 깨끗이 하고 齋戒함.
【幽閉(유폐)】 가두다, 감금하다.
【泠句(냉구)】 보기 드문 구절. *泠(랭): 맑다, 깨끗하다.

깨끗한 방에 문 닫아걸고 깊숙이 들어앉으면 때때로 저녁 비가 배꽃을 두드린다. 맑은 구절이 갑자기 떠오르니 글자마다 가을 바람 나뭇잎을 불어대는 듯…….

[7-5] 山上須泉, 徑中須竹, 讀史不可無酒, 談禪不可無美人.

*이 항목은 만명시대 문인들이 추구하던 운치를 잘 보여준다. 즉 역사책을 읽을 때는 냉철한 정신과 이성으로 판단해야 하므로 언뜻 생각하면 술은 피해야 할 것이다. 그러나 이런 것을 극복해야 냉정한 시각으로 역사를 바라볼 수 있다는 의미일 것이다. 禪을 논할 때 미인이 있어야 한다는 말 역시 마찬가지일 것이다. 聲色을 뛰어넘어야 자신의 마음을 진정시킬 수 있는 禪定에 들 수 있다는 의미이다. 실제 만명시기의 문인들은 모임에서 談禪할 때 미인을 옆에 두고 술을 마시는 경우가 많았다.

산 위에는 샘이 있어야 하고, 오솔길에는 대나무가 있어야 하며, 역사책을 읽을 때는 술이 없어서는 안 되고, 禪을 담론할 때는 美人이 없어서는 안 된다.

[7-6] 多方分別, 是非之竇易開; 一味圓融, 人我之見不立.

【是非之竇(시비지두)】 是非의 구멍.
【一味(일미)】 줄곧, 오로지, 그저, 단순히.
【圓融(원융)】 원만하게 융합하다.

여러 방면으로 갈라지는 곳에서는 '시비의 문'이 쉽게 열리고, 하나로 융합되는 곳에서는 다른 사람과 나의 의견이 대립하지 않는다.

[7-7] 春雲宜山, 夏雲宜樹, 秋雲宜水, 冬雲宜野.

【宜(의)】 적당하다, 제격이다, 어울리다.

봄 구름은 산이 제격이고, 여름 구름은 나무가 제격이며, 가을 구름은 물이 어울리고, 겨울 구름은 들판에 어울린다.

[7-8] 淸疎暢快, 月色最稱風光; 瀟灑風流, 花情如何柳態?

【淸疎(청소)】 시원하게 트이다, 맑고 심원함.
【暢快(창쾌)】 후련하다, 통쾌하다, 기분이 좋다.
【風光(풍광)】 풍경, 경치.
【瀟灑(소쇄)】 소탈하다, 멋스럽다.

【花情柳態(화정류태)】꽃의 마음과 버드나무의 자태.
【如何(여하)】어찌 …만 하겠는가?, 어떠한가?

　맑고도 심원한 것으로는 달빛이 최고의 경치라 할 만하다.
　소탈하고 풍류스러운 멋으로 꽃의 마음이나 버드나무의 자태는 또 어떻까?

　[7-9] 春夜小窓兀坐, 月上木蘭有骨, 凌冰懷人如玉. 因想雪滿山中高士臥, 月明林下美人來語, 此際光景頗似.

【兀坐(올좌)】똑바로 앉다, 꼿꼿이 앉다.　＊兀(올): 우뚝하다.
【木蘭(목란)】목련, 개나리.
【有骨(유골)】뼈(골격)가 있다, 기개(기골)가 있다.
【凌冰(능빙)】얼음을 능가하다, 얼음보다 더 차다.
【懷人(회인)】사모하다, 그리워하다.
　＊인용된 구절은 未詳. 高士가 흰 눈 내린 산 속에 누워 있는데, 밝은 달빛이 중매쟁이처럼 깊은 산 속에 '얼음보다 차갑고 옥처럼 고결한' 인품을 지닌 高士가 있다고 미인에게 알려준다는 뜻.

　봄밤에 조그만 창문 아래에 꼿꼿이 앉아서 보면 달빛에 비친 목련은 기개가 있어 보인다. 얼음보다 차가우면서도 옥처럼 고결한 사람을 그리워하는 듯……. 그래서 "흰 눈 가득한 산 속에 高士가 누웠는데, 밝은 달빛은 수풀 아래 미인에게로 다가가 말을 건넨다"는 장면이 떠오른다. 지금 풍경이 그와 비슷하기에…….

　[7-10] 文房供具, 借以快目適玩. 鋪疊如市, 頗損雅趣. 其點綴之注, 羅羅淸疏, 方能得致.

【文房(문방)】 서재.

【點綴(점철)】 장식하다, 단장하다, 돋보이게 하다, 구색을 맞추다, 숫자를 채우다.

【注(주)】 집중하다, 주의하다.

【羅羅(나라)】 깨끗한 모양, 산뜻한 모양, 또렷또렷한 모양. ＊여기서는 '늘어놓다'
는 뜻을 그대로 새겼다.

【淸疏(청소)】 깨끗하게 트이다, 맑고 심원하다.

　　서재에 진열된 문방구들은 눈을 즐겁게 하여 감상하기에 적당하다. 그
런데 시장바닥처럼 쌓아 놓으면 고아한 흥취를 손상시킨다. 장식할 때 깔
끔하고 여유 있게 간격을 두어야 운치를 얻을 수 있음에 주의하라!

　　[7-11] 香令人幽, 酒令人遠, 茶令人爽, 琴令人寂, 棋令人
閒, 劍令人俠, 杖令人輕, 塵令人雅, 月令人淸, 竹令人冷, 花令
人韻, 石令人雋, 雪令人曠, 僧令人談, 蒲團令人野, 美人令人
憐, 山水令人奇, 書史令人博, 金石鼎彝令人古.

【令人(영인)…】 (사람을) …하게 하다, … 하게 해주다, …하게 만들다.

【遠(원)】 멀다, 크다.

【俠(협)】 협객, 의협심이 있는 행동.

【塵(주)】 먼지떨이. ＊속세의 때를 털어내 준다는 상징적 의미를 담고 있다.

【雋(준)】 살지고 기름지다, 영특하다.

【談(담)】 말하다, 이야기하다, 淸談하다.

【野(야)】 야생의, 무례하다, 버릇없다, 방자하다, 자유분방하다, 촌스럽다, 질박하다.

　　향은 사람을 그윽하게 하고, 술은 사람을 원대하게 하고, 차는 상쾌하게
해주고, 거문고는 고즈넉하게 하고, 바둑은 한가롭게 해주고, 劍은 의협
적으로 만들어 주고, 지팡이는 몸을 가볍게 해주고, 먼지떨이는 고아하게
해주고, 달은 사람을 맑게 해주고, 대나무는 사람을 냉철하게 해주고, 꽃
은 사람을 낭만적으로 만들고, 바위는 사람을 듬직하게 해주고, 눈은 환

하게 해주고, 스님은 문제를 생각하고 토론하게 해주고, 부들 방석은 사람
을 질박하게 해주고, 미녀는 사랑하게 만들고, 산과 강은 독특하게 해주고,
書史는 사람을 박식하게 해주고, 金石鼎彝는 사람을 고풍스럽게 한다.

[7-12] 吾齋之中, 不尙虛禮. 凡入此齋, 均爲知己. 隨分款留,
忘形笑語. 不言是非, 不侈榮利. 閒談古今, 靜玩山水. 淸茶好
酒, 以適幽趣. 臭味之交, 如斯而已.

【尙(상)】 중시하다, 숭상하다, 존중하다.
【虛禮(허례)】 겉으로만 꾸미고 성의가 없는 예의.
【隨分(수분)】 본분을 따르다, 본분에 상응하게 하다, 분수에 맞게 하다.
【款留(관류)】 손님을 진실한 마음으로 머무르게 하다, 손님을 성심껏 만류하다.
【忘形(망형)】 자기의 체면을 잊어버리다, 형식에 구애되지 않다, 허물없다.
【笑語(소어)】 우스갯소리.
【侈(치)】 거만하다, 뽐내다, 펼치다, 사치하다.
【靜玩(정완)】 조용히 감상하다.
【臭味之交(취미지교)】 배짱이 맞는 교제, 의기투합한 교제. *臭味(취미): 同類, 趣味.
【如斯而已(여사이이)】 이와 같을 뿐이다, 이와 같을 따름이다(=如此而已).

  나의 집에서는 헛된 예절을 중시하지 않는다.
  내 집에 들어오면 모두 절친한 친구가 된다. 분수에 맞게 손님을 머무
르게 하고, 허물없이 우스갯소리를 주고받으며, 是非에 대해선 말하지 않
고, 영예와 이익에 대해선 뽐내지 않는다. 세상의 변화에 대해 편안히 이
야기 나누고, 山水를 조용히 감상하고, 맑은 차와 좋은 술로써 그윽한 정
취를 따른다.
  의기투합하는 사귐이란 오로지 이런 것!

[7-13] 窓宜竹雨聲, 亭宜松風聲, 几宜洗硯聲, 榻宜翻書聲.
月宜琴聲, 雪宜茶聲, 春宜箏聲, 秋宜笛聲, 夜宜砧聲.

【洗硯(세연)】 벼루를 씻다, 벼루를 닦다.
【榻(탑)】 긴의자, 침대.
【砧(침)】 다듬잇돌.

창문은 댓잎 위로 빗방울 떨어지는 소리와 어울리고, 亭子는 솔바람 소
리가 어울리고, 낮은 책상은 벼루 닦는 소리와 어울리고, 긴 책상은 책 넘
기는 소리가 어울린다.
달은 거문고 소리와 어울리고, 흰 눈은 차 끓이는 소리와 어울리고, 봄
은 아쟁 소리가 어울리고, 가을은 피리 소리가 어울리며, 밤은 다듬잇돌
소리와 어울린다.

[7-14] 花飛噴酒液, 葉脫寫詩情.

【酒液(주액)】 술.
【脫(탈)】 벗다, 벗어나다, 떨어지다.
【詩情(시정)】 시를 짓고자 하는 마음, 시를 짓는 흥미.

꽃잎 휘날릴 땐 술을 뿜어대고, 낙엽이 질 때면 詩情을 써내고…….

[7-15] 片心自憐, 形影相爲管鮑, 孤懷獨朗, 齒牙不用金張.

【片心(편심)】 조각난 마음, 한 조각 마음. *片: 조각(나무를 두 조각으로 나눈 오른
쪽 조각).
【形影(형영)】 형체와 그림자.

【管鮑(관포)】 즉 管鮑之交(管仲과 鮑叔牙가 절친했던 이야기).
【孤懷(고회)】 고독한 회포, 외롭고 쓸쓸한 생각.
【朗(랑)】 밝다, 환하고 맑음.
【齒牙(치아)】 이와 어금니, 여기서는 齒牙餘論(치아에서 새어나오는 몇 마디 말 →
남을 찬양 고무하는 말)의 의미. 즉 직역하자면 "내 이〔齒〕가 권력자를 언급할 필요
도 없으리라."
【金張(김장)】 漢나라 宣帝 때 榮華를 누린 金日磾와 張安世의 집안, 전하여 권문
세가.

　　한 조각 작은 마음이라도 내 자신이 어여삐 여기면 형체와 그림자가 관
중과 포숙아처럼 절친하게 되고, 외롭고 쓸쓸한 생각도 스스로 밝게 가지
면 金씨나 張씨 같은 권력자의 도움말이 필요없게 된다네.

[7-16] 曲水同瀅廻, 俊石並洞遠.

【曲水(곡수)】 굽이굽이 흐르는 물.
【瀅廻(영회)】 물이 돌아 흐르다, 물이 소용돌이치다.

　　굽이쳐 흐르는 물은 소용돌이치는 것 같고, 빼어난 바위는 깊고 그윽
하네!

[7-17] 水綠山靑, 忽聽欸乃數聲, 和驚鴻喳嚦, 漁笛欷歔, 令人有瀟湘巫峽之想.

【欸乃(애내)】 뱃노래, 혹은 노 젓는 소리.
【喳嚦(사마)】 속삭이다, 짹 하는 소리.
【漁笛(어적)】 어부가 부는 피리, 어촌에서 들리는 피리 소리.
【欷歔(희허)】 한숨을 쉼, 또 흐느껴 욺.

【瀟湘巫山之想(소상무산지상)】瀟水·湘水와 巫山에 대한 생각, 즉 산수에 대한 생각, 혹은 瀟湘(湖南省 洞庭湖 남쪽)와 巫山(四川省 夔州府 巫山縣)은 長江에 임해 있는 서로 가까운 지역으로, 동정호를 중심으로 한 이 지역에 대한 생각.

　파란 강물, 푸른 산, 문득 노 젓는 소리 몇 가락 들려와 놀란 기러기와 속삭인다.
　흐느끼는 듯한 어부의 피리 소리는 瀟水·湘水·巫山 등 자연을 사랑하는 마음을 더욱 간절하게 만들고…….

　[7-18] 竹樹環翠, 藤蘿搖綴, 日光篩影, 渾中人魚, 往來倏忽, 似與遊人偕樂, 正欲覓句, 黃鸝穿織柳中, 嚶嚶成韻, 堪作詩腸鼓吹.

【環翠(환취)】 주위에 푸른 나무나 대나무가 둘러서 있다.
【藤蘿(등라)】 등나무.
【篩(체)】 체, 체로 거르다.
【渾(혼)】 흐릿하다, 섞이다.
【倏忽(숙홀)】 갑작스러움, 급속함, 눈 깜짝할 사이, 갑자기.
【黃鸝(황리)】 꾀꼬리, 노란 꾀꼬리.
【嚶嚶(앵앵)】 새가 서로 사이좋게 우는 모양.
【詩腸(시장)】 시를 짓고자 하는 마음(생각).
【鼓吹(고취)】 북을 치며 피리를 붊, 사기를 북돋움, 기세를 올려줌.

　대나무 푸르게 둘러섰고, 등나무는 뒤엉켜 한들한들, 햇살이 그 사이로 비쳐든다.
　흐릿한 연못 수면엔 사람 그림자와 섞인 물고기, 요리조리 휙휙 유람객과 장난치며 즐기는 듯.
　좋은 시구절 찾고 싶을 때, 노란 꾀꼬리 촘촘한 버드나무 속으로 비집고 들어가 꾀꼴꾀꼴 화음 맞추어 시 짓고픈 마음을 더욱 북돋워 주네.

[7-19] 月夜獨飮杏花下, 月色如銀, 聞山寺簫管, 聲飄雲外,
甚爲幽暢.

【簫管(소관)】 옛날 관악기의 총칭, 퉁소.
【幽暢(유창)】 그윽함이 무르익다, 아주 그윽하다.

달밤 살구꽃 아래에서 홀로 술을 마시니 달빛은 은빛 같고,
한적한 山寺의 퉁소 소리 구름 밖으로 날아가니 더욱 그윽하여라!

[7-20] 湖上新荷競發, 香氣噴人. 每當炎鬱時, 駕一窓檻玲瓏
之舟, 携茶具, 邀僧侶, 挾靑衣二三人, 相與避褦襶, 共入烟深
處, 探靑蓮啖之, 覺種種鮮香, 流溢齒牙, 沁入肺腑. 興到與衲
子輩, 啜茗哦詩, 或談小品公案, 兩耳琅琅, 如扣金玉. 捲則拂
枕, 舟中怡然就夢, 醒來都不復記.

【炎鬱(염울)】 무더움.
【靑衣(청의)】 푸른 옷, 천한 사람이 입는 옷, 하인.
【褦襶(내대)】 볕을 가리기 위해 쓰는 모자, 패랭이, 무더위에 盛服을 하고 남을 찾
는 일.
【肺腑(폐부)】 폐, 부아, 마음속, 심중.
【衲子(납자)】 승려.
【哦詩(아시)】 시가를 읊조리다. *哦: 읊조리다, 시가.
【小品(소품)】 짤막한 글, 내용은 가볍고 짧으나 운치 있는 글.
【公案(공안)】 관아의 조서, 禪宗에서 제자에게 내어 推究케 하는 문제.
【琅琅(낭랑)】 금속이나 옥이 부딪쳐 나는 소리, 새가 지저귀는 소리, 아름다운 소리
의 형용.
【拂枕(불침)】 잠자리를 거스르다. 여기서는 아무 데서나 자다의 의미. *拂: 털다,
닦다, 거스르다.
【怡然(이연)】 기뻐하는 모양, 즐거워하는 모양.

호수에 연꽃들이 다투듯 피어 향기를 내뿜는다.

무더울 때면 창틀 하나 달린 멋진 배를 띄운다. 茶具를 준비하고 스님들을 모시고, 하인 두세 명을 데리고 가는데 盛服은 삼간다. 안개 자욱한 곳으로 들어가 푸른 연밥을 따서 맛보면, 신선한 갖가지 향기가 이〔齒〕를 타고 肺腑로 흘러 들어가는 느낌!

흥이 오르면 스님들과 차를 마시고 시가를 읊조리거나 小品이나 公案에 대해 이야기를 나누는데, 낭랑한 그 소리 金玉을 두두리는 듯.

지루해지면 베개를 툭툭 털고 배에서 편안하게 잠에 빠져드는데, 깨고 나면 기억하지 못하리…….

[7-21] 看畸人古怪之行藏, 眉轟雷電; 聽異士稀奇之議論, 耳吼天風.

【畸人(기인)】 기이한 사람, 성질·언행이 보통과 다른 사람, 기인.
【古怪(고괴)】 예스럽고 괴상함.
【行藏(행장)】 세상에 나가서 道에 맞는 일을 행함과 물러나서 숨음.
【眉轟雷電(미굉뢰전)】 눈썹이 들썩(씰룩)거리고 천둥번개가 치는 듯하다. 마음의 동요가 일어 표정이 변한다는 뜻. *轟: 울리다, 떠들썩하다.
【稀奇(희기)】 드물고 기이함.
【議論(의론)】 각자가 의견을 내세우고 토론함, 비평함.
【天風(천풍)】 하늘 높이 부는 센 바람.

기인의 독특하고 괴상한 행동을 보면 눈썹이 씰룩거리고, 기이한 선비의 남다른 별난 이론을 들으면 귀에선 센 바람 소리가 울부짖는 듯하네!

[7-22] 鷄談可以益學, 鶴陣可以善兵.

【鷄談(계담)】 닭 울음소리 들리는 창 아래에서 고상한 담론을 한다는 뜻. '談鷄' '鷄談(譚)' '窓中碧鷄' 등의 말은 '즐겁게 얘기하는 것'이나 속세를 떠난 맑은 이야기〔淸談〕를 나눈다는 의미.
【鶴陣(학진)】 전쟁에서 사용하는 陣形의 명칭.
【善(선)】 좋다, 훌륭하다, 잘 알고 있다, 익숙하다, 잘하다, 능숙하다, 잘해내다.

　닭 울음소리 들리는 창문 아래서 나누는 맑은 이야기〔鷄談〕는 학문에 도움이 될 수 있고, 학 모양의 陣形(鶴陣)은 兵法에 좋다네.

[7-23] 翻經如壁觀僧, 飲酒如醉道士, 橫琴如黃葛野人, 肅客如碧桃漁父.

【翻(번)】 뒤집다, 넘기다, 펴다, 펼치다.
【壁觀(벽관)】 즉 面壁(좌선하는 일).
【橫琴(횡금)】 거문고를 제 맘대로 연주하다.
【黃葛野人(황갈야인)】 누런 갈포 옷을 입은 시골 사람(평민). ＊野人 : 시골 사람, 벼슬하지 아니한 사람.
【肅客(숙객)】 손님을 안내하다, 손님을 인도하다. ＊肅 : 엄숙하다, 공손하다, 정중하다, 맞아들이다, 인도하다.
【碧桃(벽도)】 벽도나무. 관상용의 복숭아나무로 아름다운 꽃이 피지만 열매는 매우 작아 먹지 못한다. ＊'碧桃의 漁夫'란 고기 잡는 일보다는 벽도를 감상하는 어부라는 의미인 듯하다. 감성적이고 낭만적이어서 멋과 운치를 알기에 손님을 정성껏 접대한다는 뜻으로 새겨 보았다.

　경전을 펼쳐 읽을 때는 참선하는 스님처럼 경건하게, 술을 마실 때는 술취한 道士처럼 자유롭게, 거문고를 연주할 때는 갈포 옷 입은 시골 사람처럼 소박하고 자연스럽게, 손님을 대할 때는 碧桃를 감상하는 어부처럼 정성스럽게!

[7-24] 竹徑款扉, 柳陰班席, 每當雄才之處. 明月停輝, 浮雲駐影, 退而與諸俊髦. 西湖靚媚, 賴此英雄, 一洗粉澤.

【款扉(관비)】 문을 두드리다, 방문하다 ＊款(관): 두드리다.
【班席(반석)】 차례(순서)에 맞춘 자리, 줄지은 자리. ＊班: 차례, 순서, 자리, 줄.
【俊髦(준모)】 뛰어난 인물, 준걸. ＊髦: 옛날 아이의 이마에 드리운 짧은 머리, 걸출하다.
【靚媚(정미)】 멋지다, 아름답다, 아름답게 치장하다.
【賴(뢰)】 의지하다, 의뢰하다, 힘입다, 기대다, …때문에, …로 인하여, …로 말미암아.
【粉澤(분택)】 화장품, 화장하다, 미인(=粉黛脂澤의 약칭).

　대나무 오솔길로 찾아가 버드나무 그늘 아래에 자리를 마련하면 어디나 뛰어난 사람들이 모여드는 장소가 된다.
　밝은 달은 빛을 멈추고, 뜬구름은 그림자를 멈춘 채 물러나 멋진 그들과 함께한다.
　곱게 단장한 아름다운 西湖도 이들 때문에 부끄러워 화장기를 씻어내고…….

[7-25] 雲林性嗜茶, 在惠山中, 用核桃, 松籽肉和白糖, 成小塊, 如石子, 置茶中, 出以啖客. 名曰;“淸泉白石.”

【雲林(운림)】 元代의 화가 倪瓚. 元末 四大家 중의 한 사람.
【惠山(혜산)】 江蘇省 無錫에 있는 산 이름.
【核桃(핵도)】 호두.
【松籽肉(송자육)】 잣, 솔방울.
【白糖(백탕)】 하얀 설탕, 백설탕.
【置(치)】 두다, 놓다.

　雲林 倪瓚은 차를 좋아했는데, 惠山에 살 때 호두·잣·설탕으로 돌멩

이처럼 조그만 덩어리를 만들어 차에 넣어서 손님에게 내놓아 맛보게 하며, 그 이름을 '맑은 샘물의 하얀 돌〔淸泉白石〕'이라 했단다.

[7-26] 有花皆刺眼, 無月便攢眉, 當場得無妬我; 花歸三寸管, 月代五更燈, 此事何可語人?

【刺眼(자안)】 눈을 자극하다, 눈을 끌다, 눈부시다, 눈에 거슬리다.
【攢眉(찬미)】 눈살을 찌푸리다.
【當場(당장)】 당장, 즉석, 현장.
【三寸管(삼촌관)】 짧은 피리, 작은 붓. ＊三寸: 세 치(약 9.99센티미터), 아주 짧음 ＊管: 피리, 붓.
【五更(오경)】 옛날에 하룻밤을 다섯으로 나눈 시각, 다섯으로 나눈 다섯번째에 해당하는 시각(새벽 3-5시).
　＊낮에는 꽃을 감상하고, 저녁에는 달빛을 등불삼아 시를 쓴다는 의미. '꽃이 작은 붓끝으로 돌아온다'는 말은 낮에 감상했던 꽃이나 자연, 아름다움에 대한 느낌을 시로 표현한다는 뜻.

　꽃이 있으니 모든 것이 눈길을 잡아끌고, 달이 없으면 당장 눈살이 찌푸려지나니, 이런 나를 시샘하지 마시오!
　꽃은 작은 붓끝으로 돌아오고, 달은 새벽의 등불을 대신해 주기 때문이니, 이 일을 어찌 남들에게 말할 수 있으리?!

[7-27] 求校書於女史, 論慷慨於靑樓.

【校書(교서)】 책의 異同正誤를 조사함, 또는 조사하는 직책을 맡은 사람.
【女史(여사)】 周代에는 內官・府史 등의 女史官이 있었는데, 나중에는 부녀에 대한 美稱으로 사용함.
【慷慨(강개)】 의분에 북받쳐 슬퍼하고 한탄함.

【靑樓(청루)】 妓樓, 妓館, 遊廓, 기생집, 귀족의 집.

　女史에게 책을 교정하는 일을 부탁하고, 妓樓에서 의분에 북받친 마음
을 논하고…….

[7-28] 塡不滿貪海, 攻不破疑城.

【塡(전)】 채우다, 메우다.
【疑城(의성)】 적의 눈을 속이는 가짜 성. 여기서는 의혹이 이는 城, 즉 의혹이 생기
는 마음을 의미.

　탐욕의 바다는 메울 수 없고, 의심하는 마음은 쳐부숴도 무너뜨릴 수가
없다네!

[7-29] 機息便有月到, 風來不必苦海. 人世心遠, 自無車塵馬迹, 何須痼疾丘山.

【機息(기식)】 속이는 일을 그만두다. ＊機: 거짓, 허위, 나쁜 책략. ＊息: 그치다, 그
만두다, 멈추다, 중지하다
【苦海(고해)】 고통스런 환경, 인간 세상.
【車塵馬迹(차진마적)】 각지를 여행하다, 발자취가 어느곳이나 미치다, 수레와 말이
일으키는 먼지.
【何需(하수)】 구태여 …할 필요가 있는가?, …할 필요가 없다(=何必).
【痼疾(고질)】 고치기 어려운 병.

　남을 속이는 나쁜 마음을 그만두면 달이 찾아오고 바람이 다가오나니,
구태여 인간 세상을 苦海라고 여길 필요가 없단다!

마음을 속세로부터 멀리 두면 수레와 말이 일으키는 먼지가 저절로 없어지나니, 구태여 산수자연에 탐닉하는 고질병을 가질 필요가 있을까?!

[7-30] 郊中野坐, 固可班荊; 徑裏閒談, 最宜拂石. 侵雲烟而獨冷, 移開淸笑胡床; 藉竹木以成幽, 撒去莊嚴蓮座.

　*본 항목은 권5 〈素〉 제122 항목의 앞부분과 중복된다.
【班荊(반형)】 광대싸리를 깔고 앉다.　*班荊道故: 광대싸리를 깔고 앉아서 옛이야기를 나누다, 친구와 만나서 옛정을 나누다.
【胡床(호상)】 등받이와 팔걸이가 없는 다리를 접을 수 있는 의자(=交椅).
【撒去(철거)】 치우다, 제거하다, 없애다.
【莊嚴(장엄)】 장엄하다, 엄숙하다, 규모가 크고 엄숙하다.
【蓮座(연좌)】 불당 안에 연꽃이 새겨진 단 위의 부처 자리.

　교외의 들판에 앉을 때는 광대 싸리를 깔고 앉는 것이 어울리고, 오솔길에서 한가한 이야기를 나눌 때는 바위를 털고 앉는 것이 제격이리.
　구름과 안개가 다가와 추워지면 의자를 옮겨놓고 맑은 이야기를 나누며 웃고, 울창한 초목으로 그윽해지나니 엄숙한 佛像은 치워 버리리.

[7-31] 幽心人似梅花, 韻心士同楊柳.

【幽心(유심)】 깊은 생각, 그윽한 마음.

　그윽한 마음을 가진 사람은 梅花 같고, 운치 있는 마음을 가진 선비는 수양버들 같다네.

[7-32] 情因年少, 酒因境多.

【因(인)】 …으로 인해, …으로 말미암아(비롯되다).
【境(경)】 상황, 처지, 마주하게 되는 일.
　＊피끓는 청춘에는 多情이 병이요, 서러움이 많으면 느는 것이 술이라! 동서고금
의 섭리런가?!

　情은 나이가 적어서 생기는 것이요, 술은 당하는 일이 많아서 마시는 것
이리라!

[7-33] 看書築得村樓, 空山曲抱. 跌坐掃來, 花徑亂水斜穿.

【跌坐(질좌)】 아무 데나 앉다. ＊跌: 넘어지다, 제멋대로 행동하다.
【掃(소)】 쓸다, 소제하다, 한곳에 모으다, 매우 빨리 좌우로 움직이다.
【花徑(화경)】 꽃길.

　책을 읽다가 산촌에 樓臺를 지으니 텅 빈 산이 굽이굽이 감싸안는구나.
　아무 데고 앉아 청소하니 꽃길 어지럽히던 물길이 비스듬히 한곳으로
흘러드네.

[7-34] 倦時呼鶴舞, 醉後倩僧扶.

【倩(천)】 빌다, 청하다
【扶(부)】 떠받치다, 부축하다, 기대다, 의지하다

　지루할 때면 학을 불러 춤추게 하고, 술에 취하면 스님께 부축해 달라
고 부탁하네.

[7-35] 筆床茶竈不巾櫛, 閉戶潛夫; 寶軸牙籤少鬚眉, 下帷董子. 鳥銜幽夢遠, 只在數尺窗紗; 蛩遞秋聲悄, 無言一龕燈火.

【筆床(필상)】 붓받침(도기·금속·紫檀 등으로 만든 접시에 홈을 파서 붓을 놓을 수 있게 만든 것).
【茶竈(다조)】 차를 달이는 화로.
【巾櫛(건즐)】 수건과 빗, 머리를 빗고 낯을 씻는 일. ＊巾: 수건, 행주. 櫛: 빗, 빗질하다.
【潛夫(잠부)】 세상을 피해 숨어지내는 사람, 즉 隱者.
【寶軸(보축)】 귀중한 서화, 귀중한 두루마리. ＊軸: 卷軸을 박고 겉을 장식하여 말아놓은 서화.
【牙籤(아첨)】 상아로 만든 첨대. ＊籤: 길흉을 점치는 데 사용하는 물건, 산가지(물건을 세는 용구).
【少鬚眉(소수미)】 젊은 남자. ＊鬚眉: 수염과 눈썹. 남자를 비유.
【董子(동자)】 깊숙이 간직해 둔 물건.
【窗紗(창사)】 창에 다는 엷은 망사나 가는 철사망 따위.
【蛩(공)】 귀뚜라미.
【遞(체)】 전하다, 보내다.
【秋聲(추성)】 가을철의 쓸쓸한 바람 소리.
【悄(초)】 근심하다, 고요하다, 쓸쓸하다, 엄하다.
　＊산중에 은자가 사는 모습을 그린 듯하다. 그는 붓글씨와 茶道, 그림 등을 귀중히 여기며 외모나 세속적인 것에는 관심 없는 젊은이이다. 낮에도 창문에 휘장을 길게 드리우고 외부와 내왕하지 않고, 밤에는 감실에 촛불을 켜놓고 인기척조차 느껴지지 않을 정도로 수양에 몰두하고 있음을 표현한 글.

　붓받침과 찻물 끓이는 화로만 두고서 외모엔 신경도 쓰지 않고 세상 피해 문 닫아건 은자.
　귀중한 書畫 두루마리와 상아로 만든 산가지는 젊은 남자가 휘장을 드리우고 보관하는 귀중품.
　새 한 마리 아득한 꿈결 물고서 먼 데서 날아왔지만, 창문엔 휘장만 길게 드리워져 있네.

귀뚜라미는 울고 가을 소리 처량할 제, 龕室에는 촛불 켜 있지만 아무 소리 들리지 않고…….

[7-36] 藉草班荊, 安穩林泉之突; 披裘拾穗, 逍遙草澤之臞.

【藉草班荊(자초반형)】 풀에 기대거나 광대싸리를 깔고 앉다.
【安穩(안온)】 안정하다, 평온하다.
【林泉(임천)】 숲과 샘. 곧 수목이 울창하고 샘물이 흐르는 산중, 세상을 버리고 은 둔하기에 알맞은 곳.
【突(요)】 그윽하다, 그윽한 곳, 구석.
【披裘拾穗(피구습수)】 갖옷을 풀어헤치고 가을걷이를 하다.
【草澤之臞(초택지구)】 풀로 뒤덮인 늪이 마르다, 沼澤이 마르다. *草澤: 풀과 못, 풀로 뒤덮인 늪, 沼澤. 臞(구): 야위다, 수척하다(=癯).

풀이나 광대싸리를 깔고 앉아 깊숙한 산 속에서 평온하게 지내고, 갖옷을 풀어헤치고 가을걷이 후에 물이 줄어드는 沼澤 주위를 자유로이 거니네.

[7-37] 萬綠陰中, 小亭避暑. 八達洞開, 几簟皆綠. 雨過蟬聲來, 花氣令人醉.

【八達(팔달)】 사방으로 통하다(=四通八達).
【洞開(통개)】 개방하다.
【簟(점)】 대자리.

세상 모두 푸르게 녹음질 때면 조그만 정자에서 더위를 피하네.
사방으로 문을 열어놓으면 책상과 대자리까지 흠뻑 푸른빛!
비 지난 후 매미 소리 들려오고 꽃향기는 사람을 취하게 하고…….

[7-38] 劓犀截雁之舌峰, 逐日追風之脚力.

【劓(단)】 끊다, 절단하다.
【犀(서)】 무소, 날카로움, 예리함.
【截(절)】 자르다, 막다, 말 잘하다.
【舌鋒(설봉)】 날카롭고 매서운 辯舌.
【逐日(축일)】 태양을 쫓아감(걸음이 빠름을 이름).
【脚力(각력)】 다리의 힘.

　　*위 문장은《藝文類聚》卷48〈職官部四·吏部尙書〉에 나오는 문장을 편집자 陸紹衡이 자기 취향대로 조합한 것이다. 梁 王筠이 동생을 吏部尙書 자리에 임명시켜 달라고 表를 올리며 지은 원래 문장은 다음과 같다. "臣聞劓犀截雁, 必俟昆吾之峰, 逐日追風, 信資伯樂之駿, 未有駑駕騫足, 而方騁遙涂〔臣이 듣기로, 무소 뿔을 베고 기러기 혀를 자를 수 있는 훌륭한 인물들이 반드시 오랑캐 땅 昆吾에 있는 봉우리로 떼 지어 몰려갈 것이라 들었습니다. 그들은 해를 쫓고 바람을 따를 수 있는 건각이므로 伯樂이 알아본 준마의 자질을 지녔다고 믿습니다. 따라서 재주 없는 둔한 다리가 없더라도 곧 먼 길을 달릴 것입니다〕." 작자는 '劓犀截雁'를 '劓犀截雁之舌峰'으로, '逐日追風'을 '逐日追風之脚力'이라 注를 한 셈이다.《菜根譚》을 비롯한 대부분의 晚明 淸言이 옛 글에서 채록한 것들인데, 이러한 옛 글의 조합은 작자의 학식과 문장력을 알 수 있는 좋은 재료가 되기도 한다.

　　무소를 베고 나는 기러기도 자르는 날카로운 혀!
　　움직이는 태양과 바람을 따라잡는 튼튼한 다리!

[7-39] 瘦影疎而漏月, 香陰氣而墮風.

【漏(루)】 새다, 흘러(비쳐)나오다.
【陰氣(음기)】 음랭한 기운.
【墮(타)】 떨어지다, 탈락하다, 빠지다.

　　여윈 매화 가지 성글어 그 틈새로 달빛 새어나오고, 향그런 음랭한 기운은 바람마저 떨어뜨리고…….

[7-40] 修竹到門, 雲裏寺; 流泉入袖, 水中人.

　키 큰 대나무 문 앞까지 이르니 구름 속의 절 같고, 흐르는 샘물이 옷소매까지 들어오니 물속에 사는 사람 같네!

[7-41] 詩題半作逃禪偈, 酒價都爲買藥錢.

【禪偈(선게)】 禪門의 偈頌. 偈頌은 보통 시구의 형식으로 불교의 理致나 禪機를 드러냄.

　詩를 반이나 짓고 보니 禪을 벗어난 偈頌이요, 술값을 모두 쓰고 나니 약을 살 돈이었다네!

[7-42] 掃石月盈帚, 濾泉花滿篩.

【濾(려)】 거르다, 여과하다, 맑게 하다.
【篩(사)】 체, 체질하다.

　바위를 쓸다 보니 빗자루에 달빛이 가득! 샘물을 거르다 보니 체에 꽃송이 가득!

[7-43] 流水有方能出世, 名山如藥可輕身.

【有方(유방)】 길이 있다, 방법이 있다. ＊方: 길, 방법.
【出世(출세)】 세상에 나오다, 세상에서 두각을 드러내다, 속세를 떠나다.

　흐르는 물은 속세에서 벗어날 수 있는 비방을 지니고 있고, 좋은 산은
약처럼 몸을 가볍게 해준다네.

　[7-44] 與梅同瘦, 與竹同淸, 與柳同眠, 與桃李同笑, 居然花
裏神仙; 與鶯同聲, 與燕同語, 與鶴同唳, 與鸚鵡同言, 與此話
中知己.

【居然(거연)】 확연히, 확실히, 과연, 이외로.
【與此(여차)】 이들과 함께하다. ＊與(여): 함께(하다), 친하다.

　매화와 함께 수척해지고, 대나무와 함께 깨끗하고 올곧게!
　버드나무와 함께 잠들고, 복사꽃 살구꽃과 함께 웃으니 정녕 꽃 속의
신선이리라!
　꾀꼬리와 함께 지저귀고 제비와 말하고 학과 더불어 울고 앵무새와 대
화하니, 친해지면 이들도 대화가 통하는 知己이리라!

　[7-45] 栽花種竹, 全憑詩格取裁; 聽鳥觀魚, 要在酒情打點.

【詩格(시격)】 시를 짓는 격식, 시의 풍격.
【取裁(취재)】 취할 것을 결정하다. ＊裁: 취사를 결정하다, 판단하다, 헤아리다, 재다.
【打點(타점)】 점을 찍다, 마음속으로 결정하다.

　꽃과 대나무를 심는 것은 오로지 시의 풍격에 따라 취사 선택하듯!
　새소리를 듣고 물고기를 감상하는 요점은 술 마시는 감정에 따라 결정

하듯!

　[7-46] 登山遇厲瘴, 放艇遇腥風, 抹竹遇膠絲, 修花遇酲霧, 歡場遇害馬, 吟席遇傖夫, 若斯不遇; 甚於泥塗. 偶集逢好花, 動歌逢明月, 席地逢軟草, 攀磴逢疎藤, 展卷逢靜雲, 戰茗逢新雨, 如此相逢, 逾於知己.

【遇(우)】 만나다, 우연히 만나다.

【瘴(장)】 풍토병, 습하고 더운 땅에서 생기는 독기, 산천의 기운 때문에 생기는 열병.

【抹竹(말죽)】 대나무를 다듬다. ＊抹: 지우다, 없애다, 닦다, 문지르다.

【膠絲(교사)】 아교를 먹인 실. 여기서는 대나무에 달라붙은 덩굴을 의미. ＊膠: 아교, 달라붙다.

【修花(수화)】 꽃을 다듬다, 꽃을 돌보다.

【酲霧(정무)】 숙취처럼 머리가 띵하고 멍해지는 안개. ＊酲(정): 숙취.

【害馬(해마)】 무리 가운데서 다른 말에게 해를 끼치는 말, 많은 사람에게 해가 되는 자.

【傖夫(창부)】 거칠고 속된 사람, 저속한 사람, 촌스런 사람. ＊傖(창): 천하다, 천한 사람.

【若斯(약사)】 이처럼, 이같이, 이와 같이.

【不遇(불우)】 (어울리는 대상을) 만나지 못하다, 때를 만나지 못하다. 不運하여 재능을 가지고도 세상에 쓰이지 못함을 의미. ＊뒤의 '相逢'과 반대의 뜻.

【集(집)】 시장, 모이다.

【展卷(전권)】 책을 펴다, 글을 읽다.

【靜雲(정운)】 고요한 구름, 멈춰 있는 구름.

【戰茗(전명)】 차를 품평하다, 차를 음미하다. ＊戰(전): 차 맛을 품평하는 일종의 '게임'이기 때문에 '戰'자를 썼다.

【新雨(신우)】 이른 봄비, 갓 내린 비.

【相逢(상봉)】 서로 만나다, 제대로 만나다, 어울리는 상대를 만나다.

【逾於(유어)…】 …을 뛰어넘다, …보다 더욱. ＊앞의 '甚於…(심어: …보다 심하다)'와 같은 용법, 같은 의미.

산에 오르다 보면 산천의 독기가 내뿜는 병에 호되게 걸리기도 하고, 배를 띄우고 놀다 보면 비린내나는 바람을 맞기도 하며, 대나무를 다듬다 보면 달라붙어 있는 덩굴을 만나기도 하고, 꽃을 가꾸다 보면 꽃이 뿜어내는 어지러운 안개를 만나기도 하며, 즐거운 장소에서는 분위기를 해치는 사람을, 시를 읊는 자리에서는 거칠고 속된 사람을 만나기도 한다. 이런 일들은 제대로 된 상대를 만나지 못했기 때문이며, 이는 진흙 구덩이를 건너는 것보다 힘들다.

친구들과 모였을 때 아름다운 꽃을 만나고, 춤추고 노래하다가 밝은 달을 만나고, 땅 위에 자리를 폈는데 부드러운 풀을 만나게 되고, 가파른 돌비탈을 기어오르는데 잡고 오를 수 있는 넝쿨을 만나고, 책을 읽는데 조용한 구름을 만나게 되고, 차맛을 품평하는 시읊놀이를 할 때 이른 봄비가 내리는 등, 이런 일들은 제 상대를 만난 것이며, 이는 知己보다 훨씬 낫다.

[7-47] 草色遍溪橋, 醉得蜻蜓春翅軟; 花風通驛路, 迷來蝴蝶曉魂香.

【蜻蜓(청정)】 왕잠자리.
【驛路(역로)】 역마가 다니는 길, 도로, 대로.
【迷(미)】 미혹되다, …에 빠지다(매료되다).
【曉(효)】 새벽, 알다, 이해하다, 깨닫다, 알리다, 알게 하다.
【魂(혼)】 마음, 심정, 정신.

풀빛이 시냇가 다리 위까지 널리 퍼지니 풀빛에 취한 봄날 왕잠자리 날개가 부드러워지고, 꽃바람이 큰길까지 전해 오니 꽃향기에 매혹된 아침 나비 마음까지 향기로워지네.

[7-48] 田舍兒强作馨語, 博得俗因; 風月場插入儈父, 便成
惡趣.

【田舍(전사)】농가, 村家, 시골. ＊兒(아): 아이. 여기서는 성숙하지 못한 소인배를
뜻한다.
【馨語(형어)】향기나는 말, 듣기 좋은 말.
【風月場(풍월장)】바람과 달을 감상하는 장소, 경치를 감상하는 곳, 풍류를 즐기는 곳.
【儈父(창부)】거칠고 속된 사람, 저속한 사람, 촌스런 사람.
【俗因(속인)】세속적인 유래, 요인.
【惡趣(악취)】(불교) 현세에서 惡業을 지었을 때 죽은 후 가야 할 고통의 세계(=惡道).

시골 소인배가 억지로 듣기 좋은 말을 해보지만, 그 말 속에는 세속적
인 유래가 가득 담겨 있네.
풍류를 즐기는 자리에 거칠고 속된 사람이 끼어들면 이내 지옥으로 변
한다네.

[7-49] 相美人如相花, 貴淸豔而有若遠若近之思. 看高人如
看竹, 貴瀟灑而有不密不疎之致.

【相(상)】관람하다, 보다, 평가하다, 상보다, 관상 보다.
【淸艶(청염)】맑고 아름답다, 뛰어나게 아름답다.
【高人(고인)】名人, 남보다 뛰어난 사람, 고상한 사람.
【瀟灑(소사)】인품이 맑아 속기가 없다, 맑고 깨끗하다.

아리따운 여인을 보는 것은 꽃을 감상하는 것과 같으니, 맑고 아름다
운 점을 중히 여기면서도 밀어내듯 가까이하듯 해야 한다.
고귀한 사람이나 대나무 등을 볼 때는 맑고 고상한 점을 중히 여기지만,
너무 가까이도 멀리하지도 않는 듯한 운치를 지녀야 한다.

［7-50］詩痩到門隣, 病鶴淸影頗嘉; 書貧經座並, 寒蟬雄風頓挫.

【詩痩(시수)】詩가 야위다. 즉 詩風이 수척함을 말한다. *여기서는 중의적인 표현으로 뒤의 '書貧'과 호응하여, 시는 수척하여도 오히려 그의 풍격이 돋보이지만, 글이 빈약한 사람은 그 사람의 학식과 풍격이 그대로 드러남을 말한다.
【經座(경좌)】경전을 강의하는 자리.
【寒蟬(한선)】쓰르라미, 늦가을의 울지 않는 매미, 감히 직언하지 못하는 사람.
【頓挫(돈좌)】갑자기 세력이 꺾임.

　詩風이 수척한 시인이 내 집 문 앞에 이르면 병든 학 같은 고아한 모습에 자못 기쁘다네. 그러나 독서가 부족한 사람과 경전을 강의하는 자리에 나란히 앉으면 늦가을 매미처럼 잘난 풍모가 갑자기 꺾이게 된다네.

　［7-51］梅花入夜影, 蕭疎頓令月痩; 柳絮當空晴, 恍惚偏惹風狂.

【蕭疎(소소)】적막하다, 쓸쓸하다.
【令月(영월)】음력 2월의 별칭.
【柳絮(유서)】버들솜, 버들개지.
【當(당)】뒤덮다.
【恍忽(황홀)】잘 보이지 않는 모양, 미묘하여 알 수 없는 모양, 멍한 모양.
【偏(편)】기어코, 꼭.

　매화가 밤 그림자 속으로 숨어 버리니 적막해져 음력 2월도 이내 수척해지는 듯.
　버들개지 맑은 하늘을 뒤덮으니 뿌옇게 흐려져 세찬 바람 곧 불어올 듯.

[7-52] 花陰流影散, 爲半院舞衣; 水響飛音聽, 來一溪歌板.

【歌板(가판)】 박자를 맞추다.

꽃그늘은 흐르는 그림자처럼 흩어져 정원 한쪽에서 춤추는 무희의 옷이 되어 너울너울, 물소리는 날아드는 음악처럼 들려와 시냇물이 박자 맞추네!

[7-53] 蘋花香裏風淸, 幾度漁歌; 楊柳影中月冷, 數聲牛笛.

【幾度(기도)】 몇 번. *度(도): 횟수. 여기서는 노래이므로 '(몇) 가락'으로 풀이했다.
【楊柳(양류)】 수양버들.
【牛笛(우적)】 목동의 피리 소리.

부평초 향기 속에 바람 맑은데 漁夫歌 몇 가락, 수양버들 그림자 속에 달이 찬데 목동의 피리 소리 몇 구절.

[7-54] 謝將縹緲無歸處, 斷浦沈雲; 行到紛紜不繫時, 空山卦雨.

【謝(사)】 물러나다, 떠나다.
【縹緲(표묘)】 멀고 어렴풋하다, 가물가물하고 희미하다.
【斷浦沈雲(단포침운)】 뱃길이 끊어지고 구름은 어둡다, 즉 교통 수단이 끊겨 버리고 날까지 어두워져 떠나기 어려운 상황을 말한다.
【紛紜(분운)】 어수선하다, 많고 어지럽다.

떠나려니 아득히 돌아갈 곳도 없건만 뱃길은 끊어지고 구름마저 짙게 드리우고…….

  가다 보면 혼란할 때가 있어 시기를 잡지 못하는데 텅 빈 산에 비마저 내리네!

[7-55] 心如花醉, 潦倒何妨, 絶勝柳狂, 風流自賞.

【潦倒(요도)】 쇠락하다, 영락하다, 노쇠한 모양. * 潦(료): 큰비, 장마, 길바닥에 괸 물.
【何妨(하방)】 어찌 방해가 되겠는가? 무슨 상관인가?

  내 마음이 꽃에 취한 듯하니 영락한들 무슨 상관이리? 빼어난 풍경 속에 나부끼는 버드나무, 그 풍류 스스로 즐길 만하나니…….

[7-56] 春光濃似酒, 花故醉人; 夜色澄如水, 月來洗俗.

  봄빛이 술처럼 짙기에 꽃은 짐짓 사람을 취하게 하고, 밤 빛깔은 물처럼 맑기에 달빛이 와서 씻어준다네!

[7-57] 雨打梨花深閉門, 怎生消遣; 分付梅花自主張, 着甚牢騷.

【分付(분부)】 나누어 주다, 분부하다(=吩咐).
【消遣(소견)】 소일거리하다, 근심을 없애다.
【着(착)】 달라붙다.
【牢騷(뇌소)】 불평, 불만, 푸념.

  빗방울이 배꽃을 두드리는데 문을 닫아걸고 집 안 깊숙이 들어앉으면

어떻게 근심을 없애리? 매화에게도 내 주장을 나눠 실어 보지만 푸념만
더욱 심해지네!

[7-58] 對酒當歌, 四座好風隨月到; 脫巾露頂, 一樓新雨帶
雲來.

【四座(사좌)】 좌석 가득, 온 좌석(=滿座).

  술을 마주하고 노래 부르는데 자리 가득 상쾌한 바람이 달을 따라오
고, 두건 벗어던져 바람 쐬는데 누대엔 새로 내리는 한 줄기 비구름을 몰
고 오네.

[7-59] 浣花溪內, 洗十年遊子衣塵; 修林林中, 定四海良朋
交籍.

【浣花溪(완화계)】 四川省에 있는 계곡. 杜甫의 古宅이 있다. 여기서는 字意대로
'꽃으로 몸을 씻는 시내'로 새김. 옛날 문인들은 浣花日에 시내에 발을 담그거나,
물에 들어가 시를 읊으며 놀았다.
【修林(수림)】 '길고 무성한' 의미로, 나무들이 연이어 자라난 숲을 형용.
【定(정)】 정하다, 머무르다.
【良朋(양붕)】 좋은 친구, 훌륭한 벗(=良友).
【交籍(교적)】 서적을 주고받다, 혹은 籍을 주고받다(서로 통성명하다)로 새길 수 있
는데, 두 가지 모두 사용할 수 있을 듯(서적을 주고받는 곳, 사귀는 장소). *이 글은
문인들이 모임을 가지는 장소를 말한 것으로 하나는 완화계(물이 있는 곳), 하나는
수림(산)을 말한다.

  꽃으로 몸을 씻는 계곡에서 10년간 입었던 유랑자 옷의 먼지를 씻어내

고, 무성한 숲 속에선 사방의 뛰어난 친구들이 모여 사귐의 장소로 정한
다네.

[7-60] 人語亦語, 詆其昧於鉗口 ; 人默亦默, 訾其短於雌黃.

【詆(저)】 꾸짖다, 흉보다.
【昧(매)】 어리석다. *昧於…(매어): …보다 어리석다.
【鉗口(겸구)】 입을 다물고 말하지 않다, 입막음하다, 감히 말을 하지 못하게 하다.
*鉗(겸)】 (죄인의) 목에 씌우는 칼, 젓가락, 시기하다, 다물다.
【訾(자)】 헐뜯다.
【短於(단어)】 …보다 모자라다.
【雌黃(자황)】 안료로 쓰는 황색의 결정체. 詩文을 고칠 때 자황을 이용했으므로
'첨삭' '비평하다'는 의미로 쓰임.

  다른 사람이 말을 해서 나도 말하면 입을 다물고 있는 것보다 어리석다
고 헐뜯고, 다른 사람이 침묵해서 나 역시 입을 다물면 비평하는 것보다
모자라다고 흉보고…….

[7-61] 艶陽天氣, 是花皆堪釀酒 ; 綠陰深處, 凡葉盡可題詩.

【艶陽(염양)】 화창한 풍광, 고운 햇살.
【天氣(천기)】 하늘의 기상, 날씨.
【堪(감)】 감당하다, …할 수 있다, 맡아서 하다.

  볕 고운 날이면 모든 꽃으로 술을 빚을 수 있고, 녹음 깊은 곳에선 모
든 잎사귀에 시를 적을 수 있다네.

[7-62] 曲沼荇香侵月, 未許魚窺; 幽關松冷巢雲, 不勞鶴伴.

【荇(행)】 노랑어리연꽃.
【幽關(유관)】 아주 깊고 험한 변경, 그윽한 관문.
【巢(소)】 새집, 둥지, 깃들다, 모이다, 무리짓다.
【不勞(불로)】 고생스럽게 …할 필요가 없이, 하릴없이(헛되이) …할 필요가 없다.

굽이진 연못의 마름꽃 향기가 달까지 다가가지만 물고기가 엿보는 것
은 허락하지 않네.

깊고 험한 곳에 자라난 소나무의 차가움은 구름으로 모이니 굳이 고고
한 학과 짝할 필요없다네.

[7-63] 篇詩斗酒, 何殊太白之丹邱; 扣舷吹簫, 好繼東坡之
赤壁.

【丹丘(단구)】 전설에서 말하는 신선이 사는 곳, 밤도 낮같이 환하다고 한다. 李白이
〈春夜宴諸從弟桃李園序〉에서 "옛사람이 촛불을 밝혀 밤에 즐겨야 한다고 한 것은
정말로 다 까닭이 있었던 것이다〔古人秉燭夜游, 良有以也〕"라고 한 것을 의미하는
듯하다.
【斗酒(두주)】 말술, 많은 술.
【扣舷(고현)】 뱃전을 두드리다. * 扣(구): 두드리다. 舷(현): 뱃전.
【赤壁(적벽)】 湖北省 揚子江가에 있는 언덕으로 三國時代 周瑜가 曹操를 격파했
던 곳. 宋代 蘇軾이 赤壁 아래에 배를 띄우고 즐기다가 옛일을 회상하며 〈赤壁賦〉
두 편을 지었다.

내가 짓는 시편들과 말〔斗〕로 들이키는 술이 李白의 丹丘와 무엇이 다
르리?

내가 뱃전을 두드리며 피리를 부는 것은 蘇東坡가 노닐던 赤壁을 계
승한 것이라!

[7-64] 獲佳文易, 獲文友難. 獲文友易, 獲文僮難.

【僮(동)】 아이, 하인.

  좋은 글을 만나기는 쉬워도 시문에 뛰어난 친구를 얻기는 어렵고, 시문
에 뛰어난 친구를 얻기는 쉬워도 시문 잘하는 하인을 얻기는 어려운 법!

[7-65] 茶中着料, 盌中着果, 譬如玉貌加脂, 蛾眉着黛, 翻累
本色.

【着(착)】 붙다(붙이다). *어떤 대상에 무언가를 붙이는 의미에서 여기서는 '넣다'
라는 뜻으로 해석했다.
【料(료)】 조미료.
【蛾眉(아미)】 누에나방의 눈썹처럼 아름다운 눈썹.
【累(루)】 누를 끼치다, 좋지 못한 영향을 끼치다.
【本色(본색)】 본래부터 갖추고 있던 빛, 본래의 면목.

  茶에 향료를 넣거나 주발에 과일을 넣는 것은 옥같이 고운 얼굴에 연지
를 찍는 꼴이고, 나방의 더듬이처럼 아름다운 눈썹에 검은 눈썹먹을 그
려넣는 짓에 비유할 수 있으니, 도리어 본바탕[本色]을 해치는 것!

[7-66] 煎茶非漫浪, 要須人品與茶相得. 故其法往往傳於高
流隱逸, 有煙霞泉石磊落胸次者.

【煎茶(전다)】 차를 달이다(차를 만들다).
【漫浪(만랑)】 무책임하다, 신중하지 못하다, 제 마음대로다.
【相得(상득)】 서로 잘 맞다, 서로 이익을 얻다.

【高流(고류)】 고상한 부류, 고상하게 떠돌다. ＊流: 종류, 유랑하다, 떠돌다.
【煙霞(연하)】 안개와 노을, 산수의 경치.
【泉石(천석)】 산수, 산수의 경치.
【磊落(뢰락)】 도량이 넓다, 공명정대하다. ＊磊(뢰): 뜻이 커서 사소한 일에 구애받지 않음.
【胸次(흉차)】 마음속, 가슴속, 심정. ＊次(차): 안(속 內), 머무르다.

차를 달이는 일은 신중하지 않으면 안 될 일!
차를 만드는 사람의 인품과 차가 서로 맞아야 한다.
그러므로 차를 만드는 방법은 종종 고상한 유랑자나 은일하는 사람, 혹은 자연을 좋아하며 가슴이 넓게 트인 사람에게 전해지는 것이다.

[7-67] 樓前桐葉, 散爲一院淸陰; 枕上鳥聲, 喚起半牕紅日.

누대 앞의 오동나무 잎새는 정원에 맑은 그늘을 여기저기 드리우고, 머리맡의 새소리는 반쯤 열린 창으로 붉은 해를 불러내네.

[7-68] 天然文錦, 浪吹花港之魚; 自在笙簧, 風謝園林之好.

【天然文錦(천연문면)】 자연스런 문양을 넣은 비단. 즉 아름다운 물결이 어린 호수의 수면을 말한다.
【浪吹(랑취)】 물을 내뱉다.
【花港(화항)】 南宋 內侍官 盧允升의 개인 별장. 맑은 시내가 花家山으로부터 흘러들기 때문에 이렇게 부른다. 杭州 蘇堤와는 마주하고, 북으로는 西山이 막고 있으며, 小南湖와 西里湖가 있다.
【笙簧(생황)】 생황. 여기서는 바람이 불어 생기는 자연의 소리. 바람에 스치는 대나무 소리일 수도 있겠다. ＊笙: 생황. 관악기의 한 종류로, 열아홉 개 혹은 열세 개의 가는 대나무 관을 묶어 만듦. 簧: 피리.

【謝(사)】 물러가다, 시들다.

　자연스럽게 문양을 넣은 비단 같은 수면엔 물을 내뿜는 花港의 물고기.
바람에 대나무 스치는 자연의 소리는 원림의 아름다운 풍경마저 풀죽
게 하네.

　[7-69] 高客流連花木，添淸疎之致；幽人剝啄莓苔，生黯淡
之光．

【流連(유련)】 놀음에 빠져 돌아가는 것도 있다, 한곳에 머물며 떠나기 싫어하다．　*
流(류): 절제를 잃다. 連(련): 계속(하다).
【淸疎之致(청류지치)】 맑고 심원한 운치.
【剝啄(박탁)】 문을 두드리는 소리, 똑똑.
【莓苔(매태)】 이끼.
【黯淡(암담)】 어스레함, 선명하지 않은 모양.

　고상한 나그네 꽃과 나무에 빠져 돌아가는 것도 잊으니 맑고 심원한 운
치가 더해지고, 세상 피해 그윽한 곳에 사는 은자가 이끼를 두드리니 아
스라한 광채 생겨나네.

　[7-70] 松礀邊携杖獨往，立處雲生破衲；竹窗下枕書高臥，覺
時月浸寒氈．

【礀(간)】 산골물(=澗).
【破衲(파납)】 해진 중의 옷. *衲: 승복, 옷을 깁다.
【高臥(고와)】 베개를 높이 베고 편안히 자다.
【氈(전)】 털로 짠 모직물, 양탄자, 모포.

소나무 자라난 산골 물가에 지팡이 짚고서 홀로 가노라.
그곳에 서면 해진 승복 사이에서 구름이 나오는 듯.
대나무 창문 아래서 책을 베고 편안히 누웠네.
때때로 달이 차가운 모포를 비추누나.

[7-71] 散履閒行, 野鳥忘機時作伴; 披襟兀坐, 白雲無語謾相留.

【散履(산리)】 산보하며 걷다.
【忘機(망기)】 귀찮은 世事를 잊음. *機(기): 때, 시기, (그때의) 시절, 세상.
【披襟(피금)】 옷깃을 풀어헤치다, 옷깃을 열어젖히다.
【謾(만)】 속이다, 게으르다, 넓다.

 산보하며 한가롭게 거닐면 들새도 귀찮은 世事를 잊고서 때때로 짝이 되어 주고, 옷깃 풀어헤치고 꼿꼿이 앉으면 흰 구름 말없이 느릿느릿 곁에 머물러 주고…….

[7-72] 竹風一陣, 飄颺茶竈疎烟; 梅月半灣, 掩映書窗殘雪.

【一陣(일진)】 한바탕, 한번.
【飄颺(표양)】 바람에 펄럭이다.
【茶竈(다조)】 차 끓이는 화로.
【梅月(매월)】 음력 10월의 다른 이름.
【半灣(반만)】 완전한 보름달이 아니라 보름달이 되어가는 달.
【掩映(엄영)】 서로 가리고 비치면서 어울려 돋보이다.

 대나무 바람 한바탕 불어와 차 끓이는 화로의 희미한 연기 날려 버리

고, 음력 10월 둥글게 채워져 가는 달은 책 읽는 창가의 잔설을 돋보이게
하네.

　　[7-73] 客到茶烟起竹下, 何嫌展破蒼苔; 詩成筆影弄花間, 且
喜謌飛白雲.

【何嫌(하혐)】 어찌 꺼리겠는가? 어찌 싫어하겠는가? 상관없다.
【蒼苔(창태)】 푸른 이끼(靑苔).
【謌(가)】 노래(부르다). '歌'와 仝字.

　객이 오면 대나무 아래에서 차 끓이는 연기 일으키네.
　곱게 펼쳐진 푸른 이끼가 손님 때문에 망가진다고 꺼리겠는가?
　詩가 완성되면 붓의 그림자는 꽃 속에서 놀고, 떠가는 흰 구름을 즐겁
게 노래한다네.

　　[7-74] 月有意而入窗, 雲無心而出岫.

　'달의 뜻〔月意〕'과 '구름의 마음〔雲心〕'은 작자가 부여한 감정일 게다. 내 방 안
을 들여다보는 달님은 나와 함께하려는 뜻이 있을 터이고, 산꼭대기로 멀리 떠나는
구름은 내게 마음이 없어서인가? 마음을 비운 것인가?!

　달은 뜻이 있어 창문 안으로 들어오고, 구름은 마음이 없어 산꼭대기
로 나선다네.

　　[7-75] 屛絶外慕, 偃息長林, 置理亂於不聞, 託淸閒而自佚;

松軒竹塢, 酒甕茶鐺, 山月溪雲, 農簑漁罟.

【屛絶(병절)】 물리쳐 끊다. *屛(병): 담장, 병풍, 가리다, 물리치다, 멀리하다.
【外慕(외모)】 바깥 세상에 대한 그리움.
【偃息(언식)】 누워 자다, 휴식하다.
【理亂(이란)】 다스려짐과 어지러움, 치세와 난세, 어지러움을 다스리다.
【淸閒(청한)】 조용하고 한가함, 남의 한가한 때의 敬稱.
【佚(일)】 편안하다, 은둔하다, 예쁘다, 없어지다, 달아나다, 허물, (성품이) 흐리터분하다.
【塢(오)】 마을, 촌락, 보루, 성채, 둑.

　외부 세계를 그리워하는 마음을 물리쳐 끊어 버리고 깊은 숲 속에 누워 잔다. 세상이 잘 다스려지는지 혼란스러운지 내버려두고서 묻지 않고, 한가함에 기대어 나 홀로 편안히 생각한다.
　소나무 둘러쳐진 집에 대나무 둑방, 술독과 차 끓이는 솥, 산 속의 달과 시냇가의 안개, 농부의 도롱이와 어부의 그물…….

[7-76] 怪石爲實友, 名琴爲和友, 好書爲益友, 奇畫爲觀友, 法帖爲範友, 良硯爲礪友, 寶鏡爲明友, 淨几爲方友, 古磁爲虛友, 舊爐爲熏友, 紙帳爲素友, 拂塵爲靜友.

【實友(실우)】 성실하여 의지할 수 있는 친구.
【法帖(법첩)】 법칙으로 삼을 만한 글씨본.
【礪友(여우)】 연마하여 서로간에 격려할 수 있는 친구. *礪(려): 숫돌, 갈다, 연마하다.
【方友(방우)】 方正한 친구, 바른 친구.
【虛友(허우)】 마음이 허심탄회한 친구.
【薰友(훈우)】 훈도할 수 있는 친구, 좋은 영향을 끼치는 친구.
【紙帳(지장)】 종이로 만든 장막.

듬직하고 독특한 모양의 바위는 성실한 친구〔實友〕요, 좋은 거문고는 조화로운 친구〔和友〕며, 좋은 책은 유익한 친구〔益友〕, 빼어난 그림은 감상할 만한 친구〔觀友〕, 서법책은 모범이 되는 친구〔範友〕, 좋은 벼루는 연마하는 친구〔礪友〕라!

보석 같은 거울은 밝은 친구〔明友〕요, 정갈한 책상은 반듯한 친구〔方友〕고, 옛 磁器는 허심탄회한 친구〔虛友〕며, 옛 향로는 薰陶하는 친구〔薰友〕요, 종이 장막은 소박한 친구〔素友〕요, 고라니 꼬리로 만든 먼지떨이는 깨끗한 친구〔靜友〕라!

[7-77] 掃逕迎淸風, 登臺邀明月, 琴觴之餘, 間以歌咏, 止許鳥語花香, 來吾几榻耳.

오솔길을 청소하여 깨끗한 바람을 맞이하고, 누대에 올라 밝은 달을 부르고, 거문고를 연주하고 술 마시는 가운데 틈틈이 노래하고 시를 읊조린다. 다만 새소리와 꽃향기만 내 책상이나 의자로 다가오게 하고서…….

[7-78] 風波塵俗, 不到意中; 雲水淡情, 常來想外.

【風波(풍파)】 동요하여 안정되지 않은 모양, 세상의 풍파나 변고.
【塵俗(진속)】 티끌 많은 세상, 속세.
【淡情(담정)】 맑고 소박한 마음.
【想外(상외)】 생각 외, 상상 밖.

세상 풍파와 속세는 내 마음까지 다다르지 못하네. 구름과 물처럼 맑고 소박한 마음은 언제나 생각 밖으로부터 오나니…….

[7-79] 紙帳梅花, 休驚他三春淸夢; 筆床茶竈, 可了我半日
浮生.

【三春(삼춘)】 봄은 사계절 중 3개월로 계산할 수 있는데, 이것을 다시 孟春·仲春·
季春으로 나눈 봄날을 말한다.
【筆架(필가)】 붓걸이.
【茶竈(다조)】 차를 달이는 화로.
【了(료)】 깨닫다, 똑똑하다, 완성하다.
【半日(반일)】 반나절.
【浮生(부생)】 덧없는 인생. *浮生半日閒: 속세를 떠나서 가지는 잠시 동안의 閑靜.

　종이 장막에 그린 매화로 봄날의 맑은 꿈을 놀라게 하지 마시길!
　붓걸이와 차 끓이는 화로는 나의 덧없는 반나절 생활을 완전하게 해줄
수 있나니!

[7-80] 酒澆淸苦月, 詩慰寂寥花.

【澆(요)】 (물 따위를) 뿌리다, 물을 대다, 풀다, 없애다.
【淸苦(청고)】 청빈하다, 가난하고 결백하다.
【寂寥(적료)】 적적하고 쓸쓸하다, 적적하고 고요하다.

　술로 청빈한 달빛을 적셔주고, 詩로 적적한 꽃을 위로하노라!

[7-81] 好夢乍回, 沈心未燼, 風雨如晦, 竹響入牀, 此時興復
不淺.

【夢乍回(몽사회)】 꿈에서 막 돌아오다, 즉 꿈에서 막 깨다. *乍: 갓, 방금, 갑자기.

【沉心(침심)】깊이 생각하다, 생각에 잠기다.
【未燼(미진)】완전히 사그라지지 않다.
【晦(회)】그믐밤, 깜깜하다.
【興復不淺(흥부불천)】흥취가 더 이상 얕지 않다(아주 높다).《世說新語》에 실린 말.

　좋은 꿈에서 갓 깨어났을 때 꿈에 대한 생각 사라지지 않는데, 그믐밤
처럼 깜깜한 비바람, 댓잎 스치는 소리 침상으로 들어올 제, 그 흥취 높기
도 하지!

　[7-82] 山非高峻不佳, 不遠城市不佳, 不近林木不佳, 無流泉
不佳, 無寺觀不佳, 無雲霧不佳, 無樵牧不佳.

【高峻(고준)】높고 험한 곳.
【寺觀(사관)】佛舍와 道觀, 중이 사는 곳과 도사가 사는 곳.

　산은 높고 험준하지 않으면 좋지 않고, 마을로부터 멀리 떨어져 있지
않아도, 숲에서 가깝지 않아도, 흐르는 샘물이 없어도, 절이나 道觀이 없
어도, 구름과 안개가 없어도, 나무꾼과 목동이 없어도 좋지 않더라.

　[7-83] 一室十圭, 寒蛩聲喑. 折脚鐺邊, 敲石無火. 水月在
軒, 燈魂未滅. 攬衣獨坐, 如游皇古, 意思虛閒, 世界淸淨, 我身
我心, 了不可取, 此一境界, 名最第一.

【圭(규)】1升의 10만분의 1. 즉 아주 적은 용량.
【寒蛩(한공)】가을 귀뚜라미.
【喑(암)】벙어리, 침묵하다.
【折脚(절각)】다리가 부러지다.

【水月(수월)】물과 달, 물에 비친 달.
【燈魂(등혼)】등불의 혼.
【攬(람)】끌어안다, 잡아당기다, 손에 쥐다.
【皇古(황고)】三皇五帝의 먼 이전시기.
【意思(의사)】마음먹은 생각, 뜻.
【清淨(청정)】깨끗함, 속세의 번거로운 일을 떠나 마음을 깨끗하게 가짐. (불교) 마음이 깨끗하여 번뇌와 사욕이 없음.
【了不可取(요불가취)】전혀 취할 수가 없다. *了: 완전히, 전혀, 조금도.
【名最第一(명최제일)】이름을 제일 앞에 두다, 최고, 제일.

  아주 작은 방, 가을 귀뚜라미 소리조차 들리지 않고, 다리 부러진 솥가에서 부싯돌을 두드려도 불길이 일지 않네.
  물과 달은 난간에 걸려 있는데 등불은 꺼지지 않네.
  옷을 끌어안고 홀로 앉으면 마치 먼 三皇五帝시대에 노니는 듯.
  마음에 욕심 없고 온 세계에 번뇌와 사욕이 없으면 내 몸과 마음은 따로 취할 것이 없으니, 이러한 경지가 제일이라!

[7-84] 花枝送客蛙催鼓, 竹籟喧林鳥報更. 謂山史實錄.

【鼓(고)】시간을 알리는 북소리.
【竹籟(죽뢰)】대나무가 바람에 의해 울리는 소리, 전하여 피리. *籟(뢰): 퉁소(바람이 구멍을 통과하여 나오는 모든) 소리.
【報更(보경)】저녁 시간을 알려주는 것. *更: 일몰부터 일출까지 두 시간씩 5등분한 시각/報(보) 알리다.

  꽃가지 들어 손님 전송할 때 개구리 울음소리 시간 알리는 북소리를 재촉하고, 바람에 흔들리는 대나무 소리 숲에 요란할 때 새 울음소리 저녁 시간을 알려주네.
  이것이 바로 산의 實錄이라네!

[7-85] 遇月夜, 露坐中庭. 心爇香一炷, 可號 '伴月香.'

【遇(우)】 만나다, (뒤에 시간이 오면) …(할) 때가 되다.
【露坐(노좌)】 한데에 앉다.
【爇(설)】 불사르다, 점화하다, 태우다.
【炷(주)】 심지, 태우다, 양사(타고 있는 향을 세는 단위).

　달 뜬 밤, 정원 아무 데나 앉아 마음에 향을 한 촉 사른다.
　'달과 벗하는 향〔伴月香〕' 이라 부를 수 있으리.

[7-86] 襟韻灑落如晴雪, 秋月塵埃不可犯.

【襟韻(금운)】 인품, 풍격.
【灑落(쇄락)】 인품이 깨끗하고 속기가 없는 모양.
【塵埃(진애)】 티끌, 먼지, 속세.

　흰 눈이 갠 듯 깨끗한 품격, 속세의 티끌이 감히 범접하지 못하는 달님!

[7-87] 峰巒窈窕, 一拳便是名山; 花竹扶疎, 半畝如同金谷.

【巒(만)】 빙 둘러싼 산.
【窈窕(요조)】 골찌기기 깊은 모양.
【扶疏(부소)】 초목의 가지와 잎사귀가 무성하다.
【金谷(금곡)】 西晉의 부호 石崇이 빈객을 회동하여 잔치를 베풀고 시를 짓고 놀았던 별장. 지금의 洛陽 老城 동북 7리의 金谷洞 내에 있다.

　산과 봉우리가 깊으면 주먹만한 바위도 명산이 되고, 꽃과 대나무가 무성하면 조그만 숲도 金谷 같은 훌륭한 별장이 된다네.

[7-88] 觀山水亦如讀書, 隨其見趣高下.

山水를 감상하는 것 역시 책을 읽는 것과 같아서 보는 사람의 식견과 취미에 따라 高下의 구별이 있게 된다.

[7-89] 人有一字不識, 而多詩意; 一偈不參, 而多禪意; 一勺不濡, 而多酒意; 一石不曉, 而多畫意, 淡宕故也.

    * 본 항목은 권4 〈靈〉 제 52항목과 중복된다.
【參(참)】 헤아리다, 재조하여 생각하다, 參究하다.
【偈(게)】 불교의 德을 찬양하거나 敎旨를 설명하는 글귀.
【濡(유)】 젖다, 적시다.
【淡宕(당탕)】 (마음이) 담박하면서도 구속되지 않고 넓다.

사람들 중에는 글자 하나 모르지만 詩적인 정취가 풍부하고, 불교의 偈에 대해 한번도 헤아려 보지 않았지만 깨달음에 관한 뜻이 많고, 술은 한 국자도 마시지 못하면서 취흥이 풍부하고, 바위에 대해선 전혀 모르지만 그림에 대한 열정과 재능이 많은 사람이 있으니, 담박하면서 얽매이지 않기 때문이다.

[7-90] 名利場中羽客, 人人輸蔡澤一籌; 烟花隊裏仙流, 個個讓煥之獨步.

【羽客(우객)】 神仙이나 方士를 말한다.
【蔡澤(채택)】 전국시대 연나라 사람으로 지혜가 많고 말을 잘하여 列國을 유세하였고, 秦國의 재상이 되었다.
【一籌(일주)】 한 번.

【煙花(연화)】봄날의 아름다운 경치, 기생.
【煥之(환지)】《金簪傳奇》의 주인공. 이름은 金色, 字가 煥之.《金簪傳奇》은 元朝 杭州 臨平鎭을 배경으로 煥之와 비구니 절인 明因寺의 스님 本空과의 사랑 이야기.
【獨步(독보)】독보적, 천하제일.

　名利를 다투는 장소에서는 신선이라도 모두들 蔡澤에게는 한 번씩 패배하고, 제일 뛰어난 기생일지라도 煥之에게 최고의 자리를 양보하게 된다네.

　　[7-91] 深山高居, 爐香不可缺, 取老松柏之根枝實葉共搗治之, 硏風昉屬和之. 每焚一丸, 亦足助淸苦.

【高居(고거)】高人의 집, 고상하게 살다.
【搗(도)】찧다, 빻다, 두들기다.
【治(치)】만들다.
【硏(연)】갈다.
【風昉(풍방)】한약의 일종.
【屬(찬)】뒤섞다, 뒤섞이다.
【淸苦(청고)】청렴하여 곤궁을 견뎌냄.

　깊은 산에서 고고하게 살 때 향로는 없어서는 안 될 물건이다.
　늙은 松柏의 뿌리와 가지, 열매와 잎사귀를 함께 넣고 찧어서 처리한 나음 風昉을 갈아서 잘 섞어 반죽한다.
　매일 이 丸을 하나씩 태우면 맑고 고고하게 살아가는 데 도움이 된다.

　　[7-92] 白日羲皇世, 靑山綺皓心.

【白日(백일)】쨍쨍 내리쬐는 해, 대낮.
【羲皇世(희황세)】伏羲皇帝 시기. 伏羲는 上古時代 三皇의 한 사람으로 백성에게
목축을 가르쳤으며, 팔괘와 문자도 가르쳤다. 이 시기는 사람들이 욕심 없는 생활을
했다고 한다.
【綺皓(기호)】아름답고 깨끗하다.

밝은 낮은 욕심 없는 복희황제 때의 세상이요, 靑山은 아름답고 깨끗
한 마음이라네!

[7-93] 松聲, 澗聲, 山禽聲, 夜蟲聲, 鶴聲, 琴聲, 棋子落聲,
雨滴堦聲, 雪灑窓聲, 煎茶聲, 皆聲之至淸, 而讀書聲爲最.

소나무 소리, 산골물 소리, 산짐승 소리, 밤벌레 소리, 학 울음소리, 거
문고 소리, 바둑 두는 소리, 섬돌 위에 떨어지는 빗방울 소리, 창가에 눈
내리는 소리, 차 끓이는 소리.
모두 맑디맑지만, 그 중에 책 읽는 소리가 제일!

[7-94] 曉起入山, 新流沒岸; 棋聲未盡, 石磬依然.

【沒(몰)】가라앉다, 잠기다.
【石磬(석경)】돌로 만든 경쇠.
【依然(의연)】전과 다름없다, 여전하다.

새벽에 일어나 산에 들어가면 새로 불어난 물에 강언덕이 잠기고, 바둑
돌 놓는 소리 아직 끝나지 않았는데 石磬 소리는 언제나처럼 울린다네.

[7-95] 松聲竹韻, 不濃不淡.

【松聲竹韻(송성죽운)】 바람이 소나무나 대나무를 스치어 내는 소리.

소나무, 대나무 스치는 소리는 진하지도 엷지도 않구나!

[7-96] 何必絲與竹, 山水有淸音.

왜 현악기와 관악기가 있어야만 하는가? 자연에도 맑은 소리가 있는데!

[7-97] 霜降木落時, 入疏林深處, 坐樹根上. 飄飄葉點衣袖,
而野鳥從梢飛來窺人. 荒凉之地, 殊有淸曠之致.

＊본 항목은 권5 〈素〉 제167항목과 중복된다.
【飄飄(표표)】 바람이 산들산들 부는 모양, 바람에 펄럭이는 모양, 바람에 떠도는 모양.
【點(점)】 점을 찍다, 즉 떨어지다의 의미.
【淸曠(청광)】 깨끗하고 탁 트여 넓음.

서리 내려 낙엽질 때, 황량한 숲 그윽한 곳으로 들어가 나무 그루터기
에 걸터앉네.
팔랑팔랑 떨어지는 잎새 소매 위로 똑똑, 나뭇가지에서 날아온 들새 사
람을 기웃기웃.
이 황량한 땅에도 이토록 깨끗하고 드넓은 운치가 있다네!

[7-98] 世路中人, 或圖功名, 或治生產, 儘自正經. 爭奈天地

間好風月, 好山水, 好書籍, 了不相涉, 豈非枉却一生?

【世路(세로)】 세상을 살아가는 길, 처세의 길.
【治(치)】 다루다, 처리하다.
【儘自(진자)】 자신이 할 수 있는 한. *儘: 될 수 있는 대로, 힘닿는 대로, …의 한도 내에서.
【正經(정경)】 올바르다, 성실하다, 단정하다, 正道, 바른 유학의 서적.
【爭奈(쟁나)】 어찌하랴. *爭(쟁): 어찌하여(=怎).
【相涉(상섭)】 서로 관련되다, 상관하다.
【豈非(개비)】 어찌 …이 아니겠는가?
【枉却(왕각)】 헛되게 하다, 헛되이 낭비하다. *枉: 헛되이, 쓸데없이. 却: …해버리다, …하고 말다.

　　세상을 살아가는 사람은 功名을 도모하거나 생산에 종사하며 자신이 할 수 있는 한 바르게 살고자 노력한다.
　　그러나 천지간의 좋은 風月, 멋진 산수, 좋은 책과 가까이하지 못했다면 일생을 헛되이 보낸 것이 아니겠는가?!

[7-99] 李巖老好睡. 重人食罷下棋, 巖老輒就枕. 閱數局乃一展轉, 云: 我始一局, 君幾局矣?

【李巖老(이암로)】 《東坡志林》第55條 〈題李巖老〉에 나오는 인물. 不詳.
【閱(열)】 지나다, 경과하다, 조사하다, 검열하다, 읽다, 보다.
【展轉(전전)】 몸을 뒤척이다, 엎치락뒤치락하다.

　　李巖老는 졸기를 잘했다. 사람들이 밥을 먹고 나서 바둑을 둘 때면 李巖老는 이내 잠에 빠져들었다. 바둑이 몇 판 진행된 후 몸을 한번 뒤척이며 말한다.
　　"나는 이제 한 판 잤는데, 자네들은 몇 판째인가?"

[7-100] 晚登秀江亭, 澄波古木, 使人得意于塵埃之外. 益人閒景幽, 兩相奇絶耳.

【秀江亭(수강정)】北宋 隱者 吳仁이 지은 개인 별장. 杭州 月輪山 자락에 있다.
【得意(득의)】바라던 일이 성취됨, 뜻을 얻음.
【塵埃(진애)】티끌, 먼지, 속세.
【兩相(양상)】상호간, 양측, 쌍방 모두.
【奇絶(기절)】비할 데 없이 기묘함.

저녁에 秀江亭에 오르면 맑은 물결과 고목나무가 세속 밖에서 원하는 것을 준다.
사람은 한가하게, 풍경은 그윽하게 해주니 인간과 그윽한 경치가 절묘하게 어울리네!

[7-101] 筆硯精良, 人生一樂, 徒設祗覺村妝. 琴瑟在御, 莫不靜好? 纔陳便得天趣.

【精良(정량)】훌륭하다, 뛰어나다, 정교하고 우수하다.
【徒(도)】공연히, 헛되이, 쓸데없이.
【琴瑟(금슬)】거문고.
【御(어)】받들다, 모시다, 부리다, 관리하다, 다스리다.
【莫不(막불)】…하지 않는 것이 없다, 모두 …하다.
【靜好(정호)】조용하고 좋음.
【天趣(천취)】자연의 정취, 천연스런 운치.

훌륭한 붓과 벼루는 인생의 즐거움 중 하나인데, 그냥 놔두기만 한다면 다만 촌스런 장식처럼 느껴질 뿐이다.
거문고를 받들고 있으면 조용해서 좋기는 하지만, 펼친다면 자연의 운치를 얻을 수 있으리!

[7-102] 人想王荊産佳, 此想長松下, 當有清風耳.

【王荊産】晉代 王微(徽)의 어릴 적 字이다. 王澄의 아들이다.
　＊이 구문은 《世說新語》〈言語第二〉에 실린 것이다. 王徽의 부친 王澄의 인품이
훌륭했기에, 큰 소나무 아래 맑은 바람이 불 듯이, 큰 소나무처럼 훌륭한 아비의 아
들도 맑은 바람처럼 깨끗한 인품을 지녔다는 의미.

　사람들은 王微(徽)의 인품이 훌륭할 거라고 생각하는데, 이런 생각은 곧
큰 소나무 아래에는 당연히 맑은 바람이 있을 거라고 여기는 것과 같다.

[7-103] 月夜焚香, 古桐三弄, 便覺萬慮都忘, 妄想盡絶.

　＊본 항목은 권5 〈素〉의 제129항목 앞부분과 동일.
【古桐(고동)】古琴. ＊桐: 古琴은 대부분 오동나무를 깎아서 만들었기에 거문고를
지칭한다.
【萬慮(만려)】수만 가지 근심, 온갖 걱정.

　달밤에 향을 사르고 古琴을 세 번 연주하면 온갖 근심과 妄想이 모두
사라지는 것 같다.

[7-104] 蔡中郎傳, 情思逶迤. 北西廂記, 興致流麗. 學他描
神寫景, 必先細味沈吟. 如曰寄趣本頭, 空博風流種子.

【蔡中郎(채중랑)】東漢의 蔡邕.
【情思(정사)】정, 심사, 감정.
【逶迤(위이)】구불구불 멀리 이어진 모양, 멀고 긴 모양.
【北西廂記(북서상기)】王實甫가 지은 잡극 《西廂記》.
【流麗(유려)】유창하고 아름답다.

【沉吟(침음)】 깊이 생각하다, 심사숙고하다, 망설이다, 주저하다, 입속으로 중얼거리다.
【本頭(본두)】 근본, 본심.
【種子(종자)】 씨, 씨앗, 종자.

《蔡中郞傳》에는 곡진한 감정이 잘 드러나 있고,《北西廂記》는 유려한 흥취가 넘친다.

이런 작품에서 정신과 경물을 표현하는 것을 배우려면 먼저 자세히 음미하고 깊이 생각해야 한다.

감정을 근본에 기탁하는 것은 風流의 씨앗을 공중에 널리 퍼뜨리는 것과 같다는 말이렷다!

[7-105] 夜長無賴, 徘徊蕉雨半窗; 日永多閒, 打疊桐陰一院.

【無賴(무뢰)】 매우 심심하다, 따분하다.
【徘徊(배회)】 노닐다, 천천히 이리저리 왔다갔다함.
【打疊(타첩)】 포개다, 쌓다, 겹쳐쌓다. ＊打: 동사 앞에 놓여 어떤 행위를 하는 것을 의미한다.

무료한 긴긴 밤, 배회하던 빗방울이 파초 잎에 떨어지다 조그만 창가까지 적시고, 한가로운 긴긴 낮, 첩첩 쌓인 오동나무 그늘이 정원을 뒤덮네.

[7-106] 雨穿寒砌, 夜來滴破愁心; 雪灑虛窗, 曉去散開淸影.

【曉去(효거)】 새벽이 가다, 새벽이 지나가다.
【灑(쇄)】 (물을) 뿌리다, 바람이 불다.
【散開(산개)】 흩어지다, 분산하다, 무질서하다.
【淸影(청영)】 맑은 그림자. 즉 소나무·대나무 등의 그림자를 말한다.

빗방울이 차가운 섬돌을 뚫더니 밤이 되자 방울방울 근심스런 마음을
깨뜨려 주고, 눈꽃이 텅 빈 창으로 흩날리더니 새벽이 지나자 맑은 그림
자 흩뜨려 놓네.

[7-107] 春夜宜苦吟, 宜焚香讀書, 宜與老僧說法, 宜消豔思.
夏夜宜閒談, 宜臨水枯坐, 宜聽松聲冷韻, 宜滌煩襟. 秋夜宜豪
遊, 宜訪快士, 宜談兵說劍, 以除蕭瑟. 冬夜宜茗戰, 宜酌酒說
三國·水滸·金甁梅諸集, 宜箸竹肉, 以破孤岑.

【苦吟(고음)】 고심하여 시가를 읊음.
【艶思(염사)】 사랑에 대한 생각, 남녀간에 그리워하는 정.
【枯坐(고좌)】 멍하니 앉아 있다, 우두커니 앉아 있다.
【煩襟(번금)】 번거로운 俗事 때문에 시달리는 마음, 번뇌. ＊襟(금): 가슴, 마음.
【豪游(호유)】 호화롭게 놀다, 호쾌하게 놀다.
【快士(쾌사)】 호쾌한 선비, 시원시원한 선비.
【蕭瑟(소슬)】 가을바람이 쓸쓸하게 부는 모양.
【茗戰(명전)】 차를 품평하는 것.
【竹肉(죽육)】 죽순.
【孤岑(고잠)】 고독하고 적막하다.

봄날 밤에는 고심하며 시를 읊는 것이 좋고, 향을 사르고 책을 읽는 것
도, 老僧과 불교의 설법을 담론하는 것도 좋으니 이런 일들은 춘정을 없
앨 수 있기 때문이다.
　여름밤엔 한가로이 이야기를 나누는 것이 좋고, 물가에 가만히 앉아
있는 것도 좋고, 소나무 소리의 차가운 운치를 듣는 것도 좋으니, 이러한
것들로써 번뇌를 씻을 수 있다.
　가을밤은 호탕하게 노는 것이 좋고, 호쾌한 선비를 찾아가 병법이나 무
기에 대해 이야기를 나누는 것도 좋으니 쓸쓸함을 없앨 수 있다.

겨울밤은 차맛을 음미하는 것이 좋고, 술을 마시고 《三國志》《水滸傳》
《金甁梅》 등의 소설에 대해 이야기하는 것도, 죽순을 먹는 것도 좋으니,
이러한 것들로써 고독과 적막을 깨뜨릴 수 있기 때문이다.

[7-108] 玉之在璞, 追琢則珪璋; 水之發源, 疏濬則川沼.

【璞(박)】 옥돌, 다듬지 않은 옥.
【追(추)】 목적한 데로 이르다, 추구하다.
【圭璋(규장)】 예식 때 장식으로 쓰는 귀한 옥, 고귀한 인물(인품).
【發源(발원)】 물이 처음 시작되는 곳, 水源, 사물의 근원.
【疏濬(소준)】 쳐내다, 준설하다.

다듬지 않은 옥돌 상태에서 갈고 닦으면 귀한 옥이 되고, 水源에서 시
작된 물길을 도랑을 쳐내어 준설하면 시내와 늪이 된다.

[7-109] 山以虛而受, 水以實而流, 讀書當作是觀.

【當(당)】 마땅히, 당연히.
【觀(관)】 관점, 견해.

산은 텅 빔〔虛〕으로써 받아들이고, 물은 가득 찬 것〔實〕으로써 흘러가
나니, 讀書도 이러한 관점으로 해야 한다.

[7-110] 古之君子, 行無友則友松竹, 居無友則友雲山. 余無
友, 則友古之友松竹友雲山者.

　옛날의 군자는 길을 갈 때 친구가 없으면 소나무와 대나무를 벗삼았고, 집에 친구가 없으면 구름과 산을 벗삼았다.

　내게 친구가 없다면 소나무·대나무·구름·산을 친구로 삼았던 옛날의 그 사람을 친구로 삼고 싶다.

　[7-111] 買舟載書, 作無名釣徒. 每當草蓑月冷, 鐵笛雙清, 覺張志和陸天隨去人未遠.

【草蓑(초사)】 띠풀로 만든 도롱이.

【鐵笛(철죽)】 쇠피리.

【張志和(장지화, 약 730-약 810)】 唐代 시인. 字가 子同, 號는 烟波釣徒·玄眞子. 參軍을 역임한 후에 江湖로 은거하였다. 저서로 《玄眞子》 2권이 있고, 《全唐詩》에 그의 詩詞 9수가 남아 있다.

【陸天隨(육천수)】 陸龜蒙(육구몽, ?-약 881). 唐代 문학가. 字가 魯望, 自號가 江湖散人, 天隨子라고 한다. 皮日休와 이름을 나란히 하여 세상에서 '皮陸'이라 칭해진다. 松江 甫里에 은거하며 저술 작업을 하였는데, 高士로 부름을 받았으나 벼슬로 나아가지 않았다. 저서로 《甫里集》《笠澤叢書》가 있다. 《全唐詩》에 그의 시 14권, 《全唐文》에 그의 글 2권이 있다.

　배를 사서 책을 싣고는 이름 없는 낚시꾼이 되었네.

　도롱이 입고 앉아 달빛 차갑고 쇠피리 소리까지 청아할 때면, 강호에 은거했던 張志和와 陸龜蒙이 인간 세계를 떠났지만 멀리 가지는 않은 듯…….

　[7-112] 今日鬢絲禪榻畔, 茶煙輕颺落花風, 此趣惟白香山得之.

【鬢絲(빈사)】귀밑머리카락. *여기서는 귀밑머리칼처럼 가는 햇살을 지칭하는 것
으로 봄.
【禪榻(선탑)】좌선하는 데 쓰는 걸상.
【白香山(백향산)】白居易. 호가 香山居士.

　　좌선하는 걸상가에 머리칼처럼 가느다란 이 햇살, 차 끓이는 연기는 꽃
잎 떨구는 바람 따라 가볍게 오르고……. 이런 정취는 오직 白居易만 누
렸던 것이라네!

　　[7-113] 淸姿如臥雲餐雪, 天地盡愧其塵汚; 雅致如蘊玉含
珠, 日月轉嫌其洩露.

【塵汚(진오)】더러움, 더러운 것.
【蘊玉含珠(온옥함주)】옥을 쌓고 구슬을 품다. *蘊: 쌓다, 모으다.
【轉(전)】오히려, 더욱더.
【洩露(설로)】드러나다, 폭로하다.

　　청아한 자태는 구름 속에 누워 흰 눈을 먹는 것 같으니 천지가 모두 자
신의 더러움을 부끄러워하고, 고아한 운치는 옥을 쌓고 구슬을 머금은 것
같으니 해와 달조차 자기 모습 드러내기 꺼린다네.

　　[7-114] 焚香啜茗, 自是吳中習氣, 雨窓却不可少.

【自是(자시)】저절로 …이 되다, 이것으로부터.
【吳中(오중)】江蘇省 吳縣을 말한다.
【習氣(습기)】습관.
【却(각)】도리어, 오히려, 반대로.

　향을 사르고 차를 마시는 것은 자연스레 吳中의 풍속이 되었는데, 창
가에 비 내릴 때면 더더욱 절대 빠뜨릴 수 없는 일!

　　[7-115] 茶取色臭俱佳, 行家偏嫌味苦; 香須沖淡爲雅, 幽人
最忌烟濃.

【色臭(색취)】 색과 향, 색과 냄새.
【行家(항가)】 전문가.
【沖淡(충담)】 묽게 하다, 약화시키다.
【幽人(유인)】 어지러운 세상을 피하여 그윽한 곳에서 숨어 사는 사람, 隱者.

　차는 색과 향을 모두 갖춰야 좋은 것이니, 전문가는 쓴맛을 유독 싫어
한다.
　향은 맑아야 고아하니, 隱者는 진한 향을 가장 싫어한다.

　　[7-116] 朱明之候, 綠陰滿林, 科頭散髮, 箕踞白眼. 坐長松
下, 蕭騷流觴, 正是宜人疎散之場.

【朱明(주명)】 여름날.
【科頭(과두)】 맨머리, 아무것도 쓰지 않은 머리.
【箕踞(기거)】 두 다리를 뻗고 앉다.
【白眼(백안)】 남을 냉대하여 보는 눈, 흘기는 눈.
【蕭騷(소소)】 바람이 나뭇가지에 부는 소리.
【流觴(유상)】 옛날 음력 3월 3일에 구불구불하게 판 물가에 앉아 술잔을 띄워 놓
고, 술잔이 물을 따라 흐르다 멈추면 그 위치에 앉아 있던 사람이 벌주를 마시는 놀
이(=流觴曲水).
【疏散(소산)】 드문드문하다, 성기다, 분산시키다, 흩어지다, 소통시키다.

여름철 녹음이 온 숲에 가득할 때면 망건 벗어 머리 풀고는 두 다리 뻗고 앉아 다른 사람들은 상관하지 않는다.

키 큰 소나무 아래 솔솔 부는 바람 속에 流觴曲水놀이하기엔 사람들이 적은 장소가 좋다.

[7-117] 讀書夜坐, 鐘聲遠聞, 梵響相和, 從林端來, 灑灑窓几上, 化作天籟虛無矣.

【梵響(범향)】 불경을 읽는 소리.
【灑灑(쇄쇄)】 계속 이어지는 분명한 모양.
【天籟(천뢰)】 자연의 소리, 자연계의 음향.
【虛無(허무)】 아무것도 없고 텅 빔, 마음속이 텅 비고 아무 잡념이 없음.

밤에 책을 읽으려고 앉았더니 멀리서 종소리 들려오고 불경 외는 소리는 화음을 맞추네.

숲 속 끝자락으로부터 다가와 창가 책상 위로 이어지니, 자연의 소리는 마음을 비워 잡념을 없애주네.

[7-118] 夏日蟬聲太煩, 則弄簫隨其韻轉; 秋冬夜聲寥颯, 則操琴一曲咻之.

【煩(번)】 답답하다, 산란하다, 번거롭다, 귀찮다, 성가시다.
【弄簫(농소)】 피리를 불다.
【寥颯(요삽)】 적막하고 쇠잔함. *颯: 쇠잔하다, 바람 소리.
【咻(휴)】 큰 소리로 떠들다, 따뜻하게 하다.

여름철 매미 소리가 너무 성가시다고 느껴질 때 피리를 불면 운치가 바뀌고, 가을 겨울 밤의 소리가 너무 적적하다고 느껴질 때 거문고를 연주하면 분위기가 따뜻해진다.

[7-119] 心淸鑑底瀟湘月, 骨冷禪中太華秋.

【鑑底(감저)】 바닥을 비추다, 바닥이 비치다. ＊鑑: 비추다, 거울.
【瀟湘(소상)】 瀟水(湖南省에서 발원하여 湘水로 흘러가는 강)와 湘水(廣西省 興安縣에서 洞庭湖로 흘러 들어가는 강).
【太華(태화)】 太山(泰山)과 華山(五嶽의 하나로 陝西省에 있다).

마음은 바닥까지 비치는 瀟水와 湘水 위에 뜬 달처럼 맑아야 하고, 기골은 참선에 든 太山·華山의 가을처럼 냉철해야!

[7-120] 語鳥名花, 供四時之嘯吟; 淸泉白石, 成一世之膏肓.

【語鳥(어조)】 아름답게 지저귀는 새.
【嘯吟(소음)】 시를 짓고 읊조리다.
【一世(일세)】 일대, 일생.
【膏肓(고황)】 명치, 고치기 어려운 오류나 病. ＊여기서는 산수자연을 지나치게 좋아하는 기호를 말한다.

지저귀는 새와 아름다운 꽃은 사계절 시를 짓고 읊조릴 소재를 제공해주고, 맑은 샘과 흰 바위는 평생 고칠 수 없는 자연사랑병이 되었다네!

[7-121] 掃石烹泉, 舌底嘲嘲茶味; 開窗染翰, 眼前處處詩題.

【舌底(설저)】 혀뿌리(=舌根).
【嘲嘲(조조)】 새 울음소리, 새가 계속해서 우는 모양. 여기서는 입맛을 다시는 소리.
【染翰(염한)】 붓에 먹물을 묻히다, 글씨를 쓰다.
【處處(처처)】 도처에, 어디든지.

바위를 청소하고 시냇물을 떠서 끓이나니, 벌써 혀 안에 쩝쩝 차맛이 고이고, 창문을 열고 글씨를 쓰나니 눈앞의 모든 곳이 詩의 소재가 된다네.

[7-122] 權輕勢去, 何妨張雀羅於門前; 位高金多, 自當效蛇行于郊外. 蓋炎凉世態, 本是常情, 故人所浩歎, 惟宜付之冷笑耳

【雀羅(작라)】 참새 잡는 그물, 새 잡는 그물.
【蛇行(사행)】 엉금엉금 기어감, 뱀처럼 구불구불 감.
【炎凉世態(염량세태)】 권세가 있을 때는 아첨하여 좋고, 권세가 없어지면 푸대접하는 세상물정.
【常情(상정)】 人之常情, 보통의 일, 흔히 있는 일.
【浩歎(호탄)】 크게 탄식하다.
【宜(의)】 적당하다, 합당하다, 옳다.
【付(부)】 교부하다, 넘겨주다, 부치다, 주다. ＊付之冷笑: 냉소에 부치다, 냉소해 버리다.

권력이 가벼워지고 세력이 사라져 버렸다면 문 앞에 그물을 쳐놓고 참새를 잡은들 어떠리?
지위가 높고 재물이 많으면 교외에서도 뱀처럼 느릿느릿 조심해서 가는 법을 스스로 배워야 한다.
있을 땐 아부하고 없을 땐 푸대접하는 炎凉世態란 본래 인지상정이다.
그러므로 남이 크게 탄식할 때는 오로지 냉소해 버리는 것이 좋을 듯!

[7-123] 谿畔輕風, 沙汀印月, 獨往閒行, 嘗喜見漁家笑傲.
松花釀酒, 春水煎茶, 甘心藏拙, 不復問人世興衰.

【沙汀(사정)】모래사장, 모래강변.
【印(인)】찍히다, 박히다.
【漁家(어가)】어부의 집.
【笑傲(소오)】비웃으며 놀리다.
【甘心(감심)】달가워하다, 만족해하다, 단념하다, 체념하다, 되는 대로 내버려두다.
【藏拙(장졸)】자신의 단점을 감추고 남에게 보여주지 않다, 자신의 견해를 감추다.
＊拙: 서툴다, 자기 또는 자기 사물에 대한 謙稱.

  시냇가에 가벼운 바람 불고 모래사장에 달빛 비칠 때, 홀로 한가로이
걷다 보면 세상 비웃듯 즐거이 살아가는 어부 식구를 보게 된다.
  송홧가루로 술을 빚고 봄물로 차를 끓이며 기꺼이 자신을 감추며, 다
시는 인간 세상의 흥망성쇠를 묻지 않으리!

  [7-124] 手撫長松, 仰視白雲; 庭空鳥語, 悠然自欣.

【悠然(유연)】한가한 모양, 침착하여 서둘지 않는 모양.
【自欣(자흔)】스스로 기뻐하다.

  손으로 키 큰 소나무를 어루만지며 흰 구름을 올려다본다.
  텅 빈 정원에서 들려오는 새소리에 한가로이 나 홀로 기뻐하노라!

  [7-125] 或夕陽籬落, 或明月簾櫳, 或雨夜聯榻, 或竹下傳觴,
或靑山當戶, 或白雲可庭, 于斯時也, 把臂促膝, 相知幾人, 譃
語雄談, 快心千古.

【簾櫳(염롱)】 발(커튼)을 친 창문.
【聯(련)】 잇닿다, 잇다, 연결하다.
【當(당)】 …을 마주 대하다, …을 향하다.
【把臂(파비)】 서로 팔을 잡다(끼다).
【促膝(촉슬)】 무릎을 맞대다.
【相知(상지)】 서로 잘 알다, 서로 이해가 깊다, 知己, 친구.
【謔語(학어)】 농담, 한담.
【雄談(웅담)】 뛰어난 말재주.
【快心(쾌심)】 마음이 상쾌함, 만족스럽게 여기는 마음.
【千古(천고)】 아주 오랜 옛날, 영원히.

　석양이 울타리 너머로 질 때, 밝은 달이 주렴 쳐진 창문 안으로 비쳐들 때, 비 오는 밤 침상을 잇대어 친구와 누울 때, 대나무 아래에서 술잔을 주고받을 때, 푸른 산이 집과 마주하고 있을 때, 흰 구름이 정원까지 들어올 때, 팔짱 끼고 무릎 맞댄 채 친구들과 농담하거나 토론할 때, 즐거운 이 마음 영원하리!

　[7-126] 疎簾淸簞銷白晝, 惟有碁聲; 幽徑柴門印蒼苔, 只容屐齒.

【銷(소)】 녹이다, 없애다, 제거하다, 소비하다.
【蒼苔(창태)】 푸른 이끼.
【屐齒(극치)】 나막신에서 툭 튀어나온 부분, 나막신 굽.
【印(인)】 찍다, 찍히다, 묻히다.

　성근 발 쳐놓고 깨끗한 대자리 깔고 한낮을 보낼 때는 바둑돌 놓는 소리만 들리도록!
　그윽한 오솔길과 닫힌 사립문, 푸른 이끼 위에는 나막신 흔적만 남기도록!

[7-127] 落花慵掃, 留襯蒼苔; 村釀新蒭, 取燒紅葉.

【襯(츤)】 밖으로 드러내다, 돋보이게 하다.
【蒭(추)】 꼴, 풀, 벼·보리 등의 이삭을 떨어낸 줄기. *新蒭: 여기서는 새로 나온 어린 풀잎 종류나 새로 수확한 밭작물을 의미.
【紅葉(홍엽)】 단풍, 낙엽.

붉은 꽃잎 떨어져도 쓸어내기 귀찮아 그냥 두니 푸른 이끼 더 돋보이고,
마을에선 새로 수확한 곡식으로 술을 담그고 낙엽 모아 불을 태우고…….

[7-128] 幽徑蒼苔, 杜門謝客; 綠陰清晝, 脫帽觀詩.

오솔길 깊어 푸른 이끼가 가득, 문을 닫아걸고 손님을 사절하네.
푸른 녹음 우거진 맑은 한낮에 모자 벗고 시를 감상하네.

[7-129] 烟蘿掛月, 靜聽猿啼; 瀑布飛虹, 閒觀鶴浴.

【蘿(라)】 덩굴식물, 담쟁이, 울타리.
【靜聽(정청)】 조용히 듣다.

안개 낀 울타리에 달 걸릴 때 원숭이 울음소리 오도카니 듣는다.
폭포에 무지개 피어오를 때 물놀이하는 학의 모습 한가로이 바라본다.

[7-130] 簾捲入窗, 面面雲峰送碧; 塘開半畝, 瀟瀟煙水涵清.

【面面(면면)】 각 방면, 얼굴과 얼굴, 외형.

【瀟瀟(소소)】 비바람이 세찬 모양, 이슬비가 내리는 모양.
【煙水(연수)】 아지랑이 또는 안개가 끼어 부옇게 보이는 물.

　바람이 주렴을 들추어 창문 안으로 들어오고, 사방의 구름 속 산봉우리 푸르름을 보내주네.
　반(半) 이랑 작은 연못엔 부슬부슬 안개비 청아함을 머금고…….

　　[7-131] 雲衲高僧, 泛水登山, 或可借以點綴. 如必蓮座說法, 則詩酒之間, 自有禪趣. 不敢學苦行頭陀, 以作死灰.

【點綴(점철)】 (점을 찍은 것처럼) 띄엄띄엄 흩어져 있다, 장식하다, 돋보이게 하다.
【蓮座(연좌)】 극락 세계에 있다는 臺.
【禪趣(선취)】 禪의 운치, 禪의 정취.
【頭陀(두타)】 行脚僧.
【死灰(사회)】 불기운이 없는 재, 식은 재, 寡慾하여 名利에 담박한 마음을 비유.

　구름처럼 떠다니는 스님은 강을 건너고 산을 오르는 생활을 통해 자신을 돋보이게 할 수도 있다.
　하지만 극락 세계의 누대에서 설법해야 한다면 시와 술 속에서 생활하더라도 저절로 禪趣가 생기기 때문에 고행하는 行脚僧을 배우지 않더라도 욕심 없고 담박한 마음을 가질 수 있다.

　　[7-132] 遨遊仙子, 寒雲幾片束行妝; 高臥幽人, 明月半牀供枕簟.

【遨游(오유)】 유유히 노닐다, 유람하다, 여행하다.
【仙子(선자)】 仙人, 神仙.

【束(속)】 묶다, 단속하다.
【行妝(행장)】 즉 行裝(여행할 때에 쓰는 모든 기구, 또는 여행의 차림).
【幽人(유인)】 세상을 피하여 그윽한 곳에 숨어 사는 사람, 隱者.
【枕簟(침점)】 침상에 깔아놓은 대자리.

여유롭게 유람하는 仙人은 차가운 구름 몇 조각에도 行狀을 꾸리고, 편한 마음으로 생활하는 隱者는 밝은 달이 침상으로 들어오면 잠자리를 내준다네.

[7-133] 落落者難合, 一合便不可分; 欣欣者易親, 乍親忽然成怨. 故君子之處世也, 寧風霜自挾, 無魚鳥親人.

【落落(낙락)】 대범하고 솔직하다, (다른 사람과) 어울리지 못하다, 많은 모양.
【欣欣(흔흔)】 기뻐하는 모양, (초목이) 무성한 모양, 활기찬 모양, 득의해하는 모양.
【風霜(풍상)】 바람과 서리, 세월, 세상의 고생.
【挾(협)】 끼다, 가지다, 뒤섞이다.

남과 잘 어울리지 못하는 사람은 다른 이와 마음이 합쳐지기는 어렵지만 한번 의기투합하면 떨치지 못한다.
활발한 사람은 남과 친해지기 쉽지만 금방 친해졌다가 갑자기 원망을 사기도 한다.
그러므로 군자라면 차라리 스스로 고생을 안고 살지라도 어항 속 물고기나 조롱 속 새처럼 사람을 가까이하지 마라!

[7-134] 淸齋幽閉, 時時暮雨打梨花; 冷句忽來, 字字秋風吹木葉.

【淸齋(청재)】마음을 깨끗이 하고 재계함, 깨끗한 방, 깨끗한 집.
【幽閉(유폐)】가둠, 감금함.
【冷句(냉구)】사람을 오싹하게 만드는 구절.

  깨끗한 집에 깊숙이 들어앉아 문을 닫아걸면 때때로 저녁비가 배꽃을 두드리네.
  순간 冷句가 떠오르니 글자마다 차가운 가을바람 나뭇잎을 불어대 듯…….

  [7-135] 海內殷勤, 但讀停雲之賦. 目中寥廓, 徒歌明月之詩.

【海內(해내)】국내, 온 천하, 온 세상.
【慇勤(은근)】친절하다, 공손하다, 정성스럽다, 따스하고 빈틈없다.
【停雲(정운)】陶潛의 詩에 벗을 생각하는 ‘停雲篇’이 있기에 친한 벗을 생각하는 우정을 지칭한다. 가는 구름을 머물게 한다는 뜻으로 노랫소리가 아름다움을 말한다.
【寥廓(요곽)】텅 비고 끝없이 넓다, 공허하다, 텅 비다.

  세상이 따스하다면 우정이 생각나는 賦를 읽고, 보이는 것이 모두 공허하다면 밝은 달에 관한 시를 읊으시길!

  [7-136] 生平願無恙者四: 一曰靑山, 一曰故人, 一曰藏書, 一曰名草.

【恙(양)】병, 탈, 근심.

  평생 원해도 탈이 없는 것에 네 가지가 있다.
  하나는 청산이고, 또 하나는 친구요, 하나는 藏書이며, 또 하나는 멋진 화초!

[7-137] 聞暖語如挾纊, 聞冷語如飲冰, 聞重語如負山, 聞危語如壓卵, 聞溫語如佩玉, 聞益語如贈金.

【挾纊(협광)】 솜옷을 입다.
【贈金(증금)】 금을 주다, 금을 하사하다.

따스한 말을 들으면 솜옷을 입은 듯 따뜻하고, 차가운 말을 들으면 얼음물을 마신 듯 차갑고, 중대한 말을 들으면 산을 짊어진 듯 무겁고, 위험한 말을 들으면 달걀을 누르는 듯 불안하고, 온화한 말을 들으면 玉을 지닌 듯 편안하고, 이익이 되는 말을 들으면 재물을 받은 듯 든든하다.

[7-138] 旦起理花, 午窗剪葉, 或截草作字, 夜臥懺罪, 令一日風流瀟散之過, 不致墮落.

【懺罪(참죄)】 죄를 뉘우치다. *懺: 뉘우치다, 참회하다.
【瀟散(소산)】 쓸쓸하게 흩어지다.
【墮落(타락)】 떨어지다, 쇠락하다, 부패하다.

아침에 일어나 꽃을 다듬고, 낮에는 창 아래에서 잎을 자르거나 풀을 끊어서 글자를 만들고, 밤에는 누워서 풍류를 여기저기 흩뿌린 하루의 잘못이 타락에 이르지 않도록 반성한다.

[7-139] 快欲之事, 無如飢餐; 適情之時, 莫過甘寢. 求多于

淸欲, 卽侈汰亦茫然也.

【淸欲(청욕)】 깨끗하게 살고자 하는 욕심.
【莫過(막과)】 …보다 더한 것은 없다.
【侈汰(치태)】 지나치게 사치하다.
【茫然(망연)】 넓고 멀어 아득한 모양, 무지하다, 멍청하다, 막연하다.

　빨리 하고 싶은 일로는 배고플 때 밥 먹는 일만한 것이 없고, 천성에 어울리는 것으로는 달콤하게 자는 것보다 좋은 것이 없다.
　맑게 살고픈 욕망에 맞추어 너무 많은 것을 추구하는 것 또한 멍청한 짓이다.

[7-140] 客來花外茗烟低, 共銷白晝; 酒到梁間歌雪繞, 不負淸尊.

【梁間(양간)】 梁은 들보, 間은 기둥간의 거리로 여기서는 방 안으로 해석하였다.

　손님이 오면 꽃밭 바깥으로 차 연기를 낮게 드리우며 낮 시간을 함께 보내고, 술이 방 안으로 들어오면 흰 눈을 노래하는 노랫가락 얽히는데도 맑고 고귀함은 그대로…….

[7-141] 雲隨羽客, 在瓊臺雙闕之間; 鶴唳芝田, 正桐陰靈虛之上.

【羽客(우객)】 날개가 달린 손님, 즉 신선이나 道士의 별칭.
【瓊臺(경대)】 옥으로 장식한 궁전, 화려한 궁전, 신선이 사는 곳. 武當山에 있는 누대라고도 한다.

【雙關(쌍관)】 武當山에 있는 夾脊雙關(두번째 관문).

【芝田(지전)】 상서로운 영지가 자라는 밭으로, 仙境을 의미.

【靈虛(영허)】 깨달음에 이를 때 잠시 마음이 비는 상태, 혹은 靈虛山을 지칭.

　＊瓊臺·雙關은 〈桐陰高士圖〉 등의 그림에 등장하는데, 그 그림의 품격을 논하는 글들은 대부분 ‘靈虛(虛靈)’한 격조를 높이 사고 있다. 본 항목 역시 〈桐陰高士圖〉의 화면과 풍격을 논한 글로 보인다.

　구름은 도사를 좇아 瓊臺와 雙關 사이에 머물고, 학은 仙境 같은 영지 밭에서 우나니, 바로 오동나무 그늘 아래 靈虛山 위에서…….

卷八・奇

본권 '奇'는 글자 그대로 남들과는 다른, 얼핏 기이해 보이는 삶의 태도와 방식에 대한 글 모음이다. 그러므로 두루뭉술하고 어수룩하게 세상을 살아가기를 권하던 책 전체의 宗旨와는 달리, 자신의 뜻을 굽히지 않는 强骨에 대한 찬사가 많이 보인다.

한편 본 8권에서는 예술가의 창작에 대해서도 많이 언급되어 있는데, 특히 기존의 틀을 뛰어넘고 격을 깨는 독특하고 파격적인 것에 대한 호의적 태도를 읽을 수 있다. 때문에 《서상기》《춘추》《주역》 등 탁월한 내용과 독특한 풍격을 지닌 작품, 빼어나게 아름답거나, 다른 것들과는 다른(奇) 혹은 일반적인 심미안으로 아름답게 보이지 않는 정경 등도 등장한다. 이밖에 다른 문학 작품에 등장하는 독특한 풍경이나 상황을 수록하기도 하였다. 전체적으로는 여러 가지 내용과 격조가 뒤섞여 있어 편집자가 정의하는 '奇'의 개념이 애매모호한 것이 사실이다.

[8-0] 我輩寂處窗下, 視一切人世, 俱若蟻蠓嬰媿, 不堪寓目. 而有一奇文怪說, 目數行下, 便狂乎叫絶, 令人喜, 令人怒, 便令人悲. 低徊數過, 床頭短劍亦鳴鳴作龍虎吟, 便覺人世一切不平, 俱付煙水. 集奇第八.

【人世(인세)】 세상.
【蟻蠓(멸몽)】 진디등에. 숲에서 서식하며 여름에 떼지어 뱅뱅 돌며 날아다니는 곤충.
【不堪(불감)】 감히 …하지 않다.
【寓目(우목)】 주목하다, 눈여겨보다.
【狂呼(광호)】 미친 듯 큰 소리로 외치다.
【叫絶(규절)】 훌륭하다고 외치다, 감탄사를 내뱉다.
【付煙水(부연수)】 금방 걷힐 안개 낀 호수에 부치다, 곧 부질없음, 수포로 돌아감을 말한다.

창문 아래 조용히 앉아 인간 세상의 모든 것을 바라보면 진디등에 같은
벌레나 어린애들의 유치한 짓 같아서 그냥 보아넘긴다.

그러다가 빼어난 글이나 독특한 말이 있어 몇 줄 읽어 내려가다 보면
너무나 훌륭하여 이내 열광적으로 감탄사를 내뱉게 된다. 그런 글들은 사
람을 즐겁게도 만들고, 화나게도, 슬프게도 한다. 고개를 숙인 채 몇 번이
나 서성대다가, 머리맡 짧은 劍으로 호랑이나 용의 울음 같은 소리를 내
며 휘두르고 나면 인간 세상의 모든 불평이란 한갓 부질없는 것임을 느끼
게 된다.

奇에 관한 문장들을 모아서 第8로 삼았다.

[8-1] 呂聖公之不問朝士名, 張師高之不發竊器奴, 韓稚圭之
不易持燭兵. 不獨雅量過人, 正是用世高手.

【呂聖公(여성공)】 北宋의 呂蒙正. 여몽정은 젊은 나이에 參知政事를 역임했는데,
어떤 관리가 여몽정을 조롱한다는 말이 있어 동료가 조사하려 하였다. 그러나 여몽
정은 "만약 그의 이름을 안다면 반드시 마음속에 담아두려 할 것이니 모르는 게 낫
다"며 만류하였다.
【張師高(장사고)】 北宋의 張齊賢. 집안 잔치 때 한 노비가 품속에 은그릇을 훔쳤지
만, 장제현은 알고도 모른 척했다. 뒤에 張齊賢이 재상이 되자 문하에 있던 모든
사람이 관직을 받았지만, 그 노비만은 관직을 받지 못했다.
【不獨(부독)…正是(정시)】 …뿐만 아니라 …이다.
【韓稚圭(한치규)】 宋代의 韓琦. 한기가 밤에 글을 쓸 때 병졸에게 촛불을 들고 있
게 했다. 병졸이 잘못하여 韓琦의 머리털을 태우자 소매로 촛불을 덮어 끄고는 그
대로 글을 썼다. 그 병사가 너무 황송하여 다른 병사와 교대하려 하자 그가 벌받을
것을 걱정하여 "다른 병사로 교체하지 마라, 내가 심지를 돋우라고 해서 수염이 타
버린 것이다"라고 말했다고 한다.
【用世(용세)】 세상을 위해 일하다, 세상을 위해 쓰이다, 세상을 이용하다(다루다).

呂聖公은 자신을 조롱하던 관리의 이름을 묻지 않았고, 張師高는 물

건을 훔친 노비의 죄를 벌하지 않았으며, 韓稚佳는 촛불을 들고 있다가 수염을 태워 버린 병사를 교체하지 않았다.

그들은 고아함이 다른 사람보다 뛰어났을 뿐 아니라 세상을 다루는 데도 고수였다.

[8-2] 花看水影, 竹看月影, 美人看簾影.

꽃은 물에 비친 그림자를 봐야 하고, 대나무는 달빛에 비친 모습을 봐야 하고, 아리따운 여인은 주렴 속에 비친 모습을 봐야 제 맛!

[8-3] 佞佛若可懺罪, 則刑官無權; 尋仙可以延年, 則上帝無主. 達士盡其在我, 至誠貴於自然.

【佞佛(영불)】 부처에게 아첨하다, 즉 부처에게 빌다.
【刑官(형관)】 형법을 맡아 죄를 다스리는 벼슬아치.
【主(주)】 주관하다, 주재하다.
【達士(달사)】 事理에 통달한 선비.
【自然(자연)】 여기서는 후천적 노력으로 형성된 것이 아닌 자연적으로 타고난 것, 천성적인 것으로 보았다.

부처에게 빌어 참회할 수 있는 죄라면 재판하는 관리도 권리를 행사할 수 없고, 신선을 찾아가 생명을 연장할 수 있다면 상제도 주재할 수 없을 것.
사리에 통달한 선비가 자신의 모든 것을 바친다면 그 지극한 정성은 타고난 것보다 귀하리라!

[8-4] 以貨財害子孫, 不必操戈入室; 以學校殺後世, 有如按

劍伏兵.

【貨財(화재)】 재물, 재화.
【按(안)】 잡다, 쥐다.
【伏兵(복병)】 적병을 불시에 치기 위하여 요지에 군사를 숨겨둠, 또는 그 군사.
　＊많은 재물이나 잘못 취득한 재물을 자손에게 남겨주는 일은 칼로 죽이는 것보다 더 쉽고 확실하게 자손을 망치는 일이며, 잘못된 학교 교육(인성과 인품을 닦는 교육이 아니라 명성과 승진에만 얽매이는 교육)은 무기를 든 복병처럼 잠복된 화가 후손에게 닥친다는 의미.

　재물로 자손에게 해를 입힐 수 있는 것! 해를 입히려면 굳이 창을 들고 죽이러 방에 들어갈 필요도 없다.
　잘못된 학교의 교육으로 후세를 죽일 수 있는 것! 잘못된 교육은 검을 쥐고 매복해 있는 병사처럼 위험한 것이기에…….

[8-5] 讀諸葛武侯出師表而不墮淚者, 其人必不忠; 讀韓退之
祭十二郞文而不墮淚者, 其人必不友.

【諸葛武侯(제갈무후)】 즉 諸葛亮. 삼국시대 蜀의 재상. 隆中에 은거하다가 劉備의 三顧草廬로 출사한 후 蜀을 건국하게 했으며, 유비가 죽은 후 後主인 劉禪을 보필하다가 出兵을 앞두고 후주에게 〈出師表〉를 올렸는데, 이 글은 충성심이 넘치는 명문장으로 평가받는다.
【韓退之(한퇴지)】 韓愈. 字가 退之. 唐宋八大家 중의 한 사람으로, 그의 문장은 古文을 모범으로 삼아 雄偉宏深하여 후세의 宗이 됨. 우정에 대한 〈祭十二郞文〉을 지어 큰 감동을 주었다.

　諸葛亮의 〈出師表〉를 읽고서도 눈물을 흘리지 않는 사람은 충성심이 없고, 韓愈의 〈祭十二郞文〉을 읽고서도 눈물을 흘리지 않는 자는 우정이 없는 것!

[8-6] 世味非不濃艷, 可以淡然處之. 獨天下之偉人與奇物,
幸一見之, 自不覺魄動心驚.

【濃艷(농염)】 아주 요염함, 진하고 화려함.
【淡然(담연)】 담박한 모양, 淡淡한 모양, 욕심이 없고 깨끗한 모양.
【幸(행)】 다행, 요행, 다행히.
【魄動心驚(백동심경)】 마음을 놀라게 하고 넋을 뒤흔들다, 남을 대단히 놀라게 함을
말한다(=驚心動魄).

　세상 사는 맛이 진하고 화려하지 않은 것은 아니지만 욕심 없는 깨끗한
모습으로 세상살이의 그런 맛을 대신할 수도 있으리라.
　그러다가 위대한 인물이나 기이한 사물을 요행히 보게 되면 저도 모르
게 깜짝 놀라게 되더라!

[8-7] 道上紅塵, 江中白浪, 饒他南面百城; 花間明月, 松下
涼風, 輸我北窓一枕.

【饒(요)】 넉넉하다, 두텁다, 풍요하다.
【南面百城(남면백성)】 군주의 높은 지위와 城 백 개를 아우르는 넓은 영토. ＊南面:
임금이 조정에서 신하에 대해 남쪽으로 향해 앉은 자리, 전하여 임금(의 지위).
【輸(수)】 보내다, 정성을 다해 내놓다, (승부에) 지다.
　＊땅에서는 먼지를 일으키며 달리고, 물에서는 물보라를 일으키며 바쁘게 뛰어
다닌 결과 황제의 지위가 공고해지고 영토가 넓어진다는 뜻. 이는 '먼지' 나 '물보
라' 가 세속적인 부귀영화를 이루는 데 소용되지만, 자연에 동화된 화자에게는 달과
바람 같은 자연이 친구로서 다가온다는 뒷구절과 대비시킨 것.

　길 위의 붉은 먼지, 강물 속의 하얀 물보라가 황제의 지위와 영토를 넉
넉하게 해주기도 하지.
　꽃무더기 사이로 보이는 밝은 달, 소나무 아래에서 이는 시원한 바람

은 북창 아래 나의 잠자리로 실려오고……．

[8-8] 人生不好古, 象鼎犧尊, 變爲瓦缶；世道不憐才, 鳳毛
麟角, 化作灰塵.

　＊이 항목은 권3〈峭〉제48과 동일.
【象鼎犧尊(상정희존)】 코끼리 모양의 솥과 소 모양의 술잔. 象鼎은 고대 청동 제기,
犧尊은 고대 청동 술잔.
【瓦缶(와부)】 질항아리(=瓦罐). 여기서는 값비싼 골동품과 대비하여 일상 생활에서
쉽게 만날 수 있는 값싼 물건을 상징한다.
【世道(세도)】 세상살이, 세상 형편, 세상 이치, 세상에서 지켜야 할 도리.
【鳳毛麟角(봉모린각)】 봉황의 털과 기린의 뿔. 현실에서는 구할 수 없는 드물고 귀
한 인재나 사물.
【灰塵(회진)】 먼지.

　옛것을 좋아하지 않는 사람에게는 ‘코끼리 모양의 솥’이나 ‘쇠뿔 모양
의 술잔’처럼 진귀한 골동품도 값싼 질항아리처럼 돼버리고, 재주를 소
중히 여기지 않는 세상에서는 ‘봉황의 털’이나 ‘기린의 뿔’처럼 만나기
힘든 탁월한 인재도 하찮은 먼지가 돼버린다.

[8-9] 何以消上天之淸風朗月？酒盞詩筒. 何以謝人世之覆雨
翻雲？閉門高枕.

【詩筒(시통)】 시를 넣어 보관하는 대나무 통.
【覆雨翻雲(복우번운)】 (비가 내렸다 개고, 구름이 갖가지 모양으로 변하는 것처럼) 이
랬다저랬다 대중없이 변하다, 온갖 술책을 다 부리다.
【高臥(고와)】 베개를 높이 베고 편히 자다, 즉 세상의 피곤한 일을 벗어나서 마음내
키는 대로 살다.

무엇으로 맑은 바람과 밝은 달을 소모할 수 있을까? 술잔과 시를 보관하는 통뿐!

무엇으로 인간의 잦은 변심을 사절할 수 있을까? 세상과 문을 닫고 본성대로 사는 것뿐!

[8-10] 君子不傲人以不如, 不疑人以不肖.

군자는 다른 이가 자기보다 못하다고 거만하게 굴지 않고, 다른 이가 자신과 다르다고 의심하지도 않는 법!

[8-11] 立言亦何容易? 必有包天, 包地, 包千古, 包來今之識; 必有驚天, 驚地, 驚千古, 驚來今之才; 必有破天, 破地, 破千古, 破來今之膽.

【立言(입언)】 후세에 전할 만한 말을 남김, 전하여 이론을 세워 이야기함.
【千古(천고)】 먼 옛날, 태고, 영원, 영구.
【來今(내금)】 來世와 今世.
【破(파)】 여기서는 기존의 틀을 깨뜨리고 뛰어넘는 破格(파격)으로 보았다.

자신의 논리를 세운다는 것이 어찌 쉬운 일이겠는가?

후세에 남길 만한 이론이라면 반드시 하늘을 포함하고 땅을 포용하며, 먼 옛날도 아우르고 今世는 물론 來世까지 포함하는 지식이 담겨 있어야 한다.

또한 하늘을 놀라게 하고 땅을 놀라게 하며, 千古 · 今世 · 來世까지도 감짝 놀라게 할 만한 재주가 있어야 한다.

하늘을 깨뜨리고, 땅을 깨뜨리고, 오랜 세월 전해진 틀을 깨뜨리고, 今世와 來世의 틀까지도 뛰어넘는 용기 또한 있어야 하는 것이다!

[8-12] 聖賢爲骨, 英雄爲膽, 日月爲目, 霹靂爲舌.

　(올곧은) 성현을 뼈대로 삼고, (용기 있는) 영웅을 담력으로 삼고, (밝은) 해와 달을 눈으로 삼고, (거침없이 쏟아내는) 천둥을 혀로 삼으리!

[8-13] 瀑布天落, 其噴也珠, 其瀉也練, 其響也琴.

　하늘에서 떨어지는 폭포! 뿜어내나니 영롱한 진주요, 쏟아내나니 하얀 비단이요, 울려내나니 거문고 소리라!

[8-14] 平易近人, 會見神仙濟度; 瞞心昧己, 便有鬼怪出來.

【濟度(제도)】 물을 건넘, (불교) 중생을 인도하여 生死·煩惱의 苦海를 건너 成佛得脫의 彼岸에 이르게 함.

　소탈하여 다른 이가 쉽게 다가갈 수 있다면 신선의 구원을 만날 수 있지만, 자신의 마음을 속이면 이내 악령이 나타나리니!

[8-15] 佳人飛去還奔月, 騷客狂來欲上天.

【佳人(가인)】 미인, 미남, 사모하는 사람, 군주.
【騷人(소인)】 시인, 문사, 근심을 품은 사람. *'騷': 楚나라 출신의 대시인 屈源(굴원)이 지은 〈離騷(이소)〉라는 작품은 중국 최초의 개인 서정시로 평가받는다. 이후 '騷'는 (개인) 서정시, 혹은 詩의 범칭으로 사용되었고, '騷人'은 시인을 지칭하게 되었다.

아름다운 여인은 훨훨 날아 달로 도망가 버리고, 시인 묵객은 열정적으로 하늘로 오르려 하고…….

[8-16] 涯如沙聚, 響若潮吞.

【聚(취)】 모이다, 무리, 마을.

모래알이 마을을 이룬 듯한 해변가, 모든 소리는 파도가 삼켜 버린 듯…….

[8-17] 詩書乃聖賢之供案, 妻妾乃屋漏之史官.

【乃(내)】 이내, 곧, 즉.
【供案(공안)】 죄인이 진술한 범죄 사실을 기록한 서류. 여기서는 성현이 진술하듯 쓴 기록이란 의미.
【屋漏(옥루)】 집 안의 깊숙한 곳. 즉 부인의 거처를 말한다. *漏(루): 서북쪽 귀퉁이로 집 안에서 가장 깊숙하여 어두운 곳, 전하여 사람이 보지 않는 곳.
　*屋漏之史官: 처첩이 한 집안의 모든 살림을 맡아서 관리하고 기록하기 때문에 한 집안의 史官이란 의미.

詩書는 즉 성현이 진술한 기록이요, 妻妾은 집 안 깊숙한 곳에 있는 史官이라네.

[8-18] 强項者, 未必爲窮之路; 屈膝者, 未必爲通之媒. 故銅頭鐵面君子, 落得做箇君子, 奴顔婢膝, 小人枉了做箇小人.

【强項(강항)】 '강한(뻣뻣한) 목'이란 뜻으로, 함부로 남에게 머리를 숙이지 않는 일, 곧 강직하여 억압에 굽히지 않음을 말한다.
【未必(미필)】 반드시 …한 것은 아니다.
【銅頭鐵面(동두철면)】 구리 머리와 강철 얼굴, 즉 불굴의 강한 기골을 말한다.
【奴顔婢膝(노안비슬)】 노예의 얼굴과 노비의 무릎. 남에게 종처럼 지나치게 굽신거리는 비루한 태도.
【落得(낙득)】 득의함을 이루다, 뜻을 이루다. ＊落(락): 이루다, 준공하다.
【枉自(왕자)】 자신의 뜻을 굽혀 남에게 순종함. ＊枉(왕): 굽다, 굽히다.

　강직한 자라고 반드시 곤궁한 길만을 가는 것은 아니고, 무릎 꿇고 비굴하게 행동하는 자가 만사형통하는 매개체를 가지는 것은 아니다.
　강한 기골을 가진 군자는 자신의 뜻을 지켜내기에 군자가 되는 것이요, 남에게 굽신거리는 소인은 자신을 비굴하게 굽혀 남에게 순종함으로써 소인이 되는 것이다.

[8-19] 有仙骨者, 月亦能飛; 無眞氣者, 形終如槁.

【仙骨(선골)】 신선의 골격, 신선의 풍골.
【槁(고)】 마르다, 말라죽은 나무.

　신선 같은 기골을 지닌 사람은 달까지 날아오를 수 있으리니, 진정한 기개가 없는 사람이라면 결국 말라죽은 나무 같은 모습이 될 뿐!

[8-20] 一世窮根, 種在一捻傲骨; 千古笑端, 伏於幾個殘牙.

【捻(념)】 비비다, 비틀다, 집다.
【傲骨(오골)】 굳은 뼈, 거만한 풍채.

평생 곤궁한 근원은 배배 꼬인 오만한 성질에 씨를 뿌렸기 때문일 테고,
천고에 비웃음을 사는 발단은 망령된 말을 하는 몇 개 남은 치아 속에 숨
어 있는 것!

[8-21] 石怪常疑虎, 雲閒却類僧.

　괴이한 모습의 바위는 항상 호랑이인가 의심스럽고, 한가로이 흐르는
구름은 한적하게 살아가는 스님과 닮은 듯…….

[8-22] 大豪傑舍己爲人, 小丈夫因人利己.

【舍己爲人(사기위인)】 남을 위해 자기의 이익을 버리다, 남을 위해 자기 몸을 바치다.
【小丈夫(소장부)】 마음이나 행동이 비루한 남자, 졸장부.

　위대한 호걸은 다른 사람을 위해 자신을 바치고, 졸장부는 다른 사람
을 이용하여 자신의 이익을 꾀한다.

[8-23] 一段世情, 全憑冷眼覷破; 幾番野趣, 半從熱腸換求.

【世情(세정)】 세상의 물정, 世態人情.
【覷破(처파)】 간파하다. ＊覷: 엿보다.
【幾番(기번)】 몇 번, 몇 차례.
【野趣(야취)】 시골의 정취, 속세를 벗어난 태도, 세련되지 못한 거칠고 자연스러운
정취.
【熱腸(열장)】 사물에 깊이 마음을 쏟음, 열정.
【換求(환구)】 바꿔서 구하다, 변경해서 얻다.

＊眞僞·利惡이 교묘히 섞여 있는 세태 인정은 냉철하게 간파해야 하고, 자연스
럽고 투박한 정취는 거친 듯 보이지만 열정이 다듬어지지 않은 상태로 그대로 표출
된 것이므로 자연스레 따르라는 의미.

세상 물정이란 하나하나 냉철한 눈으로 간파해야 하는 것!
투박하고 자연스러운 정취는 대부분 타고난 열정이 그리 바뀐 것!

[8-24] 識盡世間好人, 讀盡世間好書, 看盡世間好山水.

세상의 좋은 사람을 모두 알고, 세상의 좋은 책을 모두 읽고, 세상의 좋
은 산수를 모두 돌아보리라!

[8-25] 舌頭無骨, 得言句之總持; 眼裏有筋, 具遊戲之三昧.

【總持(총지)】 (불교) 다라니(陀羅尼)의 譯語. 梵文의 긴 句를 번역하지 않고 그대로
誦讀하는 일.
【三昧(삼매)】 (불교) 梵語 samadhi의 음역. 오직 한 가지 일에만 마음을 집중시키는
경지, 삼매경.

혀에는 뼈가 없어 언어의 깊은 뜻을 얻을 수 있는 것이요, 눈에는 힘줄
이 있어 아름다운 산수를 유람하며 삼매경에 빠질 수 있는 것!

[8-26] 群居閉口, 獨坐防心.

여러 사람들과 함께 있을 때는 입을 닫고, 홀로 앉아 있을 때는 느슨해
지는 마음을 조심하라!

[8-27] 當場傀儡, 還我爲之 ; 大地衆生, 任渠笑罵.

【當場(당장)】 바로 그 자리, 즉석.
【傀儡(괴뢰)】 꼭두각시.
【任(임)】 마음대로.
【渠(거)】 그, 그 사람, 도랑, 우두머리, 어찌.

내 앞에 있는 꼭두각시는 내가 조종해야 하는 것!
때문에 이 땅의 수많은 중생들도 지도자에 의해 비웃음을 당하기도, 욕을 먹기도 하는 것!

[8-28] 三徙成名, 笑范蠡碌碌浮生, 縱扁舟忘却五湖風月 ; 一朝解綬, 羨淵明飄飄遺世, 命巾車歸來滿哭琴書.

【三徙(삼사)】 세 번이나 옮겨다니다, 세 번이나 천거되다(=三遷). *徙: 옮기다, 귀양 보내다.
【范蠡(범여)】 春秋時代 楚나라 사람으로 越王 勾踐을 도와 吳나라를 멸망시켰다. 나중에 陶땅에 숨어 살며 五湖에 배를 띄우고서 세상을 잊고 살았다고 한다.
【碌碌(녹록)】 남을 좇는 모양, 평범한 모양, 용속한 모양.
【浮生(부생)】 덧없는 인생.
【忘却(망각)】 잊어버림.
【扁舟(편주)】 작은 배, 거룻배.
【飄飄(표표)】 바람에 나부끼는 모양, 뛰어오르는 모양, 방랑하는 모양.
【遺世(유세)】 세상을 버림, 세상 일을 잊음.
【巾車(건차)】 玉 · 金 · 象革 · 布帛 등으로 장식한 수레, 車官의 長.

　*話者는 范蠡를 비웃었지만, 세상을 멀리하고 자연〔五湖〕과 함께했던 범여의 운치나 참뜻은 제대로 이해하지 못했고, 도연명의 歸依自然을 선망하여 멋지게 귀향했지만, 막상 은거 생활을 하다 보니 옛 시절이 그리워 통곡하는 모습을 말한다. 아무것도 소유하지 않고, 자유자재의 정신적 풍격을 누렸던 은자의 삶이나 태도를 실행할 수 없는 범부의 탄식이리라!

세 번이나 천거당한 뒤 명성을 날린 범여(范蠡), 그의 인생이 덧없다며
비웃고는 작은 거룻배 띄웠네. 그러나 난 오호(五湖)의 멋진 풍월조차 제
대로 이해하지 못한다네!
  하루 아침에 관직을 버린 도연명(陶淵明), 훌훌 세상을 털어 버린 것을
선망하여 멋진 수레를 불러 타고 고향으로 돌아왔다네. 그러나 거문고와
책을 대하니 오히려 눈물만 펑펑!

[8-29] 人生不得行胸懷, 雖壽百歲, 猶夭也.

【不得(부득)】 …할 수가 없다, …해서는 안 된다.
【胸懷(흉회)】 가슴속, 심중, 포부, 생각.
【雖(수)…猶(유)】 설령 …하더라도 …와 같다.

  사람이 자신의 포부를 행할 수 없다면 1백 년을 살더라도 요절한 것과
마찬가지!

[8-30] 棋能避世, 睡能忘世. 棋類耦耕之沮溺, 去一不可; 睡
同御風之列子, 獨往獨來.

【耦耕(우경)】 두 사람이 나란히 밭을 갊.
【沮溺(저닉)】 春秋시대의 은사 長沮와 桀溺. 두 사람이 함께 은거하며 몸소 경작했
다고 한다.
【列子(열자)】 列御寇. 戰國시대 鄭나라 사람으로 黃老 사상에 심취했으며, 바람을
타고 다닐 수 있었다고 전해진다.

  바둑은 세상으로부터 피할 수 있게 해주고, 잠은 세상을 잊을 수 있게
해준다. (비록 속세의 인간들로부터는 피했지만) 바둑은 함께 밭을 갈던 長

沮·桀溺처럼 둘이 하는 것이니, 한 사람이라도 없으면 안 될 일!
　그러나 잠자는 것은 바람을 자유로이 움직였던 列子처럼 혼자서도 어디든 오갈 수 있는 것!

[8-31] 以一石一樹與人者, 非佳子弟.

　＊남에게 아부하거나 부탁하면서, 세속적인 재물이 아닌 바위나 나무를 택했다는 것은 그의 속내를 더 알 수 없게 한다는, 때문에 좋은 사람이라고 단정짓기 힘들다는 의미로 새겼다.

　바위 하나, 나무 한 그루를 다른 사람에게 주는 자는 좋은 젊은이가 아니리!

[8-32] 一勺水, 便具四海水味, 世法不必盡嘗; 千江月, 總是一輪月光, 心珠宜當獨朗.

【四海(사해)】 사방의 바다, 천하, 세계, 만국.
【世法(세법)】 (불교) 세상에서 일어나는 無常한 사물, 세상의 법.
【千江(천강)】 수천 개의 강물.
【心珠(심주)】 구슬 같은 인간의 마음, 사람의 마음이 구슬처럼 순결하다는 뜻.
【宜當(의당)】 마땅히.

　한 국자의 물이지만 세상의 모든 물맛을 지니고 있으니, 세상의 일을 모두 맛볼 필요는 없다.
　아무리 여러 갈래 강물에 달이 비치더라도 실제는 하나의 달이 비치는 것, 따라서 모든 이의 마음에 감화를 주려면 내 마음이 달처럼 밝아야 하리!

[8-33] 面上掃開十層甲, 眉目纔無可憎; 胸中滌去數斗塵, 語
言方覺有味.

【十層甲(십층갑)】 진정한 자아를 덮고 있는 얼굴덮개(가면). ＊甲: 껍데기, 갑옷.
【眉目(미목)】 눈썹과 눈, 얼굴, 용모.

얼굴에 쌓인 껍데기 열 겹을 걷어내야 그 모습이 밉상스럽지 않고, 가
슴속에 쌓인 먼지 몇 말을 씻어내야 그가 하는 말에서 참맛이 느껴지리!

[8-34] 愁非一種, 春愁則天愁地愁; 怨有千般, 閨怨則人怨
鬼怨.

수심은 한두 종류가 아니니, 봄날의 근심은 하늘도 근심하고 땅도 근심
하네!
원망은 천 가지도 넘나니, 규방 여인의 원한은 사람도 원망하고 귀신도
원망한다네!

[8-35] 天嬾雲沈, 雨昏花蹙, 法界豈少愁雲; 石頹山瘦, 水枯
木落, 大地覺多窘況.

【嬾(란)】 게으르다, 나른하다, 피곤하다.
【蹙(축)】 눈살을 찌푸리다, 얼굴을 찡그리다.
【法界(법계)】 佛法의 세계, 불교도의 세계.
【愁雲(추운)】 참담한 구름, 哀愁를 느끼게 하는 구름, 슬픔을 느끼게 하는 정경.
【窘況(군황)】 난처한 지경, 곤란한 상황. ＊窘: 궁하다, 곤궁하다, 난처하다, 딱하다.

하늘이 나른해지면 구름이 무겁게 가라앉고, 비가 까맣게 몰려오면 꽃이
얼굴을 찡그리나니, 佛法의 세계라고 어찌 근심어린 정경이 없겠는가?
　　바위가 무너지고 산이 황폐해지고, 물이 마르고 나무가 시들어 버리니
大地에도 어려운 상황이 많더구나!

　　[8-36] 笋含禪味, 喜坡仙玉版之參 ; 石結淸盟, 受米顚袍笏
之辱.

【坡仙(파선)】 즉 蘇東坡.
【玉版(옥판)】 즉 玉版宣, 흰색의 두텁고 질 좋은 화선지의 일종.
【米顚(미전)】 宋代의 화가 米芾. 뜻이 크고 기개가 있으며 구속받지 않고 자유로이
행동하여 미치광이, 혹은 반대로 한다는 의미에서 ‘米顚’(顚은 미치다=癲)이라 불렸
다. 金石·古器를 유난히 좋아했는데, 그의 문장은 독특하고, 글씨는 입신의 경지
에 이르렀다 하며, 그림은 南畵의 宗이라고 불려진다.
【袍笏(포홀)】 朝服과 笏(궁정에서의 예복 차림).
　　*米芾(미불)은 세속적인 것을 싫어하여 남다른 기이한 행동을 함으로써 사람들
의 부러움과 인정을 받았는데, 그는 특히 골동품이나 金石 등을 좋아하고 그 분야
에 조예가 깊었다. 원래 金石은 변치않는 굳은 信義나 맹세를 상징하는 물건으로
비유되어 왔지만, 세속적인 삶을 거부했던 미불이 관직을 받아들이자 그가 좋아했
던 金石까지 욕을 먹게 되었다는 의미.

　　죽순은 禪味를 담고 있어 蘇東坡는 화선지에 고이 간직한 인삼처럼 좋
아했고, 金石은 맑은 맹세를 맺는 데 사용되는 것이지만 米芾이 관직을
받았기에 욕을 먹는다네.

　　[8-37] 文如臨畵, 曾致誚於昔人 ; 詩類書抄, 竟沿流於今日.

【臨畵(임화)】 그림을 본떠 그리다, 그림을 그대로 베끼다. *臨 : 보다, 본뜨다.

【致(치)】 이르다, 야기하다, …한 결과가 되다.
【誚(초)】 비난하다, 책망하다, 詰問하다.
【沿流(연류)】 …따라 흐르다. *沿: …을 따라, (이전의 방법, 규칙, 양식 등을) 따르다, 좇다, 잇다.

  문장을 지을 때 그림본을 그대로 베끼듯 하는 일은 옛사람에게 책임을 물을 일이요, 詩를 지을 때 글씨본을 베끼듯 하는 폐습은 결국 오늘날까지 이어 내려오게 되었다네.

  [8-38] 緗綈遞滿而改頭換面, 茲律旣湮; 縹帙動盈而活剝生吞, 斯風亦墜.

【緗綈(상제)】 담황색 천으로 만든 책갑, 전하여 서적, *緗: 담황색(비단). 綈: 올이 굵고 거친 명주.
【遞(체)】 순서대로, 차츰차츰.
【改頭換面(개두환면)】 단지 외형만 바꾸다, 단지 겉만 바꾸고 내용은 그대로이다.
【茲(자)】 이, 이것, 이에.
【湮(인)】 빠지다, 빠져 파묻히다, 湮沒하다.
【縹帙(표질)】 책, 서적(옥색 천을 두꺼운 종이에 붙여서 만든 책갑).
【活剝生吞(활박생탄)】 산 채로 껍질만 벗겨 그대로 삼키다, 남의 시문을 그대로 베끼다, 모방하다.

  책〔緗綈〕에 글을 가득 채워 가더라도 겉모습만 바뀌고 내용이 그대로라면 그 시〔律〕는 파묻혀 세상에 전해지지 않게 된다.
  책〔縹帙〕에 글이 가득 차더라도 남의 시문을 그대로 베낀다면 이러한 글의 풍격 또한 무너져 전해지지 않게 된다.

  [8-39] 貧嗟積着無能, 故兒女或悲或怨; 老工詞賦無益, 故篇

章不雅不風.

【積着(적착)】 쌓아둠, 저축함, 재물을 쌓는 일〔蓄富〕.

【老工(노공)】 오랫동안 연마함, ＊工: 工夫(품성의 수양이나 의지의 단련, 학문·기술을 배움, 배운 것을 연습함)의 의미.

【詞賦(사부)】 詞와 賦(각각 문체의 명칭). 여기서는 시문을 짓는 일을 말한다.

【篇章(편장)】 시문의 篇과 章, 문장 또는 서적.

【不雅不風(불아불풍)】 전아하지도 않고 비판적이지도 못함. ＊'風'은 '諷諫(풍자하다)'라는 의미로 새겼다.

가난하다고 탄식하면서도 재물 모으는 일에는 무능하니 아내와 자식들은 슬픔과 원망만…….

오랫동안 詩文을 공부해도 발전이 없으니 글〔篇章〕이 전아하지도 못하고 그렇다고 비판적이지도 못하고…….

[8-40] 爭之難平也, 天折地絶, 亦無自屈之期; 報之不已也, 鬼哭神愁, 奚有相安之日.

【天折地絶(천절지절)】 하늘이 찢기고 땅이 끊어짐.

【自屈之期(자굴지기)】 자신의 뜻을 굽히는 때. ＊屈己: 자신의 뜻을 굽혀 남에게 순종함.

【鬼哭神愁(귀곡신수)】 귀신마저도 통곡하고 근심함.

【相安(상안)】 서로 화목하게 지내다, (다툼 없이) 사이좋게 지내다

다툴 때는 평정을 유지하기 어려우니, 하늘이 찢어지고 땅이 갈라지더라도 제 스스로 뜻을 굽힐 날이 없구나!

보복할 때는 그칠 수가 없으니, 귀신마저 울며 걱정하더라도 화목하게 지내는 날이 없구나!

[8-41] 俗氣入骨, 卽吞刀刮腸, 飮灰洗胃, 覺俗態之益呈; 正氣效靈, 卽刀鋸在前, 鼎鑊具後, 見英風之益露.

【益(익)】 더욱.
【呈(정)】 드러나다.
【正氣(정기)】 바른 기운, 바른 기풍.
【效靈(효령)】 만유의 정기를 본받다. *靈: 정신, 영(천지간에 있는 모든 물건의 精氣, 인체의 정기), 정성(진심).
【刀鋸(도거)】 칼과 톱(옛날 사람을 처형하는 데 쓰던 형구).
【鼎鑊(정확)】 발이 없는 큰 솥(큰 솥에 넣고 삶아죽이던 고대의 혹형).

　세속적인 기운이 골수에 파고들면 칼을 삼켜 내장을 도려내고, 잿물을 마셔 위를 씻어내도 속된 기운이 마냥 드러나는 게 느껴지는 법!
　바른 기운이 천지의 정신을 본받았다면 처형하는 칼과 톱이 앞에 있고, 삶아죽이는 솥이 뒤에 있더라도 영웅의 풍모가 더욱 드러나는 게 보이는 법!

[8-42] 吾輩當作減塑佛, 不當作增塑佛, 擾擾塵勞, 何嘗擾我, 只是心蜂攢入塵勞屈中耳.

【吾輩(오배)】 우리들.
【塑佛(소불)】 흙으로 빚어 만든 불상 *塑: 흙으로 만든 우상, 흙을 이겨서 만들다, 빚다.
【擾擾(요요)】 어지러운 모양, 소란한 모양 *擾: 길들이다, 어지럽다, 난잡하다.
【塵勞(진로)】 俗務의 시달림, (불교) 번뇌.
【何嘗(하상)】 언제 …한 적이 있느냐?
【心蜂(심봉)】 마음의 예리한 부분 *蜂은 鋒(칼끝)과 같은 의미.
【攢入(찬입)】 뚫고 들어가다.

불상 만드는 일을 줄여야 한다, 불상을 계속 더 많이 빚어서는 안 될 일
이다.

어지러운 속세의 번뇌가 언제 나를 어지럽힌 적이 있던가?

단지 내 마음의 날카로운 칼날이 스스로 번뇌의 소굴로 뚫고 들어가는
것일 뿐!

[8-43] 於琴得道機, 於棋得兵機, 於卦得神機, 於卵得仙機.

【機(기)】 비밀, 작용, 기능.
【卦(괘)】 점괘. 伏羲氏가 만들었다고 하는 글자. 8卦를 거듭하여 64卦가 되는데,
이것으로 점쳐 나타나는 64종의 괘.

거문고에서 道의 비밀을 얻고, 바둑에서 병법의 비밀을 얻고, 卦에서
神의 비밀을 얻고, 난초에서 仙의 비밀을 얻는다네.

[8-44] 相禪遐思唐虞, 戰爭大笑楚漢. 夢中蕉鹿猶眞, 覺後尊
鱸一幻.

【禪(선)】 물려주다, 禪讓(제왕이 제왕의 자리를 어진 사람에게 넘겨주는 일)하다.
【遐(하)】 멀다, 아득하다.
【唐虞(당우)】 堯임금 陶唐氏와 舜임금 有虞氏를 말한다.
　*戰爭大笑楚漢: 전쟁이 무엇인지에 대해 생각하다 보면 목숨을 걸고 치열하고
도 오랜 전쟁을 치렀던 초나라나 한나라 모두 쓸데없는 짓을 했다는 결론을 얻게 된
다. 두 나라의 눈물겨운 전쟁을 기나긴 시간(역사)의 물결 속에서 생각해 보면 환상
을 잡으려 한 어리석은 인간들의 행위였음을 깨닫게 되고, 따라서 양국의 전쟁을 비
웃게 된다는 의미.
【蕉鹿(초록)】 鄭 나라 사람이 나무하러 갔다가 사슴 한 마리를 잡았는데 다른 사람이
볼까 파초잎으로 덮어 놓았다. 나중에 사슴을 숨긴 곳을 찾아 헤맸지만 결국 찾지

못했는데, 깨어 보니 꿈이었다(《列子·周穆王》). 나중에 '蕉鹿'이라는 고사는 '환
상'의 의미로 사용하게 되었다.
【蓴鱸(순로)】 순챗국과 농어회. 《晉書》에 張翰이 고향의 유명한 순챗국과 농어회를
잊지 못해 관직을 사퇴하고 고향으로 돌아간 고사. 고향을 잊지 못하고 생각하는 정
(=蓴羹鱸膾). *여기서는 고향에서 먹었던 순챗국과 농어회로 자의대로 새김.

  어진 사람에게 왕위를 양보하는 일〔禪讓〕은 아득한 옛날 요임금과 순
임금〔唐虞〕을 떠올리게 하고, 전쟁에 대해 생각하다 보면 楚나라와 漢나
라를 비웃게 된다.
  꿈속에서 사슴을 잡았던 일은 오히려 생생해서 진짜 같고, 깨어난 후에
는 고향에서 먹었던 순챗국과 농어회 맛도 환상이었다네!

[8-45] 世界極於大千, 不知大千之外更有何物; 天宮極於非
想, 不知非想之上畢竟何窮?

【大千(대천)】 大千世界, 끝없이 광활한 세계.
【極(극)】 절정(끝)에 이르다, 다하다.
【天宮(천궁)】 하늘 궁전, 天帝의 궁궐.
【非想(비상)】 非想天. 無色界 四天의 가장 높은 곳. 더 이상 높은 것이 없는 최고
(최상)의 경지.
【窮(궁)】 끝나다, 다하다, 끝장나다, 막다르다.

  이 세상은 끝없이 광활하다는 대천 세계보다 더 아득하니, 대천 세계
바깥에 또 무엇이 있는지는 모를 일!
  천궁이란 상상하지 못하는 세계보다 더 아득하니, 상상하지 못하는 세
계 바깥에 어떠한 끝이 있는지는 모를 일!

[8-46] 千載奇逢, 無如好書良友; 一生淸福, 只在茗椀爐烟.

【千載奇逢(천재기봉)】 천년의 세월 동안 만나기 어려운 기이한 만남.
【淸福(청복)】 한가한 복, 유유자적하는 행복.
【茗椀(명완)】 찻잔. *椀: 주발, 음식 담는 작은 식기.
【爐煙(노연)】 술집에서 술을 데우는 연기.

　천년 세월 동안 쉽게 접하기 힘든 만남으로는 좋은 책과 좋은 친구만한
것이 없고, 일생의 淸福이란 찻잔과 술집 연기에 담겨 있을 뿐!

[8-47] 作夢則天地亦不醒, 何論文章; 爲客則鴻濛無主人, 何
有章句?

【作夢(작몽)】 꿈을 꾸다, 공상하다, 잠을 자다.
【爲客(위객)】 나그네가 되다. *여기서는 不歸의 客(죽은 사람)을 말한다.
【鴻濛(홍몽)】 천지개벽 이전의 혼돈 상태, 천지자연의 원기(=鴻蒙).
【章句(장구)】 글의 章과 句, 문장의 句.

　잠을 자면 천지도 깨어나지 않는데 글을 논할 일이 있겠는가?
　죽어서 나그네 되면 혼돈한 천지에 주인이 없는 것이니 글이란 게 있겠
는가?

[8-48] 豔出浦之輕蓮, 麗穿波之半月.

　곱기도 하지, 개펄에서 고개 내민 어린 연꽃!
　아름답기도 하지, 물결 위에 비치는 반달!

[8-49] 雲氣恍堆窓裏, 岫絶勝看山; 泉聲疑瀉竹間, 樽賢於
對酒.

【恍(황)】 분명하지 않은 모양, 흡사(마치) …인 것 같다.
【岫(수)】 산봉우리, 산굴〔巖穴〕.
【疑(의)】 … 인 듯하다, …로 의심되다.
【賢(현)】 낫다, 현명하다.

　구름 기운이 창 안에 첩첩 쌓인 듯하니, 방 안에 앉아 멀리서 바라보는
산봉우리 절경이 가까이 다가가 산을 바라보는 것보다 빼어나구나!
　샘물 소리가 대나무 사이를 흘러가는 듯하니, 그저 술그릇을 대하는 것
이 술을 대하는 것보다 나으리…….

[8-50] 杖底唯雲, 囊中唯月, 不勞關市之譏; 石笥藏書, 池塘
洗墨, 豈供山澤之稅?

【不勞(불로)】 고달프지 않다, 괴로워하지 않다, 근심하지 않다.
【關市(관시)】 關과 저자, 사람이 많이 모이는 곳.
【笥(사)】 상자.
【山澤之稅(산택지세)】 산과 연못을 사용하고 지불하는 세금.

　내 지팡이 아래엔 구름만, 행낭 속에는 달빛만 있으니 번잡한 속세의
조롱거리에 피곤하지 않아도 된다네.
　돌상자에 책을 보관하고 연못에서 먹을 씻는다고 산과 연못에 세금을
낼 필요 있으리?

[8-51] 有此世界, 必不可無此傳奇, 有此傳奇, 乃可維此世

界. 則傳奇所關非小, 正可藉口西廂一卷, 以爲風流談資.

【傳奇(전기)】 '신기하고 재미있는 이야기를 전한다'는 의미에서 唐代에는 현실에 바탕을 둔 사실적인 글들과 대비적인 의미에서 허구적인 작품인 '소설'을 칭했다. 明淸代에는 연극의 대본이 된(나중에는 공연을 목적으로 하지 않은 '읽는' 대본이 유행함) 劇本을 말한다.
【維(유)】 묶다, 매다, 연결하다, 유지하다, 보존하다.
【藉口(자구)】 구실, 핑계, 구실로 삼다, 핑계로 삼다.
【談資(담자)】 이야깃거리, 화제.

이런 세상에는 이런 傳奇들이 있게 마련, 이런 傳奇들이 있어야 내가 사는 이 세계와 연결되는 것!
傳奇가 섭급하는 바는 적지 않으니, 〈西廂記〉 이야기 한 권을 풍류스러운 이야깃거리로 삼아보리라!

[8-52] 非窮愁不能著書, 當孤憤不宜說劍.

【窮愁(궁수)】 곤궁하여 근심하다, 가난에 쪼들려 근심하다.
【孤憤(고분)】 세상에 용납되지 못하여 분개함.

곤궁함에 근심해 본 적이 없다면 글을 쓸 수 없고, 세상에서 알아주지 않아 외롭고 분개할 때는 '劍'에 대해 논하는 것이 적절치 않다.

[8-53] 湖山之佳, 無如淸曉春時. 當乘月至館, 景生殘夜. 水映岑樓, 而翠黛臨階, 吹流衣袂, 鶯聲鳥韻, 催起闃然. 披衣步林中, 則曙光薄戶, 明霞射几, 輕風微散, 海旭乍來, 見沿堤春草霏霏, 明媚如織. 遠岫朗潤出沐, 長江浩渺無涯, 嵐光晴氣,

舒展不一, 大是奇絶.

【淸曉(청효)】 이른 아침, 맑은 새벽.
【殘夜(잔야)】 미명, 새벽녘.
【岑樓(잠루)】 높은 누대, 높이 솟은 뾰족한 산, 봉우리와 높은 누각.
【翠黛(취대)】 검푸르다, 미인의 눈썹, 미인.
【哄然(홍연)】 시끄럽게 떠드는 모양.
【輕風(경풍)】 산들바람.
【霏霏(비비)】 풀이 무성한 모양, 날아 흩어지는 모양.
【明媚(명미)】 맑고 아름답다.
【朗潤(낭윤)】 밝고 윤기나다.
【浩渺(호묘)】 한없이 넓고 아득하다, 물이 廣大한 모양.
【無涯(무애)】 끝이 없다.
【嵐(람)】 산 속에 생기는 아지랑이 같은 푸르스름한 기운.
【舒展(서전)】 펴다.

호수와 산의 아름다움은 봄날 새벽만한 때가 없지!

달을 따라 객사에 이르면 이미 새벽녘 풍경, 높은 누대가 물 위에 그림자지고, 어스름 미명이 돌계단으로 다가서면 새벽 공기가 소맷자락으로 불어오고, 꾀고리 소리, 새들의 노래가 어서 일어나라 시끄러이 재촉하지.

옷을 차려입고 숲 속을 산보하면 아침 햇살 창문으로 아스라이 들어오고, 맑은 아침 노을이 책상 위로 비치고, 싱그런 산들바람 가만가만 흩어지네.

바다에 잠겼던 해가 불쑥 올라오니 연못 제방에 난 봄풀이 파릇파릇, 비단을 짜놓은 듯 곱기도 해라!

먼 산은 목욕하고 나온 듯 말갛게 반짝반짝, 長江은 끝없이 아득하고, 안개 머금은 푸르스름한 빛과 맑은 기운이 다채로운 모습으로 펼쳐지니 실로 절묘한 풍경이로고!

[8-54] 心無機事, 案有好書, 飽食晏眠, 是淸體健, 此是上界
眞人.

【機事(기사)】 속이는 일, 허위적인 일, 나쁜 음모를 꾸미는 일.
【上界(상계)】 天上界, 부처가 있는 곳.
【眞人(진인)】 道家에서 말하는 깊은 진리를 깨달은 사람.

　마음에 음흉한 생각이 없고, 책상 위에 좋은 책이 있고, 배불리 먹고 달
게 자는 것, 이것이 몸을 맑고 튼튼하게 하는 일이요, 하늘나라 眞人의
삶이라!

[8-55] 讀春秋在人事上見天理, 讀周易在天理上見人事.

【春秋(춘추)】 孔子가 저술한 魯나라의 역사(1권). 隱公부터 哀公까지 12公, 242년
간의 역사를 엮었다. 후대에는 歷史書뿐 아니라 '역사' 그 자체를 넓게 칭하는 말
이 되었다,
【周易(주역)】 五經의 하나. 周代 文王·周公·孔子에 의하여 大成한 易學 또는 그
책(9권),

　역사를 기록한 《春秋》를 읽으면 인간사에서 하늘의 섭리를 깨달을 수
있고, 《周易》을 읽으면 하늘의 섭리 속에서 인간사를 깨달을 수 있다.

[8-56] 先讀經, 然後可讀史; 非作文, 未可作詩.

　＊인간의 삶과 의식의 보편적 진리가 담긴 경전을 이해해야 개체 국가나 개인사
를 기록한 역사를 이해할 수 있고, 보편적 이야기나 일을 서술하는 문장(산문)을 지
어 봐야 개인의 감정을 음악적으로 표현한 詩를 지을 수 있다는 뜻으로 풀이할 수
있겠다.

　먼저 經典을 읽고 난 뒤에 역사책을 읽어야 하고, 문장을 지어 보지 않고서는 詩를 지을 수 없는 것!

　　[8-57] 則何益矣? 茗戰有如酒兵; 試妄言之, 譚空不若說鬼.

【有如(유여)】 마치 …와 같다.
【茗戰(명전)】 차를 마시고 품평하는 것.
【酒兵(주병)】 술.　＊술은 근심을 없애고, 병사(전쟁에 관련되는 ‘무기’ 등도 포함)는 사람이나 물건을 파괴하여 없애므로 이렇게 칭하였다.
【試(시)】 시험삼아 하다, 조사하다, 비교하다.
【妄言(망언)】 터무니없는 말을 하다, 망령된 말을 하다.
【譚空(담공)】 空을 담론하다.

　무슨 도움이 되리오? 차맛을 감상하면서 술 마시듯 하니…….
　터무니없는 말을 하다 보면 고결한 정신 세계인 ‘空’에 대해 이야기하는 것도 허무맹랑한 귀신 이야기보다 못하리니…….

　　[8-58] 鏡花水月, 若使慧眼看透; 筆彩劍光, 肯敎壯志銷磨.

【若使(약사)】 가령 …한다면, …하기만 한다면.
【慧眼(혜안)】 사물을 明察하는 눈, (불교) 진리를 통찰하는 眼識.
【看透(간투)】 간파하다, 꿰뚫어보다.
【肯(긍)】 곧잘.
【敎(교)】 …로 하여금 …하게 하다(사역의 의미).
【壯志(장지)】 웅대한 뜻, 장한 뜻.
【銷磨(소마)】 닳아 없어지게 하다.　＊여기서는 다 닳아 없어지도록 연마함을 말함.

　거울에 비친 꽃과 물에 비친 달은 慧眼을 가져야 꿰뚫어볼 수 있고, 붓

과 검의 광채는 원대한 포부를 가져야 닳아 없어질 때까지 연마할 수 있
으리!

[8-59] 烈士須一劍, 則芙蓉赤精, 不惜千金搆之; 士人惟寸
管, 映日干雲之器, 那得不重價相索.

【烈士(열사)】 절의를 굳게 지키는 선비.
【須(수)】 구하다, 원하다, 모름지기.
【則(즉·칙)】 곧, 법칙, 본받다.
【芙蓉(부용)】 芙蓉劍(옛날 보검)을 말한다.
【赤精(적정)】 붉은 정기. *赤: 붉다, 진심.
【搆(구)】 (내 쪽으로) 끌어당김. *여기서는 '내 것으로 만든다'는 뜻.
【惟(유)】 오직, 생각하다, 도모하다.
【寸管(관촌)】 붓.
【映日干雲(영일간운)】 해를 비치게 하고 구름을 막다. 여기서는 좋은 일을 선양하고
나쁜 일을 막는다는 의미. *干: 막다, 범하다.
【那(나)】 =哪. 어찌.
【重價(중가)】 비싼 값, 후한 값.
【索(색)】 찾다.

　열사(烈士)에게 모름지기 칼이란 보검[芙蓉劍]의 순수한 정기와 마찬
가지이기에, 천금을 들여도 아까워하지 않고 내 것으로 만들려 하는 것
이다.
　선비에게 붓이란 해를 비지세 하고 구름을 막듯이 좋은 일을 선양하고
나쁜 것을 막을 수 있는 것이니, 후한 값을 치르지 않고서 구할 수 있겠
는가?

[8-60] 委形無寄, 但敎鹿豕爲群; 壯志有懷, 莫遣草木同朽.

【委形(위형)】하늘로부터 부여받은 신체.
【遣(견)】보내다, 버리다.

　하늘로부터 받은 몸을 남에게 의지하기 싫다면 자연으로 들어가 사슴,
돼지와 벗삼으며 지내라!
　그러나 원대한 포부를 품고 있다면 그 몸이 초목과 함께 썩도록 내버려
두지 마라!

[8-61] 哄日吐霞, 呑河漱月, 氣開地震, 聲動天發.

【哄日(홍일)】哄은 문장 구조상 동사로 쓰임. ＊哄: 떠들썩하다, 속이다, 구슬리다,
달래다, 놀리다.
【漱(수)】양치질하다, 헹구다, 씻다.
　＊윗구절은 《南齊書》 권41 列傳第22 張融·周顯편 중 張融이란 인물에 대한
묘사로서, 포부가 크고 기개가 있는 모습과 행동을 의미한다.

　해를 술렁이게 하고, 노을을 토해 내고 강물을 삼키고 달로 입 안을 헹
구노라!
　氣를 펼치니 땅이 진동하고, 목소리를 내니 하늘이 울리노라!

[8-62] 議論先輩, 畢竟沒學問之人; 獎惜後生, 定然關世道
之寄.

【議論(의론)】각자가 의견을 내세우고 상의하다, 왈가왈부하다, 비평하다.
【畢竟(필경)】마침내, 결국.
【獎惜(장석)】칭찬하고 아끼다.
【定然(정연)】반드시, 꼭, 틀림없이.

【關(관)】 관계하다, 관련 있다, 말미암다.
【世道(세도)】 세상 사람이 지켜야 할 도덕, 세상의 道義.

선배를 비판하는 자는 궁극적으로 학문이 깊지 못한 사람이고, 후배를
격려하고 아끼는 사람은 사람이 지켜야 할 道義에 의지한 것이다.

[8-63] 貧富之交, 可以情諒, 鮑子所以讓金; 貴賤之間, 易以
勢移, 管寧所以割席.

【鮑子(포자)】 즉 鮑叔牙. 春秋시대 齊나라 大夫. 襄公의 아들 小白을 보좌하여 小
白이 齊王이 된 뒤 자신의 知友 管仲을 재상으로 천거하였다.
【讓金(양금)】 재물을 양보한다는 의미. *절친했던 포숙아와 관중은 함께 장사를
했다. 돈을 벌면 포숙아는 대부분 관중에게 주었는데, 관중은 집이 가난하고 노모
가 계셨기 때문이었다. 그래서 관중이 "나를 낳은 사람은 부모요, 나를 알아준 사람
은 포숙아다〔生我者父母, 知我者鮑子也〕"라고 하였다.
【管寧(관녕)】 삼국시대 魏나라 朱虛 사람. 字는 幼安. 漢末 黃巾賊의 난 때 遼東으로
피난하여 詩書를 강의하고 禮讓을 밝혀 遼東 사람들이 그의 덕에 감화되었다. 난이
평정된 뒤 조정에서 누차 太中大夫 등의 벼슬을 주려 했으나 끝내 응하지 않았다.
【割席(할석)】 자리를 나눠서 앉다, 즉 따로 앉다. *管寧이 華歆과 함께 공부하고 있
었는데, 마침 화려한 수레를 타고 지나가는 사람이 있었다. 華歆이 책을 내팽개치고
이 광경을 보러 가니, 管寧이 華歆의 사람됨을 멸시하여 자리를 따로 앉았다는 고사.

가난한 사람과 부유한 사람이 사귀는 것은 정으로써 이해할 수 있기에,
질사는 鮑叔牙가 가난한 管仲에게 돈을 양보했던 것이다.
그러나 고귀한 인품을 지닌 자와 천한 사람끼리는 권세에 따라 쉽게 마
음이 바뀔 수 있기에 管寧이 華歆과 자리를 따로 앉았던 것이다.

[8-64] 論名節, 則緩急之事小; 較生死, 則名節之論微. 但知

爲餓夫以採南山之薇, 不必爲枯魚以需西江之水.

【名節(명절)】 명예와 절개.
【較(교)】 비교하다, 헤아리다.
【餓夫(아부)】 굶주린 사람.
　＊사건의 완급에 관계된 일보다는 명예와 절개에 관련된 일이, 명예나 절개보다
는 삶과 죽음에 관련된 일이 크고 중요하다는 말. 또한 배고픈 사람이 먼저지, 죽어
가는 물고기가 중요하지 않다는 의미. 吳從先의 〈小窓自紀〉에도 나오는 글.

　명예와 절개를 논한다면 완급에 관련된 일은 작은 일이 되고, 생사를
다투는 일이라면 명예와 절개에 대한 논의는 더더욱 미미해진다.
　배고픈 사람을 위해서 南山의 고사리를 캘 수 있지만, 목말라 죽어가는
물고기를 위해서 西江의 물까지 끌어올 필요가 없다는 것은 알겠다.

　[8-65] 儒有一畝之宮, 自不妨草茅下賤; 士無三寸之舌, 何用
此土木形骸?

【下賤(하천)】 상스럽다, 비천하다.
【三寸之舌(삼촌지설)】 세 치의 혀, 즉 혀, 변설.
【何用(하용)】 어찌 …할 필요가 있는가? 어디에 쓰겠는가?
【土木形骸(토목형해)】 모습이 흙과 나무처럼 자연스럽다, 자연에서 태어난 몸, 옷차
림에 무관심한 사람, 꾸미지 아니한 몸. ＊토목: 흙과 나무, 전하여 자연 그대로 두
고 수식하지 아니함. 形骸: 몸, 육체, 외형.

　유생에게 한 畝의 작은 집이라도 있다면 띠집에서 사는 비천한 생활도
상관없으리!
　선비에게 세 치의 혀가 없다면 자연에서 태어난 육신을 어디에 쓰겠는가?

[8-66] 鵬爲羽傑, 鯤稱介豪, 翼遮半天, 背負重霄.

【羽(우)】 조류.
【介(개)】 갑각, 껍데기. 여기서는 魚類를 말한다.
【半天(반공)】 공중, 中天, 하늘.
【重霄(중소)】 높은 하늘, 하늘의 높은 곳.
【鵬(붕)】 상상 속의 새. 뒤에 나오는 鯤(곤)과 함께 《莊子》 內編 중 〈소요유(逍遙遊)〉
에 보인다. 북쪽 바다〔北溟〕에 길이가 몇천 리나 되는 커다란 물고기가 있었는데, 이
름이 곤(鯤)이었다. 이 물고기가 변해 붕(鵬)이라는 새가 되었다. 붕의 등 넓이도 몇
천 리에 달하는지 알 수 없을 정도로 커서, 붕이 힘차게 날아오르면 날개가 하늘을
가득 뒤덮은 구름을 연상시킨다. 붕은 바다 기운을 타고 남쪽 바다로 옮아갈 때는 파
도가 삼천 리나 솟구쳤고, 회오리바람을 타고 9만 리까지 날아오를 수 있다고 한다.

鵬은 새 중의 제일이요, 鯤은 어류 중의 호걸이라.
鵬의 넓은 날개는 하늘을 가리고, 등은 높은 하늘을 짊어진다네.

[8-67] 憐之一字, 吾不樂受, 蓋有才而徒受人憐, 無用可知;
傲之一字, 吾不敢矜, 蓋有才而徒以資傲, 無用可知.

【徒(도)】 헛되이, 공연히.
【無用(무용)】 쓸데가 없음.
【矜(긍)】 자랑하다.

아낌받는다는 '憐'이란 글자를 그다지 받아들이고 싶지 않다! 재주가
있어서 다른 사람들의 사랑을 받는 것이 대부분 쓸데없는 일임을 알기
때문이다.
자랑한다는 '傲' 자를 긍지로 삼지 않는다! 재주가 있다고 그저 타고난
자질만 자랑하는 것은 대부분 쓸데없는 일임을 잘 알기 때문이다.

[8-68] 問近日講章孰佳？坐一塊蒲團自佳；問吾儕嚴師孰尊？對一枝紅燭自尊.

【講章(강장)】경서의 뜻을 풀어서 밝히는 것.
【蒲團(포단)】좌선이나 불사를 치를 때 깔고 앉는 부들 방석.
【吾儕(오제)】우리들. ＊儕(제): 무리, 함께.
【嚴師(엄사)】스승을 존경함, 엄격한 스승, 스승의 敬稱.
【尊(존)】높다, 존경하다.

요즘 경서의 뜻을 밝히는 일에 누가 가장 뛰어나냐고? 부들 방석을 깔고 앉으면 저절로 뛰어나게 되리니!
우리의 스승 중에 누가 제일 존경할 만하냐고? 붉은 양초 마주하고 수양하면 저절로 존귀해지리니!

[8-69] 點破無稽不根之論, 只須冷語半言；看透陰陽顛倒之行, 惟此冷眼一隻.

【點破(점파)】톡 건드려 터뜨리다, 지적하다, 간파하다.
【無稽(무계)】황당무계하다, 근거가 없다, 터무니없다.
【須(수)】모름지기 …하여야 한다, 반드시 …하여야 한다.
【冷語(냉어)】차가운 말, 비꼬는 말, 냉철한 말.
【半言(반언)】몇 마디 말.
【冷眼(냉안)】냉담한 눈초리, 멸시하는 눈초리, 냉철한 안목.

근거 없는 황당무계한 이론을 지적하는 데는 냉철한 말 몇 마디만 필요하고, 음양의 이치가 뒤바뀐 행동을 꿰뚫어보는 데는 냉철한 안목만 있으면 된다!

[8-70] 古之釣也, 以聖賢爲竿, 道德爲綸, 仁義爲鉤, 利祿爲
餌, 四海爲池, 萬民爲魚. 釣道微矣, 非聖人其孰能之?

　옛날의 낚시란 성현을 기본 골간인 낚싯대로 하고, 도덕이라는 낚싯줄
을 드리워 仁義를 낚시로 삼았다.
　성현의 올바른 말씀을 따르면 이익과 권력이 따른다는 미끼를 내걸었
고, 온 세상을 낚시질하는 연못으로 삼고, 온 백성을 올바름으로 낚아올
릴 물고기로 여겼던 것이다.
　그렇게 낚시질하는 방법은 너무도 오묘하니 성현이 아니라면 그 누가
할 수 있겠는가?!

[8-71] 水遽龍魄, 陸振虎魂.

【遽(거)】 놀라다, 두려워하다, 당황하다.
【振(진)】 떨치다, 움직이다, 떨다.
　*윗구절은 《南齊書》권41 列傳第22 張融·周顒편에 나오는 구문. 물결이 산과
봉우리를 무너뜨리고 天地가 물바다가 되는 상황을 묘사하는 중에 나온 것으로, 물
의 험난한 기세를 묘사한 것.

　물에서는 龍의 魄을 놀래주고, 육지에서는 호랑이의 魂을 떨게 하는구나!

[8-72] 旣稍雲於淸漢, 亦倒影於華池.

【淸漢(청한)】 맑은 은하수. *漢: 河漢(은하수).
【華池(화지)】 화려한 연못.
　*南朝 梁의 沈約의 시 《和王中書德充詠白雲詩》에 "城闕已參差, 白雲復離離,
皎潔在天漢, 倒影入華池〔궁궐의 문은 들쭉날쭉, 하얀 구름 또다시 흩어지고, 은하수

맑아 화려한 연못에 그림자가 거꾸로 비치네)"란 구절이 있다.

　　맑은 은하수에 구름이 점점 적어지니, 화려한 연못 속에 그림자 거꾸
로 비치네……．

[8-73] 浮雲迴度, 開月影而彎環; 驟雨橫飛, 挾星精而搖動.

【迴(회)】 돌다.
【度(도)】 건너다, 건네다.
【驟雨(취우)】 소나기.
【橫飛(횡비)】 자유로이 날다, 사방으로 날다.
【挾(협)】 돌다, 두루 미치다.
【精(정)】 빛, 광휘, 혼, 마음.
【動搖(동요)】 동요하다, 흔들리다.

　　뜬구름이 빙 돌아 모습을 나타내니 달그림자도 둥근 고리 모양이 되고,
소나기가 사방으로 두루 흩날리면 별빛도 흔들린다네.

[8-74] 長橋臥波, 未雲何龍; 複道行空, 不霽何虹.

【臥波(와파)】 물과 가까이 근접한 것을 말한다.
【複道(복도)】 上下 이중으로 된 길. 윗길은 천자가, 아랫길은 백성이 다녔다.

　　긴 다리〔橋〕가 물에 닿아 있어도 구름이 없으니 어찌 龍이 나타날까?
複道가 하늘까지 뻗어 있어도 날이 개지 않으니 무지개가 어찌 뜰까?

[8-75] 天台磔起, 繞之以赤霞; 削成孤峙, 覆之以蓮花.

【天台(천태)】 天台山. 浙江省 天台縣 서쪽에 있는 天台宗의 聖地. 천태산은 아침에 해가 뜨면 온 산이 보랏빛 안개에 뒤덮이기에 ‘赤城棲霞’라고 불렸다. 천태산의 八大 경치 중의 하나.
【磔(책)】 찢다, 가르다, 사지를 찢는 형벌. *다른 판본에서는 ‘傑’로 되어 있다.
【削成孤峙, 覆之以蓮花(삭성고치, 복지이연화)】 華山을 본떠 깎아 만든 산이 가파르게 솟아 있는데, 그곳을 연꽃이 덮고 있다. *이 구절은 《藝文類聚》 卷七·山部上. 〈總載山〉에 “梁孝元帝東宮後堂仙室山銘曰: 太華削成, 本擅奇聲, 峰如雪委, 峪若蓮生, 雲除紫蓋, 霞通赤城〔梁 孝元帝 東宮 後堂 仙室山의 명에 이르기를, 태화산처럼 깎아서 만들어, 본래 기이한 소리가 제멋대로 나고, 봉우리는 눈이 내린 듯, 산등성이는 연꽃이 피어난 듯, 구름은 紫蓋峰에서 온 듯, 노을은 赤城과 통하는 듯하다〕”라고 하였는데, ‘削成’은 곧 太華山(華山)을 깎아 만든 산으로 해석된다.

天台山이 땅을 가르고 솟아오르니 산을 둘러싸는 붉은 노을!
太華山을 본떠 깎아 만든 산이 가파르게 솟았는데 그곳을 뒤덮은 연꽃!

[8-76] 金河別雁, 銅柱謝鳶, 關山天骨, 霜木凋年.

*앞구절은 唐代 盧照隣의 〈秋霜賦〉에 나옴.
【金河(금하)】 玉門關과 더불어 변방을 의미. 구체적인 위치는 확인하기 어려우나, 歐陽修의 《新五代史》에 기록된 “서북으로 오백 리를 가면 肅州에 이르고, 金河를 건너 서쪽으로 백 리를 가면 天門關을 나서게 되고, 또 서쪽으로 백 리를 가면 玉門關을 나서게 된다〔西北五百里至肅州, 渡金河, 西百里出天門關, 又西百里出玉門關〕”는 대목을 보면, 玉門關(甘肅省 燉煌 부근에 있던 서역으로 통하는 관문) 동쪽인 듯함.
【銅柱(동주)】 옛날 국경 표지용의 구리 기둥.
【關山(관문)】 관문과 산.
【天骨(천골)】 빼어난 기골. 여기서는 하늘의 척추처럼 높이 솟은 모양을 형용.

변경에서 기러기와 이별하고, 국경에서 솔개와 이별하네.

관문과 산은 하늘로 솟구친 뼈대처럼 험난하게 솟았는데, 서리맞은 나무 또 한 해 시들어 가네!

[8-77] 飜光倒影, 擢菡萏於湖中; 舒豔騰輝, 攢螮蝀於天畔.

【飜光倒影(번광도영)】 빛과 그림자가 거꾸로 비치다.
【擢(탁)】 뽑다, 빼내다, 솟다.
【菡萏(함담)】 연꽃.
【騰輝(등휘)】 광채를 발하다, 광채를 휘날리다.
【螮蝀(체동)】 무지개의 다른 이름.
【攢(찬)】 모이다, 모으다, 뚫다.

방향 바꿔 뒤집히는 햇살에 그림자 거꾸로 지고, 호수에선 연꽃 솟아오르네.
고운 아름다움 펼치며 빛살 날리듯, 하늘가엔 무지개 모이고…….

[8-78] 照萬象於晴初, 散寥天於日餘.

【萬象(만상)】 온갖 사물, 만물.
【寥天(요천)】 넓은 하늘.
【日餘(일여)】 해가 진 뒤에도 늦게까지 남는 희미한 빛.

해님은 맑게 떠올랐을 때는 만물의 형상을 비춰 주고, 어슴푸레 노을 속에서는 너른 하늘로 흩어지시네.

卷九・綺

본권 〈綺〉에는 남녀간의 情에 대한 내용이 많으므로 편집상 권2 〈情〉
과 중복되는 것으로 볼 수 있겠다. 그런데 본권에서는 특히 꽃놀이, 절경,
아름답고 화려하며 사치스러운 놀이, 풍류 문화 등 '아름다운 것〔綺한
것〕'에 관한 내용, 즉 아름다움을 감상하는 '심미안'에 관한 서술이 중심
을 이룬다고 말할 수 있겠다. 따라서 본권에는 때로 앞뒤 잘린, 뭔가 빠
진 듯한 느낌이 드는 문장들이 나오기도 한다. 이는 '아름다움〔綺〕'을 느
끼게 하는 순간적인 풍경이나 감상을 즉각적으로 표현한 것이기 때문이
기도 하다.

《취고당검소》라는 이 책이 비록 열두 개의 卷으로 나뉘어지고 각 권마
다 다른 제목을 붙였지만, 편집자가 각 권의 내용과 성격을 명확히 밝히지
않았기에 각 권에 수록된 글의 내용이 중복 교차되거나 분명한 경계를
짓기 어렵다는 문제가 있기도 하다.

한편 이러한 특성은 《취고당검소》를 《채근담》과 같은 권계의 글, 잠언
집의 성격이라고만 단정짓기 어렵게 한다. 각 권에 따라 전혀 다른 내용
과 가치관(인생 태도)이 보이는데, 이는 "듣기 좋고 말하기 좋으며 생각
할 기회를 제공한다"는 편자의 말처럼 당시 사람들이 즐겨 읽을 수 있는
내용을 취합한 결과일 것이다. 《취고당검소》를 비롯한 明末 淸言集(혹은
小品類)이 동시대 혹은 그 이전의 산문집들과 구별되는 것 또한 이렇듯
독자의 '기호'를 무시하지 않고, 인산의 五慾七情을 인정하고 수용한 점
에서 찾을 수도 있겠다.

[9-0] 朱樓綠幕, 笑語勾別座之香. 越舞吳歌, 巧舌吐蓮花之
豔. 此身如在怨臉愁房·紅妝翠袖之間, 若遠若近, 爲之黯然.
嗟乎, 又何怪乎身當其際者, 擁玉床之翠而心迷, 聽伶人之奏而
隕涕乎? 集綺第九.

【朱樓(주루)】 부귀한 집(=朱門).

【勾(구)】 불러일으키다, 상기하다.

【別座(별좌)】 특별한 자리.

【巧舌(교설)】 말솜씨가 좋음. 여기서는 자의대로 교묘한 혀, 즉 노래하는 기묘한 목소리를 말한다.

【怨臉愁房(원검수방)】 원망하는 얼굴과 근심이 가득한 방. 여기서는 소실을 보아 수심에 가득 찬 본처의 얼굴과 방을 말한다.

【紅妝翠袖(홍장취수)】 붉은 화장과 푸른 옷소매. 여기서는 기생이나 첩의 화장과 옷차림을 말한다.

【黯然(암연)】 잠잠히 있는 모양.

【嗟乎(차호)】 감탄하여 내는 소리.

【何怪乎(하괴호)】 얼마나 이상한가? 어찌 이상한가? *怪: 이상하다, 괴상하다.

【玉床之翠(옥상지취)】 옥침상의 비취. 여기서 翠는 미인을 의미.

【心迷(심미)】 마음이 미혹되다, 마음이 흐려지다.

【隕涕(운체)】 눈물을 떨어뜨림. *隕: 떨어지다, 떨어뜨리다.

【伶人(영인)】 악공, 음악을 직업으로 하는 사람.

부귀한 집 옥빛 주렴 속 웃음소리는 특별한 자리의 향기를 이끌어 내누나!

아리따운 吳越의 춤과 노래 속 기묘한 목소리는 연꽃 같은 아름다움을 토해 내네.

그러나 이 몸은 원망스런 얼굴, 근심 가득한 방과 곱게 단장한 붉은 화장, 푸른 소맷자락 사이에 있는 듯, 밀쳐내지도 못하고 가까이하지도 못한 채 아무 말없이 상심하네.

아! 몸을 아내와 첩 사이에 두고서, 옥침상에서 미인을 안고 마음이 흔들리고, 악공의 연주를 듣고서 눈물 흘리는 것이 어찌 이상한 일이리?

綺에 관한 문장을 모아서 第9로 삼았다.

[9-1] 高臥酒樓, 紅日不催詩夢醒; 漫書花樹, 白雲恒帶墨痕香.

【高臥(고와)】 =高枕(베개를 높이 베고 마음 편하게 잠). 세상의 번뇌에서 벗어나 마음내키는 대로 사는 것.
【酒樓(주루)】 술을 파는 집, 술집.
【紅日(홍일)】 붉은 해, 아침 해.
【詩夢(시몽)】 시에 대한 몽상, 시인의 몽상, 시에 대한 꿈.
【漫(만)】 넘치다, 가득하다, 마음대로, 느긋하다.
【花榭(화사)】 꽃밭 속의 정자, 화원 속의 정자.
【墨痕(묵흔)】 墨迹, 먹으로 쓴 흔적.

　술집에서 마음내키는 대로 사나니, 아침 해가 떠올라도 시의 꿈에서 깨어나라고 재촉하지 않는다네.
　꽃밭 속 정자에서 붓 가는 대로 느긋하게 글을 쓰면 흰 구름조차 언제나 먹의 향기를 품게 된다네.

[9-2] 天臺花好, 阮郎却無計再來; 巫峽雲深, 宋玉只有情空賦.

【天台(천태)】 天台山. 浙江省 天台縣에 있다.
【阮郎(완랑)】 阮肇. 《神仙記》에 劉晨·阮肇가 天台山에 약을 캐러 갔다가 仙女 두 명을 만나 반 년을 머물렀다. 고향 생각이 간절하여 돌아오니 마을은 황폐해지고 이미 10세대가 흘러가 버렸다. 詞牌 중에 '阮郎歸'라는 제목이 있다.
【巫峽雲深(무협운심)】 이 문구 속엔 '巫山之夢'의 의미가 포함되어 있다.
【宋玉(송옥)】 戰國시기 楚辭賦家. 굴원과 더불어 屈宋이라 칭한다. 楚 襄王의 낮은 관직을 했으나 참소를 당해 관직을 그만둔 후로 일생 동안 뜻을 펼치지 못했다.
【情空賦(정공부)】 정이 텅 빈 賦, 딩 빈 공허한 마음을 표현한 노래〔賦〕.

　천태산의 꽃이 아름다워 阮郎은 돌아올 계획이 없고, 巫峽에 구름 자욱하니 宋玉은 '텅 빈 마음의 노래〔情空賦〕'만 읊을 뿐…….

[9-3] 瞻碧雲之黯黯, 覓神女其何踪. 覵明月之娟娟, 問嫦娥
而不應.

【碧雲(벽운)】 푸른 구름, 푸른 하늘.
【黯黯(암암)】 어두운 모양, 이별을 슬퍼하는 모양.
【神女(신녀)】 巫山之夢의 故事에 高唐에 출몰하였다는 神女를 말한다.
【嫦娥(항아)】 불사약을 훔쳐서 달로 달아났다는 羿의 아내, 전하여 달의 이칭.

　푸른 구름이 어두워지는 것을 바라보며 神女를 찾아보지만 어떻게 뒤
를 좇을 것인가?
　곱기도 한 밝은 달빛 보며 姮娥에게 물어보지만 대답이 없네.

[9-4] 粧臺正對書樓, 隔池有影; 繡戶相通綺戶, 望眼多情.

【妝臺(장대)】 화장대.
【書樓(서루)】 讀書樓, 책을 읽기 위해 만든 누대.
【繡戶(수호)】 아름답게 수놓은 방, 젊은 여자의 방.
【綺戶(기호)】 화려하게 꾸민 방. 여기서는 선비의 방을 의미.

　그녀의 화장대가 선비님 책 읽는 누대와 마주 보고 있으니 연못을 사
이에 두고 두 사람의 그림자가 비치네.
　아리따운 그녀의 방이 선비의 방과 통하나니 바라보는 눈길엔 정이 담
뿍!

[9-5] 蓮開並蒂, 影憐池上鴛鴦; 縷結同心, 日麗屛間孔雀.

【蓮花幷蒂(연화병체)】 한 줄기에 나란히 핀 한 쌍의 연꽃. 화목한 부부를 비유(=幷

頭蓮).
【憐(련)】 어여삐 여기다, 불쌍히 여기다.
【縷結同心(누결동심)】 실오라기가 맺어지듯 서로 연결된 마음.
【日麗(일려)】 해가 비치다, 붙다. *麗: 빛나다, 붙다, 짝하다(여기서는 앞구절의 憐
처럼 서술어로 쓰임).
【屛間孔雀(병간공작)】 병풍 위에 수놓거나 그려진 공작.

　한 줄기에 나란히 피어난 연꽃 한 쌍, 연못 위 원앙 한 쌍처럼 사랑스
럽네. 굳은 매듭처럼 하나된 마음에 햇살은 병풍 위의 공작을 비춰 주
고…….

　　　[9-6] 堂上鳴琴, 操久彈乎孤鳳; 邑中製錦, 紋重織於雙鸞.

【琴操(금조)】 古琴의 曲名.
【鸞(란)】 봉황과 같은 靈鳥.

　대청에서 울리는 거문고 소리, 연주하다 보면 외로운 봉황의 애절한 울
음소리처럼 되어 버리고…….
　고을에서 짜내는 아름다운 비단, 문양을 넣어 짜다 보면 한 쌍의 鸞새
무늬가 되어 버리고…….

　　　[9-7] 鏡想分鸞, 琴悲別鶴.

【鸞鏡(난금)】 여기서는 뒷면에 鸞새 무늬를 새겨넣은 거울.
【分(분)】 나눠지다, 이별하다.

　난새 새겨진 거울은 임〔鸞〕과의 이별을 떠올리게 하고, 거문고 소리는

임〔鶴〕과의 이별을 아프게 하네.

[9-8] 春透水波明, 寒峭花枝瘦. 極目烟中百尺樓, 人在樓中
否?

【寒峭(한초)】 추위가 살을 에는 듯하다.
【極目(극력)】 시력이 미치는 범위.

봄 햇살이 비껴들어 물결 맑지만, 아직 살을 에는 추위에 꽃가지가 야
위네.
눈이 닿는 곳엔 안개 속 백 尺 누대, 누대 속에 누가 있는 걸까?

[9-9] 欲减羅衣寒未去, 不捲珠簾, 人在深深處, 紅杏枝頭花,
幾許啼痕, 恨淸明雨

【羅衣(나의)】 얇은 비단옷.
【頭花(두화)】 머리를 장식하는 꽃, 꽃장식이 있는 비녀.
【幾許(기허)】 얼마, 얼만큼, 많다.
【淸明(청명)】 깨끗하고 밝은 마음, 24절기의 하나(春分 다음).

비단옷 한 겹 덜 입으렸더니 한기가 아직 물러나지 않았네.
주렴을 걷지도 않고 깊숙이 들어앉아 버렸네.
붉은 살구꽃가지 머리에 꽂는데 얼굴은 온통 눈물자국!
청명절에 내리는 비가 싫어!

[9-10] 明月當樓, 高眠如避, 惜哉! 夜光暗投; 芳樹交窗, 把玩無主, 嗟矣! 紅顔薄命.

【高眠(고면)】 편안하게 잠, 편안하게 생활함(=高臥).
【把玩(파완)】 손에 들고 감상하다, 손에 쥐고 감상하다.
【夜光(야광)】 밤에 빛을 냄, '개똥벌레' 혹은 '달' 의 다른 이름.
【無主(무주)】 주인 없는 꽃〔無主花〕. 신세가 불행하여 떠돌아다니거나 타락한 여자에 비유하였다.
【紅顔薄命(홍안박명)】 美人薄命.

밝은 달이 누대에 걸리니 몸을 피해 숨기듯 잠을 자는데, 어이쿠! 달빛이 몰래 찾아들었네!
향기로운 나뭇가지 창가에 스칠 때 임자 없는 遊女를 데리고 노는데, 어이쿠! 미인박명이라는데!

[9-11] 詩箋當紅葉, 詞人之遇, 詭干宮人; 歌管爲濫竽, 吹客之汚, 插入游客.

【紅葉(홍엽)】 붉은 나뭇잎. *깊은 궁궐에 갇혀 살았던 궁녀 등은 외로움과 그리움을 달래려 나뭇잎에 시를 적어 수로에 흘려보냈다. 권2 〈情〉 앞부분 참조.
【詩箋(시전)】 시를 적는 용지.
【詞人(사인)】 시문을 짓는 사람.
【詭干(궤간)】 속여서 요구하다. *干(간): 구하다, 바라다, 간여하다.
【宮人(궁인)】 궁녀.
【歌管(가관)】 노래와 피리, 즉 노랫소리와 피리 소리.
【濫竽(남우)】 함부로 분다는 뜻으로, 무능한 사람이 재능이 있는 것처럼 속여 외람되이 높은 자리를 차지함. *濫吹: 齊나라 宣王이 竽라는 피리를 좋아하여 樂人 3백 명을 불러 竽를 연주하게 하였는데, 南郭이라는 처사는 원래 피리를 불지도 못하면서 그 속에 끼여 봉급과 대우를 받았다가, 泯王 때에 한 사람씩 불어 보게 하자

南郭이 도망가 버렸다는 고사.

【吹客之汙(취객지오)】 손님을 끌어모으는 추한 행위. 여기서는 손님을 끌어모으려고 시끄럽게 부는 음악 소리를 말한다. *汙(오): 더러움, 치욕(=汚).

  붉은 잎사귀를 시 적는 쪽지로 삼아 그 위에 마음을 담아보내네.
  멋진 시인과의 만남은 궁궐 사람들에게 속여야지.
  노래와 피리 제 맘대로 불어대는 소리, 손님을 끌어모으는 시끄러운 소리는 유람객 속으로 끼어드네.

[9-12] 鳥語聽其澀時, 憐嬌情之未囀; 蟬聲聞已斷處, 愁孤節之漸消.

【嬌情(교정)】 사랑스런 마음, 아리땁게 여기는 마음.
【孤節(고절)】 고독의 계절, 고독하게 지키는 절개. 여기서는 앞의 의미로 새김. *고독의 계절을 좋아한다는 의미로 볼 수 있겠다. 늦여름(이미 가을로 접어든 때)에 우는 매미로 인해 고독을 느끼는데, 그 매미 소리가 없어지면 가을 또한 사라질 것을 걱정하는 것.

  새소리가 껄끄럽게 들릴 때면 사랑하는 마음 담아 지저귀지 않는 것이 안타깝고, 매미 소리 끊어진 곳에선 고독의 계절이 점점 사라질 것이 걱정스러워라.

[9-13] 多恨賦花, 風瓣亂侵華墨; 含情問柳, 雨絲牽惹衣踞.

  *본 항목은 권2 〈情〉 제55항목과 중복된다.
【賦(부)】 부여하다.
【風瓣(풍판)】 바람에 날리는 꽃잎.

【筆墨(필묵)】붓과 먹, 즉 문장.
【含情(함정)】정을 품다.
【雨絲(우사)】실 같은 비, 즉 가랑비.
【牽惹(견야)】끌다, 잡아당기다.
【衣裾(의거)】옷자락.

　서리서리 서린 한을 꽃에 맡기면 바람에 흩날리는 꽃잎이 문장 속으로
어지러이 스며들고, 가슴에 품은 깊은 정을 버드나무에게 물어보면 가랑
비에 늘어진 버드나무 가지가 옷자락을 잡아당기고…….

　　[9-14] 一泓溪水柳分開, 盡道淸虛攪破; 三月杯光花帶去, 莫
言香粉消殘.

　＊본 항목은 권5 〈素〉 제177항목과 중복된다.
【泓(홍)】줄기(바다나 강을 세는 양사), 물이 맑고 깊은 모양.
【分開(분개)】나누다, 가르다, 갈라지다, 분리되다.
【盡道(진도)】가령(설령) 儘道와 같은 뜻(縱令의 속어), 말을 그만하라, 말하지 마라.
＊盡: 끝나다, 없어지다, 남김없이 말하다.
【淸虛(청허)】마음이 맑고 허심탄회함.
【攪破(남파)】어지럽게 망가지다(훼손되다) ＊攪: 어지럽히다, 혼란하다.
【消殘(소잔)】완전히 없어지다, 모두 사라지다.

　한 줄기 시냇물이 버드나무를 지났다고 맑은 경지마저 망가졌다고들
말하네.
　춘삼월 숲의 색채가 꽃과 함께 사라졌다고 향기마저 완전히 사라졌다고
말씀 마시게!

　　[9-15] 斷雨斷雲, 驚魄三春蝶夢; 花開花落, 悲歌一夜鵑啼.

【斷雨(단우)】 조각비, 계속 이어지지 못하는 비.
【斷雲(단운)】 조각구름, 조각조각 끊어진 구름.
【驚魄(경백)】 깜짝 놀람, 혼백을 놀라게 하다.
【三春(삼춘)】 봄의 3개월, 곧 음력 정월의 孟春, 음력 2월의 仲春, 음력 3월의 季春.
【蝶夢(접몽)】 蝴蝶夢. 莊子가 꿈에 나비가 되어 彼我를 잊고 즐겁게 놀았다는 故事.
【悲歌(비가)】 비장한 노래, 또는 비장한 노래를 부름.

　간간이 내리는 빗줄기와 조각구름에 깜짝 놀라 봄날의 호접몽에서 깨
어났네.
　피었다 지는 꽃송이에 두견새는 밤새 슬피 울고…….

[9-16] 一片秋山, 能痕病客; 半聲春鳥, 偏喚愁人.

　＊본 항목은 권2〈情〉제60항목과 중복된다.
【一片(일편)】 한 조각, 넓게 펼쳐진 평면 따위를 나타내는 수량사.
【半聲(반성)】 소리가 작고 계속 이어지지 않는 것을 형용.
【偏(편)】 마침, 공교롭게도, 유달리.
【喚(환)】 일깨우다, 눈뜨게 하다.

　가을빛에 흠뻑 물든 산은 병든 나그네를 치료할 수 있고, 간간이 들려
오는 가냘픈 봄날 새소리는 수심에 잠긴 사람을 일깨워 주네.

[9-17] 衲子飛觴歷亂, 解脫於樽罍之間; 釼行揮翰淋漓, 風神
在筆墨之外.

【衲子(납자)】 승려의 별칭.
【飛觴(비상)】 날아다니는 술잔. 즉 술잔을 주거니받거니 함.
【歷亂(역란)】 어지럽다, 너저분하다, 소란하다.

【樽罍(준가)】 술통과 술잔.
【釵行(채항)】 釵는 비녀. 行은 항렬. 그래서 여인을 가리킨다.
【揮翰(휘한)】 붓을 휘두르다(=揮毫).
【淋漓(임리)】 뚝뚝 떨어지다, 줄줄 흐르다, 힘차다, 왕성하다, 통쾌하다.
【風神(풍신)】 풍채, 모습, 인품.
【筆墨(필묵)】 붓과 먹, 전하여 문장 또는 필적.

　스님이 술잔을 주거니받거니 소란스럽지만 술통과 술잔 속에서 해탈하네!
　여인이 붓을 힘차게 휘두르는데, 필적 밖에 인품이 보이네!

[9-18] 養紙芙蓉粉, 薰衣荳蔻香.

【養(양)】 보호하다, 관리하다, 양생하다.
【薰衣(훈의)】 옷에 향기를 배게 하다.
【荳蔻(두구)】 肉荳蔻. 육두과에 속한 열대 식물. 열매는 漿果이며, 씨는 약재로 쓰임.

　芙蓉 가루로 종이를 보호하고, 肉荳蔻로 옷에 향기를 들이네.

[9-19] 流蘇帳底, 披之而夜月窺人. 玉鏡臺前, 諷之而朝烟縈樹.

【流蘇(유소)】 수레·장막·깃발 따위의 가장자리에 꾸밈새로 늘어뜨린 것. 술.
【玉鏡(옥경)】 옥으로 만든 거울, 달의 이칭.
【諷(풍)】 외우다, 넌지시 비추다, 다른 사물에 기탁하여 말하다, 간하다.
【縈(영)】 얽히다, 둘러싸다, 구부러지다.

　장막 밑단에 늘어뜨린 술을 걷어올리면 저녁달이 사람을 기웃기웃, 누대 앞에 뜬 달에 기탁하여 노래하니 아침 안개가 나무를 휘감네.

[9-20] 風流誇墜髻, 時世聞啼眉.

【時世(시세)】 그때의 세상.
【啼眉(제미)】 울어서 찌푸린 눈썹, 즉 울어서 얼굴을 찌푸리게 된 모습.

風流를 자랑하며 상투 풀어 머리칼 흩뜨려 보지만, 세상사를 듣고선 울며 찌푸리게 되네.

[9-21] 新壘桃花紅粉薄, 隔樓芳草雪衣凉.

【壘(루)】 쌓다, 겹치다, 포개지다, 성채, 陣壘.
【紅粉(홍분)】 꽃가루, 연지와 분, 전하여 부녀자, 미인.
【薄(박)】 숲, 얇다, 가볍다, 싱겁다, 덮다, 모이다(초봄에 붉은 꽃가루가 진하게 핀 것이 아닌 아직은 향기와 색, 꽃가루가 많지 않음을 말한다).
【芳草(방초)】 향기 좋은 풀.

새로이 포개진 복사꽃 위에는 붉은 꽃가루가 엷고, 누대 너머 피어난 방초 위에 아직 쌓여 있는 눈옷이 차갑구나.

[9-22] 李後主宮人秋水, 喜簪異花, 芳草拂髻鬢嘗有粉, 蝶聚其間, 撲之不去.

【李後主(이후주)】 즉 李煜. 五代 南唐의 後主. 문학적인 감성이 넘쳐 정치보다는 詞에 관심을 쏟다가 宋에 멸망됨.

【撲(박)】 치다, 때리다.

  李後主의 궁녀 秋水는 독특한 꽃과 향기로운 풀들을 머리에 꽂기 좋아했다지.
  그래서 상투와 귀밑머리를 털어도 항상 꽃가루가 남아 나비가 모여들었고, 나비를 털어내도 도망가지 않았다지.

[9-23] 濯足淸流, 芹香飛澗; 浣花新水, 蝶粉迷波.

【芹(근)】 미나리.
【浣(완)】 물이 굽이쳐 흐르다. ＊浣: 씻다.
【蝶粉(접분)】 나비 날개의 흰 가루.
【迷(미)】 헤매다, 헤매게 하다.

  흐르는 맑은 물에 발을 씻는데 미나리 향기가 산골물을 따라 날아 흐르고, 새로이 흐르는 물에 꽃잎 씻는데 꽃잎 따라 날아가는 나비의 날개가루 물결에 뒤섞이네.

[9-24] 昔人有花中十友: 桂爲仙友, 蓮爲淨友, 梅爲淸友, 菊爲逸友, 海棠名友, 茶藤韻友, 瑞香殊友, 芝蘭芳友, 臘梅奇友, 梔子禪友. 昔人有禽中五客; 鷗爲閒客, 鶴爲仙客, 鷺爲雪客, 孔雀南客, 鸚鵡隴客. 會花鳥之情, 眞是天趣活潑.

【茶藤(다미)】 겨우살이풀(＝酴醾).
【瑞香花(서향화)】 팥꽃나무과의 상록 관목. 백색의 향기 있는 꽃이 피며, 보통 열매를 맺지 않는다.
【會(회)】 깨닫다, 모이다.

【天趣(천취)】 자연의 정취.
【活潑(활발)】 생동적이다, 생기 있다, 활발하다.

　옛사람이 꽃에는 열 가지 친구가 있다고 하였다.
　계수나무꽃은 仙友, 연꽃은 淨友, 매화는 淸友, 국화는 逸友, 해당화
는 名友, 겨우살이풀꽃은 韻友, 瑞香花는 殊友, 芝蘭은 芳友, 臘梅는
奇友, 치자는 禪友라고 하였다.
　또한 옛사람은 조류에도 다섯 가지 반가운 손님이 있다고 하였다.
　갈매기는 閑客이요, 학은 仙客이며, 해오라기는 雪客, 공작은 南客,
앵무새는 隴客이라 하였다.
　꽃과 새의 마음을 깨닫는다면 자연의 정취가 훨씬 생기 있으리라!

[9-25] 鳳笙龍管, 蜀錦齊紈.

【鳳笙龍管(봉생룡관)】 맑은 음악, 고상한 풍류를 말한다.
【蜀錦(촉금)】 蜀의 錦江에서 실을 빨아 짠 비단, 전하여 상품의 고운 비단.
【齊紈(제환)】 제나라 비단. 좋은 품질로 유명했다.
　＊고상한 음악과 좋은 비단 모두 (본권의 제목인) '아름다움〔綺〕'의 상징물이란 뜻.

　고상한 음악, 蜀과 齊땅에서 나는 고급 비단!

[9-26] 木香盛開, 把杯獨坐其下, 遙令靑奴吹笛, 止留一小奚侍酒, 纔少斟酌便退, 立迎春架後.

【木香(목향)】 국화과에 속하는 다년초. 뿌리는 소화제로 씀.
【靑奴(청노)】 대로 엮은 베개, 죽부인. ＊여기서는 '대나무 하인,' 즉 대나무에게 바
람 소리(피리 소리)를 내게 하라고 시킨다는 뜻에서 '하인'으로 사용한 것이다.

【小奚(소해)】 나이 어린 종.
【斟酌(짐작)】 잔에 술을 따름, 헤아리다.
【迎春架(영춘가)】 개나리 받침대, 개나리를 받쳐 놓은 대. *迎春: 개나리. 架: 틀,
받침대.

　木香이 만개할 때면 그 아래 홀로 앉아 술잔 들고 선 대나무에게 아련
한 피리 소리 내게 하고, 어린 종만 남아 술시중을 들게 한다.
　조금만 마시곤 이내 그만두고 개나리 받침대 뒤로 가서 서 보네.

　[9-27] 花看半開, 酒飮微醉.

꽃은 반쯤 핀 것처럼 보이고, 마신 술은 반쯤 취기가 오르고…….

　[9-28] 夜來月下臥醒, 花影零亂, 滿人襟袖, 疑如濯魄於冰壺.

【零亂(영란)】 어수선하다, 흐트러지다, 어지럽다.
【襟袖(금수)】 가슴과 소매. 여기서는 온 몸을 의미.
【冰壺(빙호)】 얼음을 담는 玉壺.

　밤이 되어 달 아래에 누웠다가 깨어나니 꽃그림자 어지러이 온 몸에
가득!
　얼음 담긴 그릇 속에서 정신을 씻은 듯 맑기도 해라!

　[9-29] 看花步男子, 當作女人; 尋花步女人, 當作男子.

　*꽃의 아름다움에 빠져 감상할 때는 성미 급하고 활달한 남자라 할지라도 찬찬

히 걷게 하고, 그 아름다운 꽃을 감상하러 찾아갈 때는 급한 마음에 아무리 얌전하
고 조신한 여자라도 급한 걸음을 걷게 한다는 의미.

꽃을 감상하는 걸음걸이는 남자를 여자처럼 만들고, 꽃을 찾아가는 걸
음걸이는 여자도 남자처럼 만들어 버리네!

[9-30] 窗前俊石泠然, 可代高人把臂; 檻外名花綽約, 無煩美
女分香.

【俊石(준석)】 멋진 바위, 즉 壽石.
【泠然(영연)】 맑은 모양, 시원한 모양.
【把臂(파비)】 서로 팔을 잡다, 서로 팔짱을 끼다. 의기투합하다, 친밀함을 나타냄.
【綽約(작약)】 맵시 있고 아름답다, 단아하고 아름답다.

　　창 앞의 수석이 멋들어지게 맑으니, 고상한 사람을 대신해서 가까이
벗삼을 수 있지!
　　난간 밖 꽃이 맵시 있게 아름다우니, 미녀에게 고운 향기 풍기라고 번
거롭게 할 필요도 없지!

[9-31] 新調初裁, 歌兒持板待的; 鬮題方啓, 佳人捧硯濡毫.
絶世風流, 當場豪擧.

【新調(신조)】 새로운 곡조, 새로운 운율.
【裁(재)】 계획하다.
【鬮題(구제)】 제목을 제비뽑기로 결정하다. ＊鬮: 제비뽑기.
【濡毫(유호)】 붓을 먹물에 적시다. ＊濡(유): 젖다, 적시다.
【絶世(절세)】 세상에 견줄 만한 것이 없을 만큼 뛰어남.

【當場(당장)】 즉석에서, 당장.
【豪擧(호거)】 장한 擧事, 호쾌한 행동.

　새로운 곡조를 계획하는 동안 노래하는 아이는 박자 맞추는 판자를 들고 기다리고 있네.
　題目을 추첨하여 공개하자마자 재주 있는 사람은 벼루를 받들고 붓을 먹물에 적신다네.
　빼어난 풍류란 즉흥적인 호쾌한 행동!

[9-32] 野花豔目, 不必牡丹; 村酒醉人, 何須綠蟻.

　＊본 항목은 권2 〈情〉 제23항목과 중복된다.
【艶目(염목)】 산뜻하고 눈부시다(＝鮮艷奪目).
【綠蟻】 술지게미(술이 익었을 때 뜨는 푸른 거품이나 알갱이가 개미 모양 같아서 이름), 정하여 美酒를 이름, 綠酒.
【何須(하수)】 왜 반드시 …해야만 하는가? 구태여 …할 필요가 있는가?(＝何必)

　들꽃도 산뜻하고 눈부시거늘 구태여 牧丹만 감상해야 할까?
　시골 농주도 기분 좋게 취하는데 꼭 좋은 술이 필요할까?

[9-33] 石鼓池邊, 小草無名可鬪; 板橋柳外, 飛花有陣堪題.

【石鼓池 · 石板橋(석고지 · 석판교)】 여기서는 보통명사로 해석하였다.
【飛花(비화)】 날리는 꽃잎, 떨어지는 꽃잎. 여기서는 버들솜(버들개지)을 말한다.
【陣(진)】 진을 치다, 싸움을 하다, 한바탕.

　石鼓池 주변 이름 없는 조그만 풀들도 아름다움을 다툴 만하고, 石板橋

버드나무 숲 밖으로 한바탕 날리는 버들개지도 詩題가 될 만하다네!

[9-34] 桃紅李白, 疎籬細雨初來; 燕紫鶯黃, 老樹斜風乍透.

【斜風(사풍)】 비껴 스쳐 지나가는 바람.

　분홍빛 복사꽃 하얀 배꽃, 성근 울타리에 가랑비가 내리기 시작하네.
　자줏빛 제비와 노랑 꾀꼬리, 늙은 나무에 비끼는 바람이 언뜻 뚫고 지나가네.

[9-35] 窗外梅開, 喜有騷人弄笛; 石邊積雪, 還須小妓煮茶.

【騷人(소인)】 詩人. 권8 〈奇〉 제15항목 각주 참조.
【須(수)】 기다리다, 바라다.
【小妓(소기)】 젊은 기녀, 어린 첩.

　창 밖에 매화 피면 시인의 피리 소리가 즐겁고, 바위 주변에 눈 쌓이면 어린 기녀가 끓여주는 차를 기다리네.

[9-36] 高樓對月, 隣女秋砧; 古寺聞鐘, 山僧曉梵.

【砧(침)】 다듬잇돌, 도마.
【曉梵(효범)】 새벽에 불경 외는 소리.

　높은 누대에서 달을 마주하는데 이웃집 여인의 가을날 다듬이질 소리, 오래된 절에서 울리는 종소리 듣는데 山僧의 새벽 불경 읽는 소리……．

[9-37] 佳人病怯, 不耐春寒; 豪客多情, 尤憐夜飮. 李太白之
寶花宜障, 光孟祖之狗竇堪呼.

【佳人(가인)】 좋은 사람, 미인, 미남, 사모하는 사람.
【病怯(병겁)】 병약하다, 병이 많고 허약하다.
【春寒(춘한)】 봄추위, 꽃샘추위.
【豪客(호객)】 도둑, 도적, 호탕하게 행동하는 사람(선비).
【李太白之寶花宜障(이태백지보화의장)】 李白이 寶陀巖과 蓮花峰을 장막으로 삼다.
【光孟祖(광맹조)】 晉代의 光逸을 말한다. 《晉書》卷49〈光逸傳〉에 다음과 같은 기
록이 있다. "光逸의 字는 孟祖이다. …光逸이 난을 피해 강을 건너 輔之에게 다시
의탁하게 되었다. 처음 갔을 때 輔之와 謝鯤·阮放·畢卓·羊曼·桓彝·阮孚가
모여서 산발한 채 웃통을 벗고 문을 잠그고 술을 실컷 마시며 며칠을 보냈다. 나중
에 光逸이 문을 밀치고 들어가려니 문지기가 말을 듣지 않자 光逸은 문 밖에서 옷
과 모자를 벗고 개구멍으로 안쪽을 살펴보며 크게 소리쳤다. 그러자 輔之가 놀라 '다
른 사람은 결코 그렇게 하지 못할 것이니 우리 맹조가 틀림없다!' 고 하면서 급히 불
러서 들어오게 하였다. 마침내 밤낮을 가리지 않고 함께 술을 마셨는데, 당시 사람은
이들을 八達이라고 하였다〔光逸, 字孟祖, 樂安人也. …避亂渡江, 復依輔之, 初至,
屬輔之與謝鯤·阮放·畢卓·羊曼·桓彝·阮孚散髮裸袒, 閉室酣飮已累日. 逸將排
戶入, 守者不聽, 逸便于戶外脫衣露頭于狗竇中窺之而大叫. 輔之驚曰:〈他人決不能
爾, 必我孟祖也.〉遽呼入, 遂與飮, 不舍晝夜. 時人謂之八達〕." *狗竇(구두): 개구멍.

　멋진 사람은 약하여 봄추위를 견디지 못하고, 호탕한 선비는 정이 많아
늦은 밤 술자리를 더욱 좋아한다네.
　그래서 李太白은 九華山의 寶陀巖과 蓮花峰을 장막으로 삼았고, 光逸
은 개구멍으로 친구들을 불러 술을 마셨던 게지.

[9-38] 古人養筆以硫黃酒, 養紙以芙蓉粉, 養硯以文綾蓋, 養
墨以豹皮囊, 小齋何暇及此. 惟有時書以養筆, 時磨以養墨, 時
洗以養硯, 時舒卷以養紙.

＊가난한 선비의 文房具 사랑법이다. 작자는 고급스런 싸개로 문방구를 보호했던 사람들 같은 여유가 없기에 오히려 그들을 사용함으로써, 그들의 기능과 역할을 발휘하게 해줌으로써 '보호'하고 '사랑'하는 것이다.

옛사람들은 硫黃술로 붓을 보호하고, 부용 가루로 종이를 보호하고, 무늬를 넣은 비단 덮개로 벼루를 보호하고, 표범 가죽 주머니로 먹을 보호했다는데, 조그만 나의 서재에 그럴 만한 여유가 있겠는가?!
오로지 시간이 있으면 글씨를 씀으로써 붓을 보호하고, 때때로 갈아줌으로써 먹을 보호하고, 또 때로는 씻어서 벼루를 보호하고, 종이는 가끔 책을 펼쳐 보호해 줄 뿐!

[9-39] 芭蕉, 近日則易枯, 迎風則易破. 小院背陰, 半掩竹窓, 分外靑翠.

【背陰(배음)】 그늘지다, 응달지다.
【靑翠(청취)】 새파랗다, 푸르다.
【分外(분외)】 과분하다, 지나치다.

芭蕉는 해를 가까이하면 쉽게 말라 버리고, 바람을 맞으면 쉽게 손상되는 법!
조그만 정원이 그늘져 있어 파초의 그늘이 竹窓을 반쯤 가렸는데 유달리 새파랗구나!

[9-40] 落花慵掃, 留襯蒼苔. 村釀新篘, 取燒紅葉.

＊본 항목은 권7 〈韻〉의 제127과 중복된다.
【襯(츤)】 밖으로 드러내다, 돋보이게 하다.

【䅵(추)】 꼴, 풀, 벼·보리 등의 이삭을 떨어낸 줄기. ＊新䅵: 여기서는 새로 나온
어린 풀잎 종류나 새로 수확한 밭작물을 의미.
【紅葉(홍엽)】 단풍, 낙엽.

　붉은 꽃잎 떨어져도 쓸어내기 귀찮아 그냥 두니 푸른 이끼 더 돋보이고,
마을에선 새로 수확한 곡식으로 술을 담그고 낙엽 모아 불을 태우고…….

　　[9-41] 歐公香餅, 吾其熟火無烟; 顏氏隱囊, 我則鬪花以布.

【歐公(구공)】 여기서는 歐陽修를 말한다.
【香餅(향병)】 향을 피우는 데 쓰는 넓적한 숯.
【顏氏(안씨)】 顏之推.
【隱囊(은낭)】 기댈 수 있는 길고 큰 베개.《顏氏家訓》에 '隱囊'에 대한 서술이 있다.
【鬪花(투화)】 꽃과 아름다움을 다투다.

　연기 나지 않게 歐陽修 香을 잘 태우고, 顏之推의 등받이에는 아름다
움을 다투는 꽃을 펼쳐놓고…….

　　[9-42] 梅額生香, 已堪飮爵; 草堂雪飛, 更可題詩. 七種之羹,
呼起袁生之臥; 六生之餅, 敢迎王子之丹. 豪飮竟日, 賦詩而散.

【梅額(매안)】 매실의 표면, 매실 같은 이마.
【七種之羹(죽종지갱)】 正月初七日 아침에 미나리·파·부추·육고기·생선·쌀·
밥죽 등을 함께 넣어 끓인 七種羹을 먹는데, 이것을 먹으면 근면·총명·장수·여
유·부유·원만해진다고 한다.
【袁生(원생)】 袁安. 字가 邵公, 汝南 汝陽(지금의 河南省 商水縣)人. 올곧고 효성스
러웠다고 한다. '袁安臥雪' 故事의 장본인. 漢 和帝 때 汝陽(洛陽이라고도 한다) 일
대에 큰눈이 내렸다. 汝陽縣令이 모든 집 앞의 눈을 치우라고 슈을 내렸는데, 구걸

하던 거지가 그의 집 앞에 눈이 그대로 있는 것을 보고는 집주인이 분명히 죽었을
거라 생각했다. 집 안으로 들어가니 袁安은 온몸이 꽁꽁 언 채로 침상에 누워 있었
다. 그 까닭을 물으니, "온 세상에 큰눈이 내려 사람들이 모두 굶는데, 나까지 밖으
로 나가 다른 사람을 힘들게 만들 필요가 있겠는가!"라고 하였다. 그 말이 전해지자
縣令은 그를 孝廉에 추천하였다 한다.
【六生之餠(육생지병)】 여섯 가지 生物을 고물로 넣은 전병. 곧 六牲(말·소·양·
닭·개·돼지)을 넣은 전병이라고 새겨도 괜찮을 듯하다.
【王子之丹(왕자지단)】 王子喬가 만든 仙丹. 周 靈王의 太子로, 사람들이 太子晉이
라 불렀다. 笙을 잘 불었으며, 河南의 伊水와 洛水가를 거닐다가 浮丘公이라는 道
士를 따라 崇山으로 들어가 승천했다는 일화가 전해진다.
【竟日(경일)】 온종일, 하루 종일.

　매실 표면에 향이 생기면 술을 담가 마실 수 있고, 초당에 눈이 흩날리
면 시를 지을 수 있다.
　일곱 가지 재료를 넣은 죽은 누워 있는 袁安을 불러일으킬 만하고, 여
섯 가지 고물을 넣어 만든 전병으로는 王子喬의 仙丹을 맞이할 만하다.
　하루 종일 마음껏 술을 마시고 시를 짓다가 헤어진다.

　　[9-43] 佳人半醉, 美女新妝. 月下彈琴, 石邊侍酒. 烹雪之茶,
果然膡有寒香; 爭春之館, 自是堪來花嘆.

【佳人(가인)】 미인(미녀, 미남), 재주 있는 사람.
【果然(과연)】 정말로 그러하다, 과연, 생각한 대로.
【自是(자시)】 이로부터, 이것에서부터.

　멋진 사내는 반쯤 취하고, 아리따운 여인은 다시 화장을 매만지네.
　달 아래 거문고를 연주하고 바위 옆에서 술을 따르네.
　눈을 녹여 끓인 차에 여전히 차가운 겨울 향기가 남아 있구나!
　봄을 다투는 객사에서부터 꽃에 대한 감탄이 터져 나오네!

[9-44] 翠微僧至, 衲衣皆染松雲. 斗室殘經, 石磬半沈蕉雨.

【翠微(취미)】 청록색의 산색, 산 중턱, 푸른 산.
【衲衣(납의)】 승려의 검은 옷.
【斗室(두실)】 한 말 정도 되는 크기의 방, 아주 작은 방.
【殘(잔)】 남은, 나머지, 해지다(닳다).
【石磬(석경)】 돌로 만든 경쇠.
【蕉雨(초우)】 파초 잎에 떨어지는 비.

　녹음 우거진 곳에 스님이 오시면, 스님의 가사는 소나무와 구름에 흠뻑
물든다.
　자그마한 집엔 열심히 읽어 해진 경전,
　石磬 소리는 파초 잎에 떨어지는 빗소리에 반쯤 묻혀 버리고……

[9-45] 黃鳥讓其聲歌, 靑山學其眉黛.

【眉黛(미대)】 눈썹 그리는 먹.

　꾀꼬리는 그녀에게 노랫소리를 양보해야 하고, 靑山은 그녀의 아름다
운 검푸른 눈썹 화장술을 배워야 하리!

[9-46] 淺翠嬌靑, 籠烟惹濕. 淸可漱齒, 曲可流觴.

【流觴(유상)】 음력 3월 3일에 굽이진 물에 둘러앉아 술잔을 띄워 놓고 술잔이 흐르
다 멈추면 그 앞에 앉은 사람이 술을 마시는 놀이.

　엷은 비취색과 고운 파란색을 띠고, 안개로 뒤덮여 습기를 머금은 물.

양치질할 수 있을 만큼 맑고, 流觴놀이를 즐길 수 있을 만큼 굽이졌네.

[9-47] 風開柳眼, 露浥桃腮, 黃鸝呼春, 靑鳥送雨, 海棠嫩紫,
芍藥嫣紅, 宜其春也; 碧荷鑄錢, 綠柳繅絲, 龍孫脫殼, 鳩婦喚
晴, 雨驟黃梅, 日蒸綠李, 宜其夏也; 槐陰未斷, 雁信初來, 秋英
無言, 曉露欲結, 蓐收避席, 靑女辦妝, 宜其秋也; 桂子風高, 蘆
花月老, 溪毛碧瘦, 山骨蒼寒, 千巖見梅, 一雪欲臘, 宜其冬也.

【柳眼(유안)】 버드나무 새싹, 버들눈.
【黃鸝(황리)】 꾀꼬리.
【靑鳥(청조)】 파랑새.
【嫩(눈)】 연하다, 여리다, 어리다, 부드럽다.
【嫣紅(언홍)】 고운 빨간색.
【碧花鑄錢(벽화주전)】 물 위에 떠 있는 어린 연잎이 동전 모양 같다는 뜻.
【繅絲(소제): 감색 비단. ＊繅: 고치에서 실을 뽑음, 문채나다(繰자와 같음). 絲: 올
이 굵고 거친 명주.
【龍孫(용손)】 죽순.
【鳩婦(구부)】 암비둘기.
【雨驟黃梅(우취황매)】 긴 장마에도 매실은 누렇게 익다. 즉 梅雨(매실이 익을 무렵
에 오는 긴 장마)에 매실이 누렇게 익는 것을 말한다.
【槐陰(괴음)】 회나무 그늘. 회나무는 음력 7월경에 꽃이 노래진다. 그래서 이때까
지는 가지와 잎사귀가 무성하다.
【雁信(안신)】 서신, 편지. 여기서는 기러기가 날아가는 것을 말한다.
【蓐收(욕수)】 가을을 관장하는 신, 형벌을 맡음.
【靑女(청녀)】 서리를 관장하는 여신, 서리의 다른 이름.
【溪毛(계모)】 시냇물에 자라는 물풀, 綠藻.

　바람이 버들개지 눈을 틔우고, 이슬이 복숭아 뺨을 촉촉이 적신다. 꾀꼬
리는 봄을 부르고, 파랑새는 비를 보내고…… 해당화의 연한 자줏빛, 작

약의 고운 빨간빛은 봄날에 잘 어울린다.

　청록빛 어린 연잎은 동전 모양 같고, 푸른 버들잎은 푸른 비단 같고, 죽순은 껍질을 벗고, 암비둘기는 비가 개라고 울어대고……. 장마비 몰려올 때면 매실이 누렇게 익고, 햇살은 푸른 자두를 익히나니 여름날에 제격이다.

　홰나무 그늘은 아직까지 끊어지지 않는데 기러기가 되돌아오기 시작한다. 가을에 피는 꽃은 말이 없고 새벽에 내린 이슬은 방울방울, 가을을 관장하는 神이 자리를 떠나고 서리가 치장을 끝내니 가을날에 제격이다.

　계수나무에 바람이 높게 불고 갈대꽃이 달빛에 시들어가고 물풀은 푸른 빛이 쇠해지고, 산 속 바위는 검푸르고 차갑다. 천여 개의 바위가 매화꽃을 피워내고, 한번 내린 눈은 섣달까지 가려 하니 겨울에 어울리는 모습!

[9-48] 風翻貝葉, 絶勝北闕除書; 水滴蓮花, 何似華淸宮漏.

【貝葉(패엽)】 패다라엽. 인도에서 불경을 새기는 데 쓰였기에 불경을 의미.
【北闕(북궐)】 궁궐, 궁성, 궁전, 궁전의 북쪽 문루로 신하가 임금을 알현하려고 기다리거나 상주하는 장소.
【除書(제서)】 관직을 除授하는 문서.
【華淸宮(화청궁)】 당 현종이 廬山에 세운 離宮으로 陝西省 臨潼縣 남쪽에 있다.
【漏(루)】 물시계.
　＊ '바람에 뒤척이는 잎사귀〔風翻貝葉〕'나 '연꽃에 지는 물방울〔水滴蓮花〕' 등은 자연이나 종교적 해탈을 상징한다. 아무리 멋지고 화려한 궁실의 것들이라 해도 자연의 풍경이나, 사원에서 실제로 일어나는 일, 정신적인 초탈함 등이 운치나 여운 면에서 훨씬 뛰어나다는 의미.

　바람이 불어와 뒤척이는 불경〔貝葉〕은 관직을 제수하는 궁궐의 문서〔除書〕보다 훌륭하고, 연꽃잎에 떨어지는 물방울이 華淸宮에서 떨어지는 물시계와 같으랴?!

[9-49] 畫屋曲房, 擁爐列坐; 鞭車行酒, 分隊徵歌. 一笑千金, 樗蒲百萬. 名妓持箋, 玉兒捧硯; 淋漓揮灑, 水月流虹. 我醉欲眠, 鼠奔鳥竄; 羅繻輕解, 鼻息如雷. 此一境界, 亦足賞心.

【畫屋曲房(화옥곡방)】 그림으로 장식된 밀실. *曲房: 밀실, 후미진 방.
【行酒(행주)】 술을 권하다, 酒令(술자리에서 흥을 돋우기 위한 벌주놀이)을 행하다.
【樗蒲(저포)】 漢·魏시대에 유행한 놀이로, 360개의 눈을 그려 놓고 五木을 던져서 나오는 采에 따라 말을 움직이는데, 여섯 개의 말을 썼다(우리의 윷놀이와 비슷함).
【'웃음 한 번' '저포놀이 한 판에 백만금'】 기생을 웃게 하는 데 돈을 걸거나, 놀이 한 판에 돈을 거는 놀이. 호탕하고 신나게 노는 것을 과장한 표현.
【淋漓(임리)】 (말·글·원기 따위가) 힘차다, 통쾌하다, (흠뻑 젖어) 뚝뚝 떨어지다.
【鼠奔鳥竄(서분조찬)】 쥐처럼 달아나고 새처럼 날아가듯 도망감.
【羅繻(나수)】 얇은 비단저고리 *繻: 명주.
【鼻息(비식)】 콧김, 호흡, 여기서는 코고는 소리.
【境界(경계)】 경계, 경지.
【賞心(상심)】 마음을 즐겁게 하다.

그림으로 장식된 밀실에서 화로를 끼고 나란히 앉기도 하고, 수레바퀴처럼 둥글게 몰아넣고 술놀이를 벌이며 대오를 나누어 노래 시합을 한다.
웃음 한 번에 천금, 저포놀이 한 판에 백만금!
유명한 기생은 종이를 들고 잘생긴 동자는 벼루를 들고 서니, 힘차게 휘갈겨 쓴 글은 강에 뜬 달, 무지개 흐르는 듯.
취하여 졸리면 쥐나 새가 도망가듯 몰래 빠져나와 얇은 비단저고리를 벗고는 천둥 같은 코고는 소리를 내며 잠든다.
이러한 일 역시 마음을 즐겁게 할 수 있는 것!

[9-50] 柳花燕子, 貼地欲飛; 畫扇練裙, 避人欲進. 此春遊第一風光也.

【練裙(연군)】하얗게 표백한 명주치마.

　버들개지와 제비는 땅으로 낮게 날으려 하고, 화려한 부채를 들고 말
끔한 명주치마를 입은 여인네들은 인파를 피해 꽃숲으로 들어가려 하
고…….
　이것이 봄놀이의 첫번째 풍경!

[9-51] 花顏縹緲, 欺樹裏之春風. 銀焰熒煌, 却城頭之曉色.

【花顏(화안)】꽃 같은 아름다운 얼굴(=花容).
【縹緲(표묘)】멀고 어렴풋하다, 가물가물하고 희미하다, 소리가 연하고 길게 이어지
는 모양.
【欺(기)】속이다, 업신여기다, 깔보다.
【銀焰(은염)】하얀 불꽃, 은빛 불꽃. 여기서는 햇빛을 의미.
【熒煌(형황)】환히 비치다.
【却(각)】물러나다, 물리치다.
【城頭(성두)】성벽 위, 성벽 꼭대기.
【曉色(효색)】새벽녘의 밝은 빛, 새벽녘의 경치.

　아름다운 꽃은 숲 속의 봄바람도 우스운 듯, 하얀 햇빛 환히 비치자 성
꼭대기의 아침 빛이 물러가네.

[9-52] 烏紗帽挾紅袖登山, 前人自多風致.

【烏紗帽(오사모)】검은 깁으로 만든 모자, 晉나라 이후 벼슬아치가 썼다.
【紅袖(홍수)】붉은 소매. 紅樓의 歌妓를 말한다.
【風致(풍치)】풍모, 인품, 시원스럽게 格에 맞는 멋.

예전에는 관리가 妓樓의 歌妓를 끼고 산에 올랐다고 하니, 그때 사람들은 나름대로 풍류가 많았던 모양!

[9-53] 筆陣生雲, 詞鋒捲霧.

【筆陣(필진)】 筆者의 진용, 문장의 웅건함을 陣을 치는 것에 비유한 말.
【詞鋒(사봉)】 筆鋒, 筆勢. *예리한 붓끝(문장)은 안개처럼 불투명하거나 애매모호한 것을 걷어낸다는 의미.

웅건한 문장은 구름을 일으키고, 날카로운 붓끝은 안개를 걷어 버린다네.

[9-54] 楚江巫峽半雲雨, 靑簟疎簾看弈棋.

【楚江(초강)】 楚 땅을 흐르는 長江을 말한다.

楚江과 巫峽에는 늘 구름과 비.
깨끗한 대나무 자리와 성긴 주렴 속에 바둑 두는 모습.

[9-55] 日慘風悲, 到玉顔之死處, 花愁露泣, 認朱臉之啼痕.

【玉顔(옥안)】 옥같이 아름다운 얼굴, 남의 얼굴의 敬稱.
【死處(사처)】 죽을 곳.
【認(인)】 알다, 발견하여 알다, 허가하다, 행하다, 적다.
【朱臉(구검)】 붉은 얼굴, 즉 紅顔(붉고 윤이 나는 아름다운 얼굴, 미인의 얼굴).
【啼痕(제흔)】 울어서 눈물이 흐른 자국.

미인이 죽은 곳에 다다르니 태양이 아파하고 바람도 슬퍼하고, 미인의
눈물자국 보고는 꽃도 근심하고 이슬도 눈물짓네!

[9-56] 美儀人, 濯濯如春月柳.

【儀(의)】 외모, 용모.
【濯濯(탁탁)】 빛나는 모양, 산이 민둥민둥한 모양, 살이 쪄서 기름진 모양, 즐거이
노는 모양.

아리따운 그녀 모습, 춘삼월에 새로 돋아난 버들처럼 반짝반짝!

[9-57] 襄雪萬條斷腸, 新出于啼猿; 秦樹千層比翼, 不如于
飛鳥.

【襄雪(양설)】 不詳. 다만 九襄鎭의 梨花에 관련된 고사가 전해진다. 唐初 삼장법사
가 서역으로 불경을 구하러 갔다가 돌아오면서 남쪽 비단길을 거쳐 漢源을 지나가게
되었다. 그곳에 짚고 온 지팡이를 땅에 꽂고 갔는데, 나중에 배나무가 되어 배밭을 이
루었다는 이야기. 九襄鎭의 배꽃이 흰 눈처럼 내리는 것을 줄여 '襄雪'이라고 본 것.
【斷腸(단장)】 슬픔에 腸이 끊어지다. 晉나라의 桓溫이라는 사람이 蜀나라로 가던 도
중 환온의 種子가 양자강의 三峽에서 원숭이 새끼를 싣고 가자 그 어미가 새끼를 그
리워하여 울부짖으며 백여 리나 달려와 배에 뛰어들더니 죽고 말았다. 죽은 원숭이
의 배를 갈라 보니 너무나도 슬퍼했던 나머지 창자가 마디마디 끊어져 있었다고 한
다. 《세설신어(世說新語)》.
【秦樹(진수)】 秦中의 두 그루 해당화. 宋 吳文英의 詞 〈宴淸都·連理海棠〉에 "타오
르는 붉은 마음 가까우니, 여린 구름이 다가와 秦樹를 어루만지네〔紅情密, 膩雲低護
秦樹〕"라는 구절이 있는데, 비슷한 의미인 듯.
【比翼(비익)】 比翼鳥. 눈 하나와 날개 하나만 갖고 있는 새. 따라서 두 마리 새가 한
몸을 이루듯 나란히 해야만 두 개의 눈, 두 개의 날개로 날아갈 수 있다. 사랑하는 남
녀의 지극한 정에 비유됨. *아무리 두 그루가 하나로 합해진 신기한 해당화나무〔連

理枝)라 할지라도, 실제로 그리워하는 님을 찾아 날아갈 수 있는 比翼鳥만은 못하다는 의미. 그만큼 사모의 정이 깊다는 뜻.

九襄鎭의 梨花가 만 갈래로 질 때 애타는 마음, 원숭이 울음소리 들으니 더욱 새로이 터져 나오네.

秦中의 해당화 두 그루 서로 짝하여 比翼鳥처럼 붙었지만, 날아갈 수 있는 새만 하리?

[9-58] 淸文滿篋, 非惟芍藥之花; 新製連篇, 寧止葡萄之樹.

  * 본 항목은 권2 〈情〉의 제83항목과 중복된다.
【淸文(청문)】 청아한 문장, 청신한 문장.
【非惟(비유)】 오직 …만이 아니다.
【連篇(연편)】 한편 한편, 連作. 여기서는 줄줄이 이어지는 시편이나 글을 알알이 맺힌 포도알과 對句 한 것.
【寧止(영지)】 어찌 …에만 그치랴? …보다 더 넘어서다, 즉 …보다 뛰어나다.

청신한 문장 책상자에 그득하니 작약꽃만 청신하리?
새로 지은 連作詩들의 아름다움이 알알이 맺힌 포도나무에만 그치리?

[9-59] 梅花舒兩歲之裝, 柏葉泛三光之酒. 飄颻餘雪, 入簫管以成歌. 皎潔輕冰, 對蟾光而寫鏡.

【三光(삼광)】 세 가지 밝은 것. 즉 해·달·별.
【飄颻(표요)】 나부끼다, 한들거리다.
【餘雪(여설)】 잔설.
【輕冰(경빙)】 얇게 맺힌 얼음.
【蟾光(섬광)】 달빛. 달 속에 두꺼비가 있다는 전설에서 비롯됨. 東夷의 神 중에 羿

라는 활 잘 쏘는 이가 있었다. 태양으로 변하여 인간을 괴롭히는 천제의 열 아들 중 하나만 남기고 활로 떨어뜨리라는 명을 받았으나, 활로 아홉 개의 태양 즉 천제 아들들을 명중시켜 모두 죽여 버렸다는 노여움 때문에 땅으로 추방당하게 되자 서왕모에게 찾아가 영원히 죽지 않는 불로장생 약을 구하였으나, 그의 아내 姮娥가 혼자 그 약을 몰래 먹어 버려 그 벌로 두꺼비로 변하여 달로 가게 되었다는 전설이 있다. 이런 이유로 두꺼비는 달을 비유하게 되었고, 두꺼비 '蟾(섬)' 자를 써서 달을 蟾宮(섬궁), 蟾輪(섬륜), 蟾魄(섬백)이라고도 부른다.

【寫(사)】 본뜨다, 흉내내다, 쏟아내다.

매화는 2년간 치장한 자태를 펼쳐 보이고, 백양 잎은 해·달·별이 비치는 술잔 위에 떠 있네.

나부끼는 殘雪이 피리 속으로 들어와 노래가 되고, 새하얀 얇은 얼음이 달빛을 대하니 거울처럼 빛나네.

[9-60] 鶴有累心猶被斥, 梅無高韻也遭刪.

【累心(누심)】 걱정하다, 근심하다.
【猶(유)】 오히려, 마치…와 같다.

맑고 고고한 학이 근심을 가지면 배척당하게 되고, 매화에 고상한 운치가 없으면 도끼에 베어진다네.

[9-61] 分果車中, 畢竟借他人面孔. 捉刀床側, 終須露自己心胸.

【借他人面孔(차타인면공)】 다른 사람의 머리를 빌리다, 즉 셈이 맞지 않음을 말함. *面孔: 낯, 얼굴, 머리. *흔들리는 수레 안에서 과일을 나누다 보면 중간에 서로 섞여, 다시 세고 다시 세느라 결국 옆사람의 머리를 넣어야 셈이 맞게 된다는 의미.

언제나 밝고 당당한 곳에서 주관적·주도적으로 일을 해야 한다는 의미인 듯.
【捉刀(착필)】 대필하다, 글을 대신 짓다. 曹操가 匈奴의 사자를 접견할 때 崔琰을 대
신시키고 자신은 칼을 잡고 옆에 서 있었다는 고사에서 유래.
【終須(종수)】 마지막엔 반드시 …하다, 결국엔 모름지기 …해야 한다.

  수레 속에서 과일을 나누다 보면 결국 다른 사람의 머리까지 빌리게 되
고, 침상 곁에서 자신을 칼을 잡고 글은 대필시키더라도 결국엔 자신의
뜻을 드러내야 하는 법이다.

  [9-62] 雪滾花飛, 繚繞歌樓, 飄撲僧舍點點共, 酒斾悠揚陣陣
追. 燕鶯飛舞, 霑泥逐水, 豈特可入詩料? 要知色身幻影, 是卽風
裏楊花, 浮生燕壘.

【點點(점점)】 점을 찍은 것처럼 여기저기 흩어져 있는 모양, 물방울이 똑똑 떨어지
는 모양.
【酒斾(주패)】 주점을 알리는 깃발(=酒旗, =酒簾, =酒望子, =酒幌子). ＊斾(패): 여러
가지 색깔의 깃발.
【共(공)】 모두, 함께, 함께하다, 베풀다, 향하다.
【悠揚(유양)】 멀고 아득하다, 바람에 산들거리는 모양.
【陣陣(진진)】 이따금, 간간이, 자꾸 불거나 풍겨오는 모양, 여러 무리.
【色身(색신)】 色相의 신체, 곧 육체.
【幻影(환영)】 허깨비와 그림자, 덧없는 물상, 환각에 비치는 현상.
【浮生(부생)】 덧없는 인생.
【楊花(양화)】 버들개지.
【燕壘(연루)】 제비집. ＊壘: 작은 성, 보루.

  殘雪 구르고 꽃잎 휘날려 기루를 한 바퀴 휘감고는 스님의 방으로 날아
들어가 온통 똑똑 떨어뜨리고, 술집 깃발 바람에 펄럭펄럭 연신 휘날리네.
  제비와 꾀꼬리 춤추듯 날아다니며 진흙을 묻히기도, 물 위로 날기도 하

네. 이런 모습들이 어찌 시의 소재만 되리요?

　육체는 환영이며 바람 속에 날리는 버들개지, 허공에 지은 제비집처럼
덧없음을 알아야 하리······.

　[9-63] 籬邊杖履送僧, 花鬚列於巾角. 石上壺觴坐客, 松子落
我衣裾.

　＊본 항목은 권6 〈景〉 제82항목과 중복된다.
【花鬚(화수)】 꽃술.
【巾角(건각)】 즉 角巾, 處士나 隱者가 쓰던 두건.
【壺觴(호상)】 술단지(술주전자)와 술잔.
【坐客(좌객)】 손님, 좌석에 앉아 있는 손님.
【松子(송자)】 잣, 솔방울.

　울타리 곁에서 지팡이 짚고 신발을 신고서 스님을 전송하는데 꽃술이
두건 위로 똑똑!
　바위 위에 술병과 술잔을 펼치고 손님과 앉았는데 솔방울이 옷자락 위
로 투두둑!

　[9-64] 水綠霞紅處, 仙犬忽驚人, 吠入桃花去.

　파란 물, 붉은 노을진 곳, 잘생긴 개 한 마리 갑자기 사람을 놀라게 하고
는 복사꽃 속으로 뛰어드네!

　[9-65] 九重仙詔, 休敎丹鳳唧來; 一片野心, 已被白雲留住.

【休(휴)】훌륭하다, 뛰어나다, …마라.
【九重仙(구중선)】玉皇上帝. *九重 : 아홉 겹, 궁궐, 하늘, 九天.
【丹鳳(단봉)】봉황.
【野心(야심)】야망, 전원 생활(자연)을 좋아하는 마음.
【留住(유주)】만류하다, 붙잡아두다.

목숨이 다했다는 옥황상제의 조서는 봉황에게 물고 오지 못하게 하리!
자연을 동경하는 마음 한 조각이 이미 흰 구름에 꽉 붙잡혔기에…….

[9-66] 香吹梅渚千峰雪, 淸映冰壺百尺簾.

【梅渚(매저)】매화가 핀 숲이 물가의 모래섬처럼 모여 있는 것을 말한다.
【百尺簾(백척렴)】百 尺 길이의 휘장. 여기서는 둘러선 산들을 말한다.
【氷壺(빙호)】옥으로 만든 얼음을 담는 병, 결백한 마음을 비유.

매화꽃 향기 실은 바람은 아직 눈 덮인 수천 봉우리로 불어오고, 백척
주렴처럼 높은 산들은 맑게도 빛나네.

[9-67] 避客偶然抛竹履, 邀僧時一上花船.

【우연(偶然)】우연히, 어쩌다가, …을 하다 보니.
【竹履(죽리)】대나무 지팡이와 나막신. 즉 등산 용구. 손님이 찾아오면 산으로 출타
한 것으로 꾸미기 위해 이것들을 숨긴다는 뜻.
【一(일)】모두, 빠짐없이, 오로지, 외곬으로.
【花船(화선)】유람선, 놀잇배.

손님을 피하려고 대나무와 신발을 내버리고, 스님을 모셔다가 늘 놀잇
배를 띄워 노네.

[9-68] 到來都是淚, 過去卽成塵; 秋色生鴻雁, 江聲冷白蘋.

【到來(도래)】 닥쳐오다, 도래하다.
【成塵(성진)】 티끌이 되다, 없어지다.
【秋色(추색)】 가을 경치.
【鴻雁(홍안)】 (큰기러기와 작은기러기) 기러기.
【冷(랭)】 쓸쓸하다, 한산하다, 생기없다.
【白蘋(백빈)】 하얗게 시들어 가는 부평초.

　다가올 때는 온통 눈물뿐, 지나고 나면 이내 사라지고 마는 것을……．
　쓸쓸한 가을 경치는 기러기로 인해 빚어지고, 강물 소리는 하얗게 시들어 가는 부평초를 더욱 쓸쓸하게 만드네.

[9-69] 鬪草春風, 才子愁銷書帶翠; 采菱秋水, 佳人疑動鏡花香.

【鬪草(투초)】 단오날에 하는 풀싸움(풀을 서로 걸고서 당겨 끊어지는 편이 지는 놀이).
【疑動(의동)】 의심이 동함, 의혹이 생기다.
【鏡(경)】 거울. 여기서는 거울같이 맑은 수면을 말한다.

　따뜻한 봄바람 속에 풀끊기 놀이를 하다 보면 사내의 근심은 사라지고, 책도 푸른 풀빛을 띠게 되네.
　가을날 맑은 물에서 마름 따던 여인, 거울처럼 맑은 물에서 꽃향기가 이는 착각에 빠지네.

[9-70] 天下海棠無香, 惟昌州有香耳.

宋代 彭淵材가 宋代 惠洪의《冷齋詩話》卷9를 해석한 글에 나오는 말. 大夫 李舟가 昌州로 발령받았는데 의론이 일자 다시 鄂倅로 임명하였다. 이 말을 들은 彭淵齋가 李舟에게 昌州는 좋은 郡인데 왜 그곳을 포기했느냐고 물으니, 李舟는 그곳이 부유한 곳인지, 혹은 소송이 적어 일하기 편한 곳인지 물었다. 그러자 彭淵材는 "이 세상의 모든 해당화는 향기가 없지만, 昌州의 해당화만 향기가 난다고 하오. 그럼 좋은 곳이 아닌가〔天下海棠無香, 昌州海棠獨香, 非佳郡乎〕?"라고 했다는 일화.

이 세상 모든 해당화는 향이 없지만, 오직 昌州의 해당화만 향기가 난다더라!

[9-71] 竹粉映琅玕之碧, 勝新粧流媚. 曾無掩面於花宮; 花珠凝翡翠之盤. 雖什襲非珍, 可免探頷於龍藏.

【竹粉(죽반)】 대나무에 생긴 하얀 분가루.
【琅玕(낭간)】 옥처럼 아름다운 돌, 대나무의 이칭.
【花宮(화궁)】 꽃밭, 화단.
【花珠(화주)】 꽃구슬. 여기서는 꽃에 맺힌 이슬을 말한다.
【翡翠之盤(비취지반)】 비취를 담은 쟁반. 여기서는 이슬이 맺힌 꽃잎을 말한다.
【什襲(십습)】 열 겹. 여러 겹으로 싸서 소중히 보관한다는 의미〔珍藏〕.
【龍藏(용장)】 비밀로 보관해 두는 곳집, 소중하게 감추어 두고 사용하지 않는 물건.

대나무에 앉은 은빛 가루는 비취처럼 푸른 대나무를 반짝거리게 하네.
방금 단장한 매끈하고 요염한 미녀보다 아름다운데도 꽃밭에서는 미녀처럼 얼굴을 가리는 법이 없다네!
이슬 맺힌 꽃, 비취 맺힌 고운 꽃잎은 겹겹이 싸서 소중히 보관하는 진주는 아닐지라도 비밀 창고에서 목을 빼고 찾아야 하는 수고로움을 덜어 준다네.

[9-72] 因花整帽, 借柳維船.

떨어지는 꽃잎에 모자를 매만지고, 버드나무에 배를 매어 놓네.

[9-73] 遶夢落花消雨色, 一尊芳草送晴曛.

【遶夢(요몽)】 꿈을 감싸다, 꿈속을 맴돌다. ＊遶(요); 두르다, 돌다(=繞).
【芳草(방초)】 꽃다운 풀, 향기가 좋은 풀.
【晴曛(청훈)】 맑은 황혼. ＊曛(훈): 땅거미, 황혼.

　꿈결처럼 지는 꽃으로 비 오는 풍경을 없애고, 한잔 술 같은 향기로운
풀로 맑은 황혼을 보내네.

[9-74] 爭春開宴, 罷來花有歎聲; 水國談經, 聽去魚多樂意.

【水國(수국)】 江村, 강가의 마을.
【樂意(낙의)】 즐거운 마음, 즐겁게 여기다, 만족해하다.

　봄을 다투어 잔치 자리를 열었는데, 잔치 끝난 후 늦게 왔다고 아쉬워
하는 꽃의 탄식!
　강가 마을에서 경전을 담론하면 좋은 말씀 듣고 가는 물고기도 즐거워
하네.

[9-75] 無端淚下, 三更山月老猿啼; 驀地嬌來, 一月泥香新
燕語.

【無端(무단)】 이유없이, 까닭없이, 실없이.
【驀地(매지)】 한눈팔지 않고 곧장, 줄곧. *驀(맥): 뛰어넘다, 줄곧, 쉬지 않고.
【燕語(연어)】 제비 소리, 부인의 지껄임.

　三更에 산 위에 달 떴는데 늙은 원숭이 울음소리, 까닭없이 눈물이 지네!
　정월의 진흙 향기에 새끼제비 지저귀는 소리, 연신 솟아나는 사랑스러
운 마음!

　　[9-76] 燕子剛來, 春光惹恨; 雁臣甫聚, 秋思慘人.

【春光(춘광)】 봄 경치.
【惹(야)】 불러일으키다. *봄 경치가 恨을 불러일으킨다는 것은 봄이 되면 장사를
떠나야 하는 임을 보내야 할 아픔이나, 혹은 지난봄에 떠나 아직 돌아오지 않은 그
리운 사람에 대한 애절한 마음이 일어난다는 의미.
【雁臣(안신)】 魏 孝文帝가 洛陽으로 천도할 때, 대신들이 옮기기를 원치 않았지만 명
령을 거스를 수 없어 어쩔 수 없이 따라갔다. 그러나 낙양의 酷暑를 견딜 수가 없어,
孝文帝에게 ‘여름엔 大同으로 왔다가 겨울에 낙양으로 내려가는 것〔夏回冬去〕’을
허락해 달라고 상주하였는데, 이 신하들을 ‘雁臣’이라 한다. 여기서는 그냥 ‘기러
기’로 새김.
【甫(보)】 겨우, 막, 비로소(처음으로), 크다, 많다.
【秋思(추사)】 가을날의 적막한 심정.

　제비가 날아오기 시작하니 봄 경치에 아픔이 일고, 기러기가 날아들기
시작하니 적막한 가을 느낌이 아프게 하네!

　　[9-77] 韓嫣金彈, 誤了飢寒人多少奔馳; 潘岳果車, 增了少年
人多少顏色.

【韓嫣金彈(한언금탄)】《西京雜記》에 "韓嫣은 탄환을 좋아하여 항상 금으로 탄환을
샀는데, 잃어버리는 것이 매일 10여 개나 되었다. 장안에서 이것을 일러 '추위와 굶
주림에 시달리는 사람은 金丸을 쫓는다〔苦飢寒, 逐金丸〕'란 말이 있었다. 京師의 아
동이 韓嫣이 사냥하러 나갔다는 소식을 들으면 그를 따르며 탄환이 떨어진 곳을 보
았다가 얼른 주었다"는 기록이 있다.
【奔馳(분치)】 바쁘게 뛰어다니다.
【潘岳(반악)】 晉나라의 유명한 문인, 字가 仁安. 아주 잘생긴 미남이어서 외출을 하
면 그를 흠모하는 여인네들이 과일 등을 던져주어 수레에 담아 돌아왔다고 한다.
【顔色(안색)】 색채, 얼굴빛, 용모.

　韓嫣이 떨어뜨린 금 탄환은 추위와 굶주림에 떠는 가난한 사람들을 바
쁘게 뛰어다니게 했고, 潘岳의 과일 담긴 수레는 젊은 사람들이 용모에
무척이나 신경 쓰게 했다지!

　[9-78] 夜長無賴, 徘徊蕉雨半窗; 日永多閒, 打疊桐陰一院.

　＊본 항목은 권7 〈韻〉 제105항목과 중복된다.
【無賴(무뢰)】 매우 심심하다, 따분하다.
【徘徊(배회)】 노닐다, 천천히 이리저리 왔다갔다 함.
【打疊(타첩)】 포개다, 쌓다, 겹쳐쌓다. ＊打: 동사 앞에 놓여 어떤 행위를 하는 것을
의미한다.

　무료한 긴긴 밤, 배회하던 빗방울이 파초 잎에 떨어지다 조그만 창가까
시 석시고, 한가로운 긴긴 낮, 첩첩 쌓인 오동나무 그늘이 정원을 뒤덮네.

　[9-79] 鳥語聽其澀時, 憐嬌情之未囀. 蟬聲已斷處, 愁孤節之
漸消.

＊본 항목은 같은 권9 〈綺〉 제12항목과 중복된다.
【嬌情(교정)】 사랑스런 마음, 아리땁게 여기는 마음,
【孤節(고절)】 고독의 계절, 고독하게 지키는 절개. 여기서는 앞의 의미로 새김. ＊고독의 계절을 좋아한다는 의미로 볼 수 있겠다. 늦여름(이미 가을로 접어든 때)에 우는 매미로 인해 고독을 느끼는데, 그 매미 소리가 없어지면 가을 또한 사라질 것을 걱정하는 것.

새소리가 껄끄럽게 들릴 때면 사랑하는 마음 담아 지저귀지 않는 것이 안타깝고, 매미 소리 끊어진 곳에선 고독의 계절이 점점 사라질 것이 걱정스러워라.

[9-80] 微風醒酒, 好雨催詩, 生韻生情, 懷頗不惡.

【懷(회)】 마음, 가슴, 생각하다, 그리워하다.

산들바람이 술을 깨게 하고 단비가 시를 재촉하는데, 韻이 일고 情이 생기니 시를 구상하는 것도 그다지 나쁘진 않다네!

[9-81] 苧蘿村裏, 對嬌歌豔舞之山. 若耶溪邊, 拂濃抹淡粧之水.

【苧蘿(저라)】 산 이름. 浙江省 諸曁縣 남쪽에 있다. 西施가 이곳에서 태어났다고 전해진다.
【若耶(약야)】 시내의 이름. 五雲溪라고도 부른다. 西施가 이곳에서 옷감을 빨았다(浣紗)고 하여 浣紗溪라고도 한다.
【拂(불)】 털어내다, 씻다.
【濃抹(농말)】 짙은 화장, 짙은 화장을 하다.

苧蘿村엔 옛날 西施의 교태로운 노래와 요염한 춤을 마주 바라보았던 산이 있고, 若耶溪에는 서시가 화장을 씻어내던 시냇물이 있다네.

[9-82] 春歸何處? 街頭愁殺賣花; 客落他鄕, 荷畔生憎折柳.

【街頭(가두)】 길거리.
【愁殺(수살)】 근심으로 애가 타다, 못 견디게 걱정되다.
【落(락)】 잠시 머무르다, 떠돌다.
【折柳(절류)】 버드나무의 가지를 꺾음. 옛날에 長安 사람이 손님을 배웅할 때 灞橋까지 가서 다리가의 버드나무를 꺾어주며 再會를 축원한다는 고사, 전하여 送別.

봄은 어디로 돌아가는 걸까?
거리에 서면 꽃 건네주던 그 사람이 못 견디게 걱정되고, 나그네가 타향을 떠돌다 강가에 서면 버드나무 꺾어 이별하던 지난 아픔에 미움이 일어난다네.

[9-83] 良緣易合, 紅葉亦可爲媒; 知己難換, 白璧未能獲主.

*본 항목은 권2 〈情〉 제97과 중복된다.
【良緣(양연)】 좋은 인연, 좋은 연분.
【知己難投(지기난투)】 자신을 내맡길 만한 '知己'를 찾기 어렵다, 의기투합할 만한 지기를 찾기 어렵다.
【白璧(백벽)】 백옥, 좋은 옥.

좋은 인연이라면 쉽게 만날 수 있으리니, 붉은 단풍에 적은 사랑의 시조차 중매인이 될 수 있다네.
그러나 자기를 알아주는 知己를 찾기는 어려우니, 좋은 옥이라도 진정한 주인을 만날 수 없네!

[9-84] 論到高華, 但說黃金能結客; 看來薄命, 非關紅袖嫩
撩人.

【撩人(요인)】 남을 꾀다, 자극하다, 남의 마음을 끌다.
【紅袖(홍수)】 붉은 소매, 紅樓의 妓女.

부귀영화에 대해 이야기하면서 황금으로 친구를 사귈 수 있다고들 하
고, 박복한 운명을 보면서 기녀의 나긋나긋한 옷자락이 유혹한 것과는 상
관없는 일이라고들 하고…….

[9-85] 同氣之求, 惟刺平原於錦繡; 同聲之應, 徒鑄子期以
黃金.

【同氣之求(동기지구)】 같은 종류의 사물은 서로 감응한다, 의기투합하다(=同氣相求,
=同聲相應). *同氣: 同志, 형제.
【平原(평원)】 즉 平原君. 전국시대 趙나라 사람으로 武靈王의 아들. 이름은 勝. 平
原에 封君되었으므로 平原君이라 함. 門客을 좋아하여 늘 수천 명의 食客을 데리
고 있었다. 戰國 四公子 중의 한 사람. 나중에 사람들이 그를 경모하여 그의 모습을
수놓았다고 한다.
【錦繡(금수)】 비단에 놓는 수.
【同聲之應(동성지응)】 같은 종류의 사물은 서로 감응한다, 의기투합하다(=同聲相應,
=同氣相求).
【子期(자기)】 즉 鍾子期. 春秋시기 楚나라 사람으로 음악에 조예가 깊어, 伯牙가
연주하는 거문고 소리를 듣고 백아의 마음을 읽어내었다고 한다. 종자기가 죽은 후
에 백아는 자기의 거문고 소리를 알아주는 사람이 없음을 개탄하고 거문고 줄을 끊
었다고 한다〔伯牙絶絃〕.

　같은 마음끼리는 서로를 원하기에 그를 흠모하던 사람들이 비단에 평
원군의 모습을 수놓았고, 같은 소리끼리는 서로 호응하기에 백아는 황금
으로 종자기의 조각을 만들었다네.

　　[9-86] 胸中不平之氣, 說倩山禽; 世上叵測之器, 藏之煙柳.

【不平之氣(불평지기)】 불공평한 기운, 불쾌한 기운, 불만스런 마음.
【倩(천)】 부탁하다, 의뢰하다.
【叵測(파측)】 헤아릴 수가 없다, 추측할 수가 없다.
【器(기)】 그릇, 도량, 재능, 인재.

　가슴속에 불만스런 마음이 있다면 산에 사는 새에게게라도 부탁하여 뱉어
내야 하지만, 세상에서 헤아릴 수 없는 귀중한 물건이 있다면 안개 자욱
한 버드나무 숲 속에 감추어야 한다.

　　[9-87] 袪長夜之惡魔, 女郎說劍; 銷千秋之熱血, 學士談禪.

【袪(거)】 들추다, 흩다, 떠나다, 사라지다.
【女郎(여랑)】 남자 못지않은 기개와 재주를 가진 여자.
【千秋(천추)】 천년, 긴 세월.
【學士(학사)】 학식 있는 사람.

　긴긴 밤의 악마를 떨쳐 버리려고 女郎은 劍에 대해 말하고, 긴 세월 끓
어오르는 뜨거운 피를 삭이려고 學士는 禪을 이야기한다네!

　　[9-88] 論聲之韻者曰: 溪聲, 澗聲, 竹聲, 松聲, 山禽聲, 幽壑

聲, 芭蕉雨聲, 落花聲, 落葉聲, 皆天地之淸籟, 詩壇之鼓吹也.
然銷魂之聽, 當以賣花聲爲第一.

소리의 운치에 대해 논하자면 이러하다.

시냇물 소리, 산골 물소리, 댓잎 바람에 스치는 소리, 소나무 소리, 산
짐승 울음소리, 그윽한 골짜기 소리, 파초 잎에 빗방울 떨어지는 소리, 꽃
잎이 지는 소리, 낙엽 지는 소리……

이들은 천지의 깨끗한 소리이고, 시단(詩壇)에서도 그렇게 얘기하곤
한다.

그런데 넋을 빼놓는 것으로는 아름다운 꽃 사라고 외치는 소리가 제일
이리라!

[9-89] 石上酒花, 幾片濕雲凝夜色. 松間人語, 數聲宿鳥動
朝喧.

【酒花(주화)】 술과 꽃. 꽃가지를 꺾어 술잔을 세며 술을 마시는 의미일 수도, 아니면
술을 마시면서 꽃을 감상하는 의미일 수도 있겠다. 여기서는 후자로 새김.
【凝(응)】 엉기다, 모이다, 이루다(…이 되다).

바위 위에 술자리를 펼치고 꽃을 감상하다 보면 습기 머금은 구름 몇
조각 저녁 빛깔을 빚어내고, 소나무 숲 속 두런두런 사람들 말소리, 잠자
던 새들 깨워 재잘재잘 시끄러운 아침!

[9-90] 媚字極韻, 但出以淸致, 則窈窕俱見風神; 附以妖嬈,
則做作畢露醜態. 如芙蓉媚秋水, 綠篠媚淸漣, 方不着迹.

【風神(풍신)】 풍채, 풍모.

【窈窕(요조)】 깊숙하고 그윽하다, 유심하다, 얌전하고 곱다.

【附(부)】 보태다.

【妖嬈(요요)】 요염하게 아리땁다.

【做作(주작)】 일부러 꾸미다, 가식하다, 과장하다, 꾸밈.

【芙蓉(부용)】 蓮의 異稱. 여기서는 연꽃을 의미하는 것이 아니라 꽃이 시든 후 연
잎과 줄기만 남은 蓮을 의미.

【綠篠(녹소)】 푸른 조릿대(가는 대나무).

【淸漣(청련)】 맑은 잔물결.

【不着迹(불착적)】 흔적을 남기지 않다.

　아름답다는 '媚'자에 담긴 운치는 지극하다. 우아함과 품위를 모두 드
러낼 수 있는데, 요염한 아름다움만 더한다면 결국 추한 모습을 드러내
게 된다. 芙蓉은 맑은 가을물에 더욱 아름답고, 푸른 조릿대는 맑은 물
결에 더욱 아름답지만 아무런 흔적을 남기지 않듯이 말이다.

[9-91] 花關曲折, 雲來不認, 灣頭草徑, 幽深葉落, 佀敲門扇.

　＊본 항목은 권6 〈景〉 제2항목과 중복된다.
【花關(화관)】 꽃밭으로 들어가는 문, 혹은 꽃밭을 찾아가는 길, 즉 꽃길. ＊關: 관
문, 거치다.
【灣頭(만두)】 灣의 가, 물가. ＊灣: 물굽이 (물가의) 만.
【幽深(유심)】 조용하고 깊다, 그윽하다.
【門扇(문선)】 문짝.

　꽃길 구불구불하니 구름이 찾아와도 물가를 분간하지 못하고, 풀이 난
오솔길은 그윽하고 깊어 낙엽만 문짝을 두드리네.

[9-92] 武士無刀兵氣, 書生無寒酸氣, 女郎無脂粉氣, 山人無
烟霞氣, 僧家無香火氣, 換出一番世界, 便爲世上不可少之人.

【刀兵(도병)】 무기, 병사, 전쟁. *刀兵氣: 무기로 사람을 해치는 기색.
【寒酸(한산)】 궁상맞다, 가난하고 초라하다.
【煙霞(연하)】 안개와 놀, 고요한 산수의 경치.
【不可少(불가소)】 적어서는 안 된다, 없어서는 안 된다(가치가 적지않거나 필수불가
결한 것을 의미).

　무기로 사람을 해치려는 기색이 없는 武士, 고독하고 옹색한 기색이 없
는 書生, 화장기 없는 여인네, 산수자연을 지나치게 좋아하는 기색이 보
이지 않는 山사람, 분향하는 모습을 보이지 않는 스님도 있단다.
　하지만 세상을 달리 바라본다면 이들은 세상에 없어서는 안 될 사람들!

[9-93] 情詞之嫻美, 西廂以後, 無如玉合, 紫釵, 牡丹亭三
傳, 置之案頭, 可以挽文思之枯澀, 收神情之懶散.

【情詞(정사)】 정을 노래한 글, 사랑에 관한 글.
【嫻美(한미)】 고아하고 아름답다.
【文思(문사)】 창작의 구상, 문장 속에 담긴 사상.
【枯澀(고삽)】 문장이 무미건조하거나 매끄럽지 못함.
【神情(신정)】 안색, 표정, 기색.
【懶散(나산)】 나태하고 산만한 모양.

　사랑에 관한 아름다운 글로는 《西廂記》 이후 《玉盒記》《紫釵記》《牡
丹艇》 등 세 편의 傳奇만한 것이 없다. 책상머리에 놔두면 창작 구상이
메마르지 않게 할 수 있고, 정신이 나태하거나 산만해지는 것을 추스릴 수
있다.

[9-94] 俊石貴有畫意, 老樹貴有禪意, 韻士貴有酒意, 美人貴
有詩意.

【俊石(준석)】 빼어난 바위. 畫意·禪意·酒意·詩意 등에 나오는 '意'는 …하고픈
뜻, 마음, …하고 싶게끔 만드는 뜻(운치) 등의 뜻을 담고 있으므로 각각 상황에 맞
게 해석하였다.

　빼어난 바위는 그림 같은 맛〔畫意〕이 있어 귀하고, 오래된 나무는 깨달
음의 맛〔禪意〕이 있어 귀하고, 풍류 있는 선비는 술을 즐길 줄 아는 운치
〔酒意〕를 지녀 귀하고, 미인은 시적인 운치〔詩意〕를 지녀 귀한 것!

[9-95] 紅顔未老, 早隨桃李嫁春風; 黃卷將殘, 莫向桑楡憐
暮景.

【紅顔(홍안)】 붉은색을 띠는 어린아이의 얼굴, 미인.
【黃卷(만권)】 책. 책에 좀이 스는 것을 막기 위해 黃蘗나무의 내피로 염색한 황색 종
이를 썼으므로 이렇게 부름. 혹은 불교나 도교의 경전.
【殘(잔)】 해치다, 손상되다.
【桑楡(상유)】 뽕나무와 느릅나무, 해질녘의 해그림자. 지는 해의 그림자가 뽕나무
와 느릅나무 끝에 남아 있다는 뜻에서 이렇게 부름, 노년, 서쪽의 해지는 곳.
【暮景(모경)】 저녁 무렵의 경치, 황혼, 만년.

　젊음이 늙어 버리기 전, 일찌김치 복사꽃 배꽃 따라 봄바람에 시집가소!
　책이 닳아 해지려 한다고 해질녘 해그림자를 향해 황혼을 안타까워하
지 마소!

[9-96] 買笑易, 買心難.

웃음을 사기는 쉽지만 마음을 사기는 어려운 것!

[9-97] 銷魂之音, 絲竹不如著肉, 然而風月山水間, 別有淸魂
銷於淸響, 卽子晉之笙, 湘靈之瑟, 董雙成之雲璈, 猶屬下乘.
嬌歌豔曲, 不盒混亂耳根.

【殘(잔)】 죽이다, 멸하다, 해치다.
【銷魂(소혼)】 넋이 빠짐, 정신(혼)을 녹이다.
【著肉(저육)】 몸에서 드러나다, 몸으로 드러내다.
【風月山水間(풍월산수간)】 淸風·明月·山·水가 있는 곳, 즉 산수자연의 좋은 경치.
【子晉(자진)】 즉 王子喬. 周 靈王의 太子로, 사람들이 太子晉이라 불렀다. 笙을 잘
불었으며, 河南의 伊水와 洛水가를 거닐 때, 浮丘公이라는 道士를 따라 崇山으로
들어가 승천했다고 전해진다.
【湘靈(상령)】 湘水에 산다는 신령. 거문고를 잘 탔다고 함.
【董雙成(동쌍성)】 전설에는 西王母의 侍女라고 한다. 丹을 만들어〔煉丹〕 득도하고,
玉笙을 불며 학을 타고 仙境으로 올라갔다고 한다.
【雲璈(운오)】 元代에 궁중에서 쓰던 타악기의 일종. 淸代에는 '雲璈'로 변함.

　혼을 녹이는 음악으로는 관현악기도 몸에서 나오는 소리만 못하다.
　그런데 산수자연 속에는 유독 맑은 정신이 깨끗한 울림에 녹아드는 소
리들이 있으니, 아름답다고 평가받는 王子喬의 笙, 湘水의 신령이 연주
하는 거문고, 董雙成이 연주하는 雲璈도 이들에 비하면 한 등급 아래에
속한다.
　아름다운 노래와 요염한 곡조는 아무 이로움 없이 그저 귀를 어지럽게
할 뿐!

[9-98] 風驚蟋蟀, 聞織婦之鳴機; 月滿蟾蜍, 見天河之弄杼.

【蟋蟀(실솔)】 귀뚜라미.
【蟾蜍(섬여)】 두꺼비, (달에 두꺼비가 산다는 전설에서) 달〔月〕. *본권 9〈綺〉제59
항목 '蟾光'각주 참조.
【天河(천하)】 은하수, 은하.

　바람에 놀란 귀뚜라미, 베 짜는 아낙의 베틀 소리에 귀기울이고, 달에
가득 찬 두꺼비, 은하수에서 직녀가 베 짜는 모습 지켜보네.

　[9-99] 窓前俊石冷然, 可代高人把臂, 檻外名花綽若, 無煩美
女分香.

　*본권 9〈綺〉제30항목과 중복된다.
【俊石(준석)】 아름다운 바위, 즉 壽石.
【冷然(냉연)】 맑고 시원한 모양, 졸졸 물 흐르는 소리, 소기가 깨끗한 모양.
【把臂(파비)】 서로 팔을 잡다, 서로 팔짱을 끼다, 의기투합하다, 친밀함을 나타냄.
【綽約(작약)】 맵시 있고 아름답다, 단아하고 아름답다.

　창 앞의 수석이 멋들어지게 맑으니 고상한 사람을 대신해서 가까이 벗
삼을 수 있지!
　난간 밖 꽃이 맵시 있게 아름다우니 미녀에게 고운 향기 풍기라고 번거
롭게 할 필요도 없지!

　[9-100] 高僧筒裏送詩, 突地天花墜落; 韻妓扇頭寄畫, 隔江
山雨飛來.

【突(돌)】 갑자기, 불쑥.
【地天(지천)】 땅과 하늘, 곧 온 세상(=天地).

【韻妓(운기)】운치 있는 기녀(기생).

　고승이 대나무통에 편지를 넣어보내는데, 갑자기 온 세상에 꽃이 떨어지는 듯.
　멋들어진 기녀가 부채에 그림을 그려보내는데, 강 건너 산 너머 빗방울 휘날리는 듯.

　[9-101] 酒有難懸之色, 花有獨蘊之香. 以此想紅顔媚骨, 便可得之格外.

【難懸(난현)】공개적으로 드러내기 곤란함. ＊懸: 걸다, 매달다, (공개적으로) 게시하다.
【獨蘊(독온)】홀로 간직하다, 홀로 품다. ＊蘊: 품다, 간직하다.
【媚骨(미골)】야양기, 애교 부리는 성격.
【格外(격외)】규정 밖, 그외에, 특별히.

　술에는 드러내기 힘든 빛깔이 있고, 꽃에는 저만이 간직하고 있는 향기가 있다.
　이를 바탕으로 젊은 여인의 애교를 생각해 보면 뭔가 특별한 것을 깨달을 수 있으리!

　[9-102] 客齋使令, 翔七寶妝, 理茶具.

【客齋(객재)】객방.
【使令(사령)】부리어 일을 시킴, 심부름꾼.
【七寶妝(칠보장)】칠보로 장식한 화장대. ＊七寶: 일곱 가지 보물로, 金·銀·琉璃·硨磲·瑪瑙·琥珀·珊瑚 등을 말한다.

객방의 심부름꾼, 날아다니듯 바삐 七寶로 장식한 화장대를 닦고 茶具
를 정리하네!

[9-103] 每到日中重掠鬢, 繡衣騎馬試宮廊.

【日中(일종)】 한낮, 정오, 춘분.
【掠鬢(약빈)】 귀밑머리를 어루만지다. *掠(략/량): 탈취하다, 매질하다, 만지다.
【繡衣(수의)】 여기서는 수를 놓은 옷으로 새겼다.
【試(시)】 조사하다, 살펴보다.
【宮廊(궁랑)】 궁전의 廊下(방과 방 사이에 난 좁고 긴 통로).

  正午가 되면 언제나 귀밑머리 곱게 다시 매만지고, 수놓은 옷 입고 말
타고서 궁전의 廊下를 둘러보시는…….

[9-104] 絶世風流, 當場豪擧. 世路旣如此, 但有肝膽向人,
淸議可奈何? 曾無口舌造業.

【世路(세로)】 세상을 살아가는 길, 처세의 방법.
【肝膽(간담)】 가슴, 진심, 용기, 혈기.
【淸議(청의)】 높고 깨끗한 언론.
【奈何(나하)】 어찌 …하랴?
【口舌(구설)】 시비, 말다툼, 말, 세간의 평판, 소문.
【業(업)】 業障, 죄업.

  가장 멋진 행동이란 즉흥적인 호쾌한 행동이리라.
  비록 세상살이가 이렇다지만 자신의 진심을 그대로 내보이면 좋은 평
판을 들을 수 있을까?
  말로써 죄짓지 마시길!

[9-105] 花抽珠落, 珠懸花更生. 風來香轉散, 風度焰還輕.

【抽(추)】 이삭 따위가 패다, 싹이 돋다.
【珠(주)】 구슬, 진주. 여기서는 이슬을 말한다.
【焰(염)】 불길, 화염, 기세.

꽃이 피니 이슬이 내리고, 이슬이 맺히면 꽃은 더욱 생생해지네.
바람이 불어오니 향기가 사방으로 흩어지고, 바람이 지나가니 더위 또
한 누그러지네.

[9-106] 瑩以玉琇, 飾以金英; 綠芰懸揷, 紅蕖倒生.

【玉琇(옥수)】 옥돌.
【金英(금영)】 金英花. 花菱草(캘리포니아 양귀비)를 말한다.
【綠芰(녹기)】 푸른 마름.
【紅蕖(홍거)】 붉은 연꽃.

옥돌로 빛을 내고 金英花로 치장하네. 푸른 마름은 위로 꽂고, 붉은 연
꽃은 거꾸로 매달고.

[9-107] 浮蒼海兮氣渾, 映靑山兮色亂.

【滄海(창해)】 푸른 바다, 큰 바다, 大海, 신선이 산다는 곳.
【氣渾(기혼)】 運氣가 흐릿하다, 氣가 흐릿함.
【色亂(색란)】 빛깔이 어지럽다, 빛깔이 어지러움.

아스라한 기운 드넓은 푸른 바다 위에 떠 있고, 다채로운 빛깔 푸른 산

을 비치고…….

[9-108] 紛黃庭之霍霏, 隱重廊之窈窕; 靑陸至而鶯啼, 朱陽
升而花笑. 紫蔕紅薤, 玉蕊蒼枝.

【霍霏(확비)】 풀이 쇠잔한 모양, 풀이 나부끼는 모양.
【窈窕(요조)】 골짜기가 깊은 모양, 궁궐이 깊은 모양, 얌전하고 고운 모습.
【薤(유)】 초목의 꽃송이가 아래로 늘어진 모양.

  누렇게 시든 정원에는 시든 풀들이 어수선했고, 겹겹으로 둘러친 행랑
은 깊이 감추어진 듯했지. 그러다가 푸르름이 땅에 찾아오자 꾀꼬리가 울
고, 붉은 태양이 솟아오르자 꽃이 웃네! 보랏빛 꽃송이, 아래로 늘어진 붉
은 꽃받침, 옥 같은 꽃술, 푸르른 나뭇가지!

[9-109] 視蓮潭之變彩, 見松院之生凉; 引驚蟬於寶瑟, 宿蘭
燕於瑤筐.

【引(인)】 끌어내다. 여기서는 연주하다는 의미.
【驚蟬(경선)】 놀란 매미, 매미를 놀라게 할 정도로 아름다운 소리.
【蘭燕(난연)】 허물없는 좋은 벗.
【瑤筐(요광)】 옥으로 만든 침상 *筐: 광주리, 네모진 평상.

  연꽃 연못의 다채로움을 구경하고, 소나무 정원에서 일어나는 삽상함
을 느낀다.
  훌륭한 거문고에서는 매미도 놀랄 아름다운 소리 울리고, 옥 침상에서
허물없는 좋은 친구와 잠든다.

[9-110] 響松風於蟹眼, 浮雪花於兔毫.

【蟹眼(해안)】 차를 끓일 때 끓어오르는 거품, 게의 눈과 비슷하다 하여 이렇게 부른다.
【兔毫(토호)】 토끼의 털, 토끼털로 만든 붓.

　차 끓이는 거품 속에서 솔바람 소리 들리고, 토끼털로 만든 붓에선 눈
꽃이 떠오르고…….

[9-111] 蒲團布衲, 難於少時存老去之禪心; 玉劍角弓, 貴於
老時任少年之俠氣.

【老去(노거)】 늙다, 나이를 먹다, 죽다.
【角弓(각궁)】 뿔로 꾸민 활.
【任(임)】 맡기다, 감당하다, 이겨내다, 마음대로 하게 하다.

　부들 방석에 앉아 참선하는 것은 늙어서야 깨닫게 되는 禪心을 젊을
때 지니는 것보다 어렵고, 옥 장식한 칼을 차고 뿔로 꾸민 활을 당기는
일은 젊은 시절의 의협심을 늙어서도 지니는 것보다 귀한 일이라네!

卷十 · 豪

[10-0] 今世矩視尺步之輩, 與夫守株待兎之流, 是不束縛而
阱者也. 宇宙寥寥, 求一豪者, 安得哉? 家徒四壁, 一擲千金,
豪之膽; 興酣落筆, 潑墨千言, 豪之才; 我才必用, 黃金復來, 豪
之識. 夫豪旣不可得, 而後世倜儻之士, 或以一言一字寫其不
平, 又安與沈沈故紙, 同爲銷沒乎! 集豪第十.

【矩視尺步(구시척보)】 矩(구)를 보고 尺(척)대로 행하다, 즉 법도에 맞게 판단하고
행동하다. 矩(方形을 그리는 데 쓰는 자)와 尺(길이를 재는 도구)은 정확한 모양이나
길이를 그리고 재는 데 기본이 되는 물건. 전하여 척도, 법칙, 법도.
【守株待兎(수주태토)】 죽은 나무 그루터기에 토끼가 부딪쳐 죽는 것을 우연히 보
고, 그 나무 그루터기를 지키며 다시 이런 일이 일어나기를 기다렸다는 고사. 곧 舊
習을 고수하여 변통할 줄 모르는 성격이나 사람을 말한다.
【寥寥(요료)】 적막한 모양, 텅 비고 넓은 모양.
【落筆(낙필)】 붓을 들어 쓰기 시작함, 아무렇게나 휘갈기듯 쓰는 글씨.
【潑墨(발묵)】 먹을 뿌림. 먹을 뿌려서 눈이나 비 오는 경치를 묘사하는 산수화 기법
중의 하나로, 唐나라 王洽이 창시. 여기서는 막힘 없이 글을 써내려간다는 의미.
【倜儻(척당)】 뜻이 크고 기개가 있음.
【沈沈(침침)】 밤이 깊어 조용한 모양, 盛한 모양, 침착한 모양. 여기서는 무겁게 내
려앉거나 무겁고 눅눅한 모양으로 새겼다.
【銷沒(소몰)】 소모하다, 점차 없어지게 하다.

　법도대로 보고 그대로 행동하는 무리, 구습을 고수하며 응용할 줄 모
르는 부류.
　지금 세상의 이 두 부류 사람들은 꼭 얽매여 있지는 않다 하더라도 스
스로 함정에 빠지는 자들이다.
　넓디넓은 세상에서 호방한 자를 어떻게 찾을 수 있을까?
　아무 재산도 없이 네 벽만 있는 초라한 집에 살면서도 한번 쓰면 천금
을 쾌척하는 것은 '호방한 담력'이고, 흥이 한창 무르익었을 때 붓을 들

어 천마디 말을 막힘 없이 써내는 것은 '호방한 재능'이며, 자신의 재주
가 반드시 쓰일 것이며, 재물도 자기에게로 다시 돌아올 것이라고 믿는
것은 '호방한 인식'이다.

　이제 호방한 사람을 얻을 수는 없다 해도, 뜻이 크고 기개 있는 사람이
한마디 혹 몇 글자로 기록해 놓은 호방한 글까지 눅눅한 낡은 종이와 함
께 사라져 버리게 할 것인가?

　호방함에 관한 글들을 모아 제10으로 삼았다.

[10-1] 桃花馬上, 春衫少年俠氣; 貝葉齋中, 夜衲老去禪心.

【桃花(도화)】 복숭아꽃, 여자의 아름다운 용모.
【貝葉(패엽)】 즉 貝多葉(인도의 多羅樹의 잎). 그 잎에 불경을 베꼈으므로 전하여
佛家의 經文을 말한다.
【老去(노거)】 나이를 먹다, 늙다, 죽다.

　말 잔등 위로 떨어진 복사꽃잎은 봄적삼 입은 젊은이의 의협심이고, 불
당 속에 있는 불경은 저녁 승복을 입은 노스님의 믿음[禪心]이라네.

[10-2] 世情到口居然俗, 狂語何人了不猜.

【世情(세정)】 세상의 물정, 世態人情.
【居然(거연)】 결국, 확실히, 생각 밖의.
【狂語(광어)】 즉 狂言(道에 벗어난 말, 미친 사람의 말), 일반적인 상식을 뛰어넘는
자유분방한 말.
【了不猜(요불시)】 알아맞힐 수 없다, 예측할 수 없다.

　세상의 상식적인 물정을 입에 올리면 결국 속되게 되지만, 상식을 뛰

어넘는 말〔狂語〕은 아무도 예측하지 못한다네.

[10-3] 顔色則鉛刀千金, 塵埃則干鏌失志.

【顔色(안색)】 얼굴에 나타나는 기색, 얼굴빛, 빛, 색채. *여기서 顔色은 '반짝거리는 빛' 혹은 '타인과 구별되는 빛나는 정신'이란 뜻으로, 그리고 뒤의 '속세의 티끌'과 대비시켜 '호방한 정신'으로 볼 수 있겠다.
【鉛刀(연도)】 무딘 칼, 鈍刀.
【塵埃(진애)】 티끌, 먼지, 속세.
【干鏌(간막)】 즉 干將莫耶란 寶劍. 干將은 吳나라 칼을 만드는 장인이고, 莫耶는 그의 아내인데, 吳王 閣閭를 위해 陰(干將)·陽(莫耶) 두 자루의 칼을 만들었다 한다.

　반짝반짝 빛이 나면 무딘 칼도 천금의 값을 받지만, '간장(干將)'과 '막야(莫耶)' 같은 보검일지라도 티끌이 끼면 뜻을 잃게 된다네.

[10-4] 嶽色江聲, 富煞胸中邱壑; 松陰花影, 爭殘局上山河.

【煞胸中邱壑(살흉중구학)】 가슴속에서 언덕과 골짜기(자연)를 지워 버리다. 즉 자기 마음속에 자리했던 자연을 사랑하는, 자연으로 돌아가 살고픈 마음(욕구)을 없애 버리다. *煞(살): 죽이다, 없애다, 깨다, 덜다.
【殘局(잔국)】 마지막 형세, 판국, 국면.

　산색과 강물 소리는 가슴속에서 지워 버렸던 자연 그리는 마음을 풍부하게 만들고, 소나무 그늘과 꽃그림자는 스러져 가는 江山의 모습을 좇아다니게 만드네.

[10-5] 驥雖伏櫪, 足能千里; 鵠即垂翅, 志在九霄.

【驥雖伏櫪, 足能千里(기수복력, 족능천리)】曹操의 四言詩 "늙은 천리마가 마판에 엎드려 있으나 마음은 천리에 가 있다〔老驥伏櫪, 志在千里〕"를 차용한 것. 늙어도 원대한 뜻을 지니고 있음, 혹은 유능한 사람이 늙어서까지 불우하여 뜻을 펴지 못함을 안타까워하는 말. *驥(기): 천리마, 준마. 櫪(력): 마구간에 깔아 놓은 널빤지인 마판, 말구유.
【九霄(구소)】하늘의 가장 높은 곳, 하늘.

천리마는 비록 마판에 엎드려 있더라도 천리를 달릴 수 있고, 고니는 날개를 축 늘어뜨리고 있더라도 가장 높은 하늘에 뜻을 두고 있다네.

[10-6] 個個題詩, 寫不盡千秋花月; 人人作畫, 描不完大地江山.

*자연의 꽃이며 달·강산 등은 오랜 세월 수많은 시인과 화가들에 의해 읊어지고 그려졌지만 자연의 참맛을 이루 다 표현할 수는 없고, 너무도 크고 다양한 자연은 인간이 쓰고 그려 봤자 그 모습을 다 섭급할 순 없다는 뜻으로 해석할 수 있겠다.

모두가 각기 시를 쓴다 해도 천년 세월 피워 온 꽃과 달을 다 표현해 내지는 못하고, 사람마다 그림을 그린다 해도 천하의 강산을 다 그려내지는 못하리!

[10-7] 慷慨之氣, 龍泉知我; 憂煎之思, 毛穎解人.

【龍泉(용천)】龍泉劍. 옛날 寶劍의 이름.
【憂煎(우전)】근심걱정으로 속이 타다, 근심걱정으로 에테우다.
【毛穎(모영)】붓.

나의 강개한 기개, 보검〔龍泉劍〕이 나를 알아줄 것이오!
근심걱정으로 애타는 마음, 붓이 내 마음을 이해해 주리라!

[10-8] 不能用世而故爲玩世, 只恐遇着眞英雄; 不能經世而
故爲欺世, 只好對着假豪傑.

【用世(용세)】 세상을 위해 일하다, 세상을 위해 쓰이다.
【故(고)】 짐짓, 일부러.
【玩世(완세)】 세상을 조롱하다.
【遇着(우착)】 만나다, 조우하다.
【經世(경세)】 세상을 다스림.
【欺世(기세)】 세상을 속임.
【對着(대착)】 만나서 일을 착수하다.

　세상에 쓰이지 못하자 일부러 세상을 우습게 여기는 사람은 진정한 영
웅을 만날까 겁낸다.
　세상을 다스릴 수 없게 되자 일부러 세상을 속이는 사람은 가짜 호걸을
만나는 것만 좋아한다.

[10-9] 綠酒但傾, 何妨易醉; 黃金旣散, 何論復來!

【綠酒(녹주)】 좋은 술, 푸른빛이 도는 술.

좋은 술을 다 비웠으니 쉽게 취한들 어떠리?
황금은 이미 없어졌는데 다시 돌아오라고 말한들 무엇하리?

[10-10] 詩酒興將殘, 剩却樓頭幾明月; 登臨情不已, 平分江
上半靑山.

【幾(기)】 얼마, 약간.
【不已(불기)】 끝나지 않다, 끝없다(=不盡).
【平分(평분)】 균등하게 나누다.

　시를 읊고 술을 마시는 흥이 사라지려는데, 남은 것은 누대 끝에 가까
이 있는 밝은 달.
　산에 오르고 물을 감상하고픈 마음이 끝없이 솟아오르는데, 강의 수면
을 반이나 차지한 것은 푸른 산.

[10-11] 閒行消白日, 懸李賀嘔字之囊; 搔首問靑天, 携謝朓
驚人之句.

【閑行(한행)】 한가한 행동, 유유자적한 행동.
【白日(백일)】 태양, 대낮.
【李賀(이하)】 唐代 시인, 字가 長吉, 福昌人. 唐宗室인 鄭王의 후예. 河南府試에 응
하였다 실패하고서 평생 실의에 빠져 지냈다. 독특하고 아름다운 풍격을 지닌 당대
의 대표 시인이다.
【嘔字之囊(구자지낭)】 습작한 시구를 담는 시구 주머니. ＊嘔字(구자): 글자를 노래
하다(토해 내다). 嘔: 노래하다, 토해 내다. 李賀는 외출할 때면 하인에게 비단 주머
니를 메고 뒤따르게 하고서 시상이 떠오르면 적어서 그 주머니에 넣어두었다가 저
녁에 돌아와서 정리하였다고 한다.
【搔首問靑天, 携謝朓驚人之句(소수문청문, 휴사조경인지구)】 唐 馮贄가 지은《雲仙
雜記》에 나오는 구절. 李白이 華山의 落雁峰에 올라 감탄하여 "이 산이 가장 높아,
호흡하는 숨결이 帝座星까지 닿을 수 있을 정도로 드세지만, 謝朓처럼 감탄할 만한
시구를 얻을 수 없는 것이 한스러워 머리를 긁적이며 푸른 하늘에 물어볼 뿐〔此山最
高, 呼吸之氣想通天帝座矣, 恨不携謝朓驚人句來, 搔首問靑天耳〕"이라고 읊었다. ＊
謝朓: 南北朝 시기 南齊의 시인. 字가 玄暉. 오언시에 능했고, 宣城의 太守를 지냈

으므로 謝宣城이라 부른다.
【搔首】머리를 긁적임, 고심하다.

  한가로이 낮시간을 보내며 시를 지어 넣어둔다던 李賀의 詩 주머니를
걸어 놓네.
  머리만 긁적이며 푸른 하늘에게 물어보나니, 謝朓처럼 경탄스런 멋진
시구를 얻고파서…….

[10-12] 假英雄專映不鳴之劍, 若爾鋒鋩, 遇眞人而落膽; 窮
豪傑慣作無米之炊, 此等作用, 當大計而揚眉.

【映(혈)】바람 따위가 휙 하고 나는 작은 소리.
【若爾(약이)】이와 같이, 이와 같다고 해도.
【鋒鋩(봉망)】칼끝, 예봉, 겉으로 드러나는 재주.
【落膽(낙담)】간이 덜컹하다, 매우 놀라다, 바라던 대로 되지 않아 마음이 상함.
【無米之炊(무미지취)】쌀 없이 밥을 짓다, 또는 쌀 없이는 밥을 짓지 못한다. 즉 아
무리 재간 있는 사람도 필요한 조건이 없이는 일을 할 수 없다는 의미. 여기서는
'쌀 없는 밥'(빈천한 밥)의 의미로 해석.
【揚眉(양미)】눈썹을 치켜세우다, 기를 펴다, 활개를 치다.

  가짜 영웅은 작은 소리조차 내지 않는 칼만 사용하는데, 이같은 재주도
眞人을 만나면 두려워 깜짝 놀라게 된다.
  가난한 효걸은 변변찮은 음식에 익숙한데, 이러한 생활의 힘은 원대한
계획을 만나게 되면 기를 펼치게 된다.

[10-13] 深居遠俗, 尙愁移山有文; 縱飮達旦, 猶笑醉鄕無記.

【移山有文(이산유문)】《列子·湯問》의 〈愚公移山〉을 말한다. *산에 사는 이유는 부귀영화를 위해 정신없이 살아가는 세속적 삶을 피하고자 하는 '無爲'를 지향하는 것인데, 우공처럼 무언가 목적을 설정하고서 날마다 끊임없이 일을 해야 한다는 것은 우려스럽고 모순적이라는 의미.
【達旦(달단)】 다음날 아침까지 이르다.
【醉鄕(취향)】 술이 거나하여 즐기는 경지, 취한 기분, 술의 마을(술의 세계).

  속세와 멀리 떨어진 깊은 산 속에 살다 보니 '愚公移山'이라는 말이 오히려 걱정스럽고, 다음날 아침까지 밤새워 실컷 술을 마시며 거나한 술의 세계에 대한 글이 없음을 비웃네.

  [10-14] 風會日靡, 試具宋廣平之石腸; 世道莫容, 請收姜伯約之大膽.

【風會日靡(풍회일미)】 소문이 모여서 날마다 쏠리다. *風: 풍문, 소문. 靡: 쓰러지다, 쏠리다, 쓰러뜨리다.
【宋廣平(송광평)】 唐代 宰相까지 오른 名相. 邢州 南和人. 字가 廣平. 元代 王冕이 "唐나라 승상 송광평의 문장은 역사에 빛나고, 그의 심장은 강철과 돌을 간 듯 강하고 번쩍였지만, 매화를 노래하며 매화의 마음까지도 표현했다〔大唐丞相宋廣平, 文章事業昭汗靑, 心腸耿耿磨鐵石, 賦梅賦得梅花情〕"(〈題墨梅送宋太守之山東運使〉)고 평가하였다.
【姜伯約(강백약)】 삼국시대 蜀人 姜維를 일컬음. 부귀공명에 연연해하지 않는 대담한 성격으로 유명했다. 姜公은 항상 의관 속에 對聯("웅장하고 높은 궁궐의 누각이 장엄하고 영웅스런 모습일 때는 간과 심장을 받들고 가슴을 갈라 충심을 보여주리라. 그러나 스러지는 산과 석양조차 남지 않았을 때는 헛되이 품은 원대한 뜻을 기탁하지 말고 돌아가야 하리〔雄關高閣壯英風, 捧出肝心, 披開大膽; 剩不殘山餘落日, 虛懷遠志, 空寄當歸〕)을 지니고 다녔는데, 그가 죽었을 때 가슴을 열어 보니 쓸개도 주먹만큼 컸다 한다.

  소문이 모여서 날마다 자신을 쓰러뜨리려고 할 때는 宋廣平의 강심장을 갖추시길!

　세상 살아가는 길이 자기를 쉽게 받아들여 주지 않을 때는 姜伯約의 대담함을 지니시길!

[10-15] 藜床半穿, 管寧眞吾師乎; 軒冕必顧, 華歆洵非友也.

【藜床(여상)】 명아주 줄기로 만든 침상.
【管寧(관녕)】 삼국시대 魏나라 사람으로 字가 幼安. 華歆과는 젊을 적 친구였으나 두 사람의 성격이나 가치관은 서로 달랐다. 그리하여 “鋤園得金”(두 사람이 함께 공부를 하다가 먹을 것이 떨어져 채소를 재배하려고 땅을 팠는데 금덩이처럼 빛나는 것이 있었다. 管寧은 거들떠보지도 않았지만, 華歆은 그것을 주워 이리저리 살펴보았다)·“割席斷交”(한자리에 앉아 공부를 하고 있을 때, 마침 바깥에 호화로운 행차가 지나갔다. 관녕은 신경도 쓰지 않고 계속 공부를 했으나 華歆은 구경하러 달려나가니, 管寧이 책상을 나누고 그를 상대하지 않았다)” 등의 이야기를 남겼다. 나중에 華歆이 높은 관직에 올라 管寧을 천거했지만 管寧은 그와 한세상에 같이 있는 것을 수치로 여기고 거절했다 한다. 管寧은 평생 불우하였지만 높은 인품을 지닌 高士로서 존경을 받았다.
【軒冕(헌면)】 옛날 사대부의 수레와 옷, 고관대작.
【華歆(화흠)】 삼국시대 魏나라 사람으로 字가 子魚.
【洵(순)】 진실로, 참으로.

　명아주 줄기로 얽어 만든 침상조차 반은 구멍이 숭숭 뚫렸으니 청빈하게 살았던 管寧이 진정한 나의 스승이겠지?
　고관대작이나 부귀영화 같은 것에는 꼭 관심을 가지고 봤던 華歆은 정녕 나의 친구가 아니로다!

[10-16] 車塵馬足之下, 露出醜形; 深山窮谷之中, 剩些眞影.

【車塵馬足(거진마족)】 각지를 여행하다, 동분서주하다.

이익을 위해 이곳저곳 바쁘게 움직이는 가운데 추함이 드러나는 것!
깊은 산 그윽한 골짜기 속에 진실한 모습들이 남겨지는 것!

[10-17] 吐虹霓之氣者, 貴挾風霜之色; 依日月之光者, 毋懷
雨露之私.

【風霜(풍상)】 바람과 서리, 어려움, 고난, 시대의 변화.
【色(색)】 안색, 모습, 꼴, 용모
【依日月之光者(의일월지광자)】 세상을 공평하게 비추는 日月의 빛에 의지하는 사람.
【雨露(우로)】 비와 이슬, 은혜, 은택.
【私(사)】 사사로이 하다, 편애하다, 편애를 받는 사람, 자기 혼자 마음속으로.

　무지개처럼 고상하고 찬란한 기운을 드러내는 사람은 고난을 겪는 모
습을 중히 여기라!
　만물을 공평하게 비추는 해와 달의 빛을 따르고자 하는 사람이라면 사
사로운 은혜를 품지 마라!

[10-18] 淸襟凝遠, 卷秋江萬頃之波; 妙筆縱橫, 挽崑崙一峰
之秀.

【淸襟(청금)】 깨끗한 마음(가슴), 청아한 뜻.
【崑崙(곤륜)】 崑崙山. 西藏에 있는 산.

　깨끗한 마음은 원대하게 맺히나니, 가을날 만경창파를 말아올리 수 있
고, 절묘한 필치를 마음대로 휘두르나니, 곤륜산 봉우리의 빼어남을 그
림으로 끌어올 수 있도다!

[10-19] 肝膽煦若春風, 雖囊乏一文, 還憐煢獨, 氣骨淸如秋水.

【肝膽(간담)】 가슴, 진심, 교분.
【文(문)】 옛날 동전을 헤아리는 화폐 단위.
【煢獨(경독)】 의지할 곳 없는 외로운 사람.

　가슴이 봄바람처럼 따뜻한 사람은 주머니에 돈 한푼 없더라도 의지할
곳 없는 외로운 이들을 불쌍히 여기나니, 그의 기골은 가을 강물처럼 깨
끗하다네!

[10-20] 聞鷄起舞, 劉琨其壯士之雄心乎; 聞箏起舞, 迦葉其
開士之素心乎?

【聞鷄起舞(문계기무)】 닭 울음소리를 듣고 일어나 춤추다. ＊때가 왔다고 분발해
일어서다, 뜻을 품은 자가 때를 맞추어 분연히 일어서다.
【劉琨(유곤)】 晉나라 中山 魏昌 사람. 西晉의 장수이며 시인. 어려서부터 祖逖(조
적)이라는 친구와 매일 닭이 울면 일어나 칼을 휘두르며 나라에 공을 세우려는 뜻
을 가졌다고 한다.
【迦葉(가섭)】 석가의 십대 제자 중 한 사람, 또는 십육나한의 하나. 석가여래가 입적
한 후 王舍城의 제일회 경전결집의 주임이 되어 이를 집대성하였다.
【開士(개사)】 菩薩의 다른 명칭.
【素心(소심)】 소박한 마음, 본심.

　이른 아침 닭울음을 듣고 일어나 검술을 연마하며 춤춘 劉琨은 나라에
보답하려는 장부의 웅대한 마음인가?
　이른 새벽 아쟁 소리를 듣고 일어나 불심을 다지며 춤춘 迦葉은 보살
의 소박한 마음인가?

[10-21] 友天下士, 讀世間書.

천하의 선비를 두루 사귀고, 세상의 모든 책들을 다 보리라!

[10-22] 讀書倦時須看劍, 英發之氣不磨; 作文苦際可歌詩,
鬱結之懷隨暢.

【英發(영발)】 재기가 겉으로 드러남.
【磨(마)】 없어지다, 소멸되다, 磨滅.
【鬱結之懷(울결지회)】 울적한 마음, 맺힌 마음.

   책을 읽다 권태로우면 칼을 보아라, 반짝반짝 빛나는 재기가 닳아지지
않으리라!
   글을 짓다 답답할 때는 시를 노래하라, 울적한 마음도 따라서 유쾌해지
리라!

[10-23] 交友須帶三分俠氣, 作人要存一點素心.

【三分(삼분)】 10분의 3, 혹은 100분의 3, 즉 극히 적은 양을 말한다.
【作人(작인)】 인재를 양성하다, 처세하다, 행동하다, 인간이 되다.
【一點(일점)】 한 점, 오직 하나, 조금.
【素心(소심)】 결백한 마음, 본래부터 품고 있는 생각, 本心.

   친구를 사귈 때는 작은 의협심이라도 지녀야 하고, 인간으로서 살아갈
때는 작은 본심이라도 지녀야 하리니!

[10-24] 棲守道德者, 寂寞一時; 依阿權變者, 凄涼萬古.

【棲守(서수)】 그 속에 들어가 지키는 것.
【依阿(의아)】 다른 사람의 의견대로 응하는 것. * 阿(아): 의지하다, 따르다.
【權變(권변)】 변화를 헤아리다, 즉 임기응변. * 權(권): 저울질하다, 꾀하다.
【萬古(만고)】 太古, 한없는 세월, 영원.

도덕 속에 살며 지키고자 하는 사람은 잠시 적막할 뿐이지만, 다른 사람
에 의지하고 임기응변하는 자는 두고두고 萬古에 처량하게 되리라!

[10-25] 深山窮谷, 能老經濟才猷; 絶壑斷崖, 難隱靈文奇字.

【經濟(경제)】 나라를 잘 다스려 백성을 고난에서 건짐(=經世濟民).
【才猷(재유)】 재능과 책략.
 * 은거하는 삶의 득과 실이리라. 治國平天下할 수 있는 재능은 감해질 수밖에, 반
면 멋진 자연 속의 삶은 자연스레 특별한 감성을 드러내 주기에 文才는 드러날밖에!

깊은 산과 외진 골짜기에 묻혀 사는 생활은 나라를 잘 다스려 백성을 구
제할 수 있는 재능을 무디게 만드는 법!
깎아지른 절벽이나 깊은 골짜기에서 살다 보면 멋진 글을 감추기 힘든
법!

[10-26] 血冷有時化碧, 雄風無日成灰.

죽어서 뜨거운 혈기가 차가워져 푸르른 영혼으로 바뀔 때는 있겠지만,
웅혼한 풍격이 재가 되어 완전히 사라지는 날은 없으리!

[10-27] 王門之雜吹非竽, 夢連魏闕；郢路之飛聲無調, 羞向楚囚.

【王門之雜吹(왕문지잡취)】 王家의 악공에 섞여 불다. 즉 '함부로 불다' '무능한 사람이 재능이 있는 것처럼 속여 높은 자리를 차지한다' 는 '濫吹(남취)'의 의미. ＊齊나라 宣王이 竽(우)라는 악기를 좋아하여 악사 3백 명에게 竽를 불게 했는데, 南廓이라는 자는 불지도 못하면서 악공들 틈에 끼여 불며 재물과 지위를 얻었다. 그러나 泯王(민왕)이 왕위에 올라 한 사람씩 불게 하자 솜씨가 탄로나 도망갔다.
【魏闕(위궐)】 높고 큰 문이라는 뜻으로 대궐의 정문. 인신하여 조정으로도 쓰인다.
【郢(영)】 春秋戰國시기 楚나라의 수도.
【羞(수)】 나아가다.
【楚囚(초수)】 초나라의 포로, 곤궁에 처한 사람, 타국에 사로잡힌 자, 타향에서 고향을 그리는 사람.

南廓이 불지도 못하면서 왕실 악공 속에 섞여 불었던 것은 竽뿐만이 아니니, 그 음흉한 야심은 궁궐까지 이어지고…….
초나라 수도 郢(영)으로 가는 길에 들려오는 곡조 없는 소리는 고향을 그리는 사람에게로 향하고…….

[10-28] 獻策金門苦未收, 歸心日夜水東流；扁舟載得愁千斛, 聞說君王不稅愁.

【金門(금문)】 金馬門. 漢의 未央宮에 있는 문. 문 앞에 황동으로 만든 금빛 말이 있어 이렇게 불렀다고 한다.
【日夜(일야)】 밤낮, 주야.
【扁舟(편주)】 작은 배, 거룻배.
【斛(곡)】 곡식을 되는 용량. 10말의 용량.
【稅(세)】 거두다, 풀다(=脫).

조정에 좋은 방책을 올려도 백성의 고통을 거두어 주지 않으니, 고향으로 돌아가고픈 마음 밤낮으로 강물 따라 동쪽으로만 흐르네.

작은 배에 백성들의 수많은 근심을 실어보내지만 군왕께선 풀어 주지 않는다더라!

[10-29] 世事不堪評, 拔卷神遊千古上; 塵氛應可卻, 閉門心在萬山中.

【神游(신유)】 몸은 움직이지 않고 魂이 마음대로 노닐다, 어디로 놀러 갈 마음이 일다.

지금의 세상사를 평가할 수 없어 책을 펼치니, 정신은 먼 옛날 속에서 자유로이 노니네.

세속적인 기운은 물리쳐야 하나니, 문을 닫아걸고 내 마음을 첩첩 산속에 두네.

[10-30] 負心滿天地, 辜他一片熱腸; 戀態自古今, 懸此兩隻冷眼.

【負心(부심)】 양심을 어기다, 은혜를 배반하다.
【辜(고)】 허물, 저버리다, 반드시.
【熱腸(열장)】 얼성, 얼성, 정열.
【戀態(연태)】 연연해하는 모습(자태), 그리워하는 모습.
【冷眼(냉안)】 차가운 시선, 냉철한 태도.

은혜를 배반하는 일이 세상에 가득하니 다른 이의 열정적인 마음에도 등돌릴 것이요, 연연해하는 행태는 예부터 지금까지 있어왔으니 냉철한 두 눈을 부릅 치켜뜨고 볼 일이다!

[10-31] 龍津一劍, 尙作合於風雷; 胸中數萬甲兵, 寧終老於牖下. 此中空洞原無物, 何止容卿數百人.

【龍津(용진)】 원래 ‘龍門’을 가리키지만, 인신하여 여기서는 명검을 가리킨다.
【尙(상)】 오히려, 바라다, 자랑하다, 짝짓다, 오래되다, 받들다.
【風雷(풍뢰)】 광풍과 우레, 폭풍우.
【甲兵(갑병)】 무장한 병사, 갑옷과 무기, 전쟁.
【終老(종로)】 늙어죽다.
【空洞(공동)】 텅 빈 동굴, 텅 빈 구렁.
【何止(하지)】 어찌 …에 그치겠는가? 어찌 …뿐이겠는가?
【卿(경)】 옛날 大夫 위의 서열인 고급관리, 그대.

龍津이라는 명검은 광풍 우레와 어울리는 것이다. 그렇지 못할 바에야 내 가슴속에 수만 명의 병사를 품고 있더라도 차라리 자기 집 들창 아래에서 늙어죽는 것이 낫다.

내 안의 텅 빈 너른 공간에는 원래 아무것도 들여놓은 것이 없었으니 그까짓 벼슬아치 수백 명밖에 담아두지 못하겠는가?

[10-32] 英雄未轉之雄圖, 假糟邱爲霸業; 風流不盡之餘韻, 托花谷爲深山.

* 본 항목은 권3 〈峭〉 제92항목과 중복된다.
【轉(전)】 굴러가게 하다.
【雄圖(웅도)】 웅대한 계획.
【糟丘(조구)】 술지게미를 산처럼 쌓아놓은 더미, 술에 탐닉함을 형용한 말.
【霸業(패업)】 諸侯의 우두머리가 되는 일.
【花谷(화곡)】 여기서는 꽃밭 속의 물도랑.

영웅이라면 웅대한 계획을 바꾸지 않으니, 술에 빠져 술지게미를 산처럼 쌓아놓고서도 패업을 이뤘다고 자부하는 법!

　風流 넘치는 사람은 어딜 가도 흥겨운 여운이 사라지지 않으니 화단에
꽃핀 작은 이랑도 깊은 산이라고 여기는 법!

　[10-33] 紅潤口脂, 花蕊乍過微雨; 翠勻眉黛, 柳條徐拂輕風.

【紅潤(홍윤)】 볼그레하다, 혈색이 좋다.
【口脂(구지)】 입술 연지.
【乍(사)】 언뜻, 잠깐, 이내.
【微雨(미우)】 이슬비, 가랑비.
【勻(균)】 고르다, 균등하다, 고르게 하다.

　발갛고 촉촉한 연지 같은 꽃술은 막 가랑비를 맞은 듯 말갛고, 검푸른
눈썹먹 같은 버드나무 가지는 가벼운 바람에 흔들리고…….

　[10-34] 問婦索釀, 甕有新芻. 呼童煮茶, 門臨好客, 此時情
興何如.

　*본 항목은 권4 〈靈〉의 제11항목과 앞부분이 중복된다.
【索(색)】 찾다, 요구하다, 달라고 하다.
【芻(추)】 본의는 '가축의 먹이'지만 사람이 먹는 '양식'의 의미로 쓰인다. *"쌀독
에 양식이 있기 때문"이라고 볼 수노 있겠으나, 《설화록》에는 '芻(술 추)'로 되어 있
다. 이에 근거하고 문맥을 살피어 여기서는 "항아리에 새 술이 있기 때문"으로 새
기었다.
【臨(림)】 이르다, 오다.
【情興(정흥)】 情과 興. 여기서는 정성과 멋으로 새겼다.

　아내에게 술을 달라는 것은 항아리에 새 술이 있기 때문이요, 어린 종

을 불러 차를 끓이는 것은 집에 친한 손님이 오셨기 때문!
　이러한 정성과 멋은 어떠신지?

[10-35] 滿腹有文難罵鬼, 措身無地反憂天.

【反(반)】 오히려.
【憂(우)】 걱정하다, 고생하다, 불쌍히 여기다.

　내 안에 학식이 가득하나 귀신을 욕하기가 어렵고, 몸을 둘 곳조차 없
으나 오히려 세상이 걱정스럽네!

[10-36] 大丈夫居世, 生當封侯, 死當廟食. 不然, 閒居可以
養志, 讀書足以自娛.

【居世(거세)】 세상에 머무르다, 생존하다(=在世).
【封侯(봉후)】 제후를 봉함.
【廟食(묘식)】 죽어서 종묘나 사당에서 제사를 받음.

　대장부로서 세상에 존재한다면, 살아서는 제후에 봉해지고 죽어서는 사
당에서 제사를 받을 수 있는 정도가 되어야 하리라!
　그렇지 못할 바에는 한가롭게 살면서 뜻을 기르거나, 독서하며 스스로
즐겨야 하리.

[10-37] 不恨我不見古人, 惟恨古人不見我.

내가 훌륭한 옛사람을 만나지 못한 것이 한스러운 것이 아니라, 그들이 나를 만나지 못한 것이 안타깝도다!

[10-38] 榮枯得喪, 天意安排, 浮雲過太虛也; 用舍行藏, 吾心鎭定, 砥柱在中流乎?

【榮枯得喪(영고득상)】 성함과 쇠함(=榮枯盛衰).
【天意(천의)】 하느님의 뜻, 天子의 뜻.
【太虛(태허)】 크고 넓은 하늘, 공허하고 적막한 경지.
【用舍行藏(용사행장)】 (세상에) 등용되고 (세상에서) 버려지고 (자신의 능력과 도를) 행하고 (은퇴하면) 자신을 감춘다. 《論語·述而》에 나오는 말. 즉 세상에 쓰일 때는 나아가 자신의 도를 행하고, 쓰이지 않는다면 물러나 은거한다는 뜻.
【鎭定(진정)】 침착하다, 냉정하다, 차분하다, 진정하다.
【砥柱中流(지주중류)】 中流砥柱. 황하 가운데의 砥柱山으로, 즉 역경에도 굴하지 않는 튼튼한 기둥(인물)을 말한다.

　세상의 영고성쇠란 하늘의 뜻에 따라 안배되는 것, 뜬구름이 넓은 하늘을 흔적 없이 지나가는 것에 불과할 뿐!
　세상에 쓰일 때는 나아가 자신의 도를 행하고, 쓰이지 않을 때는 물러나 은거하면서 마음을 진정시킨다면 황하의 거친 물살에도 꿋꿋하게 떠 있는 砥柱山 같지 않겠는가?!

[10-39] 曹曾積石爲倉, 以藏書, 名曹氏石倉.

【曹曾(조증)】 後漢人으로 字가 伯山.

　曹曾이 큰 바위를 쌓아 창고를 만들어 수많은 책을 收藏하였는데, 이를

'曹氏石倉' 이라 이름하였다네!

[10-40] 丈夫須有遠圖, 眼孔如輪, 可怪處堂燕雀; 豪傑寧無
壯志, 風稜似鐵, 不憂當道豺狼.

【遠圖(원도)】 원대한 계획, 원대한 계책(遠謀).
【眼孔(안공)】 시야, 견식, 견해.
【可怪(가괴)】 기이하다, 이상하다, 괴상하다, 비난하다(비난할 만하다), 잘못되다.
【處堂燕雀(처당연작)】 사람 사는 집에 깃들인 제비와 참새. 제비와 참새가 집에다 둥
지를 틀고서 안전하다고 생각하다, 즉 위험에 처하고서도 자각하지 못하다.
【風稜(풍릉)】 강직하여 아부하지 않는 품격.
【當道豺狼(당도시랑)】 승냥이와 이리가 길목을 점거하다. 즉 간악한 인간이 要路를
점거하여 권세를 떨치는 것을 비유(=豺狼當路).

　대장부란 원대하게 도모해야 하는 것! 안목이 수레바퀴처럼 크다면 위
험에 처하고서도 자각하지 못하는 잘못을 간파하여 비난할 수 있다.
　호걸에게 웅장한 뜻이 없을지라도 강철처럼 강직한 성품을 지닌다면 못
된 인간들이 권세를 휘둘러도 걱정하지 않는다.

[10-41] 要做男子須負剛腸, 欲學高人當堅苦心.

【剛腸(강장)】 강직한 마음의 비유.
【高人(고인)】 뛰어난 사람, 덕이 높은 사람, 견식이 높은 사람.
【苦心(고심)】 마음을 괴롭힘, 근심걱정함.

　사내대장부가 되려면 강직한 마음을 지녀야 하고, 인품이 뛰어난 고고
한 사람을 배우려면 아프게 고민하는 마음을 견지해야!

[10-42] 雲長香火, 千載遍於華夷; 坡老姓字, 至今口於婦孺.
意氣情神, 不可磨滅.

【雲長(운장)】 關雲長. 三國時代 蜀漢의 용장인 關羽. 字가 雲長. 張飛와 함께 劉
備를 도와 공을 세움. 忠義로써 명성이 높으며, 민간에서는 곳곳에 關王廟를 두고
財神으로 모신다.
【香火(향화)】 神佛에 올리는 향이나 초, 참배자.
【華夷(화이)】 중국과 오랑캐 나라.
【坡老(파로)】 蘇軾. 字가 東坡이기에 이렇게도 부른다.
【姓字(성자)】 성명.
【意氣(의기)】 의지와 기개, 감정.
【磨滅(마멸)】 닳아 없어지다, 소멸되다.

關雲長을 참배하는 사람들은 오랜 세월이 지나도록 중국 전역과 다른
나라에까지 널리 퍼졌고, 蘇軾의 이름은 오늘날에도 부녀자나 어린아이
의 입에까지 올려진다.
즉 기개와 정신은 결코 닳아 없어지는 것이 아니라는 말씀!

[10-43] 據床嗒爾, 聽豪士之談鋒; 把盞惺然, 看酒人之醉態.

【據(거)】 기대다, 의지하다.
【嗒爾(탑이)】 멍한 모양(=嗒然). * 여기서는 졸려서 멍해진 것이 아니라 깨달음을 얻
을 때 정신이 아득해지듯 빠져 들어가는 것을 형용한다.
【豪士(호사)】 호방한 선비.
【談鋒(담봉)】 날카로운 말솜씨, 뛰어난 언변.
【惺然(성연)】 정신이 맑은 모양.

침상에 기대어 멍하니 호방한 선비의 예리한 말을 듣고, 술잔을 들고서
맑은 정신으로 술꾼의 취한 모습을 보고……

[10-44] 登高眺遠, 弔古尋幽, 廣胸中之邱壑, 遊物外之文章.

＊이 문장은 "登高眺遠, 廣胸中之邱壑; 弔古尋幽, 遊物外之文章"로 해석할 수
도 있다. 그렇다면 '弔古尋幽'는 실제로 옛사람과 은사를 찾아다녔다기보다는 서적
을 통해 옛사람을 추모하고 그들의 심원한 뜻을 찾는다는 의미로 새기는 것이 적합
할 터이다.

　높은 곳에 올라 멀리 바라보며 훌륭한 옛사람을 추모하고 은사를 찾아
다니고, 가슴에 품은 자연을 사랑하는 마음을 넓히며, 물외의 경지를 그
린 빼어난 글 속에서 노닐고…….

[10-45] 雪霽清境, 發於夢想. 此間但有荒山大江, 修竹古木.

【霽(제)】 비나 눈이 그침, 안개나 구름이 사라짐.
【夢想(몽상)】 꿈속에서도 생각함, 늘 잊지 않고 생각함, 꿈속 같은 헛된 생각.
【荒山(황산)】 황폐한 산, 황량한 산.
【修竹(수죽)】 긴 대나무.
【古木(고목)】 오래 묵은 나무.

　눈이 갠 것처럼 맑고 깨끗한 풍경은 꿈속 같은 상상 속에서만 펼치시
길!
　우리네 이 세상에는 황량한 산과 커다란 강, 키 큰 대나무와 오래 묵은
나무만 있으니…….

[10-46] 每飮村酒後, 曳杖放脚, 不知遠近, 亦曠然天眞.

【放脚(방각)】 발걸음을 거리낌없이 옮기다, 마음내로 활보하다.
【曠然(광연)】 (眺望할 때의 광경이나 마음이) 넓은 모양, 막히는 것이 없는 모양.

시골 농주를 마신 후에는 지팡이를 끌며 얼마만큼 멀리 왔는지도 모른 채 발걸음을 마음대로 옮기곤 했었지. 이 또한 호쾌하고 천진한 것!

[10-47] 闢地數畝築屋數楹, 揷花作籬, 編茅爲亭, 以一畝蔭 竹樹, 一畝栽花果, 二畝種瓜菜, 四壁淸曠, 空諸所有, 畜山童, 灌園薙草, 置二三胡床, 著亭下, 挾書硯以伴孤寂, 携琴笑, 以 遲良友, 凌晨杖策, 薄暮言施, 此亦樂境.

　　*본 항목은 권6 〈景〉 제27항목과 내용과 字句가 대부분 유사하다.
【數楹(수영)】 몇 개의 기둥. 즉 방의 칸수(넓이, 크기)를 의미.
【曠(광)】 텅 비어 넓다, 널찍하다.
【空(공)】 비다, 없다.
【諸(제)】 온갖, 모든, 많은, 여러.
【所有(소유)】 모든, 일체의, 소유하다, 소유한.
【蓄(축)】 (첩이나 하인 등을) 집에 두다.
【灌園薙草(관원체초)】 정원에 물을 주고 잡초를 베다.
【薄暮(박모)】 땅거미, 황혼.
【言旋(언선)】 돌아오다, 돌아가다. 言은 조사로 '이에'의 뜻.
【樂境(낙경)】 즐거운 장소, 즐거운 경우.

　몇 이랑 좁은 땅을 개간하여 몇 칸짜리 작은 집을 짓고서 꽃을 심어 울 타리로 삼고, 띠풀을 얽어 정자로 삼는다. 한 이랑은 대나무 숲으로 그늘 지게 하고, 또 나른 이랑은 꽃나무 과일나무를 심고, 누 이랑엔 채소를 심 는다.
　방 안은 사방이 텅 비어 내가 소유한 것은 아무것도 없다.
　산촌 아이를 몸종으로 두고서 정원에 물 주고 풀을 깎게 한다.
　정자 아래 접의자 두세 개를 펴놓고, 책과 검을 가지고 고독을 누리거 나, 거문고를 튕기며 이야기 나누면서 좋은 벗을 늦게까지 잡아두기도 한다.

새벽이면 지팡이를 짚고 외출했다가 황혼 무렵 돌아오나니, 이 또한
즐거운 삶!

[10-48] 鬚眉之士, 在世寧使鄉里小兒怒罵, 不當使鄉里小兒
見憐.

【鬚眉(수미)】 수염과 눈썹, 남자.
【鄉里(향리)】 시골, 시골 사람.
【小兒(소아)】 어린아이, 소인배.
【不當(부당)】 온당하지 않다, 부당하다, 마땅히 …하지 않다.

수염 달린 사내대장부라면 시골 소인배에게 차라리 욕을 먹을지언정,
그들에게 동정을 받아서는 안 된다!

[10-49] 胡宗憲讀漢書, 至終軍請纓事, 乃起拍案曰: "男兒雙
脚當從此處插入, 其他皆狼藉耳!"

【胡宗憲(호종헌)】 明代 績溪人으로, 字가 汝貞, 號는 梅林. 명대 정치가 · 군사지리
학자.
【終軍(종군)】 西漢人. 武帝 때 관직이 諫議大夫에 올랐다. 종군은 "인끈을 제수받
고자 하옵니다. 반드시 南越王이 천자에게 조문하도록 하겠사옵니다"라며 남월왕을
설득하겠다고 자청하였다. 종군이 도착하자 南越王은 종군의 말대로 속국이 되기
를 원했다고 한다.
【插入(삽입)】 끼워넣다, 꽂다, 가입하다. *"從此處插入": '이러한 경지〔此地〕에 발
을 들여놓다,' 바로 그런 경지로부터 시작하다. 즉 나라를 위해 용감하게 나서는 충
성심, 그러한 대장부 기질을 바탕으로 해야 한다는 뜻. 여기서 '此地'는 '이러한 경
지'일 수도, 충성심 강한 終軍의 일화가 적혀 있는 《漢書》의 '바로 그 대목'일 수도

있겠다.

【狼藉(낭자)】 여기저기 흩어져 어지러움, 난잡하게 어질러지다, 흐트러져 별 쓸모가
없음.

　胡宗憲이 《漢書》를 읽다가 "종군이 스스로 남월에 사신 가겠다고 임명
장을 요청한[終軍請纓事]" 대목에 이르면 책상을 치며 말했단다.
　"사내의 두 발은 여기로부터 들여놓아야 한다! 다른 것들은 모두 쓸모
없을 뿐이다!"

[10-50] 丈夫富貴, 何必故鄕, 以妻子經懷, 豈不沮人雄思.

　*《北史》列傳　第55·楊篡에 나오는 구절. 楊篡은 廣寧人으로 어려서부터 강직
하고 지략이 있었으며, 용맹과 힘에 있어 두 사람 몫을 하였다. 20세에 齊 神武를
따라 병사를 일으켜 공훈을 세우고 武州刺史로 옮겼다. 자신의 공로에 비해 관직이
낮다고 여겨 원망하며 늘 이렇게 탄식했다 한다.

　대장부의 부귀영화가 고향에 있겠냐마는, 집에서 처자식을 품고 있다
고 어찌 沮 땅 사람 같은 웅혼한 뜻이 없다고 하는가?

[10-51] 宋海翁才高嗜酒, 睥睨當世, 忽乘醉泛舟海上, 仰天
大笑曰: "吾七尺之軀, 豈世間凡士所能貯? 合以大海葬之耳!"
遂按波而入.

【宋海翁(송해옹)】 不詳.
【睥睨(비예)】 흘겨보다, 엿보다, 곁눈질하다.
【按(안)】 누르다, 어루만지다, 당기다, …에 따라서, …에 의해서.

宋海翁이라는 사람은 재주가 뛰어나고 술을 좋아하였다. 그는 속세를 우습게 여겼는데, 어느 날 갑자기 술기운을 빌려 배를 타고는 바다로 나가 하늘을 올려다보고서 껄걸 웃으며 "일곱 척짜리 내 몸뚱이를 어찌 이 세상의 평범한 땅에 묻을 수 있겠는가? 넓디넓은 大海에 장사지내는 것만이 어울리도다!"라고 외치고는 파도를 따라 바다 속으로 들어갔다.

[10-52] 毛澄七歲善屬對, 諸喜之者贈以金錢. 歸, 擲之曰: "吾猶薄蘇秦斗大, 安事此鄧通靡靡!"

【毛澄(모징)】明代 사람, 字가 憲淸. 洪治 연간에 진사에 장원으로 급제하고 관직이 禮部尙書에 올랐다.
【屬對(속대)】對句를 만들다, 對聯을 짓다(=對對子).
【蘇秦(소진)】戰國시기 東周 洛陽人. 合縱으로 막강한 秦나라에 대항하자고 주장하여 六國이 합종한 후 재상이 되었다.
【斗大(두대)】한 말들이 만큼 크다.
【事(사)】받들다, 부리다, 힘쓰다.
【鄧通(등통)】西漢人으로 관직이 上官大夫에 올랐다. 그를 아낀 文帝가 수많은 돈을 하사했을 뿐 아니라 개인적으로 돈을 주조하도록 허락하였기에 鄧氏錢이 세상에 널리 퍼져 '鄧通'은 돈의 대명사로 여겨졌다.
【靡靡(미미)】쓰러지는 모양, 다해서 없어지는 모양, 느릿느릿 걷는 모양, 서로 의지하는 모양, 소리가 곱고 아름다운 모양. *靡(미): 호사스럽다, 화려하다, 재물을 써서 없애다.

毛澄은 7세에 대련을 잘 지어 그를 귀여워하는 사람들이 돈을 주었다. 그는 집으로 돌아와서는 돈을 던지며 말했다.
"나는 蘇秦이 가진 한 말 정도의 재주도 보잘것없다고 여기는데, 어떻게 이까짓 돈〔鄧通〕을 받들란 말이지?"

[10-53] 梁公實薦一士於李于鱗. 士欲以謝梁, 曰:"吾有長生術, 不惜爲公授." 梁曰:"吾名在天地間, 只恐盛着不了, 安用長生!"

【梁公實(양공실)】즉 明代 梁有譽. 字가 公實, 號가 蘭汀居士. 後七子의 한 사람.
【李于鱗(이우린)】李攀龍. 字가 于鱗, 號는 滄溟. 明代 曆城人. 後七子 중의 수장. 王世貞과 더불어 '王李'라 칭한다.
【盛着不了(성착불료)】성대하게 되지 않다, 크게 되지 않다.

　梁公實이 李于鱗에게 선비 한 사람을 추천하였다. 그 선비는 梁公實에게 사례를 하고 싶어 "제게 양생술이 있는데 기꺼이 공께 드리겠습니다"라고 하였다. 그러자 梁公實은 "나는 이미 세상에 널리 알려진 내 이름이 더욱 유명하게 되지 않을까 걱정할 뿐인데, 장생술을 어디다 쓰겠는가?"라고 하였다네!

[10-54] 王仲祖有好形儀, 每覽鏡自照曰:"王文開那生寧馨兒?"

【王仲祖(왕중조)】《世說新語 · 賞譽》第8에 두 번이나 기록(第81, 第86)이 있지만, 자세하지 않다.
【寧馨兒(영형아)】귀염둥이.

　土仲祖는 멋진 외모를 지녔는데, 거울을 볼 때마다 자기 모습을 이리저리 비춰 보며 말했다지!
　"내 아버지 王文開는 어떻게 이렇듯 잘생긴 아들을 낳으셨을까?!"

[10-55] 吳正子窮居一室, 門環流水. 跨木而渡, 渡畢卽抽之.

人問故, 笑曰: "木橋淺小, 恐不勝富貴人來踏耳."

【吳正子(오정자)】不詳. 李賀의 詩에 최초로 注를 달았다는 吳正子(南宋人, 혹은
唐人이라 함)가 있으나 분명하지 않다.

　吳正子는 한 칸짜리 집에서 어렵게 살았다. 대문 밖은 흐르는 물로 둘러
싸여 있어 나무다리를 밟고 넘어가야 했는데, 건너고 나면 다리를 빼놓았
다. 사람들이 이유를 묻자 "이 나무다리는 얇고 작아서 돈 많고 권력 있는
사람이 밟으면 견디지 못하고 부러질까 봐서요!"라고 웃으며 말했단다!

　[10-56] 吾有目有足, 山川風月, 吾所能到, 我便是山川風月
主人.

　나에게 눈과 다리가 있어 山川風月을 직접 가서 볼 수 있으니, 내가 바
로 대자연의 주인이라네!

　[10-57] 寧爲天下第一品人, 毋爲天下第一品官.

　세상에서 제일가는 인품을 지닌 사람이 되거라, 제일 높은 벼슬아치는
되지 말고!

　[10-58] 大丈夫當雄飛, 安能雌伏!

【大丈夫當雄飛, 安能雌伏(대장부당웅비, 안능자복)】《後漢書 · 趙典傳》에 나오는
문구. '雌伏'은 "남의 뒤를 따르다, 남에게 굴복하다"는 의미로 '雄飛'와 對가 된

다. 이밖에 세상을 물러나 숨는다는 뜻도 있다.

　대장부라면 수컷처럼 힘차게 날아올라야 하나니, 어찌 암컷처럼 웅크
리고만 있겠는가?

[10-59] 登華山落雁峰:"呼吸之氣, 可通帝座. 恨不携謝朓驚
人句, 搔首問青天!"

　*본권 제11항목도 '謝朓' '搔首'에 얽힌 내용을 다루고 있다. 각주 참조.
【呼吸之氣(호흡지기)】 호흡하는 숨결.
【帝坐(제좌)】 帝座의 誤記. 즉 황제가 앉는 자리, 天帝의 거처라고 하는 별의 이름
〔帝座星〕.
【謝朓(사조)】 南朝 南齊의 詩人. 字가 玄暉. 五言詩를 잘 썼으며, 宣城의 太守가 되
었으므로 謝宣城이라 부른다.
【搔首(소수)】 머리를 긁다, 생각하며 망설이다.

　(李白이) 華山의 落雁峰에 올라 말했단다.
　"내 숨결은 帝座星까지 닿을 수 있을 정도로 드세지만, 謝朓처럼 경탄
스런 시구를 짓지 못하는 것이 한스러워 머리만 긁적이며 푸른 하늘에 물
어볼 뿐!"

[10-60] 志欲梟逆虜, 枕戈待旦, 常恐祖生, 先我着鞭.

【梟(효)】 목을 베어 매달다.
【祖生(조생)】 東晋의 명장 祖逖, 字가 士稚, 范陽道人. *큰 공을 세워 나라에 충성
하려는 뜻으로 劉琨과 선의의 경쟁을 펼쳤던 고사가 전해진다. 본권 10 제20항목
'劉琨' 각주 참조.
【先着鞭(선착편)】 선수를 쓰다.

역적을 사로잡아 그 목을 베려는 뜻을 품고 창을 베고 자면서 아침을 기다리는데, 항상 祖逖이 나보다 선수를 쳐서 먼저 공을 이룰까 걱정한다네.

[10-61] 旨言不顯, 經濟多託之工瞽篘蕘; 高踪不落, 英雄常混之魚樵耕牧.

【旨言(지언)】 깊은 의의가 있는 말.
【經濟(경제)】 經國濟世.
【工(공)】 벼슬아치, 음악을 연주하는 사람.
【瞽(고)】 음악을 연주하는 벼슬, 또는 周代에 太師로서 임금을 모시고 誦詩와 諷諫하는 일을 맡은 관직(관리).
【篘蕘(추요)】 꼴 베고 나무하는 사람, 혹은 자기 문장이나 작품을 겸손하게 이르는 말.
【高踪(고종)】 고상한 행동, 인품.
【魚樵耕牧(어초경목)】 어부·나무꾼·농부·목동. *여기서는 부귀영화를 탐하는 속세에서 벗어나 자연 속에서 한가로이 안분자족하며 사는 사람들을 말한다.

의미 있는 말은 겉으로 드러내지 않는 것, 그러기에 세상을 구하고자 하는 큰 뜻을 음악이나 작품 속에 기탁한다네.
고상한 인품은 타락하지 않는 것, 그러기에 영웅은 언제나 어부·나무꾼·농부·목동들 속에 섞여 살아간다네.

[10-62] 高言成嘯虎之風, 豪擧破湧山之浪.

고상한 말은 호랑이가 포효하는 것 같은 바람 소리를 내고, 호쾌한 행동은 산자락에 부딪혀 솟구치는 파도 같구나!

[10-63] 立言者, 未必卽成千古之業, 吾取其有千古之心; 好客者, 未必卽盡四海之交, 吾取其有四海之願.

【千古之業(천고지업)】 영원히 남을 만한 사업.

　자신만의 이론을 세운 사람이라 할지라도 영원히 남을 만한 일을 다할 수는 없는 법, 나는 영원히 기록될 일을 하겠다는 바로 그 마음을 취할 것이다!
　친구를 좋아하는 자도 온 세상의 모든 사람과 사귈 수는 없는 법, 나는 세상의 모든 사람을 사귀겠다는 그 바람을 택할 것이다!

[10-64] 管城子無食肉相, 世人皮相何爲? 孔方兄有絶交書, 今日盟交安在?

【管城子(관성자)】 붓의 다른 이름.
【相(상)】 외모, 겉모양.
【食肉相(식육상)】 육고기를 먹을 상, 좋은 음식을 먹을 상. *문인은 부귀를 누리는 상이 없는데 세상 사람들의 모습은 그렇지 않다는 의미.
【皮相(피상)】 사물에 있어 겉으로 드러난 相.
【何爲(하위)】 어째서, 왜, 어떻게(무엇이) 되나? 무얼 하느냐?
【孔方兄(공방형)】 네모 구멍 뚫린 형, 즉 돈, 엽전(옛날 동전에 네모난 구멍이 있었으므로 재미나게 붙인 이름). *우정을 쌓으려면 모임 등을 가져야 하고, 그러려면 돈이 많이 드니 이러한 우정은 진정한 우정이 아니라는 의미.
【盟交(맹교)】 결의한 굳건한 사귐, 또는 우정.
【安在(안재)】 어찌 있을까?

　붓에는 좋은 음식을 먹을 수 있다는 相이 없는데, 세상 사람의 겉으로 드러난 相은 왜 그런가?
　돈은 바로 절교 편지가 되나니, 오늘날의 굳은 우정이란 어디에 존재하는 것일까?

[10-65] 襟懷貴疎朗, 不宜太逞豪華; 文字要雄奇, 不宜故求
寂寞.

【襟懷(금회)】 가슴속, 흉금, 포부, 생각.
【疎朗(소랑)】 산뜻하다, 청명하다, 맑고 시원하다.
【豪華(호화)】 호화롭다, 화려하다, 사치스럽다.
【雄奇(웅기)】 웅장함과 기묘함.

사람의 속마음이란 깨끗하고 막힘 없는 것이 귀한 점이므로 지나치게 사
치스러움을 내보이는 것은 옳지 않고, 글이란 막힘 없는 웅혼한 기상과
개성을 지녀야 하나니, 일부러 고즈넉한 분위기를 추구할 필요는 없다.

[10-66] 懸榻待賢士, 豈日交情已乎; 投轄留好賓, 不過酒興
而已.

【日交情(일교정)】 하루 만에 사귄 친분, 얕은 친분. *交情: 친분, 우정.
【投轄(투할)】 수레바퀴의 비녀장을 던져 버리다, 즉 손님이 떠나지 못하도록 만류하
다. *漢代에 손님을 초청하고서는 돌아가지 못하게 하려고 대문을 닫아걸고 손님
수레의 (바퀴가 굴대에서 빠져나가지 못하도록 꽂는) 비녀장을 우물 속에 던져 버렸다
는 데서 나온 말.
　*본 항목은 상대의 마음을 이해하고 배려하는 진정한 '우정'에 대한 가르침이다.
좋아하는 친구가 오기를 손꼽아 기다리며 미리 의자를 준비해 두는 그 마음은 진정
한 우정일 것이다. 그러나 즐거운 만남 끝에 되돌아가야 하는 친구를 억지로 잡아
두는 것은 지나친 행동이자 그 친구의 마음을 읽어내지 못한 술기운이리라!

걸상을 내걸고 어진 선비를 기다리는 것이 어찌 짧은 우정일 뿐이겠는가?

그러나 수레바퀴의 비녀장을 뽑아 던져 버리면서까지 좋은 친구를 머물게 붙잡는 것은 酒興에 불과할 뿐이리라!

[10-67] 才以氣雄, 品由心定.

재주는 기백으로서 웅혼해지는 것이요, 인품이란 그 마음가짐으로 결정되는 것!

[10-68] 爲文而欲一世之人好, 吾悲其爲文; 爲人而欲一世之人好, 吾悲其爲人.

글을 짓고서 한 세대의 사람들에게 좋다는 말을 들으려 하는데, 그러한 글은 참으로 불쌍하다!
사람 노릇하며 그 세대 사람들에게 좋은 평판을 들으려 하는데, 나는 그러한 사람이 가련하더라!

[10-69] 喑嗚則山岳崩頹, 叱咤則風雷變色.

【喑嗚(암명)】 크게 소리지르다. * 喑: 큰 소리로 호령함.
【崩頹(붕퇴)】 붕괴, 무너짐, 허물어짐.
【叱咤(질타)】 (노기를 띠고) 큰 소리로 꾸짖음.
【風雷(풍뢰)】 광풍과 우레.

크게 호령하면 山岳이 무너지는 듯하고, 큰 소리로 꾸짖으면 성난 바람과 천둥처럼 사람들의 안색을 변하게 하나니!

[10-70] 濟筆海則爲舟航, 騁文囿則爲羽翼.

【筆海(필해)】 붓받침. 여기서는 붓으로 창작하는 것을 말한다.
【爲(위)】 …되다, …라고 생각하다, …로 간주하다.
【文囿(문유)】 文壇. * 囿(유): 동산.
【羽翼(우익)】 날개.

　　창작의 바다를 건너나니 거침없이 항해하는 듯, 문장의 동산을 내달리니 힘차게 날아가는 듯!

[10-71] 攀棲鶻之危巢, 俯馮夷之幽宮.

　　* 이는 蘇軾의 〈後赤壁賦〉에 나오는 구절이다.
【攀(반)】 잡고 오르다, 당기다.
【馮夷(풍이)】 즉 河伯(물귀신, 水神, 黃河의 神).
【幽宮(유궁)】 깊숙한 곳에 있는 궁전, 神靈을 모신 궁전.

　　솔개가 사는 위태로운 높은 절벽 위 집으로 기어오르고, 河伯의 깊디깊은 궁전을 굽어보노라!

[10-72] 胸中無三萬卷書, 眼中無天下奇山川, 未必能文. 縱能, 亦無豪傑語耳.

【縱…亦(종…역)】 설령 …하더라도 역시.

　　가슴속에 3만 권의 책을 넣어놓지 않고, 눈〔眼〕 속에 온 세상의 멋진 자연풍광을 담아놓지 않았다면 글을 지을 수 없다!

설령 지을 수는 있다 하더라도 호쾌하고 탁월한 말은 없는 법이다!

[10-73] 山廚失斧, 斷之以劍; 客至無枕, 解琴自供. 盥盆潰
散, 磬爲注洗; 蓋不煖足, 覆之以簑.

【盥盆(관분)】 대야.
【潰散(궤산)】 전쟁에서 패하여 흩어짐. 여기서는 대야가 깨져서 흩어졌음을 말한다.
【磬(경)】 경쇠(타악기의 일종), 부처 앞에서 절할 때 흔드는 銅으로 만든 바리때 모
양의 鐘.

　깊은 산 속 작은 집 부엌, 조리용 도끼를 잃어버렸다면 차고 있던 검으
로 자르라!
　손님이 왔는데 베개가 없다면 벽에 매달아 놓은 거문고를 풀어 베고
자게 하라!
　대야가 깨져 버렸다면 바리때 모양의 鐘에 물을 부어 씻게 하라!
　이불이 발까지 따뜻하게 덮지 못한다면 도롱이로 발을 덮어주라!

[10-74] 孟宗少遊學. 其母制十二幅被, 招賢士共臥, 庶得聞
君子之言.

【孟宗(맹종)】 삼국시내 吳國 江夏人, 字는 恭武이고 관식이 司空에 이르렀나. '孟
宗哭竹'(겨울철 어머니가 몸져누워 죽순을 먹고 싶노라고 하셨다. 孟宗이 대밭을 헤매
다 울면서 눈물이 떨어진 곳 땅을 파니 죽순이 나왔고, 그 죽순을 삶아 드렸더니 병이 나
았다)이라는 고사를 남길 만큼 지극한 효성으로 유명하다. 위의 문장은 《藝文類聚》
〈列女傳〉에 나오는 내용.
【游學(유학)】 留學하다, 다른 지역에 머물며 공부하다.
【庶(서)】 바라다.

孟宗은 어려서 집을 떠나 배움을 찾아다녔다. 그의 어머니는 열두 폭 이불을 지어 賢士를 초빙해서 그와 함께 자도록 하였으니, 군자의 말씀 듣기를 바랐기 때문!

[10-75] 張烟霧於海際, 耀光景於河渚. 乘天梁而皓蕩, 叶帝閽而延佇.

【張(장)】 펼쳐놓다.
【海際(해제)】 해변.
【河渚(하저)】 강의 백사장.
【天梁(천량)】 하늘과 이어진 다리, 하늘다리.
【叶(협)】 맞이하다, 화합하다(協의 古字).
【皓(호)】 하늘(=昊, 하늘 호).
【蕩(탕)】 움직이다, 내 맘대로 굴다.
【帝閽(제혼)】 천제의 궁문, 천제의 궁문을 지키는 문지기.
【延佇(연저)】 우두커니 서 있다, 목을 길게 빼고 기다리다. *延(연): 시간을 미루다, 길게 늘이다, 지체하다, 불러들이다, 오래오래. 佇(저): 정지하다, 잠시 멈추다, 바라고 기다리다.

안개 자욱하게 펼쳐진 백사장 반짝이는 해변 풍경.
하늘로 통하는 다리를 타고 올라 하늘을 뒤흔들어 볼까나?
하느님의 궁궐에서 노닐며 오래도록 있어 볼까나?

[10-76] 聲譽可盡, 江天不可盡; 丹靑可窮, 山色不可窮.

【聲譽(성예)】 명성과 명예.
【丹靑(단청)】 빨갛고 파란 안료, 채색하여 그린 그림.

세속의 명성이란 끝이 있지만 강과 하늘은 없어지지 않고, 丹靑은 바래서 사라질 수 있지만 산의 빛깔은 없어지지 않는다네!

[10-77] 聞秋空鶴唳, 令人逸骨仙仙；看海上龍騰, 覺我壯心勃勃.

【仙仙(선선)】 몸이 가벼워 날 듯한 모양.
【壯心(장심)】 웅대한 뜻, 장한 뜻.
【勃勃(발발)】 왕성하다, 갑자기 일어나다.

　가을 하늘에 나는 학의 울음소리 들으면 멋진 이 몸 날아갈 듯 가벼워지고, 바다에서 용이 승천하는 듯한 모습을 보면 웅장한 뜻이 왕성해지는 듯!

[10-78] 皂囊白簡, 被人描盡半生；黃帽靑鞋, 任我逍遙一世.

　*본 항목은 권5 〈素〉 제65와 중복된다.
【皂囊(조낭)】 검은색 주머니(봉투).　*漢代 群臣이 아무도 모르도록 上奏할 때 쓰던 봉투.
【白簡(백간)】 古代 御史가 사람을 탄핵하던 고소장, 하얀 竹簡에 썼으므로 이렇게 불렀다.
【被(피)】 …에 의해 …하나.　*뒤의 任과 같은 의미로 사용되었다. 被人: 다른 사람이 …하게 하다/任我: 내게 맡겨 … 하게 하다.
【黃帽(황모)】 즉 黃冠. 옛날에는 野人이 썼으며, 후세에는 道士만 썼다. 전하여 農民 · 平民 · 道士를 일컫는다.
【靑鞋(청혜)】 산에 사는 사람의 복장, 즉 靑鞋布襪(파란 신발과 삼베 양말).

　상소문 올리는 검은 봉투나 탄핵하는 하얀 편지는 남들에게 맡겨 반평생 그려 없애 버리게 하라!

　野人이 쓰는 누런 모자와 푸른 신발은 내게 맡겨 한평생 유유자적 즐길 수 있도록!

[10-79] 明月在天, 秋聲在樹, 珠箔捲嘯倚高樓; 蒼苔在地, 春酒在壺, 玉山頹醉眠芳草.

【珠箔(주박)】 珠簾.
【蒼苔(창태)】 푸른 이끼.
【玉山(옥산)】 풍채가 수려한 사람, 신선이 사는 곳.

　밝은 달은 하늘에, 가을 소리는 나무에 걸려 있나니, 주렴을 말아올리고 피리 불며 높은 누대에 기대어 본다.

　푸른 이끼는 땅에, 봄 술은 병 속에 있나니 수려한 이 몸 향기로운 풀밭에 무너지듯 취해 잠드네.

[10-80] 胸中自是奇, 乘風破浪, 平吞萬頃蒼茫; 脚底由來闊, 歷險窮幽, 飛度千尋香靄.

【自是(자시)】 당연히, 자신이 옳다고 여기다, 이로부터.
【破浪(파랑)】 물결을 일으키다, 파도를 헤치다.
【平吞(평탄)】 평정하고 삼키다, 삼켜 평정하다.
【萬頃(만경)】 만 이랑, 한없이 넓은 모양.
【蒼茫(창망)】 넓고 멀어서 아득하다, 망망하다.
【脚底(각저)】 발바닥.
【由來(유래)】 원래부터, 전부터, 유래, 내력.
【尋(심)】 옛날 길이의 단위로 1尋은 8尺.
【香靄(향애)】 향기로운 노을, 향기가 퍼져 있는 노을, 아름다운 노을.

내 마음 원래 남다르게 타고났으니 바람을 타고 파도를 헤치며 드넓은 바다를 평정할 수 있지!

나는 원래 발이 넓으니 위험한 곳도 외지고 깊은 곳도 건너며, 천리에 펼쳐진 아름다운 노을도 날아서 건널 수 있지!

[10-81] 松風澗雨, 九霄外聲聞環珮, 清我吟魂; 海市蜃樓, 萬水中一幅畫圖, 供吾醉眼.

【九霄(구소)】 하늘 제일 높은 곳, 하늘.
【環佩(환패)】 허리에 차는 고리 모양의 옥.
【海市蜃樓(해시신루)】 신기루(=海市, =蜃景, =蜃樓海市). *蜃(신): 이무기. 기운을 토하면 신기루를 일으킨다고 한다.

소나무에 부는 바람, 산개울에 내리는 비, 먼 하늘 바깥에서 들려오는 옥구슬 소리 같아 시를 읊는 정신을 맑게 해주네.

신기루 같은 온갖 물이 빚어내는 한 폭의 그림은 눈을 취하게 하네!

[10-82] 每從白門歸, 見江山逶迤, 草木蒼鬱. 人常言佳, 我覺是別離人腸中一段酸楚氣耳.

【白門(백문)】 시남빙의 끝에 있다고 하는 산, 남북소시대의 송나라 궁문 밖에 있던 문으로 金陵(지금의 南京)을 말한다.
【逶迤(위이)】 구불구불하게 가는 모양, 구불구불하게 멀리 이어진 모양.
【蒼鬱(창울)】 매우 푸르고 무성하다, 울창하다.
【一段(일단)】 한 단락, 한 토막.
【酸楚(산초)】 고생, 괴로움, 슬프고 괴롭다.
【氣(기)】 기운, 기분, 기색.

白門에서 돌아올 때면 언제나 구불구불 아득히 이어진 산과 강, 울창한 초목을 보게 된다.

남들은 언제나 아름다운 풍경이라고 말들 하지만, 내겐 이별하는 사람들 마음속의 쓰라린 아픔만 느껴질 뿐!

[10-83] 浮雲出岫, 絶壁天懸, 日月淸朗, 不無微雲點綴. 看雲飛, 軒軒霞擧. 踞胡床與友人詠謔, 不復滓穢太淸.

　* 본 항목은 권5 〈素〉 제114항목과 중복된다.

【岫(수)】 산봉우리.

【淸朗(청랑)】 맑고 밝다, 맑고 시원하다.

【點綴(점철)】 점을 찍은 것처럼 띄엄띄엄 여기저기 흩어져 있음, 돋보이게 하다, 장식하다, 구슬 같은 것이 죽 이어지다.

【軒軒(헌헌)】 득의한 모양, 너울너울 춤추는 모양, 뛰어난 모양.

【擧(거)】 쳐들다, 일어나다, 날다.

【胡床(호상)】 등받이와 팔걸이가 있고 다리를 접을 수 있는 옛날 의자(=交椅).

【謔(학)】 농지거리하다.

【滓穢(재예)】 더러움, 오점, 더럽히다.

【太淸(태청)】 道敎에서 말하는 三淸, 즉 玉淸·上淸·太淸의 하나. 지극히 淸淨無垢한 곳을 말한다.

뜬구름이 산봉우리에서 솟아나오듯, 절벽은 하늘부터 높이 걸려 있고 해와 달은 맑고 밝은데, 엷은 구름 여기저기 이어져 있네. 구름이 날아가는 곳을 보니 너울너울 노을이 솟아나네.

胡床에 걸터앉아 친구와 시를 읊조리며 시시닥거리니, 청정무구한 이 곳을 다시는 더럽히지 않으리라!

[10-84] 人每誚余腕中有鬼, 余謂鬼自無端入吾腕中, 吾腕中

未嘗有鬼也；人每責余目中無人. 余謂人自不屑入吾目中，吾目
中未嘗無人也.

【諛(유)】 아첨하다.
【余腕中有鬼(여완중유귀)】 내 팔에 귀신이 들어 있다. ＊즉 글솜씨나 글씨, 그림 등
의 솜씨가 뛰어나다는 의미.
【無端(무단)】 이유없이, 까닭없이.
【未嘗(미상)】 일찍이 …한 적이 없다, 지금까지…못하다, 결코… 않다.
【眼中無人(안중무인)】 교만하여 남을 멸시하는 일, 자기 외에는 사람이 없는 것처
럼 구는 일(＝眼下無人).
【不屑(불설)】 …할 가치가 없다, 하찮게 여기다, 경시하다.

　사람들이 나의 팔에 귀신이 있는 것 같다고 아첨할 때면, 난 항상 "귀
신 스스로 괜히 내 팔로 들어왔나 보네, 내 팔 속에 귀신이 있었던 적은
없었소!"라고 말한다.
　사람들이 나를 '眼中無人' 하다고 질책하면 난 항상 "사람들 스스로 내
눈 속에 들어오는 것을 하찮게 여겼지, 내 눈 속에 다른 사람이 없던 적
은 없었소!"라고 말한다.

[10-85] 天下無不虛之山，惟虛故高而易傾；天下無不實之
水，惟實故流而不腐.

　이 세상 모든 산은 비어 있다. 비었기 때문에 높지만 기울어지기도 쉽다.
　이 세상 모든 물은 꽉 차 있다. 가득 찼기 때문에 흘러가면서 썩지 않는
것이다.

[10-86] 篇詩斗酒，何殊太白之丹丘；扣舷吹簫，好繼東坡之

赤壁.

* 본 항목은 권7 〈韻〉 제63항목과 중복된다.
【丹丘(단구)】 전설에서 말하는 신선이 사는 곳, 밤도 낮같이 환하다고 한다. 李白이
〈春夜宴諸從弟桃李園序〉에서 "옛사람이 촛불을 밝혀 밤에 즐겨야 한다고 한 것은
정말로 다 까닭이 있었던 것이다〔古人秉燭夜游, 良有以也〕"라고 한 것을 의미하는
듯하다.
【斗酒(두주)】 말술, 많은 술.
【扣舷(고현)】 뱃전을 두드리다. * 扣(구): 두드리다. 舷(현): 뱃전.
【赤壁(적벽)】 湖北省 揚子江가에 있는 언덕으로 三國時代 周瑜가 曹操를 격파했던
곳. 宋代 蘇軾이 赤壁 아래에 배를 띄우고 즐기다가 옛일을 회상하며 〈赤壁賦〉 2
편을 지었다.

　　내가 짓는 시편들과 말〔斗〕로 들이키는 술이 李白의 丹丘와 무엇이 다
르리?
　　내가 뱃전을 두드리며 피리를 부는 것은 蘇東坡가 노닐던 赤壁을 잘
계승한 것이라!

[10-87] 因花索句, 勝他牘奏三千; 爲鶴謀糧, 嬴我田畊二頃.

【因花索句(인화색구)】 꽃으로 인해 시구를 찾다.
【牘奏(독주)】 문서를 모으다.
【爲鶴謀糧(위학모량)】 학을 위해 먹이를 구하다.
　　* 자연에서 글지으며 사는 삶에의 열망! 자신의 창작이 다른 사람의 글을 인용하
는 것보다 좋은 일이고, 농사지어 잘 먹고 사는 것보다 학과 벗하며 사는 고상한 삶
이 낫다는 의미.

　　꽃을 찾아다니며 좋은 시구를 찾는 것이 다른 이의 글 三千 개를 모으는
것보다 낫다네.
　　학을 위해 먹이를 구하는 것이 나의 밭 두 이랑을 가는 것보다 낫다네.

[10-88] 放不出憎人面孔, 落在酒杯; 丟不下憐世心腸, 寄之詩句.

【放不出(방불출)】 放出(내보내다, 내뿜다)의 부정어.
【面孔(면공)】 낯, 얼굴, 표정.
【丟不下(주불하)】 丟下(잃다, 버리다, 포기하다)의 부정어. ＊丟: 아주 가다, 잃어버리다.
【心腸(심장)】 마음씨, 성격, 정, 흥미, 기분.

다른 사람을 미워하는 표정을 보이지 말고 술잔 속에 떨어뜨려 버릴 것!
세상을 사랑하는 마음을 버리지 말고 그 마음을 시에 기탁할 것!

[10-89] 春到十千美酒, 爲花洗粧; 夜來一片名香, 與月薰魄.

【洗粧(세장)】 화장을 지우다, 씻고 화장하다.
【薰(훈)】 태우다, 취하다, 향기를 입히다.

봄이 오면 갖가지 좋은 술 가져다 놓고 꽃을 위해 진한 화장 지우리!
밤이 오면 아름다운 좋은 향 피워놓고 달과 함께 내 마음에 향기 입히리!

[10-90] 忍到熟處則憂患消, 淡到眞時則天地贅.

【淡(담)】 담박하다, 욕심이 없고 깨끗하다.
【贅(췌)】 군살, 군더더기(무용지물), 저당잡히다, 모으다(모이다), 얻다, 미워하다.

참다참다 익숙해지면 근심조차 저절로 사라지게 되고, 맑은 마음이 진정한 경지에 이르면 세상 천지도 하찮은 것이 된단다!

[10-91] 醺醺熟讀離騷，孝伯外敢曰並背名士；碌碌常承色
笑，阿奴輩果然盡是佳兒.

【醺醺(훈훈)】 술에 취해 얼큰하다, 무엇에 심취한 모양.
【孝伯外(효백외)】 효성스런 큰아버지와 그 항렬, 혹은 그 친구들.
【并背(병배)】 어깨를 나란히 하다, 함께하다(=幷肩).
【碌碌(녹록)】 자신의 의견을 고집하지 않고 남과 타협하여 복종하는 모양.
【色笑(색소)】 좋은 안색과 웃는 얼굴.
【阿奴(아노)】 노비.
【果然(과연)】 과연.
【盡是(진시)】 모두 …이다.

심취한 듯 《離騷》를 숙독하는 효성스런 삼촌들은 名士와 견줄 만하고,
고분고분 항상 웃는 표정짓는 어린 종들은 정말 좋은 아이들!

[10-92] 劍雄萬敵，筆掃千軍.

【雄(웅)】 꾸짖다, 호통치다.
【掃(소)】 쓸어 버리다, 소탕하다, 일소하다.

검은 수많은 적을 꾸짖고, 붓은 수많은 군대를 쓸어 버린다네!

[10-93] 飛禽鎩翮，猶愛惜乎羽毛；壯士捐生，終不忘乎老驥.

【鎩(쇄)】 고대의 긴 창, 손상하다, 해치다, 날개가 잘리다. ＊鎩羽: 날개를 다치다,
失意하다.
【翮(핵)】 깃, 깃의 아래쪽에 있는 튼튼한 날개축.
【羽毛(우모)】 깃털.

【愛惜(애석)】 아끼다, 소중하게 여기다.

【捐命(연명)】 목숨을 버리다, 목숨을 내던지다.

【老驥(노기)】 즉 老驥伏櫪(늙은 천리마가 마구간에 누워 있으나 여전히 천리를 달리고
싶어한다, 늙었어도 아직 원대한 뜻이 있다). *본권 10 제5항목 각주 참조.

　훨훨 날아다니던 새는 날개축을 다치면 깃털을 더욱 소중하게 여기고,
용맹한 壯士는 목숨은 내던져도 원대한 뜻은 끝까지 잃지 않는다!

　[10-94] 敢于世上放開眼, 不向人間浪皺眉.

【敢于(감우)】 대담하게 …하다, 용감하게 …하다.

【放開(방개)】 크게 하다, 넓히다, 놓아주다.

【浪(랑)】 물결, 방종하다, 방자하다, 제멋대로이다.

【皺眉(추미)】 눈살을 찌푸리다, 미간을 찌푸리다.

　세상일에 대해서는 눈을 부릅뜨고 지켜봐야 하지만, 사람에게는 함부
로 눈을 부릅떠서는 안 될 일!

　[10-95] 縹緲孤鴻, 影來窗際, 開戶從之, 明月入懷. 花枝零
亂, 朗吟楓落, 吳江之句, 令人悽絶.

【縹緲(표묘)】 멀고 어렴풋하다, 가물가물하고 희미하다, 소리가 가늘고 길게 이어
지는 모양.

【零亂(영란)】 어지럽다, 어수선하다, 흐트러지다.

【悽絶(처절)】 너무 슬퍼서 기절할 것 같음, 몹시 슬픔(=悽斷).

　멀리 어렴풋이 보이던 외로운 기러기, 그 그림자 창가로 다가오기에 문
을 열고 기러기 따라 밝은 달을 가슴에 품어 본다.

꽃가지 어지러이 흐트러지고, 시 읊는 낭랑한 소리에 단풍잎도 떨어진다.
吳江 지방 노랫소리는 왜 그리 마음을 찢어놓는지…….

[10-96] 雲破月窺花好處, 夜深花垂月明中.

구름이 갈라지자 고개 내민 달님 아름다운 꽃다지 살짝 훔쳐보고, 밤이
깊어지자 꽃님은 달빛 속에서 잠들고…….

[10-97] 三春花鳥猶堪賞, 千古文章只自知; 文章自是堪千
古, 花鳥三春只幾時?

【三春(삼춘)】 봄의 3개월, 곧 음력 정월의 孟春, 음력 2월의 仲春, 음력 3월의 季春.
【堪(감)】 …할 수 있다, …할 만하다, 감당하다.
【幾時(기시)】 언제, 얼마.

　봄날의 꽃과 새는 함께 감상할 수 있으나, 千古에 전해질 좋은 문장은
나 혼자만 알리라!
　좋은 글은 저절로 千古에 전해지지만, 꽃 피고 새 우는 봄날은 얼마나
가리?

[10-98] 士大夫胸中無三斗墨, 何以運管城? 然恐蘊釀宿陳,
出之無光澤耳.

【三斗墨(삼두묵)】 서 말의 먹물, 즉 깊은 학식.
【管城(관성)】 管城子, 즉 붓의 異稱.
【恐(공)】 아마 …일 것이다, 대체로, 두려워하다, 염려하다.

【蘊釀(온양)】 발효시켜 빚다, 성숙되어 가다.
【宿陳(숙진)】 오래되다, 오래도록 삭이는 것.
【光澤(광택)】 여기서는 미사여구로 화려하게 꾸미는 것을 의미한다.

　사대부의 가슴속에 갈아놓은 많은 먹물이 없다면 어떻게 붓을 운용할
수 있겠는가?
　가슴속에 쌓여서 푹 곰삭았을 때, 그때 적어내면 화려한 수식이 없으리.

　　[10-99] 攫金於市者, 見金而不見人 ; 剖身藏珠者, 愛珠而忘
自愛. 與夫決性命以饕富貴, 縱嗜慾以戕生者何異?

【攫(확)】 움켜쥐다, 낚아채다, 빼앗다, 가로채다.
【決性命(결성명)】 목숨을 걸고 겨루다.　＊決: 결심하다, 정하다, 승패를 결정짓다,
무너지다, 터지다.
【戕(장)】 죽이다, 상하게 하다, 손상을 입히다.

　시장에서 재물을 가로채는 자는 재물만 볼 뿐 사람을 보지 못한다.
　자신의 몸을 갈라 구슬을 숨기는 자는 구슬을 사랑할 뿐 자신을 사랑하
는 것을 잊는다.
　목숨을 담보로 부귀를 탐하는 자, 욕망을 따르느라 생명에 손상을 입
는 자, 무슨 차이가 있는가?

　　[10-100] 說不盡山水好景, 但付沈吟 ; 當不起世態炎凉, 惟有
哭泣.

【付(부)】 …에 넘겨주다.　＊여기서는 대신 …하다.
【沈吟(침음)】 망설이다, 깊이 생각하다, 숙고하다, 입속으로 웅얼거리다.

【當不起(당불기)】 감당할 수 없다, 담당할 수 없다.

산수의 좋은 경치를 말로 다하지 못하기에 다만 속으로 읊조릴 뿐…….
수시로 변하는 炎凉世態를 감당할 수 없기에 문을 닫아걸 뿐…….

[10-101] 殺得人者, 方能生人, 有恩者, 必然有怨. 若使不陰
不陽, 隨世波靡, 肉菩薩出世, 于世何補? 此生何用?

【若使(사령)】 가령 …한다면, 만일 …하게 된다면.
【不陰不陽(불음불양)】 이도 저도 아니다, 태도가 애매하다.
【隨世波靡(수세파미)】 세파에 따라서 쏠리다, 세상의 조류를 따르다.
【肉菩薩(육보살)】 肉身. 스님이 입적한 후에 자신의 육체로써 공양하기에 이렇게
말한다.
【出世(출세)】 立身함, 세상에 나타남, 속세를 떠남.

사람을 죽일 수 있는 자는 사람을 살릴 수도 있고, 은혜를 베풀었던 사
람은 원한을 살 수도 있는 법이다.
그렇다고 해서 이것도 저것도 아닌 애매한 태도로 이리저리 세상의 조
류에 휩쓸리다가 속세를 떠난다면 세상에 무슨 도움이 되겠는가?
이런 삶이 무슨 쓸모가 있는가?

[10-102] 李太白云: "天生我才必有用, 黃金散盡還復來." 又
云: "一生性僻耽佳句, 語不驚人死不休." 豪傑不可不解此語.

李太白이 "하늘이 나에게 재능을 주셨으니 반드시 쓰이게 할 것이고,
수많은 돈은 디 쓰면 다시 내게로 돌아올 것"이라고 했다지.
또 "내 평생 훌륭한 시구에 심취하는 성격과 기호를 가졌지. 내 시가 사

람들을 경탄시킬 수 없다면 죽어서도 편히 쉬지 못하리!"라고도 했단다.
호걸이라면 이 말을 이해해야 할 것이다!

[10-103] 天下固有父兄不能囿之豪傑, 必無師友不可化之
愚蒙.

【囿(유)】 동산, 우리, 구속하다, 얽매이다.
【愚蒙(우몽)】 어리석고 사리에 어둡다, 우매하다.

세상에 부모 형제도 구속할 수 없는 호걸은 있지만, 스승과 친구가 교
화시킬 수 없는 우매한 자는 없다.

[10-104] 諧友於天倫之外, 元章呼石爲兄; 奔走於世途之中,
莊生喩塵以馬.

【元章(원장)】 즉 元代의 詩人 王冕, 字가 元章이다. 시인인 동시에 유명한 畫家.
【世途(세도)】 세상을 살아가는 길, 세상살이.
【莊生(장생)】 莊子.

핏줄간의 천륜이 아니라도 잘 어울릴 수 있나니, 王冕은 바위를 형이
리 불렀디.
세상살이에 바삐 뛰어다니나니, 莊子는 바쁘게 살아가느라 일으키는
속세의 먼지를 달리는 말에 비유하였다.

[10-105] 詞人半肩行李, 收拾秋水春雲; 深宮一世梳粧, 惱亂

晩花新柳.

【詞人(사인)】 詩文을 짓는 사람, 詞客.
【一世(일세)】 평생, 일생.
【晩花(만화)】 늦게 핀 꽃.
　＊南北朝 이후 여린 감성과 懷才不遇한 운명을 지닌 시인, 빼어난 미모 때문에 오히려 아픈 운명을 살아야 했던 궁녀는 항상 시의 소재가 되었다. 이 작품 역시 唐代 묵객들이 同病相憐의 심정으로 궁녀의 恨을 노래한 것.

　한쪽 어깨에 배낭 짊어진 詩人, 가을 강물과 봄날 구름을 주워담는다.
　깊은 궁궐에서 한평생 머리 빗고 단장하는 궁녀, 늦가을 꽃이나 새로 돋아난 버드나무 잎에 근심과 한숨…….

　[10-106] 得意不必人知, 興來書自聖. 縱口何關世議? 醉後語猶顚.

【世議(세의)】 세상의 議論, 세상의 시비.
【猶(유)】 같다, 오히려. ＊다른 판본에는 尙(오히려)이라 실려 있다.
【顚(전)】 미치다, 정신이 이상하다(=癲,미칠 전).

　내가 깨달은 바를 굳이 다른 이가 알게 할 필요는 없으니, 흥에 겨워 쓴 글은 저절로 성스럽게 되는 것!
　입에서 나오는 대로 쉽게 내뱉으면 어찌 세상사와 관련되겠는가?
　취한 후에 하는 말은 오히려 미친 것 같나니…….

　[10-107] 英雄尙不肯以一身, 受天公之顚倒, 吾輩奈何以一身, 受世人之提掇? 是堪指髮, 未可低眉.

【天公(천공)】 우주만물의 주재자, 하느님.
【顚倒(전도)】 뒤바뀌다, 상반되다, 뒤섞여 어수선하다.
【提掇(제철)】 가지다, 발탁하다, 제멋대로 행동하다.
【髮指(발지)】 머리털이 치솟다, 아주 분노하다.
【低眉(저미)】 눈썹을 낮게 드리우다, 부드럽고 순종하는 표정을 짓다.

　　영웅은 하느님이 뒤바꾸는 결정조차 절대 받아들이려 하지 않는다.
어째서 우리네 평범한 인간들은 남들에게 발탁되려고 애쓰는가?
이 점은 분노해야 할 일이지 고분고분 순종할 일이 아닌 것을…….

[10-108] 能爲世必不可少之人, 能爲人必不可及之事, 則庶
幾此生不虛.

【必不可少(필불가소)】 없어서는 안 된다, 반드시 필요하다.
【庶幾(서기)】 거의 되려 하다, 바라다.
【不虛(불허)】 보람 있다, 헛되지 않다.

　　세상을 위해 없어서는 안 될 사람이 될 수 있고, 다른 사람들이 못할 일
을 할 수도 있다. 이럴 수만 있다면 그의 삶은 헛되지 않을 것이다.

[10-109] 兒女情, 英雄氣, 並行不悖; 或柔腸, 或俠骨, 總是
吾徒.

【柔腸(유장)】 동정하는 마음씨, 부드러운 마음.
【俠骨(협골)】 豪俠의 氣像.
【總是(총시)】 결국, 어쨌든, 아무튼.
【吾徒(오도)】 우리들, 자기의 제자. ＊여기서는 ‘우리들’로 새기는 것보다 ‘우리가
따르는 것’으로 새겼다.

　여인의 따스한 정과 영웅의 호방한 기개를 함께 행해도 두 가지가 서로 어긋나지는 않는다. 부드러운 마음이든 호방한 기상이든 결국 우리가 따라야 할 것이기에…….

　[10-110] 上馬橫槊, 下馬作賦, 自是英雄本色; 熟讀離騷, 痛飮濁酒, 果然名士風流.

【橫槊(횡삭)】 창을 휘두르다.
【本色(본색)】 본래부터 갖고 있던 빛, 본래의 면목.
【熟讀(숙독)】 숙독하다, 익숙해지도록 읽다.

　말에 올라서는 창을 휘두르고, 말에서 내려서는 시를 짓는 것은 영웅의 참된 모습이고, 《離騷》를 숙독하고 탁주를 거나하게 마시는 것은 멋진 선비의 풍류라네!

　[10-111] 詩狂空古今, 酒狂空天地.

【狂(광)】 미치다, 常規를 벗어나다, 경망하다.
【空(공)】 통하게 하다, 비우다.

　시에 미친 사람은 옛날과 지금을 통하게 하고, 술에 미친 사람은 하늘과 땅을 통하게 하나니!

　[10-112] 處世當於熱地思冷, 出世當於冷地求熱.

【處世(처세)】 세상에서 살아감.

【熱地(열지)】 권세가 있는 지위, 높은 벼슬.
【出世(출세)】 속세를 떠남, 입신함, 세상에 나타남.
【求熱(구열)】 열렬함을 추구하다, 권세가 대단할 때를 추구하다, 열심히 노력하다.

속세에서 높은 지위에 있을 때는 초라하게 영락했을 때를 생각하고, 속세를 떠나 적막한 상황에서는 높은 권세와 지위를 추구하리라!

[10-113] 我輩腹中之氣, 亦不可少, 要不必用耳. 若蜜口, 眞婦人事哉!

우리네 사나이 가슴속의 기개는 부족해서는 안 될 일!
그러나 굳이 사용할 필요도 없는 것!
말로만 달콤한 것은 실로 아녀자들이나 할 일!

[10-114] 辦大事者, 匪獨以意氣勝, 蓋亦其智略絶也. 故負氣雄行, 力足以折公侯; 出奇制算, 事足以駭耳目. 如此人者, 俱千古矣. 嗟嗟! 今世徒虛語耳.

【匪獨(비독)】 오직 …만이 아니라, 다만 …뿐만 아니라.
【負氣(부기)】 기에 의지하다, 화를 내다, 격앙하다.
【雄行(웅행)】 당당한 행위, 웅장한 행위.
【公侯(공후)】 공작과 후작, 제후.
【出奇(출기)】 기발하다, 비범하다.
【制算(제산)】 계책을 세우다, 묘책을 세우다.
【千古(천고)】 먼 옛날, 영원, 영구.
【嗟嗟(차차)】 (연거푸) 탄식하는 소리.

큰 일을 처리하는 사람은 의지나 기개만 뛰어난 것이 아니라 대부분 지략도 빼어나다. 그러므로 당당한 기개에 의지한 호방한 행동은 公侯를 꺾을 힘이 있고, 기발하게 제기하는 묘책들은 세상 사람들의 눈과 귀를 놀라게 할 수도 있다.

그러나 이런 인물들은 모두 아주 예전 사람들이었다.

오호라, 지금 세상은 헛된 빈말뿐이로구나!

[10-115] 說劍談兵, 今生恨少封侯骨; 登高對酒, 此日休吟烈士歌.

【今生(금생)】 지금 세상.
【封侯骨(봉후골)】 제후에 봉해질 만한 기골(기백).
【休(휴)】 쉬다, 그치다, …(하지) 마라.

병법에 대해 이야기하다 보면 요즘 세상에는 제후에 봉해질 만한 기백을 가진 사람이 적은 것이 안타까웠다.

그러나 높은 곳에 올라 술잔을 마주할 때, 오늘만큼은 "용맹한 사내대장부의 노래〔烈士歌〕" 같은 건 읊지 말 것!

[10-116] 身許爲知己死一劍, 夷門到今俠骨香乃古; 腰不爲督郵折五斗, 彭澤從古高風淸至今.

【許(허)】 허락하다, 허용하다.
【夷門(이문)】 오랑캐의 가문, 여기서는 俠客 荊軻를 말한다.
【俠骨(협골)】 협객의 기골.
【腰不爲督郵折五斗(요불위독우절오두)】 彭澤令인 陶淵明이 마음내키지 않는 상관인 督郵에게 다섯 말의 봉급을 받기 위해 허리를 굽히는 예를 하지 않겠다고 하고

서 관직을 그만두고 귀향한 고사.

  자신을 알아주는 사람을 위해 단칼에 몸바쳐 죽은 협객 荊軻는 오늘날
까지도 의협스런 기백의 향기를 예전 그대로 남긴다.
  하찮은 봉급을 위해 督郵에게 허리를 굽히지 않았던 彭澤令(陶淵明)
의 고고한 풍격은 오늘날까지도 맑다!

  [10-117] 劍擊秋風, 四壁如聞鬼嘯; 琴彈夜月, 空山引動猿號.

【四壁(사벽)】 사면의 벽, 둘러싼 성벽, 사방.
【鬼嘯(귀소)】 귀신의 울음소리.
【猿號(원호)】 원숭이 울음소리.

  칼로 가을바람을 가르니 사방에서 귀신의 울음소리가 들리는 듯, 달밤
에 거문고를 연주하니 텅 빈 산 속 원숭이 울음소리 이끌어 내네.

  [10-118] 壯志憤懣難消, 高人情深一往.

【憤懣(분만)】 화가 나서 속이 끓다, 분하여 가슴이 답답하다.
【高人(고인)】 명인, 달인, 명수, 인격자.
【一往(일왕)】 오로지, 외곬으로. *情深一往: 정이 매우 깊어지다(= 一往情深).

  사내의 포부가 분노와 번민으로 가득 차면 해소되기 힘들지만, 고고한
사람의 깊은 속내는 변함이 없다.

  [10-119] 先達笑彈冠, 休向侯門輕曳裾; 相知猶按劍, 莫從世

路暗投珠.

【先達(선달)】 선배, 먼저 이룬 자, 학문과 도덕이 앞선 사람, 文武科에 급제하고 아직 벼슬하지 아니한 자.
【彈冠(탄관)】 모자의 먼지를 털다, 벼슬할 준비를 하다, 관직에 들어가다.
【休(휴)】 …하지 마라.
【侯門(후문)】 봉건시대 귀족의 가문, 즉 王侯의 가문.
【曳裾(예거)】 寄食하다, 식객이 되다. ＊曳裾往王門: 王侯의 집에서 기식하다.
【相知(상지)】 지기, 친구, 서로 잘 알다, 서로 이해가 깊다.
【按劍(안검)】 칼을 어루만지다, 칼을 잡다.
【世路(세로)】 세상을 살아가는 길, 처세의 길.
【投(투)】 던져 버리다, 배반하다, 의탁하다, 투합하다.
【珠(주)】 구슬. 여기서는 明珠(뛰어난 사람의 비유)를 의미.

　과거에 급제한 후 벼슬길에 나아갈 준비를 하며 웃고 있는 자들이여, 王侯에게 쉽게 의지하지 말지어다!
　친구간에는 칼을 다루듯 조심스러워야 하는 법, 세상살이를 좇느라 뛰어난 인물을 배반해서는 안 될 일!

卷十一・法

본 〈法〉권은 '法'이라는 글자의 함의가 워낙 다양하기 때문인지, 때로는 본권에 수록된 내용과 제목의 연관성을 찾기 어렵다. 내용에 따라 고찰해 볼 때, 여기서 '法'은 규칙, 제도, 혹은 모범, 가르침, 때로는 일정하여 변치 않는 것, 사람이 지켜야 할 길 등으로 해석할 수 있겠다.

[11-0] 自方袍幅巾之態偏滿天下, 而超脫穎絶之士, 遂以同汚合流矯之, 而世道已不古矣! 夫迂腐者旣泥於法, 而超脫者又越於法, 然則士君子亦不偏不倚, 期無所泥越則已矣, 何必方袍幅巾, 作此迂態耶! 集法第十一.

【方袍(방포)】 중이 걸치는 袈裟, 전하여 승려.
【幅巾(폭건)】 머리를 뒤로 싸 덮는 비단으로 만든 두건. 은사 등이 쓰는 것.
【超脫(초탈)】 세속을 벗어남, 얽매이지 않다, 초월하다.
【穎絶(영절)】 남보다 재능이 월등히 빼어남.
【同汚合流(동오합류)】 같이 혼탁해지다, 세속에 야합하다(=同流合汚).
【迂腐(우부)】 세상일에 어둡다, 시대에 뒤떨어지다, 진부하다.
【泥(니)】 얽매이다, 구애되다, 빠지다, 고집하다.
【不偏不倚(불편불의)】 어느 한쪽으로 치우치지 않다, 공정하다.

　승려의 옷을 걸치거나 은사나 도사의 두건을 쓴 모습들이 천하에 가득해진 이래, 세속을 벗어나거나 재능이 빼어난 선비도 그들을 따라 혼탁해져 세상의 道가 이미 예전 같지 않구나! 진부한 자는 이미 전통 예법에 얽매여 버리고, 세속을 벗어난 자는 또 전통 예법을 뛰어넘어 버린다. 士君子는 어느 한쪽으로 치우치지 않아야 하나니, 전통 예법에 구속되지도 뛰어넘지도 않기를 바랄 뿐이다. 어찌 가사를 걸치거나 두건을 쓰는 그런 진부한 모습을 보이려 하는가?

法에 관한 문장들을 모아서 第11로 삼았다.

[11-1] 世無乏才之世, 以通天達地之情神而輔之, 以拔十得五之法眼.

【通天達地(통천달지)】 천지의 이치에 통달하다, 재주와 능력이 탁월하다.
【拔十得五(발십득오)】 절반을 얻다. *拔(발): (가려서) 뽑다.
【法眼(법안)】 보살의 눈, 지혜의 눈.

세상에 인재가 부족하던 때가 없지만, 천지의 이치에 통달하고자 하는 정신으로 보충하여 절반이라도 얻을 수 있는 法眼으로 사용하리라!

[11-2] 凡事留不盡之意則機圓, 凡物留不盡之意則用裕, 凡情留不盡之意則味深, 凡言留不盡之意則致遠, 凡興留不盡之意則趣多, 凡才留不盡之意則神滿. 有世法, 有世緣, 有世情. 緣非情則易斷, 情非法則易流.

【不盡之意(부진지의)】 다하지 않은 의미, 완전히 끝내지 않은 마음, 여지를 남기다.
【機圓(기원)】 원만하게 대응하다. *機: 재치. 여기서는 변화에 적응하는 재주를 말한다, 즉 임기응변.
【斷(단)】 자르다, 끊다, 단절하다.
【法(법)】 *여러 가지 의미로 해석할 수 있겠으나, 본 항목에서는 '일정하여 변치 않음' '사람이 지켜야 할 길'로 새겼다.
【流(류)】 나쁜 방향으로 흐르다, 전락하다, 타락하다.

일에 있어 여지를 남긴다면 변화에 원만하게 대응할 수 있고, 사물을 다 쓰지 않고 여지를 남긴다면 넉넉하게 쓸 수 있고, 情에 여운을 남긴다면

그 맛이 깊어지고, 말에 여지를 남긴다면 이치가 심원해지고, 興에 여운
을 남긴다면 정취가 많아지고, 재주를 다 쓰지 않고 남긴다면 정신이 충
만할 수 있다.

　세상에는 법이 있고, 인연이 있고, 情이란 게 있다. 정이 없는 인연은
쉽게 끊어질 것이요, 情에 지켜야 할 도리〔法〕가 없다면 타락하기 쉽다.

　[11-3] 世多理所難必之事, 莫執宋人道學 ; 世多情所難通之
事, 莫說晉人風流.

【必(필)】 반드시 그렇게 될 줄로 믿다, 이루어지다.
【宋人道學(송인도학)】 宋代의 程朱理學, 性理學. ＊여기서는 만물의 이치를 따지는
것, 논리적으로 해석하고 적용하려는 경향을 말한다.
【晉人風流(진인풍류)】 晉代 고상하게 淸談을 일삼던 풍류. ＊여기서는 현실의 삶과
제반 문제에서 벗어나 현실과 동떨어진 논제를 다루거나 풍류를 즐기는 경향을 말
한다.

　세상에는 이치만으로 해결하기 어려운 일이 많으니, 이치를 중시하는
宋人의 道學에 집착하지 마라!
　세상에는 情만으로 통하기 어려운 일이 많으니, 情과 흥취를 중시하는
晉人의 풍류를 논하지 마라!

　[11-4] 與其以衣冠誤國, 不若以布衣關世. 與其以林下而矜
冠裳, 不若以廊廟而標泉石.

【與其(여기)A…不若(불약)B】 A하기보다는 …B하는 편이 낫다.
【衣冠(의관)】 옷과 갓. 전하여 禮貌. 의관을 차린 벼슬아치를 일컬음.
【布衣(포의)】 벼슬하지 않은 사람이 입는 옷, 벼슬하지 않은 사람.

【林下(임하)】시골, 벼슬을 그만두고 은퇴하여 지내는 곳.
【矜(긍)】 아끼다, 숭상하다.
【冠裳(관상)】 갓과 옷, 훌륭한 의복, 부귀공명.
【廊廟(낭묘)】 정치를 행하는 궁전, 正殿, 廟堂.
【標(표)】 나타내다, 표현하다.
【泉石(천석)】 샘과 돌, 산과 물, 전하여 산수(의 경치).

멋진 의관을 두른 벼슬아치가 되어 나라를 망치는 것보다는 布衣의 신분으로 세상에 관심을 가지는 편이 낫다.

산림에 은거하면서도 부귀공명을 숭상하며 갈망하기보다는 조정에 있더라도 산수에 대한 정을 드러내는 편이 낫다.

[11-5] 眼界愈大, 心腸愈小; 地位愈高, 擧止愈卑.

시야가 클수록 마음은 더욱 조심스럽게!
지위가 높을수록 행동은 더욱 낮게!

[11-6] 一心可以交萬友, 二心不可以交一友.

한 마음으로는 만 명의 친구를 사귈 수 있지만, 두 마음으로는 한 명의 친구조차 사귈 수 없는 것!

[11-7] 少年人要心忙, 忙則攝浮氣; 老年人要心閑, 閑則樂餘年.

【忙(망)】 바쁘다, 빠르다, 초조하다(애타다).

【攝(섭)】 섭취하다, 흡수하다, 빨아들이다, 대리하다, 대행하다, 보양하다, 양생하다.
【浮氣(부기)】 경박한 기운, 들뜨다.
【餘年(여년)】 여생.

　젊은이는 마음이 부지런해야 하나니, 마음이 부지런하면 들뜬 기운을 흡수할 수 있다.
　늙은이는 마음이 한가로워야 하나니, 마음이 한가로우면 여생을 즐길 수 있다.

[11-8] 晉人淸談, 宋人理學. 以晉人遣俗, 以宋人禔躬, 合之雙美, 分之兩傷也.

【淸談(청담)】 세속적이지 않은 맑고 고상한 談論. 魏晉시대에 老莊에 깊이 심취하고 政界에 실망한 선비들이 世事를 버리고 산림에 은거하여 淸淨無爲의 說을 담론하던 일, 혹은 그러한 이야기.
【理學(이학)】 성리학의 약칭.
【遣俗(견속)】 속됨을 없애다. ＊遣(견): 버리다, 보내다, 풀다.
【禔躬(지궁)】 몸을 편안하게 하다, 몸을 닦다. ＊禔(지): 복, 행복하다, 편안하다.

　晉人은 청담을 숭상하고, 宋人은 이학을 숭상했다.
　晉人의 탈속하고 자유로운 정신으로 속됨을 없애고, 宋人의 논리적이고 단정한 정신으로써 몸을 편안하게 할 수 있다.
　청담과 이학, 이 두 가지를 합치면 둘 다 훌륭하게 되지만, 분리시켜 버리면 둘 다 손상된다.

[11-9] 莫行心上過不去事, 莫存事上行不去心.

【過不去(과불거)】 지나갈 수 없다, 미안하게 생각하다, 불쾌하다.

【行不去(행불거)】 실행할 수 없다, 갈 수 없다.

마음이 따라가지 않는 일은 행하지 말고, 일에 있어서 하지 못할 것이라는 마음은 갖지 마라!

[11-10] 忙處事爲, 常向閒中先檢點; 動時念想, 預從靜裏密操持.

【閑中(한중)】 한가한 생활, 한가하게 된 처지.
【向(향)】 향하여, 마주 보다, 대면하다, 향하여 가다.
【念想(염상)】 온갖 생각을 하다.
【靜裏(정리)】 조용한 곳.
【操持(조지)】 처리하다, 관리하다, 계획하다, 궁리하다.

바쁜 곳에서 일을 하게 되면 잠시 한가할 때 항상 먼저 점검해 보아야 하고, 행동하면서 생각할 때는 미리 조용한 곳에서 꼼꼼히 계획을 세워야 한다.

[11-11] 靑天白日處節義, 自暗室屋漏中培來; 旋乾轉坤的經綸, 自臨深履薄處操出.

【靑天白日(청천백일)】 말끔히 갠 날, 마음이 청정하여 조금도 의혹됨이 없음.
【屋漏(옥루)】 (신주를 모신) 방 안의 서북쪽, 어둡고 구석진 곳.
【旋乾轉坤(선건전곤)】 하늘과 땅을 바꾸어 놓다, 천하의 형세를 변화시키다(=旋轉乾坤).
【經綸(경륜)】 잘 다듬은 누에실, 정치적인 식견, 경륜.
【臨深履薄(임심리박)】 깊은 못을 건너고 엷은 얼음을 디디는 것 같다, 매우 신중하고 조심스럽다.
【操出(조출)】 훈련하다, 조련하다.

맑은 하늘, 밝은 태양 같은 節義도 어둡고 구석진 방에서 홀로 수양하여 길러져 나오는 것!

하늘과 땅을 뒤바꿀 정치적 식견도 위험한 상황을 신중히 넘기면서 단련되어 나오는 것!

[11-12] 以積貨財之心積學問, 以求功名之念求道德, 以愛子之心愛父母, 以保爵位之策保國家.

【保(보)】 보호하다, 지키다, 유지하다.
【爵位(작위)】 고대 귀족이나 功臣에게 주던 爵位(公·侯·伯·子·男 등 다섯 등급으로 나누었다).

재물을 쌓고자 하는 마음으로 학문을 쌓고, 공명을 추구하는 일념으로 도덕을 추구하고, 자식을 사랑하는 마음으로 부모를 사랑하고, 벼슬자리를 지키려는 계책으로 국가를 지킬지어다!

[11-13] 才智英敏者, 宜以學問攝其躁; 氣節激昂者, 當以德性融其偏.

*본 항목은 권3 〈哨〉 제32항목과 중복된다.
【才智(재지)】 재능과 지혜.
【宜(의)】 마땅히 …하다, …하는 것이 마땅하다(옳다).
【攝(섭)】 돕다, 보좌하다.
【躁(조)】 경박함.
【氣節(기절)】 지조, 절개, 기개, 기개와 절개.
【偏(편)】 한쪽으로 치우치다, 고집스럽다.

재능과 지혜가 영민한 사람은 학문을 통해 경박함을 보충해야 하고, 기 개가 있어 쉽게 격앙하는 사람은 德性을 통해 고집스럽고 편향된 성격을 융화시켜야 한다.

[11-14] 何以下達? 惟有飾非; 何以上達? 無如改過.

【下達(하달)】 아래로 전달하다. 여기서는 뒤의 '飾'의 해석 여하에 따라 두 가지로 해석할 수 있다. 즉 낮은 수준으로 이르다, 즉 잘못된다의 의미로도 해석 가능함. * 아래의 上達도 마찬가지로 '높은 수준에 이르다'는 뜻으로 풀이.
【何以(하이)】 무엇으로, 어떻게, 왜.
【惟(유)】 오직..
【飾(식)】 꾸미다. 참이 아닌 것을 그럴 듯하게 만듦, 더러운 것을 깨끗이 씻음.
【無如(무여)】 …만 못하다, …가 제일이다, …일 뿐이다.

어째서 잘못된 걸까? 옳지 못한 것을 깨끗이 씻어내는 길뿐!
어떻게 해야 좋아질까? 잘못을 고치는 길뿐!

[11-15] 一點不忍的念頭, 是生民生物之根芽; 一段不爲的氣 象, 是撑天撑地之柱石.

【不忍(불인)】 차마 하지 못하다. * 맹자가 말한 '不忍之心,' 즉 따뜻한 인정과 너그 러움으로 '인간으로서 차마 외면하지 못하는 마음(행동)'을 의미.
【根芽(근아)】 움, 싹, 근원, 근본.
【一段(일단)】 한 단락, 약간.
【不爲(불위)】 하지 않다, 행하지 않다. * 여기서는 인위적인 방법이나 압력을 가하지 않고 천성과 조화에 따라 자연스럽게 다스려지는 것, 즉 '無爲之治'를 의미.
【氣象(기상)】 기개, 기상.
【撑天撑地(탱천탱지)】 천지를 떠받치다, 천하를 유지하다. * 撑(탱): 버팀목, 버티

다(괴다).
【柱石(주석)】 주춧돌, 나라의 중임을 맡은 사람.

　인간으로서 차마 하지 못하는 따뜻함과 관대한 마음이 바로 백성을 살리고 사물을 살리는 뿌리와 싹이다.
　억압적으로 강요하지 않는 기상이 바로 하늘과 땅을 떠받치는 주춧돌이다.

　　[11-16] 君子對靑天而懼, 聞雷霆而不驚; 履平地而恐, 步風波而不駭.

【雷霆(뢰정)】 천둥소리, 우레.
【步(보)】 걷다, 처하다. 涉의 의미.
【風波(풍파)】 바람과 물결, 세상의 풍파나 변고.
【不駭(불해)】 놀라지 않다. ＊駭(해): 놀라다.

　군자는 푸른 하늘을 대할 때는 두려워하듯 조심스러워야 하지만, 뇌성을 들어도 놀라지 않는 호방함을 지녀야 한다.
　평지를 밟을 때는 두려워하듯 조심스러워야 하지만, 모진 풍파를 겪을 때는 놀라지 않는 기개를 지녀야 한다.

　　[11-17] 不可乘喜而輕諾, 不可因醉而生嗔, 不可乘快而多事, 不可因倦而鮮終.

【乘(승)】 타다, 기회 따위를 이용하다.
【諾(낙)】 대답하다, 승낙하다.
【嗔(진)】 화내다(=瞋).

【多事(다사)】 일이 많다, 事端을 많이 만들다.
【鮮(선)】 적다, …을 하는 일이 드물다(…을 제대로 못하다).

　기분 좋을 때를 틈타 쉽게 승낙해서는 안 되고, 술에 취했다고 화를 내서는 안 되며, 즐겁다고 事端을 만들어서는 안 되고, 피곤하다고 일을 끝마치지 못하면 안 된다.

[11-18] 意防慮如撥, 口防言如遏, 身防染如奪, 行防過如割.

【防(방)】 막다, 대비하다.
【撥(발)】 제거하다, 다스리다, 튕겨내다(밀어내다).
【遏(알)】 막다, 저지하다, 억누르다.
【奪(탈)】 빼앗다, 빼앗기다.
【割(할)】 가르다, 빼앗다.

　마음은 밀쳐내듯 근심을 막아 버리고, 입은 막아 버리듯 말을 방지하고, 몸은 없애 버리듯 더러워지는 것을 방지하고, 행동은 잘라내듯 잘못을 막을지어다!

[11-19] 白沙在泥, 與之俱黑, 漸染之習久矣; 他山之石, 可以攻玉, 切磋之力大焉.

【白沙(백사)】 하얀 모래.
【與之(여지)】 그것〔之〕과 함께하다, 함께 더불다.
【攻玉(공옥)】 옥을 갈다, 智德을 닦다. ＊攻(공): 닦다, 연마하다.
【他山之石(타산지석)】 다른 산에서 나는 나쁜 돌. 나쁜 돌이라도 자기의 아름다운 옥을 연마하는 데 소용이 된다. 즉 남의 하찮은 언행일지라도 자신의 智德을 연마하는 데 도움이 된다는 뜻.

【切磋之力(절차지력)】 자르고 가는 노력(옥이나 학문을 힘써 닦음).

　　하얀 모래알이 진흙 속에 있으면 진흙과 함께 검게 되나니, 천천히 물
들어가게 된 습관이 오래되었기 때문이다.
　　다른 산의 하찮은 돌도 좋은 옥으로 연마할 수 있나니, 깎고 다듬는 노
력이 크기 때문이다.

　　[11-20] 後生輩胸中, 落意氣兩字, 有以趣勝者, 有以味勝者,
然寧饒於味, 而無饒於趣.

【落(락)】 떨어지다, 귀속하다, 낙착되다, 얻다, 획득하다.
【趣(취)】 정취, 풍취, 멋. ＊여기서 趣는 '정취'로, 味는 '여운을 남기는 맛〔韻味〕'으
로 풀이.
【寧(녕)A…而無(이무)B】 차라리 A할지언정 B하지 않는다.
【饒(요)】 넉넉하다, 풍부하다, 많다.
　　＊'意氣'는 뜻·성질·자존심 등으로 해석될 수 있는데(본권 제74항목과 비교 참
조), 본 항목에서는 '개인의 특성(개성)' 등으로 폭넓게 받아들여도 될 듯하다. '情
趣'는 감성적인 성향을, '韻味'는 '깊은 여운'을 지니는 성향으로 이해하여 차라
리 '운미'를 택한 듯싶다.

　　젊은이의 가슴속에 '意氣' 두 글자가 담겨지면 情趣가 뛰어난 사람도
있고, 韻味가 뛰어난 사람도 있게 된다. 어쨌든 차라리 韻味가 넉넉할지
언정 情趣가 넉넉한 사람은 되지 말기를…….

　　[11-21] 片片繪子瞻之壁, 點點糝原憲之貧.

　　＊본 항목은 권6 〈景〉의 제46항목 중 일부 단락이다.
【子瞻之壁(자담지벽)】 西林壁을 말하는 듯하다. 子瞻(소식의 字) 蘇軾이 廬山을 여

러 번 올랐는데 西林寺의 담장에 시를 썼다는 이야기. 〈題西林壁〉이란 시가 있다.
【糝(삼)】 (가루를) 뿌리다, 섞다.
【原憲(원헌)】 春秋시대 宋나라 사람. 字는 子思로 孔子의 제자. 매우 가난하였으
나 이를 감내하며 道를 닦았다.

　수많은 나무에서 꽃이 날리듯 한 송이 한 송이 蘇軾이 썼던 西林寺의
壁을 꾸미고, 치장하기도 전에 흩어진 粉가루처럼 한알 한알 청빈한 原
憲의 국에 뿌려진다.

　　[11-22] 芳樹不用買, 韶光貧可支.

【韶光(운광)】 화창한 봄 경치, 아름다운 빛.
【支(지)】 지불하다, 수령하다, 받다.

　향기나는 나무를 사들일 필요가 없다네. 화창한 봄 경치가 부족하나마
향기를 나눠 주니……

　　[11-23] 寡思慮以養神, 剪慾色以養精, 靖言語以養氣.

【思慮(사려)】 생각과 근심, 깊은 생각.
【慾色(욕색)】 利慾과 色情.
【精(정)】 정기, 정신, 혼.
【靖(정)】 꾀하다, 다스리다, 편안하다.
【養氣(양기)】 元氣를 기름.

　생각과 근심을 적게 함으로써 정신을 함양하고, 이욕과 색정을 잘라냄
으로써 精氣를 함양하고, 언어를 다스림으로써 元氣를 함양할 수 있다.

[11-24] 立身高一步方超達, 處世退一步方安樂.

【立身(입신)】 어느 분야에서 자신의 입지를 확실히 세우다.
【超達(초달)】 초탈하여 통달하다(=超脫通達).
【處世(처세)】 세상을 살아가다.

자신의 입지를 확고히 세울 때 한걸음 더 높이면 초탈하여 통달하게 되고, 세상을 살아갈 때 한걸음 더 물러나면 안락하게 된다.

[11-25] 士君子貧不能濟物者, 遇人癡迷處, 出一言提醒之, 遇人急難處, 出一言解救之, 亦是無量功德.

*본 항목은 권4 〈靈〉의 제155항목과 중복된다.
【濟物(제물)】 물질로 가난한 사람을 돕다.
【癡迷(치미)】 …에 빠져서 정신을 못 차리다.
【提醒(제성)】 일깨우다, 깨우치다.
【急難(급난)】 위급한 재난.
【解救(해구)】 구제하다, 구출하다.
【無量(무량)】 한량없다, 무한하다.
【功德(공덕)】 공적과 은덕, (佛家) 현재 혹은 미래를 유익하게 하는 선행.

士君子는 가난하기에 물질로 남을 구제할 수는 없지만, 다른 사람이 정신 못 차리는 경우에 말 한 마디로 깨우쳐 줄 수 있다.
다른 사람이 위급한 경우에는 말 한마디로 그를 도울 수 있으니, 이 역시 헤아릴 수 없이 큰 功德이다.

[11-26] 救旣敗之事者, 如馭臨崖之馬, 休輕策一鞭; 圖垂成之功者, 如挽上灘之舟, 莫少停一棹.

【旣(기)】 이미 …하다.
【馭(어)】 (말이나 사람을) 부리다.
【臨(임)】 …에 이르다, …을 만나다.
【休(휴)】 그치다, 그만두다.
【策(책)】 채찍, 채찍질하다.
【鞭(편)】 채찍.
【垂成(수성)】 거의 이루어지려 하다, 다 되어가다. *垂(수): 거의 (거의 …한 상태가 다 되다).
【上灘之舟(상탄지주)】 여울을 거슬러 올라가는 배.
【棹(도)】 (배를 젓는) 노.

이미 실패한 일을 되돌이키려는 자는 낭떠러지로 말을 모는 것과 같으니 채찍을 가볍게 치는 일도 삼가라!
곧 달성되려는 공적을 도모하는 자는 여울을 거슬러 올라가는 배를 끌어당기는 것과 같으니, 노젓기를 잠시라도 멈추지 말라!

[11-27] 無事常如有事, 時隄防, 纔可以彌意外之變; 有事常如無事, 時鎭定, 可以消局中之危.

*본 항목은 권3 〈哨〉 제38항목과 중복된다.
【有事(유사)】 일이나 변고가 발생한 것. *無事: 일이 아직 발생하지 않은 것.
【隄防(제방)】 대비하다.
【彌(미)】 멈추다, 그치다, 제거하다.
【意外之變(의외지변)】 뜻밖의 변고, 뜻밖의 재난. *變: 변고, 재난.
【鎭定(진정)】 침착하다, 차분하다, 냉정하다.
【局中(국중)】 국면 속, 정세 속, 상황 속.

일이 아직 발생하지 않았을 때 일이 생긴 듯 항상 대비해야 뜻밖의 변고를 없앨 수 있다.

일이 생겼을 때는 일이 벌어지지 않은 듯 항상 침착해야 그 상황 속의
위기를 해결할 수 있다.

[11-28] 是非邪正之交, 少遷就則失從違之正; 利害得失之
會, 太分明則起趨避之私.

【邪正(사정)】 邪曲과 正直, 올바름과 그름.
【交(교)】 교차하다, 왕래하다, 모여 있다.
【遷(천)】 옮기다, 변천하다.
【從違之正(종위지정)】 복종과 배반의 올바름, 찬성과 부정의 올바른 기준. *從(종):
따르다. 違(위): 거스르다.
【趨避之私(추피지사)】 추종하거나 회피하는 사사로운 마음. *趨(추): 추종하다. 避
(피): 회피하다.

  옳은 것과 그른 것이 뒤섞여 있는 상황에서는 마음이 조금만 동요해도
자신이 따라야 하거나 등돌려야 할 올바른 기준을 잃어버리게 된다.
  이해와 득실이 함께 모여 있는 상황에서 한쪽을 너무 확실하게 구분지
어 버리면 추종하거나 회피하는 사사로운 마음이 생겨난다.

[11-29] 待人而留有餘不盡之恩, 可以維繫無厭之人心; 御事
而留有餘不盡之智, 可以隄防不測之事變.

  *본 항목은 권3 〈峭〉 제37항목과 중복된다.
【有餘不盡(유여부진)】 다 쓰지 않고 여유가 있다, 여분을 남기고 다 쓰지 않는다.
【維繫(유계)】 잡아매다.
【無厭之心(무염지심)】 만족할 줄 모르는 마음. *厭: 마음에 차다, 만족하다, 싫증
나다, 물리다.
【御(어)】 관리하다, 다스리다.

【隄防(제방)】 조심하다, 방비하다, 경계하다.
【事變(사변)】 갑자기 발생하는 사건.

　다른 사람을 대할 때는 은혜를 모조리 베풀지 말고 조금은 남겨두어라.
그래야 만족할 줄 모르는 인간의 마음을 통제할 수 있는 법!
　일을 할 때는 지혜를 모조리 써버리지 말고 조금은 남겨라. 그래야 예
측하지 못한 돌발 상황을 방지할 수 있는 법!

　[11-30] 事係幽隱, 要思回護他, 着不得一點攻訐的念頭; 人
屬寒微, 要思矜禮他, 着不得一毫傲睨的氣象.

【繫(계)】 관계되다, 맺다.
【幽隱(유은)】 세상을 피하여 깊이 숨음, 어두워 보이지 아니함.
【要(요)】 …하려 하다, …해야만 하다.
【回護(회호)】 잘못을 거짓으로 꾸미거나 변호하다.
【着不得(착부득)】 지녀서는 안 된다.
【攻訐(공알)】 남의 과실을 폭로하여 공격하다. ＊訐(알): 들춰내다, 적발하다.
【念頭(염두)】 생각, 마음, 의사.
【屬(속)】 에 속하다, …이다.
【寒微(한미)】 빈한하고 미천하다, 가난하고 지체가 변변치 못하다.
【矜禮(긍례)】 공경하여 예로써 대하다. ＊矜: 아끼다(함부로 하지 않다), 공경하다,
숭상하다.
【傲睨(오예)】 깔보다, 거드름 피우며 흘겨보다. ＊睨(예): 곁눈질하다, 노려보다.
【氣象(기상)】 기질, 意氣, 태도.

　은밀히 숨기려는 것과 관계된 일이라면 변호해 줘야지, 조금이라도 과
실을 폭로하여 공격하려 해서는 안 된다.
　상대가 빈궁하고 미천한 사람이더라도 예의로 대우해야지 조금이라도
깔보는 태도를 지녀서는 안 된다.

[11-31] 毋以小嫌而疏至戚, 勿以新怨而忘舊恩.

【小嫌(소혐)】 감정상의 작은 금, 틈. 약간의 불쾌감, 약간의 꺼림.
【至戚(지척)】 지극히 가까운 겨레붙이(친척)(=至親).
【舊恩(구은)】 이전에 입은 은혜.

　작은 불쾌감 때문에 가까운 친척을 소원하게 만들지 말고, 새로이 생긴 원망 때문에 예전에 받았던 은혜를 잊지 마라!

[11-32] 待富貴人, 不難有禮, 而難有體; 待貧淺人, 不難有恩, 而難有禮.

　*본 항목은 권1 〈醒〉의 제48항목과 중복된다.
【有禮(유례)】 예의가 바르다.
【有體(유체)】 체면을 유지하다(得體).

　부귀한 자를 대할 때 예의를 갖추기는 어렵지 않으나 체면을 유지하기가 어렵고, 빈천한 사람을 대할 때 은혜를 베풀기는 어렵지 않으나 예의를 갖추기는 어렵다.

[11-33] 禮義廉恥, 可以律己, 不可以繩人, 律己則寡過, 繩人則寡合.

【禮義(예의)】 사람이 행해야 할 도덕, 예절과 의리.
【律己(율기)】 자신을 단속하다. *律(률): 단속하다, 통제하다.
【繩人(승인)】 다른 사람을 통제하다. *繩: 통제하다, 제재하다.
【寡合(과합)】 융합되지 않다, 좀처럼 남과 마음이 맞지 않다.

예의와 염치로 자신을 단속할 순 있지만 다른 사람을 통제하지는 마라.
자신을 단속하면 과실이 적어지지만, 다른 사람을 규제하려 하면 좀처럼 융합되기 힘들다.

[11-34] 凡事韜晦, 不獨益己, 抑且益人; 凡事表暴, 不獨損人, 抑且損己.

【凡事(범사)】 모든 일, 평범한 일.
【韜晦(도회)】 재능을 감추고 드러내지 않다(=韜光養晦). *韜晦(감출 도/어둠 회): "韜光養晦, 有所作爲."《三國志》유비의 생존전략으로 "밝게 빛나는 것(재능)을 감추고, 어둠을 기르며 자신이 할 몫을 해낸다"는 것. 유비가 조조의 식객 노릇을 할 때, 조조의 참모들이 유비는 범상치 않으니 제거하라고 조언하는 것을 눈치챈 유비는 몸을 낮춰 조조와 참모들의 경계심을 풀게 했다. 자신의 재능은 감추고 모호함을 기른다는 의미. 인내하며 때를 기다리는 철학.
【不獨(부독)…抑且(억차)】 …뿐만 아니라 또한 …하다. *抑且(또한 억/또한 차).
【表暴(표폭)】 겉으로 드러남, 드러내다. *表: 드러내다, 나타내다, 표시하다. 暴: 불거지다, 두드러져 나오다.

萬事에 재능을 감추어 드러나지 않게 하면 자신에게 이로울 뿐 아니라 타인에게도 이롭다.
萬事에 재능을 지나치게 드러내면 타인에게 손해를 끼칠 뿐 아니라 자신에게도 해가 된다.

[11-35] 覺人之詐, 不形于言; 受人之侮, 不動于色. 此中有無窮意味, 亦有無窮受用.

【形于言(형우언)】 말로 드러내다, 말로 형용하다.
【動于色(동우색)】 표정을 짓다, 안색을 바꾸다, 얼굴에 감정을 드러내다.

【受用(수용)】 누리다, 향유하다, 이익을 얻다.

　다른 이의 속임을 알아채더라도 말로 드러내지 말고, 다른 사람에게
업신여김을 받더라도 안색을 바꾸지 마라!
　이 말에는 깊은 의미와 수용할 점이 있구나!

[11-36] 爵位不宜太盛, 太盛則危 ; 能事不宜盡畢, 盡畢則衰.

【爵位(작위)】 벼슬과 지위, 爵의 계급.
【不宜(불의)】 …하는 것은 좋지 않다, …하기에 적합하지 않다, …하여서는 안 된다.
【能事(능사)】 능히 감당해 낼 수 있는 일, 소용이 있는 일.
【盡畢(진필)】 다 끝내다, 완전히 완성하다. ＊盡 : 다하다, 완성하다. ＊畢 : 마치다,
끝내다.

　벼슬이 너무 높은 것은 좋지 않으니, 너무 높으면 위태롭게 된다.
　잘하는 일이라고 완전히 다 끝내는 것은 그다지 좋지 않으니, 그 일을
다 끝내고 나면 곧 쇠하게 되기 때문이다.

[11-37] 遇故舊之交, 意氣要愈新 ; 處隱微之事, 心迹宜愈顯 ;
待衰朽之人, 恩禮要愈隆.

【故舊之交(고구지교)】 사귄 지 오래된 친구.
【意氣(의기)】 득의한 마음, 壯한 마음, 氣象.
【要(요)】 …해야 하다.
【隱微(은미)】 감춰지고 하찮다, 작아서 보기가 어렵다.
【心迹(심적)】 마음이 가는 바, 속마음, 본심.
【衰朽(쇠후)】 쇠락하다, 쇠로하다.
【恩禮(은례)】 은혜와 예의.

오래된 친구를 만날 때는 마음을 더욱 새롭게 해야 하고, 감춰지거나 하찮은 일을 처리할 때는 자기의 마음을 더욱 분명히 드러내야 하며, 나이 많은 사람을 대우할 때는 은혜와 예의를 더욱 융성하게 해야 한다.

[11-38] 用人不宜刻, 刻則思效者去; 交友不宜濫, 濫則貢諛者來.

【刻(각)】 각박하다, 가혹하다.
【思效(사효)】 효과를 생각하다, 효능을 기대하다, 힘쓰고자 생각하다, 노력하려고 하다. *效(효): 힘쓰다.
【濫(람)】 넘치다, 함부로 하다.
【貢諛(공유)】 공물(뇌물)을 바치며 아부하다.

　사람을 부릴 때 각박해서는 안 되니, 각박하면 열심히 노력하고자 했던 사람조차 떠나가게 된다.
　친구를 사귈 때 넘치는 것은 좋지 않으니, 지나치면 뇌물을 바치며 아부하는 사람까지 찾아들게 된다.

[11-39] 憂勤是美德, 太苦則無以適性怡情; 淡泊是高風, 太枯則無以濟人利物.

【憂勤(우근)】 걱정과 근면, 근심하며 괴로워하다(＝憂苦).
【美德(미덕)】 아름다운 덕행.
【適性怡情(적성이정)】 본성에 맞게 편안하게 생활하다.
【淡泊(담박)】 욕심이 없고 깨끗함, 집착이 없음.
【高風(고풍)】 고상한 기풍.
【枯(고)】 마르다, 건조하다.
【濟人利物(제인이물)】 사람을 도와주고 사물을 이롭게 하다. 다른 사람을 구제하고

물질로 베푸는 것.

　세상일을 근심하고 근면한 것은 미덕이지만, 너무 힘들게 하다 보면 본
성에 맞춰 즐겁게 생활할 수가 없다.
　담백하고 맑은 것은 고상한 풍격이지만, 너무 고고하면 다른 사람을 도
와주지도, 사물을 이롭게 하지도 못한다.

[11-40] 作人要脫俗, 不可存一矯俗之心; 應世要隨時, 不可
起一趨時之念.

【作人(작인)】 사람이 되다, 사람 노릇 하다, 행동하다.
【脫俗(탈속)】 俗氣를 털어내다, 세속을 벗어나다.
【矯俗(교속)】 좋지 못한 풍속을 바로잡다.
【應世(응세)】 世運에 순응하다, 時勢의 추이를 따르다.
【隨時(수시)】 때를 따르다, 때때로, 제때.
【趨時(추시)】 시세를 재촉하다. ＊趨(추): 빨리 걷다, 마음이 쏠려 따르다, 재촉하다,
빠르다.
　＊즉 세상을 벗어나려거든〔脫俗〕 세상사가 잘못되어도 아예 상관하지 말고 놔두
고, 순응하려거든 조급해하는 마음을 아예 갖지 말라는 의미.

　사람으로 살아가면서 세속을 벗어나고자 하거든 풍속을 바로잡겠다는
마음을 조금이라도 가져선 안 된다.
　세상에 순응하며 시류의 변화를 따르려 할 때는 시세를 재촉하는 생각
을 조금이라도 가져선 안 된다.

[11-41] 富貴之家, 常有窮親戚往來, 便是忠厚.

*본 항목은 권1 〈醒〉 제96항목과 중복된다.
【便是(변시)】 곧 …이다, 바로 …이다.
【忠厚(충후)】 사람됨이 충실하고 온후하다, 사람됨이 진실하고 온후하다.

부귀한 집에 항상 가난한 친척들이 왕래한다면, 그 사람이 진실하고 온후하다는 뜻이다.

[11-42] 從師延名士, 鮮垂敎之實益; 爲徒攀高弟, 少受誨之眞心.

【從師(종사)】 스승을 따르다, 스승으로 섬기다.
【延(연)】 부르다, 청하다, 초빙하다.
【垂敎(수교)】 가르침을 내리다, 후세에 전하는 교훈.
【徒(도)】 학생, 제자.
【攀(반)】 …을 잡고 오르다, 꼭 붙잡다, 끌어당기다.
【高弟(고제)】 뛰어난 제자, 남의 제자를 높여 부르는 말.
【受誨(수회)】 가르침을 받다 ＊誨(회): 가르치다, 가르침.

스승을 따르고 名士에게 가르침을 청하더라도 교육의 실질적인 이익은 많지 않고, 제자로 삼기 위해 뛰어난 제자를 데려오더라도 가르침을 받으려는 진정한 마음이 적구나!

[11-43] 男子有德便是才, 女子無才便是德.

남자는 덕이 있는 것이 재주요, 여자는 재주가 없는 것이 바로 덕이라!

[11-44] 病中之趣味, 不可不嘗; 窮途之景界, 不可不歷.

【趣味(취미)】 감흥이 일어 마음이 당기는 멋, 흥취.
【窮途(궁도)】 막다른 길, 궁지, 곤궁한 처지, 곤경.
【景界(경계)】 경지, 경계(=境界).

　병을 앓을 때 느끼는 흥취라도 맛봐야 하고, 곤궁한 경지라도 겪어 봐야 하는 것!

[11-45] 人才國士, 旣負不群之才, 定負不羈之行. 是以, 才稍壓重則忌心生, 行稍違時則側目至. 死後聲名, 空譽墓中之骸骨; 窮途潦倒, 誰憐宮外之蛾眉?

【人才(인재)】 재능 있는 사람.
【國士(국사)】 나라 안에서 뛰어난 선비.
【旣(기)…定(정)】 기왕에 …그렇게 된 이상, 반드시.
【負(부)】 등에 지다, 책임지다, 누리다, 향유하다.
【不群之才(불군지재)】 무리와는 다른 뛰어난 재주.
【定(정)】 반드시, …하게 되어 있다.
【是以(시이)】 이 때문에, 그래서, 그러므로.
【壓(압)】 누르다, 억압하다, 압박하다.
【忌心(기심)】 시기하는 마음, 질투하는 마음.
【側目(측목)】 흘겨보다, 질시하다.
【聲名(성명)】 명성.
【空(공)】 헛되다, 내실이 없다, 쓸데없다.
【骸骨(해골)】 해골, 사람의 뼈.
【窮途潦倒(궁도료도)】 갈 길이 없어 失意에 빠지다, 곤궁한 처지에 빠져 의기소침하다. ＊窮途: 막다른 길, 궁지, 곤경. 潦倒: 영락하다, 초라하게 되다.
【蛾眉(아미)】 미인의 눈썹, 미인.

뛰어난 인재는 일반인과는 다른 출중한 재주를 가지고 있기에 틀에 얽매이지 않는 행동을 하게 마련이다. 이 때문에 재주가 조금이라도 다른 사람을 내리누르게 되면 시기심이 생겨나고, 행동이 조금이라도 시류와 어긋나게 되면 질시를 받게 되는 법이다. 재주가 있어 봤자 죽은 후에 듣게 되는 명성이란 무덤 속 해골에게는 헛된 명예요, 곤궁한 처지에 빠져 의기소침한들 누가 궁궐 밖의 미녀를 불쌍히 여기겠는가?!

[11-46] 貴人之交貧士也, 驕色易露; 貧士之交貴人也, 傲骨
當存.

【貴人(귀인)】 신분이 고귀한 사람.
【貧士(빈사)】 가난한 선비, 빈궁한 선비.
【驕色(교색)】 교만한 기색, 거만한 태도.
【傲骨(오골)】 거만하고 강직한 성격, 거만하고 강직한 기개.
【當(당)】 마땅히, …해야 하다.

부귀한 사람이 가난한 선비를 사귈 때는 교만한 기색을 드러내기 쉬운데, 가난한 선비가 부귀한 사람을 사귈 때는 오히려 거만하고 강직한 기골을 지녀야 할 것이다.

[11-47] 君子處身, 寧人負己, 己無負人; 小人處事, 寧己負
人, 無人負己.

【處身(처신)】 자신의 신분에 따라 행동하다, 처신하다.
【寧(녕)…無(무)】 차라리 …할지언정 …해서는 안 된다(…하지 마라).
【負(부)】 헛되다, 저버리다, 배반하다.

　군자는 행동할 때 차라리 다른 사람이 자신을 배신할지언정 자기가 다른 사람을 저버리지 않아야 하고, 小人은 자신이 다른 사람을 저버릴지언정 타인이 자기를 저버리게 하지 않는다.

　[11-48] 硯神曰淬妃, 墨神曰回氏, 紙神曰尙卿, 筆神曰昌化, 又曰佩阿.

　硯神은 淬妃라 불렀고, 墨神은 回氏, 紙神은 尙卿, 筆神은 昌化　또는 佩阿라고 칭했단다.

　[11-49] 要治世半部論語, 要出世一卷南華.

【治世(치세)】 세상을 다스리다, 잘 다스려지는 세상, 군주가 재위하는 기간.
【半部(반부)】 절반, 반 권.
【出世(출세)】 속세를 떠나다, 세상으로 나오다, 세상에서 立身하다.
【南華(남화)】 《南華眞經》, 곧 《莊子》를 말한다.

　세상을 잘 다스리려면 《논어》를 반 권이라도 봐야 하고, 세상에서 벗어나려면 《장자〔南華經〕》 한 권은 읽어야 한다.

　[11-50] 禍莫大于縱己之欲, 惡莫大于言人之惡.

【莫大于(막대우)】 …보다 더 큰 것이 없다, …이 가장 크다.　＊莫大: 더없이 크다, 막대하다.
【縱(종)】 방종하다, 멋대로 하다.

禍는 자기의 욕망에 따라 마음대로 행동하는 것이 가장 크고, 惡은 다른 사람의 잘못을 말하는 것이 가장 크다.

[11-51] 求見知於人世易, 求眞知於自己難; 求粉飾於耳目易, 求無愧於隱微難.

【見知(견지)】 눈으로 보고 마음으로 알다, 실제로 見聞하다.
【人世(인세)】 인간 세상, 세상.
【眞知(진지)】 참된 지식.
【粉飾(분식)】 수식하다, 겉을 꾸미어 속을 가리다.
【隱微(은미)】 작아서 보기 어렵다, 속이 깊어서 알기 어렵다. *여기서는 '속마음'으로 해석한다.

인간 세상에서 식견을 구하기는 쉽지만, 자신에게서 참된 깨달음을 구하기는 어렵다. 타인의 눈과 귀를 꾸며서 덮어 버리기는 쉽지만, 자신의 속마음에 부끄럽지 않기란 어렵다.

[11-52] 聖人之言, 須常將來, 眼頭過, 口頭轉, 心頭運.

【須(수)】 모름지기(반드시) …하여야 한다.
【常(상)】 항상.
【眼頭(안두)】 눈, 눈앞.
【口頭(구두)】 입으로 내뱉는 말, 직접 입으로 하는 말.
【轉(전)】 바꾸다, 다루다, 부리다, 계속 움직이다. *여기서는 반복하여 입에 되뇌이는 것을 말한다.
【心頭(심두)】 마음속, 마음.
【運(운)】 운용하다, 적용하다, 활용하다.

성인의 말씀은 모름지기 항상 눈으로 읽고, 입에 올려 되뇌고, 마음으로 직접 운용하여야 한다.

[11-53] 與其巧持於末, 不若拙戒於初.

【與其(여기)A…不若(불약)B】 A하기보다는 B하는 것이 더 낫다, A하는 것이 B하는 것만 못하다.

마지막에 빼어남을 유지하는 것보다 처음부터 어리석음을 경계하는 것이 낫다.

[11-54] 君子有三惜: 此生不學, 一可惜; 此日閑過, 二可惜; 此身一敗, 三可惜.

【惜(석)】 아끼다, 아까워하다, 애처롭게 여기다.
【此生(차생)】 현세, 이 세상, 한평생(=今生).
【此日(차일)】 오늘, 현재(=今日).
【此身(차신)】 이 몸, 즉 자신의 몸.
【敗(패)】 실패하다, 이루지 못하다, 망치다, 그르치다.

군자에게는 세 가지 아쉬움이 있다.
평생 줄기차게 배우지 못했다면 그것이 첫번째 아쉬움이고, 오늘을 한가로이 보냈다면 두번째 아쉬움이요, 한번이라도 자신을 그르친 적이 있다면 이것이 세번째 아쉬움이다.

[11-55] 晝觀諸妻子, 夜卜諸夢寐, 兩者無愧, 始可言學.

【觀(관)】 사물을 주의하여 보다.
【卜(복)】 점치다, 예상하다, 예측하다.
【夢寐(몽매)】 꿈, 꿈속.
　＊자신의 꿈을 헤아린다는 말은 인생·꿈 등 자신의 관심사에 대해 생각하고 예측해 본다는 의미. 앞의 구문은 처자에 대해, 뒤의 구문은 자신을 위해 시간과 정력을 할애한다는 의미이다.

　낮에는 아내와 아이들을 세심하게 살피고, 밤에는 꿈속에서도 살펴본다.
　이 두 가지에 부끄러움이 없어야 비로소 학문을 한다고 말할 수 있으리라!

　[11-56] 士大夫三日不讀書, 則禮義不交, 便覺面目可憎, 語言無味.

【禮義(예의)】 예절과 의리, 사람이 행해야 할 도덕.
【交(교)】 합하다, 섞이다, 교류하다, 왕래하다.
【面目(면목)】 얼굴, 용모, 체면.
【可憎(가증)】 얄밉다, 밉살스럽다.

　사대부가 사흘이나 책을 읽지 않으면 예의에 부합되지 못하여 표정이 밉살스럽고, 말에 참맛이 없어지게 되리라!

　[11-57] 與其密面交, 不若親諒友; 與其施新恩, 不若還舊債.

【密(밀)】 가까이하다, 친밀하다.
【面交(면교)】 겉만 차리는 교제, 얼굴만 알고 지내는 교제.
【諒友(양우)】 신실한 교제, 진실된 교제. ＊諒(량): 신실하다, 믿다, 어질다.

　얼굴만 알고 지내는 교제를 더 친밀하게 하려는 것보다는 신실한 벗을 더욱 가까이하는 것이 낫고, 새로이 은혜를 베풀기보다는 오래된 묵은 빚을 갚는 것이 낫다.

[11-58] 士人當使王公聞名多而識面少, 寧使王公訝其不來, 毋使王公厭其不去.

【王公(왕공)】 왕과 귀족, 신분이 고귀한 사람.
【聞名(문명)】 명성을 듣다, 유명하다.
【識面(식면)】 낯이 익다, 안면이 있다.
【寧(녕)…毋(무)】 차라리 …할지언정 …하지 마라.
【訝(아)】 의아해하다, 놀라다, 맞이하다.

　선비라면 王公이 그의 명성은 많이 듣되 안면은 적게 알도록 해야 한다. 왕공이 선비가 찾아오지 않는 것에 놀라게 할지언정 빨리 떠나지 않는다고 지겨워하게 하지 마라!

[11-59] 見人有得意事, 便當生忻喜心. 見人有失意事, 便當生憐憫心, 皆自己眞實受用處. 忌成樂敗, 徒自壞心術耳.

【得意(득의)】 뜻대로 되어 만족하다, 바라던 일이 성취되다.
【便當(편당)】 곧 …해야 한다, 바로 …에 합당하다, 곧 …라 간주하다.
【忻喜(흔희)】 기뻐하다, 즐거워하다.
【失意(실의)】 뜻을 이루지 못하다, 뜻대로 되지 않다.
【憐憫(연민)】 동정하다, 가엾이 여기다.
【受用(수용)】 받아쓰다, 이익을 얻다, 누리다, 향유하다.
【自壞(자괴)】 스스로를 어그러뜨리다, 스스로 무너지다.
【心術(심술)】 심보, 심술, 계략.

다른 사람이 뜻대로 잘 풀리는 일을 보면 즐거운 마음이 생겨야 하고, 다른 사람이 제대로 풀리지 않는 것을 보면 불쌍한 마음이 생겨야 하나니, 이는 스스로 진실되게 수용해야 할 점이다. 다른 사람의 성공을 시기하고, 실패에 기뻐하는 것은 자신을 망하게 하는 심보일 뿐이다.

[11-60] 恩重難酬, 名高難稱.

【稱(칭)】 일컫다, 저울질하다, 헤아리다, 상당하다, 일치하다.

받은 은혜가 무거우면 갚기 어렵고, 명성이 높으면 다른 사람과 하나되기 어려운 법!

[11-61] 待客之禮當存古意: 止一鷄一黍, 酒數行, 食飯而罷, 以此爲法.

【古意(고의)】 고풍스런 취미, 옛사람들의 운치(혹은 의미).
【數行(수행)】 몇 차례 행하다, 몇 순배 돌다. *數: 몇, 두어, 서넛, 대여섯, 자주.
【罷(파)】 그치다, 끝내다.

손님을 접대하는 예절은 예스러운 운치를 지녀야 하겠다. 닭 한 마리, 기장밥 한 그릇, 술 몇 순배를 들고 나면 끝내야 하나니, 이것을 손님 접대의 법칙으로 삼으라!

[11-62] 處心不可着, 着則偏; 作事不可盡, 盡則窮.

【處心(처심)】 마음에 두다, 유의하다, 마음을 가라앉히다, 마음가짐.

【着(착)】 입다, 붙다, 집착하다.
【偏(편)】 치우치다, 편벽되다.
【盡(진)】 다하다, 모두 사용하다, 여유를 남기지 않고 하다.
【窮(궁)】 막히다, 처리할 도리가 없다.

　어디엔가 마음을 둘 때는 집착해서는 안 되나니, 집착하면 한쪽으로 치우치게 된다.
　일을 할 때는 모두 쏟아 버려서는 안 되나니, 다 써버리고 나면 더 이상 처리할 여지가 없어지게 된다.

　[11-63] 士人所貴, 節行爲大. 軒冕失之, 有時而復來; 節行失之, 終身不可得矣.

【節行(절행)】 절개를 지키는 행위.
【軒冕(헌면)】 고관대작의 수레와 면류관, 고관대작.
【終身(종신)】 일생, 평생.

　士人이 귀중하게 여기는 것으로는 절개를 지키는 것이 가장 클 것이다. 높은 관직을 잃더라도 때로는 다시 제자리로 돌아갈 수 있지만, 한번 절개를 잃으면 죽을 때까지 되찾을 수 없기에!

　[11-64] 勢不可倚盡, 言不可道盡, 福不可亨盡, 事不可處盡, 意味偏長.

【倚(의)】 기대다, 의지하다, 편향되다.
【盡(진)】 다하다.
【偏(편)】 치우치다, 외곬으로, 오로지.

세력에 오로지 의지해서는 안 되고, 말을 다 뱉어내서는 안 되며, 福은
다 누려서는 안 되고, 일은 다 처리하지 않아야 그 의미가 길게 이어지리
라!

　　[11-65] 靜坐然後知平日之氣浮, 守默然後知平日之言躁, 省
事然後知平日之貴閑, 閉戶然後知平日之交濫, 寡慾然後知平
日之病多, 近情然後知平日之念刻.

【靜坐(정좌)】 심신을 조용히 하고 단정히 앉음.
【貴閑(귀한)】 貴: 귀하게 여기다, 바라다. 閑: 한가하다, 소비하다, 크다. ＊여기서
는 일을 줄이고 나서 성찰해 보니 평소에 소비 혹은 바람(욕심)이 컸음을 깨닫는다는
뜻으로 해석하였다.
【平日(평일)】 평일, 평소.
【氣(기)】 기질, 기질, 습성, 태도.
【浮(부)】 뜨다, 가볍다, 경박하다, 부박하다.
【守默(수묵)】 침묵을 지키다.
【躁(조)】 성급하다, 조급하다, 경박하다.
【省事(성사)】 일을 줄이다, 수고를 덜다.
【刻(각)】 정도가 심하다, 각박하다, 가혹하다.

　　조용히 정좌해 봐야 평소의 태도가 정신없게 들떠 있었음을 알고, 침묵
해 본 뒤에야 평소에 말이 성급했음을 알고, 일을 줄인 뒤에야 평소에 소
비(욕심)가 컸음을 알고, 문을 닫아건 뒤에야 평소의 교제가 너무 많았음
을 알고, 욕심을 줄인 뒤에야 평소에 허물이 많았음을 알고, 情에 가까이
다가간 후에야 평소의 마음이 너무 각박했음을 안다.

　　[11-66] 喜時之言多失信, 怒時之言多失體.

【多(다)】 대부분, 대체로.
【失信(실신)】 신의를 잃다, 신용을 잃다, 약속을 저버리다.
【失體(실체)】 사태를 분별하지 못하다, 체면을 손상하다.

　기쁠 때 하는 말은 대부분 신용을 지키기 힘들고, 화날 때 하는 말은 대부분 체면을 지키기 힘들다.

[11-67] 泛交則多費, 多費則多營, 多營則多求, 多求則多辱.

【泛交(범교)】 광범위한 사귐, 진심 없이 외형적인 격식만을 갖춘 교제.
【營(영)】 꾀하다, 추구하다, 경영하다.
【辱(욕)】 치욕, 수치, 모욕하다.

　여러 사람과 널리 교제하다 보면 지출이 많아지고, 지출이 많아지면 일을 많이 해서 많이 벌어야 하고, 많이 벌려고 하다 보면 추구하게 되고, 많이 추구하다 보면 치욕도 많이 당하게 되느니…….

[11-68] 莫作心上過不去之事, 莫萌事上行不去之心.

【過不去(과불거)】 지나갈 수 없다, 불쾌하다, 미안하게 생각하다.
【萌(맹)】 싹트다, 경작하다, 싹, 사물의 시작.
【行不去(행불거)】 갈 수 없다, 통행할 수 없다, 실행하지 못하다.

　마음속으로 미안하게 여길 일을 행하지 마라!
　일에 있어서는 하지 못할 것이라는 마음을 먹지 마라!

[11-69] 一字不可不與人, 一言不可輕語人, 一笑不可輕假人.

【與(여)】함께하다, 더불다. 여기서는 '다른 사람과 함께하다' 즉 '다른 이를 고려하다' 는 뜻으로 풀이했다.

　타인에게는 글자 하나도 고려하지 않으면 안 되고, 말 한마디라도 가볍게 해서는 안 되며, 미소 한번이라도 거짓으로 지어 보여서는 안 된다.

　[11-70] 正以處心, 廉以律己, 忠以事君, 恭以事長, 信以接物, 寬以待下, 敬以洽事, 此居官之七要也.

【正(정)】올바르다, 정직하다, 공정하다.
【處心(처심)】마음을 가라앉히다, 마음에 두다.
【律己(율기)】자신을 단속하다.
【接物(접물)】사물에 접하다, 타인과 교제하다.
【敬(경)】공경하다, 근신하다.
【洽事(흡사)】사건을 상담하다, 사건을 의논하다, 일을 협의하다. ＊洽(흡): 널리 미치다, 화합하다.
【居官(거관)】관직에 있다.
【要(요)】요점, 관건.

　公正함을 염두에 두고, 청렴함으로 자신을 단속하고, 충성으로 임금을 섬기고, 공경으로 윗사람을 섬기며, 信義로써 다른 사람과 교제하고, 관용으로 아랫사람을 대우하고, 조심스러움으로 사건을 의논하는 것.
　이것이 관직에 있는 사람이 지켜야 할 일곱 가지 요점이다.

　[11-71] 聖人成大事業者, 從戰戰兢兢之小心來.

　聖人이 이룩하는 커다란 事業은 조심조심 삼가는 작은 마음에서부터 나오는 것!

[11-72] 酒入舌出, 舌出言失, 言失身棄. 余以爲棄身, 不如
棄酒.

　술이 들어가면 혀가 나오고, 혀가 나오면 말이 실수하고, 말이 실수하면
몸을 버리게 된다. 몸을 버리는 것보다 술을 버리는 것이 나을 듯하다!

[11-73] 靑天白日, 和風慶雲, 不特人多喜色, 卽鳥鵲且有好
音. 若暴風怒雨, 疾雷幽電, 鳥亦投林, 人皆閉戶. 故君子以太
和元氣爲主.

【慶雲(경운)】 상서로운 구름(=瑞雲).
【不特(불특)A…卽(즉)B…且(차)】 특별히 A만 …한 것이 아니라 곧 B도 …한다, A
가 …할 뿐만 아니라 B도 …한다.
【怒雨(노우)】 거센 비, 억수 같은 비.
【疾雷(질뇌)】 빠른 천둥소리.
【幽電(유전)】 칠흑 같은 어둠 속에서 치는 번개.
【太和(태화)】 만물의 원기, 음양이 조화된 기.
【元氣(원기)】 만물의 精氣, 天上의 雲氣, 心身의 精力.

　푸른 하늘의 밝은 해, 부드러운 바람과 상서로운 구름이 있을 때는 사
람만 즐거운 표정을 짓는 것이 아니라 참새도 즐거운 소리를 낸다.
　폭풍과 소낙비, 빠른 뇌성과 무서운 번개가 칠 때면 새들 또한 숲 속으
로 몸을 숨기고 사람들도 문을 닫아선다. 그러므로 군자는 음양이 조화
된 元氣를 지니고자 하는 것이다.

[11-74] 胸中落意氣兩字, 則交游定不得力; 落騷雅二字, 則
讀書定不深心.

【意氣(의기)】 得意한 마음, 壯한 마음, 자신의 뜻, 혹은 자존심.
【落(락)】 떨어지다, 손에 넣다, 남기다, 쌓다.
【定(일정)】 반드시.
【得力(득력)】 힘을 얻다, 도움을 받다, 효과가 있다.
【騷雅】 騷는 詩體의 한 종류로, 楚나라 屈原의 〈離騷〉및 기타 詩賦, 후세의 宋玉·司馬相如 등이 지은 詩賦를 말한다. 雅는 詩經의 六義(風雅頌賦比興) 가운데 하나로, 正樂의 노래를 말한다. 여기서는 특히 개인의 감정(울분·비애)을 담은 서정적(감성적) 문학 작품이나 창작 행위를 의미.
【深心(심심)】 깊은 마음. *여기서는 深이 동사로 쓰여 '마음을 깊게 하다'는 의미로 해석한다.
　*자신만의 뜻이나 자존심(의기)을 강조하다 보면 원만하게 교제하기 힘들고, '소아'처럼 감성을 자극하는 책들을 좋아하다 보면 아무리 책을 많이 읽더라도 마음이 안정되거나 돈독해지기는 힘들다는 의미.

　가슴속에 '자신의 뜻〔意氣〕'이라는 두 글자를 담으면 분명 교유에는 도움이 되지 못하고, '감성적 문학〔騷雅〕'이라는 두 글자를 담으면 책을 많이 읽더라도 마음을 돈독히 하지 못한다.

[11-75] 交友之先宜察, 交友之後宜信.

　친구를 사귀기 전에는 잘 살펴봐야 하고, 친구를 사귄 후에는 믿어야 한다!

[11-76] 惟儉可以助廉, 惟恕可以成德.

【惟(유)】 오직, 단지, 생각건대.
【儉(검)】 검소하다.
【廉(렴)】 청렴하다.
【恕(서)】 어질다, (남의 상황을 살펴보고) 동정하다, 용서하다, 관대하다.

검소함만이 청렴하도록 도와줄 수 있고, 관대함만이 德行을 이룰 수 있게 해준다.

[11-77] 惟書不問貴賤貧富老少. 觀書一卷, 則有一卷之益; 觀書一日, 則有一日之益.

오직 책만이 사람의 지위(귀천)나 재물(빈부) · 나이(노소)를 따지지 않는다. 책 한 권을 보면 한 권만큼의 이익이 있고, 하루 동안 책을 보면 하루만큼의 이익이 생긴다.

[11-78] 坦易其心胸, 率眞其笑語, 疎野其禮數, 簡少其交遊.

【其(기)】 여기서는 '그 사람(의)' 혹은 '내 자신(의).'
【坦易(탄역)】 솔직하다, 격의 없다, 담백하다.
【率眞(솔진)】 솔직담백하다, 정직하다, 솔직하고 꾸밈이 없다.
【疏野(소야)】 행실이 거칠다, 예의범절을 모르다, 소박하다.
【禮數(예수)】 신분에 따라 각기 알맞은 예의로써 다르게 대우함.

마음은 맑고 소탈하게, 우스갯소리는 진솔하고 꾸밈없게, 사람을 대할 때는 소박한 예의로, 교제는 간소하게!

[11-79] 好醜不可太明, 議論不可務盡, 情勢不可殫竭, 好惡不可驟施.

【好醜(호추)】 아름다움과 추함, 좋아함과 싫음.
【不可(불가)】 …할 수가 없다, …해서는 안 된다.
【議論(의론)】 의론하다, 비평하다.

【務盡(무진)】 끝까지 힘쓰다.
【情勢(정세)】 사정과 형세.
【殫竭(탄갈)】 다하다.
【好惡(호악)】 좋고 나쁨, 좋아함과 미워함.
【驟施(취시)】 갑자기 베풀다, 갑자기 표현하다.

좋고 싫음을 너무 분명하게 드러내지 말고, 논쟁할 때는 끝장을 보려고 기를 쓰지 말며, 일이나 상황을 끝까지 밀어붙이지 말며, 좋아하고 미워하는 것을 금세 드러내지 말지어다!

[11-80] 不風之波, 開眼之夢, 皆能增進道心.

【不風之波(불풍지파)】 바람 없는 가운데 이는 물결.
【開眼(개안)】 눈을 떠 바라봄, (불교) 새로 된 부처를 공양하여 눈을 넣고 그 靈을 맞는 의식, (불교) 본래 갖춘 佛性을 열어 진리를 맞는 의식.
【道心(도심)】 도덕 의식에서 나오는 양심, 道義心, 佛道를 구하고자 하는 마음, 菩提心.

바람이 불지 않아도 찰랑거리는 물결, 내 안의 참됨〔佛性〕을 깨닫는 꿈, 이들 모두 올바른 마음을 증진시킬 수 있으리니…….

[11-81] 積書, 當積有益之書.

책을 수장하되 도움이 되는 책을 모아야 한다.

[11-82] 開口譏誚人, 是輕薄第一件. 不惟喪德, 亦足喪身.

【開口(개구)】 입을 열다, 말을 하다.

【譏誚(기초)】 비꼬다, 비웃다.
【件(진)】 양사(일 · 사건 · 개체의 사물을 세는 데 사용).
【不惟(불유)A…亦(역)B】 …A뿐만 아니라 …B도.
【喪身(상신)】 몸을 망치다, 목숨을 잃다.

　입을 열기만 하면 다른 사람을 비웃는 것은 가장 경박한 일이니, 이는
德을 손상시킬 뿐만 아니라 자기를 망칠 수도 있다.

[11-83] 人之恩可念不可忘, 人之仇可忘不可念.

　다른 사람이 내게 베푼 은혜는 늘 마음에 두어 잊지 마라!
　다른 이에 대한 원한은 잊어버리고 기억하지 마라!

[11-84] 不能受言者, 不可輕與一言. 此是善交法.

　남의 말을 받아들이지 못하는 사람에겐 한마디 말도 가볍게 건네서는
안 된다. 이것이 친구를 잘 사귀는 법!

[11-85] 君子於人, 當於有過中求無過, 不當於無過求有過.

　군자가 사람을 대할 때는 허물 속에서도 잘못하지 않은 점을 찾아내려
해야 한다!
　잘못이 전혀 없는 데서 작은 잘못이라도 찾아내려 해서는 안 된다.

[11-86] 我能容人, 人在我範圍, 報之在我, 不報在我; 人若

容我, 我在人範圍, 不報不知, 報之不知.

【範圍(범위)】 한계를 긋다, 일정한 한계 안에 넣다.
【容(용)】 받아들이다, 관용하다, 용서하다, 허락하다.
【報(보)】 알리다, 회답하다, 응답하다, (은혜나 원한을) 갚다, 죄를 심판하다(죄수를
처벌하다).

　내가 다른 이를 포용할 수 있다면 그 사람은 내 울타리 속에 있게 되므
로, 그를 심판하거나 하지 않는 것이 내게 달려 있다.
　그러나 남이 나를 포용해 줘야 하는 상황이라면 내가 그의 울타리 속에
있게 되는 것이므로 그가 나를 심판할지 않을지 모르게 된다.

　　[11-87] 自重者然後人重, 人輕者由我自輕.

【自重(자중)】 자기 몸을 소중히 하다, 자기의 인격을 소중히 여겨 언행을 신중히 하다.

　스스로를 소중하게 여긴 후에야 다른 사람도 나를 중하게 여기는 법이
다. 다른 사람의 경시를 받는 자는 자기 자신을 가볍게 여겼기 때문이다.

　　[11-88] 遇不韻, 當簡默, 恐以恢諧, 生怨也.

【韻(운)】 운치, 풍치, 풍도.
【簡默(간묵)】 말이 적음, 寡默.
【恐(공)】 아마도, 반신반의하는 말.
【恢諧(회해)】 범위를 넓혀서 화합하다. ＊恢: 넓다, 넓히다. 諧: 화합하다, 조화되
다, 어울리다.
【怨(원)】 원망, 불평을 품고 미워함, 적대시함.

　다른 사람과의 만남에 멋스런 운치가 없다면 말을 줄이고 침묵해야 할

지니, 억지로 어울리려고 하다 보면 불만과 미움만 생기리라!

[11-89] 高明性多疎脫, 須學精嚴; 狷介常苦迂拘, 當思圓轉.

【高明(고명)】 높고 탁 트이다, 식견이 높고 명석하다, 뜻이 고상하고 사리에 밝다.
【精嚴(정엄)】 세심하고(주의 깊고) 신중하다(빈틈없다).
【狷介(견개)】 고집이 세고 절개가 굳어 절대 남에게 굽히지 않다.
【苦(고)】 고통스럽다, 꾸준히, 극력, 심하다, 지나치다.
【迂拘(우구)】 낡은 것에 얽매여 융통성이 없다.
【圓轉(원전)】 융통성이 있다, 원활하다, 원만하다.

  탁 트인 高明한 사람은 성격이 대부분 소탈하기에 세심하고 신중한 면을 배워야 하고, 강직하고 고집이 센 사람은 항상 지나치게 융통성이 없으니 둥글둥글 원만함을 고려해야 한다.

[11-90] 欲做精金美玉的人品, 定從烈火鍛來; 思立揭地掀天的事功, 須向薄氷履過.

【精金美玉(정금미옥)】 고순도의 금과 아름다운 옥처럼 완전무결하다, 인품이 훌륭함을 형용.
【定(정)】 …해야 하다.
【烈火(열화)】 맹렬한 불, 사나운 불.
【揭天掀地(게천흔지)】 하늘을 벗겨 젖히고 땅을 들어올리다, 세상을 놀라게 하다.
【事功(사공)】 사업과 공적, 일의 성취, 공로, 공적.
【薄氷(박빙)】 얇은 얼음, 살얼음. *履薄水: 살얼음판을 디딤, 매우 위험한 곳에 있음.
【履過(이과)】 걸어가다, 지나가다.

  정교한 금과 아름다운 옥처럼 뛰어난 인품이 되려면 뜨거운 불로 단련해야 하고, 세상을 뒤흔들 만큼 놀라운 공적을 세우려고 한다면 살얼음판

위를 지나가듯 위험한 상황을 겪어야 한다.

[11-91] 性不可縱, 怒不可留, 語不可激, 飮不可過.

본성을 방종하게 하면 안 되고, 분노를 남겨서도 안 되며, 말을 격렬하게 해서도 안 되고, 술이 지나쳐도 안 된다.

[11-92] 能輕富貴, 不能輕一輕富貴之心. 能重名義, 又復重一重名義之念. 是事境之塵氛未掃, 而心境之芥蒂未忘. 此處拔除不淨, 恐石去而草復生矣!

【名義(명의)】 명성과 도리, 명성, 명분.
【事境(사경)】 일의 상태, 외부 사물의 상태.
【塵氛(진분)】 티끌, 먼지, 세상의 떠들썩한 것.
【心境(심경)】 마음의 상태.
【芥蒂(개체)】 불만, 맺힌 마음, 응어리, 사소한 지장.
【此處(차처)】 이곳. 여기서는 마음속을 의미.
【拔除(발제)】 뽑아 버리다, 제거하다.

　부귀를 가볍게 여길 수 있지만, 부귀를 가볍게 여기는 그 마음을 가볍게 여겨서는 안 된다. 명성과 道理를 중하게 여길 수 있어야 하고, 명성과 도리를 중하게 여기는 그 생각을 거듭 중하게 여겨야 한다. 외부 일의 티끌을 모조리 쓸어내지 못하면 마음속 응어리도 잊어버릴 수 없는 법이다. 깨끗하게 발본색원하지 않으면, 돌맹이를 치워 봤자 잡초가 다시 자랄 것이다!

[11-93] 紛擾固溺志之場, 而枯寂亦槁心之地, 故學者當棲心

玄默, 以寧吾眞體; 亦當適志恬愉, 以養吾圓機.

【紛擾(분요)】 분잡하고 소요스러움, 혼란스러움.
【溺志(익지)】 한 가지 일에 열중하다. 여기서는 생각이 산란하여 의지가 분산되거나 여러 곳에 신경을 씀으로써 의지를 소모시키고 맘고생하게 한다는 의미. *溺(익): 물에 빠진 듯 고생하다.
【枯寂(고적)】 메마르고 쓸쓸하다, 적막하다, 무미건조하다.
【槁(고)】 마르다, 메마르다, 말라죽다.
【棲心玄默(서심현묵)】 마음을 침묵을 지키는 것에 두다, 마음에 침묵을 깃들이다. *玄默: 조용히 침묵을 지키다.
【眞體(진체)】 진정한 육체, 진실된 육체.
【適志恬愉(적지념유)】 뜻에 합당하여 편안하고 즐겁다.
【圓機(원기)】 원만하게 변용하는 재주.

　번잡스러움은 의지가 허우적대며 고생하는 곳, 적막함은 마음을 메마르게 하는 땅.
　그러므로 학자는 고요히 침묵하는 데 마음을 둠으로써 자신의 육체를 편안하게 해야 하고, 자신의 뜻과 의지에 맞추고 편안하고 유쾌하게 함으로써 원만하게 적응하는 재주를 길러야 하겠다.

　[11-94] 昨日之非不可留, 留之則根燼復萌, 而塵情終累乎理趣; 今日之是不可執, 執之則渣滓未化, 而理趣反轉爲欲根.

【根燼(근신)】 뿌리가 타나 남은 섯, 뿌리가 살아남은 것.
【塵情(진정)】 속세에 물든 마음, 세속적인 마음.
【累(루)】 폐, 허물, 누를 끼치다.
【理趣(이취)】 도리에 맞게 뜻하는 바, 이치에 합당한 취지, 올바른 뜻.
【渣滓(사재)】 찌꺼기, 침전물, 앙금.
【反轉(반전)】 역전하다, 거꾸로 돌다.
【欲根(욕근)】 욕망의 뿌리, 욕망의 근원.

어제의 잘못을 남겨둬서는 안 된다. 남긴다면 타다 남은 뿌리가 다시 싹을 틔우듯 세속적인 마음이 결국은 올바른 이치에 허물을 입히게 될 것이다.

그러나 현재의 일에 너무 집착해서도 안 된다. 집착하면 그 찌꺼기가 녹아 없어지지 못하나니 사리에 맞는 타당한 뜻이 도리어 욕망의 뿌리로 변하게 될 것이다.

[11-95] 待小人不難於嚴, 而難於不惡; 待君子不難於恭, 而難於有禮.

* 본 항목은 권1 〈醒〉 제48항목과 유사하다.
【待(대)】 대우하다, 대접하다, 대처하다, 다루다.
【惡(악)】 악하다, 흉악하다, 흉포하다.
【有禮(유예)】 예의가 바르다. 여기서는 신분에 따라 각각 다르게 차리는 예의를 말한다(=禮數). 혹은 지나치게 굽신거리는 것이 아닌, 타당하고도 자존심을 지키는 예의를 말한다.

소인을 대할 때 위엄을 차리기는 어렵지 않으나 악하게 보이지 않기 어렵고, 군자를 대할 때 공경하기는 어렵지 않으나 자존심을 지닌 채 그에 맞는 예의를 차리기가 어렵다.

[11-96] 市私恩, 不如扶公議. 結新知, 不如敦舊好. 立榮名, 不如種隱德. 尙奇節, 不如謹庸行.

【市恩(시은)】 은혜를 팔다, 즉 남에게 은혜를 베풀어서 자신이 이익을 얻고자 하는 일.
【公議(공의)】 公論, 衆論.
【舊好(구호)】 오랜 친구, 옛 친구.

【隱德(은덕)】 남이 알지 못하는 숨은 덕행.
【奇節(기절)】 뛰어난 절개.
【謹(근)】 삼가다, 조심하다, 신중히 하다.
【庸行(용행)】 평소의 행위, 평범한 행위, 중용의 행위. * 여기서는 평소의 행위나 평범한 행위를 말한다.

　개인적으로 은혜를 베푸는 것보다는 중론을 따르는 것이 낫고, 새로운 친구를 사귀는 것보다는 오래된 우정을 돈독히 하는 것이 낫다.
　영예로운 명성을 세우는 것보다는 남모르는 은덕을 뿌리는 것이 낫고, 자기만의 독특한 절개를 숭상하는 것보다는 평소 행동을 조신하게 하는 것이 낫다.

[11-97] 有一念之犯鬼神之忌, 一言而傷天地之和, 一事而釀
子孫之禍者, 最宜切戒.

【釀(양)】 빚다, 양조하다, 점차 생기다.
【切(체)】 온통, 모두, 전부.
【戒(계)】 경계하다, 방비하다, 타이르다, 훈계하다, 끊다, 중단하다.

　자신의 상념 하나가 귀신의 미움을 건드릴 수 있고, 말 한마디가 천지의 조화를 깨뜨릴 수 있으며, 작은 일 한 가지가 자손들의 재앙을 빚어낼 수 있는 법이니 철저히 경계하는 것이 제일이라!

[11-98] 不實心, 不成事; 不虛心, 不知事.

　성실한 마음이 아니면 일을 완성할 수 없고, 마음을 비우지 않고서는 그 일에 대해 제대로 알 수가 없다.

[11-99] 老成人受病, 在作意步趨 ; 少年人受病, 在假意超脫.

【老成人(노성인)】 경험이 많아 사물에 노련한 사람. 여기서는 뒤구절의 少年人과 대응시켜 노인으로 새겼다.
【受病(수병)】 병에 걸리다.
【作意(작의)】 작품의 의도(내용), 무엇을 일부러 꾸미려는 마음.
【步趨(보추)】 걸음걸이, 발을 크게 떼어 걷는 걸음과 보폭을 작게 걷는 걸음, 큰걸음과 종종걸음. 혹은 이에서 인신하여 '무조건 남을 따르다(追隨)'는 의미로 사용.
【假意(가의)】 고의로, 일부러, 짐짓.
【超脫(초탈)】 세속을 벗어남.

　나이 든 사람의 병폐는 무조건 남을 따르는 데 있고, 젊은이의 병폐는 짐짓 세속을 초탈한 듯 행동하는 데 있다.

[11-100] 爲善有表裏始終之異, 不過假好人 ; 爲惡無表裏始終之異, 倒是硬漢子.

【不過(불과)】 …에 불과하다, …에 지나지 않다.
【倒是(도시)】 도리어, 오히려.
【硬漢子(경한자)】 강직하여 남에게 굴하지 않는 사내.
　＊선한 일이든 악한 일이든 일관된 태도로 대응해야 올곧은 사람이라는 의미.

　善한 일을 하는 데 있어 겉과 속, 처음과 끝이 다르다면 착한 사람인 척하는 것일 뿐이다.
　惡한 일에 있어 겉과 속, 처음과 끝이 달라지지 않다면 오히려 굴하지 않는 강직한 사내일 것이다.

[11-101] 入心處咫尺玄門, 得意時千古快事.

【入心處(입심처)】 마음에 들어가는 곳, 마음에 몰입하는 곳, 心學에 들어가는 것.
【咫尺(지척)】 지척, 아주 가까운 거리.
【玄門(현문)】 가장 높은 경지, (佛家) 현묘한 법문, 道家의 다른 이름.
【千古(천고)】 아주 오랜 옛날, 영원히.

  내 마음이 몰입하는 곳〔入心處〕이 가장 높은 경지와 지척이고, 내 뜻이
이루어졌을 때는 영원히 즐거운 일!

  [11-102] 水滸傳無所不有, 却無破老一事, 非關缺陷, 恰是酒
肉漢本色. 如此, 益知作者之妙.

【破老(파로)】 정직하고 성실한 사람을 상하게 하다. 여기서는 ‘老’를 ‘老實人: 정
직하고 성실한 사람’의 의미로 해석하였다.
【非關(비관)】 관련이 없다.
【恰(흡)】 마침, 바로, 꼭.
【酒肉漢(주육한)】 술과 고기를 일삼는 사내. * 여기서는 술과 고기를 즐기지만 강직
한 기질을 가진 《水滸傳》에 등장하는 인물의 모습을 말한다. 교훈적이거나 공명정
대하고 높은 지위를 가진 인물이 아닌, 결점 많은 일반인(혹은 하층민)이 주인공이라
는 점이 바로 《水滸傳》의 매력이자 문학적 성취이기도 하다.
【本色(본색)】 본래의 빛깔, 본래의 모습.
【如此(여차)】 이러하다, 이와 같다.

  《水滸傳》에는 없는 이야기나 인물이 없고, 정직하고 성실한 사람을 해
치는 이야기도 없다. 이는 《水滸傳》의 결점과는 관련 없는 일이다. 酒肉
漢의 모습이 등장하는 것은 오히려 작자의 뛰어난 면을 더욱 잘 알게 해
주는 것이다.

  [11-103] 世間會討便宜人, 已是曾吃虧過者.

【討便宜(토편의)】 자기 이익만을 꾀하다, 이기적인 짓을 하다. ＊討(토): 찾다, 구하다.
【吃虧(흘휴)】 손해를 보다, 불리하게 되다, 애석하게도, 안타깝게도. ＊吃虧過: 吃
虧의 과거형. 다른 판본에는 '吃過虧'로 실린 경우도 있다.

세상에 자기의 이익만 꾀하는 사람은 큰 손해를 보았던 사람이리라!

[11-104] 書是同人. 每讀一篇, 自覺寢食有味; 佛爲老友. 但
窺半偈, 轉思前境眞空.

【寢食(침식)】 잠과 식사, 전하여 일상 생활.
【老友(노우)】 오랜 벗, 옛 친구.
【轉(전)】 (방향·위치를) 바꾸다, 전환하다, 오히려, 한층 더.
【前境(전경)】 이전의 상황, 이전의 俗世, 눈앞에 펼쳐진 환경이나 처지.
【眞空(진공)】 (佛家) 일체의 色相을 초월한 참으로 공허한 경지.

　책은 같은 뜻을 지닌 친구, 읽을수록 일상 생활에 담긴 깊은 의미를 깨
닫게 해준다.
　불법(불교)은 오랜 친구, 偈頌을 조금만 엿보더라도 내 앞에 펼쳐진 세
상이 공허한 것이라고 생각을 바꿔준다.

[11-105] 衣垢不湔, 器缺不補, 對人猶有慚色; 行垢不湔, 德
缺不補, 對天豈無愧心!

【湔(전)】 씻다, 빨다, 누명을 벗다.

　옷에 묻은 더러움을 씻지 않고, 깨진 그릇을 때우지 않으면 사람을 대
할 때 부끄럽게 된다.

자기 행실의 허물을 씻지 않고, 도덕의 결함을 보충하지 않는다면 어찌 하늘에 부끄럽지 않겠는가?!

[11-106] 天地俱不醒, 落得昏沈醉夢; 洪濛率是客, 枉尋寥廓主人.

【昏沈(혼침)】 어둡다, 흐리멍덩하다, 몽롱하다.
【醉夢(취몽)】 잠에 취하다, 술에 취하여 꾸는 꿈.
【洪濛(홍몽)】 鴻濛, 즉 천지개벽 이전의 혼돈 상태, 대자연의 元氣.
【率(솔)】 대강, 대체로, 대개.
【枉(왕)】 헛되이, 보람없이, 쓸데없이.
【寥廓(요곽)】 텅 비고 끝없이 넓음, 하늘, 허공.

  천지가 모두 깨어 있지 않으면 흐리멍덩하게 잠에 취한 상태로 떨어지는 법이다.
  혼돈이란 찾아오는 손님, 드넓은 세상의 주인을 하릴없이 찾아온단다!

[11-107] 老成人必典必則, 半步可規; 氣悶人不吐不茹, 一時難對.

【老成人(노성인)】 경험이 많아 사물에 노련한 사람.
【規(규)】 원형을 그리는 제구, 법칙, 본보기, 본뜨다, 바로잡다.
【氣悶(기민)】 답답하다, 숨이 막힐 듯하다.
【茹(여)】 먹다.
【一時(일시)】 한때, 잠시, 그때, 한 시대.

  경험이 많은 사람은 반드시 법과 규칙대로 하니, 그와 함께 반걸음을 걷더라도 본보기로 삼을 수 있다.

숨이 막힐 듯 답답한 사람은 속내를 뱉지도 않고 삼키지도 않으니 잠시라도 마주하기 힘들다.

[11-108] 重友者交時極難, 看得難以故轉重; 輕友者交時極易, 看得易以故轉輕.

【看得(간득)】 …로 보다, …로 여기다.
【以故(이고)】 그러므로, …한 까닭으로.
【轉(전)】 오히려, 더욱더, 한층 더.

교제를 중하게 여기는 이는 사귀기가 극히 어렵지만, 어렵게 여기는 까닭에 더욱더 귀중하다.
교제를 가볍게 여기는 이는 사귀기가 매우 쉽지만, 쉽게 여기는 까닭에 더욱더 가볍다.

[11-109] 能于熱地思冷, 則一世不受凄涼; 能于淡處求濃, 則終身不落枯槁.

＊본 항목은 권1 〈醒〉 제149항목과 중복된다.
【能於(능어)】 …에 능하다, …에서 …을 할 수 있다.
【熱地(열지)】 요직, 권세 있는 지위. ＊熱: 바쁘다(바쁜 가운데 권세가 있음을 의미).
【冷(랭)】 쓸쓸하다. 여기서는 熱자와 대조되어 쇠락할 때를 의미.
【一世(일세)】 한 세대, 한평생.
【枯槁(고고)】 초췌하다, 마르다, 영락하다.

요직에 있을 때 영락한 시절을 생각할 수 있다면 평생 처량한 일을 당하지 않을 수 있으리!

소박하고 맑은 것에서도 진하고 깊은 맛을 얻을 수 있다면 평생 정신
이 초췌해지는 상황은 오지 않으리!

[11-110] 近以靜事而約己, 遠以惜福而延生.

【靜事(정사)】 안정된 일, 편안한 일, 평온한 일.
【約(약)】 제약하다, 구속하다.
【惜福(석복)】 소중히 여기는 복, 아끼는 복.

가깝게는 평온한 일로써 자신을 단속하고, 멀게는 자기에게 주어진 복
을 아낌으로써 목숨을 연장하라!

[11-111] 吾本薄福人, 宜行惜福事; 吾本薄德人, 宜行厚德事.

　*본 항목은 권5 〈素〉 제134항목과 중복된다.
【宜(의)】 마땅하다, 적합하다, 당연히 …이어야 한다.
【薄(박)】 엷다, 후하지 않다, 보잘것없다, 빈약하다.
【惜福(석복)】 과분한 행복을 바라지 않다, 자기 분수에 알맞게 처신하다, 검소하게
생활하여 복을 길이 누리도록 하다.

본래 박복한 사람이라면 福을 아끼는 일을 행해야 하고, 본래 德이 부
족한 사람이라면 덕을 두텁게 하는 일을 해야 한다.

[11-112] 掩戶焚香, 淸福已具, 如無福者, 定生他想; 更有福
者, 輔以讀書.

문을 닫아걸고 향을 사르면 욕심 없이 맑게 살 수 있는 복〔淸福〕은 이미 갖추어진 것이다. 그런데도 자신이 복이 없다고 느낀다면 분명 다른 망상이 생기게 된다. 더욱 복을 가지고 싶은 사람은 독서로 보충하라!

[11-113] 國家用人, 猶農家積粟, 粟積於豐年, 乃可濟饑; 才儲於平時, 乃可濟用.

【濟(제)】 도움이 되다, 유익하다, 쓸모가 있다.

국가가 인재를 등용하는 것은 농가에서 곡식을 저장하는 것과 같다.
풍년일 때 곡식을 저장해 두어야 굶주림을 구제할 수 있고, 재주는 평상시에 쌓아두어야 등용되는 데 도움이 될 수 있다.

[11-114] 考人品, 要在五倫上見. 此處得, 則小過不足疵; 此處失, 則衆長不足錄.

【五倫(오륜)】 君臣 · 父子 · 兄弟 · 夫婦 · 朋友 간의 윤리 관계.
【小過(소과)】 조그만 과실.
【疵(자)】 흠, 결점, 결함.
【錄(록)】 기록하다, 기재하다, 채택하다, 임용하다.

人品을 살피려면 五倫의 관점에서 바라봐야 한다. 이 관점에 맞는다면 조그만 과실은 결점이 될 수 없고, 이 관점에 맞지 않는다면 수많은 장점이 있더라도 쓰일 수 없다.

[11-115] 國家尊名節獎恬退, 雖一時未見其效, 然當患難倉卒之際, 終賴其用. 如祿山之亂, 河北二十四郡皆望風奔潰. 而抗節不撓者, 止一顔眞卿, 明皇初不識其人. 則所謂名節者, 亦未嘗不自恬退中得來也. 故獎恬退者, 乃所以勵名節.

【名節(명절)】 명예와 절개, 명예와 절조.
【獎(장)】 장려하다, 칭찬하다, 표창하다.
【恬退(염퇴)】 깨끗이 물러나다.
【患難(환난)】 근심과 재난.
【倉卒(창졸)】 황급하다, 갑작스럽다.
【祿山之亂(록산지란)】 安祿山의 亂.
【望風(망풍)】 소문을 듣다, 동정을 살피다.
【顔眞卿(안진경)】 唐代 忠臣이며, 字는 淸臣. 書藝家로써 楷書·草書가 뛰어남. 玄宗 때 平原의 태수가 되었고, 安史의 난 때에는 族兄 顔杲卿과 함께 의병을 일으켜 저항하였다. 德宗 때 賊將 李希烈을 설득하러 갔다가 잡혀 목매어 죽었다.
【明皇(명황)】 唐 玄宗을 말한다.
【抗節(항절)】 절조를 지켜 굴하지 아니하다.
【不撓(불요)】 굽히지 않다, 굴복하지 않다.

　국가가 명예와 절개를 존중하고 깨끗이 물러나는 것을 장려하면, 비록 일시적으로 그 효과를 보지 못하더라도 환난이나 급박한 때를 당해서는 결국 그런 사람에게 의지하고 등용하게 되는 법이다.

　예를 들어 安祿山의 亂 때 河北의 24郡 모두가 소문만 듣고서도 궤멸되었다. 절개를 지키며 굴복하지 않은 자는 顔眞卿뿐이었는데, 唐 玄宗 초에는 顔眞卿을 알아주지 않았다.

　그런즉 이른바 명예와 절개 역시 항상 깨끗이 물러나는 가운데 얻어지는 것이다. 그러므로 깨끗이 물러나는 것을 장려하는 것은 명예와 절조를 장려하기 때문이다.

[11-116] 志不可一日墜, 心不可一日放.

【墮(타)】 떨어지다, 빠지다, 무너지다.
【放(방)】 놓다, 풀어주다, 내치다.

뜻은 하루라도 타락해서는 안 되고, 마음은 하루라도 놓아서는 안 된다!

[11-117] 辯不如訥, 語不如默, 動不如靜, 忙不如閒.

탁월한 말솜씨보다 어눌한 것이 낫고, 말보다는 침묵이 낫고, 행동하는 것보다는 조용히 있는 것이 낫고, 바쁜 것보다는 한가한 것이 좋다네!

[11-118] 以無累之神, 合有道之器. 宮商暫離, 不可得已.

【無累之神(무루지신)】 번거로움이 없는 정신, 근심이 없는 마음. ＊累: 복잡하다, 번 잡하다, 번거롭다, 관련되다, 걱정시키다, 결점, 결함.
【有道之器(유도지기)】 덕행이 있는 사람, 그러한 인재(재목). ＊有道: 덕행이 있다, 학덕이 있다, 학덕이 있는 사람.
【宮商(궁상)】 五音(宮 · 商 · 角 · 徵 · 羽) 중 宮과 商, 즉 고대의 음률. 인신하여 음 률, 즉 따라야 하는 모범적인 규칙 등을 말한다.
【不可得已(불가득이)】 얻을 수가 없을 뿐이다, 만족할 수가 없을 뿐이다.

근심 없는 정신으로 덕행 있는 인물에 부합되도록 해야 한다. 잠시라 도 법도와 멀어진다면 아무것도 얻지 못하리!

卷十二·俏

　이 책은 각 卷의 이름과 그 내용이 부합되지 않는 경우가 종종 있음을 이미 언급하였다. 본 12권 〈倩〉 역시 이런 특성에서 벗어나지 않는다. 제목처럼 아름다운 용모, 풍경 외에 맑고 아름다운 상황이나 경지까지 아우르고 있기 때문에 때로는 〈景〉이나 〈素〉권에 편입된 내용, 풍격과 유사한 내용이 들어 있기도 하다. 물론 이는 분류가 정확하지 못하다는 편집상의 단점이 될 수도 있겠으나, 한편으로는 어떠한 것을 '아름답다〔倩〕'고 하는지, 편집자의 심미관을 역으로 보여주기도 한다. 또한 다른 권과 비교할 때 유난히 중복되는 항목이 많은데, 이 또한 '倩'이라는 개념이 소박함, 여유로움, 독특함, 아리따움, 멋들어짐 등 폭넓은 범주를 아우르고 있기 때문일 것이다. 한편으로는 마지막권이라는 편집상의 이유 때문일 수도 있겠다.

　[12-0] 倩不可多得, 美人有其韻, 名花有其致, 青山綠水有其丰標. 外則山癯韻士, 當情景相會之時, 偶出一語, 亦莫不盡其韻, 極其致, 領略其丰標. 可以啓名花之笑, 可以佐美人之歌, 可以發山水之淸音, 而又何可多得! 集倩第十二.

【倩(천)】예쁘다.
【丰標(봉표)】용모, 풍채, 풍모.
【韻(운)】운치, 흥취.
【致(치)】정취.
【情景相會(정경상회)】정취와 경물이 만나다. ＊相會: 만나다.
【領略(영략)】이해하다, 깨닫다, 감지하다.

　아름다운 것은 흔하게 만날 수 없는 것!
　미인에게는 운치가 있고, 이름난 고운 꽃에는 정취가 있으며, 푸른 산과 푸르른 물엔 그들만의 멋진 모습이 있다.

  겉으로는 메말라 보이는 山이라 해도 운치 있는 선비들이 모였을 때, 혹은 정취와 풍경이 오묘하게 어우러질 때면 한마디 말을 뱉어도 기막힌 운치가 드러나고, 정취와 운치가 지극하게 되면 그 아름다운 모습도 깨닫게 되는 법이다. 아름다운 꽃의 미소를 이끌어낼 수 있고, 美人의 노랫소리를 곁에 둘 수 있고, 山水의 맑은 소리를 내게 할 수만 있다면 구태여 많을 필요가 있겠는가?!

  아름다움에 관한 문장들을 모아서 第12로 삼았다.

  [12-1] 會心處, 自有濠濮閒想, 然可親人魚鳥; 偃臥時, 便是羲皇上人, 何必秋月涼風.

  * 본 항목은 권5 〈素〉 제42항목과 유사하다.
【會心處(회심처)】 속마음을 깨닫는 곳.
【濠濮閒想(호복간상)】 속세를 떠나서 자연을 즐기는 마음. 莊子가 濠梁 위에서 물고기가 노니는 것을 보고서 즐거워하고, 또 濮水에서 낚시를 하면서 楚王이 부르는데도 응하지 않았다는 고사에서 나온 말.
【偃臥(언화)】 엎드려 자다.
【羲皇上人(희황상인)】 태곳적 사람, 세상일을 잊고 지내는 사람.
【何必(하필)】 구태여 …할 필요가 있는가? 어찌 반드시.

  마음을 깨닫는 곳이라면 속세를 떠나 자연을 즐기는 마음이 저절로 생기나니, 사람이 물고기나 새와도 친해질 수 있는 법. 편안히 엎드려 잠잘 때면 태평성대의 옛사람처럼 되나니, 굳이 가을 달이나 시원한 바람까지 필요할까?!

  [12-2] 翠竹碧梧, 高僧對奕, 蒼苔紅葉童子煎茶.

　　푸른 대나무, 벽오동 속에서 高僧은 바둑을 두고, 푸른 이끼 붉은 낙엽 속에서 동자는 차를 끓이고……

[12-3]　一軒明月, 花影參差, 席地便宜小酌; 十里靑山, 鳥聲斷續, 尋春幾度長吟.

【軒(헌)】 창문, 문, 창문이 있는 작은 집.
【參差(참치)】 가지런하지 않은 모양, 흩어진 모양.
【席地(석지)】 땅바닥에 자리를 깔다, 바닥에 앉다.
【小酌(소작)】 간단히 한잔하는 것, 조촐한 연회.
【幾度(기도)】 몇 번, 몇 차례.
【長吟(장음)】 길게 읊조리다.

　　창문에 밝은 달, 어른어른 꽃그림자, 바닥에 자리를 까니 간단히 술 마시기에 좋고, 십 리나 이어진 청산에 새소리 끊어졌다 이어졌다…….
　　봄을 찾아 길게 읊조려 본다.

[12-4]　入山採藥, 臨水捕魚, 綠樹陰中鳥道. 掃石彈琴, 捲簾看鶴, 白雲深處人家.

【鳥道(조도)】 새가 아니면 다닐 수 없는 좁거나 험한 길.

　　산에 들어가 약초를 캐고, 물가에서 고기를 잡고, 푸르른 나무 그늘 속에는 좁은 오솔길.
　　바위를 털고 앉아 거문고를 연주하고, 주렴을 말아올려 학을 구경하고, 白雲이 깊은 곳에 사람 사는 집.

[12-5] 沙村竹色, 明月如霜, 携幽人杖藜散步; 石屋松陰, 白
雲似雪, 對孤鶴掃榻高眠.

【沙村(사촌)】 어촌.
【幽人(유인)】 隱者.
【杖藜(장려)】 명아주 줄기로 만든 지팡이를 짚다.
【高眠(고면)】 세속의 累를 벗어나서 마음내키는 대로 살다. 여기서는 高枕(베개를
높이 베고 마음 편하게 잠)의 의미.

대나무 푸른빛 감도는 어촌, 서리처럼 하얗게 반짝이는 밝은 달, 은자
의 지팡이를 끼고 어슬렁어슬렁 걸어 보노라.
소나무 그늘 드리운 돌집, 눈처럼 하얀 구름, 외로운 학을 바라보다가
침상 털고 편히 잠드네.

[12-6] 富貴功名, 榮枯得喪, 人間驚見白頭; 風花雪月, 詩酒
琴書, 世外喜逢靑眼.

＊본 항목은 권1〈醒〉제184항목과 중복된다.
【榮枯(영고)】 榮枯盛衰, 융성과 쇠퇴.
【得喪(득실)】 얻고 잃음(＝得失).
【人間(인간)】 세상, 속세.
【風花雪月(풍화설월)】 바람·꽃·눈·달. 즉 자연 경물.
【靑眼(청안)】 따사로운 눈, 사랑이 어린 눈길, 호감, 총애. 魏晉시기 名士 阮籍은 거
리낌없이 호방한 성격이었다. 그는 친구가 세속적이지 않으면 사랑어린 눈길로〔靑
眼〕 바라보고, 그렇지 않으면 냉대하는 눈길〔白眼〕로 대하였다 한다.

부귀공명, 영고성쇠, 이해득실 등은 속세 안에서 어느 순간 머리가 희
끗해지는 것에 깜짝 놀라며 깨닫게 되는 것이요, 자연 경물, 시읊기, 술
마시기, 음악, 붓글씨 등은 속세 밖에서 즐기는 가운데 따사로운 눈길 속

에서 만나게 되는 것!

[12-7] 焚香看樹, 人事都盡. 隔簾花落, 松梢月上; 鐘聲忽度, 推窗仰視: 河漢流雲, 大勝晝時. 非有洗心滌慮得意爻象之表者, 不可獨契此語.

【松梢(송초)】 소나무 가지 끝.
【度(도)】 건너다, 미치다(=渡).
【河漢(하한)】 은하수.
【流雲(유운)】 흘러가는 구름.
【得意(득의)】 바라던 일이 성취됨, 뜻대로 되어 만족함, 마음에 듦, 뜻에 얻은 바가 있음.
【爻象之表(효상지표)】 점괘로써 爻의 모양이 드러난 상태. *爻: 易의 卦를 이룬 여섯 개의 가로지른 획. 여기서는 점괘의 조짐이 나타난다는 뜻.
【契(계)】 약속하다, 맺다, 합치하다, 부족하다, 끊어 버리다. *직역하면 '내가 하는 이러한 말에 부합되지 못한다' 는 뜻.

향을 사르며 나무들을 바라보노라면 복잡한 인간사가 모두 사라지더라!
주렴 너머로 지는 꽃, 소나무 가지 끝에 떠오르는 달…….
어디선가 문득 들려오는 종소리에 창문 젖혀 하늘을 올려다보네.
은하수에 흐르는 구름은 낮에 보던 모습보다 훨씬 멋지고…….
마음과 근심을 씻어내지 못하고, 천지자연의 징후〔爻象〕를 깨닫지 못하는 사람은 내가 하는 이 말을 이해할 수 없겠지!

[12-8] 紙窗竹屋, 夏葛冬裘, 飯後黑甛, 日中白醉, 足矣!

【黑甛(흑첨)】 잠이 깊다, 낮잠, 午睡.

【日中(일오)】 정오, 한낮.
【白醉(백취)】 白酒에 취하다, 얼큰하게 취하다.

종이 바른 창문, 대나무 얽어 만든 방, 여름엔 갈옷 겨울엔 가죽옷, 밥 먹은 후 달콤한 낮잠, 정오의 얼큰한 술기운. 만족스럽도다!

[12-9] 收碣石之宿霧, 斂蒼梧之夕雲. 八月靈槎, 泛寒光而靜去; 三山神闕, 湛淸影以遙連.

【碣石(갈석)】 모양이 둥근 비석. *네모난 비석은 碑라고 한다.
【宿霧(숙무)】 어제 내려 하루 묵은 안개, 오랜 안개.
【蒼梧(창오)】 湖南省 寧遠縣에 있는 산 이름. 九疑山(혹은 九嶷山)이라고도 한다. 舜임금이 이곳에서 崩御하였다.
【靈槎(영사)】 영구를 실은 뗏목, 영혼이 탄 뗏목.
【寒光(한광)】 차가운 빛, 섬뜩한 빛.
【三山(삼산)】 전설 속에 신선이 산다는 三神山, 즉 蓬萊·方丈·瀛洲를 말한다.
【神闕(신궐)】 天上의 궁전.
【湛淸(담청)】 아주 맑다, 맑디맑다.
【遙連(요련)】 아득히 이어지다.

둥근 비석에 휘감긴 묵은 안개 걷히고, 蒼梧山의 저녁 구름 걷히네.
음력 8월 가을날 신령스런 뗏목 하나, 차가운 빛을 타고 조용히 떠가네.
신선들이 사는 듯한 수려한 산과 하늘 궁전, 맑은 그림자 길게길게 이어지네!

[12-10] 空三楚之暮天, 樓中歷歷; 滿六朝之故地, 草際悠悠.

【三楚(삼초)】 三國시기 楚國.

【歷歷(역력)】 역력하다, 뚜렷하고 분명한 모양, 사물이 질서 정연하게 늘어선 모양.
【六朝(육조)】 建業에 도읍을 정한 여섯 나라. 곧 吳·東晉·宋·齊·梁·陳.
【際(제)】 가장자리, 끝.
【悠悠(유유)】 아득히 먼 모양, 끝이 없는 모양, 흘러가는 모양, 침착하고 여유가 있
는 모양.
　*옛 초나라와 六朝가 도읍을 정했던 이곳이 지금은 황량한 누각과 허허벌판만
남게 되었다는 비애를 토로한 글.

　삼국시대 초나라의 푸르른 하늘은 여전히 누각 속에 가득하고, 육조의
옛 땅을 가득 메운 풀들은 한들한들…….

　[12-11] 秋水岸移新釣舫, 藕花洲拂舊荷裳; 心深不減三年
字, 病淺難銷寸步香.

【釣舫(조방)】 낚싯배.
【藕花洲(우화주)】 연꽃이 핀 모래톱.
【三年字(삼년자)】 3년 동안 배운 글자. 곧 오랫동안 배운 공부(학식).
【銷(소)】 녹이다, 지우다, 없애다.
【寸步(촌보)】 아주 가까운 거리, 짧은 보폭.

　가을 강가에 새로 만든 고깃배 띄우고, 연꽃 가득한 모래톱에서 시든
연꽃 내려앉은 옷자락 털어내네.
　가슴 깊이 새긴 공부는 오랜 시간 지나도 사라지지 않고, 병이 깊지 않
으니 연꽃 향기 찾아가는 발걸음 그만두기 힘드네.

　[12-12] 趙飛燕歌舞, 自賞仙風留於縐裙; 韓昭侯矉笑, 不輕
儉德昭於敝袴. 皆以一物著名, 局面相去甚遠.

【趙飛燕(조비연)】漢나라 成帝의 皇后. 태생은 미천하나 歌舞에 뛰어난 절세의 미인으로서, 여동생 合德과 함께 後宮이 되어 임금의 총애를 다투었다. 成帝가 죽은 후 동생 合德은 자살하였고, 飛燕도 平帝 때 庶民으로 내침을 받고 자살하였다.

【賞(상)】칭찬하다, 숭상하다, 아름다운 것을 감상하다, 즐기다.

【仙風(선풍)】선인과 같은 풍격, 높은 산에서 불어오는 시원한 바람.

【縐裙(추군)】주름치마, 주름진 치마.

【韓昭侯顰笑(한소후빈소)】한소후의 찡그림과 웃음. 한소후는 戰國시기 韓 哀侯의 손자, 26년간 재위. * 어느 날 韓昭侯가 자신이 입었던 바지를 신하에게 잘 챙겨놓으라고 했다. 그러자 신하는 "임금께서는 不仁하십니다. 낡은 바지조차 아랫사람에게 하사하지 않으시고 보관하시다니오〔君亦不仁矣, 弊褲不以賜左右而藏之〕"라고 불평했다. 이에 昭侯는 "그대가 생각하는 그런 게 아닐세. 현명한 군주는 가볍게 짓는 미소나 찡그림까지도 아주 절제했다고 들었네. 아랫사람에게 스치는 미소나 살짝 인상 쓰는 것조차 그냥 줄 수 없는 법인데, 하물며 입던 바지는 어떻겠는가? 나는 공을 세운 자를 대접해 주려고 바지를 보관하고 주지 않는 것일세〔非子之所知也, 吾聞明主之愛, 一顰一笑, 顰有爲顰, 而笑有爲笑. 今夫褲豈特顰笑哉! 褲之與顰笑相去遠矣, 吾必待有功者, 故藏之未有予也〕!"(《資治通鑑》 권2) 이 일화는 한소후의 근검절약과 논공행상을 중시했던 성품을 보여준다.

【顰笑(빈소)】눈살을 찌푸리거나 웃다.

【儉德(검덕)】검소한 덕.

【敝袴(폐고)】해진 바지, 낡은 옷.

【相去(상거)】거리, 차이, 차이가 나다.

    조비연의 노래와 춤은 주름치마에 머무는 선녀 같은 풍류를 자기 혼자 즐긴 것이요, 한소후의 찡그림과 미소는 해진 베옷에 빛나는 근검의 미덕을 가벼이 여기지 않은 것이다.

    치마와 바지라는 비슷한 것으로 유명해졌지만, 두 사람의 상황은 전혀 다르다.

[12-13] 翠微僧至, 衲衣皆染松雲; 斗室殘經, 石磬半沈蕉雨.

＊본 항목은 권9〈綺〉제44항목과 중복된다.

【翠微(취미)】 청록색의 산색, 산중턱, 푸른 산.

【衲衣(납의)】 승려의 검은 옷.

【斗室(두실)】 한 말 정도 되는 크기의 방, 아주 작은 방.

【殘(잔)】 남은, 나머지, 해지다(닳다).

【石磬(석경)】 돌로 만든 경쇠.

【蕉雨(초우)】 파초 잎에 떨어지는 비.

　녹음 우거진 곳에 스님이 오시는데 스님의 가사는 소나무와 구름에 흠뻑 물든다. 자그마한 집엔 열심히 읽어 해진 경전, 石磬 소리는 파초 잎에 떨어지는 빗소리에 반쯤 묻혀 버리고…….

[12-14] 黃鳥情多, 常向夢中呼醉客; 白雲意懶, 偏來僻處媚幽人.

【意懶(의라)】 생각이 게으르다, 게으르고 싶어지다, 의기소침하다.

【偏(편)】 기어코, 일부러, 꼭.

【媚(미)】 아첨하다, 아양 부리다.

【幽人(유인)】 隱者.

　정 많은 꾀꼬리는 언제나 꿈속에서 취객을 불러내고, 나른한 흰 구름은 외진 곳까지 찾아와 깊은 산에 숨어사는 은사를 기어이 유혹하네!

[12-15] 樂意相關禽對語, 生香不斷樹交花, 是無彼無此眞機; 野色更無山隔斷, 天光常與水相連, 此徹上徹下眞境.

【樂意(낙의)】 즐거운 기분, 즐겁게 여기다, 즐거워하다, 만족해하다.

【相關(상관)】 관련되다, 관계하다.

【眞機(진기)】 진정한 계기(실마리, 기회, 때). *機: 때, 실마리, 기회, 작용.
【隔斷(격단)】 사이를 막다, 가로막다, 단절시키다.
【天光(천광)】 햇빛, 하늘빛.
【相連(상련)】 연결되다, 서로 잇닿다.
【徹上徹下(철상철아)】 위아래가 서로 통하다.
【眞境(진경)】 진정한 境地, 신선 등이 사는 아주 깨끗한 땅. *여기서는 추상적 의미의 '경지'와 구체적 '풍경' 모두를 의미할 수 있겠다.

    즐거운 마음은 새들의 지저귐으로 이어지고, 피어나는 향기 꽃나무에 끊이지 않나니, 이것이 바로 상대와 나의 구분이 없는 진정한 시절이로다!
    들판의 고운 빛깔 산에 가로막히지 않고, 하늘빛 언제나 파란 물과 닿아 있으니, 하늘과 땅 위아래가 통하는 참된 경지로다!

[12-16] 美女不尙鉛華, 似疎雲之映淡月; 禪師不落空寂, 若碧沼之吐靑蓮.

【尙(상)】 중시하다, 숭상하다.
【鉛華(연화)】 (옛날 부녀자들이 화장에 사용하였던) 鉛白粉.
【淡月(담월)】 어슴푸레한 달빛, 엷은 달빛.
【空寂(공적)】 쓸쓸하다, 적막하다, (佛家) 우주의 만물은 그 실체가 없이 모두 공허함.
【靑蓮(청련)】 푸른 蓮, 佛眼에 비유함.

    미녀는 화장에 신경 쓰지 않아도 성긴 구름 사이로 비치는 엷은 달빛처럼 아름답고, 禪師는 空寂에 들지 않았어도 푸른 연못이 뿜어올린 푸른 연꽃잎 같으시네!

[12-17] 書者喜談畫, 定能以畫法作書; 酒人好論茶, 定能以茶法飮酒.

서예가가 그림 얘기를 즐기나니 그림 그리는 법칙〔畵法〕으로 글씨를 쓸
수 있게 될 것이요, 술꾼이 차 이야기를 즐기나니 차 마시는 법도로 술을
마실 수 있게 되리라!

[12-18] 詩用方言, 豈是采風之子; 譚隣俳語, 恐貽拂塵之羞.

【采風之子(채풍지자)】 민요를 수집하는 사람. *采=採: 채집, 수집하다. 風: 노래,
민요. *여기서는 백성의 마음을 살피려 한다는 의미. 이 구절은 '風'에 담긴 뜻을
제대로 이해해야 할 것이다. 중국 最古의 시가집《詩經》은 周나라 초기부터 춘추시
대 중기까지의 시모음집이다. 크게 風雅頌으로 내용과 형식·사용 목적을 분류하
는데, 風은 민간에서 채집한 노래로서 집단적 노래라는 의미로 '風謠'라고도, 혹은
제작 당시 15개 나라〔國〕의 노래를 수집하였다는 의미로 '각 나라의 노래〔國風〕'라
고도 불린다. 한편《시경》에 실린 시편들을 채집한 의도는 '觀風俗'을 위한 것, 즉
백성의 삶과 감정이 담긴 노래를 통해 民情을 살피고, 반면 백성 쪽에서는 노래를
통해 "넌지시 둘러 잘못을 고치도록 깨우칠" 수 있었으므로 '風'은 '풍간한다'는
'諷'으로 이해되기도 한다.
【俳語(배어)】 광대가 쓰는 말, 익살, 해학.
【恐(공)】 아마도 …할 것이다.
【貽(이)】 주다, 전해 주다.
【拂塵(불주)】 먼지를 털다, 먼지떨이, 총채, 중이나 도사가 번뇌 따위를 물리치는 의
미로 쓰는 총채.

  일반인의 방언을 사용하여 시를 짓는다고 해서 '민요을 수집하는 사
람'이 될 수 있겠는가?
  일반인이 쓰는 저잣거리 말에 가깝다 할지라도 속세의 업을 털어내고
부끄러움을 깨닫게 할 수 있으리!

[12-19] 肥壤植梅花, 茂而其韻不古; 沃土種竹枝, 盛而其質

不堅.

　비옥한 토양에 매화를 심으면 무성해지지만 그 운치가 예전 같지 않고, 비옥한 토양에 대나무의 가지를 심으면 잎은 울창해지지만 대의 재질은 단단하지 않게 된다.

　[12-20] 竹徑松籬, 儘堪娛目, 何非一段淸閒; 園亭池榭, 僅可容身, 便是半生受用.

【一段(일단)】 (문장의) 한 구절, (일이나 공사의) 일단락, (시간 등의) 한 매듭.
【淸閑(청한)】 조용하고 한적하다, 남의 한가로움을 높여 부르는 말.
【榭(사)】 정자 위의 臺, 전망대.
【容身(용신)】 몸을 들여놓다, 몸을 두다, 몸을 의탁하다.
【便是(편시)】 바로 …이다.
【受用(수용)】 받아쓰다, 누리다, 향유하다.

　대나무 늘어선 오솔길, 소나무 울타리는 눈을 한껏 즐겁게 해주나니, 어찌 잠시나마의 한가로움이 아니겠는가?
　정원의 정자와 연못가 누대는 몸을 들여놓을 수만 있더라도 반평생 쓸 만하다네.

　[12-21] 南磵科頭, 可任半簾明月; 北窓坦腹, 還須一榻淸風.

【磵(간)】 산골짜기(계곡=澗).
【科頭(과두)】 맨머리, 갓이나 두건 등을 쓰지 아니한 머리.
【任(임)】 맡다, 담당하다, 감당하다, 이겨내다, 되는 대로 맡겨두다, 내버려두다, 마음대로 하게 하다.

【坦(탄)】 평탄하다, 편안하다, 노출하다, 드러내다.
【須(수)】 바라다, 원하다, 기다리다.

　남쪽 산골짜기에서 손질하지 않은 맨머리를 한 채 반쯤 올린 주렴에 밝은 달 비치도록 내버려두고, 북쪽 창가에서 배를 드러내 놓고서 평상에 맑은 바람이 불기를 기다리네.

　　[12-22] 披帙橫風榻, 邀棋坐雨窗.

【帙(질)】 책갑, 책, 책의 권수.
【橫(횡)】 가로, 가로놓이다, 가로누움, 가로 길게 뻗치다.

　책을 펼쳐 서늘한 바람 부는 침상에 아무렇게나 가로눕기도 하고, 바둑 친구를 불러 비 오는 창가에 마주 앉기도 하고…….

　　[12-23] 花關曲折, 雲來不認灣頭; 草徑幽深, 落葉但敲門扇.

　＊본 항목은 권6 〈景〉 제2항목과 중복된다.
【花關(화관)】 꽃밭으로 들어가는 문, 혹은 꽃밭을 찾아가는 길, 즉 꽃길. ＊關: 관문, 거치다.
【灣頭(만두)】 灣의 가, 물가　＊灣: 물굽이 (물가의) 만.
【幽深(유심)】 조용하고 깊다, 그윽하다.
【門扇(문선)】 문짝.

　꽃길 구불구불하니 구름이 찾아와도 물가를 분간하지 못하고, 풀이 난 오솔길은 그윽하고 깊어 낙엽만 문짝을 두드리네.

[12-24] 洛陽每遇梨花, 時人多携酒樹下, 曰: 爲梨花洗妝.

【洛陽(낙양)】 河南省의 수도. 洛水의 북쪽에 위치하며 東周가 이곳에 도읍을 정하
였고, 이후 後漢·西晉·後魏·隋 등이 이곳을 수도로 정하였다.
【洗妝(세장)】 씻고 단장하다, 화장하다.

　낙양에서는 배꽃이 필 때면 사람들이 술을 가지고 나무 아래 앉아 이렇
게 말했단다. "곱게 단장한 배꽃을 위하여!"

[12-25] 綠染林皐, 紅銷溪水. 幾聲好鳥斜陽外, 一簇春風小
院中.

【林皐(임고)】 숲과 언덕.
【斜陽(사양)】 지는 해, 석양.
【簇(족)】 무더기, 무리를 이루다, 떨기를 이루다.

　녹음이 숲과 언덕을 물들이고, 붉은 꽃은 시냇물 속으로 지네.
　노을 밖에서 들려오는 아름다운 새소리, 조그마한 뜰 안으로 불어오는
봄바람 한 무더기!

[12-26] 有客到柴門, 淸尊開江上之月; 無人剪蒿徑, 孤榻對
雨中之山.

【柴門(시문)】 사립문, 문을 닫다(=杜門).
【尊(존)】 술그릇(=樽).
【剪蒿徑(전호경)】 잡초가 뒤덮인 길을 손질하다, 잡초를 잘라 손질해 놓은 길. ＊剪
(전): 자르다, 손질하다.

객이 사립문에 이르면 맑은 술잔에 강 위의 달이 뜨고, 찾아오는 사람 없을 때면 오솔길을 손질하고, 외로운 침상에 누워 빗속의 산을 마주하네.

[12-27] 茶熟香淸, 有客到門, 喜鳥啼, 花落無人, 亦自悠然.

【熟(숙)】 익다, 익히다.
【悠然(유연)】 한가한 모양, 침착하여 서둘지 않는 모양, 유유자적하는 모양.

차를 끓여 향기 맑을 때 마침 손님이 찾아오니 새가 반가이 지저귀고, 꽃이 떨어져 찾아오는 사람 없더라도 나 홀로 유유자적!

[12-28] 恨留山鳥, 啼百卉之春紅; 愁寄隴雲, 銷四天之暮碧.

【百卉(백훼)】 온갖 꽃, 모든 초목(=百花).
【春紅(춘홍)】 봄꽃.
【隴雲(롱운)】 언덕 위의 구름.
【四天(사천)】 사방의 하늘, 四時의 하늘(蒼天·昊天·旻天·上天).
【鎖(쇄)】 잠그다, 가두다.
【暮碧(모벽)】 저녁 무렵의 푸르스름한 기운.

산새에게 설움을 맡겼더니 봄꽃이 붉어지도록 슬피 울고, 언덕 위 구름에 근심을 맡겼더니 저녁 하늘의 푸르스름한 빛을 가두어 버렸네.

[12-29] 磵口有泉常飮鶴, 山頭無地不栽花.

【磵口(간구)】 산골 개울의 입구.

【山頭(산두)】산, 산꼭대기, 산의 정상.

산골짜기 아래쪽에 샘물이 있어 언제나 학이 물을 마시는데, 산봉우리
엔 흙이 없어 꽃을 심지 못했네.

[12-30] 雙杵茶煙, 具載陸君之竈; 半牀松月, 且窺揚子之書.

【陸君(육군)】唐代의 隱士 陸羽. 字는 鴻漸, 號는 桑苧翁. 차를 즐기고 조예가 깊어
'茶神' 으로 추앙되었고, 《茶經》3卷을 지었다.
【揚子(양자)】漢代 揚雄. 字가 子雲. 蜀郡 成都 사람. 박학다식했지만 말주변이 좋
지 않아 침묵하며 깊이 생각하기를 좋아했다고 한다. 辭賦에 뛰어났다.

찻잎 찧는 절굿공이 한 쌍, 차 끓이는 연기는 모두 陸羽의 차 화로에 담
겨 있고, 침상 한쪽 소나무 사이로 비친 달빛이 揚雄의 책을 흘끔거리네.

[12-31] 尋雪後之梅, 幾忙騷客; 訪霜前之菊, 頗愜幽人.

【幾忙(기망)】얼마간 바쁘다, 얼마나 바쁜가?
【騷客(소객)】시인.
【愜(협)】상쾌하다, 만족하다.
【幽人(유인)】隱者.

눈 내린 후 매화를 찾아다니느라 詩人들은 얼마나 바쁜지!
서리 내리기 전 국화를 찾아다니느라 隱者들은 얼마나 즐거운지!

[12-32] 帳中蘇合, 全消雀尾之爐; 檻外遊絲, 半織龍鬚之席.

【蘇合(소합)】蘇合香. 페르시아 낙엽 교목에서 짠 기름으로 향료 등에 사용.
【雀尾之爐(작미지로)】참새 꼬리 모양으로 만든 향로.
【檻(함)】문지방, 난간, 우리.
【游絲(유사)】아지랑이, 공중에 떠돌거나 숲에 걸려 있는 실 같은 것.
【龍鬚(용수)】용의 수염, 龍鬚草.

　　장막 속 蘇合香은 참새 꼬리 모양의 화로 속에서 모두 타버리고, 난간
밖 거미줄은 용 수염 같은 돗자리를 반쯤 짰네.

　　[12-33] 瘦竹如幽人, 幽花如處女.

야윈 대나무는 隱者 같고, 그윽한 꽃은 처녀 같구나!

　　[12-34] 晨起推窗, 紅雨亂飛, 閒花笑也; 綠樹有聲, 閒鳥啼
也; 煙嵐滅沒, 閒雲度也; 藻荇可數, 閒池靜也; 風細簾靑, 林空
月印, 閒庭峭也. 山扉晝扃, 而剝啄每多閒侶; 帖括因人, 而几
案每多閒編. 繡佛長齋, 禪心釋諦. 而念多閒想, 語多閒詞. 閒
中滋味, 洵足樂也.

【紅雨(홍우)】붉은 비, 꽃비, 즉 꽃잎이 비 오듯이 흩어져 내리는 것.
【煙嵐(연람)】연기와 嵐氣(해질 무렵 멀리 보이는 푸르스름하고 흐릿한 기운), 嵐氣가
피어오르다.
【滅沒(멸몰)】없애다, 소실하다, 죽다.
【藻荇(조행)】수초의 움직임, 수초의 행렬.
【數(수)】세다.
【印(인)】찍다, 묻다, 자취가 남다.
【剝啄(박탁)】문을 두드리는 소리, 바둑을 두는 소리.
【帖括(첩괄)】옛날 과거 시험을 위한 요점 정리본(옛날 과거를 응시하는 사람이 많아

지고 과거 시험이 經書의 난해한 구절을 출제하므로 경서의 難語句를 노래처럼 암기하기 쉽게 만든 것).

【几案(궤안)】 책상.

【繡佛長齋(수불장재)】 부처를 수놓으며 오랫동안 재계하다, 1년 내내 정진하여 부처를 섬기다.

【諦(체)】 眞諦, 즉 (佛家) 진실한 이치, 참된 법칙.

【洵(순)】 참으로, 진실로.

새벽에 일어나 창문 열어젖힐 때 어지러이 날리는 꽃비는 한가로운 꽃의 웃음!

푸른 나무에서 들려오는 소리는 한가로운 새의 지저귐!

산안개가 걷히는 것은 한가로운 구름이 지나가는 것, 수초의 움직임을 셀 수 있는 건 한가한 연못이 조용한 것, 잔잔한 바람 푸른 주렴, 나무 숲 속 창공에 걸린 달은 한가한 정원의 엄숙한 아름다움!

산 속의 사립문은 낮에도 잠겼는데, 똑똑 두드리는 사람은 대부분 한가한 친구들.

과거 시험용 帖括은 다른 이를 위한 것, 내 책상 위엔 대부분이 한가할 때 보는 책.

부처를 수놓으며 오랫동안 수양하여 禪心으로 진리를 깨달았지만 나의 상념엔 한가한 생각이 많고, 말에는 한가한 글자가 많다.

한가함 속의 깊은 맛은 정녕 즐길 만한 것!

[12-35] 鄙吝一消, 白雲亦可贈客 ; 渣滓盡化, 明月亦來照人.

【鄙吝(비린)】 매우 인색하다, 속되고 천하다, 비루하고 인색하다.

【渣滓(사재)】 찌꺼기, 앙금.

【盡化(진화)】 완전히 없애다.

속되고 인색한 마음이 사라지면 흰 구름까지도 손님에게 선물할 수 있

는 호기가 생긴다네. 마음에 쌓였던 찌꺼기가 모두 사라지면 밝은 달도
찾아와 이 몸을 비춰 준다네.

[12-36] 名花茂樹, 可發嘗心; 流水靑山, 何妨適性.

【賞心(상심)】 경치를 완상하는 마음.
【何妨(하방)】 어찌 꺼리겠는가? 무방하다.
【適性(적성)】 본성에 맞음.

　이름난 꽃, 울창한 숲은 감상하고픈 마음을 일으키지. 그저 흐르는 물
과 푸른 산이라 할지라도 자기 본성에 맞기만 하다면 또 어쩌랴?!

[12-37] 水流雲在, 想子美千載高標; 月到風來, 憶堯夫一時
雅致.

【子美(자미)】 盛唐 때의 시인 杜甫. 字가 子美, 號는 少陵. 중국 시단에서 李白과 쌍
벽을 이뤄 李杜라 불린다. 어려운 생활 속에서도 예술혼을 놓지 않았으며, 고생하
는 백성의 아픔을 정련된 시구와 현실적인 시풍으로 표현하였다.
【高標(고표)】 인품이 고상하다, 높고 뛰어나다, (과거 시험에서) 좋은 성적, 높은 표징
(귀감).
【堯夫(요부)】 堯임금. 帝嚳의 次子로, 처음에 陶에 봉함을 받았다가 나중에 唐으로
옮겼으므로 陶唐氏라고도 한다. 堯는 그의 號. 아들 丹朱가 불초하여 舜임금에게
禪讓하였다. 백성의 입장에서 민생을 잘 처리하여 舜과 더불어 중국의 가장 훌륭한
임금으로 숭앙받았다.

　깨끗한 물이 흐르고 흰 구름 머무나니 오래도록 전해지는 杜甫(子美)의
고상한 인품이 그립고, 달 뜨고 바람 불어오니 堯임금 시절의 고아한 운
치가 떠오르네.

[12-38] 何以消天下之淸風朗月? 酒盞詩筒; 何以謝人間之覆雨翻雲? 閉門高枕.

【詩筒(시통)】 시를 넣어 보관하는 대나무통.
【覆雨翻雲(복우번운)】 이랬다 저랬다 대중 없이 변하다, 온갖 술책을 다 부리다.
【高臥(고와)】 세상의 피곤한 일을 벗어나서 마음내키는 대로 살다.

이 세상 맑은 바람과 밝은 달을 어떻게 다 써버릴까? 술잔과 시를 보관하는 통뿐!
수시로 변하는 인간의 변심을 어떻게 물리칠 수 있을까? 세상과의 문을 닫아걸고 자기 본성대로 편히 살 뿐!

[12-39] 高客留連花木, 添淸疎之致; 幽人剝啄莓苔, 生淡冶之容.

【高客(고객)】 고아한 풍격을 지닌 나그네.
【留連(유련)】 (헤어지기가 섭섭해) 계속 머무르다.
【淸疏之致(청소지치)】 맑고 심원한 운치.
【剝啄(박탁)】 문을 두드리는 소리, 바둑돌을 놓는 소리.
【莓苔(매태)】 이끼.

고상한 나그네 꽃과 나무에 마음을 두니 맑고 심원한 운치가 더해지고, 깊은 산에 사는 은자 푸른 이끼를 밟으니 담백하고 아름다운 모습 드러나네.

[12-40] 雨中連榻, 花下飛觴; 進艇長波, 散髮弄月. 紫簫玉笛, 颯起中流; 白露可餐, 天河在袖.

【連(련)】 잇다, 이어지다, 붙이다, 합치다.
【進艇(진정)】 작은 배를 띄우다.
【長波(장파)】 높은 파도, 거친 물결.
【颯起(삽기)】 (바람 소리) 쏴, 휙.
【天河(천하)】 은하수, 은하.

　빗속에 평상을 붙여놓고 지는 꽃 곁에서 술잔을 주고받기도 하고, 높은
파도 속에 작은 배 띄우고 머리를 풀어헤친 채 달을 감상하기도…….
　자줏빛 퉁소, 옥피리 소리가 바람 속에서 흐르네.
　하얀 이슬을 밥으로 여길 수 있다면, 은하수가 내 소맷자락 안에 흐르
게 되리라!

[12-41] 午夜箕踞松下, 依依皎月 ; 時來親人, 亦復快然自適.

【午夜(오야)】 자정 전후의 시각, 한밤중.
【箕踞(기거)】 두 다리를 뻗고 앉다.
【依依(의의)】 나뭇가지가 바람에 흔들거리는 모양, 아쉬워하는 모양, 사모하는 모양.
【快(쾌)】 상쾌하다, 빠르다, 방종하다.
【自適(자적)】 마음이 가는 대로 여유롭게 생활하다.

　자정에 소나무 아래 다리 뻗고 앉으니 흰 달빛이 머무네. 달님이 때맞춰
찾아와 친해지니 더욱 상쾌해져 유유자적!

[12-42] 香宜遠焚, 茶宜旋煮, 山宜秋登.

　향은 조금 멀리서 태우는 것이 좋고, 차는 돌려가며 볶는 것이 좋고, 산
은 가을에 오르는 것이 좋다!

[12-43] 中郎賞花云: "茗賞上也, 談賞次也, 酒賞下也. 茶越而崇酒, 及一切庸穢凡俗之語, 此花神之深惡痛斥者. 寧閉口枯坐, 勿遭花惱可也."

【中郎(중랑)】明代 袁宏道. 字가 中郎으로 公安派의 首長. 復古派의 병폐를 없애고자 性靈說, 創新을 주장하였다. *여기서 袁中郎을 인용한 이유는 本書의 작자 陸紹珩보다 앞선 시대의 인물이고, 원굉도가 韻趣를 중시했으며, 술을 제재로 한《觴政》과 꽃을 제재로 한《瓶史》를 지어 그 분야에서 유명하기 때문일 것이다. 위의 문장은 원굉도의《瓶史》11.〈清賞〉에서 선록한 것. 길림성 판본은 漢나라 蔡邕의 號도 中郎이기에 蔡邕이라고 잘못 인지하고 있다.
【庸穢(용예)】용렬하고 저속하다. *庸:평범하다, 어리석다. 穢: 거칠다, 더럽다.
【凡俗(범속)】세간, 세속.
【痛斥(통척)】호되게 야단치다, 몹시 배척하다, 호된 질책.
【寧(녕)】…할지언정.

　　袁宏道(中郎)가 꽃을 감상하며 말했다. "꽃은 차를 마시며 감상하는 것이 최고요, 이야기하며 감상하는 것이 그 다음이고, 술을 마시며 감상하는 것은 하류다. 차를 넘어서서 술을 숭상하는 것과 용렬하고 저속한 세간의 말들은 꽃의 신이 너무 싫어하는 것들이다. 차라리 입을 닫고 고고하게 앉아 있을지언정 꽃을 괴롭히지 마라!"

[12-44] 賞花有地有時, 不得其時而漫然命客, 皆爲唐突. 寒花宜初雪, 宜雨霽, 宜新月, 宜煖房. 溫花宜晴日, 宜輕寒, 宜華堂. 暑花宜雨後, 宜快風, 宜佳木陰, 宜竹下, 宜水閣. 凉花宜爽月, 宜夕陽, 宜空堦, 宜苔徑, 宜古藤嶙石邊. 若不論風日, 不擇佳地, 神氣散緩, 了不相屬. 比於妓舍酒館中花, 何異哉!

【漫然(만연)】이렇다 할 이유 없이, 막연히.

【命客(명객)】 객을 명하다. 여기서는 '손님을 요청하다'는 의미.
【唐突(당돌)】 느닷없이, 뜻밖에, 돌연히.
【輕寒(경한)】 약간 춥다, 조금 춥다, 으슬으슬 춥다.
【神氣(신기)】 만물 생성의 元氣, 정신과 기력.
【散緩(산완)】 흩어져 버리다, 흩어지고 풀어지다.
【了不相屬(요불상촉)】 서로 상관하지 않다.
【妓舍酒館(지사주관)】 妓院이나 酒樓.

　꽃을 감상하는 데는 알맞은 장소와 때가 있는 법이니, 알맞은 때를 맞추지 못하고 막연히 손님을 청하는 것은 모두 느닷없는 짓이다.
　寒花는 첫눈 내릴 때, 비 갠 뒤, 초승달이 떴을 때, 그리고 따뜻한 방에서 감상하는 것이 좋다.
　溫花는 맑은 날, 약간 쌀쌀할 때, 그리고 화려한 방에서 감상하는 것이 좋다.
　暑花는 비 온 뒤, 시원한 바람 불 때, 아름다운 나무에 짙은 녹음이 질 때, 그리고 대나무 아래나 水閣에서 보기에 좋다.
　冷花는 상쾌한 달밤, 석양이 질 때, 그리고 텅 빈 섬돌, 이끼 낀 오솔길, 오래된 넝쿨로 뒤덮인 험난한 바위에서 즐기기 좋다.
　날씨는 말할 것도 없고, 감상하기에 좋은 장소를 가리지 않는다면 만물을 생성하는 元氣가 흩어져 아무 상관없게 되어 버리니, 기방이나 술집의 꽃과 무슨 차이가 있겠는가?

[12-45] 雲霞爭變, 風雨橫天; 終日靜坐, 淸風灑然.

【靜坐(정좌)】 심신을 조용히 하고 단정히 앉다.
【淸風(청풍)】 맑고 선선한 바람.
【灑然(쇄연)】 놀라는 모양, 시원한 모양.

　구름과 노을이 다투듯 시시각각 변하고, 비바람 하늘을 비껴지르네. 날

저물도록 靜坐하니 맑고 선선한 바람이 시원도 하여라!

[12-46] 妙笛至山水佳處, 馬上臨風, 快作數弄.

【馬上(마상)】 곧, 곧장, 즉시.
【臨風(임풍)】 바람을 맞다, 바람을 쐬다.
【數(수·삭)】 누차, 여러 번, 자주.
【弄(농)】 하다, 행하다.

빼어난 피리 소리 경치 좋은 곳까지 이르나니, 바람 맞으며 얼른 재빨리 몇 소절 불어 본다.

[12-47] 心中事, 眼中景, 意中人.

마음속에 둔 일, 눈〔眼〕 속에 펼쳐지는 경치, 머릿속에 있는 사람……

[12-48] 園花按時開放, 因卽其佳稱待之以客: 梅花索笑客, 桃花銷恨客, 杏花倚雲客, 水仙凌波客, 牡丹酣酒客, 芍藥占春客, 萱草忘憂客, 蓮花禪社客, 葵花丹心客, 海棠昌州客, 桂花靑雲客, 菊花招隱客, 蘭花幽谷客, 酴醾淸斂客, 臘梅遠寄客. 須是身閒, 方可稱爲主人.

【按時(안시)】 때에 따라, 시기에 맞춰, 제때에.
【索笑(색소)】 웃음을 찾다, 실없는 짓으로 웃기다.
【凌波(능파)】 파도를 능멸하다, 미인의 걸음이 가볍고 우아함을 형용한 말(凌波仙子: 수선화).

【禪社客(선사객)】 禪家 모임의 손님.
【葵花(규화)】 해바라기.
【丹心(단심)】 진심, 충성심, 정성스런 마음.
【昌州客(창주객)】 창주 지방의 해당화가 유독 향기가 짙어 제일로 꼽힌다. "天下海棠無香, 昌州海棠獨香"에서 온 말. 권9 제79 항목의 注 참조.
【靑雲(청운)】 푸른 하늘, 높은 관직, 은일(고상한 지조), 美德令譽, 立身出世.
【招隱(초은)】 은퇴한 사람을 사회로 끌어내다, 사람을 권하여 은퇴시키다, 隱者를 부르다.
【酴醾(도미)】 겨우살이풀.
【淸叙客(청서객)】 깨끗하게 행동하는 손님.
【臘梅(납매)】 관목으로 臘月에 담황색의 꽃이 핀다(=蠟梅, 唐梅).
【遠寄客(원기객)】 멀리서 소식을 전하는 손님.

　정원의 꽃들은 각기 적당한 때에 맞춰 꽃을 피우는데, 각각의 아름다움과 특징을 고려하여 (때맞춰 찾아오는) '손님〔客〕'이라고 이름을 붙여 보았다.
　梅花는 웃음짓게 하는 손님〔索笑客〕, 桃花는 한을 풀어 주는 손님〔銷恨客〕, 杏花는 구름에 의지한 손님〔倚雲客〕, 水仙花는 물결과 장난치는 손님〔凌波客〕, 牡丹은 술맛나게 하는 손님〔酣酒客〕, 芍藥은 봄을 독차지하는 손님〔占春客〕, 萱草는 근심을 잊게 하는 손님〔忘憂客〕, 蓮花는 禪家의 손님〔禪社客〕, 葵花는 진심을 보이는 손님〔丹心客〕, 海棠花는 창주의 손님〔昌州客〕, 桂花는 靑雲의 꿈을 가진 손님〔靑雲客〕, 菊花는 隱者를 부르는 손님〔招隱客〕, 蘭花는 그윽한 골짜기의 손님〔幽谷客〕, 酴醾는 깨끗함을 펼치는 손님〔淸叙客〕, 臘梅는 멀리 소식을 전하는 손님〔遠寄客〕이다.
　어쨌든 모름지기 내 몸이 한가해야지 이들의 주인이 될 수 있겠지!

[12-49] 馬蹄入樹鳥夢墜, 月色滿橋人影來.

말발굽 소리가 숲 속으로 들어가니 꿈에 빠졌던 새들이 놀라 떨어지고, 달빛이 다리에 가득 비치니 사람의 그림자 다가오네.

[12-50] 無事當看韻書, 有酒賞邀韻友.

【韻書(운서)】음운에 관한 책, 韻字에 의하여 분류한 字典. 여기서는 운치 있는 서
적으로 풀이.
【賞(상)】(윗사람이 아랫사람에게) 주다. *賞邀: 요청하다.
【韻友(운우)】운치 있는 친구, 시가 · 서화 등에 취미 있는 친구.

일이 없으면 운치 있는 서적을, 술이 있으면 운치 있는 친구를 청하네.

[12-51] 紅蓼灘頭, 靑林古岸. 西風撲面, 風雪打頭. 披簑頂
笠, 執竿烟水, 儼在米芾寒江獨釣圖中.

【蓼(료)】여뀌.
【頂(정)】머리에 이다, 머리에 받치다.
【米芾(미불)】宋代 襄陽人. 세상에서 米襄陽이라 불렀고, 山水畵 · 人物畵에 뛰어
났다.
【儼(엄)】마치, 꼭, 흡사.

붉은 여뀌는 모래톱에 펼쳐 있고, 푸른 숲은 오래된 강언덕에 있다. 서
풍이 얼굴로 불어오고, 눈보라가 머리를 때린다. 도롱이 입고 삿갓 쓰고,
안개 자욱한 수면에 낚싯대를 드리운다. 米芾이 그린 〈寒江獨釣圖〉의 장
면 속에 들어 있는 듯!

[12-52] 馮惟一以杯酒自娛, 酒酣卽彈琵琶. 彈罷賦詩, 詩成

起舞. 時人愛其俊逸.

【馮惟一(풍유일)】 不詳.
【俊逸(준일)】 뛰어나게 훌륭하다, 재지가 뛰어나다, 재능이 뛰어난 사람.

　馮惟一은 술잔을 들고 저 홀로 즐거워하다가 술기운이 거나하게 오르면 비파를 탔다. 비파 연주가 끝나면 시를 짓고, 시가 완성되면 일어나 춤을 추었다고 한다. 당시 사람들은 그의 뛰어난 才智를 좋아하였다.

　[12-53] 風下松而合曲, 泉縈石而生文.

　바람이 소나무 아래로 스치며 노랫소리를 만들어 내고, 샘물은 바위를 휘감아 돌며 무늬를 만들어 내네!

　[12-54] 秋風解纜, 極目蘆葦. 白露橫江, 情景悽絶. 孤雁驚飛, 秋色遠近. 泊舟臥聽, 沽酒呼盧. 一切塵事, 都付秋水蘆花.

【解纜(해람)】 매어놓은 밧줄을 풀(고 배가 떠나)다.
【極目(극목)】 시야가 미치는 곳(까지 바라보다).
【蘆葦(노위)】 갈대.
【悽絶(처절)】 몹시 슬프다, 너무 슬퍼서 기절할 것 같다.
【沽酒呼盧(고주호로)】 술을 팔면서 외치는 소리.
【付(부)】 넘겨주다, 주다, 부치다.

　묶어놓은 끈을 풀어 가을 바람에 배를 띄우니 시야가 미치는 곳은 온통 갈대뿐.
　하얀 이슬이 강을 가로질러 내리니 마음과 경치 모두 처연하구나!

외로운 기러기 놀라 날아오르고, 멀고 가까운 곳 모두 가을빛!
배를 정박시키고 누워 들어 보니, 술 파는 소리.
모든 속세의 일을 가을 강, 갈대꽃에 실어보내네.

[12-55] 萬綠陰中, 小亭避暑, 八闥洞開, 几簟皆綠, 雨過蟬聲, 風來花氣, 令人自醉.

*본 항목은 제7권 제37항목과 중복된다.
【八達(팔달)】 사방으로 통하다(=四通八達).
【洞開(통개)】 개방하다.
【簟(점)】 대자리.

세상 모두 푸르게 녹음질 때면 조그만 정자에서 더위를 피하네. 사방으로 문을 열어놓으면 책상과 대자리까지 흠뻑 푸른빛! 비 지난 후 매미 소리 들려오고, 꽃향기는 사람을 취하게 하고…….

[12-56] 設禪榻二, 一自適, 一待朋. 朋若未至則懸之, 敢曰: "陳蕃之榻, 懸待孺子; 長史之榻, 專設休源." 亦惟禪榻之側, 不容着俗人膝耳. 詩魔酒顚, 賴此榻袪醒.

【禪榻(선탑)】 좌선할 때 쓰이는 의자(걸상).
【陳蕃之榻(진번지탑), 懸待孺子(현대유자)】 진번의 걸상이 선비(孺子 → 徐穉)를 기다리다. *後漢 때 陳蕃이 태수가 되었는데 손님을 접대하지 않았다. 그러나 徐穉가 올 때만 의자 하나를 내놓아 대접하고, 徐穉가 가면 의자를 걸어두었다고 한다.
【長史之榻(장사지탑)】 長史는 관명으로 漢代엔 相國·丞相 또는 三公의 속관·諸史의 長.
【休源(휴원)】 휴식하는 물가, 휴가하는 곳.

【膝耳(슬이)】 무릎과 귀, 즉 가까이 접촉함을 말한다.
【詩魔(시마)】 시를 쓰기 좋아하는 기벽.
【酒顚(주전)】 술에 미친 사람, 술주정, 酒妄, 酒狂.
【祛醒(거성)】 떨쳐 깨어나다.

　좌선용 의자 두 개를 두었는데, 하나는 내가 편안히 지낼 때 쓰는 것이
고, 하나는 친구를 위해 마련해 둔 것이다. 친구가 오지 않을 때면 걸어두
고 이렇게 말한다.
　"陳蕃의 의자는 벽에 걸려서 徐穉를 기다렸고, 관리의 의자는 휴식하는
물가에 두었다."
　좌선용 의자 곁으론 俗人의 접근을 허용하지 않는다. 詩에 빠진 사람이
나 술에 미친 사람이라도 이 의자에 기대면 이내 깨어나리라.

　[12-57] 留連野水之烟, 淡蕩寒山之月.

【留連(유련)】 어떤 일에 미련을 두어 떠나지 못하다, 노는 것에 빠져 돌아가는 것을
잊다, 한곳에 머물며 떠나기 싫어하다.
【淡蕩(담탕)】 가볍게 흔들리다.

　들판을 흐르는 강물 위에 머무는 짙은 안개, 추운 산 위에 가볍게 흔들
리는 달.

　[12-58] 春夏之交, 散行麥野; 秋冬之際, 微醉稻場. 欣看麥
浪之翻銀, 稱翠直侵衣帶; 快覲稻香之覆地, 新醅欲溢尊罍. 每
來得趣於莊村, 寧去置身於草野.

【交(교)】 (시간·지역이) 인접하다, 서로 맞대다, (어떤 시간·계절이) 되다, (시간이나

계절이) 교차하는 곳(시점).
【微醉(미취)】 약간 취하다.
【稻場(도장)】 탈곡장.
【翻銀(번은)】 은빛으로 나부끼다.
【稱翠(칭취)】 일어서는 푸르름. *稱: 일으키다, 들다, 위로 향하다, 드러내다.
【醅(배)】 거르지 않은 술, 술을 빚다.
【尊罍(존뢰)】 술잔, 酒器. *罍: 옛날에 사용하던 술잔.
【莊村(장촌)】 마을, 촌락(=村莊).
【寧(녕)】 차라리(…하는 것이 낫다), 오히려.
【草野(초야)】 시골, 민간, 재야.

　봄에서 여름으로 넘어가는 시절엔 보리밭을 산보하고, 가을과 겨울 사이에는 탈곡장에서 술냄새에 가볍게 취한다. 보리 물결이 은빛으로 넘실대는 광경을 기쁘게 바라보고 있노라면 솟구치는 푸르름이 이내 허리띠 속으로 들어온다. 벼 향기가 온 땅에 가득한 모습을 즐거이 바라보고 있노라니 술잔엔 새로 익은 탁주가 찰랑찰랑! 올 때마다 시골에서 운치를 얻으니, 아예 이곳으로 와서 초야에 몸을 두는 게 나으리!

　　[12-59] 羈客在雲村, 蕉雨點點, 如奏笙竽, 聲極可愛. 山人讀易禮, 斗后騎鶴以至, 不減聞韶也.

【羈客(기객)】 나그네.
【點點(점점)】 물방울이 뚝뚝 떨어지는 모양, 점을 찍은 것처럼 여기저기 흩어진 모양.
【笙竽(생우)】 笙簧과 피리. *笙: 관악기의 일종으로, 열아홉 개 또는 열세 개의 가는 대나무 관으로 만듦. 竽: 생황과 비슷한 관악기.
【斗后(두후)】 斗姆를 가리킴. (道敎) 도교에서 받드는 여러 별신〔星神〕 중에서 가장 존중받는 자. 또 전설에서는 북두칠성의 어머니가 되었다 한다. 道敎에서는 사람의 北斗星에 예를 표하고 眞을 바라볼 수 있으면 禍나 厄을 면하여 복을 더하고 수명을 연장할 수 있다고 여겼다.
【山人(산인)】 은사, 속세를 떠난 사람.

【韶(소)】舜임금이 지었다는 온화한 음악.

　나그네가 구름 속 촌락에 머무나니 파초 잎에 빗방울 똑똑 떨어지는 소리가 笙簧과 피리를 연주하는 듯 너무도 정겨워라! 산에 사는 사람이 《易經》《禮記》를 읽나니, 별〔星〕의 신 斗后가 학을 타고 이르는 듯, 고상한 韶樂을 듣는 맛보다 덜하지 않네!

[12-60] 陰茂樹, 濯寒泉, 朔冷風, 寧不爽然灑然.

【朔(삭)】북쪽.
【寧不(녕부)】설마 …가 아니겠는가?
【爽然(상연)】시원한 모양, 실의하여 멍한 모양.
【灑然(쇄연)】시원한 모양, 놀라는 모양.

　무성한 나무가 드리운 그늘, 차가운 샘물에 씻네. 서늘한 북풍이 불어오면 상쾌하고 시원하지 않겠는가?

[12-61] 韻言一展卷間, 恍坐冰壺而觀龍藏.

【韻言(운언)】운치 있는 말.
【展卷(진권)】책을 펼치다.
【恍(황)】마치 …인 듯하다.
【冰壺(빙호)】얼음을 담는 옥으로 만든 병. 결백한 마음을 비유.
【龍藏(용장)】귀한 보물, 인재. 쓰일 기회를 얻지 못하고 묻혀(숨어) 있음을 말한다.

　운치 있는 말이 책 속에 펼쳐져 있으니, 깨끗한 얼음병 속에 들어앉은 숨은 보물을 바라보는 듯!

[12-62] 春來新筍, 細可供茶; 雨後奇花, 肥堪待客.

【細(세)】 가늘다, 세밀하다, 상등품에 비유.
【肥(비)】 살지다. * 여기서는 꽃이 한창 아름다울 때를 말한다.

봄이 오면 자라는 새 죽순은 부드러워 차 마실 때 곁들이로 낼 만하고,
비 온 뒤 피어나는 신기한 꽃들은 반드르르 물이 올라 손님께 대접할 만
하다네.

[12-63] 賞花須結豪友, 觀妓須結淡友, 登山須結逸友, 汎舟
須結曠友, 對月須結冷友, 對雪須結艶友, 捉酒須結韻友.

【豪友(호우)】 호방한 친구, 호쾌한 친구.
【淡友(담우)】 담박한 친구, 욕심이 없는 친구.
【逸友(일우)】 은거하는 친구.
【曠友(광우)】 마음이 넓은 친구.
【冷友(냉우)】 냉철한 친구.
【艶友(염우)】 얼굴이 고운 친구.
【韻友(운우)】 운치 있는 친구, 풍류가 있는 친구.

꽃을 감상할 때는 호쾌한 친구〔豪友〕와 함께해야 하고, 기생을 볼 때는
욕심 없는 친구〔淡友〕와 함께해야 하고, 산에 오를 때는 은거하는 친구
〔逸友〕와 함께해야 하고, 배를 타고 놀 때는 넓은 친구〔曠友〕와 함께해야
하고, 달을 구경할 때는 냉철한 친구〔冷友〕와 함께해야 하고, 흰 눈을 바
라볼 때는 멋쟁이 친구〔艶友〕와 함께해야 하고, 술을 마실 때는 풍류 있
는 친구〔韻友〕와 함께해야 제 맛!

[12-64] 問客寫藥方, 非關多病; 閉門聽野史, 祇爲偸閑.

【問(문)】 …에게, …향하여, 선사하다, 선물하다.
【藥方(약방)】 약방문, 처방전, 藥劑의 藥名과 분량을 적은 종이.
【多病(다병)】 병이 많음.
【野史(야사)】 관명에 의지하지 않고 사사로이 기록한 역사, 민간의 역사.
【偸閑(투한)】 틈을 내다, 둘러대어 시간을 내다.

객에게 약방문을 써달라고 하지만 병이 많아서가 아니라네.
문 닫아걸고 野史를 듣지만, 그저 한가함을 얻으려는 것뿐!

[12-65] 歲行盡矣, 風雨凄然; 紙窓竹屋, 燈火靑熒. 時於此間得小趣.

【歲行盡(세행진)】 한 해가 지나가는 것이 끝나다, 한 해가 다 지나가다.
【凄然(처연)】 쓸쓸하다, 처량하다, 비참하다.

한 해가 저물어 가나니 비바람조차 凄然하구나! 종이 창문 낸 대나무 집엔 등불이 파르스름 빛나네. 때로는 이러한 풍경 속에서 자그마한 정취를 얻기도 하지.

[12-66] 山鳥每夜五更喧起五次, 謂之報更, 蓋山間率眞漏聲也.

【五更(오경)】 하룻밤을 다섯으로 나눈 시각, 밤을 다섯으로 나눴을 때 다섯번째에 해당하는 시각(새벽 3-5시).
【報更(보경)】 更을 알리다.

【率眞(솔진)】솔직하고 꾸밈이 없다. *이 문장은 陳繼儒의《巖棲幽事》에 나오는 것으로, 원문에는 '眞率漏聲(산중의 시간을 재는 진정한 소리)'으로 되어 있다. *率漏聲(솔루성): 물시계에 물이 떨어지는 소리를 재는 것, 저녁의 시간을 재는 것을 말함. 率(솔): 계산(하다). 漏聲(누성): 시간을 재는 물시계의 물이 떨어지는 소리.

산새는 매일 밤 5更 때면 다섯 차례 우는데, 이것을 '시간 알림〔報更〕'이라고 한다. 바로 산을 뒤덮는 자연의 '시간 알림(alarm)'이리라!

[12-67] 分韻題詩, 花前酒後. 閉門放鶴, 主去客來.

【分韻(분운)】詩會에서 각자가 사용할 韻字를 미리 정하는 것.

꽃을 마주하고 술을 마신 후 각자 韻字를 정해 시를 짓는다. 문은 닫아 걸고 학은 날려보내고, 주인은 가고 객은 오고…….

[12-68] 凡醉各有所宜: 醉花宜晝, 襲其光也; 醉雪宜夜, 淸其思也; 醉得意宜唱, 宣其和也; 醉將離宜擊缽, 壯其神也; 醉文人宜謹節奏, 畏其侮也; 醉俊人宜益觥盂加旗幟, 助其烈也; 醉樓宜暑, 資其淸也; 醉水宜秋, 泛其爽也. 此皆審其宜, 考其景.

*본 항목은 권4 〈靈〉 제41항목과 중복된다.
【宜(의)】적합하다, 적당하다, 알맞다.
【襲(습)】엄습하다, 끼쳐오다, 합치하다, 맞다.
【得意(득의)】바라던 일이 성취됨, 뜻에 얻은 바가 있음.
【宣(선)】베풀다, 펴다, 널리 알리다.
【將離(장리)】이별하려고 하다.
【謹節奏(근절주)】정해 놓은 규칙을 지키는 것. 즉 문인들이 모여 시를 지을 때 韻字를 정한다든지, 諱字를 둔다든지 하는 시를 짓는 규칙을 정하여 따르는 것. *節奏:

리듬, 박자.

【畏(외)】 두려워하다, 삼가 조심하다.

【觥盂(굉우)】 큰 술잔.

【旗幟(기치)】 술집에 걸어두는 깃발.

【資(자)】 보내다, 취하다, 주다.

【泛(범)】 뜨다, 흐르다, 물이 차다.

　무엇엔가 심취할 때는 각각 적합한 시기가 있는 법이다.

　꽃에 취하기에는 낮이 적당하니 햇빛이 꽃 빛깔에 스며들기 때문이요, 눈에 취하기에는 밤이 적합하니 생각을 맑게 해주기 때문이다.

　자신만만함에 취하기에는 노래가 적당하니 편한 기운을 펼칠 수 있기 때문이요, 이별에 취하려면 바리를 두드리는 것이 어울리니 정신을 비장하게 해주기 때문이다.

　문인에 취하려면 시짓는 규칙을 잘 지켜야 하니 모욕당하는 것을 조심하게 해주기 때문이요, 호걸에 취하기에는 술에 술을 더해 마시는 것이 어울리니 뜨거운 성격을 북돋워 주기 때문이다.

　누대에 심취하기에는 더울 때가 어울리니 시원함을 배가시켜 줄 수 있고, 물에 빠져들기에는 가을이 어울리니 상쾌함이 넘치게 해주기 때문이다.

　이렇게 술마시기에 어울리는 것과 적당한 상황을 살펴보았다. 이와 반대라면 술맛을 잃게 되리라!

　[12-69] 揷花着瓶中, 令俯仰高下, 斜正疏密, 皆有意態, 得畫家寫生之趣, 方佳.

【意態(의태)】 심리 상태, 의미나 내용을 지닌 모습.

【寫生(사생)】 실물이나 實景을 그대로 그리다.

　꽃병에 꽃을 꽂을 때 올려다보거나 굽어보게, 혹은 높고 낮게, 비스듬

하거나 바르게, 혹은 빽빽하거나 드문드문하게 꽂더라도 모두 나름대로
의미 있는 모습! 그러나 화가가 그린 듯 운치가 있어야 비로소 아름답게
되는 것!

[12-70] 法飲宜舒, 放飲宜雅, 病飲宜小, 愁飲宜醉; 春飲宜
郊, 夏飲宜洞, 秋飲宜舟, 冬飲宜室, 夜飲宜月.

酒法대로 마실 때는 천천히 마시는 것이 좋고, 마음 편히 마실 때는 우
아하게, 병중에 마실 때는 적게 마시는 것이, 근심에 차서 마실 때는 취
하는 것이 좋다.
봄에 마실 때는 교외가 좋고, 여름에 마실 때는 깊은 골짜기가, 가을에
마실 때는 배 위가, 겨울에 마실 때는 방 안이 좋고, 밤에 마실 때는 달이
떴을 때가 좋다.

[12-71] 甘酒以待病客, 辣酒以待飮客, 苦酒以待豪客, 淡酒
以待清客, 濁酒以待俗客.

【甘酒(감주)】 맛있는 술, 좋은 술, 달콤한 술, 단술.
【病客(병객)】 병이 있는 손님. *여기서는 마음이 여리고 감성적이어서 쉽게 마음
아파하는 사람을 일컬음.
【辣酒(날주)】 매운 술.
【苦酒(고주)】 쓴 술.
【淡酒(담주)】 싱거운 술, 약한 술.
【濁酒(탁주)】 막걸리. *맑지 않고 탁하게 걸러진 술이라 맑지 않고 속된 사람에게
어울린다는 의미.
【俗客(속객)】 세속의 사람, 무식하고 속된 사람.

　달콤한 술[甘酒]로 근심 많은 손님을 대접하고, 독한 술[辣酒]로 술 잘
마시는 손님을 대접하고, 쌉쌀한 술[苦酒]로 호탕한 손님을 대접하고, 맑
은 술[淡酒]로 淸雅한 손님을 대접하고, 탁주(濁酒)로 속된 손님을 대접
한다.

　[12-72] 仙人好樓居, 須岧嶢軒敞, 八面玲瓏. 舒目披襟, 有物
外之觀, 霞表之勝: 宜對山, 宜臨水, 宜待月, 宜觀霞, 宜夕陽,
宜雪月, 宜岸幘觀書, 宜倚欄吹笛, 宜焚香靜坐, 宜揮麈淸談; 江
干宜帆影, 山鬱宜烟嵐, 院落宜楊柳, 寺觀宜松篁, 溪邊宜漁樵,
宜鷺鸞, 花前宜娉婷, 宜鸚鵡, 宜翠霧霏微, 宜銀河淸淺, 宜萬里
無雲長空如洗, 宜千林雨過疊障如新, 宜高插江天, 宜斜連城
郭, 宜開窗眺海日, 宜露頂臥天風, 宜嘯, 宜咏, 宜終日敲碁, 宜
酒, 宜詩, 宜淸宵對榻.

【岧嶢(초요)】 산이 높은 모양.
【軒敞(헌창)】 (건물이) 높고 널찍하다.
【玲瓏(영롱)】 금옥이 울리는 소리, 곱고 투명한 모양, (물건이) 정교하고 아름답다.
【披襟(피금)】 옷깃을 열어젖히다, 흉금을 털어놓다.
【宜(의)】 적당하다, 합당하다, 옳다, 좋다.
【岸幘(안책)】 두건을 벗고 머리를 드러내다, 친밀하여 예의를 갖추지 않음을 의미.
【江干(강간)】 강안, 강변, 강의 주요한 흐름(主流, 幹流).
【院落(원락)】 정원, 뜰.
【楊柳(양류)】 버드나무, 수양버드나무의 옛 이름.
【寺觀(사관)】 불교의 寺院과 도교의 道觀.
【娉婷(빙정)】 (여자의) 자태가 아름답다, 미녀.
【霏微(비미)】 (안개·가랑비 따위가) 널리 가득 차다.
【淸淺(청천)】 물이 맑고 얕다. *여기서는 채색이 맑고 엷다.
【萬里長空(만리장공)】 萬里蒼天, 아득히 높고 먼 하늘.
【高插(고삽)】 (산·정자·고목 등이 구름 속으로) 높이 솟아 박히다.

【淸宵(청소)】 맑게 갠 밤, 고요한 밤.
【江天(강천)】 강과 하늘, 강물과 하늘이 이어진 사이.
【對榻(대탑)】 침상을 마주하다. *침상을 마주하고 밤 새워 얘기하는 것을 말한다.

仙人이 기거하기에 좋은 집은 높은 산에 있어야 하고, 높고 널찍하여
사면팔방으로 곱고 투명한 빛이 들어와야 한다.

눈살을 펴고 가슴을 열어젖히면 物外의 경관이나 빼어난 노을의 모습
을 보게 된다. 이런 곳은 산을 마주하고 있는 것이, 물가에 있는 것이, 달
을 마주하거나 노을이 질 때, 그리고 석양과 눈 내린 달밤이 좋다. 두건
을 벗고 책을 보는 것도, 난간에 기대어 피리를 부는 것도, 향을 태우고
조용히 좌선하는 것도, 먼지떨이를 휘두르며 맑은 이야기를 나누는 것도
어울린다.

강물에는 돛단배의 모습이 어울리고, 울창한 산은 안개와 노을이 어울
리고, 정원에는 버드나무가 어울리고, 절이나 道觀에는 소나무와 대나무
가 어울린다. 시냇가는 어부와 나무꾼·백로가 어울리며, 꽃 앞에는 미녀
와 앵무새가 어울린다.

가득 펼쳐진 푸른 안개, 맑고 엷은 은하수, 씻은 듯 구름 한 점 없는 아
득한 하늘도 좋다. 천 리나 되는 숲이 비 온 뒤 새롭게 다가오는 것, 하늘
과 강이 높이 맞닿아 있는 것, 성곽이 비스듬히 연결된 것도 좋다.

창문 열어 바다에서 떠오르는 태양 바라보기, 모자 벗고 바람 속에 눕
기, 피리불기, 시읊기, 종일토록 바둑두기, 술마시기, 시짓기, 맑은 저녁
에 침상을 마주하고 밤새 얘기하기도 모두 어울린다.

[12-73] 良夜風淸, 石床獨坐; 花香暗度, 松影參差. 黃鶴樓
可以不登, 張懷民可以不訪, 滿庭芳可以不歌.

【暗度(암도)】 몰래 건너오다.

【參差(참치)】 가지런하지 못하다, 들쑥날쑥하다.
【黃鶴樓(황학루)】 湖北省 武昌縣의 서쪽 黃鶴山 서북쪽 강가에 있는 높은 누대.
【張懷民(장회민)】 蘇軾의 〈記承天寺夜游〉에 나오는 인물. 字가 夢得, 淸河(지금의 河北)인. 元豐 6년(1083년)에 黃州 主簿로 폄적되었다. 蘇軾도 황주로 폄적되었기에 달밤 承天寺에서 만났던 것이다.
【滿庭芳(만정방)】 曲牌名. 唐 吳融의 詩 "滿庭芳草易黃昏"과 柳宗元의 詩 "滿庭芳草積"에서 이름을 취했다 한다.

　좋은 밤 맑은 바람, 너럭바위에 홀로 앉으니 꽃향기 살며시 전해 오고 소나무 그림자 일렁일렁. 黃鶴樓에 오르지 않아도, 張懷民을 방문하지 않아도, 滿庭芳을 노래하지 않아도 좋으리!

[12-74] 茅屋竹窗, 一榻淸風邀客; 茶爐藥竈, 半簾明月窺人.

　띠집, 대나무창, 의자 위로 맑은 바람이 손님을 맞이하고, 차 화로·약 달이는 부뚜막, 반쯤 열린 주렴 사이로 밝은 달이 사람을 기웃기웃!

[12-75] 娟娟花露, 曉濕芒鞋; 瑟瑟松風, 凉生枕簟.

【娟娟(연연)】 예쁜 모양, 아름다운 모양, 그윽한 모양.
【芒鞋(망혜)】 짚신.
【瑟瑟(슬슬)】 바람이 쓸쓸하게 부는 모양.
【枕簟(침점)】 베개와 대자리, 寢具, 잠자리.

　꽃잎에 맺힌 곱디고운 이슬, 새벽 나들이에 짚신을 적시고, 쏴쏴 소나무 바람, 잠자리를 서늘하게 해주고……

[12-76] 綠葉斜披, 桃葉渡頭, 一片弄殘秋月；靑帘高掛, 杏花村里, 幾回典却春衣.

【披(피)】 걸치다, 덮이다, 단장하다, 장식하다.
【渡頭(도두)】 나루터.
【弄殘(농잔)】 쇠잔해지다, 희미해지다. ＊殘月：새벽달, 새벽까지 남아 있어 빛이 희미해진 달, 그믐달.
【靑帘(청렴)】 술집임을 표시하느라 걸어둔 깃발.
【村里(촌리)】 마을.
【幾回(기회)】 몇 번, 몇 차례.
【典(전)】 저당잡다, 전당잡히다.
【却(각)】 …해 버리다, 없어지다.

  푸른 잎 무성한 가지 늘어져 덮인 복숭아잎 가득한 포구, 희미한 가을 조각달.
  술집 푸른 깃발 높이 걸린 살구꽃 핀 동네, 이미 몇 번이나 저당잡힌 봄옷!

[12-77] 楊花飛入珠簾, 帨巾洗硯；詩草吟成錦字, 燒竹煎茶.

【楊花(양화)】 버들개지, 버들솜.
【帨巾(세건)】 옛날에 허리에 차던 수건. 지금의 손수건과 같다.
【詩草(시초)】 시의 초고.
【錦字(금자)】 비단에 짜넣은 글자, 아름다운 시구.

  버들개지 주렴 안으로 날아들면 수건으로 벼루를 닦고, 초고를 읊조려 아름다운 시구를 만들고, 대나무를 태워 차를 볶고…….

[12-78] 良友相聚, 或解衣盤礴, 或分韻角險, 頃之貌出靑山, 吟成麗句. 從旁品題之, 大是開心事.

【盤礴(반박)】 책상다리를 하고 앉음, 넓은 모양.
【分韻(분운)】 詩會 석상에서 각자가 사용할 韻字를 정하는 일.
【角險(각험)】 험난함을 다투다, 곧 시의 재능을 겨루는 것을 말한다.
【頃之(경지)】 잠시 후에.
【從旁(종방)】 옆에서, 곁에서.
【開心(개심)】 기분을 상쾌하게 하다, 기분전환하다.

　좋은 친구끼리 모이면 옷 벗고 책상다리로 앉거나, 각운을 나눠 詩材를 겨루기도 한다. 이윽고 청산을 표현하는 데 읊어내니 아름다운 詩句가 된다. 곁에서 이 시를 품평하는 것은 실로 즐거운 일!

[12-79] 木枕傲, 石枕冷, 瓦枕粗, 竹枕鳴. 以藤爲骨, 以漆爲膚, 其背圓而滑, 其額方而通, 此蒙莊之蝶菴, 華陽之睡几.

　＊뼈대, 피부, 등, 이마는 등나무 베개의 모양을 사람에 빗대어 표현한 것.
【蒙莊(몽장)】 곧 莊子. 장자는 蒙(지금의 河南省 商丘市 東北)人이다.
【華陽(화양)】 곧 陶弘景. 南北朝시대의 은사. 南齊 高祖 때 諸王의 시독이 되었다가, 句容 句曲山에 은거하며 스스로 華陽隱君이라 일컬었다.
【睡几(수궤)】 앉아서 기대어 졸던 案席(책상).

　나무 베개〔木枕〕는 오만하고, 돌 베개〔石枕〕는 차갑고, 질그릇 베개〔瓦枕〕는 거칠고, 대로 만든 베개는 소리가 난다. 등나무를 뼈대로 삼고, 검은 옻칠을 피부로 삼고, 등은 둥글면서 매끄럽고, 이마는 각이 졌지만 속이 통한다. 이것이 곧 莊子가 蝴蝶夢을 꿨던 암자고, 陶弘景이 기대어 졸던 탁자이리라.

[12-80] 小橋月上, 仰盼星光. 浮雲往來, 掩映於牛渚之間, 別是一種晚眺.

【牛渚(우저)】 즉 牛渚山. 安徽省 馬鞍山市 西南 長江 동쪽 기슭에 있다. 북쪽 경계
는 갑자기 장강으로 빠지기에 采石磯라 한다.
【晚眺(만조)】 저녁에 바라보는 것(경치).

조그만 다리 위에 달 떠오르니 별빛을 올려다본다. 뜬구름 왔다 갔다 하
며 牛渚山을 가렸다 비췄다 하니, 멋진 저녁 풍경이로다!

[12-81] 醫俗病莫如書, 贈酒狂莫如月.

【莫如(막여)】 …하는 것만 못하다, …하는 것이 낫다.
【酒狂(주광)】 술에 취하여 날뜀, 술주정이 심함.

속된 병을 고치는 데는 책만한 것이 없고, 술꾼에게 줄 선물로는 밝은
달이 최고!

[12-82] 明窓淨几, 好香苦茗, 有時與高衲譚禪, 豆棚菜圃,
暖日和風, 無事聽友人說鬼.

【豆棚(두붕)】 나무 두 개를 받쳐 콩이 올라가도록 만든 지주.
【菜圃(채포)】 채마밭, 남새밭.

밝은 창, 깨끗한 책상, 좋은 향기, 쌉쌀한 차. 시간이 날 때면 고승과 禪
에 대한 이야기 나누고……
콩대가 올라가는 지줏대, 남새밭, 따뜻한 날, 부드러운 바람. 일이 없을

땐 친구의 신기한 이야기도 들어주고…….

　[12-83] 花事乍開乍落, 月色乍陰乍晴, 興未闌, 躊躇搔首.
詩篇半拙半工, 酒態半醒半醉, 身方健, 潦倒放懷.

【乍(사)…乍(사)】 갑자기 …하고 …하다.
【闌(란)】 끝나가다, 다하다, 함부로, 마음대로.
【躊躇(주저)】 머뭇거리고 나아가지 아니함, 망설임.
【潦倒(요도)】 거동이 완만한 모양, 노쇠한 모양, 영락한 모양.
【放懷(방회)】 마음대로 하다, 생각대로 하다, 안심하다, 안도하다.

　꽃은 피었다가 이내 지고, 달빛은 흐렸다가 이내 맑아지는데, 무르익은
흥이 사그라지지 않으니 주저주저 머리만 긁적긁적.
　반은 별것 아니고, 반은 뛰어난 詩篇들, 술은 반쯤 깬 듯 반쯤 취한 듯
…….
　그래도 몸은 건강하니 거동이 느려도 안심!

　[12-84] 松聲竹韻, 不濃不淡, 傾耳聽之, 頓長格價.

【松聲竹韻(송성죽운)】 바람이 소나무나 대나무를 스치어 내는 소리.
【傾耳(경이)】 귀를 기울어 주의하여 듣음(=傾聽).
【格價(격가)】 품격과 값어치(가치).

　소나무 소리와 대나무 소리는 진하지도 엷지도 않은데, 귀기울여 듣다
보면 이 몸의 품격과 가치도 금방 올라가는 듯!

[12-85] 月宜寒潭, 宜絶壁, 宜高閣, 宜平臺, 宜窗紗, 宜簾鉤, 宜苔堦, 宜花砌, 宜小酌, 宜淸談, 宜長嘯, 宜獨往, 宜搔首, 宜促膝. 春月宜尊罍. 夏月宜枕簟, 秋月宜砧杵, 冬月宜圖書. 樓月宜簫, 江月宜笛, 寺院月宜笙, 書齋月宜琴. 閨闈月宜紗幬, 勾欄月宜絃索, 關山月宜帆檣, 沙場月宜刁斗. 花月宜佳人, 松月宜道者, 蘿月宜隱逸, 桂月宜俊英, 山月宜老衲, 湖月宜良朋, 風月宜楊柳, 雪月宜梅花. 片月宜花梢, 宜樓頭, 宜淺水, 宜杖藜, 宜幽人, 宜孤鴻. 滿月宜江邊, 宜苑內, 宜綺筵, 宜華燈, 宜醉客, 宜妙妓.

【灣月(만월)】 물가에 뜬 달.
【窓紗(창사)】 창문에 바른 깁, 혹은 비단 바른 창문.
【促膝(촉슬)】 무릎이 서로 닿을 정도로 바싹 다가앉음. 다정하고 친밀함을 표현.
【砧杵(침저)】 다듬잇방망이. 여기서는 다듬이 소리로 새겼다.
【閨闈(규위)】 부녀자가 거처하는 내실.
【紗幬(사주)】 깁으로 만든 모기장.
【句欄(구란)】 궁전·교량 등을 장식하는 굽게 만든 난간. 宋元代 이후에는 배우들이 공연하는 장소를 지칭.
【帆檣(범장)】 돛대. * 원문의 "關山月宜帆檣, 沙場月宜刁斗"에서 '帆檣'과 '刁斗'가 뒤바뀐 듯, 즉 "關山月宜刁斗, 沙場月宜帆檣〔"변경의 달은 구리솥에, 모래사장 위의 달은 돛대에 어울린다"〕"로 되어야 의미가 통하므로 바꾸어 해석하였다.
【刁斗(조두)】 구리로 만든 솥 같은 기구. 軍中에서 낮에는 음식을 만들고, 밤에는 이것을 두드려 경계하는 데 썼다.

달은 차가운 소〔潭〕에 어울리고, 절벽과 높은 누각에, 平臺에도 어울린다. 비단 창문과도 어울리고 주렴고리, 이끼 덮인 계단, 꽃잎 떨어진 섬돌과도 어울린다. 조그만 술잔, 맑은 이야기, 길게 부는 피리 소리, 그리고 홀로 가는 길에, 머리를 긁적이며 시구를 고심하기에도, 친구와 무릎을 맞대고 이야기 나누기에도 좋다.

봄달〔春月〕은 술그릇에 어울리고, 여름달〔夏月〕은 대자리에 어울리고, 가을달〔秋月〕은 다듬이소리에 어울리고, 겨울달〔冬月〕은 圖書를 감상하기에 어울린다.

누대 위에 뜬 달은 洞簫와, 강 위의 달은 피리 소리, 寺院 위에 뜬 달은 생황〔笙〕이, 서재 위의 달은 거문고와 어울린다. 규방 위의 달은 고운 비단 휘장에 어울리고, 공연장〔句欄〕 위에 뜬 달은 현악기 연주에, 변경 지방의 달은 돛대에, 모래사장 위의 달은 구리솥에 어울린다.

꽃 위에 뜬 달엔 미인이 제격이요, 소나무 위의 달엔 道士가, 넝쿨 위의 달엔 은사가, 계수나무 위의 달엔 영웅이, 산 위의 달엔 늙은 스님이, 호수 위의 달은 좋은 친구가, 바람 속의 달은 버드나무가, 눈 위의 달은 매화가 제격이다.

조각달은 꽃가지 끝에, 누대 꼭대기에 걸린 모습이 어울리고, 얕은 물, 명아주 지팡이, 幽人, 외로운 기러기와도 어울린다.

滿月은 강가가 제격이고, 花園 안, 호화스런 잔치 자리, 화려한 등불, 취객, 아리따운 기생과 어울린다.

[12-86] 佛經云: "細燒沈水, 毋令見火." 此燒香三昧語.

【沈水香(침수향)】 즉 沈香. 廣東省 등지에서 나는 香木으로, 물보다 무거워 가라앉은 데서 이름지음.
【三昧(삼매)】 (佛敎) 梵語 Samadhi의 音譯. 깊은 이치, 심오한 뜻, 비결, 요결. 또는 오직 한 가지 일에만 마음을 집중하는 경지로 풀이.

불경에서 이르기를, "沈水香은 조심스레 태워 불꽃이 보이지 않게 하라!"고 했으니, 이는 향을 태우는 三昧語라네!

[12-87] 石上藤蘿, 牆頭薜荔, 小窗幽致, 絶勝深山. 加以明月淸風, 物外之情, 儘堪閒適.

【藤蘿(등라)】 등나무.
【薜荔(벽려)】 줄사철나무, 담쟁이. 뽕나무과에 속하는 상록 관목, 氣根으로 딴 물건에 부착한다.

바위 위엔 등나무, 담장엔 담쟁이, 조그만 창문의 그윽한 운치는 깊은 산보다도 뛰어나다. 여기에 밝은 달, 맑은 바람, 속세를 벗어난 정취(物外之情)까지 더해진다면 한적함을 맘껏 누릴 수 있으리라!

[12-88] 出世之法, 無如閉關. 計一園手掌大, 草木蒙茸, 禽魚往來, 矮屋臨水, 展書匡坐. 幾於避秦, 與人世隔.

【蒙茸(몽용)】 털이 더부룩하게 난 모양, 질서 없이 뒤섞여 달리거나 나는 모양, 풀이 더부룩하게 난 모양.
【匡坐(광좌)】 바르게 앉음, 正坐, 端坐.

세상으로부터 벗어나는 방법(出世之法)은 문을 닫아거는 것이 최고!
손바닥만한 정원을 만들어 초목이 무성히 자라게 하고, 새와 물고기가 노닐게 하고, 물가에 낮은 집을 짓고 책을 펼쳐 바르게 앉으면 혼란한 秦나라를 피한 것과 마찬가지일 터, 인간 세상과도 거리를 두게 되리!

[12-89] 山上須泉, 徑中須竹, 讀史不可無酒, 譚禪不可無美人.

산 위에는 샘이, 오솔길에는 대나무가 있어야 하고, 역사책을 읽을 때는 술이, 禪을 담론할 때는 美人이 빠질 수 없는 것!

[12-90] 幽居雖非絶世, 而一切使令供具交游晤對之事, 似出世外. 花爲婢僕, 鳥爲笑談, 溪漱澗流代酒肴烹煉. 書史作師保, 竹石質友朋, 雨聲雲影, 松風蘿月, 爲一時豪興之歌舞. 情景固濃, 然亦淸華.

【幽居(유거)】 세상을 피하여 한적하고 궁벽한 곳에 살다. 또는 그러한 살림집〔幽棲, 閑居〕.
【絶世(절세)】 세상에 견줄 만한 것이 없음, 세상을 버림, 죽음.
【使令(사령)】 부리어 일을 시킴, 심부름을 함 또는 그 사람.
【晤對(오대)】 만남, 면회함.
【出世外(출세외)】 세상 밖으로 나오다, 속세를 떠나다.
【婢僕(비복)】 계집종과 사내종.
【溪漱澗流(계수간류)】 개울물과 산골물로 입을 헹구거나 가심.
【酒肴(주효)】 술과 안주.
【烹煉(팽련)】 삶고 달이다.
【師保(사보)】 천자 또는 태자를 가르쳐 보좌함 또는 그 사람, 가르쳐 편안하게 함.
【質(질)】 정하다, 결정하다.
【蘿月(나월)】 담쟁이덩굴에 걸려 보이는 달.
【豪興(호흥)】 몹시 흥겹다, 호기로운 흥취.
【淸趣(청취)】 깨끗한 정취.

외딴 곳에 사는 것이 비록 세상과의 완전한 단절은 아니라 할지라도 주변의 모든 것들과 사귀고 이야기를 주고받다 보면 세상의 바깥으로 완전히 빗이난 느낌이 든다. 꽃은 계집종으로 삼고, 새는 재미난 이야기를 나누는 친구로 삼고, 개울물과 산골물에 입을 헹구는 것으로 술과 안주를 데우고 끓이는 것을 대신한다. 書史는 천자를 가르치는 선생이라 여기고, 대나무와 바위는 친구라 여기고, 빗소리, 구름 그림자, 소나무에 스치는 바람, 담쟁이덩굴에 걸린 달은 잠시 호쾌한 흥을 일으키는 歌舞라 여긴다.
이런 삶은 정서와 풍경의 운치가 깊고 진하면서도 맑기도 하다.

[12-91] 蓬窓夜啓, 月白於霜; 漁火沙汀, 寒星如聚. 忘却客子作楚, 但欣烟水留人.

【蓬窓(봉창)】 쑥으로 된 창, 쑥대로 만든 창. 가난한 집을 형용(=蓬窓茅椽).
【啓(계)】 열다.
【沙汀(사정)】 모래강변.
【楚(초)】 고통스럽다, 마음이 아프다.

밤에 허름한 창문을 열어젖히니 달빛이 서리보다 하얗고, 모래강변의 고기잡이 등불은 차가운 별이 모여 있는 듯. 나그네의 시름을 잊어버리고 안개와 물이 이 몸을 머물게 함이 기쁘기만 하다네.

[12-92] 無欲者其言淸, 無累者其言達. 口耳巽入, 靈竅忽啓. 故曰: 不爲俗情所染, 方能說法度人.

【無累者(무루자)】 허물이 없는 자, 폐끼치지 않는 자. *累: 누를 끼치다, 누, 허물, 죄.
【巽入(손입)】 잘 받아들임, 유순하게 받아들임.
【靈竅(영규)】 곧 心竅(心眼, 지혜), 옛날 심장에 생각을 가능케 하는 竅(구멍)가 있다는 데서 나옴.
【說法(설법)】 佛法을 설명함.
【度人(도인)】 사람을 구제하다. 즉 번뇌와 욕심으로 고통받는 세상에서 인간을 구하다.

욕심이 없는 자의 말은 깨끗하고, 실수가 없는 자의 말은 두루 통한다. 입과 귀로 잘 받아들인다면 홀연히 지혜가 열린다. 그러므로 "속세에 물들지 않으면 佛法을 설파하고 사람을 구제할 수 있다"고 말하는 것이다.

[12-93] 臨流曉坐, 欸乃忽聞. 山川之情, 勃然不禁.

【欸乃(애내)】 어기여차(노 젓는 소리나 배 저을 때 부르는 노랫소리).
【勃然(발연)】 왕성하게 일어나는 모양, 갑자기 일어나는 모양, 갑작스러운 모양, 갑자기 안색이 변하며 성내는 모양.

새벽에 물가에 앉으니 어기여차 노 젓는 소리 문득 들려온다. 불끈 솟아오르는 참을 수 없는 자연 사랑!

[12-94] 舞罷纏頭何所贈? 折得松釵; 飮餘酒債莫能償, 拾來楡莢.

【纏頭(전두)】 배우나 기생 등에게 주는 사례금, 행하(行下).
【折(절)】 환산하다, 손해 보다.
【松釵(송채)】 소나무로 만든 비녀.
【莫能(막능)】 …할 수가 없다.
【楡莢(유협)】 느릅나무의 잎이 나기 전에 가지 사이에 나는 꼬투리. 예전의 돈과 모양이 비슷하여 漢나라 때는 돈의 별칭으로 사용되기도 하였다. 楡錢·楡莢錢이라고도 한다.

춤이 끝났으니 사례금을 어떻게 줄까? 소나무 비녀로 대신 계산해 주지. 외상 술빚을 갚을 수 없을 땐 느릅나무 꼬투리를 따오지!

[12-95] 午罷無人知處, 明月催詩; 三春有客來時, 香風散酒.

【午罷(오파)】 낮잠이 끝나다. 午는 午時(낮 11시부터 1시 사이), 정오를 뜻하지만 여기서는 午睡(낮잠)를 말하는 듯.

낮잠 한숨 자고 일어나니 어딘지 모르겠는데 휘영청 밝은 달만 어서 시를 지으라 재촉하네. 춘삼월 손님이 방문할 때면 향기로운 바람이 술향기를 흩뿌리네.

[12-96] 如何淸色界? 一泓碧水含空; 那可斷遊蹤? 半砌靑苔殢雨.

【色界(색계)】 여색의 세계, (佛敎)欲界諸天 위에 있는 세계로서 여색을 좋아하는 마음을 벗어나지 못하는 세계. 여기서는 물상이 본래 가지는 빛(색깔)을 의미하는 듯.
【泓(홍)】 양사(맑은 바다나 강을 세는 말).
【殢雨(체우)】 빗물이 달라붙어 있는 상태.

色界를 어떻게 맑게 할 수 있을까? 하늘을 담은 듯 푸른 물 한 줄기처럼! 놀러다니는 발걸음을 끊을 수는 있을까? 섬돌 귀퉁이 푸른 이끼 발자국에 빗물 고이듯…….

[12-97] 村花路柳, 遊子衣上之塵; 山霧江雲, 行李擔頭之色.

【行李(행리)】 行裝, 旅裝.
【擔頭(담두)】 짐.

시골의 꽃무더기, 길가의 버드나무 잎새가 유람객 옷 위로 먼지처럼 쌓이고, 산안개 강안개는 여행 보따리를 물들이고…….

[12-98] 何處得眞情? 買笑不如買愁; 誰人效死力? 使功不如使過.

【買笑(매소)】비웃음을 사다(당하다), 기생과 친숙하여짐.
【買愁(매수)】근심을 사다(하다).
【效(효)】보이다, 나타내다.
【死力(사력)】죽을 힘, 결사적으로 쓰는 힘.
【使功(사공)】功이 있는 사람을 부리다(쓰다).
【使過(사과)】과실이 있는 사람을 부리다(쓰다).

　어디에서 참된 마음을 얻을 수 있을까? 비웃음을 당하기보다는 내 자신이 근심하는 게 낫다.
　어떤 사람이 죽을 힘을 다해 줄까? 공이 있는 사람을 부리는 것보다는 허물 있는 사람을 부리는 게 낫다.

[12-99] 芒鞋甫掛, 忽想翠微之色, 兩足復繞山雲; 蘭棹方停, 忽聞新漲之波, 一葉仍飄烟水.

【芒鞋(망혜)】짚신.
【甫(보)】겨우, 근근이, 비로소, 막, 갓.
【翠微(취미)】산꼭대기에서 조금 내려온 곳, 파란 산기운.
【蘭棹(난도)】목란나무로 만든 노.
【一葉(일엽)】오동나무의 한 잎, 一葉片舟, 작은 배.
【煙水(연수)】멀리 아지랑이 또는 안개가 끼어 부옇게 보이는 물.

　나들이 짚신을 이세 막 길이두었건만 푸른 산기운이 불현듯 그리워져 두 발은 또다시 산 속 구름을 둘러보네.
　목란나무로 만든 노를 막 멈췄는데 새로 불어난 물결 소리 문득 들려오니 일엽편주는 이내 또다시 안개 덮인 수면 위를 떠도네.

[12-100] 旨愈濃而情愈淡者, 霜林之紅樹; 臭愈近而神愈遠
者, 秋水之白蘋.

【愈(유)…愈(유)】 …할수록 …더욱 …하다.
【紅樹(홍수)】 가을에 단풍이 지는 나무, 봄에 붉은 꽃이 피는 나무.
【臭(취)】 나쁜 냄새, 오명, 더러움, 부패함.
【白蘋(백빈)】 하얀 부평초, 시든 부평초.

  의지가 진해질수록 마음을 맑게 해주는 것은 서리 내린 숲에 붉게 물든
나무요, 더러움이 가까워질수록 정신을 심원하게 해주는 것은 맑은 가을
물 위의 시들어 가는 부평초라네!

  [12-101] 龍女濯冰綃, 一帶水痕寒不耐; 姮娥携寶藥, 半囊月
魄影猶香.

【龍女(용녀)】 용왕의 딸.
【冰綃(빙초)】 얼음처럼 하얀 비단. 곧 氷蠶(산 속의 霜雪에서 생산되는 누에)에서 나
온 비단.
【水痕(수흔)】 물에 잠겼던 흔적.
【姮娥(항아)】 羿가 하늘로부터 받은 불사약을 훔쳐서 달아났다는 羿의 아내, 전하
여 달의 異稱.
【月魄(월백)】 달의 혼백, 즉 달(=月魂).

  용왕의 딸[龍女]이 얼음 비단을 씻으면 흔적이 닿았던 주변까지 차가
움을 견디지 못한다지.
  항아가 불로장생약을 가져갔기에 반쪽짜리 달이라도 그 그림자까지 향
기롭다지.

[12-102] 山館秋深, 野鶴唳殘淸夜月；江園春暮, 杜鵑啼斷落花風.

산 속 오두막에 가을이 깊은데, 학 울음에 맑은 저녁달이 스러지네.
강가 정원의 봄이 스러지는데, 두견새 울음에 꽃 지는 바람 끊어지네.

[12-103] 石洞尋眞, 綠玉嵌烏藤之杖；苔磯垂釣, 紅翎間白鷺之蓑.

【綠玉(녹옥)】 녹색으로 六角의 기둥 모양을 한 옥돌.
【烏藤之杖(오등지장)】 등나무 지팡이.
【苔磯(태기)】 이끼 낀 물가의 바위.
【紅翎(홍령)】 붉은 깃털.
【間(간)】 섞이다. 여기서는 동사로 보아야 한다.
【蓑(사)】 도롱이(=蓑사), 덮다.

　바위 동굴에서 진리를 찾다 보니 검은 등나무 지팡이에 푸른 옥 새겨진 듯, 강가 이끼 낀 바위에서 낚시질하다 보니 백로 깃털 도롱이에 붉은 깃털 섞여드네.

[12-104] 晩村人語, 遠歸白社之烟；曉市花聲, 驚破紅樓之夢.

　＊이 문장은 明代 王穉登의 〈重修白公堤疏〉에 나온다고 하는데, 그렇다면 西湖에 있는 白堤에 대한 감상을 적은 글이라 볼 수도 있다.
【白社(백사)】 하얀 칠을 한 사당. 杭州 西湖에 있는 구체적인 묘당을 가리키는지, 아니면 일반적인 사당을 말하는 것인지 확실치 않다. 다만 자료에 의하면 蘇小小墓(蘇小小는 南朝 南齊 錢塘의 名妓)가 西泠橋가의 서쪽에 있으며, 淸代 王士禎의 詩 〈游

淨慧寺〉에 "六榕不可見, 地以大蘇名, 白社無人到, 蒼苔滿院生"이라는 구절을
참고로 하면 구체적인 지명을 말하는 듯하다. *社: 토지의 신, 제사지내다, 단체.
【紅樓(홍루)】 붉게 칠한 누각, 부잣집 여자 또는 미인이 거처하는 집.

　　저녁 강촌 두런두런 사람 소리, 白社에서 피어오르는 향연 속으로 돌
아오고, 새벽 시장 꽃 파는 소리, 붉은 누각의 달콤한 꿈을 깨우네.

　　[12-105] 案頭峰石, 四壁冷浸烟雲, 何與胸中邱壑; 枕邊溪
澗, 半榻寒生瀑布, 爭如舌底鳴泉?

【何與(하여)/爭如(쟁여)】 어찌 같지 않은가? 어찌 다른가?라는 의문으로 보는 것이
타당할 듯하다. *爭(쟁): 어찌=怎.

　　책상머리엔 산봉우리와 바위가, 사방 벽으로는 안개와 구름이 차갑게
스며드나니 가슴속에 골짜기〔邱壑〕를 품고 있는 것과 다르리?
　　베갯머리에 산개울이 있고 평상 한쪽에서 폭포의 냉기가 일어나니, 혓
바닥 아래서 샘물 소리 일어나는 것과 다르리?

　　[12-106] 扁舟空載, 贏却關津不稅愁; 孤杖深穿, 攬得烟雲閒
入夢.

【扁舟(편주)】 작은 배, 거룻배.
【空載(공재)】 아무것도 싣지 않다.
【贏(영)】 가득 차다, 얽힌 것을 풀다, 앞으로 나오다.
【關津(관진)】 關과 나루.
【穿(천)】 뚫다, 깊이 들어가다.
【不稅愁(불세수)】 조세에 대한 걱정이 없다.

조그만 배에 아무것도 싣지 않고 사람 사는 關과 나루 뒤로 하고 나아
가니 賦稅의 근심이 없어지노라!

외로이 지팡이 짚고서 숲 속 깊숙이 들어가 안개와 구름을 끌어안고 한
가로이 잠 속으로 빠져드노라!

[12-107] 幽堂晝密, 淸風忽來好伴; 虛窗夜朗, 明月不減故人.

　* 본 항목은 제2권 제53항목과 중복된다.
【幽堂(유당)】 조용한 방, 깊숙한 곳에 있는 어두운 방.
【密(밀)】 은밀하다, 고요하다, 닫다.
【故人(고인)】 사귄 지 오래된 친구, 죽은 사람.

그윽한 방은 대낮에도 고요하니 맑은 바람이 홀연히 찾아와 좋은 벗이
되어주고, 텅 빈 창가는 밤에도 밝으니 밝은 달님이 변함없이 오랜 친구
되어 주네.

[12-108] 曉入梁王之苑, 雪滿群山; 夜登庾亮之樓, 月明千里.

【梁王之苑(양왕지원)】 漢代 梁孝王이 지은 東苑. 규모가 사방 약 3백 리쯤 된다 함.
【庾亮之樓(유량지루)】 즉 庾公樓. 江西省 九江縣에 있는 揚子江을 등진 누각. 晉나
라 庾亮이 征西將軍이 되어 武昌에 있을 때 세운 건물이라 한다.

아침에 梁孝王의 동산에 들어가니 온 산에 흰 눈이 가득하고, 저녁에
庾亮의 누대에 오르니 달이 천 리를 비추네.

[12-109] 帝子之望巫陽, 遠山過雨; 王孫之別南浦, 芳草連天.

【帝子(제자)】 제왕의 자녀.
【巫陽(무양)】 巫山의 남쪽.
【王孫(왕손)】 왕의 자손, 귀족의 자손.
【南浦(남포)】 江西省 南昌縣 서남쪽에 있는 지명.
【芳草(방초)】 향기나는 풀.

　*제108항목과 109항목은 明代 蔣一葵가 지은 《堯山堂外紀》(〈附：堯山堂偶雋〉)(卷三·唐)에 실린 이야기를 배경으로 한다. 109항목은 권5 〈素〉 제174항목과 중복된다. 각주 참조.

　황제의 아들이 巫山의 남쪽을 바라보니 먼 산엔 비가 지나고, 왕손이 南浦를 떠나니 芳草가 하늘까지 이어지고…….

[12-110] 名妓翻經, 老僧釀酒, 書生借箸, 談兵介胄, 登高作賦, 羨他雅致偏增. 屠門食素, 狙儈論文, 廝養盛服, 領緣方外, 束修懷刺, 令我風流頓減.

【翻經(번경)】 경전을 번역하다.
【借箸(차저)】 남을 위하여 책략을 세우다.
【談兵介胄(담병개주)】 병사의 갑옷과 투구에 대해 논하다, 곧 병법을 담론하다.
【雅致(아치)】 고아한 운치, 품위가 있다, 고상하다, 우아하다.
【偏增(편증)】 한쪽으로만 증가하다, 오로지 증가하다.
【屠門(도문)】 푸주, 푸줏간.
【狙儈(저쾌)】 교활한 거간꾼, 교활한 상인.
【廝養(시양)】 하인, 軍中에서 나무를 하거나 밥을 짓는 등 천한 일을 하는 사람.
【領緣(영연)】 인연을 받아들이다, 인연에 앞장서다.
【方外(방외)】 세상 밖, 속세를 떠난 곳, 승려, 도사.
【束脩(속수)】 묶은 脯肉(옛날 스승을 처음 찾아뵐 때 드리던 예물), 성인이 되어 의관을 갖춤, 몸을 단속하고 마음을 닦음.
【懷刺(회자)】 가슴에 칼을 품다, 명함을 생각하다. *刺：찌르다, 뾰족한 물건, 명함, 명함을 내놓다.

【頓(돈)】 즉시, 갑자기, 돌연히.

　유명한 기생이 경전을 번역하고, 노승이 술을 빚고, 書生이 남을 위해
책략을 세우며 갑옷과 투구 등 병법에 대해 이야기하고, 높은 산에 올라
시를 짓는 등, 다른 사람의 고아한 운치가 점점 증가하는 것이 부럽도다!
　푸줏간 백정이 채소를 먹고, 교활한 거간꾼이 문장을 논하고, 노비가 좋
은 옷을 입고, 남보다 인연에 앞장서는 사람이 속세를 벗어나는 일에 대
해 논하고, 배우고자 스승을 찾아온 사람이 번드르르한 명함이나 생각하
는 등, 이런 것들은 나의 풍류를 갑자기 떨어뜨리는 일!

　[12-111] 山房之磬, 雖非綠玉, 沈明輕淸之韻, 儘可節淸歌淸
俗耳.

　＊본 항목은 권5 〈素〉 제115항목과 중복된다.
【沈明輕淸(침명경청)】 소리가 깊고도 밝고, 가벼우면서 맑은 것.
【儘(진)】 억지로, 힘닿는 대로, 애써.
【節(절)】 말이나 노래 곡조의 마디, 음률, 박자. ＊節歌: 노랫가락에 맞자를 맞추다.

　山房의 경쇠는 비록 푸른 옥으로 만든 것은 아니지만 깊고도 맑은 소
리가 나기에 맑은 노랫가락에 열심히 맞추다 보면 속세에 찌든 귀를 씻을
수 있다.

　[12-112] 高臥酒樓, 紅日不催詩夢醒; 漫書花樹, 白雲恒帶墨
痕香.

　＊본 항목은 권9 〈綺〉 제1항목과 중복된다.
【高臥(고와)】 ＝高枕(베개를 높이 베고 마음 편하게 잠). 세상의 번뇌에서 벗어나 마음

내키는 대로 사는 것.
【紅日(홍일)】붉은 해, 아침 해.
【詩夢(시몽)】시에 대한 몽상, 시인의 몽상, 시에 대한 꿈.
【漫(만)】넘치다, 가득하다, 마음대로, 느긋하다.
【花榭(화사)】꽃밭 속의 정자, 화원 속의 정자.
【墨痕(묵흔)】墨迹, 먹으로 쓴 흔적.

　술집에서 마음내키는 대로 사나니 아침 해가 떠올라도 시의 꿈에서 깨
어나라고 재촉하지 않는다네.
　꽃밭 속 정자에서 붓 가는 대로 느긋하게 글을 쓰면 흰 구름조차 언제
나 먹의 향기를 품게 된다네.

　　[12-113] 與相美人相花, 貴清豔而有若遠若近之思; 看高人
如看竹, 貴瀟灑而有不密不疎之致.

　＊본 항목은 권7 〈韻〉 제49항목과 중복된다.
【相(상)】관람하다, 보다, 평가하다, 상보다, 관상 보다.
【清艶(청염)】맑고 아름답다, 뛰어나게 아름답다.
【高人(고인)】名人, 남보다 뛰어난 사람, 고상한 사람.
【瀟灑(소쇄)】인품이 맑아 속기가 없다, 맑고 깨끗하다.

　아리따운 여인을 보는 것은 꽃을 감상하는 것과 같으니, 맑고 아름다
운 점을 중히 여기면서도 밀어내는 듯 가까이하는 듯해야 한다.
　고귀한 사람이나 대나무 등을 볼 때는 맑고 고상한 점을 중히 여기지
만, 너무 가까이도 멀리하지도 않는 듯한 운치를 지녀야 한다.

　　[12-114] 梅稱清節, 多却羅浮一段妖魂. 竹本瀟疎, 不耐湘妃

數點愁淚.

【羅浮(나부)】 즉 羅浮仙. 매화의 다른 이름. 隋代 趙師雄이 增城縣 羅浮山에서 꿈
에 매화의 정령인 羅浮少女를 만났다는 고사에서 나온 것.
【妖魂(요혼)】 아름다운 精魂, 妖精.
【瀟疏(소소)】 적막하다, 적적하다(=蕭疏).
【不耐(불내)】 견디지 못하다, 참지 못하다.
【湘妃(상비)】 순임금의 두 妃. 순임금이 죽자 두 아내였던 娥皇과 女英이 너무 슬
피 울어 떨어진 눈물방울이 대나무 잎에 배어 반점처럼 얼룩이 졌다고 한다. 이렇
게 반점이 있는 대나무를 湘妃竹·斑竹·湘竹·湖江竹·漏竹 등으로 부른다.

매화는 깨끗한 절개로 이름이 높으니, 이는 羅浮夢 고사에 나오는 요정
때문이라네!
대나무는 본성이 처연하고 적막하다 하는데, 임 잃은 湘妃가 흘린 슬픔
의 눈물을 이겨내지 못했기 때문이라네!

[12-115] 窮秀才生活, 整日荒年. 老山人出遊, 一派熟路.

【秀才(수재)】 재주가 뛰어난 남자. 州郡에서 才學이 있는 사람은 選擧하여 인용함
또는 선발된 사람, 과거 시험에 응모할 자격이 있는 사람.
【整日(정일)】 온종일, 진종일.
【荒年(흉년)】 흉년.
【熟(숙)】 잘 알다, 익숙하다, 정통하다.

궁색한 수재가 살아가는 건 하루하루 고달픈 흉년, 노련한 산사람의
바깥나들이는 샛길 하나도 익숙한 길.

[12-116] 眉端揚未得, 庶幾在山月吐時; 眼界放開來, 只好向

水雲深處.

【眉端(미단)】 눈썹의 꼬리, 눈썹의 끝부분.
【揚未得(양미득)】 揚(높이 들다, 휘날리다)의 부정. ＊未得: …을 얻지(하지, 이루지) 못하다. 즉 ‘眉端揚未得’은 ‘눈썹을 치켜뜨지 않다’는 의미.
【庶幾(서기)】 …을 바라다, 거의 …할 것이다, 바라건대, 가깝다, 거의 이루어지려 함.
【眼界(안계)】 시야, 식견.
【放開(방개)】 크게 하다, 넓히다, 놓아주다.
【只好(지호)】 다만, 부득이.
【水雲(수운)】 물과 구름.

　산에 달 떠오를 때면 눈썹 찌푸리지 않네. 시야를 넓혀 물과 구름 그 깊은 곳을 바라볼밖에…….

　　[12-117] 劉伯倫攜壺荷鍤, “死便埋我!” 眞酒人哉; 王武仲閉關護花, “不許踏破!” 直花奴耳.

【劉伯倫(유백륜)】 魏晉南北朝시대의 문인 劉伶. 워낙 술을 좋아하여 술에 얽힌 고사가 많으며, 〈酒德頌〉이 있다.
【王武仲(왕무중)】 不詳.
【護花(호황)】 꽃을 돌보다, 꽃을 지키다.
【踏破(답파)】 밟아서 못 쓰게 만들다.
【直(직)】 맞다, 상당하다.
【花奴(화노)】 꽃의 노예.

　劉伶(伯倫)은 술병을 들고 삽을 메고 다니면서 “죽으면 나를 묻어 달라!” 했으니 진정한 술꾼이요, 王武仲은 문을 닫아걸고 꽃을 돌보며 “꽃을 밟지 못하게 하노라!”고 했으니 실로 꽃의 노예로구나!

[12-118] 一聲秋雨，一聲秋雁，消不得一室淸燈；一月春花，一池春草，繞亂却一生春夢．

【消不得(소부득)】 없애지 못하다, 사라지게 하지 못하다.
【繞亂(요란)】 뒤얽히다, 혼란스럽다.
【却(각)】 (다른 동사 뒤에 보어로 쓰여) …해 버리다, …하고 말다, 도리어, 오히려, 혹은 '물리치다' '없애다.'
【春夢(춘몽)】 덧없는 꿈, 환상.

　가을비 떨어지는 소리, 가을철 기러기 날아가는 소리는 방 안의 맑은 등불 끄지 못하게 하고, 달 뜬 밤의 봄꽃, 호숫가의 봄풀은 봄날 꿈 같은 덧없는 일생을 뒤흔들어 놓네!

[12-119] 夭桃紅杏，一時分付東風；翠竹黃花，從此永爲閒伴．

【一時(일시)】 한때, 잠시, 일시, 한 시기.
【分付(분부)】 =吩咐(분부하다, 시키다, 명령하다).
【黃菊(황국)】 黃菊의 꽃, 평지의 꽃.
【從此(종차)】 이제부터, 지금부터, 여기서부터.
【閒伴(한반)】 한가로울 때의 동반자, 함께 유유자적하는 친구.

　아리따운 복사꽃, 붉은 살구꽃은 잠시 샛바람〔東風〕을 불어오게 하지만, 푸른 대나무, 黃菊은 이때부터 영원히 내 한적함의 동반자가 된다네!

[12-120] 花影零亂，香魂夜發，輾然而喜．燭旣盡，不能寐也．

【零亂(영란)】 어지럽다, 어수선하다, 너저분하다, 문란하다, 흐트러지다, 산만하다.
【香魂(향혼)】 꽃의 정령, 미인의 혼.

【囅然(천연)】 웃는 모양.

꽃그림자 흐트러지고 꽃향기가 밤에 풍겨오니 방그레 즐거워라!
촛불 이미 꺼졌으나 잠들지 못하네!

[12-121] 花陰流影, 散爲半院舞衣; 水響飛音, 聽來一溪歌板.

【半院(반원)】 정원 한쪽, 정원가.
【舞衣(무의)】 춤복, 춤추는 옷. 여기서는 춤추는 모습을 의미.
【水響飛音(수향비음)】 물소리가 날아오르다, 물소리가 전해지다.
【歌板(가판)】 박자판, 목판을 두드리다, 박자를 맞추다.

꽃그림자 일렁이며 흩어져 정원 한쪽에서 춤추는 옷자락이 되고, 물소
리 날아올라 시냇물에 박자 맞추는 소리로 들려오고…….

[12-122] 一片秋色, 能療病客; 半聲春鳥, 偏喚愁人.

【秋色(추색)】 가을빛, 가을 경치.
【病客(병객)】 병자, 병든 나그네. ＊여기서는 향수병에 걸린 나그네.
【偏(편)】 오로지, 기어코.
【愁人(수인)】 근심 있는 사람.

가을 경치 한 조각은 병든 나그네를 치료할 수 있고, 봄날 새울음 반자
락은 기어코 근심 있는 사람을 불러내네!

[12-123] 會心之語, 當以不解解之; 無稽之言, 是在不聽聽耳.

＊본 항목은 권1〈醒〉제150항목과 중복된다.
【會心(회심)】깨닫다, 이해하다, 마음에 맞다.
【不解解之(불해해지)】앞의 '解'는 인위적인 해석과 분석을 말한다. 뒤의 '解'는 깨닫는 것.
【無稽之言(무계지언)】근거 없는 말. ＊稽: 헤아리다, 고증하다, 조사하다.

　마음으로 깨닫는 말은 해석하지 않아도 이해되고, 황당무계한 말은 듣지 않으려 해도 들려오네!

[12-124] 雲落寒潭, 滌塵容於水鏡; 月流深谷, 拭淡黛於山妝.

【水鏡(수경)】물을 거울에 빗댄 말, 달의 다른 이름.
【山妝(산장)】여기서는 산색으로 물든 상황을 묘사한 것.

　구름이 차가운 못[潭]으로 떨어져 거울 같은 물에 먼지 묻은 얼굴을 씻어내고, 달이 깊은 골짜기로 흘러가 곱게 물든 산에서 눈썹 화장을 지우네.

[12-125] 尋芳者追深逕之蘭, 識韻者窮深山之竹.

【窮(궁)】탐구하다, 끝까지 밝혀내다.

　향기를 찾는 사람은 깊은 오솔길의 蘭을 찾아다니고, 韻을 아는 사람은 깊은 산의 대나무를 찾아다닌다네.

[12-126] 花間雨過, 蜂粘幾片薔薇; 柳下童歸, 香散數莖篔蔔.

【薝葡(염복)】 원산지가 西域인 식물, 꽃이 매우 향기롭다.

꽃 사이로 비가 지나가니 벌이 장미 꽃잎에 붙어 있네. 버드나무 아래로 어린 종이 돌아오니 薝葡 향기가 퍼지네.

[12-127] 幽人到處煙霞冷, 仙子來時雲雨香.

幽人이 가는 곳엔 안개와 노을이 차갑고, 仙人이 올 때는 구름과 비가 향기롭다네.

[12-128] 落紅點苔, 可當錦褥; 草香花媚, 可當嬌姬. 草逆則山鹿溪鷗, 鼓吹則水聲鳥囀. 毛褐爲丸綺, 山雲作主賓. 和根野菜, 不釀侯鯖; 帶葉柴門, 奚輸甲第?

【點苔(점태)】 동양화에서 이끼를 나타내기 위해 찍는 점.
【可當(가당)】 …로 삼을 수 있다, …가 될 수 있다, …라 여길 수 있다.
【草(초)】 처음, 촌스러움, 거칢.
【逆(역)】 맞이하다, 불러들이다
【鼓吹(고취)】 북치고 나발불다, 선동하다.
【囀(전)】 지저귀다.
【毛褐(모갈)】 털과 베옷, 거친 털옷.
【丸綺(환기)】 丸은 紈의 誤記인 듯. *紈綺: 흰 깁과 무늬가 있는 비단, 화려한 의복.
【和根(화근)】 뿌리를 함께하다, 뿌리를 달고 있다.
【侯鯖(후청)】 대단한 珍味.
【輸(수)】 실어보내다, 알리다 *여기서는 '(승부에서) 지다' '-만 못하다'는 의미로 사용.
【甲第(갑제)】 큰 저택.

　붉은 꽃잎이 푸른 이끼 위로 똑똑 떨어지면 화려한 비단요라 여길 수 있고, 향기로운 풀과 고운 꽃은 아리따운 미인이라 할 수 있다네.

　처음 맞이한 이는 산노루와 시냇가 물새, 연주 소리는 물소리와 새소리라네. 털과 베옷을 화려한 의복이라 여기고, 구름과 함께 주인과 손님이 된다네.

　뿌리 야채로 대단한 진미를 만들어 낼 수는 없지만, 잎사귀 가득한 사립문이라고 부잣집만 못할까?!

[12-129] 野築郊居, 綽有規制; 茅亭草舍, 棘垣竹籬. 搆列無方, 淡宕如畫. 花間紅白, 樹無行款. 徜徉灑落, 何異仙居?

【綽(작)】 너그럽다, 여유롭다, 얌전하다, 많다.
【規制(규제)】 규칙과 제도.
【搆列(구열)】 구조와 배치.
【無方(무방)】 반듯반듯 모나게 정렬한 것이 없다.
【淡宕(담탕)】 엷고 거칠다, 담박하여 넓다.
【行款(행관)】 서법 또는 인쇄의 체제(형식).
【徜徉(상양)】 한가롭게 거닐다.
【灑落(쇄락)】 마음에 조금도 티가 없이 시원함, 마음에 아무 집착이 없어 상쾌함.

　야외나 교외에 집을 짓고 살 때는 여유로운 가운데 규칙이 있다.

　띠풀 엮어 만든 정자와 풀로 엮은 집에 가시 담장과 대나무 울타리.

　구조와 배치는 반듯반듯하지 않고 담박하여 그림의 여백처럼 여유로워야 한다.

　화단에는 붉은 꽃 하얀 꽃이 피어 있되, 나무들은 조판처럼 줄을 맞추지 않아야 한다.

　한가롭게 배회하면 마음이 티없이 상쾌해지니 仙景에 사는 것과 무엇이 다를쏘냐?

[12-130] 墨池寒欲結, 冰分筆上之花 ; 爐篆氣初浮, 不散簾前之霧.

【墨池(묵지)】 浙江省 積穀山 기슭에 있는 못으로 王羲之가 글씨를 배운 곳. 혹은 일반명사로서 벼루 가운데 오목하게 파여 먹을 갈거나 먹물이 고이는 곳.
【篆氣(전기)】 篆字 모양으로 꾸불꾸불 피어오르는 향로의 연기.

  벼루에 고인 먹물에 사각사각 얼음꽃 맺히려 하는데, 그 얼음꽃은 붓 끝에서 피어나는 꽃과는 다르다네.
  향로의 연기 구불구불 피어올라도 주렴 앞의 안개 흐트러지지 않네.

[12-131] 靑山在門, 白雲當戶 ; 明月到窓, 凉風拂座. 勝地皆仙, 五城十二樓, 轉覺揀擇.

【五城十二樓(오성십이루)】 옛날 신선들이 살았다는 거처.
【轉(전)】 오히려, 한층 더.
【揀擇(간택)】 가려서 뽑음, 가림, 구별함.

  靑山은 문 앞에, 白雲은 창문에 걸려 있네. 밝은 달이 창가로 다가오고, 서늘한 바람이 앉은 자리를 쓰다듬어 준다네.
  경치가 뛰어난 곳은 모두 仙景이리니, 신선이 살았다는 5城 12樓를 내가 골라낸 듯하구나!

[12-132] 何爲聲色俱淸? 曰 : 松風水月, 未足比其淸華. 何爲神情俱徹? 曰 : 仙露明珠, 詎能方其朗潤?

【何爲(하위)】 어찌하여, 어떻게 해야, 무엇을 하는가? 무엇이 될까?

【淸華(청화)】 깨끗한 꽃, 문장이 화려함, 대대로 지체가 높은 가문.

【神情(신정)】 심정, 마음.

【徹(철)】 꿰뚫다, 관통하다.

【仙露明珠(신로명주)】 사람의 풍모가 뛰어나다, 글씨체가 뛰어나다(사람의 풍모나 서법의 원숙함을 말한다). 여기서는 字意 그대로 신선이 마시는 깨끗한 이슬과 투명한 밝은 구슬.

【方(방)】 견주다, 비교하다.

【朗潤(낭윤)】 밝고 윤택하다.

“어찌해야 聲色이 모두 깨끗해질까요?”

“소나무에 부는 바람, 물에 비친 달이라도 그 깨끗한 精華에 비할 수는 없소.”

“어찌해야 마음을 모두 꿰뚫어볼 수 있을까요?”

“신선이 마시는 깨끗한 이슬과 투명한 밝은 구슬이라 해도 어찌 그 밝고 윤택함에 견줄 수 있겠소?”

[12-133] 逸字是山林關目: 用於情趣, 則淸遠多致; 用於事物, 則散漫無功.

【關目(관목)】 연극의 절정을 이루는 대목, 절정, 클라이맥스.

【淸遠(청원)】 맑고 멂, 명료하고 심원하다.

【散漫(산만)】 방만하다, 제멋대로이다, 흩어져 있다.

‘속세를 피해 숨는다’는 ‘逸’자는 산림에 은거하는 관건이다. 이를 정취에 운용하면 청아하고 심원해져 운치가 많아지겠지만, 인간 세상의 사물에 운용한다면 결국 흐트러져 아무것도 완성하지 못하리!

[12-134] 宇宙雖寬, 世途眇於鳥道；徵逐日甚, 人得浮比魚蠻.

【世途(세도)】 세상을 살아가는 길, 처세의 길〔世路〕.
【眇(묘)】 지극히 작다, 애꾸눈.
【鳥道(조도)】 오솔길, 좁은 길.
【征逐(정축)】 친구 사이에 초대하거나 초대받아 서로 빈번하고 긴밀하게 왕래하다.
【魚蠻(어만)】 물고기나 사리를 분별하지 못하는 사람(야만족).

우주가 비록 넓지만 세상 사는 길은 오솔길보다 좁은 법!
사람끼리의 왕래가 깊어질수록 인간은 물고기보다 경솔해질 수도 있는 법!

[12-135] 柳下艤舟, 花間走馬. 觀者之趣, 倍個個中.

【艤舟(의주)】 배를 대다, 정박하다.
【個中(개중)】 그 가운데, 그 속.

버드나무 아래에 나룻배를 묶어두고 꽃 사이로 말을 달리는구나!
이를 감상하는 자의 흥취는 개개인의 가슴속에서 자라나리니!

[12-136] 問人情何似? 曰：野人多於地, 春山半是雲；問世事何似? 曰：馬上懸壺漿, 刀頭分頓肉.

【野人(야인)】 순박한 사람, 시골 사람, 벼슬하지 아니한 사람, 평민, 서민.
【壺漿(호장)】 술병(단지)에 넣은 술.
【刀頭(도두)】 칼날.
【頓肉(돈육)】 숙박하거나 외출할 때 지니는 육류 식품.

人情이란 무엇과 비슷한지 물었더니,
"평민은 이 땅에 많은데, 봄산의 반이 구름!"이라더라!
세상일이 무엇과 비슷한지 물었더니,
"말 등에 술병을 매달고, 칼로 고깃덩이 자르기!"라더라!

[12-137] 塵情一破, 便同鷄犬爲仙; 世法相拘, 何異鶴鵝作陣.

【塵情(진정)】 속세의 정, 속세에 얽힌 정.
【世法(세법)】 세상에 전해지는 낡은 관습, 속세의 법.
【鶴鵝作陣(학아작진)】 학과 백조로 진을 치다(포진하다). ＊作陣: 진을 치다, 싸움을
하다.

속세에 얽힌 情을 깨뜨려 버리면 이내 닭과 개와 함께 신선이 되고, 자
연에 살더라도 世法에 얽매인다면 학과 백조로 陣을 치고 싸우는 것과 무
엇이 다른가?

[12-138] 淸恐人知, 奇足自賞.

청빈함은 다른 사람이 알까 걱정하고, 독특함은 스스로 즐기는 것으로
만족하라!

[12-139] 與客到, 金樽醉來一榻, 豈獨客去爲佳; 有人知, 玉
律廻車三調, 何必相識乃再? 笑元亮之逐客何迂? 羨子猷之高
情可賞.

【玉律(옥진)】즉 金科玉律, 금옥처럼 귀중히 여겨 신봉하는 법칙이나 규정(=金科玉條).
【三調(삼조)】세 번을 조절하다(조정하다, 중재하다).
【相識(상식)】서로 알다, 안면이 있다, 서로 아는 사이(사람).
【逐客(축객)】손님을 내쫓다.
【迂(우)】진부하다, 케케묵다, 어수룩하다.
【子猷(자유)】즉 王徽之. 王羲之의 아들로 字가 子猷. 《世說新語》에 '雪夜訪戴'라
는 고사가 있다. 子猷가 山陰(지금의 江蘇省 蘇興)에 거주할 때 밤에 큰눈이 내려 左
思의 〈招隱〉을 읊던 중 갑자기 戴安道(戴逵)가 생각났다. 戴逵는 당시 剡溪(剡縣)에
있었는데도 子猷는 밤을 새워 배를 타고 그의 집 앞까지 갔다가 들어가지 아니하고
그냥 돌아왔다. 그 까닭을 물으니 "내 흥에 겨워 갔다가 흥이 다해서 돌아왔는데,
구태여 戴逵를 만날 필요가 있는가?"라고 했다 한다.
【高情(고정)】두터운 정, 厚誼.

　객이 오면 함께 금술잔으로 취하고는 더불어 잠자리에 드나니, 어찌 손
님을 보내는 것만 좋다 하는가?
　혹자는 수레를 세 번이나 돌려세워야 하는 것이 친구간에 지켜야 할 금
과옥조라고 알지만, 잘 아는 친구 사이에 굳이 그렇게까지 할 필요야 있
겠는가?
　도연명〔元亮〕이 손님을 쫓아보낸 것이 얼마나 우스운 일인지 비웃고,
친구를 진심으로 그리워했던 王徽之(子猷)의 고상하고 아름다운 정은 부
럽기만 하네!

[12-140] 高士豈盡無染? 蓮爲君子, 亦自出於淤泥; 丈夫但
論操持, 竹作正人, 何妨犯以霜雪?

【高士(고사)】덕이 높은 선비.
【操持(조지)】절개, 절개를 지키다.
【正人(정인)】바른 사람.
【何妨(하방)】어찌 꺼리겠는가?

【犯(범)】 침범하다, 범하다, 발생하다.
【霜雪(상설)】 서리와 눈, 순수하다, 결백하다, 마음이 결백하고 엄함의 비유.

　덕이 높은 선비는 어째서 전혀 더럽혀지지 않는 걸까? 연꽃은 꽃 중의 君子이기에 더러운 진흙에서 피어나는 것이다.
　대장부는 오직 절개를 지녀야 하는 법, 대나무는 樹木 중의 正人이기에 서리와 눈이 다가온들 어떠랴?

　[12-141] 東郭先生之履, 一貧從萬古之淸; 山陰道士之經, 片字收千秋之重.

【東郭先生之履(동곽선생지리)】 동곽 선생은《史記 · 滑稽列傳》에 나오는 수레를 모는 사람. 그는 집안 형편이 어려워 신이 닳고 닳아 위쪽 덮개만 있는 신발을 신고 있었다. 청렴한 선비의 상징.
【山陰道士之經(산음도사지경)】 山陰의 한 도사가 당시 최고의 서예가인 王羲之에게《黃庭經》을 필사시키고 싶었지만 가난하여 대가를 지불할 수가 없었다. 그는 王羲之가 거위를 좋아한다는 사실을 알고 흰 거위떼를 정성스레 키워서 주며 그에게 道經 필사를 부탁했다는 고사.

　東郭 선생의 윗덮개만 남은 신발은 빈곤 하나로 만고에 청렴함을 좇았고, 두터운 믿음으로 어렵게 써낸 山陰 도사의 경문은 몇 글자만으로도 오래도록 전해질 귀중함을 담고 있다.

　[12-142] 說來事事應難說, 何如漱齒; 聽到聲聲不忍聽, 唯有枕流.

【說來(설래)】 말하다, 말한 바 있다.

【漱齒(수치)】 양치질하다.

【枕流(침류)】 곧 枕流漱石. 晉나라 孫楚가 "돌을 베개삼아 베고, 흐르는 물로 양치질한다〔枕石漱流〕"고 말하려던 것이 "흐르는 물을 베개삼아 베고, 돌로 양치질한다"고 하니, 이 말을 들은 王濟가 그런 말이 어디 있느냐고 물었다. 그러자 孫楚는 "흐르는 물을 베개삼아 벤다는 것은 귀를 씻기 위함이요, 돌로 양치질함은 이를 닦기 위함이라"고 받아 넘겼다는 이야기.

　　모든 일을 다 말하기는 어려우니 차라리 입을 헹구는 것이 낫고, 들리는 소리마다 다 들을 수는 없으니 오로지 물을 베고 자는 것이 낫겠네!

[12-143] 管輅請飲後言, 名爲酒膽; 休文以吟致瘦, 要是詩魔.

【管輅(관로)】 삼국시대 魏나라 平原 사람, 字가 公明. 周易과 風角占相의 道에 밝고 卜筮를 잘했고, 남다른 언행으로 유명했다.

【請飲(청음)】 술을 권하다.

【膽(담)】 쓸개, 담력, 충시심, 용기.

【休文(휴문)】 南朝 梁의 沈約. 字가 休文. '竟陵八友'의 한 사람으로 시문에 뛰어났는데, 형식미를 강구하는 좋은 시를 짓느라 고심하여 너무 말라 여자보다 허리가 가늘었다고 한다.

　　管輅은 술을 마신 후 말을 잘했기에 '술용기〔酒膽〕'로 명성이 있었고, 沈約(休文)은 시를 짓느라 고심하여 수척해졌으니 바라던 대로 마법처럼 뛰어난 시를 짓는 시인〔詩魔〕이 되었다네.

[12-144] 因花索句, 勝他牘奏三千; 爲鶴謀糧, 嬴我田耕二頃.

【因花索句(인화색구)】 꽃으로 인해 시구를 찾다, 꽃을 감상하며 시를 짓다.

【牘奏(독주)】 문서를 모으다.

【爲鶴謀粮(위학모량)】 학을 위해 먹이를 구하다.

　　꽃을 통해 좋은 시구를 지으려는 것이 다른 이가 모아 놓은 문서 3천 개보다 뛰어나고, 학을 위해 먹이를 구하는 것이 나의 밭 두 이랑을 가는 것보다 낫다.

[12-145] 至奇無驚, 至美無豔.

　　* '至奇無驚'은 남들과는 다른 언행이나 취미 등을 내보임으로써 독특한 취향과 존재(狂)임을 드러내려던 당시(明末) 문사나 은사들의 유행 행태를 비판, 경계하는 것이다

　　지극한 독특함은 사람들을 놀라게 하지 않고, 지극한 아름다움은 화려하지 않은 법!

[12-146] 瓶中揷花, 盆中養石. 雖是尋常供具, 實關幽人性情. 若非得趣, 箇中布置, 何能生致?

【養石(양석)】 돌을 가꾸다, 수석을 가꾸다.
【尋常(심상)】 평범하다, 보통이다, 예사롭다.
【供具(공구)】 宴會에 쓰이는 器物, 공양을 위해 차려진 器具, 제공된 器具.
【布置(포치)】 배치(하다), 배열(하다), 설치(하다), 꾸미다.
【生致(생치)】 운치가 생기다.

　　화병에 꽃을 꽂고 받침 위에 수석을 가꾼다. 비록 평범하게 차려놓은 물건이지만 실제로는 자연을 사랑하는 幽人의 심성이나 정취와 관련되는 것이다. 그러한 정취를 얻기 위한 것이 아니라면, 그 속을 꾸민다 한들 어

찌 운치가 생겨나리오?

　[12-147] 舌頭無骨, 得言語之總持. 眼裏有筋, 具遊戲之三昧.

【總持(총지)】 총괄하여 지니다, 주요한 것을 지니다, 즉 요점, 관건을 말한다.
【游戲(유희)】 놀이, 게임.
【三昧(삼매)】 (佛敎) 梵語 samadhi의 音譯. 오직 한 가지 일에만 마음을 집중시키는
境地(=三昧境).

　혀에는 뼈가 없어서 언어의 요점을 얻고, 눈엔 힘줄이 있어 즐거움에 몰
입하는 경지를 지니는 것이라네!

　[12-148] 群居閉口, 獨坐防心.

여럿이 있을 때는 입을 닫고, 홀로 앉았을 때는 마음을 막을 것!

　[12-149] 湖海上浮家泛宅, 煙霞五色足資糧. 乾坤內狂客逸
人, 花鳥四時供嘯咏.

【浮家泛宅(부가범택)】 배에서 생활하다, 선상 생활로 정처없이 떠돌아다니다.
【五色(오색)】 靑·黃·赤·白·黑 등 다섯 가지 正色.
【資粮(자량)】 밑천과 양식, 여행에 소용되는 노자와 양식(=資糧).
【乾坤(건곤)】 역경의 卦 이름. 陰陽·天地·男女·夫婦·日月 따위로 쓰임, 혹은
세상.
【狂客(광객)】 언행이 일반의 상식이나 이치를 벗어나 미친 것처럼 보이는 사람.
【逸人(일인)】 隱君子, 隱者.

【嘯咏(소영)】 소리를 길게 뽑아서 시가를 읊조리다.

　호수나 바다 위에 배를 띄우고 떠돌아다니면 안개와 노을이 빚어내는
다섯 가지 빛깔을 노잣돈과 양식으로 삼을 수 있다네.
　이 세상에서 상식을 벗어난 독특한 사람〔狂客〕이나 세상을 피해 살아
가는 은자에게는 꽃과 새들이 사시사철 읊조릴 소재를 준다네.

　[12-150] 養花, 瓶亦須精良. 譬如玉環飛燕不可置之茅茨, 嵇
阮賀李不可請之店中.

【精良(정량)】 정교하고 훌륭하다, 뛰어나게 좋다.
【玉環(옥환)】 楊玉環. 즉 楊貴妃. 高力士가 玄宗의 환심을 사려고 第18子 壽王의 妃
로 楊玉環을 천거. 현종이 楊玉環의 자태를 본 뒤에 女道士란 명칭으로 궁중에 데
려와 號를 太眞이라 하였으며, 天寶3년에 貴妃로 봉했다. 안사의 난 때 현종과 함
께 피난갔다가 馬嵬驛에서 목매달아 죽었다.
【飛燕(비연)】 趙飛燕. 漢나라 成帝의 황후. 가무에 뛰어나 후궁이 되었으며, 平帝
때 서민으로 내침을 받고 자살.
【茅茨(모자)】 띠지붕, 띠풀로 지붕을 이다.
【嵇阮賀李(혜완하이)】 嵇康·阮籍·賀知章·李白.

　아름다운 꽃을 키우려면 화병 역시 좋은 것이어야 한다. 양귀비〔玉環〕나
趙飛燕 같은 미인을 누추한 띠집에 둘 수 없고, 嵇康·阮籍·賀知章·
李白 같은 대시인을 초라한 주점으로 초대할 수 없는 껏처럼 말이다.

　[12-151] 纔有力以勝蝶, 本無心而引鶯. 半葉舒而巖暗, 一花
散而峰明.

【纔(재)】겨우, 가까스로, 조금, 잠깐.
【勝(승)】이기다, 억누르다, 능가하다, 낫다, 견디다, 모두.
【舒(서)】펴다, 흩어지다. 散(산): 지다, 흩어지다.

  힘이 조금이라도 있어야 나비라도 감당할 수 있겠지만, 아예 마음을
비우면 꾀꼬리도 불러들일 수 있다.
  작은 잎새가 떨어져도 큰바위가 어두워지고, 꽃 한 송이 흩날려도 산봉
우리 전체가 밝아질 수 있듯이……

  [12-152] 玉檻連彩, 粉壁迷明. 動鮑昭之詩興, 銷王燦之憂情.

【粉壁(분벽)】흰벽, 벽을 하얗게 칠하다.
【迷明(미명)】흐릿하다, 분명하지 않다.
【鮑昭(포소)】南朝 宋나라의 시인 鮑照. 唐代에 武后의 諱를 피하여 鮑昭로 표기.
臨海王의 아들 瑱이 荊州를 다스릴 때 그의 參軍이 되었으므로 鮑參軍이라 일컬
음. 謝靈運과 함께 鮑謝로 병칭됨.
【王餐(왕찬)】字가 仲宣, 山陽 高平人. 建安七子의 한 사람.
【憂情(우정)】우울한 마음, 근심어린 마음.

  옥으로 만든 난간은 계속 빛을 발하지만 하얀 벽은 흐릿하니, 鮑照의
詩興을 움직이고 王燦의 근심을 녹인다네.

강경범
성균관대학교 중문학 박사
북경사회과학원 방문학자
현재 안산1대학 강사

천현경
성균관대학교 중문학 박사

醉古堂劍掃

초판발행 : 2007년 11월 20일

東文選
제10-64호, 78. 12. 16 등록
110-300 서울 종로구 관훈동 74번지
전화 : 737-2795

편집설계 : 李姃롲

ISBN 978-89-8038-615-4 94820

【東文選 現代新書】

1 21세기를 위한 새로운 엘리트	FORESEEN 연구소 / 김경현	7,000원
2 의지, 의무, 자유 — 주제별 논술	L. 밀러 / 이대희	6,000원
3 사유의 패배	A. 핑켈크로트 / 주태환	7,000원
4 문학이론	J. 컬러 / 이은경 · 임옥희	7,000원
5 불교란 무엇인가	D. 키언 / 고길환	6,000원
6 유대교란 무엇인가	N. 솔로몬 / 최창모	6,000원
7 20세기 프랑스철학	E. 매슈스 / 김종갑	8,000원
8 강의에 대한 강의	P. 부르디외 / 현택수	6,000원
9 텔레비전에 대하여	P. 부르디외 / 현택수	10,000원
10 고고학이란 무엇인가	P. 반 / 박범수	8,000원
11 우리는 무엇을 아는가	T. 나겔 / 오영미	5,000원
12 에쁘롱 — 니체의 문체들	J. 데리다 / 김다은	7,000원
13 히스테리 사례분석	S. 프로이트 / 태혜숙	7,000원
14 사랑의 지혜	A. 핑켈크로트 / 권유현	6,000원
15 일반미학	R. 카이유와 / 이경자	6,000원
16 본다는 것의 의미	J. 버거 / 박범수	10,000원
17 일본영화사	M. 테시에 / 최은미	7,000원
18 청소년을 위한 철학교실	A. 자카르 / 장혜영	7,000원
19 미술사학 입문	M. 포인턴 / 박범수	8,000원
20 클래식	M. 비어드 · J. 헨더슨 / 박범수	6,000원
21 정치란 무엇인가	K. 미노그 / 이정철	6,000원
22 이미지의 폭력	O. 몽젱 / 이은민	8,000원
23 청소년을 위한 경제학교실	J. C. 드루엥 / 조은미	6,000원
24 순진함의 유혹 〔메디시스賞 수상작〕	P. 브뤼크네르 / 김웅권	9,000원
25 청소년을 위한 이야기 경제학	A. 푸르상 / 이은민	8,000원
26 부르디외 사회학 입문	P. 보네위츠 / 문경자	7,000원
27 돈은 하늘에서 떨어지지 않는다	K. 아른트 / 유영미	6,000원
28 상상력의 세계사	R. 보이아 / 김웅권	9,000원
29 지식을 교환하는 새로운 기술	A. 벵토릴라 外 / 김혜경	6,000원
30 니체 읽기	R. 비어즈워스 / 김웅권	6,000원
31 노동, 교환, 기술 — 주제별 논술	B. 데코사 / 신은영	6,000원
32 미국만들기	R. 로티 / 임옥희	10,000원
33 연극의 이해	A. 쿠프리 / 장혜영	8,000원
34 라틴문학의 이해	J. 가야르 / 김교신	8,000원
35 여성적 가치의 선택	FORESEEN연구소 / 문신원	7,000원
36 동양과 서양 사이	L. 이리가라이 / 이은민	7,000원
37 영화와 문학	R. 리처드슨 / 이형식	8,000원
38 분류하기의 유혹 — 생각하기와 조직하기	G. 비뇨 / 임기대	7,000원
39 사실주의 문학의 이해	G. 라루 / 조성애	8,000원
40 윤리학 — 악에 대한 의식에 관하여	A. 바디우 / 이종영	7,000원
41 흙과 재 〔소설〕	A. 라히미 / 김주경	6,000원

84	조와(弔蛙)	金敎臣 / 노치준·민혜숙	8,000원
85	역사적 관점에서 본 시네마	J. -L. 뢰트라 / 곽노경	8,000원
86	욕망에 대하여	M. 슈벨 / 서민원	8,000원
87	산다는 것의 의미·1—여분의 행복	P. 쌍소 / 김주경	7,000원
88	철학 연습	M. 아롱델-로오 / 최은영	8,000원
89	삶의 기쁨들	D. 노게 / 이은민	6,000원
90	이탈리아영화사	L. 스키파노 / 이주현	8,000원
91	한국문화론	趙興胤	10,000원
92	현대연극미학	M. -A. 샤르보니에 / 홍지화	8,000원
93	느리게 산다는 것의 의미·2	P. 쌍소 / 김주경	7,000원
94	진정한 모럴은 모럴을 비웃는다	A. 에슈고엔 / 김웅권	8,000원
95	한국종교문화론	趙興胤	10,000원
96	근원적 열정	L. 이리가라이 / 박정오	9,000원
97	라캉, 주체 개념의 형성	B. 오질비 / 김 석	9,000원
98	미국식 사회 모델	J. 바이스 / 김종명	7,000원
99	소쉬르와 언어과학	P. 가데 / 김용숙·임정혜	10,000원
100	철학적 기본 개념	R. 페르버 / 조국현	8,000원
101	맞불	P. 부르디외 / 현택수	10,000원
102	글렌 굴드, 피아노 솔로	M. 슈나이더 / 이창실	7,000원
103	문학비평에서의 실험	C. S. 루이스 / 허 종	8,000원
104	코뿔소 〔희곡〕	E. 이오네스코 / 박형섭	8,000원
105	지각—감각에 관하여	R. 바르바라 / 공정아	7,000원
106	철학이란 무엇인가	E. 크레이그 / 최생열	8,000원
107	경제, 거대한 사탄인가?	P. -N. 지로 / 김교신	7,000원
108	딸에게 들려 주는 작은 철학	R. 시몬 셰퍼 / 안상원	7,000원
109	도덕에 관한 에세이	C. 로슈·J. -J. 바레르 / 고수현	6,000원
110	프랑스 고전비극	B. 클레망 / 송민숙	8,000원
111	고전수사학	G. 위딩 / 박성철	10,000원
112	유토피아	T. 파코 / 조성애	7,000원
113	쥐비알	A. 자르댕 / 김남주	7,000원
114	증오의 모호한 대상	J. 아순 / 김승철	8,000원
115	개인—주체철학에 대한 고찰	A. 르노 / 장정아	7,000원
116	이슬람이란 무엇인가	M. 무스벤 / 최생열	8,000원
117	테러리즘의 정신	J. 보드리야르 / 배영달	8,000원
118	역사란 무엇인가	존 H. 아널드 / 최생열	8,000원
119	느리게 산다는 것의 의미·3	P. 쌍소 / 김주경	7,000원
120	문학과 정치 사상	P. 페티티에 / 이종민	8,000원
121	가장 아름다운 하나님 이야기	A. 보테르 外 / 주태환	8,000원
122	시민 교육	P. 카니베즈 / 박주원	9,000원
123	스페인영화사	J.- C. 스갱 / 정동섭	8,000원
124	인터넷상에서—행동하는 지성	H. L. 드레퓌스 / 정혜욱	9,000원
125	내 몸의 신비—세상에서 가장 큰 기적	A. 지오르당 / 이규식	7,000원

168	세계화의 불안	Z. 라이디 / 김종명	8,000원
169	음악이란 무엇인가	N. 쿡 / 장호연	10,000원
170	사랑과 우연의 장난 〔희곡〕	마리보 / 박형섭	10,000원
171	사진의 이해	G. 보레 / 박은영	10,000원
172	현대인의 사랑과 성	현택수	9,000원
173	성해방은 진행중인가?	M. 이아퀴브 / 권은희	10,000원
174	교육은 자기 교육이다	H. -G. 가다머 / 손승남	10,000원
175	밤 끝으로의 여행	L. -F. 쎌린느 / 이형식	19,000원
176	프랑스 지성인들의 '12월'	J. 뒤발 外 / 김영모	10,000원
177	환대에 대하여	J. 데리다 / 남수인	13,000원
178	언어철학	J. P. 레스베베르 / 이경래	10,000원
179	푸코와 광기	F. 그로 / 김웅권	10,000원
180	사물들과 철학하기	R. -P. 드루아 / 박선주	10,000원
181	청소년이 알아야 할 사회경제학자들	J. -C. 드루앵 / 김종명	8,000원
182	서양의 유혹	A. 말로 / 김웅권	10,000원
183	중세의 예술과 사회	G. 뒤비 / 김웅권	10,000원
184	새로운 충견들	S. 알리미 / 김영모	10,000원
185	초현실주의	G. 세바 / 최정아	10,000원
186	프로이트 읽기	P. 랜드맨 / 민혜숙	10,000원
187	예술 작품—작품 존재론 시론	M. 아르 / 공정아	10,000원
188	평화—국가의 이성과 지혜	M. 카스티요 / 장정아	10,000원
189	히로시마 내 사랑	M. 뒤라스 / 이용주	10,000원
190	연극 텍스트의 분석	M. 프뤼네르 / 김덕희	10,000원
191	청소년을 위한 철학길잡이	A. 콩트-스퐁빌 / 공정아	10,000원
192	행복—기쁨에 관한 소고	R. 미스라이 / 김영선	10,000원
193	조사와 방법론—면접법	A. 블랑셰·A. 고트만 / 최정아	10,000원
194	하늘에 관하여—잃어버린 공간, 되찾은 시간	M. 카세 / 박선주	10,000원
195	청소년이 알아야 할 세계화	J. -P. 폴레 / 김종명	9,000원
196	약물이란 무엇인가	L. 아이버슨 / 김정숙	10,000원
197	폭력—'폭력적 인간'에 대하여	R. 다둔 / 최윤주	10,000원
198	암호	J. 보드리야르 / 배영달	10,000원
199	느리게 산다는 것의 의미·4	P. 쌍소 / 김선미·한상철	7,000원
200	아이누 민족의 비석	萱野 茂 / 심우성	10,000원
300	아이들에게 설명하는 이혼	P. 루카스·S. 르로이 / 이은민	8,000원
301	아이들에게 들려주는 인도주의	J. 마무 / 이은민	근간
302	아이들에게 설명하는 죽음	E. 위스망 페랭 / 김미정	8,000원
303	아이들에게 들려주는 선사시대 이야기	J. 클로드 / 김교신	8,000원
304	아이들에게 들려주는 이슬람 이야기	T. 벤 젤룬 / 김교신	8,000원
305	아이들에게 설명하는 테러리즘	M. -C. 그로 / 우강택	8,000원
306	아이들에게 들려주는 철학 이야기	R. -P. 드루아 / 이창실	8,000원

【東文選 文藝新書】

1 저주받은 詩人들	A. 뻬이르 / 최수철·김종호	개정근간
2 민속문화론서설	沈雨晟	40,000원
3 인형극의 기술	A. 훼도토프 / 沈雨晟	8,000원
4 전위연극론	J. 로스 에반스 / 沈雨晟	12,000원
5 남사당패연구	沈雨晟	19,000원
6 현대영미희곡선(전4권)	N. 코워드 外 / 李辰洙	절판
7 행위예술	L. 골드버그 / 沈雨晟	절판
8 문예미학	蔡 儀 / 姜慶鎬	절판
9 神의 起源	何 新 / 洪 熹	16,000원
10 중국예술정신	徐復觀 / 權德周 外	24,000원
11 中國古代書史	錢存訓 / 金允子	14,000원
12 이미지 — 시각과 미디어	J. 버거 / 편집부	15,000원
13 연극의 역사	P. 하트놀 / 沈雨晟	절판
14 詩 論	朱光潛 / 鄭相泓	22,000원
15 탄트라	A. 무케르지 / 金龜山	16,000원
16 조선민족무용기본	최승희	15,000원
17 몽고문화사	D. 마이달 / 金龜山	8,000원
18 신화 미술 제사	張光直 / 李 徹	절판
19 아시아 무용의 인류학	宮尾慈良 / 沈雨晟	20,000원
20 아시아 민족음악순례	藤井知昭 / 沈雨晟	5,000원
21 華夏美學	李澤厚 / 權 瑚	20,000원
22 道	張立文 / 權 瑚	18,000원
23 朝鮮의 占卜과 豫言	村山智順 / 金禧慶	28,000원
24 원시미술	L. 아담 / 金仁煥	16,000원
25 朝鮮民俗誌	秋葉隆 / 沈雨晟	12,000원
26 타자로서 자기 자신	P. 리쾨르 / 김웅권	29,000원
27 原始佛教	中村元 / 鄭泰爀	8,000원
28 朝鮮女俗考	李能和 / 金尙憶	24,000원
29 朝鮮解語花史(조선기생사)	李能和 / 李在崑	25,000원
30 조선창극사	鄭魯湜	17,000원
31 동양회화미학	崔炳植	19,000원
32 性과 결혼의 민족학	和田正平 / 沈雨晟	9,000원
33 農漁俗談辭典	宋在璇	12,000원
34 朝鮮의 鬼神	村山智順 / 金禧慶	12,000원
35 道敎와 中國文化	葛兆光 / 沈揆昊	15,000원
36 禪宗과 中國文化	葛兆光 / 鄭相泓·任炳權	8,000원
37 오페라의 역사	L. 오레이 / 류연희	절판
38 인도종교미술	A. 무케르지 / 崔炳植	14,000원
39 힌두교의 그림언어	안넬리제 外 / 全在星	9,000원
40 중국고대사회	許進雄 / 洪 熹	30,000원
41 중국문화개론	李宗桂 / 李宰碩	23,000원

42 龍鳳文化源流	王大有 / 林東錫	25,000원
43 甲骨學通論	王宇信 / 李宰碩	40,000원
44 朝鮮巫俗考	李能和 / 李在崑	20,000원
45 미술과 페미니즘	N. 부루드 外 / 扈承喜	9,000원
46 아프리카미술	P. 윌레프 / 崔炳植	절판
47 美의 歷程	李澤厚 / 尹壽榮	28,000원
48 曼茶羅의 神들	立川武藏 / 金龜山	19,000원
49 朝鮮歲時記	洪錫謨 外/李錫浩	30,000원
50 하 상	蘇曉康 外 / 洪 熹	절판
51 武藝圖譜通志 實技解題	正 祖 / 沈雨晟·金光錫	15,000원
52 古文字學첫걸음	李學勤 / 河永三	14,000원
53 體育美學	胡小明 / 閔永淑	18,000원
54 아시아 美術의 再發見	崔炳植	9,000원
55 曆과 占의 科學	永田久 / 沈雨晟	14,000원
56 中國小學史	胡奇光 / 李宰碩	20,000원
57 中國甲骨學史	吳浩坤 外 / 梁東淑	35,000원
58 꿈의 철학	劉文英 / 河永三	22,000원
59 女神들의 인도	立川武藏 / 金龜山	19,000원
60 性의 역사	J. L. 플랑드렝 / 편집부	18,000원
61 쉬르섹슈얼리티	W. 챠드윅 / 편집부	10,000원
62 여성속담사전	宋在璇	18,000원
63 박재서희곡선	朴栽緒	10,000원
64 東北民族源流	孫進己 / 林東錫	13,000원
65 朝鮮巫俗의 硏究(상·하)	赤松智城·秋葉隆 / 沈雨晟	28,000원
66 中國文學 속의 孤獨感	斯波六郎 / 尹壽榮	8,000원
67 한국사회주의 연극운동사	李康列	8,000원
68 스포츠인류학	K. 블랑챠드 外 / 박기동 外	12,000원
69 리조복식도감	리팔찬	20,000원
70 娼 婦	A. 꼬르벵 / 李宗旼	22,000원
71 조선민요연구	高晶玉	30,000원
72 楚文化史	張正明 / 南宗鎭	26,000원
73 시간, 욕망, 그리고 공포	A. 코르뱅 / 변기찬	18,000원
74 本國劍	金光錫	40,000원
75 노트와 반노트	E. 이오네스코 / 박형섭	20,000원
76 朝鮮美術史硏究	尹喜淳	7,000원
77 拳法要訣	金光錫	30,000원
78 艸衣選集	艸衣意恂 / 林鍾旭	20,000원
79 漢語音韻學講義	董少文 / 林東錫	10,000원
80 이오네스코 연극미학	C. 위베르 / 박형섭	9,000원
81 중국문자훈고학사전	全廣鎭 편역	23,000원
82 상말속담사전	宋在璇	10,000원
83 書法論叢	沈尹默 / 郭魯鳳	16,000원

84	침실의 문화사	P. 디비 / 편집부	9,000원
85	禮의 精神	柳 肅 / 洪 熹	20,000원
86	조선공예개관	沈雨晟 편역	30,000원
87	性愛의 社會史	J. 솔레 / 李宗旼	18,000원
88	러시아미술사	A. I 조토프 / 이건수	22,000원
89	中國書藝論文選	郭魯鳳 選譯	25,000원
90	朝鮮美術史	關野貞 / 沈雨晟	30,000원
91	美術版 탄트라	P. 로슨 / 편집부	8,000원
92	군달리니	A. 무케르지 / 편집부	9,000원
93	카마수트라	바짜야나 / 鄭泰爀	18,000원
94	중국언어학총론	J. 노먼 / 全廣鎭	28,000원
95	運氣學說	任應秋 / 李宰碩	15,000원
96	동물속담사전	宋在璇	20,000원
97	자본주의의 아비투스	P. 부르디외 / 최종철	10,000원
98	宗敎學入門	F. 막스 뮐러 / 金龜山	10,000원
99	변 화	P. 바츨라빅크 外 / 박인철	10,000원
100	우리나라 민속놀이	沈雨晟	15,000원
101	歌訣(중국역대명언경구집)	李宰碩 편역	20,000원
102	아니마와 아니무스	A. 융 / 박해순	8,000원
103	나, 너, 우리	L. 이리가라이 / 박정오	12,000원
104	베케트연극론	M. 푸크레 / 박형섭	8,000원
105	포르노그래피	A. 드워킨 / 유혜련	12,000원
106	셸 링	M. 하이데거 / 최상욱	12,000원
107	프랑수아 비용	宋 勉	18,000원
108	중국서예 80제	郭魯鳳 편역	16,000원
109	性과 미디어	W. B. 키 / 박해순	12,000원
110	中國正史朝鮮列國傳(전2권)	金聲九 편역	120,000원
111	질병의 기원	T. 매큐언 / 서 일·박종연	12,000원
112	과학과 젠더	E. F. 켈러 / 민경숙·이현주	10,000원
113	물질문명·경제·자본주의	F. 브로델 / 이문숙 外	절판
114	이탈리아인 태고의 지혜	G. 비코 / 李源斗	8,000원
115	中國武俠史	陳 山 / 姜鳳求	18,000원
116	공포의 권력	J. 크리스테바 / 서민원	23,000원
117	주색잡기속담사전	宋在璇	15,000원
118	죽음 앞에 선 인간(상·하)	P. 아리에스 / 劉仙子	각권 15,000원
119	철학에 대하여	L. 알튀세르 / 서관모·백승욱	12,000원
120	다른 곳	J. 데리다 / 김다은·이혜지	10,000원
121	문학비평방법론	D. 베르제 外 / 민혜숙	12,000원
122	자기의 테크놀로지	M. 푸코 / 이희원	16,000원
123	새로운 학문	G. 비코 / 李源斗	22,000원
124	천재와 광기	P. 브르노 / 김웅권	13,000원
125	중국은사문화	馬 華·陳正宏 / 강경범·천현경	12,000원

126	푸코와 페미니즘	C. 라마자노글루 外 / 최 영 外	16,000원
127	역사주의	P. 해밀턴 / 임옥희	12,000원
128	中國書藝美學	宋 民 / 郭魯鳳	16,000원
129	죽음의 역사	P. 아리에스 / 이종민	18,000원
130	돈속담사전	宋在璇 편	15,000원
131	동양극장과 연극인들	김영무	15,000원
132	生育神과 性巫術	宋兆麟 / 洪 熹	20,000원
133	미학의 핵심	M. M. 이턴 / 유호전	20,000원
134	전사와 농민	J. 뒤비 / 최생열	18,000원
135	여성의 상태	N. 에니크 / 서민원	22,000원
136	중세의 지식인들	J. 르 고프 / 최애리	18,000원
137	구조주의의 역사(전4권)	F. 도스 / 김웅권 外 Ⅰ·Ⅱ·Ⅳ 15,000원 / Ⅲ	18,000원
138	글쓰기의 문제해결전략	L. 플라워 / 원진숙·황정현	20,000원
139	음식속담사전	宋在璇 편	16,000원
140	고전수필개론	權 瑚	16,000원
141	예술의 규칙	P. 부르디외 / 하태환	23,000원
142	"사회를 보호해야 한다"	M. 푸코 / 박정자	20,000원
143	페미니즘사전	L. 터틀 / 호승희·유혜련	26,000원
144	여성심벌사전	B. G. 워커 / 정소영	근간
145	모데르니테 모데르니테	H. 메쇼닉 / 김다은	20,000원
146	눈물의 역사	A. 벵상뷔포 / 이자경	18,000원
147	모더니티입문	H. 르페브르 / 이종민	24,000원
148	재생산	P. 부르디외 / 이상호	23,000원
149	종교철학의 핵심	W. J. 웨인라이트 / 김희수	18,000원
150	기호와 몽상	A. 시몽 / 박형섭	22,000원
151	융분석비평사전	A. 새뮤얼 外 / 민혜숙	16,000원
152	운보 김기창 예술론연구	최병식	14,000원
153	시적 언어의 혁명	J. 크리스테바 / 김인환	20,000원
154	예술의 위기	Y. 미쇼 / 하태환	15,000원
155	프랑스사회사	G. 뒤프 / 박 단	16,000원
156	중국문예심리학사	劉偉林 / 沈揆昊	30,000원
157	무지카 프라티카	M. 캐넌 / 김혜중	25,000원
158	불교산책	鄭泰爀	20,000원
159	인간과 죽음	E. 모랭 / 김명숙	23,000원
160	地中海	F. 브로델 / 李宗旼	근간
161	漢語文字學史	黃德實·陳秉新 / 河永三	24,000원
162	글쓰기와 차이	J. 데리다 / 남수인	28,000원
163	朝鮮神事誌	李能和 / 李在崑	근간
164	영국제국주의	S. C. 스미스 / 이태숙·김종원	16,000원
165	영화서술학	A. 고드로·F. 조스트 / 송지연	17,000원
166	美學辭典	사사키 겡이치 / 민주식	22,000원
167	하나이지 않은 성	L. 이리가라이 / 이은민	18,000원

【기 타】

모드의 체계	R. 바르트 / 이화여대기호학연구소	18,000원
라신에 관하여	R. 바르트 / 남수인	10,000원
說 苑 (上·下)	林東錫 譯註	각권 30,000원
晏子春秋	林東錫 譯註	30,000원
西京雜記	林東錫 譯註	20,000원
搜神記 (上·下)	林東錫 譯註	각권 30,000원
경제적 공포〔메디치賞 수상작〕	V. 포레스테 / 김주경	7,000원
古陶文字徵	高 明·葛英會	20,000원
그리하여 어느날 사랑이여	이외수 편	4,000원
너무한 당신, 노무현	현택수 칼럼집	9,000원
노력을 대신하는 것은 없다	R. 쉬이 / 유혜련	5,000원
노블레스 오블리주	현택수 사회비평집	7,500원
딸에게 들려 주는 작은 지혜	N. 레흐레이트너 / 양영란	6,500원
떠나고 싶은 나라—사회문화비평집 현택수		9,000원
미래를 원한다	J. D. 로스네 / 문 선·김덕희	8,500원
바람의 자식들—정치시사칼럼집 현택수		8,000원
사랑의 존재	한용운	3,000원
산이 높으면 마땅히 우러러볼 일이다 유 향 / 임동석		5,000원
서기 1000년과 서기 2000년 그 두려움의 흔적들 J. 뒤비 / 양영란		8,000원
서비스는 유행을 타지 않는다 B. 바게트 / 정소영		5,000원
선종이야기	홍 희 편저	8,000원
섬으로 흐르는 역사	김영회	10,000원
세계사상	창간호~3호: 각권 10,000원 / 4호: 14,000원	
손가락 하나의 사랑 1, 2, 3	D. 글로슈 / 서민원	각권 7,500원
십이속상도안집	편집부	8,000원
얀 이야기 ① 얀과 카와카마스 마치다 준 / 김은진·한인숙		8,000원
어린이 수묵화의 첫걸음(전6권) 趙 陽 / 편집부		각권 5,000원
오늘 다 못다한 말은	이외수 편	7,000원
오블라디 오블라다, 인생은 브래지어 위를 흐른다 무라카미 하루키 / 김난주 7,000원		
이젠 다시 유혹하지 않으련다 P. 쌍소 / 서민원		9,000원
인생은 앞유리를 통해서 보라 B. 바게트 / 박해순		5,000원
자기를 다스리는 지혜	한인숙 편저	10,000원
천연기념물이 된 바보	최병식	7,800원
原本 武藝圖譜通志	正祖 命撰	60,000원
테오의 여행 (전5권)	C. 클레망 / 양영란	각권 6,000원
한글 설원 (상·중·하)	임동석 옮김	각권 7,000원
한글 안자춘추	임동석 옮김	8,000원
한글 수신기 (상·하)	임동석 옮김	각권 8,000원

【만 화】

| 동물학 | C. 세르 | 14,000원 |

■ 블랙 유머와 흰 가운의 의료인들 C. 세르   14,000원
■ 비스 콩프리   C. 세르   14,000원
■ 세르(평전)   Y. 프레미옹 / 서민원   16,000원
■ 자가 수리공   C. 세르   14,000원
▨ 못말리는 제임스   M. 톤라 / 이영주   12,000원
▨ 레드와 로버   B. 바세트 / 이영주   12,000원
▨ 나탈리의 별난 세계 여행   S. 살마 / 서민원   각권 10,000원

【동문선 주네스】

■ 고독하지 않은 홀로되기   P. 들레름·M. 들레름 / 박정오   8,000원
■ 이젠 나도 느껴요!   이사벨 주니오 그림   14,000원
■ 이젠 나도 알아요!   도로테 드 몽프리드 그림   16,000원

【조병화 작품집】

■ 공존의 이유   제11시집   5,000원
■ 그리운 사람이 있다는 것은   제45시집   5,000원
■ 길   애송시모음집   10,000원
■ 개구리의 명상   제40시집   3,000원
■ 그리움   애송시화집   7,000원
■ 꿈   고희기념자선시집   10,000원
■ 넘을 수 없는 세월   제53시집   10,000원
■ 따뜻한 슬픔   제49시집   5,000원
■ 버리고 싶은 유산   제1시집   3,000원
■ 사랑의 노숙   애송시집   4,000원
■ 사랑의 여백   애송시화집   5,000원
■ 사랑이 가기 전에   제5시집   4,000원
■ 남은 세월의 이삭   제52시집   6,000원
■ 시와 그림   애장본시화집   30,000원
■ 아내의 방   제44시집   4,000원
■ 잠 잃은 밤에   제39시집   3,400원
■ 패각의 침실   제 3시집   3,000원
■ 하루만의 위안   제 2시집   3,000원